BIBLIOTECA UNIVERSITARIA DE BOLSILLO

El hilo
del Minotauro

CUENTISTAS MEXICANOS
INCLASIFICABLES

Selección y prólogo
ALEJANDRO TOLEDO

FONDO DE CULTURA ECONÓMICA

Primera edición, 2006

Toledo, Alejandro, selec.
    El hilo del Minotauro. Cuentistas mexicanos inclasifi-
cables / selec. y prol. Alejandro Toledo. — México : FCE,
2006
    501 p. ; 17 × 11 cm — (Colec. Biblioteca Universita-
ria de Bolsillo)
    ISBN 978-968-16-8176-0

    1. Cuentos 2. Literatura Mexicana — Siglo XX I.
Ser. II. t.

LC PQ7297   Dewey M863 T818h

Detalle de derechos de autor al final del libro.

Distribución mundial

Comentarios y sugerencias: editorial@fondodeculturaeconomica.com
www.fondodeculturaeconomica.com
Tel. (55)5227-4672 Fax (55)5227-4694

 Empresa certificada ISO 9001:2000

Editor: Martí Soler
Diseño de portada: León Muñoz Santini

ISBN 10: 968-16-8176-2
ISBN 13: 978-968-16-8176-0

Impreso en México • *Printed in México*

ÍNDICE

PRÓLOGO

"¿Hay algo más tenaz que la memoria?", es la pregunta obsesiva que circula por las páginas de la novela *Farabeuf* (1965), de Salvador Elizondo, y que encuentra, al final del libro, la siguiente respuesta: "El olvido es más tenaz que la memoria". La frase es contundente, pero no debe ser tomada como una sentencia definitiva. Citarla, incluso (y en ejercicio de un juego retórico simple), es una prueba de lo contrario a lo que propone, puesto que la memoria hecha verbo rescata del olvido esas palabras que defienden, precisamente, al olvido.

Acaso se establece una lucha de tenacidades entre el olvido y la memoria. Mas sus perfiles, que parecen muy definidos, no lo son tanto. Recuérdense, por ejemplo, estos versos de Josefina Vicens: "Como no te he olvidado / no te puedo recordar". Una cosa y la otra parecen ir de la mano: si olvido, recordaré; si recuerdo es porque olvidé.

Borges dice haberse encontrado de joven con los relatos del primer Giovanni Papini; leyó esas narraciones y no volvió a acordarse de ellas. En algunos de los cuentos de Borges hay, no obstante, rastros de esa lectura, y ahí Papini está presente: el texto "El otro", que abre *El libro de arena* (1975), reescribe "Dos imágenes en un estanque", relato con que Papini inicia la colección *El piloto ciego* (1907). Esto lleva a Borges a pensar, en el prólogo a *El espejo que huye*, de Papini, que el olvido es una forma profunda del recuerdo.

En el camino de este prólogo han aparecido, sin buscarlas mucho, dos reuniones posibles de la memoria y el olvido, esos conceptos a la vez tan distintos y tan iguales. Una pertenece al título de Borges, que propone un "libro de arena" como semejante, quizá, al reloj de arena; y la otra imagen es la del espejo que huye, el presente fugitivo... El escritor argentino Antonio Porchia es autor de una reflexión (o "voz", como él prefería llamar a su muy particular forma de escritura) con frecuencia malentendida. Dice: "Se vive con la esperanza de llegar a ser un recuerdo". Esto da a algunos autores la justificación para buscar la reproducción obsesiva de su nombre (o de su persona) en todos los medios posibles (impresos y electrónicos), pues se cree que el adiestramiento en la fama garantizará la permanencia. De esas creencias surge la idea de que quienes sobresalen en el arte, a veces menos por su calidad que por su astucia sociocultural, marcan el "canon", la pauta de lo que se crea. Pero lo canónico, para decirlo con Papini y Borges, es sólo un espejo que huye, un libro de arena. El poder de una obra de arte es inasible: cuando se cree que no está, aparece. Y viceversa: al estar, se invisibiliza. Quizá la frase de Porchia adquiera su verdadero sentido, en el plano de lo humano y no en el de los poderes, si la oponemos a esta otra "voz" del mismo autor: "Estar en compañía no es estar con alguien, sino estar en alguien". Sólo así, acompañado, se podrá tener esa esperanza de llegar a ser —y acaso en una sola persona— un recuerdo.

Julio Cortázar creó la distinción entre famas y cronopios. Un fama es el que apuesta por el presente (como "inmortal del momento", según la fórmula acuñada por José de la Colina), y un cronopio es el que vive con sus propios relojes: a éste le da igual aparecer o no en el suplemento del domingo pero estará en él, probablemente, dentro de cincuenta años, aunque tampoco le obsesiona ese tipo de "estar". Los famas andan a la caza del reconocimiento, y los cronopios van por sus caminos individuales. A los famas les gusta mostrarse como serios escritores profesionales (dar entrevistas y conferencias, aparecer en la televisión como sabios opinadores, organizar tumultuosas presentaciones de libros y conseguir becas y premios), mientras que los cronopios se ejercitan en el arte de la informalidad. Los famas creen que por ser conocidos serán leídos, y de esa manera justifican su obsesión por la foto o el titular en el diario; los cronopios entienden que sólo por sus obras los conoceréis. El fama brilla en sociedad; al cronopio se le etiqueta (en homenaje a Rubén Darío) como "raro". Las siguientes líneas de un cuento cortazariano ("Simulacros") suelen funcionar como *ars poetica* de lo marginal (extravagante, estrafalario, excéntrico o desencuadernado y una infinidad de sinónimos al gusto de cada quien): "Somos una familia rara. En este país donde las cosas se hacen por obligación o fanfarronería, nos gustan las ocupaciones libres, las tareas porque sí, los simulacros que no sirven para nada".

Escribe al respecto Sergio Pitol:

> Los "raros" y familias anexas terminan por liberarse de las inconveniencias del entorno. La vulgaridad, la torpeza, los caprichos de la moda, las exigencias del Poder y las masas no los tocan, o al menos no demasiado y de cualquier manera no les importa. La visión del mundo es diferente a la de todos; la parodia es por lo general su forma de escritura. La especie no se caracteriza sólo por actitudes de negación, sino que sus miembros han desarrollado cualidades notables, conocen amplísimas zonas del saber y las organizan de manera extremadamente original.

Con frecuencia en las páginas culturales se acude a una fórmula según la cual a un narrador o un poeta debe rescatársele, como si estuviera secuestrado o se encontrara en apuros. Parecería una paradoja que un escritor, cuyo oficio aparente es crear permanencias, se haya desvanecido o esté prisionero; hay que ir entonces por él y salvarlo de la desmemoria, ubicarlo en la pirámide, clasificarlo, darle su lugar en las historias oficiales como si se tratara de un entierro digno. Y el rescatista será premiado por hacerlo. Suena todavía más inverosímil pensar en un autor que no apueste por ver su nombre escrito en letras doradas o sin vocación al busto que ensucian las palomas en el parque. Esa fórmula equívoca de que se escribe para ser leído, y de que entre más lectores se tenga el éxito será mayor, es una vía franca hacia el *bestse-llerismo* o la locura; hay quienes de la nada de su obra se han construido, por sus habilidades sociales (publirrelacionistas de sí mismos), un prestigio.

La primera noción a revisar es la del "éxito" literario. Gustave Flaubert solía decir que el éxito es una consecuencia que nunca debería transformarse en propósito. Hans Robert Jauss, teórico de la percepción literaria, ve dos extremos de la escala valorativa: uno es el éxito espontáneo y el otro la paulatina y retrasada comprensión de una obra. Jauss pone el caso de Flaubert con *Madame Bovary* y una novela exitosa de ese tiempo: *Fanny*, de Feydeau, hoy en el olvido. Tampoco debe pensarse que el éxito inmediato es garantía de que una obra no será recordada, y que la oscuridad primera es el caldo de cultivo que garantiza la inmortalidad de un autor. Gustav Siebenmann habla incluso del "síndrome de Van Gogh": la peligrosa conclusión de que la ausencia de cualquier forma de éxito significaría la segura gloria póstuma.

Sin embargo, son los famas quienes arman las historias literarias ya que su afán, precisamente, es ser recordados: construyen altares para que el presente y el futuro los venere. Llegan a ser tan convincentes en el modo en que se toman en serio, que el aura de su nombre se convierte en su mejor ficción. Mas la lectura crítica, cuando toma distancia de los poderes, hace de estos paisajes de apariencia creíble un modelo para armar y desarmar, pues hay famas con talento y cronopios de utilería. Podría, incluso, establecerse subespecies: *cronamas* (marginales pero conocidos) y *fanopios* (de fama incierta y rareza discutible). Por ejemplo, puesto que el espectro es amplio, ¿dónde colocar a Julio Torri o a Efrén Hernández?, ¿a Cipriano Campos Alatorre o Mariano Silva y Aceves?, ¿a José Revueltas y Juan José Arreola?, ¿a Juan Rulfo y Carlos Fuentes?

En estas sinuosidades es difícil encontrar alguna certeza. También los famas cortazarianos son una especie rara, pues creen que las argucias teatrales los llevarán a puerto seguro. La enseñanza, si alguna puede obtenerse, es simple: no hay puertos seguros, los mapas literarios se forman por piezas siempre cambiantes. Si a ciertos autores se les va a llamar "raros", habría que preguntarse cuáles son los "no raros" o "normales"; si hay excéntricos o marginales debe haber céntricos, etcétera, aunque las geografías no suelen ser muy claras.

Wilfrido H. Corral sugiere que la literatura latinoamericana no es otra cosa que una historia de raros, y también defiende la idea (en mi opinión, discutible) de que todo autor canónico en un momento fue un raro. Según este ensayista, caracteriza a los raros la marginalidad, su carácter excéntrico y el hecho de que suelen ser practicantes de géneros desiguales; "obras atípicas, desquiciantes, rebeldes", define. La nómina de raros latinoamericanos del siglo xx que propone es generosa: arranca con Juan Emar y Juan Filloy, sus cartas fuertes; luego incluye a Horacio Quiroga, Felisberto Hernández y Macedonio Fernández. Sigue con Labrador Ruiz, Ramos Sucre, Roberto Arlt, Pablo Palacio, Julio Garmendia y Julio Torri, Carlos Arturo Torres y Antonio Porchia. Y cierra con Monterroso, Arreola, Girondo, Piñera, Ribeyro, Wilcock, Aurelio Arturo, Borges, Cortázar, Aira, Calvert Casey, Elizondo, Galeano y Pía Barros. Esto llevaría a pensar que todo escritor es "raro" hasta que no se demuestre lo contrario.

El elenco *underground* que propone esta antología (cuya divisa es un invisible hilo de minotauro) acaso no resultará menos desconcertante. Se limita al territorio mexicano, aunque sin un sentido fronterizo ortodoxo. Abre con un notable dúo de rarezas, las de Efrén Hernández y Francisco Tario. Encuentra, luego, un archipiélago femenino fantasmal, con Guadalupe Dueñas, Amparo Dávila e Inés Arredondo; y un triángulo de las Bermudas *sui generis* con Salvador Elizondo, Pedro F. Miret y José de la Colina. Acosa silencios con Gerardo Deniz, Angelina Muñiz-Huberman y Jesús Gardea; diserta por montes, mares y jaulas con Esther Seligson, Adela Fernández y Hugo Hiriart, para encallar en manifiestos, averiguatas, últimas sorpresas y halcones citadinos con Guillermo Samperio, Daniel Sada, Samuel Walter Medina, Emiliano González y Humberto Rivas. Hasta concluir con las nuevas generaciones, en que la alienación también tiene su belleza, como lo perciben Daniel González Dueñas, Verónica Murguía, Luis Ignacio Helguera, Javier García-Galiano, Cristina Rivera Garza y Pablo Soler Frost.

Esta vez no se les llamará "raros" sino "inclasificables". Quizá funciona mejor porque se acude a la búsqueda de aquello que el archivista desechó, lo que no pudo ajustarse a los criterios rígidos y que, por lo mismo, fue puesto a un lado a la espera de un archivista que acepte de entrada sus propias singularidades y sepa dar a ese paisaje complejo un expediente adecuado… aunque termine por ubicar a esos autores en donde les corresponda. Si por fuerza debe haber un lugar para los inclasificables, ¿no será ese punto de extravío el sitio perfecto?

A. T.

Efrén Hernández

❧

EL SEÑOR DE PALO

Sería, puede opinarse, algo cansado; mas a no ser porque he echado raíces, haría largos viajes en los trenes nocturnos a través de la república.

Ya no soy otra cosa que un árbol cualquiera, un árbol que desea viajar en tren o, por lo menos, dar de tiempo en tiempo unos pasitos.

No es increíble que hasta me conformaría con alcanzar, aunque me doliera el brazo, la cinta, el lapicero, etcétera, objetos que están sobre la mesa, según mis cálculos, a un metro de distancia de mis manos.

Quiera Dios que de pronto me quedara ciego. Ya ciego, pienso que iría perdiéndoseme la noción de espacio y que estaría muy mal; pero no tanto como viendo algunas aves que suelen revolar sobre las nubes, mientras yo no puedo moverme hasta la mesa; noventa centímetros, un metro, tres cuartas de metro distante de mis manos que, a su vez, son otras cosas, como los objetos extraños.

Y las ruedas de mi sillón de paralítico son de motocicleta. Este detalle complica inverosímilmente mis ideas. Hace tiempo, conocí a una muchacha que se prostituyó. A medida que se degeneraba, se abatía su ánimo, hasta llegar su abatimiento a convertirla en una paralítica del alma.

Cuando visité su alcoba, todo me lo esperaba yo, menos encontrar en la cabecera de su catre un crucifijo.

Pues bien, entonces, y también cuando supe que San Lucas está en su juicio, mis pensamientos echaron maromas semejantes a las que se ven en este circo que establezco cada vez que medito en el asunto de las ruedas.

Fuera de ésta, puedo decir que no tengo otras complicaciones. Supongamos que llueve; función que puede suceder, función que de hecho sucedió anteanoche: oiría el ruido del agua. Eso es, anteanoche, en tanto que llovía, yo escuchaba. El mundo parecía un tambor; la lluvia, una tamborilera, y el viento, un eminente bailarín provisto de una flauta.

No me parece necesario hacer notar que estas metáforas imaginativas son sin complicaciones, sin vueltas y sin líos. Con todo, estrictamente hablando, no dejan de existir sus diferencias. Esta azotea, otras azoteas, el patio, que son algunos de los lugares que suenan y se mojan cuando la lluvia es en nuestro rumbo, entre mí, se convierten en cosas espaciosas. Muchas clases de mares; unos contemporáneos, otros del tiempo en que se atribuían al mundo figuras fabulosas, otros sin fecha, todos con una infinidad de agua, y el cielo socorriéndolos aún.

Todos los cántaros de que dispone el cielo —hechos, no palabras— están a la disposición del mar. Y esta operación es absurda y triste. Absurda, porque el mar tiene más agua que el cielo; triste, quién sabe por qué.

Asimismo heterogéneos y dilatados valles, sin altos y sin bajos, con unos cuantos árboles que nunca llegan a la altura de las líneas de horizonte. Aquí llueve también, y también con grande desesperación, y yo no entiendo cuál pueda ser el origen de esta angustia, ni por qué los habitantes de estos valles tan húmedos no cultivan arroz, ni qué se hacen los pájaros del campo cuando llueve.

Ahora supongamos que no llueve, aunque considerándola, no es necesaria esta suposición, puesto que en realidad no llueve.

Como no llueve, los ruidos que oigo ahora no son los de los aguaceros, sino de otro estilo. ¡Pum! ¿Un trueno? Efectivamente, pero no un trueno de rayo. Se trata de un trueno de chiquillo, de un trueno de bola de chiquillo, el cual, una bola de inflar, la infló más de la cuenta hasta que se le reventó.

He aquí todo lo del trueno; pero yo estaba desprevenido e imaginando tormentas y a esto se debe que haya dicho: ¡Jesús mil veces!, como cuando truena un rayo.

Suele suceder que todo está en silencio. En este caso no oigo nada.

Entre todo quédame lugar para dormir, para silbar, para soñar. Mis sueños casi siempre son sueños de viaje, y luego luego me palpita muy de prisa, como es natural, el corazón; con lo que la silla se pone vibrante, y es para reírse de ellas, la inocencia con que las ruedas se ponen a temblar en realidad, como si fuera cierto que dentro de un momento serán lanzadas a volar tras de los automóviles que casi vuelan sobre la carretera.

Es para reírse, me doy cuenta. Cualquiera no se burlaría de estas badulaques ruedas, que toman por ciclista de tráfico a un pobre paralítico; pero yo lo que hago es apretar los dientes y entrecerrar los ojos. ¿Miedo? No, basta conocerme un poco para comprender que el mío sólo es un miedo por encima, y que en el fondo estoy absolutamente de acuerdo con el modo de pensar de las motocicletas.

Los vehículos llenan mi imaginación, y soy admirador del aire, porque el aire no tiene domicilio conocido. Es decir, porque su domicilio es el que señala el código civil para los vagabundos, un domicilio inconsútil y portátil, como un sombrero. Como un cierto sombrero, sería mejor decir, no un sombrero, tomando la palabra indeterminadamente. Hay sombreros pesados y apacibles. El de nuestra imagen no es, desde luego, el sombrero de Ricardo Corazón de León, ni el que usa en los incendios el jefe de bomberos.

Hay otros que yo he visto ser arrebatados por los remolinos, y únicamente a uno, al que subió más alto, es al que me refiero.

Unos cinco minutos que duró en el aire, María de las Mercedes corrió tras su sombrero, y como yo le dije, ella es la única culpable de tal récord, en cuanto usa comprar sombreros que sólo pesan veinte o veinticinco gramos.

María de las Mercedes, este personaje de las prendas volátiles, este personaje que corre a la velocidad con que un sombrero vuela, y sin parar, cinco minutos, ahora está durmiendo.

La veis acomodada, doblada en tres dobleces, en un pequeño catre en el que cabe merced a su talento instintivo de contorsionista.

Ella, que puede ser considerada como una burbujita en el mar de mi inmovilidad, ella que es como la tercera mano que me ha salido, ahora está dormida, inmóvil, como las otras manos mías, extraña, alejada de mí, como los objetos extraños.

No se mueve la hoja del árbol sin la voluntad de Dios. Todas las hojas del árbol que soy yo, Dios las ha convertido en las hojas de una estatua de árbol. Sólo un manojito de hojas, un retoño, el retoño mío que es María de las Mercedes, no es retoño; de estatua, y se mueve; pero ahora duerme, y es como si la voluntad de Dios me hubiera abandonado por completo.

Relatividad de relatividades y todo relatividad, quiso decir Einstein, pero en mí no se cumple su aseveración. Dios, el buen deseo de Dios, la voluntad de Dios, que es la electricidad que mueve el motor que hace mover las hojas de los árboles, me ha abandonado por completo.

In extremis, suelo fingir artificiosos argumentos para consolarme y pienso, por ejemplo, que la tierra es mi automóvil.

Esta vez ni eso me vale, me consta que la tierra está dormida también.

Me la represento tendida en el margen de su órbita, semejante a una viajera que, cansada, se tiende a descansar junto al camino.

Sería bueno conseguir un despertador de mil campanas, un despertador que fuera el zentzontle de los despertadores, el despertador de las mil voces, y arreglarlo de manera que suene dentro de dos minutos, para que con sus mil campanas despertara y pusiera a la tierra en movimiento.

Podría ser, por otra parte, que de paso despertara a María de las Mercedes. Sería una gran fortuna. Nos contaría una historia. Es la llena de gracia entre las contadoras; no tiene rival en la conversación, primero, porque es muy embustera y, en seguida, porque tiene sueltas y ágiles sus manos.

Cuando habla, aquello es subirlas y bajarlas, darles vuelta, abrirlas y cerrarlas, ponerlas en la frente y, si por ventura trata su conversación del arcángel trayendo a la tierra el evangelio o de los martín-pescadores en busca de alimento, remeda con los brazos dos alas extendidas.

Le diría yo:

—María de las Mercedes, ahora estoy muy triste; cuéntanos el cuento del ciempiés de las botas de siete leguas, cuento que yo mismo compuse al día siguiente de una noche en que soñé que, estando ciego, le decía: María de las Mercedes, cuéntame el cuento del pájaro de mil colores.

Yo nací muy serio.

Y cuando yo nací todos estaban serios, menos la vida que, desde luego, se puso a coquetear conmigo.

Éste es el juego del estira y afloja de la vida.

La vida es el ajedrecista, parece el ajedrecista del estira y afloja, tiene el vicio, la testarudez de un ajedrecista en aquel juego. No piensa más que en jugar con todo al estira y afloja.

Un tren pitó a esas horas la señal de partida. Nadie lo oyó.

Nadie estaba pensando en nada de lo que hay entre una loco-motora y un *caboose*. Trajeron una batea con agua, trajeron una esponja y un jabón, y cuando acabaron de bañarme mi madre estaba muerta.

¿A quién podía importarle un tren?

Dijeron que yo tenía negras las entrañas; mi madre acaba-ba de morir, y yo tan serio, pensando en el pito del tren que partía.

Pasaron doce años. ¿Cuántos trenes pasaron hasta entonces?

Yo era extraordinariamente serio. Acostumbraba cortar-me cada dos meses el cabello, en una peluquería en que por seis centavos daban veinticinco cacahuates, contaban las noticias y cortaban el pelo.

Pasaron algunos años más.

No sé ni cómo nos hicimos ricos.

Ahora me cortaba el pelo dos veces por semana y en una peluquería de todo lujo, llena de espejos y manicuristas; pero yo echaba de menos la otra peluquería y los unos cuantos cacahuates de otros tiempos.

De la hacienda trajeron una vez una carreta de cacahua-tes. De esa carreta me regalaron un costal intacto. Y yo lo ven-dí sin probar un cacahuate, y con el importe compré un bole-to en la estación en que pitaban los trenes al partir…

Ahora no soy otra cosa que un árbol cualquiera, un árbol que desea viajar en tren o, por lo menos, dar, de tiempo en tiempo, unos pasitos.

Esto de caminar en tren, de noche, a la luz mortecina de los carros de segunda, vecinando con gente somnolienta es, pue-den pensar algunos, un poco cansado.

Pero los espíritus fuertes, los espíritus grandes, no saben de cansancio; antes, en estas circunstancias, y aun en otras tenidas por verdaderamente lamentables, van haciendo gimnasia. Y es en su provecho, porque se les desarrollan, si las tienen, las aptitudes filosóficas.

Y si el sujeto de la acción del verbo ir en tren, es soñador, no podrán contarse los castillos en el aire que fabrica, ni los primores con que los adorna.

En cuanto a mí, sea dicho de pasada, participo de las dos naturalezas arriba mencionadas. Soy un poco artista; en otros tiempos, cuando Dios quería, dibujaba unos monos muy interesantes, pulsaba la guitarra hawaiana con mucho sentimiento y habría llegado a ser una lumbrera del violín si no fuera indispensable tener un oído muy exacto para dominar este instrumento.

Soy también algo filósofo y, a la manera de Demócrito, me río de todo, hasta del sombrerito aquel como una oreja de elefante, que traía la segunda vez que salí de ese puntito en el mapa que es mi pueblo.

Puntualizando: cuando terminaba la preparatoria, eché un volado al aire. Todos mis parientes conocidos se juntaron, y asimismo la hermana superior de una honorable señorita que me habían destinado para esposa, perteneciente al bando contrario al bando patrocinado por mi abuelo, o sea, los clericales, como se me ocurre ahora llamarles, y que querían mandarme a un convento, más o menos como Hamlet a Ofelia.

Como sucede siempre que las mujeres tienen voz y voto, al fin de las cuentas se demostró que de la discusión no nace la luz.

Por esto, y porque la tarde se moría, fue necesario prender un aparato con qué alumbrar la estancia y volar una moneda que hiciera las veces de linterna en mi destino.

Me dieron un tostón. ¿Lo veis volando? Si caía con el águila hacia arriba, mi destino fuera proseguir el oficio de mi padre. Si por el contrario, sucedía tal cosa con el sello, cumpliríase en mí el sueño dorado de mi abuelo.

Voló, pues, el tostón, y no se fue a saltitos como los saltamontes o como el capitán Carranza que murió brincando por una esperanza, sino que atravesando el cielo se perdió en lo alto.

La explicación de este fenómeno no es extraordinaria ni difícil. Se debió, según yo creo, a que el techo padecía goteras y a que yo estaba nervioso y arrojé el tostón con demasiada fuerza.

Jamás se dijo con mayor verdad, "del cielo está pendiente tu destino". Del cielo, en efecto, pendiente estaba el mío, y pendiente también el corazón de don José María, uno de los tíos de este inutilizado servidor de ustedes y propietario del tostón.

Así es que no fui monje ni proseguí el oficio de mi padre, sino otra cosa.

Después rodaba el tren. Rodaba hacia adelante, encantadoramente, sin apartarse un punto del ferrocarril.

Atrás, cada vez más distantes, quedaban las cosas que dejábamos atrás. Eran las dos o las tres de la mañana. En la extensión borrosa de los campos no se veía un solo automóvil. Todo estaba en silencio.

Pero señor, dirá quien haya hecho la gracia de leer hasta este punto, ¿cómo es posible un silencio como este de que usted nos habla, si venía en el tren?

Naturalmente no dejaría de oírse el ruido de la locomotora, el traqueteo de las ruedas, la propaganda del agente de publicaciones y, además, como eran las dos o las tres de la mañana, no faltaría en el carro alguno que durmiera más o menos estrepitosamente.

Estamos conformes con lo de las ruedas, estamos conformes en que ciertas cosas iban quedando tras el tren; pero esto del silencio es muy notable, no se puede pasar.

Carísimo lector, la tuya es una observación inoficiosa, nada tiene que ver con el asunto general. Sin embargo, me juzgo en el deber de confesarte que yo he dado lugar a que la hicieras y que podría haberla evitado, diciéndote desde un principio que soy sordo del oído derecho.

De paso te suplico que procures no hacerme más observaciones, y para evitar que me hagas otra, que ya la veo venir sobre mí con sus caballos, aclararé de nuevo un punto oscuro… y que esta aclaración sea la postrera, porque si seguimos de este modo corremos riesgo de ir a acabar a la otra vida.

Y supón que por desgracia resultan falsas las teorías de la inmortalidad y que cuando se muere uno ya no sigue viviendo, y que se queda inmovilizado y mudo para siempre, como un muerto.

Mucho es lo que se ha discutido sobre el particular y lo único que hasta hoy se ha logrado es demostrar que esas cosas quedan fuera del conocimiento. Lo que sí te digo es que afírmese lo que se afirme o niéguese lo que se niegue, está probado que en las mansiones de los muertos la temperatura es sepulcral.

Y pongo yo por caso; me han enterrado sin abrigo. ¿Crees tú, que abandonaría mi lecho y te andaría buscando, sólo para continuar una plática que interrumpimos? Nada te cuesta quedarte con algunas dudas.

La aclaración que señalé como postrera es, que aunque soy sordo únicamente del oído derecho, no oía absolutamente nada, porque sobre el izquierdo me caía el sombrerito que era como una oreja de elefante. Y si te parece imposible que un sombrero pueda cubrir un oído por completo, como un audífono, pregunta a mis amigos cuántas veces me han dicho que no me ponga así el sombrero.

Había, pues, un profundo silencio. Este silencio no era fuera como el de los poemas. Desde luego, porque lo de fuera es lo superficial y lo superficial es antitético de lo profundo. En seguida, porque desde antes quedamos convenidos en que el tren hacía ruido al rodar, en que el agente de publicaciones propagaba en voz alta sus revistas, sus pistolas de vidrio con caramelos en el antro, sus limonadas, sus sombrillitas chinas, que cerrándolas se convierten en puros; sus puros, que encendiéndolos, al minuto o al minuto y medio de prendidos, truenan, llenándonos de espanto.

Fuera no faltarían los ruidos que señalaste tan acertadamente.

Y yo venía contentísimo con mi silencio mío, particular.

Soy un fervoroso amante del silencio. Los ruidos, en cambio, los detesto con todas mis potencias, exceptuando de mis potencias la memoria, y de los ruidos, los que yo mismo produzco, mejor dicho, producía, cuando me ponía carpintero, músico ejecutante o trenecito.

Y venía construyendo castillos en el aire, los más maravillosos castillos en el aire que logré en mi vida. Determinado de ellos se llevaba tras sí mi admiración y aún no se me va de la memoria.

Por más señas, todavía tengo la ilusión de llegar a construirlo en las lomas de Chapultepec o en el hipódromo de la Condesa.

Muy bien podría decirte cómo es este castillo, el género de su arquitectura, las habitaciones de que consta, la forma, original mía, de los remates; la marca de los patos que nadan en la fuente y el aparatito inédito que sirve para evitar que estén diciendo todo el día cuá, cuá, como los otros patos.

En fin, todas las cosas con todas sus minucias, pero no lo hago porque temo que llegue a divulgarse y se me adelante alguno.

Durante el curso de mi imaginación se me presentó, de pronto, una dificultad de construcción. Ya estaba resolviéndola y en ese preciso instante en que se presiente que reventará la llamaradita de la resolución, uno que nació para barítono pero que erró la vocación y se metió de garrotero, gritó con todas sus fuerzas el nombre de una estación.

El grito fue tan a mansalva y tan enérgico que hasta los candiles abrieron los ojos espantados. Y a mí me cayó en la nuca un ladrillazo desprendido de mi último castillo, que se derrumbó de un golpe.

Así son estas cosas. Los viajes hacia adentro los hacemos lenta, imperceptiblemente. Al país de los sueños, a la ciudad de los palacios en el aire, a la caserona de la filosofía, a la rendija por donde espiamos nuestros propios pensamientos, llegamos cabalgando en un hilo de humo, que es más bien la cabeza que una tortuguita de humo va estirando.

En cambio, los regresos a la realidad son bruscos, imprevistos; nos hacen decir: ¡Ah! Nos hacen preguntar: ¿Qué es lo que pasa? ¿Dónde estoy? Y a los garroteros que nos traen de allá les guardamos rencor.

Éste es el capítulo que se desarrolla durante una estación del tren. Dicho en otras palabras, éste es el capítulo en que el tren se para.

También podría suceder que un ruiseñor enfermo de laringitis nos contara la descompostura de una caja de música. Todo en la plática iría más o menos bien hasta el momento de abordar. Éste es el capítulo en que se acabó la cuerda; pero de aquí en adelante no le faltarían dificultades al paciente.

En cambio, acerca del silencio, ¿cuánto no nos podría decir cualquiera de los asistentes al concurso de oratoria?

De lo que abunda el corazón habla la boca, tal vez por esto es por lo que, mientras iba redactando este capítulo, me sentía perdido en tierra extraña, minero de una mina estéril o infamiliar y no entendida.

Éste es, por otra parte, el capítulo que sigue al capítulo de los castillos en el aire, vivido a la hora de un estado de ánimo incompetente para la aerostática. Es, en suma, el capítulo sujeto a las leyes de la pesantez, y es la única cosa que ha podido suspender mi semejanza con Demócrito, la única cosa de la que rara vez me río.

Fuera de hoy, el tren será siempre la espina vertebral de mi cultura, el eslabón que unifique y relacione mi ciencia y mi conciencia. Fuera de hoy, el tren será siempre un corcel inglés, casi una rauda nube de carreras. Y más, y mucho más. Por algo, pienso yo, por algo se le ha otorgado el premio de una estrella en la frente.

Por algo, en efecto, o por lo menos en virtud de una razón más imprecisa; son tan hondas las causas de las cosas.

Por lo pronto, más bien es un difunto. En el andén unos cuantos focos; si aquello era brillar, brillaban, alumbrando tan mortecinamente, que el rótulo encargado de decirlo apenas si podía decir: Querétaro.

Un ruso redondito y triste, quitándose la gorra, me pidió permiso.

Concedido el permiso, sacó por la ventanilla su cabeza de canica y tras innumerables tentativas, logró dar a entender que su deseo sería comprar una botella de aguacates.

El aguacatero declaró que no son a propósito para embotellarse, pero que si los deseaba en canasta tenía el gusto de ofrecerle los mejores que se pueden encontrar en la república.

El ruso contestó que las canastas son muy estorbosas, y que sólo para que no resultara inútil la molestia le compraría en vez de una botella de aguacates, una de agua carbónica.

Hago constar que no refiero esto por la gracia que algún tonto pudiera atribuirle. Mi intención no pasa de que, por sus pasos contados, la enhilación nos lleve a la idea de tener hambre, que se me despertó en cuanto oí hablar de cosas comestibles y que me hizo bajar del carro en busca de cena.

Ni en la ida ni en la vuelta sucedió nada digno de contarse. El cielo estaba algo empañado. Las estrellas hacían precisamente lo que en un tratado de astronomía puede averiguar quien se interese. Al aire, parece que lo tenían de las orejas y que si se moviera se las estirarían. Es decir, cuando están así las cosas se dice que todo está tranquilo, cosa que yo reconocía. Pero algo pasaba dentro de mi corazón, algo estaba vacío dentro de mí.

Un poco antes de la despedida me dieron mil consejos. El que mejor recuerdo enseñaba que lo mejor es desconfiar, que un hombre prevenido vale el doble y que a un desprevenido siempre lo sorprenden.

Pero recuerdo todavía mejor una cosa que se les pasó enseñarme. Ahora ya la sé, es muy sencilla. Aconseja, simplemente, fijarse en los letreros.

Primero cae, según la ordenación en que coloca a los cayentes el refrán, un hablador, después un cojo. Aquí acaba el refrán, mejor dicho, aquí acababa. Yo lo he completado, y completo, dice: primero cae un hablador, después un cojo, y en tercer lugar, uno que no se fija.

Éste era el vacío que yo notaba. Ahora ya lo sé, como sucede siempre. Cayó, señores, cayó al pozo el pequeñín, lo dedujeron muerto...

Ahora el cuerpecito del pobre pequeñín, bajo la tierra, tonifica un rosal.

Ahora en una casa reina el silencio amargo.

Ahora los moradores de la casa que se quedó en silencio sólo interrumpen el silencio para sollozar y para preguntarse el día en que terminará la tapa, para el pozo, el carpintero.

Después de aquella noche, ¿cuántas veces he visto unas placas en las escalerillas de los trenes, recomendando: "Pise usted con cuidado"? Pero entonces yo no sabía que fuera necesario pisar atentamente para no caerse y, mientras subía, pensaba en otra cosa; de manera que me tropecé y caí, haciendo sonar contra el piso del andén mi capital.

A este sonido, como por encanto, brotó de entre la sombra un personaje, que, acercándose a mí, limpió el polvo de mi traje. Luego me propuso que le comprara un anillito.

"Hay hogares sin lumbre, donde todo es tinieblas; donde la muerte y la miseria enflaquecen el alma, donde el pan tumba los dientes de los comensales y descalabra a los gigantes, donde la dicha es sólo un dulce sueño que no se realizará jamás.

"Un día brota la desesperación, se rebaja uno a todo, hasta a vender el único recuerdo maternal; un anillito que nuestra madre nos legó al morir".

Vemos los ojos del vendedor de anillos. Oímos las lágrimas del mundo. Las lágrimas del mundo son unas graves gotas de ácido sulfúrico (aquí haría falta un verdadero corazón de oro) y al caer sobre nuestro corazón nos prueban que es de cobre, según un cierto sabor viscoso de sulfato que escuece nuestro paladar.

Ya no podemos más. Ya, señor, nos apresuramos a cumplir tus mandamientos, comprando, por piedad, el anillito.

Pero cuando no se piensa, por aquí, entre ceja y ceja, aparecen nuestros tíos: —Sabe más, exclaman, sabe más el diablo por viejo que por diablo. Un hombre prevenido vale por dos, un hombre prevenido es un tesoro.

Una madre que muere en la miseria puede ser que no legue a su hijo más que un anillo de cobre sin valor alguno. Entonces, por las dudas, guarda uno su dinero auténtico y paga por una sortija que podría ser falsa unas monedas igualmente gravadas por determinadas dudas.

Porque todo es así. Porque es necesario que todo sea así

para que tenga cumplimiento la realización de la ley de la justicia. Ojo por ojo. Diente por diente. Y no nada más así. También es necesario averiguar de qué clase es el ojo. Por un ojo en buenas condiciones, un ojo de gacela; por un ojo mediano, un ojo con nubes y algo de ribete. Por un colmillo de elefante diez bolas de billar.

Anteanoche —me acuerdo como en sueños—, entredormido, estuve hablando solo una barbaridad, hasta que vino el sueño disgustadísimo a callarme.

Quería tal vez que no siguiera estirando con mis palabras la cobija de su mujer.

La razón estuvo de su parte, es necesario comprender las cosas. De todo, yo fui lo último en guardar silencio, y en cuanto me dormí, cayó sin un doblez la calma sobre el cuerpo de la noche.

Rodaron las horas. Al primer intento de resurrección del día, un gallo muy falto de consideraciones dijo que quiquiriquí. Quedó con esto la calma por los suelos. La noche, sintiéndose desnuda, palideció descontrolada, se alejó volando como alma que se lleva el diablo, y el alba, que la vio, no pudo, materialmente, contener la risa.

Son cosas de la vida.

No es ésta la primer descobijada; yo sé de otra, y de otra, y de una de un cuento de espantos.

Todos, siempre nos hallamos en riesgo de ser descobijados. Siempre, por lo menos siempre que tengamos encima una cobija. Sea un ejemplo determinada vez en que yo me sentía indescobijable y aun estaba burlándome de un vendedor de anillos, que por decir así, se puso con Sansón a las patadas.

Vino de pronto el mismo garrotero del tercer capítulo, el de la voz tonante y armoniosa, y, sin que nadie se la preguntara, me dijo francamente su opinión:

—Usted es el individuo más imbécil que he podido encontrar en toda la semana; lo comprendí cuando compró el anillo. Hay tres categorías de brutos. Los de la primera son los brutos, los de la segunda son los muy brutos, los de la tercera son los, ¡ay, mi madre!, ¡qué brutos! Y usted, perdóneme que se lo diga, es de los de la categoría tercera.

Todo está bien. Hay que disculpar a este sujeto, porque él no sabía que pagué el anillo con dinero falso. Con todo, yo no sé, no es sólo cosa mía, es cosa general, a los que nos dicen brutos les guardamos rencor.

Siguió diciendo que ya estaría de Dios, que en esta vida todos, tarde o temprano, tenemos nuestros desengaños, que si le permitía ofrecerme una copa en compensación y para soportar más llevaderamente las inconsecuencias de la vida.

En aquel momento no creo haber tenido penas, con excepción de una carraspera naciente, según yo creo, porque cuando salí a cenar no llevaba el sombrero en la cabeza.

El vino suavizó mi carraspera y nos hizo comunicativos.

—Llevo —me decía— diez años trabajando en el tren. Sé leer de corrido y escribir mi nombre. Mire, présteme un lápiz.

—Muy bien, señor, muy bien —le contestaba yo—. Tiene usted una letra primorosa. ¿Por qué no se hace diputado? Trabajaría menos, ganaría más y, sobre todo, podría vengarse impunemente de la infidelidad de su mujer.

—Eso no es fácil —replicó—, necesitaría tumbar medio San Juan.

Guardó silencio y estuvo, al parecer, pensando: "Un tiro de mi pistola vale treinta centavos. Treinta por tanto, da tanto; mejor voy a comprar una pianola".

Viéndolo que se callaba, insistí:

—No es necesario que acabe con la mitad de los habitantes de San Juan. Bastaría con Adelina.

—¿Con Adelina, dice? No podría, créamelo. Me sería imposible vivir. Espéreme, voy a enseñarle su retrato para que vea nomás qué piernas tiene.

¡Vuélvete, laringe mía, polvo y ceniza! ¡Enmudezca mi lengua para siempre! ¡Ensordeced, oídos! Las palabras sólo son pálidas sombras, débiles ecos impotentes.

Esta figura que consiste en dirigirse a cosas inconscientes o a monitos de palo, se denomina apóstrofe, y es buena para indicar que el narrador se ha conmovido extraordinariamente. Y para que ahora lo sepáis de mí, he puesto bajo admiraciones ortográficas los órganos receptores y emisores del lenguaje. Hecho que me pareció oportuno porque, fuera de broma, motivos de asombro de esta calidad sólo nos es dado contemplarlos cada dos o tres mil años. *Verbi gratia:* el diluvio, la resurrección de Cristo, las piernas de la mujer del garrotero.

Con tal de daros una idea de ellas, escribiré las cuartillas, los libros o las bibliotecas que sean necesarios para ello, o para desengañarme de que hay verdad en la última frase: "Las palabras sólo son pálidas sombras".

Prisionera en la mágica bóveda del cráneo tenemos casi todos una confusa idea que no podemos aclarar jamás y que nunca llegaremos a ver fuera en el mundo.

Vivimos en un pequeño pueblo o en el campo. Aquí se encuentra un personaje portentoso. No nos atrevemos ni a tocar sus ropas; ante tal atrevimiento tronarían los roperos o harían ¡pum! aun otros muebles más pacíficos.

¿Lo dudáis? Es porque no sabéis que el personaje viene de Río de Janeiro.

Y él nos cuenta. Conoce todo el mundo. Hay ríos tan anchos, que si se coloca uno en la ribera, no alcanza a ver, no alcanza, la ribera opuesta. En Londres, una calle de casas de varios pisos mide muchos kilómetros de larga. En Asia, una montaña, que es la famosa montaña del Arca de Noé, hace que las estrellas se alarguen como gusanitos y pasen arrastrando la barriga, so pena de descalabrarse contra el cielo el occipucio.

Es un encanto la manera de contar del personaje. Nosotros, a él, lo dejaríamos que nos contara hasta los dientes, y entretanto, como si fuera el gran cuento, estaríamos con la boca abierta. Así es como va formándose en nuestro cerebro nuestra confusa idea.

Ahora somos unos astrónomos envejecidos por los años. Atrás está ya todo. Por las noches, antes de dormir, recordamos.

Del infinito arco del zaguán estaba suspendida una farola. A la hora de tránsito del día a la noche la encendían, y cuando, como a las nueve de la noche, la apagaban, nos íbamos a otra parte, porque ya no tenía ningún objeto seguir en el zaguán.

Ahora somos unos astrónomos envejecidos por los años. Tan minuciosamente como el arco en que estaba suspendida la farola, conocemos ahora todo el cielo. Tan minuciosamente como conocimos la farola conocemos ya, una por una, todas las estrellas apuntadas en el catálogo de estrellas. Nuestros ojos van debilitándose. Por las noches, antes de dormir, recordamos.

Entretanto y así, prisionera en la mágica bóveda del cráneo, sigue formándose nuestra confusa idea.

Se le llama ideal. Se le llama "lo que no sé decir" —algo que no sabemos—. Se le llama simple, filosóficamente, prototipo.

La formación del prototipo mío data de una fecha en que un muchacho me dijo qué tal le parecía la fuente del *Quijote*. Esta fuente, de los que han estado en la metrópoli, ¿quién es el que no la ha visto? Se presta a todas las exageraciones.

Ahora bien, el más elocuente de todos mis amigos me la describió y su discurso fue como semilla. Y he aquí que germinó en la mágica bóveda de mi cráneo la voluta más ágil de mi fantasía.

La voluta más ágil de mi fantasía es tan leve y tan ágil que resulta de una imposible trasmisión verbal. Puedo, sin embargo, referirme a un claro de bosque, a un temblor de agua de fuente, cuyo estremecimiento pasa frente a mí a la manera de un soplo pausadísimo del aire; pero andando, y que es más bien una señora.

Esta señora no sabe de urgencias; pasa aristocrática, pausadamente, ocupada por una eternidad en ensartar una hebra de agua en una aguja de oro.

Todo el cuadro me parece bien, aunque algo ilógico. Me parece bien el sitio, y a propósito para paseos de grandes damas. Me parece bien la temperatura del lugar y saludable y de acuerdo con el gusto de la moda actual. Me parece bien que la señora vaya despacio. Con todo, dentro del más profundo respeto me permitiría observarle que, cuando pasa de noche, debiera darse prisa.

Probablemente su marido es telegrafista, y ella, sabiendo que no viene a casa hasta que empieza a amanecer, no teme que se entere de sus escapatorias. O acaso sea un bendito que nunca la regaña, por angas o por mangas, o porque se casó muy joven y no tuvo tiempo de conocer a las mujeres.

En fin, sea lo que fuere, la vamos a dejar de este tamaño, que ésta ya es vida privada y me parece que la ley prohíbe su investigación.

Estábamos en que, por el claro de bosque, pasa una muchacha encantadora, y que se ocupa en ensartar un hilo de agua en una aguja de oro.

También dijimos que esta ocupación le absorbe todo el tiempo; cosa en realidad inverosímil, puesto que ensartar en una aguja un hilo no exige mucho, por lo que a tiempo se refiere.

Para evitar enredos esto se explicará a su debido tiempo. Estoy contando la verdad. Cada vez que aparece, y durante todo el tiempo que está bajo el campo de mi observación, hace lo mismo.

La operación completa contiene los cuatro siguientes sucesivos actos:

Primero: corta con los dientes la punta de la hebra de agua.

Segundo: humedece con los labios el extremo en que cortó.

Tercero: para sacarle punta, lo tuerce con los dedos.

Cuarto: guiñando un ojo, apunta.

Hasta aquí se ha enumerado lo que hace la señora. Consideremos, en seguida, que la aguja es humorística y que, como para remediarla, guiña también el ojo, con lo cual viene a suceder que no se efectúa el esperado ensartamiento; y sepamos, finalmente, que la hebra, sea porque ha heredado el buen carácter de su madre, la fuente siempre muerta de risa, sea porque le hace gracia el chasco que se lleva la señora, se curva al encontrar cerrado, adoptando la forma de una boca risueña, en vez de curvarse con los extremos hacia abajo como haría la boca de, por ejemplo, usted, si un día de tantos le dieran con la puerta en las narices.

Con lo dicho anteriormente, queda explicado que una ocupación para el tiempo que dura un gallo en cantar, se convierta en una ocupación perpetua. Y no se crea que al espectador llegue a fastidiarlo la repetición indefinida, no. Antes, cuando la visión se apaga, desearíamos encenderla nuevamente; mas ya no nos encontramos ni los rastros, puesto que la señora posee, para alejarse, un medio semejante al de los días, al de las tardes que se van y no nos dejan ni la huella de su paso en los caminos.

Veo, con sorpresa, que la dicción ha ido ajustándose al

asunto, que la transcripción oral de mi confusa idea toma cuerpo en la sustancia incorporal del verbo. Sabemos ya, de la voluta más leve de mi fantasía, no todo; pero mucho más de lo que yo, en un principio, pensé poder decir. Sobre todo, una de las frases del comienzo: "un temblor de agua que es más bien una señora", resultó profundamente significativa. Lo demás, puedo decir que sobra, y sólo en categoría de curiosidad lo dejo escrito.

Lo esencial está en el paso, en esa fuga que es como un estremecimiento de los aires, pero que no es un soplo, sino una encantadora, dulcísima fantasma, que va andando con gaseosa lentitud.

Me parece haber asentado alguna vez un dato explicativo de por qué cuando yo pienso, los motivos en que descansa mi imaginación son siempre semovientes; pero flaquea en este momento mi memoria. No tengo seguridad de nada. Tal vez aún no lo he dicho, tal vez ni siquiera lo he pensado antes de ahora, en fin, no lo sé. Si ya lo he dicho, desearía repetirlo. Si aún no lo asiento, desearía asentarlo.

Si a un enfermo el doctor se lo permite todo, menos el comer naranjas, el enfermo, en su imaginación, casi no tendrá sitio para nada, porque su cerebro, a partir de la fecha de la prohibición, se habrá ido convirtiendo en una bandeja de naranjas. A veces, en la atmósfera, flotará sin alas una naranja de oro que no existe. A veces aparecerá una impecable botellita de jugo de naranja. A veces un espectáculo nupcial.

No crea el lector que ahora me he dormido como antenoche. ¿Una ceremonia nupcial?...

Eleazar Noriega me dijo, precisamente hace unos días, lo que ahora creo adivinar en el pensamiento del lector. Tú, me dijo, disertas con muy buena ilación, pero de repente sales con grandísimas distancias y lo dejas a uno hecho un tarugo.

Creo que Noriega no deja de tener razón, pero sólo dentro

de él; dentro de mí, yo también tengo razón. Dentro de mí el pensamiento obedece a una estricta concatenación, nada más que a veces es extraordinariamente rápido y las palabras que lo vierten no alcanzan a seguirlo y sólo expresan los nudos más salientes.

El fenómeno ha sido estudiado y explicado, mas para explicarlo es necesario ser especialista.

En cuanto a lo de la ceremonia nupcial, quisiera convertirme en botánico para daros a entender que los azahares de la novia no son de limón ni son de lima, sino de otro arbusto cuyo nombre no recuerdo y que suele crecer en California y en el Escalón, y cuya madera se utiliza en la fabricación de baleros, molinillos y piezas de ajedrez.

Quisiera convertirme, en seguida, en un psicoanalista, para —con autoridad— poder decir: ahora me lo explico todo: a este enfermo se le ha formado un complejo.

Es análogo el caso del enfermo que dejamos descrito, al caso de aquella joya de la literatura:

Flérida, para mí dulce y sabrosa,
más que la fruta del cercado ajeno.

Es decir, Flérida no sabrosa como la fruta que nos traen a regalar, ni como esa fruta sin chiste que es la fruta de que podemos disponer; sino como una fruta que no tenemos al alcance de la mano, una fruta casi inaccesible, ajena.

Otro caso, finalmente, es mi propio caso. El caso que trato de explicar, el más doloroso de los casos, pero también el más claro de todos.

Consideradme paralítico, imposibilitado de moverme, pensando en el tren brioso, construyendo con todo mi deseo, mi peregrina, temblor de agua, fuga de la atmósfera o transeúnte. Y también cuando sueño que soy río, y cuando increpo al tiempo: ¡Tiempo, quiero ser como tú, algo que no sabemos, pero que consiste sólo en pasar, únicamente en irse!

Podría ser, si me quedara espacio, que escribiera un libro de vidas paralelas entre yo y Beethoven. Paralelas las vidas en genialidad; él, genio de la música; yo, genial arquitecto de una danzarina. Beethoven sordo, paralítico este imposibilitado servidor de ustedes.

No hubo Salomé, ni Mata-Hari, comparables con esta embriagadora, dulcísima fantasma que pasa temblorosamente, a la manera de un soplo pausadísimo del aire, y que es más bien una gran dama, y se va como la vida, como los días, como las tardes, sin dejar la huella de su paso en los caminos.

Una oculta, pero precisa relación, existe entre el andar y los órganos del paso. El armonioso andar depende de la armoniosa forma de las piernas del andante.

Ahora meditemos, comprendamos, si nos es posible, cuál será la excelencia de las piernas que andan de manera que no podremos aclarar jamás y que nunca llegaremos a ver fuera en el mundo.

Y acordémonos de Adelina, porque, según el resultado de mis comparaciones, las piernas de Adelina son casi tan grandiosas como éstas, y seamos justos con el garrotero, y no le digamos cobarde ni llorón, sólo porque al decir: —Mire, voy a enseñarle su retrato para que vea nomás qué piernas tiene, se deshizo en llanto.

A la larga, la noche, la charla y el caminar del tren fueron convirtiéndose en tres cosas iguales, y fueron adquiriendo peso y perdiendo importancia; pero lo mismo sucedía con todo.

Estas tres cosas se hicieron tres corrientes adormecedoras e inquietantes. Inquietante la noche, como tiempo que se sentía pasar, y, porque algunas veces las noches son de por sí misteriosas y cejijuntas.

Inquietante la charla, porque su tema era, como ya se ha entrevisto, unos amores desgraciados.

E inquietante el caminar del tren, porque en todos los viajes, porque en todas las vías, porque en todas las cosas hay algo de inquietante.

El tren, este tren en que vamos, ¿nos llevará realmente a la comarca donde la felicidad se expende en todas las buenas droguerías, o, por el contrario, dará con nuestros huesos en la tierra donde se han agotado hasta tal punto los pájaros azules que el único ejemplar que existe se encuentra disecado en el museo?

Nos fuera necesario adquirir sangre de rana, sangre de cualquiera especie de animal de sangre blanca, para que por siempre nos dejara en paz el saltapared de la inquietud, para que no, de tiempo en tiempo, se acercara a nosotros a molestarnos con sus saltos, con los saltos que ya para allá, ya para acá, dan todos los saltaparedes amantes de llevar su nombre con casticismo y propiedad.

El tren, este tren en que vamos, ¿no encontrará durmientes mal atornillados?

Alguno de los candiles podría encontrarse suspendido impropiamente y, zafándose, prender fuego al vagón.

También podría ser que unos dinamiteros nos hicieran volar.

Inquietud, inquietud, tu imagen es el saltapared, esa pequeña pájara ceniza que aparece cuando no tardará en llover. Esa pequeña pájara que brinca para todos lados, llamando nuestros ojos hacia los lugares de sus brincos, poniéndonoslos brillantes y tornátiles y sin saber dónde tenerse.

Esto es lo que eres, inquietud. En cuanto llegas, en cuanto estableces tu teatrito, nuestros pensamientos pierden el acuerdo, y dan el espectáculo de un comal en donde brincan los granos de un puñado de esquite que se tuesta, y ya no sabemos ni creemos nada, fuera de que acaso, acaso dentro de un momento, lloverá.

Se acercaba la hora en que la noche, tocando a sus orillas, añade aún otra prueba de que todo es pasajero. Después del invierno, ya se sabe, vendrá la primavera. Así es que yo no tenía verdadera razón para desesperar. No hay mal que se padezca por cien años, alguna vez el garrotero se callaría la boca y a su interminable charla la seguiría el silencio.

Y ésta fue la verdad; me preguntó por fin si yo sabía qué cosa fuera amor; mas yo tenía una infinidad de sueño y, por otra parte, la pregunta era demasiado metafísica.

Por la ventanilla, apoyando la frente sobre el vidrio, para evitar con la cabeza los reflejos de las luces interiores, se veía un valle sumido en las tinieblas. A lo lejos, una loma dormía. Más lejos aún, hacia lo alto, el cielo trataba de saber si amor es efectivamente un tema metafísico, o si corresponde sólo a una cuestión de clínica especial.

—¿Qué cosa —delante de una pausa, dijo el garrotero—, qué cosa es el amor?

La palabra llegó entonces —notad esta virtud de la insistencia— mucho más dentro de mí, penetró hasta la alcoba en donde se me duermen las palabras, se quitó el sombrero, se desnudó de su significado y, muerta, muertecita de sueño, se quedó dormida.

Por otra ventanilla se veía una repetición de lo que por la primera; un campo sumergido en las tinieblas y, sobre el campo, el cielo que, empeñado en resolver una cuestión, entrecerraba sus estrellas para pensar mejor.

Entonces vino el sueño auténtico, el sueño que no es únicamente ganas de dormir, sino sueño en toda la extensión de la palabra, y en un decir Jesús, me ha sucedido a mí lo que al vocablo.

Es decir, yo entonces era, hablando en un sentido metafórico, una jaula dormida igual a un pájaro con un más pequeño pajarito de palabra, asimismo dormido.

Puede ser, por cuanto se verá después, que sea mejor decir: yo era un ovíparo cualquiera, clueco, empollando un huevo mágico de raro encantamiento.

Por toda ventanilla se veía lo mismo que por las dos primeras; bajo el cielo, la tierra hundida en tinieblas. Sobre la tierra el cielo, pero ya al cielo se le habían cerrado completamente las estrellas, vencidas por un espeso sueño irresistible.

Rodé, rodé, rodé… Es verdad que algunos autores alcanzan a notar la diferencia que hay entre rodar y ser trasladados por un vehículo de ruedas. Es verdad; pero sea como fuere, lo que yo quiero decir es que cuando abrí los ojos se me presentó una cosa que no me la esperaba.

¿Os gustaría recordar por un momento la amable fantasma de mi confusa idea? Pues ahí estaba sentada. Inmediatamente la reconocí en las piernas; pero me desconcertó que no venía bailando, y tenía mucho de extraño que la aguja que trataba de enhebrar fuera de acero y, el hilo, no de agua. Novedades todas insólitas y desconcertantes que llenaron de perplejidad mis pensamientos.

A poco, vi otra cosa, si cabe, más interesante aún que la primera. Más interesante al menos para mí que soy paciente y me levanto tarde. Era la aurora, ¿sabéis cómo? Sin peinar todavía y que, como era china, se veía en dificultades porque dondequiera se le atoraban los cabellos.

Si me conmoví fue, no tanto por mí, como por la aurora misma, y acaso tenga que ver algo, también, una mariposa de muy poca cultura, la cual, al ver aquella especie de araña incandescente que se le echaba encima, se puso tan nerviosa, que volaba temblando.

Dentro de los lluviosos ojos de la costurera se veían todas estas cuestiones de la aurora, y, además, la aguja que trataba de enhebrar, y el juego del sube y baja de los postes.

Fuera no llovía.

Y en el reflejo se veía llover, ¿por qué?

Y de todas las leyes de la meteorología, la única que ha sido comprobada dentro de los cánones científicos, exige que las lluvias desciendan de nube.

Y la de los reflejos de sus ojos bajaba de un cielo desnublado.

¿Por qué?

Con tantas encuestas y preocupaciones y raras novedades, el sueño se fue quedando atrás, atrás, atrás, cada vez más distante.

Significa que en este momento me ha sucedido a mí lo contrario que al vocablo; es decir, me despabilé, me puse mi sombrero, y comencé a pensar.

Digo mal, pensar no se podía. Yo, para pensar, necesito medio cerrar los ojos. Y ahora, en cuanto lo hacía, con una pita me llamaban el rostro, y con otros dos cordones los párpados me los ponían abiertos, de manera que ahí estoy, ineludiblemente, con los ojos pelones, viéndole las piernas.

En verdad suculentas, en verdad románticas; ni más ni menos que una sopa de letras, con cuyas letras escribieron al servir la sopa un madrigal. Un madrigal escrito con letras bizantinas de sopa de letras bien condimentada, ante, supongamos, un sujeto participante de estas dos naturalezas: la naturaleza sentimental de los poetas y la no menos sentimental naturaleza de los involuntarios ayunantes.

> Ojos claros, serenos [...]
> ya que así me miráis, miradme al menos.

Y entretanto sonaban, sonaban dulcemente los cascabe-
litos de las ligas.

En esto el garrotero, según lo iba tomando por costumbre,
vino a nuevamente desbandar mis pájaros. Los pájaros de la
cabeza que tanto ayudan a desgravitar la vida, los pájaros en
que se convierte nuestro fósforo más fosforescente, aquel de
nuestro fósforo que, para convertirse en volúmenes de filosofía o de ciencia, o en niños, aun rubios, resulta demasiado luminoso. Y dijo que la muchacha aquélla era su esposa, y no
quedó ni un pájaro, sino todo lo contrario. Debe entenderse
por todo lo contrario, el mismo garrotero.

Sobre bueyes, se cuenta que a san Agustín le preguntaron:
¿Que un buey voló? A lo que contestó san Agustín, con sorna:

—Puede ser que sí, puede ser que no.

Por lo de la sorna con que dicen que dio la contestación ya
dicha, puede concluirse que lo que quería era no discutir con
un amigo que hacía tales preguntas; o sea, que en opinión del
sapientísimo san Agustín, sólo el hacer esta pregunta ya es
una estupidez. Porque, en efecto, los bueyes no son a propósito para volar. Y aunque no tengo otra autoridad en que apoyarme lo doy por cierto, y por esto es por lo que digo que el
garrotero es precisamente lo contrario de las aves.

Y Adelina, desde la noticia, dejó de ser un espíritu incor-
póreo, y se convirtió en una de tantas estatuillas de tierra, en
una simple hija de Adán, sujeta a las enfermedades, a la
muerte, y a comer fruta *non sancta*.

"Y he aquí que anotaron; Eva, que ella no traía camisa, y
que los pantalones de Adán eran de fantasía; y Adán lo mismo que Eva, y concertaron esconderse entre unas ramas.

"A poco, el que todo lo ve, llegó de mal humor, y no vién-
dolos, con la voz de los relámpagos emitía malas razones:

"—¿Qué pasa con ustedes? ¿En dónde andan metidos?
¿No han leído el Carreño? Yo les enseñaré a tratar con co-
rrección una visita.

"Adán y Eva asomaron, temerosos, únicamente la cabeza, y Dios les preguntó la causa de tanta parsimonia.

"—Señor —le dijo Adán—, comimos esa sonrosada fruta que nos tienes prohibida y nos dimos cuenta de nuestra desnudez."

En esta anécdota comienza la historia de las fábricas de hilados y tejidos. Lógicamente se desprende, pues, que si Adelina llevaba comidas tantísimas manzanas, debía ir bien abrigada, y que su comportamiento, al permitir su falda sobre sus rodillas, era un comportamiento sin dialéctica.

Acaso nuestro garrotero pensó esto. Lo podemos entrever en lo que dijo:

—Mujer, estírate la falda.

Pero ella se hacía desentendida.

—Mira, con el movimiento del tren no puedo enhebrar mi aguja. Enhébramela tú que estás acostumbrado al balanceo.

Tampoco el garrotero pudo.

Yo me puse a hacerlo con mayor fortuna y, por galantería, por presumir de erudición, hice el nudo que a renombrados sastres he visto hacer en tales casos, para evitar que el hilo se escurra entre la tela.

La muchacha, llena de satisfacción, me dio un millón de gracias.

He leído de no sé que comerciante, un tal Juan, que habiéndole pedido el rey dos o tres millones de monedas del reino, el comerciante se los regaló sin que se notara disminución en su fortuna.

Se parece este caso al caso de Adelina, quien, habiéndome dado un millón de gracias, perduró igualmente graciosa. En sus ojos llovía entonces a torrentes, y yo, aprovechando la oportunidad, lavé mi alma en su frescura como quien lava sus manos en un aguamanil.

El garrotero se había ido. Lo digo para que se sepa que ya no estaba con nosotros.

Por la ventanilla, hacia el Oriente, aparecía una nubecita similar a la nieve, similar a la seda, similar al algodón Johnson & Johnson, pero débil, como una pequeña ilusión.

No es ésta la primera vez que el curso de una briosa existencia se detiene, y, convertida en una agua tranquila, se suspende en la contemplación de una tela de araña.

Conquistadores espíritus, temperamentos procelosos, vemos que de pronto se nos pierden. Ahora será inútil buscarlos en el Ágora, en los campos de guerra o en las cámaras de diputados. Más fácil sería verlos en los campos de trigo, en la ventana desde donde se ve la lejanía, o en la escalera de gendarme que hay en el segundo patio.

Si diéramos con ellos veríamos que contemplan, al parecer, el cielo. Pero el cielo es de la forma y los colores cotidianos. No hay en el cielo aquel indio comedor de lumbre, ni el merolico prestidigitador, ni el mutilado de los cuatro miembros que suele colocarse en la calle de Donceles, y que es sobrenatural porque con la pura lengua enreda y baila perinolas.

¿Qué es, pues, lo que contemplan?

Pues en el cielo, nada. Ven en su interior. En su interior hay algo que es como una tela de araña, pantalla de un cinematógrafo muy particular.

No es, pues, a mí, a quien sucedió primero. Si hojeáramos los libros de la historia, veríamos mil ejemplos. Aun sin abrirla, yo os podría contar algunas cosas; pero no quiero desdivinizar el prestigio de Mahoma, de Epaminondas o de Tetlepanquetzal. Tienen en general nombres altivos, nombres llenos de combatividad. Al oír alguno de estos nombres, os parece que acabáis de leer una epopeya.

Sería un pesar que, de hoy en adelante, os imaginarais a Von Hindenburg asentado en la cima de una escalera de gendarme.

Mi nombre, en cambio, es Domingo, mañana será lunes, y ya de mí no habrá ni quien se acuerde…

Según esto, no es mucho lo que pierdo confiándoos lo de la nubecita. Y menos todavía, si os hago notar que a mí no me encontráis en escalera, sino en tren, y algo se refuerza mi disculpa con el hecho de que la mía era una película de arte.

Nada menos ayer me preguntaba: ¿Qué se hicieron mis triunfos en las cátedras, y cómo yo, que podría calcular con toda exactitud las condiciones de un puente colgante, suspendía mi ser, confiadamente, de unas briznas que vuelan en el aire?

Vaya usted a saberlo. La ilusión es así, mientras es más ilusoria parece más segura.

—Adelina —le dije a la muchacha—, ¿tiene usted un reloj?

La muchacha tenía cuatro relojes. La muchacha dijo:

—No tengo reloj.

—Adelina —le dije—, ¿qué haría usted si de pronto muriera su marido?

Adelina dijo:

—Se lo mandaría decir. No me gusta que suceda nada sin que lo sepa mi marido.

—Adelina —le dije—, ¡qué bonito tiempo!

Adelina dijo:

—No lo sé, no he leído el periódico.

—Adelina —le dije—, ¿en cuánto tiempo caminaría usted ocho kilómetros?

Adelina dijo:

—Déjeme usted en paz.

Mayor lección que ésta no la recibí en mi vida. Desde entonces afianzo bien los clavos, veo que no estén deshaciéndose las cuerdas hago de tres vueltas los nudos. No sea que se repita.

> De noche, en un mal paso y sin linterna,
> Juan se rompió una pierna.

Vaya todo por Dios.
Pero volviendo
a aquel paso tremendo,
Juan se rompió las dos.

A una gran distancia del vidrio de la ventanilla, la insignificante nube se desbarató. El cielo, limpio y solo, quedó abierto al sentido de la cuarta dimensión.

Mi ánima se parecía al espacio; profunda, sin orillas y vacía.

Éstas son cosas que uno no puede entender aunque las sienta. Y también me gustaría saber qué se traía el huevo del que para nada nos habíamos vuelto a acordar.

Esto es lo que yo digo. Entonces, ¿por qué quería pararse como si fuera el huevo de Colón?

Es cierto que el huevo éste no era un huevo como todos, pues era un huevo mágico. Lo mágico no tiene imposibles. Entonces, ¿por qué, cuando logró pararse y empezó a subir, no pudo pasar y quedó detenido en mi garganta?

Esto es lo que yo digo.

Durante la lucha que hizo para abrirse paso se le rompió el cascarón, y, al mismo tiempo, llegaba el garrotero y salía el sol.

Por la ventanilla, todavía hacia el oriente, no se podía ver nada porque sin anteojos de humo nos dolían los ojos.

Y cada loco con su tema, el garrotero andaba preguntándose qué cosa sería amor.

Pero un ave de luz recién salida del cascarón de magia, me impedía contestarle, y llenaba de extrañas luminarias las cuatro dimensiones sin lindes de mi ánima.

Y en cuanto al garrotero, no me consta de cierto, acaso se haya muerto con la duda.

Como tal vez todos los hombres de naturaleza común y corriente, siento que a causa de los años voy envejeciendo.

Y, habiendo releído, encontré que mi decadencia es perceptible también en mi escritura, y me nació la idea de que, a un relator, podríamos considerarlo como una fuente de agua de donde se origina un río, que es la narración.

Pues ésta mía se me figura un río salido de su cauce. Malísimo negocio; ya no se puede distinguir de una laguna, ya no se sabe adónde, el río, irá a parar.

No me hago ilusiones; reconozco, sin más trámites, que el agua mía no brota con el desbordamiento propio de la juventud, impotente contra su propia caudalosidad; aunque se ve, igualmente, la ausencia de la reflexiva y justa regularización de los años maduros. Lo que pasa es que soy viejo, que mi agua se derrama por hoyos imprevistos. Lo que pasa es que voy convirtiéndome en uno de esos techos, a los que, si les tapan una, les sale otra gotera.

El conjunto me causa la impresión de una mona de trapo. Las monas éstas, como tienen de lana el interior sin esqueleto, pueden doblarse de todas partes, y en más agudos ángulos que el cirquero más plegadizo de esta especie, y no obstante, mis aplausos los dejo para el circo.

Al relatar, no hago otra cosa que cumplir con una urgencia ineludible, semejante a la de las casadas en las postrimerías de la luna de miel. No hago otra cosa que permitir escape a ciertas cosas que no puedo dejármelas, en cierto modo, liberarme de aquello de la vida que oprime más de lo que puede soportar un solo hombre.

No trato, en fin, de formar un simple catálogo de hechos —esto es fácil y nada me aligera—, sino reflejar mi sobreangustia con las cualidades que ha adquirido en mi espíritu, es decir, dar a luz una organización, relacionados los hechos de manera que, aun cuando cada uno pueda ser tomado como una anécdota completa, no aparezca en el organismo resultante un aparato inútil o un aparato a faltar.

Lo malo es que mi cabeza cada día funciona más incierta, más mortecinamente. Mi atención ha empezado a aflojarse; por atender un punto, olvido otro, por indagar el ido, se me va el conseguido recientemente, y me voy por las ramas. Cosa que va contra el decir "nunca dejes camino real por vereda".

La naturalidad de la ilación, por nada la consigo natural. Únicamente valiéndome de artificios logro no referirme a cada paso a cosas ya contadas y evadirme de dar explicaciones.

Precisamente el punto que ahora viene, me ofrece esta dificultad. Ya he probado mis tretas, y han resultado inútiles. Va a ser necesario recordar —a estas alturas— el capítulo cuarto, y aprovecho la ocasión para indicar la causa de que haya sido escrito con tantos aspavientos.

Dicho capítulo trata nada más de la simple compraventa de un anillo. Eso es todo, y es menos aún, puesto que el contrato ni siquiera se celebró con seriedad.

Cuando acierto a recordarlo aisladamente, yo mismo alcanzo a comprender que es cosa de risa; pero ascendiendo, eso es, ascendiendo, retirándome, miro las cosas de muy distinto modo.

Quisiera comparar el incidente narrado en tal capítulo, con una fresca rosa. La rosa puede ser, si lo queréis, blanca o rosada. Igualmente conviene a nuestro cuento.

Enfocando una cámara como a los diez centímetros, y haciéndola operar, la cámara retratará la fresca rosa. En seguida retiramos la cámara. La cámara retrata ahora la misma fresca rosa, y otras rosas más, y una sábana, y un muerto.

Pues del mismo modo que la rosa, sin alterarse un punto, cambia de sentido, cambia de sentido el capítulo de mi negocio, según que sea considerado a diez centímetros, o de lejos, sólo como una parte de una consideración más amplia.

Mientras lo escribía no me fue posible quitarme de la cabeza este capítulo presente, ni la tormenta que sobreviene al fin, ni la meditación de que quizá no hubiera humedecido mi cabeza con sólo algún paraguas, o, por lo menos, ya que no los hay a propósito para este género de tempestades, sólo con que no llegara a celebrarse el negocio, al que si os empeñáis aún, aún estoy dispuesto a calificarlo de burlesco.

Teje, teje el destino.

Entretanto, acecha, espía la mala suerte.

A ciegas, en volandas, lo mismo que todos los volátiles de la felicidad, cruza, de acuerdo con su idiosincrasia, sin mirarnos siquiera, la fortuna.

No así la mala suerte.

La mala suerte no lleva encima de los ojos una venda de quebrar la piñata. Siempre quiebra la piñata al primer palo. Ni una rueda con alas en los pies. La mala suerte acecha. La mala suerte espía. La mala suerte persigue años y años nuestros pasos, y, en el momento justo, brinca, valiéndose de un matemático resorte, y he aquí, en las uñas del tenebroso gato, un palomino sin medicina alguna.

Teje, teje el destino.

Recuerdo que el anillo me quedaba grande.

Poseen la propiedad estos anillos de salirse del dedo.

Al caer y caer, llamó, primero, la atención, y luego la codicia de Adelina, porque, aunque era falso, parecía valioso.

Más pura que Adelina, sin comparación, es Margarita. Y recordad cómo el doctor Fausto casi no necesita de otra cosa que de un cofre de joyas, para convencerla.

¿Hasta qué punto?

Vedlo con vuestros propios ojos, medidlo con vuestro propio juicio. Margarita disuelve bromural, o no sé qué pastilla, entre la merienda de su tía; porque conoce la propiedad que estas pastillas tienen de adormecer las tías, y que estas tías dormidas tienen, a su vez, la propiedad de no catarse, de no percibir las novedades, las alteraciones, las nuevas compañías de dormitorio.

En suma, pues —ya conocéis el escrito—, para no seguir filosofando, Margarita quedó convencidísima.

Y Adelina no era tan inconvencible como Margarita, de donde resulta que, hacia el oscurecer, todo estaba arreglado, todo; pero lo más bien arreglado era la luna.

Ya habréis observado que la luna, lo mismo que cualquiera hija de vecino, gusta de la notoriedad. A la hora de la boda, se presenta de novia. Si leéis el cuento de "Coyote y Conejo" os encontráis un queso de Toluca caído en el estanque. Si se trata de entierros, es la muerta, y así, según el episodio y el color del cristal con que se mira.

Para nuestro concierto, armonizaba que apareciese blanca, con ojos de *Agnus Dei*, como lo hizo. Cualquiera pensaría que no era adúltera, sino una tierna moza traída del convento con rumbo a sus primeras nupcias. Y el señor Saturno venía y traía un anillo que le quedaba grande. Y el tren rodaba, y yo guardo el boleto, y siempre que lo veo me acuerdo de aquel viaje.

Y el día de mi muerte, María de las Mercedes lo pondrá en mi chaleco, junto con el boleto para el tren de por los siglos de los siglos, y con algunos otros que he podido juntar, para llevárselos al Padre Eterno, y pararme bien con él, a fin de que me perdone mil malos pensamientos, y esta sorda envidia que tengo a todos los que no son paralíticos.

Quiero, con el mismo fin, regalarle, además, un trenecito. Estoy haciendo ahorros con que comprar uno que me han dicho que echa humo y pita como gente grande.

¿Lo veis? Ya estaba dejándome llevar de mis ideas. Estábamos en que rodaba el tren. Rodaba y echaba humo y pitaba, y en esto se nos pasó la noche, platicando y haciéndonos caricias escondidas.

Cuando empezaba el nuevo amanecer, Adelina me estaba platicando que, de todo, lo que más le gustaba eran las joyas, y sobre todas las joyas, los diamantes, y que tenía muy pocos.

La luna se quejara, si pudiera, aproximadamente de lo mismo; sólo que ella había tenido muchos. Todavía, durante la noche recién muerta, se rodeó de diamantes, y ahora estaba pálida de pena, viendo cómo se le disolvían en la mañana, que era como si un collar de rocío se deshebrara y cayera al mar.

No quisiera seguir. ¡Pobre Adelina! A tu memoria dedico este capítulo.

Decías que un par de arracadas de brillantes las compraste en una joyería de México. Y yo te pregunté que en cuál joyería habías comprado tus ojos. A ti te gustó mucho que te lo dijera y, sin poderte contener, te sentaste en mis piernas delante de la gente.

Voy a hacerte ahora una confesión. Yo vi perfectamente cuando se acercaba tu marido. Debía habértelo dicho; pero, sabes, me había llamado bruto, y yo no se lo podía perdonar nomás así.

Desde que lo vi, pensé en esto, y me callé la boca, con intención deliberada de que viera con sus propios ojos, que aquella semana se había encontrado otros más brutos que yo.

El mal está en que la gente es muy envidiosa. Él, viéndome tan inteligente, se puso amarillo, amarillo de pura envidia. E, inmediatamente, agarró el garrote del tren, y se dejó venir a darme un garrotazo.

Con la furia que traía no veía ni dónde pisaba, de modo que se tropezó en una petaca. El garrote se le zafó de las manos y salió por una ventanilla.

Por esto es por lo que el tren que venía de bajada, no pudo ser engarrotado y descarriló.

De la catástrofe resultaron setenta y cuatro muertos, contándote a ti, muchísimos heridos, y yo quedé tullido para siempre, de resultas de un golpe cercano a las orejas.

Me duele mucho haber sido la causa de tan grande accidente. Dispénsame; ya no lo vuelvo a hacer. Y esto es todo lo que quería contar.

En este capítulo no hablo ya. Y me importa un comino; ya he contado todo lo que quería contar.

Aunque parece un cuento escandinavo, tal como Domingo se lo figuraba, testimonios vinieron, y probaron que los años, al pasar, lo envejecían. No crean los que se jactan de tener duro el colmillo, que se trata de inducirlos a engaño, ni se la den de sabios, si no saben que la verdad es, precisamente, ésa cuyo rostro tiene en mayor dosis semblante de inverosimilitud.

Ahí no está el imán. ¿No es cierto que parece de magia y brujería que los pequeños clavos, las agujas, las plumas de escribir y todos los fierritos, lo persigan, como mesas espiritistas?

Juegan los prodigiosos niños que se usan en los tiempos modernos a enseñarse un papel en blanco.

—¿No lo sabes, Pilina? Yo soy un hechicero. ¿Ves este papel? No tiene nada; pero dame una vela, y vámonos lejos de los lápices y los tinteros, y yo te enseñaré a escribir milagrosamente. Para que estés segura de que no hay trampa, tú misma harás las cosas.

Y aunque es niña que ya sabe cómo nacen los niños, y aunque, tan chiquitina como es ya ha descubierto, sin la ayuda de Holmes, que las huellas digitales de las muñecas de los reyes magos son las de su papá, Pilina no cabe en sí de asombro, en cuanto nota que el calor de la vela va haciendo aparecer en el papel unas palabras.

Igualmente, Domingo, cuando vio que sus cabellos se tornaban blancos, que su frente se llenaba de dibujos cada vez más profundos, y otros trabajos más, que parecían ejecutados por fantasmas invisibles, hizo, como la niña del papel encantado, unos tamaños ojos.

Compréndese muy bien que un fordcito ruletero se desgaste, que los zapatos del judío errante ya hayan menester medias suelas, que el farolillo de nuestra esperanza se empañe alguna vez; pero, ¿cómo explicar aquel desgastamiento de Domingo, si él estaba día y noche quietecito, sin usarse nunca en uso de ninguna clase, ni salir siquiera de una alcoba en la que el mismo aire no se movía?

Así sean del cerebro que tenga los mayores alambristas, como agua en batea, quedan, después de esta noticia, nuestros pensamientos; y atónito y cayendo y levantando el pobre juicio, hasta perder el hilo y dar sobre la pista, y sólo por milagro saldrá del hospital, vendado con venda que no sea mortaja.

Sólo si se tiene en cuenta la consideración antecedente, son imaginables las asociaciones de ideas en que se sumió Domingo, para llegar a compararse con aquel papel llamado solio que usaron los fotógrafos de cuando los albores de la fotografía, el cual, si era puesto donde lo tocaba la luz, iba tiñéndose de rosa, de rojo, de morado y de negro, sucesivamente.

La niñera, probablemente por casualidad, ya que no es dable suponer que entendía de propiedades fotográficas, me dejaba en el sol y se quemó mi rostro. Y mi madre, aún menos fotógrafa la pobrecita, igualmente, sin tener claras nociones de lo que estaba haciendo, me dio a luz. Y el mentado Domingo comenzó a dar color. Pasó primero por la rosada infancia, pasó, en seguida, por la roja juventud, y por la madurez morada, a la que siguió su anochecer; quedando, al fin de las cuentas, aclarado que lo que pareció un teñir, fue en realidad un desteñir, y la apariencia de un vivir, un ir muriendo.

Sólo esto es, según Domingo, lo que Domingo era, y paralelamente sus vecinos y congéneres: un trozo de papel un poco fotográfico; pero esencial, ineludiblemente, cronográfico. Es decir, un lamentable y pequeño papel que el tiempo desvanece y decolora.

Y al envejecer y envejecer, llegó, Domingo, a tal ancianidad, que se murió de viejo.

Ahora, no se tienen noticias de qué cosa, ni cómo es lo que ha sobrevenido. Si de estas presentes circunstancias mías fuera posible hallar similitudes ciertas, los sentidos no podrían entenderlas, pues la muerte se compone de no tener sentidos.

Y en este capítulo no hablo ya. Tal como lo temía Domingo, desde que murió, le está prohibido transgredir la Constitución, inviolable de por sí, de la muerte, cuyo artículo uno, que es el fundamental, estatuye el silencio.

Hay quien, ya desde la vida, espera de la muerte la sabiduría, y es curioso notar cómo algunos sabios, tal vez más sabios de lo que se imaginan, colocan el silencio, también, en el primer lugar, cuando enumeran el decálogo de la sabiduría.

Y yo, dócil y dulcemente, amoroso de mi perfección, me he callado y en este capítulo no hablo ya. Venga el músico más privilegiado del mundo, el gran músico que tenga el más fino de todos los oídos del mundo, y coloque el oído en la losa de mi gaveta, y oiga.

"Son tres las gradaciones del silencio, nos enseña Miguel de Molinos: Silencio de palabras, más hondo, silencio de pensamientos, infinitamente hondo, silencio de deseos."

El músico, si ha oído bien, os diga: En este capítulo Domingo ya no habla. En este capítulo Domingo ya no piensa. En este capítulo Domingo ya no sufre. Es decir, Domingo ya no quiere, no desea; se ha hundido en el silencio, y ahora ya es paralítico hasta del corazón.

A esto es a lo que llamo yo *"Un señor de palo"*.

Francisco Tario

❖

LA NOCHE DE LOS CINCUENTA LIBROS

DE PEQUEÑO era yo esmirriado, granujiento y lastimoso. Tenía los pies y las manos desmesuradamente largos; el cuello, muy flaco; los ojos, vibrantes, metálicos; los hombros, cuadrados, pero huesosos, como los brazos de un perchero; la cabeza, pequeña, sinuosa. Mis cabellos eran ralos y crespos y mis dientes amarillos, si no negros. Mi voz, excesivamente chillona, irritaba a mis progenitores, a mis hermanos, a los profesores de la escuela y aun a mí mismo. Cuando tras un prolongado silencio —en una reunión de familia, durante las comidas, etc.—, rompía yo a hablar, todos saltaban sobre sus asientos, cual si hubieran visto al diablo. Después, por no seguir escuchándome, producían el mayor ruido posible, bien charlando a gritos o removiendo los cubiertos sobre la mesa, los vasos, la loza…

Tenía yo una hermanita que ha muerto y que solía importunarme siete u ocho veces diarias:

—Roberto, ¿por qué me miras así?

Recuerdo sus ojazos claros, redondos, como dos cuentas de vidrio, y sus rodillitas en punta, siempre cubiertas de costras.

Yo objetaba entonces, viéndola temblar de miedo:

—¡Bah, no sé cómo quieres que te mire si no sé hacerlo de otro modo!

Y ella echaba a correr, deteniéndose los bucles, en busca de la madrecita. Se arrojaba sobre sus faldas, rompía a gimotear del modo más cómico, y prorrumpía, señalándome con el dedo:

—¡Roberto me ha mirado! ¡Roberto me ha mirado!

La madrecita, al punto, le secaba los carrillos, haciéndole la cruz en la nuca.

Había cumplido yo los once años, me encaminaba precozmente hacia la adolescencia y aún no tenía un solo amigo en la comarca. Era mi voluntad. Gustaba, en cambio, de internarme a solas por el bosque, atrapando mariposas y otros volátiles, para triturarlos después a pedradas. Cuando lograba cazar un pajarito, me sentaba cómodamente a la sombra de un árbol y le arrancaba una a una las plumitas, hasta que lo dejaba por completo en cueros. Si sobrevivía, lo soltaba sobre la hierba, con un sombrero de papel en la cabeza. A continuación, volvía a echarle mano y me lo llevaba al río. Allí lo sumergía cuantas veces se me antojaba, ahogándolo por fin en las ondas tumultuosas de la corriente. Acto seguido, me tumbaba sobre cualquier pradera y me masturbaba frenéticamente.

De aquel terrible tiempo conservo en la memoria una palabra espantosa, un atroz insulto que repetían a diario en casa y en la escuela cuantos me conocían:

—¡Histérico! ¡Histérico! ¡Histérico!

Ni aproximadamente comprendía yo entonces el significado de semejante vocablo, pero me exasperaba de tal suerte, removiendo en mi interior tal cúmulo de pasiones, que reaccionaba como un auténtico loco. No obstante, rara vez quedaba satisfecho, pareciéndome que, por encima de cuanta atrocidad cometiera, persistía arriba de mí, flotante como una nube, la palabra maldita.

—¡Histérico! ¡Histérico!

Cuando la profería el maestro en clase, saltaba yo sobre mi pupitre y me mordía de rabia los puños, hasta que la sangre goteaba en el suelo o manchaba mis cuadernos. Cuando la pronunciaba un condiscípulo, lo aguardaba a la salida, seguíalo por entre los matorrales y, allí, en el lugar más propicio, a salvo de cualquier intervención ajena, lo desnudaba, rasgándole las ropas a dentadas. Y lo escupía, lo escupía, hasta que no me quedaba saliva en la boca.

Con mi familia era distinto. Temía de sobra a mi padre. Mi padre acostumbraba a golpearme, encerrándome después en un sótano muy lúgubre, lleno de ratones. Allí me moría de miedo. Por eso, cuando escuchaba en mi casa el atroz vocablo, hundía la barbilla entre los hombros y me escabullía medrosamente por los pasillos. Ya afuera, lanzábame campo a traviesa, gritándoles a los árboles, a las nubes, a los cuervos que volaban:

—¡Histéricooos!

Hasta que exánime, casi sin sentido, caía de bruces en cualquier lugar y allí pasaba la noche. Era mi voluntad.

¡No, no había en el mundo placer superior al que me proporcionaba la noción de que era un niño extraviado; un niño delicado y tierno, en mitad del bosque solitario, a merced de las fieras y los fantasmas! Gozaba, durante estas inocentes diabluras, imaginándome a mi padre, a la madrecita, a mis hermanos todos —siete— cada cual con un farol en la mano, recorriendo el campo negro, tropezando aquí, cayendo allá, requiriéndome por mi diminutivo:

—¡Robertito! ¡Robertitoo! ¿Dónde estás?

Distinguía yo con claridad absoluta sus voces sollozantes y me emocionaba, hecho un ovillo, sobre las rodillas. Si mi humor no era del todo malo, me enardecía el exasperarlos:

—¡Histéricoooos! —les chillaba.

—Robertito lindo, ¿dónde estás?

Y mudaba de escondrijo, con objeto de confundirlos. Nunca daban conmigo. Ellos traían luz y yo no. De forma que, con treparme a un árbol o a una roca, estaba resuelto todo. Cruzaban por abajo dando berridos, y listo.

Esa cruel palabra, ese insensato insulto decidió mi destino. Esa palabra, y el horror que inspiraba yo a la gente. También debió influir un tanto los pésimos tratos que me daba mi familia.

Tocante a esto último, conviene entrar en detalles.

Realmente nadie en mi casa me amaba, visto lo cual, tampoco quería yo a nadie. Comía igual que mis hermanitos; vestía tan regularmente como ellos; y si a la cocinera se le ocurría fabricar algún inmundo pastelote, mi ración no era ni con mucho la menor de la familia. Mas a pesar de todo ello, entre mi parentela y yo interponíase una especie de muro que detenía en seco cualquier explosión afectiva. Me sonreían a veces por compasión; me dirigían la palabra por necesidad; me escuchaban por no irritarme. Pero me rehuían; escapaban de mí con un furor inconcebible. Bastaba, por ejemplo, que posara en alguien la mirada, para que ese alguien no permaneciera ni diez segundos en mi presencia. Bastaba que cualquier arrebato sentimental me empujara en brazos de la madrecita, para que ésta protestara al instante.

—Quita, Roberto, no seas brusco… Además, mira, tengo mucho quehacer…

En cuanto a mis hermanitos, ocurría lo propio aunque centuplicado. Constantemente me espiaban: detrás de los muebles, desde alguna ventana, por entre las ramas, a través de las cerraduras. A toda hora presentía yo sus miradas atónitas clavadas en mí como púas. Por lo demás, puede afirmarse que éste era mi único contacto con ellos.

Cierta tarde en que volvía yo del bosque, con las manos llenas de plumas, sorprendí a mi hermanita —la menor— emboscada entre unos cardos. Ella tenía cinco años y era incomprensiblemente bonita… Al darse cuenta de que había sido descubierta, se lanzó a correr despavorida, llamando a gritos al vecindario; pero yo le di alcance sin ningún esfuerzo. Y era tal el pánico que la invadía, que no lograba llorar ni sollozar siquiera, sino suspirar, suspirar entrecortadamente con un silbido de lo más antipático.

Yo le pregunté entonces:

—¿Qué hacías ahí? ¡Responde!

Mas ella, tratando de sobornarme con una medalla, respondió muy tristemente:

—¡Toma, toma…! ¿No la quieres? ¡Robertito lindo, si es de plata…!

Pero yo dije:

—¡Verás cómo no vuelves a hacerlo!

Y levantándole el vestidito hasta el pecho, le arranqué los calzones. Luego me eché a reír a carcajadas como un niño loco.

—¡Mira, mira! ¡No tiene con qué orinar, no tiene! ¡Se le ha caído! ¡Cualquier día de éstos morirás!

Y la oriné de arriba abajo, haciendo alarde de mi pericia.

Empapada hasta los cabellos, la vi perderse rumbo a la casa, limpiándose las lágrimas con los calzones.

¡Ah, qué mal me trataban todos en mi familia! ¡Qué de amenazas y abusos soporté pacientemente durante años y años! ¡Qué puntapiés me dio mi padre y, sobre todo, qué tirones de orejas más bestiales! Así las tengo ahora: caídas, frágiles, como dos hojas de plátano. ¡Y cómo resuena en mi oído la palabra maldita!

En cuanto tengo fiebre, la misma pesadilla me tortura: es una especie de fenomenal bocina, situada en la abertura de una roca, y a través de la cual van gritando por turno todos los habitantes del universo: "¡Histérico! ¡Histérico! ¡Histérico!" Y cuando a fuerza de escuchar sin descanso el insensato vocablo siento que la cabeza me va a estallar como un globo, se oscurece la Tierra, cantan los gallos y aparece la madrecita en mi cuarto, vestida con un hábito negro y una lámpara en la mano. Al verme, posa la luz en el suelo y, metiendo los dedos en la bacinica que está bajo la cama, me salpica de orines el rostro, tratando de espantar al demonio.

¡Qué huellas más crueles dejó en mí la infancia! ¡Qué de impresiones innobles, tenebrosas, inicuas!

Mas he aquí de qué forma se decidió mi destino:

Andaba ya en los albores de la adolescencia, un vello híspido y tupido me goteaba en los sobacos, cuando reflexioné:

"Los hombres me aborrecen, me temen o se apartan con repugnancia de mi lado. Pues bien, ¡me apartaré definitivamente de ellos y no tendrán punto de reposo!"

Hice mi plan.

"Me encerraré entre los murallones de una fortaleza que levantaré con mis propias manos en el corazón de la montaña. Me serviré por mí mismo. Ni un criado, ni un amigo, ni un simple visitante, ¡nadie! Sembraré y cultivaré aquello que haya de comer y haré venir hasta mis dominios el agua que haya de beber. Ni un festín, ni una tertulia, ni un paréntesis, ¡nada! Y escribiré libros. Libros que paralizarán de terror a los hombres que tanto me odian; que les menguarán el apetito; que les espantarán el sueño; que trastornarán sus facultades y les emponzoñarán la sangre. Libros que expondrán con precisión inigualable lo grotesco de la muerte, lo execrable de la enfermedad, lo risible de la religión, lo mugroso de la familia y lo nauseabundo del amor, de la piedad, del patriotismo y de cualquiera otra fe o mito. Libros, en fin, que estrangulen las conciencias, que aniquilen la salud, que sepulten los principios y trituren las virtudes. Exaltaré la lujuria, el satanismo, la herejía; el vandalismo, la gula, el sacrilegio: todos los excesos y las obsesiones más sombrías, los vicios más abyectos, las aberraciones más tortuosas... Nutriré a los hombres de morfina, peste y hedor. Mas no conforme con eso, daré vida a los objetos, devolveré la razón a los muertos, y haré bullir en torno a los vivos una heterogénea muchedumbre de monstruos, carroñas e incongruencias: niños idiotas, con las cabezas como sandías; vírgenes desdentadas y sin cabello; paralíticos vesánicos, con los falos de piedra; hermafroditas cubiertos de fístulas y tumores; mutilados de uniforme, con las arterias enredadas en los galones; sexagenarias encinta, con las ubres sanguinolentas; perros biliosos y castrados; esqueletos que sangran; vaginas que ululan; fetos que muerden; planetas que estallan; íncubos que devoran; campanas que fenecen; sepulcros que gimen en la claridad helada de la noche… Vaciaré en las gargantas de los hombres el pus de los leprosos, el excremento de los tifosos, el esputo de los tísicos, el semen de los contaminados y la sangre de las poseídas. Haré del mundo un antro fantasmal e irrespirable. Volveré histérica a cuanta criatura se agita."

Y así lo hice.

Cada año, con una fecundidad que a mí mismo me aterra, lanzo desde mi guarida un libro más terrífico y letal: un libro cuyas páginas retumban en la soledad como estampidos de cañón o descienden sobre las ciudades con la timidez hipócrita de la nieve. Y son de tal suerte compactos sus copos, son mis creaciones a tal grado geniales, que he logrado ahuyentar de estos rumbos a las fieras; he espantado a las aves, a los insectos y a los peces; al sol y a la luna; al calor y al frío. Donde yo habito no hay estaciones y la Naturaleza es un limbo. El agua no moja; la llama no quema; el ruido no se percibe; la electricidad no alumbra. De noche todo es negro, impenetrable, pero yo veo. De día todo es blanco, lechoso, intangible. Son los dos únicos colores que restan por estas comarcas. Diríase que una monumental fotografía me rodea.

Y escribo, escribo sin cesar a todas horas, aunque ya soy viejo. Escribí así durante cincuenta años. ¡Cincuenta libros, pues, pesan sobre las costillas de los hombres! Y presiento a estos histéricos, histéricos incurables: los veo desplumar a las aves; mutilar sus propios miembros; orinar a sus mujeres; extraviarse en la noche enorme...

Y es tal mi avidez que, cuando me sobran fuerzas, trepo por la vertiente de esta montaña mía hasta la última roca desnuda, y, desde allí, más que como un titán o un profeta barbudo, como un dios todopoderoso y escuálido, lanzo al espacio la palabra maldita:

— ¡Histéricoooos!

La fotografía no cambia. Pero los semblantes de los hombres sí, lo adivino.

Esta noche he concluido mi última obra. Digo mi última, porque ya no escribiré más. Me siento enfermo, vacío, con el cerebro tan yermo como una esponja o una piedra. Por otra parte, me estoy quedando ciego; ciego a fuerza de trabajar en esta oscuridad insondable. Ya no distingo los contornos de las cosas: apenas su volumen. De ahí que confunda fácilmente un árbol con una mesa y una mesa con un vientre. ¡No, no escribiré más! Pronto seré un vestigio, y no conviene que la Humanidad se percate de ello. Conviene, más bien, que el tirano se exilie fuerte, que desaparezca hecho un coloso, que se retire con la majestad del sol que desciende por entre los riscos...

He concluido mi última obra hace unos instantes, unos breves segundos. He escrito: FIN. Y he doblado las cuartillas precipitadamente, jadeante por el insomnio, aturdido por el abuso mental, sudoroso y febril, garabateando con dolor sobre ellas un jeroglífico indescifrable que viene a ser mi epitafio: FIN. FIN. FIN DE TODO.

A continuación, me he reclinado en el respaldo del asiento, suspirando triunfalmente.

—La obra está hecha.

Me pongo en pie porque la espalda me escuece y, de improviso, algo absurdo, ilógico, enteramente ridículo, comienza a ocurrir en torno mío: mi vista se aclara, hasta volverse perfecta; la noche se ilumina fantásticamente con el fulgor de una pequeña lámpara olvidada sobre la mesa; toman color y relieve los objetos; retumba el viento; la lluvia cae estrepitosamente; surcan el espacio los relámpagos; mil aromas insospechados y confusos ascienden de la llanura. Todo palpita, bulle, vuelve a existir.

—¡No más fotografía! —prorrumpo—. Y con objeto de cerciorarme, huyo hasta la ventana, entreabro las vidrieras, espío.

Casi simultáneamente, advierto a mi espalda unos pasos blandos, muy lentos, como los de quien camina sobre una pradera. No distingo forma humana, pero los pasos siguen sonando a lo largo de mi biblioteca. Ora se aproximan a los anaqueles repletos de libros; ora a mi mesa de trabajo; se alejan; luego cesan imprevistamente, cual si "aquello" se detuviera y examinara algo. Otros pasos más fuertes y menos lentos suceden a los primeros: son más pesados desde luego, mucho más violentos, como producidos por un gigante malhumorado que gastara botas con clavos. Sigue lloviendo torrencialmente, y el viento que penetra por la ventana abierta cierra de golpe la puerta del aposento. Puesto que la fortaleza es sumamente sonora, el estruendo repercute en todos los rincones:

—Bum… Buuuuum… Bum…

Y los pasos persisten. Y yo comprendo aterrado que no estoy solo en la estancia.

Los pasos siguen, digo, cada momento más numerosos y diversos. Unos son de mujer, indudablemente; otros, de hombre; los hay también de cuadrúpedos, de niño. ¿Acaso una multitud de seres incomprensibles se ha dado cita en mi casa?

Verifico un esfuerzo desesperado, con la intención de liberarme de todo aquello, arrojándome por la ventana. Voy a hacerlo, en efecto, cuando aparece allí una mano enguantada que se aferra con angustia al marco. Doy un salto atrás, olvidado por completo de otras cosas. Busco el revólver en mi mesa, y aparece en la ventana otra mano compañera de aquélla —enguantada, igual—. Asoma un brazo; el otro; después un sombrero negro —como los guantes— con el ala caída. Estalla un relámpago en el firmamento, sucedido por un horrísono estruendo. Se sacude la casa igual que un barco. Yo me mantengo en mi sitio, alerta, emboscado tras del sillón, con el revólver enfilado hacia el sombrero negro. Pero el hombre que pugna por entrar desmaya incomprensiblemente. Desaparece una mano; el brazo; poco a poco el sombrero; la otra mano... y escucho el golpe de un cuerpo que choca contra algo espantosamente sonoro.

Los pasos, adentro, continúan más y más implacables, y yo no me decido a moverme, temeroso de tropezar con alguien. Entonces, reparo con espanto en la alfombra que está poblada de huellas frescas y trozos de barro. Empero no se percibe el más inocente suspiro.

—¿Disparo? —pienso instintivamente.

Aprieto el gatillo y se escucha un ¡ay! dolorido, seguido de roncos estertores. Los pasos, a una, cesan totalmente, y yo presiento a mil seres horribles inclinados sobre el cuerpo de la víctima, reprochándome el crimen con sus miradas descompuestas.

Atisbo a un lado y otro, mas nada anormal ha sucedido. El herido prosigue quejándose con voz cada vez más débil, y, afuera, la borrasca sacude los montes. De súbito, advierto un arroyo de sangre negruzca que se va extendiendo por la alfombra en dirección a la puerta... Alocado por semejante sucesión de pavorosos acontecimientos, vuelvo a disparar sobre el herido que sangra. El herido enmudece. Lo he matado sin duda. Pero, simultáneamente, un libro cae del estante, rodando como una pelota. Echo a correr tras de él y lo sujeto con la punta del zapato. No tiene páginas; no resta de él, sino la cubierta, y es mío. Es mi primer libro. También está tinto en sangre.

Comprendo sin ningún titubeo:

"Lo he matado."

Luego aquellos seres que me acechan, aquellos monstruos infernales que me rondan son mis libros. Mis libros todos. ¡Cincuenta!

Preso de un valor repentino, recorro la biblioteca disparando a diestra y siniestra. El estampido de las detonaciones se confunde con los ayes lastimeros de las víctimas que van cayendo. Pronto la alfombra es un gran lago de sangre en cuya superficie navegan incontables libros sin páginas: unos, azules, amarillos o blancos; otros, negros, grises, verdes. Tengo un puñado de balas sobre la mesa y las voy consumiendo sin tregua. Diez, veinte, sesenta… Cuando las concluyo, alzo los ojos y observo agitadamente el estante. ¡Maldición! Aún queda un libro. Y una angustia desconocida y loca, una especie de borrachera fabulosa, hace que me tambalee. Como si hubiera caído en mitad de una profunda ciénaga, me siento irremisiblemente perdido. Van agonizando a mis pies las víctimas, con quejidos que parten el alma. La casa, gradualmente, como un mar que se tranquiliza, va quedando en suspenso, quieta. El viento también cede. La lluvia se torna más blanda. Aparece la luna, y en mi fortaleza reina una paz tenebrosa.

—¡Estoy perdido, perdido! —exclamo, oteando al superviviente cuyo espíritu presiento fluctuando.

Lenta, cautelosamente, me dirijo al estante. Dudo repetidas veces. Avanzo. Tomo al cabo el volumen entre mis manos. Lo examino: está intacto.

"Y si lo arrojara por la ventana al vacío, ¿se mataría?"

Avanzo, chapoteando en la sangre. Contemplo de cerca el campo, la melancolía húmeda de la noche, las copas de los árboles meciéndose, meciéndose. Me resuelvo y lanzo el libro contra las rocas. Cuando me vuelvo, un hombre pálido, con el sombrero negro sobre las cejas, está frente a mí. Doy un grito, reconociéndole al punto: es el ladrón misterioso de las manos enguantadas. Sonríe ante mi pánico, y yo le pregunto con el acento más tierno del mundo:

—Perdone. ¿Deseaba usted robar alguna cosa?

Me desmayo.

Y cuando sé de mí otra vez, voy campo a traviesa, bajo la luna mágica, en pleno bosque, perseguido por una multitud de seres que aúllan, gimen o blasfeman, enloquecidos por la ansiedad de atraparme.

"¡Son los personajes de mis libros que han escapado! —pienso sin reflexionar—. ¡Se han salvado! ¡Lograron huir a tiempo!"

A lo lejos, mi casa envuelta en llamas ilumina la noche, y yo corro despavorido, saltando arroyos y muros, empalizadas y simas, dejando parte de mis ropas enredadas en los matorrales, desgarrándome los párpados con las ramas de los árboles. Corro en silencio, medio muerto de miedo, casi asfixiado, blanco como un cadáver escapado del sepulcro. Y detrás, a diez o quince pasos, una muchedumbre compacta de monstruos alarga hacia mí sus miembros: son vírgenes desdentadas y sin cabello; hombres famélicos y enlutados; perros sarnosos, cubiertos de pústulas y vejigas; resucitados, con los tejidos colgantes y vacíos; microcéfalos lascivos, con las ingles llenas de ronchas; mutilados de uniforme, con las arterias enredadas en los galones; machos cabríos, monjas, serpientes, exvotos, lechuzas, vinateros, átomos… Me persiguen y están a punto de darme alcance, cuando descubro a mis plantas una cavidad impresionante, iluminada tenuemente por la luna. Abajo ruge el mar, contorsionándose. Tiembla un barco en el horizonte. Se alargan las rocas hacia el cielo. Pero no se columbra una estrella. Vacilo ante aquella negrura

caótica, mirando con pavor hacia atrás: un círculo de tentáculos erizados o gelatinosos se va estrechando en torno mío. Des-
garro mis pulmones con un grito y me precipito al vacío. La
velocidad me aturde… no alcanzo a respirar… veo luces, luces, todas gemelas… la atmósfera es cada vez más densa…
Algo se dilata…

Transcurre el tiempo.

Y cuando mi cuerpo se estrella contra el lomo de las olas,
sumergiéndose en un embudo de espuma, una voz ultrahu-
mana se desploma de las alturas, sobresaltando a los que
duermen:

—¡Histéricooooo!

Abro los ojos con desconfianza y veo al doctor junto a mí;
a mi padre, a la madrecita, a mis siete hermanos. Soy aún un
adolescente y me duele aquí, aquí en el hombro.

Entonces el doctor me observa preocupadamente, me levanta con cuidado los párpados, me acerca una lamparita que
huele a éter, y exclama:

—¡Ha muerto!

Mi familia, en pleno, cae por tierra de rodillas, sollozando
o lanzando gritos frenéticos.

Mas, en cuanto a mí, me siento perfectamente.

Guadalupe Dueñas

❖

AL ROCE DE LA SOMBRA

Raquel conectó la luz y se sentó en la cama… Si el aroma saturado en el lino, si la música obsesiva, si los trajes de otro mundo desaparecieran, y si consiguiera dormir; pero la nitidez de la imagen de las dos mujeres aumentaba al roce de la sombra con su cuerpo, y el sudor y el espanto la hundían en el profundo insomnio.

El candil hacía ruidos pequeños y finos semejantes al tono con que hablaba la mayor de las señoritas; el ropero veneciano, con su puñado de lunas, tenía algo del ir y venir y del multiplicarse de las dos hermanas; también las luidas y costosas alfombras eran comparables a sus almas.

Volvió a sentir el bamboleo del tren y oyó el silbido de la máquina en la curva pronunciada. Hostil fue la noche en la banca del vagón de segunda, desvencijado y pestilente. Contempló la herradura quebradiza y trepidante de los furgones: carros abiertos con ganado, plataformas con madera, la flecha fatigada y el chacuaco espeso y asfixiante.

El nombre de las Moncadas cayó en su vida como tintineo de joyas. El compañero de viaje parecía un narrador de cuentos y las principescas Moncadas le adornaban los labios y resultaban deslumbrantes como carrozas, como palacios.

—Dentro de dos horas estaremos en San Martín. Es lamentable que a usted, tan jovencita, la hayan destinado a ese sitio. Lo conozco de punta a punta. No hay nada que ver. Todo el pueblo huele a establo, a garambullos y a leche agria. De ahí son esas moscas obesas que viajan por toda la República. La gente no es simpática. Lo único interesante es conocer a las De Moncada —frotó sus mejillas enjutas como hojas de otoño.

En el duermevela las dos mujeres aparecían, se esfumaban.

—Traigo una carta de presentación para esas señoras, de la madre Isabel, la directora del hospicio, con la esperanza de que me reciban en su casa.

—Señoritas, no señoras… quién sabe si la acepten, no se interesan por nadie —como si estuviera nada más frente a sus recuerdos, añadió—: Son esquivas, secretas, un *bibelot*. Conservan una finca, amueblada por un artista italiano, con muchas alcobas y jardines. Se educaron en París porque su madre era francesa. El señor De Moncada se instaló allá con sus dos hijas adolescentes. Se dignaba volver muy de tarde en tarde a dar fiestas como *dux* veneciano. Sin embargo —murmuró—, yo jugaba con las niñas. (Raquel prefería que su compañero fuera invención del monótono trotar sobre el camino del desvelo.) Hace quince años regresaron de París, huérfanas, solas, viejas y arruinadas; bueno, arruinadas al estilo de los ricos. (El París de las tarjetas postales, los cafés de las aceras, las buhardillas, pintores; zahúrdas donde los franceses engañan a los cerdos obligándolos a sacar unas raíces que luego les arrebatan del hocico y que tienen nombre extraño como de pez o de marca de automóvil: trifa, trefa, no, trufa. Nunca las había probado. Seguramente eran opalinas gotas de nieve…) En el pueblo, su orgulloso aislamiento les parece un lujo. Tenerlas de vecinas envanece. Salen rara vez y ataviadas como emperatrices caminan por subterráneos de silencio. La gente gusta verlas bajar de la anticuada limosina, hechas fragancia, para asistir a los rezos. ("Ropas fragantes". Raquel se vio en el vaho de la ventanilla con una gola de tul y encaje sobre un chaquetín de terciopelo y se vio calzada de raso con grandes hebillas de piedras… pero si sólo hubiera podido comprar el modesto traje que antes de partir admiró en el escaparate de una tienda de saldos.) Los pueblerinos alargan el paseo del domingo hasta la casa de la hacienda con la esperanza de sorprender, de lejos, por los balcones abiertos de par en par, sólo este día, el delicado perfil de alguna de ellas o, al menos, el Cristo de jade o los jarrones de Sèvres.

A ella se le ocurrían multitud de lacayos en el servicio y no la extravagancia de tener únicamente dos criados.

La locuacidad del viajero la adormiló con detrimento del relato.

—En las mañanas asisten a misa, pero después nadie consigue verlas. Reciben los alimentos, en la finca, por la puerta apenas entreabierta. Yo sé que secretamente pasean por los campos bardados, en la invasión de yerba y carrizales. A veces prefieren las márgenes del río que zigzaguea hasta la capilla olvidada. (El musgo y la maleza asfixian el emplomado, las ramas trepan por la espalda de santa Mónica y anudan sus brazos polvorientos. La antigua estatua de san Agustín es un fantasma de tierra hundido hasta las rodillas. Las hojas se acumulan sobre el altar ruinoso.) Raquel siempre tuvo miedo de los santos.

—La torre sin campanas sirve de refugio a las apipiscas que caen como lluvia a las seis de la tarde. ¿Las conoce, niña?... Son la mitad de una golondrina. (Retozan con algarabía que se oye hasta la finca; forman escuadras, flechas, anclas, y luego se desploman por millares en la claraboya insaciable.)

—Cada amanecer las despierta el silbido de la llegada de este tren. (El tren pasaba por un puente, el émbolo iba arrastrándose hasta el fondo del barranco, hasta aquellas yerbas que ella deseó pisar con pies desnudos. ¡Qué ganas de ir más lejos, allá, donde un buey descarriado! ¡Qué gusto bañarse en la mancha añil que la lluvia olvidó en el campo! ¡Qué desconsuelo por la temida escuela!)

—¿A qué hora me dijo que llegaríamos a San Martín?

El viajero, ante la perspectiva del silencio, ya no dejó de hablar.

—Falta todavía un buen trecho... Me gustaba observarlas; a las siete en punto atraviesan el atrio de la parroquia con las blondas al aire, indistintas como dos mortajas. El eco de sus pasos asciende en el silencio de la nave y el idéntico murmullo de sus faldas, que se saben de memoria todos los fieles, cruza oloroso a retama. En la felpa abullonada de sus reclinatorios permanecen con la quietud de los sauces, y su piedad uniforme las muestra más exactas. Quizás el ámbar estancado en sus mejillas y el azul inexorable de los ojos llena de asombro a las devotas. Cuando termina el oficio salen de la iglesia y la altivez de su porte detiene las sonrisas y congela los saludos. Pero ellas esconden el miedo tras el desdén de sus párpados.

Cuando el hombre, como si quisiera impedir un pensamiento, se pasó la mano por la cara y taciturno miró a la ventanilla, Raquel necesitó su plática, su monólogo. Un chirrido de hierros y el tren frenó en una estación destartalada. En poco tiempo arrancó desapacible por su camino de piedras.

—El próximo poblado es San Martín.

Raquel, enternecida por el compañero que huiría con el paisaje, quiso apegarse a él, como a la monjita Remedios que copiaba el amor de madre para las niñas del hospicio. Espantada naufragó en la mano del hombre:

—Falta muy poco para San Martín.

El viajero extrañó su impulso.

—¿Qué prisa tiene por llegar a ese pueblo dejado de la mano de Dios?

—Tengo miedo.

—¿De qué, niña? A lo mejor las señoritas De Moncada la reciben afables. Seguro que la querrán. Una maestra es mucho para estos ignorantes.

—No sé, no es eso, nunca he vivido sola. En el hospicio éramos cientos.

—Estamos llegando; estas milpas ya son del pueblo.

Raquel le miró el rostro y en los ojos del hombre algo faltaba por decir…

Apagó la lámpara y cerró los ojos. Poco antes de amanecer la sobresaltaron ruidos vagos, movimientos borrosos fuera de la puerta, como de seres inmateriales, de espuma, que trajinaran extravagantemente en el corredor y en el pozo.

Quizás fuera nada, pero se incorporó: oyó un roce de sedas y un crujir de volantes sobre el mosaico. Los espejos reflejaron la misma estrella asomada a la vidriera. Encendió de nuevo. Todo el melancólico fausto de la alcoba antigua se le reveló con la sorpresa de siempre. Aquella suntuosidad la embriagaba hasta hacerle daño. Se sabía oscura y sin nombre, una intrusa en medio de este esplendor, como si el aire polvoso del pueblo se hubiera colado en la opulencia de los cristales de Bohemia.

Sí; ella pertenecía más al arroyo que a los damascos ondulantes sobre su lecho.

Le dolía haber sorprendido a las ancianas, peor que desnudas, en el secreto de sus almas. ¿Por qué avanzaron los minutos? Las dos viejas ardían en sus pupilas felices y aterradas. Remiró sus escotes sin edad, sus omoplatos salientes de cabalgaduras, su espantable espanto.

La fatiga la columpiaba y la dejaba caer y lloró como se llora sobre los muertos. Recordó la mariposa de azufre luminoso y círculos color de relámpago que entre crisálidas, de una especie extinguida, guardaba la madre Isabel en caja de vidrio. En sus manos veía el polvo de las larvas infecundas, de ceniza, como ella, con su atado de libros y su corazón tembloroso.

Al principio las De Moncada la miraron despectivas y la rozaron apenas con sus dedos blanquísimos. Ella sintió la culpa de ser fea. Con qué reprobación miraron el traje negro que enfundaba su delgadez, cómo condenaron sus piernas de pájaro presas en medias de algodón y cuánto le hicieron sentir la timidez opaca de su mano tendida. Ante el desdén quiso tartamudear una excusa por su miseria y estuvo a punto de alejarse; pero las encopetadas la detuvieron al leer la firma de la reverenda madre Isabel, compañera de estudios en el colegio de Lille. Empezaron a discutir en francés; alargaban los hocicos como para silbar, remolían los sonidos en un siseo de abejas y las bocas empequeñecidas seguían la forma del llanto. Entonces la miraron como si hubieran recibido un regalo y empezó para Raquel la existencia de guardarropas de cuatro lunas y más espejos sobre tocadores revestidos de brocado que proyectaban al infinito su cuerpecillo enclenque. Palpó las cosas como ciega, acarició las felpas con sus mejillas, le fascinaron los doseles tachonados de plata como el de la Virgen María; se sujetaba las manos para no romper las figuras de porcelana en nichos y repisas. Las colchas, con monogramas y flores indescifrables repetidas en los cojines, tenían la pompa de los estandartes. Cuando recorrió voluptuosamente las cortinas, crujió la seda como si sus manos estuvieran llenas de astillas. ¡Qué rara se vio con su camisón de siempre y sus pies de cuervo fijos en la alfombra de suavidad de carne! Sus huellas, húmedas y temerosas, las borró con la punta de los dedos. Guardó su gabardina, sus tres blusas almidonadas, su refajo a cuadros y el único vestido de raso. Ahora, su ropero ostentaba el lujo de trajes que ella aceptó preguntándose cuánto duraría aquel sueño. De los viejos baúles salieron encajes, cachemiras y gasas en homenaje inmisericorde. Con alboroto de criaturas, las De Moncada la protegían y abrumaban con su incansable afecto.

No era el polvo del sol sobre el mantel calado, ni los panes diminutos envueltos en la servilleta, ni la compota de manzana, ni siquiera el ramo de mastuerzos, lo que instigaba su llanto: era la ternura de las viejas irreales, su descubierto oficio de amor.

Perdían horas con sus macetas, cuidaban cada flor como si fuera la carita de un niño. Cubrían los altos muros de enredaderas con el mismo entusiasmo con que labraban sus manteles.

El pozo lo cubrieron con gruesa tarima y sobre la superficie pulida colocaron un san José de piedra y jarrones con begonias. En compañía del santo se sentaban a coser por las tardes.

Conversaban tan quedo como si estuvieran siempre dentro de una iglesia.

Refugiadas en altiva reserva, envueltas en su propia noche, su mundo era el coloquio de sus dos soledades... Y de pronto hay asueto en la escuela y el destino espera a Raquel en la sala deslumbrante, para marcarla, para deshacerla en horas de vergüenza.

Con qué rabia, con qué inclemente estupor, las señoritas cayeron del sofá cuando miraron a Raquel detrás de las cortinas. Como si hubiera estado previsto, sin palabras, ni explicaciones, ni ofensas, ya la habían sentenciado.

El acuerdo fulguraba en sus ojos.

Las notas inverosímiles la enlazaron por los escaloncillos, hasta donde ella no conocía porque siempre halló el muro de la puerta, ahora derribado. Dentro, el estrafalario rito.

Revuelto con la luz fría de la tarde el esplendor vinoso de

candelabros y lámparas escurría sobre el mármol de las paredes, sobre el relieve de los frisos, sobre el vidrio labrado de las ventanas, sobre tibores, rinconeras y estatuas, sobre gobelinos de hilos de oro. Raquel contemplaba la riqueza a torrentes mientras romanzas y mazurcas la embriagaban. La pianola se abría en escándalos de ritmos antiguos.

En un entredós, soberbias y tenues, Monina y la Nena se transfiguraban de sobrias y adustas en mundanas y estridentes. El regodeo y la afectación con que hablaban venía en asco a los inseparables ojos de la profesora. Cuando se levantó la Nena para ofrecer de lo que comían a huéspedes invisibles: "Por favor, excelencia", "Le suplico, condesa", "Barón, yo le encarezco", triunfó la seducción de las alhajas.

Empezaba el boato de la Nena un cintillo de oro y rubíes que recogía el pelo entrelazándolo con hileras de brillantes; seguía la espiral de perlas en el cuello y, sobre el simulacro del traje de vestal, muselina azul, cintilaba una banda igual que la corona; terminaba el atuendo el bordado de las sandalias con canutillo de plata y cabujones transparentes. Anillos y arracadas detenían la luz. Más alta y espectral era dentro de su riqueza; más secos sus labios, más enjutas las mejillas, menos limpios los ojos.

Sólo el brillo de los diamantes en el terciopelo negro con bordados de seda y los guantes recamados sostenían la presencia de Monina; ni cara ni cuerpo, discernibles.

La voz rechinaba sin deseo de respuesta, dolorida, incansable. Y la risa, como espuma de cieno, latía sin cesar. La Nena bailaba sosteniéndose en el hombro de imaginario compañero, hablando siempre, y Monina, en su asiento, reía por encima de la música, por encima del monólogo dominante. No eran el volumen, ni la estridencia, ni la tenacidad, lo perverso, sino lo viscoso de marchitas tentaciones, de ausencias cómplices. Reía Monina de la aridez de la Nena, de su estuche de fantasmas, de su cortejo de ficciones. Hablaba la Nena para adherirse a la existencia de su hermana, para que riera Monina, para que cada una, con la otra, ahondara la fosa de la compañera.

La música derretida y espesa del catafalco se mezclaba a los gritos de la Nena:

> *Notre-Dame est bien vieille; on la verra peut-être*
> *Enterrer cependant Paris qu'elle a vu naître.*
> *Mais, dans quelques mille ans, le temps fera broncher;*

sin dejar de reír Monina empezó murmurando y luego alcanzó el tono de la hermana:

> *Comme un loup fait un bœuf, cette carcasse lourde,*
> *Tordra ses nerfs de fer, et puis d'une dent lourde*
> *Rongera tristement ses vieux os de rocher.*

La Nena fue a besarla recitando, para que bailara con ella. Consiguió que asida de las manos accediera a girar y que a coro terminaran el poema.

> *Bien des hommes de tous les pays de la terre*
> *Viendront pour contempler cette ruine austère,*
> *Rêveurs, et relisant le livre de Victor…*
> *—Alors ils croiront voir la vieille basilique,*
> *Toute ainsi qu'elle était puissante et magnifique,*
> *Se lever devant eux comme l'ombre d'un mort!*

Cayeron sobre una otomana acezantes y jubilosas.

Inmensa ternura sacudió el corazón de Raquel rebosante de lágrimas. Deseaba comprenderlas y justificarlas, pues ella misma, ahora, se creía una princesa cuidada por dos reinas; pero se resistía a verlas enloquecidas en el vértigo del sueño, miserables en el hondón de su pasado. Las quería silenciosas, con ese moverse de palomas en un mundo aparte y la atemorizaba el aniquilamiento que les causaría su imprudencia. No podría volver de nuevo a la soledad y a la pobreza.

En la dureza de la fiebre las raíces sañudas del frío hendían estremecimientos y sollozos. Raquel reptaba hasta la frescura de los cojines y oprimía su cabeza incoherente. En el jaspe de los tapices, en la greca de las cornisas veía a las dos mujeres, con sobresalto dañino, llorar rencoroso desprecio. Jamás habrían de perdonarla.

Se vistió de prisa y expectante fue al comedor, pero los manjares, la vajilla, la lujosa mantelería de la mesa del desayuno, le desgarraron la esperanza. Entre tanta riqueza los tres cubiertos eran briznas en un océano de oro.

Antecedidas por el mozo de filipina con alamares entraron las dos Moncadas soberbias y estruendosas. Sus trajes eran más opulentos que los de la fiesta y las alhajas más profusas.

Mostraban el contento enfermizo que se les vio por la tarde. La atendían con singular deferencia y, sin recato, continuaban la farsa de sus vidas: recuerdos de infancia y sucesos de Londres o París.

Raquel, empeñosa en congraciarse con las ancianas, festejaba sus ocurrencias. Pero había algo más en el espectáculo: venía del jardín un olor sucio como si el pozo soplara el aliento de su agua podrida y al mismo tiempo los naranjos del patio hubieran florecido. El té le sabía distinto; algo pasaba en las cosas como una sensación de tristeza envolvente. Tal vez el insomnio le clavaba el malestar corrosivo.

Al tomar el vaso de leche, sus manos no la obedecían. Desgarbadas cayeron sobre la mesa. El líquido se extendió sobre el encaje y deslizó sus tentáculos hasta el suelo.

Las señoritas De Moncada, sin preocuparse, continuaron su diálogo en francés y en italiano sin importarles el aturdimiento de la muchacha que, avergonzada, intentó secar la humedad con la servilleta.

El hormigueo que le subía desde las rodillas llegó a su pecho y a sus labios y a su lengua de bronce. Ajena, su cabeza se llenó de gritos que ya no lograba sostener sobre los hombros. El corazón cabalgaba empavorecido. Con el resto de sus fuerzas interrogó a las viejas y las vio, pintadas y simiescas, sus cabellos de yodo, las mejillas agrietadas y los ojos con fulgores dementes.

Cada gota de su sangre fue atrapada por el miedo. Se puso de pie, vacilante, frente al terror, pero un marasmo de sueño la quebrantaba. Salió a los corredores tambaleándose. En un velo de bruma distinguió a medias la tarima del pozo apoyada contra el brocal y la escultura del san José sobre el musgo y se arrastró con pesadez hasta las rejas encadenadas.

A través de un vidrio de aumento puertas y ventanas se multiplicaron, todas blindadas como tumbas. Crecían los muros, los pasillos se alargaban y un tren ondulante subía por las paredes. El jardín era un bosque gigantesco.

Caminó de espaldas, perdida entre la realidad y el delirio. Tropezó con un pedestal de alabastro, derrumbó la estatuilla. Más allá echó abajo el macetón de azulejos.

Arrastró consigo las enredaderas y las jaulas de los pájaros que respondieron con chillidos y aletazos. Ramas, helechos, palmas, en destrozo fatídico la abandonaban a su abismo.

Llegó hasta su alcoba y en el balcón quiso pedir auxilio, pero las puertas no se abrieron.

Enloquecida, estrelló sus puños contra los postigos, desgarró las cortinas e intentó gritar. Su lengua sólo aleteó como saltapared recién nacido.

Doliente, tras de la vidriera, distinguía cómo las mujeres la miraban tranquilas, de pie, desde el quicio de la puerta.

En un destello final, Raquel lanzó un gemido y se desplomó deshecha.

Despacio las dos hermanas llegaron entre la espesura del silencio.

Monina se acercó primero, tocó los labios tibios de la muchacha y llamó a su hermana.

Le acomodaron la ropa que dejaba al descubierto las piernas descoloridas. Con infinito celo doblaron sus brazos y peinaron su cabello alborotado. Luego, parsimoniosamente, entre las dos, levantaron la mísera carga: de los hombros y con delicadeza, la una; de los tobillos la otra, y llevaron sigilosas el cuerpo hasta el pozo.

Sostuvieron a Raquel en el brocal; sus delgadas piernas pendían en el vacío. Un segundo después se alzó el sordo gemido del agua.

Colocaron la estatua, los jarrones y las macetas y, cogidas del brazo, como para una serenata, las señoritas De Moncada regresaron al salón de sus fiestas.

Amparo Dávila

❦

EL ENTIERRO

A Julio y Aurora Cortázar

Volvió en sí en un hospital, en un cuarto pequeño donde todo era blanco y escrupulosamente limpio, entre tanques de oxígeno y frascos de suero, sin poder moverse ni hablar, sin permiso de recibir visitas. Con la conciencia vino también la desesperación de encontrarse hospitalizado y de una manera tan estricta. Todos sus intentos de comunicarse con su oficina, de ver a su secretaria, fueron inútiles. Los médicos y las enfermeras le suplicaban a cada instante que descansara y se olvidara, por un tiempo, de todas las cosas, que no se preocupara por nada. —"Su salud es lo primero, descanse usted, repose, repose, trate de dormir, de no pensar…"— Pero, ¿cómo dejar de pensar en su oficina abandonada de pronto sin instrucciones, sin dirección? ¿Cómo no preocuparse por sus negocios y todos los asuntos que estaban pendientes? Tantas cosas que había dejado para resolver al día siguiente. Y la pobre Raquel sin saber nada… Su mujer y sus hijos eran acompañantes mudos. Se turnaban a su cabecera pero tampoco lo dejaban hablar ni moverse —"Todo está bien en la oficina, no te preocupes, descansa tranquilo"—. Él cerraba los ojos y fingía dormir, daba órdenes mentalmente a su secretaria, repasaba todos sus asuntos, se desesperaba. Por primera vez en la vida se sentía maniatado, dependiendo sólo de la voluntad de otros, sin poder rebelarse porque sabía que era inútil intentarlo. Se preguntaba también cómo habrían tomado sus amigos la noticia de su enfermedad, cuáles habrían sido los comentarios. A veces, un poco adormecido a fuerza de pensar y pensar, identificaba el sonido del oxígeno con el de su grabadora, y sentía entonces que estaba en la oficina dictando como acostumbraba hacerlo, al llegar por las mañanas; dictaba largamente hasta que, de pronto y sin tocar la puerta, entraba su secretaria con una enorme jeringa de inyecciones y lo picaba cruelmente; abría entonces los ojos y se encontraba de nuevo allí, en su cuarto del hospital.

Todo había empezado de una manera tan sencilla que no le dio importancia. Aquel dolorcillo tan persistente en el brazo derecho lo había atribuido a una simple reuma ocasionada por la constante humedad del ambiente, a la vida sedentaria, tal vez abusos en la bebida… tal vez. De pronto sintió que algo por dentro se le rompía, o se abría, que estallaba, y un dolor mortal, rojo, como una puñalada de fuego que lo atravesaba; después la caída, sin gritos, cayendo cada vez más hondo, cada vez más negro, más hondo y más negro, sin fin, sin aire, en las garras de la asfixia muda.

Después de algún tiempo, casi un mes, le permitieron irse a su casa, a pasar parte del día en un sillón de descanso y parte recostado en la cama. Días eternos sin hacer nada, leyendo sólo el periódico, y eso después de una gran insistencia de su parte. Contando las horas, los minutos, esperando que se fuera la mañana y viniera la tarde, después la noche, otro día, otro, y así… Aguardando con verdadera ansiedad que fuera algún amigo a platicar un rato. Casi a diario les preguntaba a los médicos con marcada impaciencia, cuándo estaría bien, cuándo podría reanudar su vida ordinaria —"Vamos bien, espere un poco más". "Tenga calma, estas cosas son muy serias y no se pueden arreglar tan rápidamente como uno quisiera. Ayúdenos usted…"—. Y así era siempre. Nunca pensó que le llegara a pasar una cosa semejante, él que siempre había sido un hombre tan sano y tan lleno de actividad.

Que tuviera de pronto que interrumpir el ritmo de su vida y encontrarse clavado en un sillón de descanso, allí en su casa, a donde desde algunos años atrás no iba sino a dormir, casi siempre en plena madrugada; a comer de vez en cuando (los cumpleaños de sus hijos y algunos domingos que pasaba con ellos). En la actualidad sólo hablaba con su mujer lo más indispensable, cosas referentes a los muchachos que era necesario discutir o resolver de común acuerdo, o cuando tenían algún compromiso social, de asistir a una fiesta o de recibir en su casa. El alejamiento había surgido a los pocos años de matrimonio. Él no podía atarse a una sola mujer, era demasiado inquieto, tal vez demasiado insatisfecho. Ella no lo había comprendido. Reproches, escenas desagradables, caras largas… hasta que al fin acabó por desentenderse totalmente de ella y hacer su vida como mejor le complacía. No hubo divorcio; su mujer no admitía esas soluciones anticatólicas, y se concretaron sólo a ser padres para los hijos y a cumplir con las apariencias. Había llegado a serle tan extraña que ya no sabía qué platicarle ni qué decirle. Ahora ella lo atendía con marcada solicitud, que él no llegaba a entender si era todavía un poco de afecto, sentido del deber, o tal vez lástima de verlo tan enfermo. Como fuera, se encontraba bastante incómodo ante ella, no porque sintiera remordimientos de ninguna especie (nunca había tenido remordimientos en la vida), sólo su propio yo tenía validez, los otros funcionaban en relación con su deseo.

Pocos amigos lo visitaban. Los más íntimos: "¿cómo te sientes?", "¿qué tal va ese ánimo?", "hoy te ves muy bien", "hay que darse valor, animarse", "pronto estarás bien", "tienes muy buen semblante, no pareces enfermo" (entonces sentía unos deseos incontrolables de gritar que no estaba enfermo del semblante, que cómo podían ser tan imbéciles), pero se contenía; lo decían seguramente de buena fe; además no era justo portarse grosero con quienes iban a platicar un rato con él y a distraerlo un poco. Esos momentos con sus amigos y los ratos que pasaba con sus hijos cuando no iban a clases, eran su única distracción.

Todos los días aguardaba el momento en que su mujer se metía bajo la regadera; entonces descolgaba el teléfono y en voz muy baja le hablaba a Raquel. A veces ella le contestaba al primer timbrazo; otras tardaba; otras no contestaba; él imaginaba entonces cosas que lo torturaban terriblemente: la veía en la cama, en completo abandono, acompañada todavía, sin oír siquiera el timbre del teléfono, sin acordarse ya de él, de todas sus promesas... En esos momentos quería aventar el teléfono y las mantas que le calentaban las piernas, y correr, llegar pronto, sorprenderla (todas eran iguales, mentirosas, falsas, traidoras, "el muerto al hoyo y el vivo al pollo", miserables, vendidas, cínicas, poca cosa, pero de él no se burlaría, la pondría en su lugar, la botaría a la calle, a donde debía estar, la enseñaría a que aprendiera a comportarse, a ser decente, se buscaría otra muchacha mejor y se la pondría enfrente, ya vería la tal Raquel, ya vería...). Pálido como un muerto y todo tembloroso, pedía a gritos un poco de agua y la pastilla calmante. Otro día ella contestaba el teléfono rápidamente y todo se le olvidaba.

Los días seguían pasando sin ninguna mejoría —"Debe usted tener paciencia, ésta es una cosa lenta, ya se lo hemos dicho, espere un poco más"—. Pero él empezó a observar cosas bastante evidentes: las medicinas que disminuían o se tornaban en simples calmantes; pocas radiografías, menos electrocardiogramas; las visitas de los médicos cada vez más cortas y sin comentarios; el permiso para ver a su secretaria y tratar con ella los asuntos más urgentes; la notable preocupación que asomaba a los rostros de su mujer y de sus hijos; su solicitud exagerada al no querer ya casi dejarlo solo, sus miradas llenas de ternura… Desde algunos días atrás su mujer dejaba abierta la puerta de la recámara, contigua a la de él, y varias veces durante la noche le daba vueltas con el pretexto de ver si necesitaba algo. Una noche que no dormía la oyó sollozar. No tuvo más dudas entonces, ni abrigó más esperanzas. Lo entendió todo de golpe, no tenía remedio y el fin era tal vez cercano. Experimentó otro desgarramiento, más hondo aún que el del ataque. El dolor sin límite ni esperanza de quien conoce de pronto su sentencia y no puede esperar ya nada sino la muerte; de quien tiene que dejarlo todo cuando menos lo pensaba, cuando todo estaba organizado para la vida, para el bienestar físico y económico; cuando había logrado cimentar una envidiable situación; cuando tenía tres muchachos inteligentes y hermosos a punto de convertirse en hombres, cuando había encontrado una chica como Raquel. La muerte no estuvo nunca en sus planes ni en su pensamiento. Ni aun cuando moría algún amigo o algún familiar pensaba en su propia desaparición; se sentía lleno de vida y de energías. ¡Tenía tantos proyectos, tantos negocios planeados, quería tantas cosas! Deseó ardientemente, con toda su alma, encontrarse en otro día, sentado frente a su escritorio dictando en la grabadora, corriendo de aquí para allá, corriendo siempre para ganarle tiempo al tiempo. ¡Que todo hubiera sido una horrible pesadilla! Pero lo más cruel era que no podía engañarse a sí mismo. Había ido observando día a día que su cuerpo le respondía cada vez menos, que la fatiga comenzaba a ser agobiante, la respiración más agitada.

Aquel descubrimiento lo hundió en una profunda depresión. Así pasó varios días, sin hablar, sin querer saber de sus negocios, sin importarle nada. Después, y casi sin darse cuenta, empezó, de tanto pensar y pensar en la muerte, a familiarizarse con ella, a adaptarse a la idea. Hubo veces en que casi se sintió afortunado por conocer su próximo fin y no que le hubiera pasado como a esas pobres gentes que se mueren de pronto y no dan tiempo ni a decirles "Jesús te ayude"; los que se mueren cuando están durmiendo y pasan de un sueño a otro sueño, dejándolo todo sin arreglar. Era preferible saberlo y preparar por sí mismo las cosas; hacer su testamento correctamente, y también ¿por qué no? dejar las disposiciones para el entierro. Quería ser enterrado, en primer lugar, como lo merecía el hombre que trabajó toda la vida hasta lograr una respetable posición económica y social y, en segundo término, a su gusto y no a gusto y conveniencias de los demás. "Ya todo es igual, para qué tanta ostentación, son vanidades que ya no tienen sentido", eso solían opinar siempre los familiares de los muertos. Pero para quien lo dejaba todo, sí tenía sentido que las dos o tres cosas últimas que se llevaba fueran de su gusto. Empezó por pensar cuál sería el cementerio conveniente. El Inglés tenía fama de ser el más distinguido y por lo tanto debía ser el más costoso. Ahí fue a enterrar a dos amigos y no lo encontró mal ni deprimente; parecía más bien un parque, con muchas estatuas y prados muy bien cuidados. Sin embargo, se respiraba allí una cierta frialdad establecida: todo simétrico, ordenado, exacto como la mentalidad de los ingleses y, para ser sincero consigo mismo, nunca le habían simpatizado los ingleses con su eterna careta de serenidad, tan metódicos, tan puntuales, tan llenos de puntos y comas. Siempre le costó mucho trabajo entenderlos las ocasiones en que tuvo negocios con ellos; eran minuciosos, detallistas y tan buenos financieros que le producían profundo fastidio. Él, que era tan decidido en todas sus cosas, que se jugaba los negocios muchas veces por pura corazonada, que al tomar una decisión había dicho su última palabra, que cerraba un negocio y pasaba inmediatamente a otro, no soportaba a aquellos tipos que volvían al principio del asunto, hacían mil observaciones, establecían cláusulas, imponían mil condiciones, ¡vaya que eran latosos!… Mejor sería pensar en otro cementerio. Se acordó entonces del Jardín, allí donde estaba enterrada su tía Matilde. No cabía duda de que era el más bonito: fuera de la ciudad, en la montaña, lleno de luz, de aire, de sol (por cierto que no supo nunca cómo había quedado el monumento de su tía; no tenía tiempo para ocuparse de esas cosas, no por falta de voluntad, ¡claro!; su mujer le contó que lo habían dejado bastante bien). Ahí también estaba Pepe Antúnez, ¡tan buen amigo, y qué bueno era para una copa!, nunca se doblaba, aguantaba hasta el final. Ya cuando estaba alegre, le gustaba oír canciones de Guty Cárdenas, y por más que le dijeron que dejara la copa nunca hizo caso: "Si no fuera por éstas —decía levantando la copa—, y una o dos cosas más, ¡qué aburrida sería la vida!" Y se murió de eso. Él tampoco había sido malo para la copa: unos cuantos *whiskies* para hacer apetito, una botella de vino en la comida, después algún coñac o una crema y, si no hubiera sido porque tenía demasiados negocios y le quedaba poco tiempo, a lo mejor habría acabado como el pobre Pepe… Pensó también en el Panteón Francés. "Tiene su categoría, no cabe duda, pero es el que más parece un cementerio: tan austero, tan depresivo. Es extraño que sea así, pues los franceses siempre parecen tan llenos de vida y de alegría… sobre todo ellas… Renée, Dennise, Viviàne…" Y sonrió complacido, "¡guapas muchachas!" Cuando estaba por los cuarenta creía que tener una amante francesa era de muy buen tono y provocaba cierta envidia entre los amigos, pues existe la creencia de que las francesas y las italianas conocen todos los secretos y misterios de la alcoba. Después, con los años y la experiencia, llegó a saber que el ardor y la sabiduría eróticos no son un rasgo racial, sino exclusivamente personal. Había tenido dos amantes francesas por aquel entonces. Viviàne no fue nada serio. A Renée se la presentaron en un coctel de la Embajada Francesa:

—Acabo de llegar… estoy muy desorientada… no sé cómo empezar los estudios que he venido a hacer, usted sabe, un país desconocido…

—Lo que usted necesita es un padrino que la oriente, algo así como un tutor…

La mirada con que ella aceptó el ofrecimiento fue tan significativa, que él supo que podría aspirar a ser algo más que tutor. Y así fue: casi sin preámbulos ni rodeos se habían entendido. Con la misma naturalidad con que algunas mujeres toman un baño o se cepillan los dientes, aquellas niñas iban a la cama. Le había puesto un departamento chico pero agradable y acogedor: una pequeña estancia con cantina, una cocinita y un baño. En la estancia había un cauch forrado de terciopelo rojo que servía de asiento y de cama, una mesa y dos libreros. Renée llevó solamente algunos libros, una máquina de escribir y sus objetos personales. Él le regaló un tocadiscos para que pudiera oír música mientras estudiaba. Ella nunca cocinaba en el departamento, decía que no le quedaba tiempo con tantas clases y se quejaba siempre de que comía mal, en cualquier sitio barato. Los hermanos estudiaban aún, el padre, un abogado ya viejo, litigaba poco. Por lo tanto, de su casa le enviaban una cantidad muy reducida para sus gastos. Él no había podido soportar que Renée viviera así y le regaló una tarjeta del Diners' Club para que comiera en buenos restaurantes. Al poco tiempo tuvo que cambiarla a otro departamento más grande y, por supuesto, más costoso. Ella se lamentaba continuamente de que el departamento era demasiado reducido, de que se sentía asfixiar, de que los vecinos hacían mucho ruido y no la dejaban trabajar… Después tuvo que comprarle un automóvil, porque perdía mucho tiempo en ir y venir de la escuela, los camiones siempre iban llenos de gente sucia y de léperos que la asediaban con sus impertinencias; a veces hasta necesitaba pedir ayuda. ¡Y claro que él no podía permitir esas cosas! Renée le había gustado mucho, era cierto, pero nunca se apasionó por ella. La relación duró como un año. Después ella empezó a no dejarse ver tan seguido, "tengo que estudiar mucho, reprobé una materia, y quiero presentarla a título de suficiencia, un compañero me va a ayudar…" Cuando ella tenía que estudiar, lo cual sucedía casi todas las noches, él pasaba a llevarle una caja de chocolates o algunos bocadillos; ella abría la puerta y recibía el obsequio pero no le permitía entrar, "estando tú, no podré estudiar y tengo que pasar el examen", le daba un beso rápido y cerraba la puerta con un *au revoir chéri*. Él se marchaba entonces un poco fastidiado en busca de algún amigo para ver una variedad, o a tomar algunas copas antes de irse a dormir a su… Aquel día le llevó los chocolates como de costumbre. Se había despedido, y ya se iba, cuando notó que llevaba desanudada la cinta de un zapato, se agachó para amarrársela, pegado casi a la puerta del departamento. Entonces escuchó las risas de ellos y algunos comentarios: —Ya nos trajeron nuestros chocolates. —¡Pobre viejo tonto!, decía el muchacho. Después más risa, después… ¡Lo que había sentido! Toda la sangre se le subió de pronto a la cabeza, quiso tirar la puerta y sorprenderlos, golpear, gritar; y no estaba enamorado, era su orgullo, su vanidad por primera vez ofendida. ¡Qué buena jugada le había hecho la francesita! Encendió un cigarrillo y le dio varias fumadas. No valía la pena, había reflexionado de pronto, sólo quedaría en ridículo, o a lo mejor se le pasaba la mano y mataba al muchacho y ¿entonces?, ¡qué escándalo en los periódicos! Un hombre de su posición engañado por un estudiantillo, ¡daba risa! Sus amigos se burlarían de él hasta el fin de su vida, ya se lo imaginaba. Además, toda la familia se enteraría, los clientes que lo juzgaban una persona tan seria y honorable… No, de ninguna manera se comprometería con un asunto de tal índole.

Tomó el elevador y salió del edificio, estacionó su carro a cierta distancia y esperó fumando cigarrillo tras cigarrillo. Quería saber a qué hora salía el muchacho, para estar totalmente seguro. Esperó hasta las siete de la mañana; lo vio salir arreglándose el cabello, bostezando... Después ella lo había buscado muchas veces. Lo llamaba a su oficina, lo esperaba a la entrada, lo buscaba en los bares acostumbrados. Él permaneció inabordable; ya no le interesaba: había miles como ella, o mejores. Dennise no significó nada, se acostó con ella dos o tres veces, y era mucho, pues todos sus amigos y casi media ciudad, habían pasado sólo una vez por su lecho; tenía la cualidad de ser muy aburrida y la obsesión de casarse con quien se dejara, además era larga y flacucha, no tenía nada...

Se decidió finalmente por el Cementerio Jardín, quedaría cerca de su tía Matilde. Después de todo, ella fue como su segunda madre, lo había recogido cuando quedó huérfano y le dio cariño y protección. Ordenaría que le hicieran un monumento elegante y sobrio: una lápida de mármol con el nombre y la fecha. Compraría una propiedad para toda la familia; que pasaran allí a la tía Matilde y a sus hermanos. Comprar una propiedad tenía sus ventajas: como inversión era bastante buena, pues los terrenos suben de precio siempre, aun los de los cementerios; aseguraba también que sus hijos y su mujer tuvieran dónde ser enterrados; no sería nada difícil que acabaran con la herencia que iba a dejarles, ¡había visto tantos casos de herencias cuantiosas dolorosamente dilapidadas! Su ataúd sería metálico, bien resistente y grande; no quería que le pasara lo que a Pancho Rocha: cuando fue a su velorio tuvo la desagradable impresión de que lo habían metido en una caja que le quedaba chica. Pediría una carroza de las más elegantes y caras para que las gentes que vieran pasar su entierro dijeran: debe haber sido alguna persona muy importante y muy rica. En cuanto a la agencia funeraria donde sería velado no había problema, Gayosso era la mejor de todas. Estas disposiciones irían incluidas en el testamento que pensaba entregar a su abogado y que debería ser abierto tan pronto él muriera para darle tiempo a la familia de cumplir sus últimos deseos.

Los días empezaron a hacérsele cortos. A fuerza de pensar y pensar se le iban las horas sin sentir. Ya no sufría esperando las visitas de los amigos; por el contrario, deseaba que no fueran a interrumpirlo ni que su secretaria llegara a informarlo o a consultarle cosas de sus negocios. La familia comenzó a hacerse conjeturas al observar el cambio que había experimentado después de tantos días sumido en el abatimiento. Se le veía entusiasmado con lo que planeaba; sus ojos tenían otra vez brillo. Permanecía callado, era cierto, pero ocupado en algo muy importante. Llegaron a pensar que estaría madurando alguno de esos grandes negocios que solía realizar. Para ellos este cambio fue un alivio, pues su depresión les hacía más dura la sentencia que se cernía sobre él.

Comenzó por escribir el testamento, las disposiciones para el entierro las dejaría al final, ya que estaban totalmente planeadas y resueltas. La fortuna —fincas, acciones, dinero en efectivo— sería repartida por partes iguales entre su mujer y sus tres hijos; su mujer quedaría como albacea hasta que los muchachos hubieran terminado sus carreras y estuvieran en condiciones de iniciar un trabajo. A Raquel le dejaría la casa que le había puesto y una cantidad de dinero suficiente para que hiciera algún negocio. A su hermana Sofía, algunas acciones de petróleos; la pobre nunca estaba muy holgada en cuestión de dinero, con tantos hijos y con Emilio que casi siempre terminaba mal en todos los negocios que emprendía. A su secretaria le daría la casa de la Colonia del Valle: había sido tan paciente con él, tan fiel y servicial, tenía casi quince años a su servicio… Su hermano Pascual no necesitaba nada, ya que era tan rico como él. Pero su tía Carmen sí, aunque era cierto que nunca tuvo gran cariño por aquella vieja neurasténica que siempre lo estaba regañando y censurando; en fin, así era la pobre y ya estaba tan vieja que le quedaría sin duda poco tiempo de vida, que por lo menos ese tiempo tuviera todo lo que se le antojara.

Tardó varios días en escribir el testamento. No quería que nadie se enterara de su contenido hasta el momento oportuno. Escribía en los pocos ratos en que lo dejaban solo. Cuando alguien llegaba, escondía los papeles en el escritorio y cerraba con llave el cajón. Todo había quedado perfectamente aclarado para no dar lugar a confusiones y pleitos; era un testamento bien organizado y justo, no defraudaría a nadie. Sólo faltaba agregar allí las disposiciones para el entierro, lo cual haría en cualquier otro momento.

Dos cosas deseaba antes de morir: salir a la calle por última vez, caminar solo, sin que nadie lo vigilara y sin que nadie en su casa se enterara, caminar como una de esas pobres gentes que van tan tranquilas sin saber que llevan ya su muerte al lado y que al cruzar la calle un carro las atropella y las mata, o los que se mueren cuando están leyendo el periódico mientras hacen cola para esperar su camión; quería también volver a ver una vez más a Raquel, ¡la había extrañado tanto!… La última vez que estuvieron juntos cenaron fuera de la ciudad; el lugar era íntimo y agradable, muy poca luz, la música asordinada, lenta… A las tres copas Raquel quiso bailar; él se había negado: le parecía ridículo a su edad, podía encontrarse con algún conocido, eso ya no era para él; pero ella insistió, insistió y ya no pudo negarse. Recordaba aún el contacto de su cuerpo tan generosamente dotado, su olor de mujer joven y limpia, y como si hubiera tenido un presentimiento, la había estrechado más.

Cuando la fue a dejar a su casa, no se quedó con ella; no se sentía bien, tenía una extraña sensación de ansiedad, algo raro que le oprimía el pecho, lo sofocaba y le dificultaba la respiración; apenas había podido llegar a su casa y abrir el garaje… Cumpliría estos deseos, sin avisarle a nadie, se escaparía. Después de la comida resultaría fácil: su mujer dormía siempre una pequeña siesta y los sirvientes hacían una larga sobremesa. Él pasaba siempre las tardes en la biblioteca, donde había una puerta que comunicaba con el garaje; por allí saldría sin ser visto. En el clóset de la biblioteca tenía abrigo y gabardina… Cuando regresara les explicaría todo, ellos entenderían. En su situación ya nada podía hacerle mal, su muerte era irremediable. Se quedara sentado inmóvil como un tronco o saliera a caminar, para el caso ya todo era igual… En aquel momento entró su mujer: la tarde estaba fría, llovía un poco, era mejor irse a la cama. Accedió de buena gana y se dejó llevar. Antes de dormirse volvió a pensar con gran regocijo que al día siguiente haría su última salida. Se sentía tan emocionado como el muchacho que se va por primera vez de parranda: vería a Raquel, vería otra vez las calles, caminaría por ellas…

Estaba en la biblioteca, como de costumbre, sentado en su eterno sillón de descanso. No se escuchaba el menor ruido. Parecía que no había un alma en toda la casa. Sonrió complacido: todo iba a resultarle más fácil de lo que había pensado. Eran cerca de las cuatro de la tarde cuando se decidió a salir. Sacó del clóset la gabardina, una bufanda de lana y un sombrero. Se arregló correctamente y escuchó pegado a la puerta, pero no había la menor señal de vida en aquella casa; todo era silencio, un silencio absoluto. Bastante tranquilo salió por la puerta del garaje, no sin antes haberse colocado unos gruesos lentes oscuros para no ser reconocido. Quería caminar solo. La tarde era gris y algo fría, tarde de otoño ya casi invierno. Se acomodó la bufanda y se subió el cuello de la gabardina, se alejó de la casa lo más rápido que pudo. Después, confiado, aminoró el paso y se detuvo a comprar cigarrillos. Encendió uno y lo saboreó con gran deleite, ¡tanto tiempo sin fumar! Al principio les pedía siempre a sus amigos que le llevaran cigarrillos, nunca lo hicieron, después no volvió a pedirlos. Caminó un rato sin rumbo, hasta que se dio cuenta de que iba en dirección contraria a la casa de Raquel y cambió su camino. Al llegar a una esquina se detuvo: venía un cortejo fúnebre y ya no le daba tiempo de atravesar la calle. Esperaría... Pasaron primero unos camiones especiales llenos de personas enlutadas, después siguió una carroza negra, nada ostentosa, común y corriente, sin galas, "debía ser un entierro modesto". Sin embargo, detrás de la carroza, varios camiones llevaban grandes ofrendas florales, coronas enormes y costosas, "entonces se trataba de alguna persona importante". Venía después el automóvil de los deudos, un Cadillac negro último modelo, "igual al suyo". Al pasar el coche pudo distinguir en su interior las caras desencajadas y pálidas de sus hijos y a su mujer que, sacudida por los sollozos, se tapaba la boca con un pañuelo para no gritar.

Inés Arredondo

❧

LA SUNAMITA

> Y buscaron una moza hermosa por todo el término de Israel,
> y hallaron a Abišag Sunamita, y trajéronla al rey.
>
> y la moza era hermosa, la cual calentaba al rey, y le ser-
> vía: mas el rey nunca la conoció.   Reyes I, 1: 3-4

AQUÉL fue un verano abrasador. El último de mi juventud.

Tensa, concentrada en el desafío que precede a la combus-
tión, la ciudad ardía en una sola llama reseca y deslumbrante. En el centro de la llama estaba yo, vestida de negro, orgullosa, alimentando el fuego con mis cabellos rubios, sola. Las
miradas de los hombres resbalaban por mi cuerpo sin man-
charlo y mi altivo recato obligaba al saludo deferente. Estaba segura de tener el poder de domeñar las pasiones, de pu-
rificarlo todo en el aire encendido que me cercaba y no me
consumía.

Nada cambió cuando recibí el telegrama; la tristeza que
me trajo no afectaba en absoluto la manera de sentirme en el
mundo: mi tío Apolonio se moría a los setenta y tantos años
de edad; quería verme por última vez puesto que yo había vivido en su casa como una hija durante mucho tiempo, y yo
sentía un sincero dolor ante aquella muerte inevitable. Todo
esto era perfectamente normal, y ningún estremecimiento, ningún augurio me hizo sospechar nada. Hice los rápidos pre-
parativos para el viaje en aquel mismo centro intocable en
que me envolvía el verano estático.

Llegué al pueblo a la hora de la siesta.

Caminando por las calles solitarias con mi pequeño veliz en la mano, fui cayendo en el entresueño privado de realidad y de tiempo que da el calor excesivo. No, no recordaba, vivía a medias, como entonces. "Mira, Licha, están floreciendo las amapas." La voz clara, casi infantil. "Para el dieciséis quiero que te hagas un vestido como el de Margarita Ibarra." La oía, la sentía caminar a mi lado, un poco encorvada, ligera a pesar de su gordura, alegre y vieja; yo seguía adelante con los ojos entrecerrados, atesorando mi vaga, tierna angustia, dulcemente sometida a la compañía de mi tía Panchita, la hermana de mi madre —"Bueno, hija, si Pepe no te gusta... pero no es un mal muchacho"—. Sí, había dicho eso justamente aquí, frente a la ventana de la Tichi Valenzuela, con aquel gozo suyo, inocente y maligno. Caminé un poco más, nublados ya los ladrillos de la acera, y cuando las campanadas resonaron pesadas y reales, dando por terminada la siesta y llamando al rosario, abrí los ojos y miré verdaderamente el pueblo: era otro, las amapas no habían florecido y yo estaba llorando, con mi vestido de luto, delante de la casa de mi tío.

El zaguán se encontraba abierto, como siempre, y en el fondo del patio estaba la bugambilia. Como siempre. Pero no igual. Me sequé las lágrimas y no sentí que llegaba, sino que me despedía. Las cosas aparecían inmóviles, como en el recuerdo, y el calor y el silencio lo marchitaban todo. Mis pasos resonaron desconocidos, y María salió a mi encuentro.

—¿Por qué no avisaste? Hubiéramos mandado...

Fuimos directamente a la habitación del enfermo. Al entrar casi sentí frío. El silencio y la penumbra precedían a la muerte.

—Luisa, ¿eres tú?

Aquella voz cariñosa se iba haciendo queda y pronto enmudecería del todo.

—Aquí estoy, tío.

—Bendito sea Dios, ya no me moriré solo.

—No diga eso, pronto se va aliviar.

Sonrió tristemente; sabía que le estaba mintiendo, pero no quería hacerme llorar.

—Sí, hija, sí. Ahora descansa, toma posesión de la casa y luego ven a acompañarme. Voy a tratar de dormir un poco.

Más pequeño que antes, enjuto, sin dientes, perdido en la cama enorme y sobrenadando sin sentido en lo poco que le quedaba de vida, atormentaba como algo superfluo, fuera de lugar, igual que tantos moribundos. Esto se hacía evidente al salir al corredor caldeado y respirar hondamente, por instinto, la luz y el aire.

Comencé a cuidarlo y a sentirme contenta de hacerlo. La casa era mi casa y muchas mañanas al arreglarla tarareaba olvidadas canciones. La calma que me rodeaba venía tal vez de que mi tío ya no esperaba la muerte como una cosa inminente y terrible, sino que se abandonaba a los días, a un futuro más o menos corto o largo, con una dulzura inconsciente de niño. Repasaba con gusto su vida y se complacía en la ilusión de dejar en mí sus imágenes, como hacen los abuelos con sus nietos.

—Tráeme el cofrecito ese que hay en el ropero grande. Sí, ése. La llave está debajo de la carpeta, junto a san Antonio, tráela también.

Y revivían sus ojos hundidos a la vista de sus tesoros.

—Mira, este collar se lo regalé a tu tía cuando cumplimos diez años de casados, lo compré en Mazatlán a un joyero polaco que me contó no sé qué cuentos de princesas austriacas y me lo vendió bien caro. Lo traje escondido en la funda de mi pistola y no dormí un minuto en la diligencia por miedo a que me lo robaran…

La luz del sol poniente hizo centellear las piedras jóvenes y vivas en sus manos esclerosadas.

—…este anillo de montura tan antigua era de mi madre, fíjate bien en la miniatura que hay en la sala y verás que lo tiene puesto. La prima Begoña murmuraba a sus espaldas que un novio…

Volvían a hablar, a respirar aquellas señoras de los retratos a quienes él había visto, tocado. Yo las imaginaba, y me parecía entender el sentido de las alhajas de familia.

—¿Te he contado de cuando fuimos a Europa en 1908, antes de la Revolución? Había que ir en barco a Colima… y en Venecia tu tía Panchita se encaprichó con estos aretes. Eran demasiado caros y se lo dije: "Son para una reina"… Al día siguiente se los compré. Tú no te lo puedes imaginar porque cuando naciste ya hacía mucho de esto, pero entonces, en 1908, cuando estuvimos en Venecia, tu tía era tan joven, tan…

—Tío, se fatiga demasiado, descanse.

—Tienes razón, estoy cansado. Déjame solo un rato y llévate el cofre a tu cuarto, es tuyo.

—Pero tío…

—Todo es tuyo ¡y se acabó!… Regalo lo que me da la gana.

Su voz se quebró en un sollozo terrible: la ilusión se desvanecía, y se encontraba de nuevo a punto de morir, en el momento de despedirse de sus cosas más queridas. Se dio vuelta en la cama y me dejó con la caja en las manos sin saber qué hacer.

Otras veces me hablaba del "año del hambre", del "año del maíz amarillo", de la peste, y me contaba historias muy antiguas de asesinos y aparecidos. Alguna vez hasta canturreó un corrido de su juventud que se hizo pedazos en su voz cascada. Pero me iba heredando su vida, estaba contento.

El médico decía que sí, que veía una mejoría, pero que no había que hacerse ilusiones, no tenía remedio, todo era cuestión de días más o menos.

Una tarde oscurecida por nubarrones amenazantes, cuando estaba recogiendo la ropa tendida en el patio, oí el grito de María. Me quedé quieta, escuchando aquel grito como un trueno, el primero de la tormenta. Después el silencio, y yo sola en el patio, inmóvil. Una abeja pasó zumbando y la lluvia no se desencadenó. Nadie sabe como yo lo terribles que son los presagios que se quedan suspensos sobre una cabeza vuelta al cielo.

—Lichita, ¡se muere!, ¡está boqueando!

—Vete a buscar al médico... ¡No! Iré yo... llama a doña Clara para que te acompañe mientras vuelvo.

—Y el padre... Tráete al padre.

Salí corriendo, huyendo de aquel momento insoportable, de aquella inminencia sorda y asfixiante. Fui, vine, regresé a la casa, serví café, recibí a los parientes que empezaron a llegar ya medio vestidos de luto, encargué velas, pedí reliquias, continué huyendo enloquecida para no cumplir con el único deber que en ese momento tenía: estar junto a mi tío. Interrogué al médico: le había puesto una inyección por no dejar, todo era inútil ya. Vi llegar al señor cura con el Viático, pero ni entonces tuve fuerzas para entrar. Sabía que después tendría remordimientos —*Bendito sea Dios, ya no me moriré solo*— pero no podía. Me tapé la cara con las manos y empecé a rezar.

Vino el señor cura y me tocó en el hombro. Creí que todo había terminado y un escalofrío me recorrió la espalda.

—Te llama. Entra.

No sé cómo llegué hasta el umbral. Era ya de noche y la habitación, iluminada por una lámpara veladora, parecía enorme. Los muebles, agigantados, sombríos, y un aire extraño estancado en torno a la cama. La piel se me erizó, por los poros respiraba el horror a todo aquello, a la muerte.

—Acércate —dijo el sacerdote.

Obedecí yendo hasta los pies de la cama, sin atreverme a mirar ni las sábanas.

—Es la voluntad de tu tío, si no tienes algo que oponer, casarse contigo *in articulo mortis*, con la intención de que heredes sus bienes. ¿Aceptas?

Ahogué un grito de terror. Abrí los ojos como para abarcar todo el espanto que aquel cuarto encerraba. "¿Por qué me quiere arrastrar a la tumba?"… Sentí que la muerte rozaba mi propia carne.

—Luisa…

Era don Apolonio. Tuve que mirarlo: casi no podía articular la sílabas, tenía la quijada caída y hablaba moviéndola como un muñeco de ventrílocuo.

—…por favor.

Y calló, extenuado.

No podía más. Salí de la habitación. Aquél no era mi tío, no se le parecía… Heredarme, sí, pero no los bienes solamente, las historias, la vida… Yo no quería nada, su vida, su muerte. No quería. Cuando abrí los ojos estaba en el patio y el cielo seguía encapotado. Respiré profundamente, dolorosamente.

—¿Ya?… —se acercaron a preguntarme los parientes, al verme tan descompuesta.

Yo moví la cabeza, negando. A mi espalda habló el sacerdote.

—Don Apolonio quiere casarse con ella en el último momento, para heredarla.

—¿Y tú no quieres? —preguntó ansiosamente la vieja criada—. No seas tonta, sólo tú te lo mereces. Fuiste una hija para ellos y te has matado cuidándolo. Si no te casas, los sobrinos de México no te van a dar nada. ¡No seas tonta!

—Es una delicadeza de su parte…

—Y luego te quedas viuda y rica y tan virgen como ahora —rió nerviosamente una prima jovencilla y pizpireta.

—La fortuna es considerable, y yo, como tío lejano tuyo, te aconsejaría que…

—Pensándolo bien, el no aceptar es una falta de caridad y de humildad.

"Eso es verdad, eso sí que es verdad." No quería darle un último gusto al viejo, un gusto que después de todo debía agradecer, porque mi cuerpo joven, del que en el fondo estaba tan satisfecha, no tuviera ninguna clase de vínculos con la muerte. Me vinieron náuseas y fue el último pensamiento claro que tuve esa noche. Desperté como de un sopor hipnótico cuando me obligaron a tomar la mano cubierta de sudor frío. Me vino otra arcada, pero dije "Sí".

Recordaba vagamente que me habían cercado todo el tiempo, que todos hablaban a la vez, que me llevaban, me traían, me hacían firmar, y responder. La sensación que de esa noche me quedó para siempre fue la de una maléfica ronda que giraba vertiginosamente en torno mío y reía, grotesca, cantando

yo soy la viudita que manda la ley

y yo en medio era una esclava. Sufría y no podía levantar la cara al cielo.

Cuando me di cuenta, todo había pasado, y en mi mano brillaba el anillo torzal que vi tantas veces en el anular de mi tía Panchita: no había habido tiempo para otra cosa.

Todos empezaron a irse.

—Si me necesita, llámeme. Déle mientras tanto las gotas cada seis horas.

—Que Dios te bendiga y te dé fuerzas.

—Feliz noche de bodas —susurró a mi oído con una risita mezquina la prima jovencita.

Volví junto al enfermo. "Nada ha cambiado, nada ha cambiado." Por lo menos mi miedo no había cambiado. Convencí a María de que se quedara conmigo a velar a don Apolonio, y sólo recobré el control de mis nervios cuando vi que amanecía. Había empezado a llover pero sin rayos, sin tormenta, quedamente.

Continuó lloviznando todo el día, y el otro, y el otro aún. Cuatro días de agonía. No teníamos apenas más visitas que las del médico y el señor cura; en días así nadie sale de su casa, todos se recogen y esperan a que la vida vuelva a comenzar. Son días espirituales, casi sagrados.

Si cuando menos el enfermo hubiera necesitado muchos cuidados mis horas hubieran sido menos largas, pero lo que se podía hacer por aquel cuerpo aletargado era bien poco.

La cuarta noche María se acostó en una pieza próxima y me quedé a solas con el moribundo. Oía la lluvia monótona y rezaba sin conciencia de lo que decía, adormilada y sin miedo, esperando. Los dedos se me fueron aquietando, poniendo morosos sobre las cuentas del rosario, y al acariciarlas sentía que por las yemas me entraba ese calor ajeno y propio que vamos dejando en las cosas y que nos es devuelto transformado: compañero, hermano que nos anticipa la dulce tibieza *del otro*, desconocida y sabida, nunca sentida y que habita en la médula de nuestros huesos. Suavemente, con delicia, distendidos los nervios, liviana la carne, fui cayendo en el sueño.

Debo haber dormido muchas horas: era la madrugada cuando desperté; me di cuenta porque las luces estaban apagadas y la planta eléctrica deja de funcionar a las dos de la mañana. La habitación, apenas iluminada por la lámpara de aceite que ardía sobre la cómoda a los pies de la Virgen, me recordó la noche de la boda, de *mi* boda... Hacía mucho tiempo de eso, una eternidad vacía.

Desde el fondo de la penumbra llegó hasta mí la respiración fatigosa y quebrada de don Apolonio. Ahí estaba todavía, pero no él, el despojo persistente e incomprensible que se obstinaba en seguir aquí sin finalidad, sin motivo aparente alguno. La muerte da miedo, pero la vida mezclada, imbuida en la muerte, da un horror que tiene muy poco que ver con la muerte y con la vida. El silencio, la corrupción, el hedor, la deformación monstruosa, la desaparición final, eso es doloroso, pero llega a un clímax y luego va cediendo, se va diluyendo en la tierra, en el recuerdo, en la historia. Y esto no, el pacto terrible entre la vida y la muerte que se manifestaba en ése estertor inútil, podía continuar eternamente. Lo oía raspar la garganta insensible y se me ocurrió que no era aire lo que entraba en aquel cuerpo, o más bien que no era un cuerpo humano el que lo aspiraba y lo expelía; se trataba de una máquina que resoplaba y hacía pausas caprichosas por juego, para matar el tiempo sin fin. No había allí un ser humano, alguien jugaba con aquel ronquido. Y el horror contra el que nada pude me conquistó: empecé a respirar al ritmo entrecortado de los estertores, respirar, cortar de pronto, ahogarme, respirar, ahogarme... sin poderme ya detener, hasta que me di cuenta de que me había engañado en cuanto al sentido que tenía el juego, porque lo que en realidad sentía era el sufrimiento y la asfixia de un moribundo. De todos modos, seguí, seguí, hasta que no quedó más que un solo respirar, un solo aliento inhumano, una sola agonía. Me sentí más tranquila, aterrada pero tranquila: había quitado la barrera, podía abandonarme simplemente y esperar el final común. Me pareció que con mi abandono, con mi alianza incondicional, *aquello* se resolvería con rapidez, no podría continuar, habría cumplido su finalidad y su búsqueda persistente en el vacío.

Ni una despedida, ni un destello de piedad hacia mí. Continué el juego mortal largamente, desde un lugar donde el tiempo no importaba ya.

La respiración común se fue haciendo más regular, más calmada, aunque también más débil. Me pareció regresar. Pero estaba tan cansada que no podía moverme, sentía el letargo definitivamente anidado dentro de mi cuerpo. Abrí los ojos. Todo estaba igual.

No. Lejos, en la sombra, hay una rosa; sola, única y viva. Está ahí, recortada, nítida, con sus pétalos carnosos y leves, resplandeciente. Es una presencia hermosa y simple. La miro y mi mano se mueve y recuerda su contacto y la acción sencilla de ponerla en el vaso. La miré entonces, ahora la conozco. Me muevo un poco, parpadeo, y ella sigue ahí, plena, igual a sí misma.

Respiro libremente, con mi propia respiración. Rezo, recuerdo, dormito, y la rosa intacta monta la guardia de la luz y del secreto. La muerte y la esperanza se transforman.

Pero ahora comienza a amanecer y en el cielo limpio veo, ¡al fin!, que los días de lluvia han terminado. Me quedo largo rato contemplando por la ventana cómo cambia todo al nacer el sol. Un rayo poderoso entra y la agonía me parece una mentira; un gozo injustificado me llena los pulmones y sin querer sonrío. Me vuelvo a la rosa como a una cómplice, pero no la encuentro: el sol la ha marchitado. Volvieron los días luminosos, el calor enervante; las gentes trabajaban, cantaban, pero don Apolonio no se moría, antes bien parecía mejorar. Yo lo seguía cuidando, pero ya sin alegría, con los ojos bajos y descargando en el esmero por servirlo toda mi abnegación remordida y exacerbada: lo que deseaba, ya con toda claridad, era que aquello terminara pronto, que se muriera de una vez. El miedo, el horror que me producían su vista, su contacto, su voz, eran injustificados, porque el lazo que nos unía no era real, no podía serlo, y sin embargo yo lo sentía sobre mí como un peso, y a fuerza de bondad y de remordimientos quería desembarazarme de él.

Sí, don Apolonio mejoraba a ojos vistas. Hasta el médico estaba sorprendido, no podía explicarlo.

Precisamente la mañana en que lo senté por primera vez recargado sobre los almohadones sorprendí aquella mirada en los ojos de mi tío. Hacía un calor sofocante y lo había tenido que levantar casi en vilo. Cuando lo dejé acomodado me di cuenta: el viejo estaba mirando con una fijeza estrábica mi pecho jadeante, el rostro descompuesto y las manos temblonas inconscientemente tendidas hacia mí. Me retiré instintivamente, desviando la cabeza.

—Por favor, entrecierra los postigos, hace demasiado calor —su cuerpo casi muerto se calentaba.

—Ven aquí, Luisa. Siéntate a mi lado. Ven.

—Sí, tío —me senté encogida a los pies de la cama, sin mirarlo.

—No me llames tío, dime Polo, después de todo ahora somos más cercanos parientes—. Había un dejo burlón en el tono con que lo dijo.

—Sí, tío.

—Polo, Polo —su voz era otra vez dulce y tersa—. Tendrás que perdonarme muchas cosas; soy viejo y estoy enfermo, y un hombre así es como un niño.

—Sí.

—A ver, di "Sí, Polo".

—Sí, Polo.

Aquel nombre pronunciado por mis labios me parecía una aberración, me producía una repugnancia invencible.

Y Polo mejoró, pero se tornó irritable y quisquilloso. Yo me daba cuenta de que luchaba por volver a ser el que había sido; pero no, el que resucitaba no era él mismo, era otro.

—Luisa, tráeme… Luisa, dame… Luisa, arréglame las almohadas… dame agua… acomódame esta pierna…

Me quería todo el día rodeándolo, alejándome, acercándome, tocándolo. Y aquella mirada fija y aquella cara descompuesta del primer día reaparecían cada vez con mayor frecuencia, se iban superponiendo a sus facciones como una máscara.

—Recoge el libro. Se me cayó debajo de la cama, de este lado.

Me arrodillé y metí la cabeza y casi todo el torso debajo de la cama, pero tenía que alargar lo más posible el brazo para alcanzarlo. Primero me pareció que había sido mi propio movimiento, o quizá el roce de la ropa, pero ya con el libro cogido y cuando me reacomodaba para salir, me quedé inmóvil, anonadada por aquello que había presentido, esperado: el desencadenamiento, el grito, el trueno. Una rabia nunca sentida me estremeció cuando pude creer que era verdad aquello que estaba sucediendo, y que aprovechándose de mi asombro su mano temblona se hacía más segura y más pesada y se recreaba, se aventuraba ya sin freno palpando y recorriendo mis caderas; una mano descarnada que se pegaba a mi carne y la estrujaba con deleite, una mano muerta que buscaba impaciente el hueco entre mis piernas, una mano sola, sin cuerpo.

Me levanté lo más rápidamente que pude, con la cara ardiéndome de coraje y vergüenza, pero al enfrentarme a él me olvidé de mí y entré como un autómata en la pesadilla: se reía quedito, con su boca sin dientes. Y luego, poniéndose serio de golpe, con una frialdad que me dejó aterrada:

—¡Qué! ¿No eres mi mujer ante Dios y ante los hombres? Ven, tengo frío, caliéntame la cama. Pero quítate el vestido, lo vas a arrugar.

Lo que siguió ya sé que es mi historia, mi vida, pero apenas lo puedo recordar como un sueño repugnante, no sé siquiera si muy corto o muy largo. Hubo una sola idea que me sostuvo durante los primeros tiempos: "Esto no puede continuar, no puede continuar". Creí que Dios no podría permitir aquello, que lo impediría de alguna manera, Él, personalmente. Antes tan temida, ahora la muerte me parecía la única salvación. No la de Apolonio, no, él era un demonio de la muerte, sino la mía, la justa y necesaria muerte para mi carne corrompida. Pero nada sucedió. Todo continuó suspendido en el tiempo, sin futuro posible. Entonces una mañana, sin equipaje, me marché.

Resultó inútil. Tres días después me avisaron que mi marido se estaba muriendo y me llamaba. Fui a ver al confesor y le conté mi historia.

—Lo que lo hace vivir es la lujuria, el más horrible pecado. Eso no es la vida, padre, es la muerte, ¡déjelo morir!

—Moriría en la desesperación. No puede ser.

—¿Y yo?

—Comprendo, pero si no vas será un asesinato. Procura no dar ocasión, encomiéndate a la Virgen, y piensa que tus deberes...

Regresé. Y el pecado lo volvió a sacar de la tumba.

Luchando, luchando sin tregua, pude vencer al cabo de los años, vencer mi odio, y al final, muy al final, también vencí a la bestia: Apolonio murió tranquilo, dulce, él mismo.

Pero yo no pude volver a ser la que fui. Ahora la vileza y la malicia brillan en los ojos de los hombres que me miran y yo me siento ocasión de pecado para todos, peor que la más abyecta de las prostitutas. Sola, pecadora, consumida totalmente por la llama implacable que nos envuelve a todos los que, como hormigas, habitamos este verano cruel que no termina nunca.

Salvador Elizondo

❦

EL DESENCARNADO

Para Paulina

EL CARÁCTER sucesivo de la escritura se aviene mal al discurso casi siempre instantáneo o simultáneo de la vida. El Personaje Primigenio caminaba pensativo por la gran avenida después de haber dado una clase en la Escuela de Señoritas. Aunque el cauce principal de su meditación discurría acerca de la muerte —un corolario de las ideas que esa mañana había expuesto sobre el *Bardo Thödol* de los tibetanos—, el curso de su pensamiento se veía intermitentemente desviado hacia otros objetivos tales como la persistencia de algunas imágenes o palabras del sueño que había tenido la noche anterior; la tentativa de reconstruir ese sueño a partir de una idea denominada mentalmente "la amenaza de muerte hecha por el Comandante", o la grata constatación de que ése era el primer día de la primavera. Decidió cruzar hacia el lado soleado de la calle. Se dirigía hacia un solar bardeado. En la barda alguien había escrito con grandes brochazos de pintura negra una consigna política: MUERA LA... El personaje no había acabado de leer la frase cuando sintió que una mano lo tocaba en el hombro. Cortó su pensamiento y se detuvo en mitad de la calle volviendo la cabeza. No había nadie a su lado y reinaba un silencio profundísimo a su alrededor; tan grande que parecía oscurecer y difuminar un vasto y agitado movimiento de sombras o de fantasmas que iban todos a agolparse en un punto situado a unos veinte pasos de donde él estaba. Su vista se había nublado de pronto. Cerró los ojos apretando fuertemente los párpados; luego los volvió a abrir y sintió mucho frío. Podía ahora distinguir un hacinamiento de materia reluciente, humeante: un Citroën color azul claro, destrozado contra la barda cuya inscripción ha sido fracturada después de MUERA LA... Bajó la vista para calcular mentalmente la distancia que lo separaba del desastre; pero sus ojos se toparon con el libro que hasta hacía unos instantes llevaba en la mano: *Mystiques et magiciens du Thibet*, que yacía despaginado y maltrecho a sus pies. Su atavismo de posesión se sobrepone a su casi siempre reticente condición de humanitario y antes de averiguar en qué medida puede socorrer a los tripulantes del auto, se agacha, más bien, a recoger su libro, lo sacude cuidadosamente antes de intentar reencuadernarlo. Cuando vuelve las páginas hacia él, ve que están manchadas de sangre. Escurre entre sus manos manchándole los puños. Arroja el libro y vuelve a mirar hacia donde ha quedado el automóvil. Un rastro de sangre fresca conectaba el lugar donde había recogido el libro y un punto mal visible situado entre los de la chatarra del coche y los escombros de la barda derrumbada al impacto. Afinó la vista. El viento fresco de la primavera se lleva lentamente el polvo que la colisión ha levantado, creando los pequeños charcos de sangre que se han formado y que ya empiezan a correr en arroyuelos por el declive de la acera, saltando las grietas pobladas de pinsalí, o circunvalando los crecimientos precarios de zacate y de vilano y los detritus humanos que, como pequeñas serpientes malignas y corruptas, se espaciaban a lo largo de la base del muro derrumbado.

Una mujer con anteojos de arillos dorados y vestida de negro se acerca corriendo y gritando a voz en cuello:

—¡Auxilio! ¡Socorro! ¡Lo mataron!

Cuando llegó a su lado se detuvo mirando fascinada el cadáver que estaba parcialmente oculto detrás del auto y le preguntó con voz agitada:

—¿Usted vio cómo pasó todo? Fue culpa de los del coche, ¿verdad? Parece que todos están heridos o se mataron, ¿usted qué cree?...

Tuvo la firmeza mental para creer que la mujer de negro era extraordinariamente desagradable y fea y que su marido seguramente la engañaría, cuando se percató de que de algún lugar en la proximidad de las llantas delanteras del automóvil destrozado asomaba un pie humano que emergía, distendido y calzado propiamente, de un pantalón de franela gris hecho jirones. "Unos zapatos iguales a éstos; de esos de hebilla...", pensó. Hacía años que los tenía y todavía estaban perfectos. Eran muy finos y los había pagado Laura; antes de que se separaran, claro.

Otros curiosos comenzaban ya a rodear el automóvil cuando oyó que a sus espaldas una voz de mujer lo llamaba:

—¡Profesor! ¡Profesor!...

Era una de sus alumnas; la rubia de las piernas dóricas que siempre se sentaba en la primera fila y usaba esas minifaldas cuya longitud estaba en proporción a la prodigiosa longitud de sus piernas como la altura del capitel es a la longitud del fuste.

—...¿para dónde va, profesor? Si quiere lo llevo con mucho gusto... —le dijo desde el volante del automóvil abierto.

Aunque no recordaba el nombre de la rubia sonrió agradecido. Echó otra mirada a los zapatos del atropellado y luego a los suyos. Concluyó incómodamente que acababa de morir y se subió al coche abierto de la mujer de las piernas dóricas. Cuando se pusieron en marcha, el grupillo de mirones que comenzaba a formarse en torno al accidente ya había aumentado considerablemente y un poco más adelante se cruzaron en la gran avenida con las ambulancias que pasaban a toda velocidad en dirección contraria haciendo sonar sus sirenas.

"El canto de las sirenas...", pensó.

En el cuaderno que estaba sobre el asiento leyó el nombre de la rubia.

—Curiosa coincidencia... —dijo pensativo.

—¿Qué, profesor?

—Que se llama usted Doris.

—¡Ay!, ¿por qué, profesor?

—Porque, en cierto modo, siempre la asocio a los templos dóricos.

Doris sonrió antes de entender cabalmente la asociación pero cambió de tema exclamando entusiasmada:

—¡Estuvo divina su clase hoy, profesor!

—¿Usted cree? Me temo que sea la última.

—¡Ay!, ¿por qué, profesor?

—Pues... porque sí.

—¡Ay, profesor! —suspiró tristemente Doris; pero luego volvió a animarse y agregó—: Hay cosas que no entendí y que me gustaría mucho conocer. Me tiene que dar todos los datos de ese libro...

El Desencarnado la interrumpió haciendo un gesto irreflexivo, golpeándose la frente con el puño, como si de pronto hubiera recordado algo importante.

—¿Qué pasa, profesor?

—Nada. Dejé el libro.

—Si quiere podemos regresar por él —dijo la rubia mirando su reloj.

—No. No importa. Se lo aseguro.

—¿De veras? Es temprano. Son apenas las doce y media y yo estoy libre hasta el almuerzo. Le juro que hay tiempo.

El Desencarnado miró su reloj.

—Yo tengo las doce y veintitrés; pero creo que se me ha parado el reloj. Podemos oír la hora exacta por radio.

"...horadelobservatoriolasdocetreintaiuno/docehorastreintaiunminuto/tuuuuuuu..."

—¿Ve usted, profesor? Mi reloj está bien…

—Hmmm…

La incongruencia de los relojes y la detención del suyo significaban claramente esa modificación que él siempre había supuesto improbable o, en todo caso, solamente como un tema de estudio o de disertación, como lo había hecho aquella mañana ante sus alumnas. Con no poca satisfacción iba constatando su sujeción a las nuevas reglas de existencia a las que estaba sometido desde hacía unos minutos y le alegraba, un poco cuando menos, el ver que los esfuerzos que había hecho leyendo acerca de las concepciones lamaístas del trasmundo, habían fructificado proveyéndolo con algunos indicios para tratar de descifrar la clave de su nueva condición. Se preguntaba por qué el proceso de desmaterialización era tan lento. Imperceptible, de hecho, para Doris que iba a su lado. Decidió comprobar experimentalmente la eficacia de una realidad que pronto se desvanecería, una vez que el proceso de desencarnación se hubiera realizado plenamente y una vez que se hubiera familiarizado con las visiones que lo asaltarían a su debido tiempo durante su permanencia en el mundo intermedio del *Bardo Thödol* —en el que ya había penetrado— antes de reencarnar.

Se le ocurrió un proyecto conmovedor: el de convertirse en padre de sí mismo en su próxima encarnación.

Tal vez.

¿Por qué no agotar esa posibilidad de subsistir adentro y afuera del mundo durante algunos días, de ser como la expresión de una burla sangrienta a la continuidad de la especie, de aproximarse a todos los seres en la inteligencia de su muerte, sin que nadie más que él lo supiera? Todas las potencias que le proponía su nueva condición, desde comprar a crédito hasta matar o volver a morir, hasta dejar exhaustas todas las posibilidades del placer y del dolor desfilaron por su mente asombrada, hasta que el auto se detuvo bruscamente en un alto. Volvió de su meditación distrayéndose con los muslos de Doris.

—¿Por qué tan pensativo, profesor?

—Venía pensando que hace un día maravilloso…

La rubia miró en torno hasta que sus ojos se detuvieron fijamente en los de él. Así se quedan inmóviles un instante, mirándose, hasta que el sobresalto de los cláxones lo vuelve a la realidad.

—¿Por qué no vamos al bosque? —dice el Desencarnado—. Hay tiempo… Si usted quiere le puedo explicar lo que no haya entendido de la clase de hoy…

La rubia enfiló el coche a toda velocidad por una de las avenidas laterales del bosque. Cuando llegaron al lago y se sentaron a tomar un refresco en un merendero, el título académico había sido suprimido y se hablaban de tú. La liviandad del aire primaveral, la sutileza que la muerte imparte a todas las imágenes, la condición terminal misma del mundo los aproxima y los lleva por el bosque y bajo los follajes reverdecidos: a la rubia estudiosa y al maestro que está postergando la ultratumba mediante las gimnasias ideales que había aprendido en los libros. Mientras miran el lago en silencio, sentados en una banca a la sombra de un sabino gigantesco, el personaje penetra en la serie contigua de tiempo: formula entonces la respuesta de aquella charada que desde su infancia había dejado sin resolver y la memoria funciona vertiginosa e incongruente. Ahora ha olvidado la charada y ya sólo está en posesión de todas las respuestas. Le propone a Doris alquilar una lancha. Mientras vivió nunca lo había hecho. Ella aduce la impropiedad de su vestido para negarse, a pesar, claro, de los grandes deseos que tiene de hacerlo. Cuando alquilan la lancha ella se sienta de espaldas y el Desencarnado empuña los remos. Luego se dejan llevar por la corriente y desembarcan en la otra ribera. Visitan también el parque zoológico en donde el tigre albino del Himalaya se inquieta notablemente en presencia de él. Doris lo conduce a casa. A pesar de la prisa que tiene por llegar a "esa comida aburridísima" sube un momento a ver el *mandala* espurio del que les había hablado en clase como auténtico y a tomar un vermouth y a comer unos huevos duros y un poquito de coñac; sí, también a escuchar la octava sinfonía de Bruckner completa, aunque a veces distraídamente... al fin y al cabo que no había quedado formalmente de asistir a esa horrenda comida.

—...además aquí estoy muy bien..., ¿o quieres que me vaya?...

La rubia le había permitido comprobar su efectividad fenomenal. Solamente estaba un poco más pálido que de costumbre aunque interiormente se sentía aún lleno de fuerza. Sonrió ante el espejo al saberse poseedor de una impunidad total para cualquier acto que cometiera en el mundo durante los pocos días que su forma persistiera animada de su conciencia, de su memoria y de su posibilidad de actuar, de enmendar o de cometer yerros y de liquidar situaciones morosas.

Quedan de verse al día siguiente en la gran avenida, después de la clase y Doris se marcha. El Desencarnado recuerda fugazmente la amenaza del Comandante, toma la pistola del cajón del escritorio, se la guarda y sale a la calle.

Caía la tarde. La declinación del sol iba haciendo crecer la algarabía de los pájaros que alborotan en los follajes verdecidos de los frenos del parque. La temperatura es perfecta y de todas las cosas emanaban prodigiosas radiaciones de sensualidad que lo envolvían por todos lados, a él que ya sólo era un vacío, el meollo hueco y desolado del mundo. Todo a su alrededor parecía subrayar esa fecha: la de la entrada de la primavera. ¡Qué día para morir!, pensó mientras cruzaba hacia el otro lado por la plazoleta del estanque. Se iba percatando de cuán claramente el mundo había estado hecho de sus propios pensamientos. La evanescencia de ese momento del día, en ese lugar, por el que tantos años había cruzado bajo los árboles, contribuía, sin duda, a acentuar esta disolución del día claro de primavera, la desaparición de ese lugar mismo, allí donde él estaba, un vértice en el que las cosas del mundo penetran en la nada, un instante para volver a emerger, más tarde, en la efímera forma de la sustancia o de la carne. El *bardo* comenzaba a configurarse ambigua, pero sutilmente en su conciencia y aunque todas las cosas conservaban su apariencia habitual, estaban como envueltas en esa luz inexplicable de las viejas fotografías, como si sólo quedara la blancura y la sustancia del sol aquel que iluminaba la escena pero cuya luz captada hubiera sido devorada por la fuerza de cada instante que había transcurrido desde ese que estaba allí representado. Ahora. El personaje que camina por el parque se cruza con los paseantes que van a sus casas. Representaciones que en poca cosa difieren de esa realidad translúcida que él representa allí: una realidad que está dejando de ser apresuradamente. Aunque los efectos, seguramente desagradables, de la descomposición de la carne no se hacen patentes todavía, presiente ya que con la llegada de la noche su penetración en la región intermedia se tornará más evidente antes de volver a encarnar.

Se detuvo unos momentos a mirar el agua en el estanque y pudo captar el primer reflejo de Venus en la superficie tranquila. El parque había quedado desierto y el Desencarnado podía discernir, imprecisamente, su cara. Levantó la vista cuando sobre su hombro apareció el rostro, imagen movediza, del Lama, en cuya frente coincidía la cintilación del lucero de la tarde.

Conocía al Lama desde siempre. El Lama lo había iniciado en los rudimentos de la disciplina que, a veces, cuando se organizaba alguna ceremonia con proyección de imágenes, suponían que practicaban.

—¿Qué cuentas? —dijo el Lama.

—Nada —le contestó el Desencarnado sin volver la cabeza.

Tenía la certidumbre absoluta de que el Lama adivinaba su exacta condición, pero el Desencarnado tenía ahora una clara conciencia de la superioridad que desde esa mañana había adquirido sobre su amigo.

—Has cambiado algo desde la última vez que nos vimos —dijo el Lama.

—Más bien desde esta mañana; ¿qué pasó anoche?, ¿estuvimos juntos?

—Sí, sí —exclamó el Lama impacientemente y luego agregó bajando la voz como si la conversación acerca de ese tema le aburriera profundamente a partir de ese momento—: ya sé todo. Sé perfectamente todo lo que te ha sucedido, pero nuestra etiqueta es muy estricta en estos casos y prescribe que afectemos una especie de indiferencia o ignorancia de todas estas cosas, como si fuera de mal gusto hablar de ello, aunque en realidad eso se hace para que el Desencarnado no se sienta muy mal. Bueno, pero el caso es que creo que puedo ayudarte. No habrás olvidado nuestro pacto, ¿verdad?

—¿Crees que puedas ayudarme?

—Tal vez. Ya hemos hablado mucho de todas estas cosas, y, además, la información dada a su debido tiempo es parte de nuestro convenio. Es preciso que en este tiempo aseguremos una reencarnación superior para ti. Podría organizar algo para hoy en la noche, si quieres.

—Tengo que ir a despedirme de algunas gentes.

—Puedes traer a alguien, si quieres. Todavía no hay nada que denote abiertamente tu peculiar y horrible condición. En ese sentido hasta habría que felicitarte. Hay unos que empiezan a desaparecer mucho tiempo antes de morir. Creo que aguantarás dos o tres días antes de descomponerte. Es tiempo suficiente para conseguir lo que quieres; claro, si te dejas guiar por mí y no cometes la estupidez de ponerte en manos de otras gentes...

—¿Es cierto que pasa toda la vida, otra vez..., pero la vida verdadera?

—Ahora ya te toca a ti contestar a las preguntas.

El Lama se alejó unos pasos.

—No olvides. Esta noche. Puedes traer a quien quieras. Vendrán gentes interesantes.

—¿Quiénes?

—En cierto modo puede decirse que los conoces.

—¿Cómo se llaman?

—Los Dupont...

—Ni idea.

—El señor y la señora Dupont son los tripulantes del auto que te atropelló esta mañana.

—¿Están muertos como yo?

El Lama sonrió; luego hizo un gesto de adiós con la mano y siguió su camino.

El Desencarnado recordó entonces la primera lección del libro de francés, con la ilustración que representaba a los personajes sentados a la mesa: *Monsieur et Madame Dupont sont dans la salle a manger...* y esa voz, las palabras banales se van sucediendo en su mente, distrayéndolo con esa monodia. *...Ils sont à table...* y ya se encuentra instalado en un taxi sin saber qué dirección dar al chofer. Después de todo era su primer día en el *bardo;* lo que explicaba su perplejidad ante todas las cosas que comenzaban a sucederle. Hubiera querido ir a la biblioteca del Instituto de Estudios Orientales para consultar detenidamente el *Tse hdas kyi rnamches thog grang* o algún buen diccionario de religiones.

Pero optó por dar el chofer la dirección que más pronto le dictó el impulso: la de Laura. Luego justificó esta decisión pensando que si no se realizaba una prodigiosa operación de la mente, cuando menos tendría, por medio de la mántica, algunos datos más precisos acerca de su condición, ya que Laura le leería las líneas de la mano como lo había hecho toda su vida desde que se habían conocido y casi siempre con un enorme grado de exactitud. Le pediría formalmente una *séance* que le pagaría con un cheque sin fondos después de pedirle prestado su ejemplar de *Mystiques et magiciens du Thibet* para hacer algunas consultas urgentes y sin la menor intención de devolverlo, claro está. Tal vez hasta la invitaría a ir con él a la reunión en casa del Lama y, por última vez, en la oscuridad le acariciaría los muslos, etc… si es que no comenzaba esa penetración más terrible por las zonas misteriosas del *bardo* que están pobladas por personajes y espíritus nefandos y que lo arrebatarían tal vez muy lejos de esas pasiones más tangibles como eran los muslos, etc., de Laura.

—Veo algo que nunca había visto antes —dijo Laura—; un accidente… ¿Tuviste un accidente grave?

El Desencarnado se encogió de hombros.

—Nos vemos muy poco —agregó Laura como para sí.

—Ningún accidente. Sólo la neuralgia que siempre llega cuando uno menos se lo espera…

Se quedó pensativo un instante durante el que la imagen de su cuerpo atrapado y mutilado entre el tope destrozado del Citroën y los cascajos de una barda sobre cuyos restos se puede leer MUERA LA… (aquí hay una laguna debida a los destrozos causados por el impacto del automóvil)… NA, se le presentó nítidamente en la memoria. Agregó luego, a propósito de las neuralgias:

—…si se la puede considerar como accidental, claro está.

—Hoy no se notan bien las líneas —dijo Laura mirando

fijamente la palma de la mano del Desencarnado. Al cabo de un segundo agregó corrigiéndose—: Pero debe de ser culpa mía. Hoy no estoy en mis cabales. Debe de ser la emoción de volverte a ver —y sonrió.

—No importa —dijo el Desencarnado—. Lo dejaremos para otro día. Necesito que me prestes un libro…

Mientras Laura sale a buscar el libro, el Desencarnado trata de desentrañar todos los incidentes del sueño que había soñado la noche anterior. Todavía parecían resonar en sus oídos las palabras proferidas en aquel sueño y sus ojos recordaban claramente el brillo de las botas del Comandante, pero para recordarlo cabalmente hubiera sido preciso volver a soñarlo desde el principio. Cuando Laura volvió, arreglada para ir con él a casa del Lama y con el libro que le había pedido, todas las imágenes se desvanecieron. Su mente se llenó con la presencia de Laura.

Conservaba intactos sus atractivos y todo, de pronto, era como cuando se acababan de conocer.

El Lama salió a recibirlos ataviado con su túnica amarilla. No llevaba otra cosa encima. Sus miembros emaciados y sus rasgos enjutos y estilizados le daban una apariencia que oscilaba clónicamente entre lo ridículo y lo perfecto, produciendo una vibración inquietante que se colaba en el meollo de los nervios como un rechinido remotamente agradable o letal. Los acoge con fórmulas convencionales, teñidas tenuemente de argot y de lenguaje prostibulario. Allí están los Dupont, aunque parecen ausentes. Ella está muy pálida. Parece que hubiera salido de una enfermedad muy grave o que hubiera perdido mucha sangre. Monsieur Dupont también está muy demacrado. Se ha abandonado a sí mismo sobre un sillón y ha puesto los pies, calzados de las tradicionales sandalias de los franceses en vacaciones, sobre una mesilla colocada frente a la chimenea. No se sabe si está esperando a que empiece a funcionar la televisión o si está muerto. Hace un gesto muy vago de salutación con la mano cuando el Lama hace las presentaciones.

—*Ce sont monsieur et madame Dupont* —dice el Lama.

—Sufro neuralgia del trigémino —dice madame Dupont—; esta mañana tuve un tic agudísimo, pero ya me estoy reponiendo. En unos minutos estaré bien...

Recordó en ese momento la sensación misteriosamente voluptuosa de aquella operación que ella le practicaba. Una intervención quirúrgica mínima y terrible cada vez que Laura le ponía la inyección de vitamina para el tic *douleureux* y la gran lucidez con la que la podía mirar en los ojos después de aquellos quebrantamientos intensísimos del cerebro que, cuando se iban, lo dejaban sumido en un estado de placidez crepuscular. El algodón impregnado de alcohol, deslizándose gélido por la piel; una sensación que luego se mezclaba al dolor benéfico de la aguja despertaban una lujuria muy tenue, pero muy precisa en su naturaleza imprecisable.

A pesar de los años que habían pasado desde que la había conocido, Laura conservaba una perfecta apetencia de sí, como si la hubiera cultivado activamente durante todos los instantes de su vida. El Desencarnado se percató con alegría de que todavía era capaz, a pesar del tiempo transcurrido y de estar muerto, de adivinar los resquicios mullidos de esa carne tan bien conocida, de esas líneas tan bien calcadas por todas las caricias que le había prodigado. ¡Qué bien sabida se la tenía toda! Se complacía en irla reconstruyendo desnuda o medio desnuda debajo del vestido y renacían en sus muslos y en las puntas de sus dedos aquellas sensaciones antiguas.

No pudo, sin embargo, dejar de preguntarse si la complacencia de Laura no obedecía tal vez a una complicidad misteriosa entre todos los allí presentes para defraudarlo. Se preguntó si Laura sólo se le revelaba tan gratamente porque el propio Lama, en un momento de descuido al llegar, mientras le ayudaba a quitarse el abrigo, no le hubiera dicho que él ya estaba muerto y que ahora ella lo engañara en una sola y única *tromperie* final, idéntica a las muchas que él le había infligido a ella. Lama hijo de puta. Con esta exclamación mental cerró el presente ciclo de sus pensamientos.

Era una de las grandes noches del Lama. Frente a la chimenea, en una mesilla baja había revistas de modas y libros de arte. Apuntado contra una pared desnuda al fondo del salón había un proyector de *filmstrips* destinado a la operación del seudo-*tched* que el Lama había ideado y con la que iba a obsequiar a sus huéspedes esa noche.

M. et Mme. Dupont no parecían estar muy interesados en todo aquello; eran gente de negocios —él es representante de la casa Schwartz et Meurier, París—; en realidad sólo desean un poco de paz después del horrible ajetreo que habían tenido durante todo el día. El Lama se había esforzado en ser un anfitrión solícito y hasta complaciente. Luces bajas, música *sui generis*, las piernas bronceadas por un sol marino de Mme. Dupont, la presencia memorable y voluptuosa de Laura, la inmensidad tenebrosa del mundo que ofrecía el Lama mediante su espectáculo, todo contribuía en el Desencarnado a prever el desentrañamiento del enigma de su sueño en esa visión que era, en realidad, la visión horripilante de un destino ya realizado en todas sus posibilidades y manifestaciones; concluso.

El salón estaba bien habitado de pequeñas cajitas de acero inoxidable cuyo brillo ponía un acento de viejos quirófanos en todas las cosas que iban componiendo este cuadro de su extraño tránsito por el *bardo*. Contienen *ylam*, la sustancia sin partes de la que está hecho el mundo. Parece *loukum*. Los invitados degustan a discreción los caramelos. Cuando empiezan a tener sed, el Lama les da a beber aromados *anaficta* hechos del jugo de frutas inexistentes o que ellos nunca han imaginado.

Al cabo de un rato los Dupont comienzan a animarse y menean la cabeza y los brazos al ritmo de la música hipnótica.

Laura y el Desencarnado beben mientras el Lama, sentado en la posición de la flor de loto sobre la alfombra, cerca del proyector, habla hieráticamente:

—Oh nobilísimo —exclama—, ha llegado para ti el tiempo de buscar nuevos niveles de la realidad… Tu juego y el juego que jugaste a ser quien eras están a punto de cesar…

—Hace mucho calor —dice distraídamente el señor Dupont.

—…Estás a punto de quedar cara a cara con la luz más clara… Estás a punto de experimentarla en su realidad total…

El Desencarnado posa suavemente su mano en el hombro desnudo, tostado por el sol, de la señora Dupont. Ella no protesta. Le agrada y se deja acariciar.

—Podríamos tal vez intentar una danza tántrica —dice él—. Estoy seguro de que alguna de estas bellas apsaras no tendría inconveniente en iniciar un movimiento general de aligeramiento de ropas entre nosotros, ¿eh?

—Retén la Luz Clara…

—¿No habrá un disco de música tibetana?

—…Úsala para alcanzar el entendimiento y el amor…

—No caerían mal unas cervezas para el calor.

Cuando le acarició la espalda, Claude Dupont le dijo al oído que sus manos estaban deliciosamente frías. El Desencarnado se tocó la cara, pero no sintió las puntas de sus dedos más frías que la piel de su rostro. El Lama se había dado cuenta de este gesto y, pensativo, atizó el fuego y al cabo de algunos minutos el aumento de la temperatura fue notable y M. Dupont se sintió amodorrado, como si estuviera a punto de caer en un sueño más profundo que el de la muerte.

—*Eh, Pierre!* —exclama de pronto Mme. Dupont volviéndose aprensivamente hacia su marido—, *dis donc... tu dors, eh!... le salaud!...*

Pierrot abrió un ojo con dificultad y dijo con delicadeza:

—*Fous-moi la paix, espèce de putain!* —volvió a cerrar el ojo que había abierto y parecía que ya se había dormido cuando agregó, no sin esa ironía que expresa la recurrencia de una situación de este tipo dentro de la institución típicamente francesa llamada *le couple*—: *Amuse-toi bien, ma cherie...*

—*Ah, ta gueule!* —exclamó Claude sin volverse. Mirando fijamente al Desencarnado. Desabotonándose la blusa le dice, como retándolo a una proeza sexual—: Vamos a bailar, ¿no?...

El Personaje Primigenio se sirvió una copa que apuró ávidamente antes de ponerse de pie para quitarse la chaqueta y la corbata. Le parecía en ese momento inmensamente divertido que además de estar ya completamente borracho, estuviera también muerto. O viceversa.

Cuando se ponen a bailar Claude le pregunta por qué lleva un revólver en el bolsillo. ¿Le molesta para bailar? Todo vestigio de la neuralgia que había sufrido esa mañana había desaparecido y se mostraba muy dispuesta a interpretar la danza tántrica. El ritmo del baile los iba separando a tal grado que hubo un momento en que cada uno de ellos bailaba por su cuenta en un extremo opuesto del salón. La danza tántrica no tardó en producirse una vez que Mme. Dupont se hubo asegurado de que Pierrot, su marido, había desaparecido del panorama de la vigilia y una vez que había podido desembarazarse primero de los zapatos, que lanzó al aire; luego de la blusa, que cayó al sofá donde dormía M. Dupont; luego de la falda, que cayó a sus pies, *et ainsi de suite.*

Laura seguía bebiendo en silencio, sin observar fijamente

nada de lo que estaba pasando en ese salón que impercepti-blemente se iba convirtiendo en una cámara lúgubre.

El drama *Teched* consistía en la proyección de imágenes acompañada de un comentario sonoro que el propio Lama ha-bía grabado en una cinta magnética. El fin de esta experien-cia era la sensación de ser devorado vivo por toda suerte de fieras; una purificación total antes de volver a encarnar.

Las luces se atenuaron todavía más. En la blancura del muro desnudo apareció la imagen de una carroña humana olvidada, abandonada en una llanura a los buitres que revo-lotean a poca altura.

"El envoltorio…", dice la voz hipnótica del Lama que se escucha por el magnetófono.

El Desencarnado estaba mirando atentamente esa imagen; sentía claramente que la apoplejía era como una masa densí-sima de sueño que se iba apoderando de todos los sentidos a través de esa sola imagen que estaba ante sus ojos. Mientras tanto habían penetrado en casa del Lama dos hombres vesti-dos de negro con el sombrero puesto y las manos enfundadas en relucientes y ceñidos guantes negros de piel de perro. Llegan hasta quedar colocados a espaldas del Desencarna-do. La imagen cambia. Foto infame de una mujer. Lo toman por los sobacos. El comentario de la grabadora ya no se escu-cha. El Desencarnado no puede resistirse y el rapto es, para él, como una sucesión de sensaciones experimentadas visi-blemente en una especie de cinematógrafo mágico. Lo llevan a rastras, silenciosamente como entraron, hasta un enorme Graham negro, modelo 1937, que los aguardaba en la puer-ta. Suben y se ponen en marcha. Son tal vez enviados del Co-mandante o irreales visiones del *bardo* que comienzan a ma-terializarse terroríficamente. Recuerda que lleva un revólver en el bolsillo del pantalón, pero le es imposible empuñarlo. Han enfilado por una carretera gris y tediosa a la luz de la luna, que asciende imperceptiblemente hacia una meseta que forma un horizonte plano, lechoso y desaccidentado en la lejanía. La oscuridad del interior del coche y el ala caída de sus sombreros de fieltro claro impedían distinguir sus fisonomías, pero uno de los hombres sacó un pequeño estuche negro con una cerradura de bronce reluciente. Se lo coloca en las piernas y lo abre cuidadosamente. El interior está forrado de terciopelo verde oscuro y contiene un juego de jeringuillas, de catéteres y de bisturíes con hojas de forma caprichosa.

—No tengas miedo —dice el enguantado manipulando los diversos instrumentos—, es una curación para la neuralgia; vitamina B_{12}...

Le aplican la primera curación y a los pocos minutos, una vez que han alcanzado la meseta, el automóvil se detiene en medio de la llanura cerca de otro automóvil, un Lincoln Zephyr verde modelo 1940, que los aguarda visiblemente y del que desciende quitándose los guantes y golpeándose las botas con el fuete el Comandante. Los hombres abandonan al Desencarnado junto al Graham y se dirigen al encuentro del Comandante, cuyas botas brillan como si fueran de cobre pulido a la luz de la luna. Tendido boca arriba el Desencarnado mira el cielo lunar, frío como de plata. Todo estaba siendo invadido de una lentitud pesantísima, como si todas las cosas que componen el mundo sólo fueran las últimas revoluciones de una máquina que ha llegado al fin de su operación. Su mente todavía puede distinguir las voces "carajo" e "hijo de puta" llevadas con la misma aspereza por la brisa nocturna hasta sus oídos con la que, a veinte pasos de distancia, habían sido emitidas por el Comandante. Trató nuevamente de empuñar la pistola, pero sus miembros ya no respondían a las órdenes de la voluntad y pensó que ello era el efecto de la extraña intervención hipodérmica que le habían practicado en el automóvil durante el trayecto. De igual modo, todavía pudo escuchar que decían: "…esperar que venga la señora con el fotógrafo… ¿unas cervezas, Comandante?…"; eso fue lo último que pudo distinguir. Por la posición en que yacía, sin embargo, le molestaba todavía el ejemplar de *Mystiques et magiciens du Thibet* que Laura le había prestado y que se había guardado en el bolsillo trasero del pantalón. Hubiera querido consultar algunas cosas. Era imposible.

El Comandante y los hombres de los guantes de piel de perro se habían sentado en el estribo del Lincoln y bebían cerveza de lata ante un precario mechero de petróleo que dibujaba y desdibujaba sus perfiles rojizos contra la carrocería del automóvil.

—No podemos esperar tanto —dice el Comandante—. Si no llega la señora pronto, lo suprimimos.

La luna comenzaba a declinar. Uno de los hombres enguantados se pone de pie y se dirige hacia el Desencarnado, sobre cuya cara orina copiosamente mientras el Comandante, a lo lejos, eructa.

Al poco tiempo llega la señora acompañada del fotógrafo. Es una mujer idéntica a Laura; pero no es Laura. Viene a luchar cuerpo a cuerpo con el Desencarnado para arrancarle la lengua a mordiscos. La mujer se tiende a cuatro patas sobre el cadáver y le dice al oído:

—No temas. Sólo se trata de una investigación… una investigación acerca de la neuralgia del trigémino —luego lo besa en los labios, los de ella son fríos, como de hielo, tratando de apresar la lengua tumefacta del Desencarnado entre sus dientes. Él se resiste vagamente mientras a lo lejos el Comandante y los hombres de los guantes de piel de perro miran indiferentes hacia otra parte.

—Ésta es nuestra despedida —agrega desfalleciente, mostrando los dientes filosísimos, como pequeñas navajas desenvainadas saliendo de las encías lívidas.

El fotógrafo, mientras tanto, impresiona algunas placas.

La señora consigue al fin aprisionar la lengua del muerto entre sus dientes. Se trata de arrancarla desde abajo. Tira de ella con una fuerza espasmódica y precisa, gimiendo dolorosamente, sin dejar salir el grito de la boca trabada. Se ha manchado el rostro de sangre y cuando el fotógrafo hace estallar la fotolámpara se ilumina su rostro como la jeta de una hiena harta. Con una convulsión exacta, como la que describe un arco de círculo perfecto, se incorpora con la lengua del muerto entre los dientes. La sangre le corre por el pecho. Al Desencarnado le escurren lentas bocanadas por el cuello.

El fotógrafo hace la última placa: una vista general.

La señora guarda luego la lengua del Desencarnado en un frasco de cristal de tapón esmerilado. Con un gesto vago y despectivo se despide del Comandante y ella y el fotógrafo se marchan.

El enguantado que había orinado sobre él, se queda mirando los despojos del Personaje Primigenio y como si estuviera citando un libro de aventuras dice:

—Antes de que amanezca los buitres y los chacales habrán dado cuenta de él.

El Comandante les hace una seña con la cabeza. Uno de los hombres toma el mechero y se dirigen hacia el Desencarnado. El Comandante se agacha para verlo de cerca, alumbrándose con el mechero. Luego se incorpora poniéndole la bota al cuello.

—¡Hijo de su puta madre...! —musita rabioso.

Saca la pistola de la funda y casi inadvertidamente, con movimientos automáticos, tira de los goznecillos para amartillarla. Se produce un clic como el de dos bolas de acero que chocan. El Comandante lo encañona en la órbita del ojo derecho.

—No tengas miedo: es una curación para tu jaqueca —dice.

El Desencarnado puede oler el recuerdo de pólvora ya quemada que emana, como mezclado al olor del óxido de hierro, del inamovible orificio de acero negro.

Última tentativa de alcanzar el revólver que lleva en el bolsillo del pantalón. Imposible. El dolor no lo permite.

Cruzó en ese momento por la mente del Desencarnado la idea de que él mismo no fuera sino una de las imágenes del drama *tched* que estaba teniendo lugar en casa del Lama cuando llegaron los dos hombres que lo habían traído hasta allí, en donde sería ejecutado, haciendo aparecer su muerte como una liquidación ritual, sectaria, cuando en realidad se trataba de una rencilla vulgar, dirimida a balazos en mitad de un llano. La irritante lentitud de la parálisis le va remontando el cuerpo como agua a contracauce desde las puntas de los pies hasta las yemas exangües de los dedos ateridos, refluyendo lentamente como en torno a un vórtice, hacia el plexo solar. Una técnica, al fin y al cabo, piensa. Un alarde de técnica. Sobre todo por parte del fotógrafo y de la señora. Le será imposible ver a Doris como habían quedado. Trata de huir con el pensamiento. Pero es demasiado tarde. Debe ser el *loukum*… Todavía consigue distinguir la sensación de las pequeñas quemaduras que la pólvora ardiente produce en torno al orificio de la bala en las heridas hechas a quemarropa antes de que se le resquebraje el universo; una fumarola azul en mitad de un llano.

El Lama se inclinó entonces, hasta casi tocar la cara del Desencarnado para tratar de extraer los últimos vestigios del yo mediante el rito que había inventado.

—La siguiente imagen, señoras y señores… —balbució estúpidamente con aliento de ron y Coca-Cola—… la siguiente imagen representa la escena de la anagnórisis… —toma aliento jadeante—... un recinto destinado a la identificación, disección y conservación temporal de cadáveres no reclamados... mira esas grandes paredes de un blanco lechoso, con ángulos y comisuras lamosas, oxidadas. Por los rincones hay baldes de peltre blanco y jergas que chorrean detritus inconcebibles, jugo de cadáveres... ¿entiendes?, ¿puedes ver la imagen?, ¿puedes ver la plancha?... es blanca; de mármol o de granito relavado por el agua jabonosa con que los bañan y por las escobetillas de los preparadores... Eres el único allí en ese momento. Estás sobre la plancha, desnudo. Ya te recosieron y te bañaron y ahora entra Laura a identificarte. Está amaneciendo. Antes de llegar a la morgue bostezó dos veces en el taxi. Tomó un café antes de entrar y ya se siente bien. Estaba desvelada de la juerga que nos pusimos. Se te queda mirando fijamente... lo que queda de ti; aunque te había reconocido al primer vistazo... Si no ha sido por ella irías a parar a la fosa común o al primer curso de anatomía descriptiva... supieron de ella por un libro que llevabas contigo...

Sentía como si hubiera estado bebiendo sangre y ésta se le hubiera coagulado en la boca. No sabía quién era ni en dónde estaba hasta que vio el libro *Mystiques et magiciens du Thibet* sobre la mesilla de noche junto a la cama. Trató de recordar, pero se siente muy débil. Se viste y sale a dar su clase en la Escuela de Señoritas. Apenas tiene tiempo para llegar. Tendrá que tomar un taxi. En el trayecto elude la conversación del chofer y consulta el libro apresuradamente para poder dar su clase acerca del *Bardo Thödol* de los tibetanos, como le había prometido a sus alumnas. El libro se abre naturalmente en una página que reproduce una fotografía atroz. Consigue retener los datos fundamentales y la clase resulta un éxito aunque a veces lo distraen las piernas de una señorita que se sienta en la primera fila. Terminada la clase se dirige a pie a la gran avenida para tomar un taxi meditando acerca de la muerte y tratando de recordar. Tratando de recordar las palabras del Comandante. Decidió cruzar hacia el lado soleado de la calle. Mientras cruza el arroyo lo distrae un letrero escrito en una barda con grandes caracteres negros: MUERA LA... No había acabado de leer las palabras escritas en la barda cuando sintió que alguien lo tocaba en el hombro... NA...

Pedro F. Miret

❦

"24 DE DICIEMBRE DE 19…"

EL INMENSO pasillo de la sala de espera del aeropuerto está vacío esta noche. Allá donde termina se ve el reloj luminoso, pero debido a la distancia no se alcanza a ver todavía qué hora marca.

— . ¿Qué hora es?

Tom, que camina a mi lado, mira su reloj.

— . Once y veinte.

Pasamos junto a un "hombre de nieve" vestido de piloto que hay sobre el mostrador de Panam.

— . Fue una tontería venir tan temprano.

— . Es igual esperar cuatro horas aquí que cuatro horas en casa sentado en un sillón.

Pasamos por debajo de un altavoz del que sale una música navideña con muchas campanas y un coro de niños definitivamente angelical … seguimos caminando y la música va quedando atrás.

— . ¿Te gusta la Navidad?

Sin pensarlo mucho respondo:

— . No.

— . ¿Por qué?

— . Me pongo más triste que de costumbre.

— . Imposible.

Pasamos junto a un cartel que hay pegado en un comercio cerrado y que representa a Santa Claus señalando con el índice: "I need you". ¡Vaya forma de combatir la crisis económica!

— … ¿Cómo te lo explicaría?

❦

Volteo hacia Tom: camina con la vista al frente y no parece tener intención de ayudarme.

— . Es la única festividad que … recuerdo con tristeza. Cuando era niño me hacía mucha ilusión, pero ahora deseo que pase rápido y que lleguemos pronto a enero. Me debo estar volviendo sentimental.

— . No; viejo.

Sin decirnos una palabra nos dirigimos hacia la única tienda abierta y entramos. El empleado que está detrás de la caja levanta un instante la vista para mirarnos y después sigue leyendo la historieta. Nos paramos frente a las revistas y las miramos en silencio: en la portada de *Time* hay un Santa Claus muy triste vendiendo las manzanas de la depresión a la luz de la luna de invierno … en la de *Newsweek* hay otro Santa Claus que tiene un gran parecido a Churchill y debajo una inscripción que dice: "Sólo puedo ofreceros Recesión, Inflación y Contracción".

… Tom toma la revista y la mira largamente......

— . La frase original era "Sangre, sudor y lágrimas".

Tom hace un gesto de entender y vuelve a ponerla en su lugar. Agarro *Jours de France* y la ojeo: apenas hay anuncios ...... y aquí hay un reportaje fotográfico sobre los almacenes de París en que sólo se ven tiendas vacías, empleados que deambulan entre estanterías llenas de mercancía y escaleras mecánicas que suben vacías …

— . ¿No sabe leer?

Volteo hacia el empleado y lo interrogo con la mirada. Éste vuelve a repetir la pregunta en el mismo tono neutro:

— . ¿No sabe?

Señala algo. Miro en esa dirección … es un letrero: "Se prohíbe ojear las revistas."

— . Quiero saber si me interesa antes de comprarla.

— . Se compra sin ver. Hay que correr ese riesgo.

— . No compro.

— . Entonces póngala en su sitio.

Pongo el *Time* entre unas revistas deportivas y salgo con Tom.

— . ¡Vaya espíritu navideño!

Miramos la sala de espera en una dirección y en otra: sigue desierta.

— . ¿Hacia dónde caminamos?

— . En la dirección en que íbamos.

Echamos a caminar otra vez lentamente ......

— . La Navidad es como un domingo. Te encierras en tu casa a piedra y lodo, y la melancolía entra en todas formas, ya sea como una luz extraña, como un silencio o como un ruido que no se percibe los otros días de la semana.

— . ¿El de los coches que van más despacio?

— . Entre otros.

— . Es porque nadie tiene prisa el domingo.

— . Hay algo más. Los domingos y el día de Navidad son los días en que más gente se suicida. El domingo, de las cinco de la tarde en adelante ... el día de Navidad de once de la noche hasta la madrugada.

— . ¡Pero qué cuen...!

— . Son cifras de la policía. Estoy seguro de que el hombre del puesto no era así ayer, y que mañana podrás ojear todas las revistas sin que te diga nada, a menos...

— . Que se suicide esta noche.

— . Exacto.

Allá muy lejos entran dos personas por una de las puertas y se dirigen hacia el mostrador de una compañía ......

— . ¡Jodeeer, qué conversación!

— . ¿Se te ocurre algo mejor?

— . Tú sabes que diciendo eso mi respuesta va a ser: no.

— . Entonces callemos.

Las dos personas que entraron golpean violentamente el tablero con los puños … y sus puñetazos retumban allá arriba en el techo … pasamos por debajo de otro altavoz: se sigue oyendo la melodía navideña —¿o será otra?— sólo que ahora el coro infantil canta con la boca cerrada… la música se va dejando de oír por la distancia y por los puñetazos que siguen dando las dos personas.

— . ¿Y yo soy uno de los candidatos a suicidarme esta noche?

— . No sé. Alguien que piensa que *Un hombre y una mujer* es una gran película es capaz de todo.

— . Tú dijiste que te había divertido.

— . Ésa es otra conversación, mi querido Tom.

Las dos personas dejan de golpear y echan a caminar a grandes pasos, evidentemente hacia nosotros … Tom y yo miramos en silencio cómo se acercan, pero todavía están muy lejos para saber qué cara tienen ……

— . ¿Quién debe ser esa gente?

— . Pasajeros.

— . O borrachos.

— . No, caminan derecho.

Uno de ellos brinca sobre uno de los mostradores y camina unos pasos sobre él …… salta al piso y vuelve a emparejarse a su compañero.

— . ¿Viste?

Sin dejar de caminar volteo hacia la izquierda: todos los comercios están cerrados … volteo a la derecha: no hay nadie detrás de los mostradores de las compañías … mi mirada encuentra la de Tom y veo el temor pintado en su cara …… pasamos por debajo de otro altavoz en que se oye cantar a una mujer mientras en el fondo el coro infantil sigue cantando con la boca cerrada …… ahora ya los veo claramente, van vestidos de mezclilla y tienen grandes barbas … y uno de ellos lleva algo en la mano que no alcanzo a distinguir bien qué es y que mueve constantemente.

— . ¿Qué es eso que lleva en la mano?

— . Parece un "pino" de boliche.

— . ¡No puede ser!

Es curioso, tengo la sensación de que si damos media vuelta y echamos a correr, los dos tipos esos echarán también a correr detrás de nosotros aunque no quieran hacernos daño … Sólo para saber si pueden alcanzarnos …… ¡ahora se pararon! … nosotros también nos detenemos. Uno de ellos grita con fuerte acento extranjero.

—¡Dónde se metieron los de Eir Franz!

Tom y yo nos miramos aliviados. Hago bocina con las manos y grito a mi vez:

— . ¡No sabemos!

Tom agrega también gritando:

— . ¡Deben estar celebrando la Nochebuena!

Los dos hombres hablan entre sí un momento …. el que lleva el "pino" en la mano lo agita haciendo un gesto de agradecimiento y después se alejan caminando rápidamente.

— . ¡Uff!

Echamos a caminar otra vez …… pasamos por debajo de una pantalla de circuito cerrado: no hay cambio, nuestro avión llega a las 3:05 …… hace ocho horas que salió de Tokio ……

— . Mira…

Es la sucursal de un banco que está abierta.

— . Vamos, quiero cambiar unos cuantos dólares más.

Nos dirigimos hacia ella …… y entramos. Nos sentamos en los sillones de cuero y esperamos a que venga quien ocupa el sillón vacío que hay detrás del escritorio ………

— … ¿Dónde estará?

— . Debe haber ido al baño.

Sin querer leo una vez más las letras de oro de la pared que dicen "Banco del Vaticano" ...... pero tampoco esta vez alcanzo a leer las letras más pequeñas que hay debajo.

— ... ¿Qué dicen las letras más pequeñas?

— . Yo también necesito lentes ...

Quedamos en silencio.

— . ¿Por qué no vas a ver qué dicen?

— . ¿Y por qué no vas tú?

Me quedo mirando la mesa ... está llena de polvo, ¡qué raro! Le paso el dedo por encima y dejo una raya ......

— ... ¿Entonces?

— . No voy a ir.

Tom da un suspiro y se levanta moviendo la cabeza molesto. Va a la pared ... y lee largamente las letras pequeñas esperando que le pregunte qué dicen ...... pero yo no lo hago porque sé lo que me va a responder ...... repentinamente, ve algo detrás del sillón del gerente que le hace abrir los ojos asombrado.

— . Mira ...

Lo corre ... y deja al descubierto la caja fuerte empotrada en la pared ... ¡Está abierta y vacía!

— . ¡Esta oficina está abandonada!

— . Vámonos.

Salimos y echamos a caminar otra vez en la dirección en que íbamos. Allá, muy lejos, se ve a los dos barbones. Están ya muy cerca del reloj luminoso ...

— ... ¿Sabes lo que decían las letras pequeñas?

— . Lo supongo.

— . ¿Qué?

— . No insistas.

Pasamos por debajo de otro altavoz y oímos —¡por fin!— la voz de Bing Crosby cantando *Noche de paz* ...... Tom empieza a silbar la melodía. Volteo a mirarlo y deja de silbar

...... allá arriba se viene acercando un letrero que dice "Restaurant".

— . ¿Cenamos?

— . No tengo hambre.

— . La compañía paga.

— . Vamos.

Subimos por una escalera en la que hay pósters de una línea aérea pegados a la pared, mostrando las bellezas de París.

— . No hace falta publicidad, quien no viaja es porque no puede ...

Entramos a un inmenso restaurant vacío en que retumba la voz de Bing Crosby. Allá en una mesa está despatarrado un hombre de uniforme leyendo un periódico.

— . Debe ser un aduanero.

Caminamos entre las mesas vacías.

— . ¿Dónde nos sentamos?

— . Donde quieras.

Seguimos caminando sin decidirnos ......

— . ¿En ésta?

— . Tenemos a Bing Crosby exactamente encima de nosotros, mejor otra.

Seguimos caminando ......

— . ¿Aquí?

— . Como quieras.

— . No, como quieras tú.

— . ¡Ya está bien!

Nos sentamos.

— . Es la única mesa que no tiene cenicero, mejor nos cambiamos.

Tom se levanta violentamente, agarra el cenicero de otra mesa y lo pone sobre la nuestra dando un golpazo.

— . ¿Contento?

Volteo y miro las otras ...... en todas hay saleros, ceniceros e incluso botellas de catsup y salsa tabasco… Tom me lee el pensamiento.

— . Vamos.

Nos levantamos …… y vamos a sentarnos a otra mesa …… el mesero que está detrás de la barra leyendo algo que no alcanzamos a ver parece no haberse percatado de nuestra presencia.

— . ¡Oigaaa!!

Levanta la vista y nos mira. Se agacha, seguramente para guardar lo que leía y toma dos menús que hay apoyados en el espejo …… miro la cubierta de plástico de la mesa: es tan brillante que se refleja claramente el *spot* del techo …… oigo los pasos del mesero que viene acercándose …… aquí está.

— . ¿Qué va a ser?

Tom saca los dos talones rojos y se los extiende. El mesero los toma y los lee por delante … y por detrás … tengo la impresión de que con ganas de encontrar algo mal.

— . ¿Es primera clase?

— . Turista.

Quería probarnos, pues en el talón lo dice claramente.

— . ¿Quieren cena de Navidad o de la otra?

— . ¿Cómo es … la otra?

— . Como siempre.

— . Para mí cena de Navidad.

— . Para mí también.

El mesero se aleja entre las mesas rompiendo los talones.

— … ¿También la pediste por curiosidad?

Apruebo con la cabeza …. oigo ruido de papel periódico y volteo: es el aduanero que está pasando la página. Nuestras miradas se cruzan un instante y después sigue leyendo.

— . ¡Oiga!!

El mesero que está a punto de entrar a la cocina voltea hacia nosotros.

— . ¡No podía bajar un poco la música!!

El mesero empuja la puerta y entra.

— . ¿Me habrá oído?

— . Creo que la respuesta fue *no*.

.... La voz de Bing Crosby se va alejando, alejando ......
hasta que se deja de oír para dar paso a unas campanas que
tocan el tema de *Noche de paz* ...... entran al restaurant los
dos barbones ... y los seguimos con la vista. Efectivamente,
uno de ellos lleva en la mano un "pino" de boliche!... pasan
cerca del aduanero y se alejan entre las mesas...

— . ¿Qué se te ocurre?

— . Mmmhh ... el que lleva el "pino" es dueño de un boliche en ... Amarillo, Texas. Vino de vacaciones con un amigo ... un día, al pasar frente a una tienda de deportes, vio unos
"pinos" en el aparador y por curiosidad entró a preguntar
cuánto valían ...

Los dos barbones se sientan en una mesa y ponen el
"pino" sobre ella.

— ... le dijeron el precio. Hizo la conversión a dólares y
... resultó que valía la mitad que en Estados Unidos ... así
que lo compró para sustituir uno defectuoso que tenía ... es
tu turno.

Tom se queda pensando un momento y dice:

— . El que lleva el "pino" es un bolichista profesional ...
y vino a un concurso ... quizás internacional. En el último
juego sólo le faltaba un "pino" para tirar. Si lo lograba ganaba el concurso ... lo hizo, y se lo llevó como recuerdo de su
triunfo ...

Los dos barbones permanecen en silencio, con la mirada
perdida ...... repentinamente, uno de ellos toma el "pino",
desenrosca la parte superior y da un largo trago ...

... nos miramos y sin poderlo evitar sonreímos.

— ... Aunque hubiera pensado cien años no se me hubiera ocurrido nunca.

Quedamos en silencio ...... ahí viene el mesero con dos bandejas cubiertas de papel de aluminio ...... las pone en la mesa en silencio y se va ...... los dos barbones le gritan algo, pero el mesero les hace una seña con la mano indicándoles que ya no hay servicio ...... empuja las puertas de la cocina y desaparece.

— . Vamos a ver ...

Retiramos el papel de aluminio ... y dejamos al descubierto una bandeja de plástico con cuatro divisiones. En la más grande de las divisiones hay varias rebanadas de pavo, en otra puré de manzanas, en la tercera algo negro que...

— . ¿Qué es esto?

— . Relleno del pavo.

... y en la cuarta dos rebanadas de pastel ... y además un vasito, también de plástico, que tiene algo escrito: "Champaña. Agítese antes de abrirla".

— . Conmovedor.

Agarramos el tenedor de plástico que hay en una ranura de la bandeja y empezamos a comer ...... Tom es el primero en probar el pavo.

— ... ¿Bueno?

— . Ahumado con el humo que despide el plástico al quemarse.

— . Bueno, brindemos.

Agitamos al unísono los vasos de *champagne* ... y los hacemos chocar.

— . Feliz Navidad.

— . Feliz Navidad.

Los abrimos y bebemos ...... después seguimos comiendo en silencio ...... supongo que a Tom le pasa lo mismo que a mí: le da vergüenza confesar que es uno de los mejores *champagnes* que hemos tomado ...... termina la melodía de las campanas y sólo se escucha el ruido de la estática ......

tengo la sensación de que de un momento a otro se escuchará otra canción …… pero no, no se oye; se acabó la música
por esta noche …… se apagan las luces del fondo del restaurant. Volteo y veo que los dos barbones han quedado en
semipenumbra. Uno de ellos se ha derrumbado sobre la mesa
y el otro tiene la mirada perdida y mueve ligeramente la cabeza hacia un lado y hacia otro … el aduanero se incorpora
y bosteza levantando los brazos de tal forma que se le sube
la chaquetilla y deja ver la pistola que trae metida en el pantalón … termina el bostezo, ordena el periódico … y hace un
rollo con él. Levanta la vista y nos mira con sus ojos carga-
dos de sueño.

— . Feliz Navidad.

Tom y yo respondemos al unísono:

— . Feliz Navidad.

Echa a caminar lentamente hacia la puerta… y sale.

— . ¡Heeeyyy!!

Volteamos. El barbón que todavía está despierto levanta
el "pino" y brinda … Tom y yo respondemos levantando nuestros vasos. Damos un sorbo … y seguimos cenando … pero
profundamente angustiados ya que intuimos que la cosa no
ha terminado ahí ………

— . ¡Heeeyyy!!

— . No voltees.

Seguimos comiendo con la mirada clavada en la bandeja.

— . ¡Heeeyyy, señoritos!!

— . Si no le hacemos caso va a ser peor.

Tomamos los vasos y volteamos hacia el barbón.

— . ¡Salud y pesetas!

Fingimos que damos el sorbo a nuestros vasos vacíos y
continuamos comiendo …… el barbón empieza a hablar solo
en … en un idioma que no entiendo y que lo mismo puede
ser holandés que noruego o alemán … y evidentemente ha

estado en España. La claridad con que dijo las palabras rituales previas al brindis revela claramente dónde pasó la mayor parte del tiempo en dicho país ......

— . ¡Heeeyyy!!

— . Voltea.

— . ¡Que se vaya al cuerno!

— . Si no volteamos va a venir.

Tom comprende que tengo razón y toma el vaso de mala gana. Volteamos ... pero el barbón no tiene el "pino" en la mano y no parece tener la intención de brindar.

— ...*Where are you from?*

Tom dice sin pensarlo mucho:

— . Albania.

El barbón se nos queda mirando en silencio con una expresión entre estúpida y asombrada: fue demasiado ... volteo hacia Tom y le digo en voz baja:

— . ¡Eres un idiota!

— . ¿Por quéee?

— . Le picaste la curiosidad, nunca ha conocido un albanés. Pronto lo vamos a tener aquí.

Miro de reojo al barbón: sigue con la vista clavada en nosotros.

— . ¡Joder!

Revuelvo angustiado las sobras del relleno del pavo ... y aparece en el fondo de la bandeja el logo de la compañía de aviación ... oigo que el barbón empieza a hablar otra vez en el idioma incomprensible que con la borrachera pare ... ahora sí entendí una palabra: Albania!

— . ¡Lo ves!

Tom se ha quedado paralizado mirándolo. Volteo rápidamente: se está incorporando con un enorme esfuerzo.

—Vámonos.

Nos levantamos y caminamos rápidamente hacia la puerta.

— . *Heyyy, Albanians, come heeere!!*

Apresuramos el paso.

— . *Wait for me!!*

Oigo una silla que cae, e inmediatamente un gran estruendo de no sé qué... y el ruido de algo que viene rodando. Debe ser el "pino". Llegamos a la escalera y bajamos rápidamente sin voltearnos ...... llegamos abajo y echamos a caminar a grandes pasos en la dirección en que íbamos ...... En la inmensa sala hace ahora un frío intenso ... y hay olor a pólvora de cohetes en el aire ... pasamos por debajo de un altavoz del que sale el ruido de "freír" de la estática ...... volteo para ver si nos sigue el barbón: no, la sala está desierta hasta donde alcanza la vista.

— . ¿Viene?

— . No.

Se escucha un ruido, como un latigazo que repercute a lo lejos.

— . ¿Qué fue eso?

Volteamos pero no vemos nada.

— . Tom... vámonos.

— . ¿Adónde?

— . Todavía faltan tres horas... y yo prefiero esperar en casa.

Ante mi sorpresa, Tom guarda silencio... nos dirigimos hacia una de las puertas ...... y salimos. Hace un frío glacial y se escucha a lo lejos el ruido de cohetes y de vez en cuando de grandes explosiones... nos tapamos el pecho con las solapas y nos dirigimos hacia el único automóvil que hay en el inmenso estacionamiento ...... nuestro aliento se condensa al salir y siento dolor en los pulmones cada vez que respiro el aire helado.

— . Creo que el taxista no está.

— . Debe estar durmiendo.

... Llegamos al coche y miramos por las ventanillas empañadas por el frío, pero no distinguimos nada. Paso la mano por el vidrio: está empañado por dentro... golpeo ligeramente la ventanilla del conductor ......

— . No hay nadie.

Tom golpea violentamente con el puño cerrado la tapa del motor y esperamos ...... se escuchan a lo lejos dos explosiones consecutivas y después otra vez el ruido de los cohetes...

— . Prueba las de tu lado.

— ... Cerradas.

Me echo el aliento en la mano con que agarré las manijas heladas.

— ... ¿Volvemos?

Tom se queda pensando un momento ...... y aprueba con la cabeza. Nos cubrimos el pecho y echamos a caminar otra vez hacia el edificio del aeropuerto... el reloj electrónico de la terraza cambia de las 12:08 a las 12:09... pero el segundero marca números tan rápidamente que no alcanzo a distinguirlos. Son sólo chispazos de un segundo.

— . ¡Qué fríooo!

Oigo ruido de papeles y volteamos: es un remolino de periódicos en el suelo.

— . ¿Dónde vamos a esperar?

— . En la oficina abandonada.

.... El reloj cambia ahora a las 12:10 ...... nos detenemos en la puerta del edificio. Nos asomamos y miramos hacia un lado... y hacia otro: no se ve a nadie ... entramos y nos dirigimos rápidamente hacia la oficina ...... pasamos frente a la escalera que sube al restaurant, haciendo el menor ruido posible al caminar... y levantamos la vista al unísono: todavía hay luz en el comedor, y allá arriba, en la puerta, está sentado un perro callejero, tremendamente flaco, que voltea al vernos pasar ...... Tom cierra los ojos y apoya la cabeza en la palma de su mano, dando a entender que los dos barbones ya se deben haber quedado dormidos. Apruebo con la cabeza …… ahí se ve ya la oficina.

— . Creí que estaba más lejos.

Tom se lleva el dedo a la boca pidiendo silencio …… pasamos por debajo de un altavoz del que sale el ruido de la estátic … se escucha un alarido que repercute en toda la sala. Volteamos: el perro sale corriendo del hueco de la escalera con el rabo entre las patas, resbala varias veces sobre el piso pulido y finalmente logra echar a correr … hacia nosotros!

— . ¡Rápido!

Nos metemos en la oficina atropelladamente y corremos la cortina de plástico …… se oyen las pisadas del perro que pasa a toda velocidad.

— . Mejor apaga la luz, no me extrañaría que detrás venga el barbón.

— . ¿Crees que fue él quien le pegó?

— . Con lo borracho que está todo es posible.

— . ¿Pero por qué?

— . Quizás el perro se quiso llevar el "pino" … o … lo confundió con uno de nosotros. ¡Yo qué sé! Apaga la luz.

Tom aprieta un botón y la oficina queda tenuemente iluminada por la luz que pasa a través del plástico … nos sentamos en los sillones y quedamos en silencio, escuchando ……… Tom apoya la cabeza en el respaldo y cierra los ojos …… el frío es intenso y … siento que me va invadiendo un sopor invencible …… sé que si cierro los ojos me quedo dormido.

—¿Tom?

Tom responde sin abrir los ojos:

— … ¿Sí?

— . No te duermas.

— … No.

— . Entonces abre los ojos.

Los abre ligeramente: está más dormido de lo que yo creía…

— . Vamos a hablar o nos quedaremos dormidos.

Tom afirma ligeramente con la cabeza.

— … ¿De qué?

— . De ti … ¿En qué año naciste?

— … En 1932.

— . ¿En qué mes?

— … Julio.

— . ¿Día?

— . Doce.

— . ¿Hora?

Tom cierra los ojos.

— . Abre los ojos.

— . ¡Estoy pensando!

— . Hazlo con los ojos abiertos.

Los abre ligeramente otra vez … y mira con la expresión estúpida que da al sueño la cortina de plástico ……

— . Estoy esperando.

— … Creo que fue a las cuatro … o cuatro y media.

— . ¿De la tarde?

— . De la madrugada, ¡naturalmente!

— . ¿Dónde naciste?

— … En mi casa.

— . ¿Dónde estaba?

— . En … Avenida de la Infanta Margarita 102.

— . ¿Departamento?

— … 3-A.

— . ¿Por qué 3-A?

… Tom deja de mirar la cortina de plástico y voltea para interrogarme con sus ojos somnolientos.

— . No entiendo.

— . Sí, ¿por qué 3-A?

— . ¿Y por qué no?

— . Los departamentos se numeran 1, 2, 3, 4, etc... si el tuyo era 4, por qué ponerle 3-A, 3+1 ... o 2^2? ...

Los ojos de Tom se van abriendo y la ira se empieza a reflejar en ellos ... pero ya está despierto.

— ... ¡Pero en qué tipo de casa vivías!

Tom da un puñetazo en el brazo del sillón...

— ... se casó con la hermana de una prima mía y se fueron a vivir a Venezuela.

—Entiendo ... ¿Qué hora es?

Tom se levanta dando un suspiro y va a la cortina... mira el reloj a la claridad del plástico.

— . Las tres ... menos cinco.

— . Ya es hora.

Corremos la cortina y nos asomamos. La sala está vacía hasta donde alcanza la vista por este lado ... y también por el otro ... Salimos y echamos a caminar. El intenso frío nos termina de despabilar. Ya no volveremos a tener sueño hasta la madrugada ...... Pasamos frente a una de las puertas abiertas por las que entra un viento gélido que ya no trae ruido de cohetes lejanos.

— . ¿Adónde vamos?

— . Yo te seguía a ti.

— . Y yo a ti.

Nos detenemos y nos quedamos mirando desconcertados ....

— ... ¿Oyes?

Niego con la cabeza.

— ... Es un ruido de voces.

— . No oigo nada.

— . Ven.

Caminamos unos pasos.

— . Por aquí es …

Tom me agarra del brazo y nos detenemos.

— . ¿Oyes ahora?

— . Sí.

Levantamos la vista: estamos debajo de uno de los alta-voces del que ya no sale el ruido de la estática sino de música bailable, voces y ruido de vasos… pero todo ello muy lejano.

— … Parece una fiesta.

Tom aprueba con la cabeza y seguimos escuchan-do ………

— . ¡Su atención por favor!…

Ahora es la voz de una mujer la que se oye claramente.

— … Canadian Pacific anuncia la llegada de su vuelo dos, seis, seis procedente de Tokio. Se rue …

La mujer se pone a reír y su risa se repite en todos los al-tavoces como si fueran muchas …… ahora continúa hablan-do tratando de contener la risa, pues la voz de un hombre que debe estar a su lado repite todo lo que dice imitando su voz.

— … Se ruega a los pasajeros con destino a Lima y Buenos Aires lo aborden por la puerta cinco. ¡No, Manolo, suélt …!

Se corta la voz de la mujer y sólo se vuelve a oír la estática.

— . ¿Qué número hay en esa puerta?

Tom entrecierra los ojos.

— … X … V … I … ¡Son números romanos!

— . X más V y I son … 16! Corramos.

Echamos a correr en dirección al reloj de pared leja-no ……… pasamos frente a una puerta cerrada y volteamos.

— . ¿Qué decía?

— . XV.

… se oye el trueno distante del avión …

— . ¡Ahí está!

— . Espera.

Me dirijo hacia la escalera del restaurant … y subo los escalones de tres en tres ……… llego a la puerta y me asomo: las bandejas siguen sobre la mesa … pero los barbones ya no están … y el "pino" tampoco se ve por ningún lado. La única huella de su paso son una mesa y dos sillas tumbadas … bajo rápidamente otra vez …… me reúno con Tom y seguimos corriendo.

— … ¿Estaban?

— . No.

Allá adelante hay un carrito para maletas …

— . Vamos a subirnos en eso o no llegaremos nunca.

— . ¡Aquí viene!

Lo empujamos hasta que toma velocidad … y nos subimos.

— . ¡Más duro!

Sacamos el pie e impulsamos más el carrito …… ¡ahora sí vamos rápido! …… los mostradores y las puertas pasan rápidamente … y el reloj luminoso de la pared del fondo se va haciendo más y más grande ……

— . La próxima es la cinco.

Sacamos el pie y tratamos de frenar … pero los zapatos se deslizan en la superficie pulida.

— . ¡Esto no para!

Empiezo a sentir calor en el pie por el roce … y el carrito no pierde velocidad o es tan poca que no se nota ……… ahí viene la cinco! … aquí está!

— . ¡Salta!

Saltamos y por inercia seguimos corriendo un rato … hasta que podemos parar. El carrito se aleja velozmente por el pasillo …… nos dirigimos hacia la puerta y tratamos de abrir.

— . ¡Está cerrada!

Golpeamos frenéticamente con los puños y los golpes retumban dentro de la sala cinco …… pero nadie responde … y por la ranura no se ve luz.

— ... ¡No hay nadie!

Nos miramos angustiados.

— . ¡Vamos a tirarla!

— . ¡Cómo!

— . ¡Con eso!

— . ¡Pero no griteees!!

Vamos hacia el carro repleto de cajas que hay junto a la puerta y lo empujamos con la fuerza de la desesperación hacia el centro del pasillo.

— . ¡Cómo pesa!

... se escucha un golpe seco a lo lejos: es el primer carrito que chocó contra la pared del reloj.

— ... ¿Aquí?

— . Más lejos.

Seguimos empujando ...... y salimos del edificio ...

— . ¡Aquí!

Pasamos detrás del carro y lo detenemos ...... Tom, que respira fatigosamente al igual que yo, hace una señal con la cabeza y lo empujamos dando un verdadero alarido ...... volvemos a entrar al edificio ...... el carro empieza a cobrar velocidad.

— . ¡Más, más!!

Atravesamos vertiginosamente el pasillo ...

— . ¡Máaas!!

... y lanzamos el carro contra las puertas que con tremendo estruendo saltan de sus goznes y se deslizan por el piso pulido de la sala cinco, chocan con una fila de sillas que a su vez chocan con las de una segunda fila. El carro pasa sobre las puertas y arrolla varias filas más entre ensordecedores rechinidos metálicos! ... avanzamos en la penumbra apartando sillas rumbo al ventanal a través del cual se ve el avión que se acerca lentamente con las lucecitas rojas que se encienden y se apagan en las puntas de las alas ...... Tom trata de abrir la puerta del vent ...

— . ¡Está cerrada!!

Miro a mi alrededor y veo un cenicero de pie tirado en el piso. Lo agarro, lo levanto sobre mi cabeza … y lo tiro contra el ventanal que estalla hecho pedazos! Con el pie terminamos de romper los vidrios que han quedado adheridos al marco metálico del ventanal ……

— . Ya…

Saltamos por el agujero y corremos pisando vidrios …… hacia el avión que se ha detenido con los motores en marcha …… pasamos entre unos hoyos llenos de un líquido blanco que huele fuertemente a desinfectante y Tom mete el pie en uno de ellos salpicándome a mí también …… nos detenemos respirando fatigosamente el aire helado. El avión sigue parado con las turbinas funcionando … parece que ya no se acercará más.

— . Vamos.

Echamos a correr otra vez …… allí empieza ya la fila de lucecitas azules del piso que van hasta el avión ……

— … ¡Ya no puedo más!

— … ¡Ni yo!

… dejamos de correr y caminamos jadeando junto a las lucecitas sin pisarlas …… nos vamos acercando al avión y el alarido de las turbinas se va volviendo ensordecedor y siento cómo vibra el suelo …… y un viento ciclónico caliente comienza a despeinarnos con increíble violencia y hace que los pantalones nos golpeen las piernas hasta hacernos daño! …… aquí está ya… pasamos junto a las inmensas ruedas delanteras tenuemente iluminadas por las lucecitas azules …… y nos detenemos bajo la puerta …… ¿Nos habrán visto? …… o …… ¿esperan que subamos por la puerta de clase turista? …… ¡Ayyy! me agarro el pelo para que no me vuelva a golpear los ojos …… ahora se abre y aparece una azafata rubia a la que el aire despeina inmediatamente y le levanta la falda … se agarra el pelo y con la mano libre nos hace señas de que subamos rápidamente … Tom, que también se sujeta el pelo, pregunta cómo con un gesto … la azafata señala algo a lo lejos. Volteamos … pero no vemos nada. Vuelve a señalar … me encojo de hombros. Se impacienta y desaparece en el interior del avión ……… se encienden dos poderosos faros en el ala que descubren allá lejos una escalerilla que proyecta una larga sombra en el piso … Tom me hace un gesto con la cabeza para que lo siga. Con señas le explico que no puedo ya con mi alma … con el rostro desencajado, que el pelo agitado hace más terrible, me grita algo que el ruido de los motores no deja oír … y echa a correr fatigadamente …… levanto la vista … y sin poderlo evitar me quedo mirando las piernas de la azafata que el viento descubre constantemente …………… volteo a ver qué hace Tom: allá viene empujando la escalerilla a toda velocidad …… pasa por la penumbra ……… y ahora vuelve a entrar a la zona iluminada por los faros ……… aquí viene y me aparto …… choca violentamente con el avión y se desprende el pasamanos que queda colgando moviéndose de un lado a otro …… subimos rápidamente …… la escalerilla apenas coincide con la puerta y tenemos que entrar de perfil por la estrecha abertura que queda …… la azafata nos dice algo. Con una seña e indico que no oigo nada. Empuja vigorosamente con el pie la escalerilla …… que se aleja lentamente. Después cierra la puerta del avión y da vuelta a la manija. Se vuelve hacia nosotros.

— . *Merry Christmas.*

— . *Thank you.*

— . *Thank you …*

Echo un vistazo por el pasillo a la cabina de los pilotos: está en penumbra pero se ven largas filas de lucecitas amarillas en el tablero, que se encienden alternativamente, y el haz de luz del radar gira constantemente descubriendo en la pantalla una forma triangular ...... claro, es la escalerilla! Corremos las cortinas y entramos peinándonos. El avión va casi vacío y el aire es fresco y puro ...

— . ¿Nos sentamos aquí?

— . Mejor allá.

... y por los altavoces se oye la voz de Bing Crosby cantando una canción navideña acompañado de un coro infan ...

— . ¿Aquí?

— . Bueno.

Me apresuro a pasar primero y me siento junto a la ventanilla ... carraspeo varias veces; el aire caliente y fétido de las turbinas se me ha quedado pegado en la garganta ...... aquí viene la azafata ya peinada.

— . *¿Dou you want Christmas dinner?*

— ... *Yes, please.*

Me quedo pensando un momento:

— . *Me too.*

Entre el bramido de los motores el silbido empieza a aumentar ...... y se convierte en un alarido que apenas deja oír la voz de Crosby ...... miro por la ventanilla: el edificio del aeropuerto pasa lentamente ...... y ahora unos inmensos hangares iluminados pero vacíos frente a los que hay varios aviones parados ...... y ahora pasan unas luces lejanas ...... y después sólo se ve oscuridad ...... y más oscuridad ...... pasa otra luz lejana ...... y después sólo se vuelve a ver oscuridad ...... y más oscur ... y ahora comienza a pasar una alambrada tras la cual se ven filas y más filas de aviones de combate iluminados por altos faroles que dan una luz azul muy clara y que pasan rápidamente ...... y más lentamente los que están lejos.

José de la Colina

❦

EL CISNE DE UMBRÍA

ERA UNA retirada a través de días, noches, sol, tormentas de
polvo y de granizo, y de cuando en cuando nos topábamos
con un pueblucho o mero caserío con más moscas que gente
al que saqueábamos, pero lo de siempre era el horizonte lejano que se escurría hacia cualquier punto que mirásemos. Y digan lo que digan los libros de historia, mi general Chavero no
era un mocito al que apenas, si acaso, le despuntaba el vello
sobre el labio, pero sí conservaba erguido el porte que tantos
corazones femeninos había conquistado por el fin del siglo
en la buena sociedad de las ciudades del Valle Alto, ya estaba un tanto curvado de espina y gris de bigote y de ralo cabello, y se notaba que tantas jornadas de cabalgar a través de
aquel territorio tan abandonado de Dios como de los cartó-
grafos le castigaban el esqueleto, al cual, si iba uno cerca, le
oía lanzar ligeros tronidos. No es verdad que mi general viniera madurando la táctica y la estrategia del ataque y el asedio a Ciudad Titinzán. Íbamos a la mala de Dios o a la buena
del diablo y aquello era cabalgar y cabalgar y siempre cabalgar. Temíamos que si desmontábamos nuestras cabalgaduras,
ya despojadas de su razón de ser, se habrían desmoronado en
un puro parpadeo. La derrota y el desierto nos afantasmaban.
Éramos apenas el recuerdo de la Sexta División de Artillería,
huyendo de la Decimoprimera y de la Vigesimotercera, que
lenta, pero inexorablemente, según sabíamos por el indio
Txiul, que escuchaba el llano pegando el oído a la tierra, se
nos acercaban en un movimiento exacto y mortal. Lo que pasaba era que huíamos hacia la única salida que nos quedaba,

y era hacia Ciudad Titinzán (aunque sabíamos que estaba tomada por el resto de las divisiones del Ejército de la Intervención Institucional). Tampoco es fidedigna la imagen que los libros de historia dan del indio Txiul. El tal indio Cacarizo, que así lo sobrenombrábamos, estaba muy lejos de ser el personaje positivo al que gustan venerar los historiadores del Septembrato. Era imposible determinar su edad, ¿treinta y cinco o setenta y cinco años? Fiel a mi general como un perro o una enfermedad congénita, lo envolvía un aura de historias susurradas. Decíase que era hijo de una cocodrila de los pantanos de Txiriguán y del regimiento de Húsares de la Intervención, que había traicionado a su sangre india, la de los valientes tziritzanes, para unirse a los blancos a cambio de un uniforme galoneado y de la infernal ocarina que tocaba continuamente durante los atardeceres, y algunos hasta aseguraban que era un hijo del mismo Chavero, engendrado en las vísperas de la sangrienta Noche de la Planicie Púrpura. Para mí era menos y más que eso: una pesadilla que se había colado y concretado en nuestra realidad por el solo hecho de que todos los de la división la habríamos soñado la noche del abominable día en que comimos carne de chacal. Lo indudable es que cabalgaba a nuestro lado. ¿A nuestro lado? Dígase que en todos los lados y en ninguno, pues unas veces creías tenerlo en el flanco izquierdo y lo descubrías en el derecho, o pensabas que se hallaría a tu espalda y aparecía delante, de modo que nos tenía a todos intranquilos, y sé de más de uno que anhelaba darle un tiro dizque accidental, sobre todo cuando el indio se ponía a soplar en la ocarina la misma monótona y tentacular melodía de siempre. Odiábamos su musiquita, pero, con todo, procurábamos aguantarla, porque si el indio dejaba de tocar, mi general nos ordenaba, para levantarnos el ánimo según él, que cantáramos y palmeáramos la vigorosa Marcha Radetzki, que consumía aún más nuestras fuerzas. Eso era lo peor, porque entonces nos entraba en la boca el polvo y el granizo y algunos se murieron atragantados. Además, el hambre. Éste era el gran enemigo que traía cada uno de nosotros en el cuerpo, porque no teníamos más que nuestra exigua ración diaria de galletas marías, tan dulzonas y ya casi petrificadas, que si las mojábamos en la lluvia y los charcos para poder masticarlas se convertían en una pasta lenta pero resistente que nos fatigaba la boca, y ahora hasta esas galletas empezaban a faltarnos. Y por si fuera poco, aquello... Aquello comenzó no siendo sino un resplandorcillo allá en el horizonte occidental, atrás de los vastos velos de sol y polvo que esfumaban el paisaje, y el capitán Garnier-Penilla masculló que, maldición, seguro que se trataba de un espejismo de los habituales en esos parajes. Entonces mi general Chavero ordenó al coronel Mendiola que ordenara al teniente general Delduero-Schmidt, que ordenara al capitán Orol, que ordenara al sargento Bojórquez que fuese con el indio Txiul a ver qué clase de cosa o fenómeno o lo que cabronamente fuese y desde allá brillaba. El sargento y el indio se fueron al horizonte para, al largo rato, regresar e informar que aquello que allá lejos coruscaba, ya rodeado y acuciosamente observado, era un rarísimo vagón de ferrocarril que estaba allí abandonado, en mitad de un tramo de paralelos rieles de, calcularon, medio kilómetro de largo. El general entrecerró los ojos para lanzar una mirada de filo de cuchillo. ¿Un qué de qué, sargento? Un vagón de ferrocarril, mi general. ¿De qué carajo ferrocarril por estos pagos, sargento? Con perdón, mi general, no sé. ¿Pues qué tanto lo inspeccionó realmente, sargento? Mi general, el explorador Cacarizo, quiero decir Txiul, y yo, lo rodeamos teniéndolo a la vista en todo momento y lo examinamos con exhaustividad y resultó como, con perdón, acabo de decirle, mi general, que resultó ser un vagón de tren, aunque un tanto raro. ¿Raro por qué? Parecido a una como catedral, mi general. ¿Acaso está usted en estado etílico, sargento? No, mi general, pues cómo. Entonces mi general mandó sucesivamente al teniente Orol, al capitán primero Góngora, al mayor Pastrana-Deluzzi, que fueran a comprobar la información y completarla. Partieron todos sucesivamente y volvieron con información idéntica, con sólo algunas variantes, como que el vagón no parecía una catedral sino un gran órgano de iglesia o una especie de (esto lo dijo Pastrana-Deluzzi, que había hecho viajes por el extranjero) fabuloso palacio de Luis de Baviera, el rey loco. Y descontento con tan escasos datos, finalmente mi general me envió a mí, porque confiaba en, dijo, mis tan extensos como intensos conocimientos. ¿Se autoriza la penetración del objetivo, mi general? Autorízase, capitán. Me fui al horizonte occidental en compañía del indio Cacarizo y comprobé que, en efecto, aquello era un vagón de ferrocarril, pero no de cualquier estilo meramente funcional, sino con algo de todo lo que mis predecesores en la exploración habían dicho, y además, cómo lo diré, con un vago aunque rutilante aspecto de pianola con vista al mar. Pensarán ustedes que cómo podía aquello rutilar, cubierto como debía de estar del polvo del desierto y de la natural oxidación de la intemperie, pero debe considerarse que los vientos lo tenían cepillado y pulido, con un aspecto flamante. Tú quédate aquí, le dije al indio Cacarizo, voy a entrar, Forcé la única puerta lateral del vagón, una puerta no tosca y corrediza como era de esperarse, sino como la de una linda casa-cabaña de la Selva Negra, y entré, imagínense ustedes, en una gran recámara o pequeño salón versallesco o rococó o los dos estilos simultáneos, con arañas de luces (apagadas) colgantes del cielorraso decorado de ángeles y querubines rosa y oro, con una gran mesa banquetera de patas de dragón dorado, con estatuas de Venus y Adonis, con cortinones púrpuras de borlas doradas, con espejos de marco de plata y oro, y un piano de cola negro abriendo su silenciosa dentadura marfilina y un fonógrafo de gran altavoz en forma de corola, a la cual pegaba la oreja un gran *bibelot* en forma de perro dogo. En ambas cortinillas de rojo terciopelo del inmenso lecho de columnas salomónicas doradas, por encima de una gran colcha de pieles preciosas, había, bordadas en oro y plata, muy garigoleadas, las grandes mayúsculas F y B. A mi retorno a la fila todo eso fue minuciosa y repetidamente descrito a mi general, que miraba hacia el lejano punto aún coruscante en la melancolía espesa del crepúsculo y de repente suspiró: *Dónde estás, señora mía, que no te duele mi mal.* ¿Cómo dice, mi general? No me haga caso, capitán, ¿dijo usted una efe y una be... una *be grande, bien sur?* En efecto, mi general. *¡Oh dulces prendas por mi bien halladas!* Sí, mi general, dije en mi desconcierto. ¡Francesca..!, gritó mi general, y de pronto con un gesto de loco, como el de un viejo que huyera de una casa incendiada, espoleó el caballo y echó a galopar hacia el horizonte occidental, hacia aquel intermitente guiño de luz dorada. Y aun cuando ya iba muy lejos pudimos volver a oírlo: ¡Nadie me siga, voy solo! Tras un momento de lanzarnos miradas desconcertadas e interrogativas, poco a poco fuimos desmontando los oficiales en todos los tramos de la columna, y sentíamos que reestrenábamos las piernas, pero estaban torpes, desacostumbradas a andar por ellas mismas, y por esto tardamos algún tiempo en vivaquear, mientras la tropa seguía sobre las monturas: una larga serpiente hecha de hombres y caballos indistintos, como desvencijados centauros, en el oscurecimiento del aire. ¿Qué hacer?, nos decíamos los oficiales. Conjeturábamos sobre el sorprendente comportamiento de nuestro general Chavero. Se le asoleó la nuca. Lo poseyó la Fata Morgana. Está borracho. Con qué. Con el mezcal de Txumbique que trae escondido. Escondido en dónde. En el pomo de la espada. No, lo que pasa es que ya chochea. Etcétera. Y después, fatalmente: es la hora quizá de cambiar de mando, porque esta división, mandada así, no es militarmente seria. Cuidado, teniente Delduero-Schmidt, roza usted la sedición. Si acaso la rozo, se debe, mayor Pastrana-Deluzzi, a que nos hallamos en un momento crucial y emergente en el que la falta de cabeza, como que dijéramos, pone en riesgo la seguridad de todo el cuerpo. Así discutíamos aun cuando se cerró la noche y el indio Txiul, tras volver a pegar la oreja al suelo, nos dijo que las dos divisiones perseguidoras seguían cerrando la pinza mortal y que, cuando mucho, nos alcanzarían antes de la tarde del día siguiente. Si vuelvo a oírle a este sietemesino de Cacarizo lo de la pinza mortal le voy a partir la madre. Calma, teniente Orol, mantengamos frío el carácter: pinza o no pinza, lo indudable es que el peligro nos llega por ambos lados, convergiendo hacia nosotros. Al alba ordenamos a toda la tropa que desmontara e hiciera vivacs y descansara. También se decidió que un oficial, y tras otra deliberación fui designado yo, fuese al horizonte occidental a tratar de conferenciar con mi general Chavero, si acaso él se hallaba todavía en estado conferenciable. Y allá fui. Mi general me recibió disparando el revólver desde la ventana del vagón. Moviéndome en zigzags para evitar su puntería, retrocedí varios metros y le grité: Mi general, me mandan a conferenciar con usted. Cómo que le mandan si en esta división de bellacos, malandrines y lamebotas el que manda soy yo, y, por lo demás, ¿usted quién es? El capitán Cendreros, mi general, a sus órdenes. ¿Cendreros, el capitancito literato? El mismo, mi general. ¿De veras?, a ver, identifíquese, porque desde aquí no lo distingo a causa del deslumbrón. Con el perdón de mi general, ahí le va: *Semejas esculpida en el más fino / hielo de cumbre sonrojada al beso / del sol, y tienes ánimo travieso / y eres embriagadora como el vino. / Mas mientes, no imitaste al peregrino / que*... Ya párele, lo identifico, y, en fin, ¿qué pues, capitán Cendreros? Pues con el perdón, mi general, ¿podríamos hablar como quien dice confidencialmente? Otro silencio, y otra vez el general: Así sea, pero va usted a venir desarmado y a pie, capitán Cendreros, ¿entendido?, y yo le voy a dejar la puerta abierta para que entre, aunque nadie es digno, aparte de mí, de penetrar en este recinto, y cuidado con que venga con incorrecto propósito de bellaco, malandrín y lamebotas, porque lo fulmino, ¿me oyó, capitán? Perfectamente, mi general. Proceda, capitán. Desmonté, me desabroché el cinturón con el revólver, lo dejé visiblemente caer al suelo y avancé hacia el vagón. Por fin, distinguí al general apuntándome con el revólver atrás de la única ventana del vagón y haciéndome señas de que me acercara ora rápidamente, ora con lentitud. En el umbral, mi general me recibió amablemente, dejó en la gran mesa el revólver, se sentó en una suntuosa silla y me invitó a sentarme en otra. Luego abrió los brazos como queriendo abarcar aquel lugar, increíblemente iluminado por todas las arañas de luces, y, como no sabiendo por dónde empezar a hablar de una felicidad súbita que le chispeaba en la mirada, con un gesto cordial de la mano me sugirió que empezara a hablar. Mi general, a sus órdenes. Capitán Cendreros, usted, además de correcto militar es un caballero. Gracias, mi general. Lo digo de corazón, amigo Cendreros. Gracias nuevamente, mi general. Sí, usted es un caballero y una fina persona, no un bellaco ni un malandrín ni un lamebotas, es usted culto, fino y sutil, una como si dijéramos flor de la civilización, y graduado en La Sorbona de París, si no estoy mal informado. Bueno, mi general, favor que usted me hace, pero yo diría que... Sí, categóricamente, y no me discuta. De ninguna manera, mi general. Vamos a hablar de hombre a hombre, prácticamente entre amigos, es más: si es posible como almas gemelas, ¿comprende? Comprendo, mi general. Bien, dígame: ¿sabe usted quién era, o fue, o por ventura acaso todavía es Francesca Bernini? Mi general, usted me disculpe, pero no. La blanca la bella la divina Francesca Bernini, capitán. Quizá algo he oído hablar de ella, mi general. No, Cendreros, eso no vale, tendría usted que haberla visto y oído en persona, y lo siento por usted y todos los de su generación, porque se perdieron tal privilegio. Sin duda, mi general. Pero yo le voy a permitir nomás a usted, que es un caballero y una fina persona, que al menos pueda entrever, aunque nomás sea a través de un mero engaño colorido, a la Mujer la Diva la Dea a quien en tiempos ay ya idos tuve por unos instantes que en mí son eternidad en estos brazos que se comerá la tierra. Chavero se levantó, fue a un rincón y descorrió unas cortinillas. Apareció, pintada, la imagen de una mujer muy blanca, bella y majestuosa (quizá algo rolliza para mi gusto), de ojos y cabellos negrísimos, que en pie, con el turgente brazo derecho se apoyaba en una baja columna griega. Ésta es, dijo Chavero como en un trance, la figura que durante siglos los hombres han soñado, suya es la cabeza hacia la cual todos los confines convergen, sus párpados están un poco cansados porque su carnal forma, mero receptáculo de una intensa belleza interior, espiritual, ha sido presa de ensueños fantásticos y pasiones exquisitas, colóquela usted junto a una diosa griega o una dama del Renacimiento y verá que quedan ellas turbadas ante su armonía, porque en ella coinciden la hermosa animalidad de Grecia floreciente, la refinada lujuria de Roma, el ardoroso misticismo del Medioevo, el impetuoso retorno del mundo pagano y no sé qué langoroso estilo del *fin de siècle,* es bella y joven y es más antigua que ese trozo de columna en que se reclina, como el vampiro ha estado muerta muchas veces y conoce el secreto de la tumba, ha descendido a mares profundos cuya luz mortecina ahora la unge como un servil perfume, como Leda ha sido madre de Helena de Troya, y desciende de Lilith la primera mujer de Adán, y el inmensurable tiempo que nos roe y humilla no ha sido para Ella, dicho con mayúscula: Ella, más que el son de liras y flautas, la luz que en ese retrato del artista Von Mingorance la acaricia tierna y desesperadamente, y usted, Cendreros, continuó mi general volviendo a sentarse frente a mí, usted que es culto, fino y sutil, graduado en La Sorbona, me comprenderá, de hombre a hombre, de amigo a amigo, de igual a igual. Mi general, se hace lo que se puede. No, Cendreros amigo, hermano, nada de general, no hay aquí general, sólo un hombre, nada menos ni más que un hombre que en el invierno de su vida se descubre otra vez en amoroso fuego todo ardiendo. Mientras yo me ruborizaba, sabiendo que aunque invitado participaba como intruso en una intimidad pasional, Chavero contempló largo tiempo el retrato, dijo Francesca varias veces, y continuó: La Bernini, el Cisne de Umbría, el ser de belleza e ingenio que fulguró sobre los escenarios del mundo como Lilith, como Pandora, y como Helena y Antígona y Sofonisba y Berenice e Isolda y Julieta y Lady Macbeth y todas las criaturas de música y fuego que yacían en el papel y la tinta esperando a ser despertadas por Ella. Empecé a notar un ruido que había estado allí sin que yo lo advirtiera, un sordo golpeteo en un costado del vagón, y tardé unos minutos en deducir, como en realidad sucedía, que debía ser Belisardo, el caballo de Chavero, que éste habría soltado por el desierto y habría vuelto, militarmente correcto y deseando ser montado por su olvidadizo amo. Usted, Cendreros, se perdió aquel milagro que una noche de hace treinta años, diecisiete días y unas cuantas horas se produjo en el Gran Teatro de la República, en Ciudad Titinzán, cuando la Bernini, en el acto final de *La Fille de Minos et Pasiphae* levantó el níveo brazo señalando con índice señorial hacia fuera de la escena, hacia el infinito, y dijo, para siempre inmortalmente dijo: *Je suis seule, étranger, et la Mort est ma patrie,* tras lo cual hizo mutis, dejando escrito ese gesto en las miles de almas que llenaban el recinto, y después de aquel momento que no se volverá, ay, a repetir, hubo como un gran latido hueco, hubo silencio y pasmo, y estalló un delirio de aplausos, de bravos, de rosas y coronas de laurel arrojadas al escenario, de gritos de *Dea Dea Dea;* hasta el Dictador, generalmente tan hierático, se rompió los guantes aplaudiendo, y ella, Ella, entraba y salía y volvía al escenario a agradecer, y yo, que allí estaba con mis veintiún años lagartijos y todavía meramente civiles y en ardoroso amor todo clamando, tuve de pronto la corazonada de que la apoteosis iba a hacerse catástrofe, porque de todo punto de la sala de butacas, de los palcos, de donde sea, fluían hombres y mujeres en ropas de gala que en oleadas asaltaban el escenario, la rodeaban a Ella, la estrechaban en un círculo cada vez más asfixiante, y sonaron en mí los clarines de la caballerosa hombría y salté al tablado esgrimiendo mi bastón duro y flexible como un florete y lo hice caer sobre brazos y cabezas y espaldas y rostros, y esto fue en el último minuto, porque Ella había iniciado el desmayo, y la tomé en mis brazos, en mis brazos, sí, en estos brazos míos entonces firmes, hoy temblorosos, sí, Cendreros, y en tanto que el futuro a olvidar el pasado no se atreva, ese momento vivirá siempre, el dulce peso de Ella, la marea rítmica de su pecho, sus ojos oscurísimos en el parpadeo anterior al desmayo, y corrí, corrí portándola como a un dulce Santo Grial, corrí atravesando (diríase) telones, cordajes, puertas, paredes, muros de piedra que se afantasmaban a mi paso, y así la llevé hasta su camerino que hallé tras intuir en el largo corredor la puerta en que destellaban las letras efe y be, puerta que hundí de una patada y sobre la cual pasé para dejar mi preciosa carga en el blanco diván de tul que aguardaba su exquisita forma de mujer, y allí, allí, oh Cendreros, estábamos los dos, ella aún desmayada y yo ardoroso de loco amor sublime, amor que mueve el cielo y las estrellas, y eso fue todo, todo, amigo mío, no fueron más que unos minutos, unos latidos de total inmortalidad, y si desde entonces ha habido mujeres en mi vida, ay la carne es débil y el espíritu flaco, juro ante Dios y ante los hombres, que esas otras mujeres no fueron nada en mi vida, nubes que el viento apartó, gotas de agua que el sol resecó, borrachera que no terminamos, porque Ella es la única y la Insustituible, y ahora, pidiéndole que me perdone usted este chorro verbal de sentimental impudicia, le ordeno (como amigo, no como superior militar) que nunca pase esta historia de entre usted y yo, que entre nosotros quede sellada para lo que nos queda de estar en pie en este mundo. Se lo prometo, mi general, y gracias por la confianza. Le he abierto el corazón como a nadie desde entonces, Cendreros, y ha de jurarme usted que callará lo que ha oído, porque si no me lo promete, yo sí le prometo que no saldrá usted vivo de aquí. Se lo juro, se lo juro, mi general. Por lo más sagrado, capitán. Me estaba llamando otra vez por mi grado: el militar asomaba por los ojos del mero hombre enamorado. Por lo más sagrado, mi general. Quizá, Cendreros, cuando yo haya muerto, y posiblemente sea pronto, por aquello, ya sabe usted, de la Pinza Mortal. Perdón, mi general, pero usted no morirá, nosotros ¡venceremos! Capitán, no me interrumpa, decía yo que si muero, bien sea en esta batalla que nos espera, inexorable, ante los muros de Ciudad Titinzán, bien algunos años más tarde, y cuando mi cuerpo ya no sea más que polvo, pero polvo enamorado, estará usted, que sé tiene buena pluma, autorizado a contar esta historia de infinito amor, y no dudo que se convertirá usted de la noche a la mañana en un autor célebre y mimado. Gracias, mi general, qué amable. No hay de qué, capitán Cendreros, porque esto no ha terminado, porque aún la barquilla del amor no se rompe contra los escollos de la vida corriente, y para empezar le pregunto, dígame usted cómo se explica esto que ahora ha sucedido. Perdón, mi general, ¿se refiere usted a…? A la aparición de este vagón de ferrocarril, verá usted, en cuanto al vagón sé bien de qué se trata, y es que el Dictador, enamorado también de Ella, ah el sucio asno con garras, tras haberle hecho toda suerte de homenajes y agasajos y ordenado que todos los poetas de su corte la pusieran en toda la gama de los metros y las rimas, la cubrió de gemas y joyas y medallas y títulos, le regaló carruajes y entre éstos esta carroza, o sea, este vagón acondicionado como una suntuosa recámara y fastuoso salón, para que ella recorriera con él la República durante los diez u once meses en que derramó su arte y su hermosura por nuestras más importantes ciudades, y cuando Ella se fue sin querer llevarse este regalo, que pasó al Museo particular del Dictador, y cuando éste cayó, mejor dicho lo tiramos, las pertenencias del asno con garras pasaron, como era justo, al Museo Histórico del Pueblo, pero al vagón este no se le encontró nunca, de modo, amigo Cendreros, que es inexplicable que de pronto se aparezca aquí, en pleno Desierto de los Espinos, e intacto y nuevecito, con este ambiente interior en el que flota, vivo, el inmarcesible espíritu de Ella. Disculpe, mi general, pero cómo explicármelo. Esfuércese, inténtelo, capitán, y si es necesario se lo ordeno como militar. Mi general, yo, por más que… Ya veo, ya veo, pero, en fin, no es necesario que usted lo entienda capitán, basta y sobra que lo entienda yo, yo ya lo entendí clarividentemente, y se lo voy a aclarar a usted: este vagón es un regalo que ella me envía desde cualquier lugar en que Ella esté, todavía en la tierra o ya en el cielo, y me lo ha enviado como un concreto signo espiritual que me indica cuál debe ser mi destino, ¿entiende, Cendreros? Como usted ordene, mi general. Yo lo ordeno, pero también se lo suplico, amigo mío, y ¿sabe usted qué esta diciéndome este signo? Mi general, qué puedo decirle, yo, disculpe usted. Pero usted debiera saberlo, capitán, usted fino y sutil, graduado en La Sorbona, Pero... En fin, lo diré: está diciendo, cantando más bien: *Amor condusse noi ad una morte.* Es decir, mi general, que... Claro como el alba, Cendreros, Ella me está ordenando quedarme aquí, donde aún su divina presencia palpita, quedarme a morir de amor. Con su venia, mi general, ¿cómo dijo? Lo que ha oído, Cendreros, morir de amor. Pero, mi general, disculpe, pero esto me parece, me parece, eh, un tanto excesivo, no puedo comprender que... Hay más cosas en el cielo y en la tierra, Cendreros, de las que sueña la poesía de usted. Sí, efectivamente, mi general, pero... Basta, Cendreros, le dije que yo me entiendo, y ahora, de militar a militar, le ordeno que salga usted y me despida de mis queridos muchachos de la tropa, aunque sean unos bellacos malandrines lamebotas, y les diga que les agradezco que me hayan acompañado en tantas batallas de las que no hay cuenta cierta, y me despida de los oficiales, que igualmente son lamebotas malandrines y bellacos, pero han sido leales, sumisos y valientes, y han puesto por mí la vida en el tablero, que me perdonen, yo ya no soy yo ni esta guerra es ya mi guerra, de modo que aquí termina mi viaje, y aquí ya no hay general Chavero ni nada parecido, sino nada más y nada menos que un hombre que se dispone a morir de amor. Mi general, oh mi general. Cendreros, la hora es solemne, entienda, le ordeno que salga usted de aquí y vaya a decirle a la tropa que la encomiendo al glorioso destino al que sin duda sabrán llevarla usted y los demás oficiales, que se ponga en movimiento y siga su viaje hacia la gloria y que espero que me recuerden no sólo con el respeto debido a mis canas y a mis medallas, sino con el amor que los hijos deben tener al padre, cuyas sienes cubre la nieve del tiempo. Pero, mi general, por favor, dése cuenta, cómo van a creerme esto. Se lo creerán, Cendreros, porque voy a ponérselo por escrito y a rubricarlo con mi firma.

Cuando salí del vagón, al alba, a la llanura en que ya ardían los fuegos de los vivacs, llevaba en la mano el papel en que el general Chavero confirmaba de su puño y letra las instrucciones y órdenes que me confiaba. No fue fácil que me creyeran aquello los otros oficiales, pero después de que el licenciado teniente Cárcamo testificó la autenticidad de la barroca firma, hubieron de rendirse a la evidencia, si bien aclararon que era a lo único que estaban dispuestos a rendirse.

En la larga deliberación que siguió, mientras el indio Cacarizo se mantenía con el oído pegado a la tierra para oír los avances de la Pinza Mortal, aquel implacable avance de la Decimoprimera y la Vigesimotercera leído por la oreja del Txiul, se propuso y se impugnó de todo. Hubo quienes querían ir a sacar a tiro limpio al general Chavero y obligarlo a cumplir con sus obligaciones de hombre y militar. Otros deseaban que de una vez le prendiéramos fuego al idiota vagón, de modo que matando dos pájaros de un tiro le daríamos gusto porque así moriría de amor aunque algo tiznado y nosotros nos desharíamos de tan loco y energúmeno general. Otros más, proponían que, puesto que éramos militares de verdad y de corazón, debíamos seguir la marcha en compañía de nuestro amado general Chavero aunque estuviera loco, y dado que él quería permanecer en aquel vagón que llamaba el vehículo de su destino, llevaríamos con nosotros a vagón y general a jalón de cabalgaduras. Adoptada que fue esta proposición, mientras el general Chavero parecía guardar silencio e inmovilidad en su retiro, amarramos cuerdas al vagón y a las sillas de las cabalgaduras y logramos sacar del tramo de vía aquel armatoste. Y así seguimos la gran marcha, de un horizonte que se escurría hacia atrás a otro que se fugaba ante nosotros, y bajo el sol quemante y las lluvias y el polvo o el granizo, atravesando espejismos aterradores y nuestras propias alucinaciones. Arrastrábamos el vagón y atado atrás al vagón iba el buen Belisardo, llorando como una Magdalena. Ahora comíamos puro zopilote asado, de aquellos que arriba en el cielo vacío y quemador o anubarrado y mojador volaban en maniáticos círculos sin perdernos de vista, y a los que disparábamos con rabiosa y por tanto imprecisa puntería, de modo que de cada veinte, sólo lográbamos abatir uno, y siempre el más flaco. Pasábamos ya por algunos pueblos aledaños a Ciudad Titinzán, que se dejaban saquear con una indiferencia sonriente, como si nos adivinaran la derrota pasada y la que nos esperaría ante los muros de la capital. Yo, sin traicionar el secreto del general Chavero, le pregunté al coronel Tartini-Peredo, más o menos de la edad de Chavero, si había conocido en su juventud a una tal Francesca Bernini. Qué mujer, me respondió, era de una belleza poderosa y delicada, una devoradora de hombres, una vampiresa exquisita, se adueñaba de un varón, lo tentaba, se burlaba de él, le concedía al fin, como entonces decíamos, una hora de embriagadora locura, y finalmente lo desechaba con una sonrisa cruel y para la temporada siguiente se procuraba otro candidato, y por supuesto que la opinión pública, que en aquellos tiempos estaba a cargo de las buenas familias, se escandalizaba y la hacía blanco de fulminaciones y anatemas, pero como siempre ella decía, su arte le exigía aquel modo de vida, las grandes leonas son resultado de corderos bien asimilados, yo no la vi nunca en carne y hueso, ésa es la verdad, pero sí vi su adorable fantasma en el cine, la única película que se sabe que ella realizara, un capolavoro, *La nave nera*, y aunque por ser la época del cine mudo faltaba el terciopelo sonoro de su voz, ah, cómo olvidar sus gestos, su caminar como deshaciéndose y rehaciéndose a cada paso, sus poses lánguidas o huracanadas, el relámpago oscuro de sus ojos, la negra tormenta de su cabello, el apoyarse su cuerpo de mármol respirante en las truncas columnas o el aferrarse a cortinas fatales en la inminencia del trágico desmayo, sí, cómo olvidado, ah pobre loco Chavero, pobres de todos nosotros, si lo pensamos bien.

A los veinte días de cabalgar nuestra división, de arrastrar al vagón, a Chavero, a Belisardo, fueron apareciendo en el horizonte el muro y las almenas de Ciudad Titinzán, mientras que también en el horizonte a nuestras espaldas empezaban a verse, lejanas pero sí, visibles, las columnas de la Decimoprimera y la Vigesimotercera, y hasta se oía levemente el himno que venían cantando, que luego, según los libros de historia, lo cantábamos nosotros: *Adelante, paladines luminosos, os espera el cielo de la patria.*

De modo que, metidos en aquella geometría fatídica, con Ciudad Titinzán enfrente y las dos divisiones enemigas a los lados y atrás, y además fatigados, hambrientos y sin mando supremo, nos reunimos los oficiales a la luz de otra alba y tratamos de poner en pie un plan de ataque. Hay que atacar la ciudad sin más dilación, el tiempo que perdemos es precioso, ya nos habrán avistado desde las torres. No podemos ir a tontas y a locas, a ciegas, como machos cerreros, hay que ser militarmente correctos. Debemos continuar la huida rodeando la ciudad, ir hacia las montañas, pasar de soldados a guerrilleros, desde las peñas y en pequeños focos combatientes podemos dar jaque al enemigo. Guerrilleros, qué asco, ¿para eso estudiamos no sólo en el Colegio Nacional de la Guerra sino en West Point y en la Academia de Saint-Cyr? Pero qué podemos hacer, la situación es grave y no podemos atenernos al librito de la guerra correcta y excelsa. Finalmente el capitán secretario Langarica tecleó en su maquinita de escribir ("mi ametralladora" decía) la carta de desafío que le dictamos en este tenor: Nos, los abajo firmantes, de la benemérita Quinta División de Caballería del Legítimo Ejército Republicano de la Nación de Titinzán, en lucha contra la usurpación irruptora, y en nombre del invicto y glorioso general Tristán Eleuterio Chavero, desafiamos a las divisiones Octava, Decimocuarta y Trigesimoséptima (Auxiliar), cobardemente atrincheradas en la sufriente Ciudad Titinzán, a viril y cruenta batalla hasta el último hombre de cada división. Y firmamos todos los oficiales y enviamos una delegación con bandera de interina tregua para que entregara la carta a los ocupantes de Ciudad Titinzán. La puerta mayor de la muralla se entreabrió apenas para tragar a nuestros enviados, y pasada una hora o algo menos se entreabrió para devolvérnoslos fusilados, atravesados en las monturas y uno de ellos con un papel prendido a la espalda, con estas líneas de una mano que nos pareció más burocrática que militar: Recibida su agresiva aunque delirante carta, devolvémosla sin aceptar ninguno de sus términos, pues el glorioso Legítimo Ejército de la Instaurada Legítima República de Titinzán atiende asuntos de más interés que el fanfarrón desafío de quienes están vencidos de antemano, desafío además no avalado, como correspondería, con la rúbrica o presencia del presunto desafiante, que en este caso sería el general de división Tristán Eleuterio Chavero, de acuerdo con el artículo XXIX, fracción 75ª, folio 20043 de las Reglas Universales de la Guerra establecidas en Austerlitz en el año 1912, atentamente cabo secretario Tercero del Estado Mayor Triunviro del Glorioso Ejército Legítimo de la Legítima República de la Nación de Titinzán.

Qué vergüenza, coronel Aguirre Trejo, que estas sabandijas salgan dándonos lecciones. Las lecciones de la guerra, capitán, no se dan en papelitos, los papelitos se los pasa uno por donde se le arremolina el cuero, las cartas de guerra se escriben con sangre y pólvora en los campos de batalla. Por lo demás, compañeros, en buen problema estamos metidos, porque como quiera que sea el pundonor profesional nos impide iniciar las hostilidades sin ese trámite de la firma o la presencia del general Chavero, y yo declaro que no sé qué hacer. El general Chavero se halla en estado anímico impresentable, y entonces sólo queda recabar su firma. Pero si Chavero no da señales de vida, y menos de estar dispuesto a firmar. Yo opino que no debemos pararnos en escrúpulos con reglamentos y papelajos, de plano hay que agarrar al toro por los cuernos y abrir combate desde ahora mismo. No estoy de acuerdo, no olvidemos que la historia nos mira desde lo alto y nos juzgará severamente si ensuciamos de esta guisa la guerra. La guerra, si me permiten, siempre ha sido una cosa de lo más orinada y cagada, así que ensuciarla un poco más no tiene ninguna importancia, una mancha más no le importa al tigre. Yo estoy firme en la convicción de que debemos conservar el pundonor profesional y no podemos ponernos por debajo de los del Triunvirato. Pues hay que conseguir a como sea la firma de Chavero o conseguir al general Chavero en persona. Sólo que el general Chavero, con esa cosa que le dio a su persona, está intratable, por decir lo menos. Mi coronel, dije yo entonces después de que una mirada casual de reojo al teniente secretario Langarica prendió en mí una remembranza seguida de una idea, a mí se me ocurre algo que con suerte sale bien, si usted me da su confianza. De qué se trata, capitán, si se puede saber. Mi coronel, yo creo que puedo intentar un modo de sacar a mi general Chavero de ese encantamiento o lo que sea, como quien saca un clavo con otro clavo, o más bien con el mismo clavo. Bueno, qué podemos perder ya, haga usted lo que traiga en mente. Con su permiso, mi coronel, nomás que necesitaré llevarme al teniente secretario Langarica. Lléveselo pues.

Y me fui con el teniente secretario Langarica, un guapo muchacho de fina apostura, buen conocedor de las artes, con el que me gustaba hablar de asuntos espirituales y desde luego distantes de la guerra y de la política, y los dos empezamos a revolver y esculcar en los carromatos mientras le iba explicando mi plan y él se iba poniendo pálido y rojo y de nuevo pálido y vuelta a lo mismo, y se enfurecía y tartamudeaba y me decía que no, y yo le insistía y trataba de hacerle ver que todo era por la causa y por causa de fuerza mayor, que las glorias de la guerra requieren de sacrificios como el que yo le estaba pidiendo, y mientras tanto rebuscábamos en aquel gran baúl con tanta guardarropía que habíamos agarrado en el saqueo del Teatro de la Ópera de San Pablo Chanadú, y finalmente él accedió a hacer lo que yo le pedía y le di órdenes precisas, se fue a cumplirlas y yo volví al vivac de los oficiales.

Un tiempo después, mientras continuaba el consejo de emergencia que teníamos los oficiales, empezó a notarse revuelo en toda la tropa, un tumulto de ahes y ohes y gritos entusiastas que se extendía de vivac en vivac, desde el final de la columna allá en el horizonte hasta el gran vivac donde los oficiales conferenciábamos, y que cuando volvimos la cara hacia el creciente y ya casi ensordecedor rumor aquel se vio venir, todavía indistinta en la oscuridad más allá de la fogata, pero llegándose a corto trote cada vez más hacia el resplandor de la hoguera, una figura montada a la jineta en un caballo ricamente enjaezado, y permítanme que diga figura, pues al principio nadie estaba seguro de que fuese hombre o mujer o quién sabe, y avanzaba como en un revuelo lento de gasas y sedas, como en una nube de elegancia y sueño, y poco a poco fue tomando la apariencia de una mujer, de una hermosa dama con porte imperial que se acercaba declamando las líneas finales de *La Fille de Minos et Pasiphae*, aquello de *Je suis belle, oh étranger, et la Mort est mon royaume.* Y fue como si ella se hubiera vuelto el centro magnético del grupo de oficiales y aun de algunos soldados que se acercaban y se arracimaban en torno, y la aclamamos y le abrimos paso y ella todavía dio un largo trotecito entre las dos filas que se formaron de nuestro mero amontonadero, y, tras la poderosa grupa del caballo y tras el largo cabello negro y flotante de la mujer iba surgiendo una estela de deseo y sueños y suspiros viriles, se oían susurros que la llamaban reina y diosa y mamacita, cada vez más envuelta ella en un hipnótico prestigio de fascinación. Finalmente el coronel Mendiola se atrevió a tomar el caballo por la brida y hablar a la mujer, preguntarle que con quién teníamos el gusto de recibir su bellísima persona. Señor coronel, dijo ella, mi nombre es Francesca Bernini y deseo hablar con el señor general Chavero *lui même*. Señora, respondió el coronel Mendiola, a sus pies, no tenemos más voluntad que la de complacer a la suya, sus deseos son órdenes, pero por desgracia mi general Chavero no está visible por hallarse indispuesto. Yo sé de qué mal padece el señor general Chavero, coronel, y creo que en mí misma traigo la mejor de las medicinas para su mal, así que le ruego que me guíe usted hacia él, si es tan amable. Usted manda, señora, dijo el coronel Mendiola, y todos los oficiales escoltamos a la bella aparición hasta enfrente del vagón en el que mi general Chavero estaba sin duda metido en sus alucinaciones, encerrado en su locura de amor hasta la muerte.

Pero aunque hicimos gran tronadero con fusiles y gritería, Chavero ni siquiera se asomaba a las ventanas del vagón a ver de qué se trataba, hasta que alguien, conmovido como todos por las cada vez más apasionadas peticiones de la dama, propuso que entre todos tumbáramos el vagón. Dicho, aceptado y hecho: amarramos caballos al armatoste y tras muchos tironeos y pujidos lo volcamos estrepitosamente, y de inmediato vimos asomar por una de las ahora horizontales ventanas la cabeza despeinada y rabiosa de mi general.

Alzándose sobre el caído vagón con toda la largura de su persona, esgrimiendo la espada, Chavero nos vociferó patulea de bellacos, malandrines, lamebotas y otras cosas peores, pero de pronto, en cuanto percibió la radiosa aparición, que le miraba fijamente desde el caballo, enmudeció tragándose el aliento y parpadeó dos o tres veces con ojos que parecían a punto de salírsele de los párpados, y como si el alba se hubiera detenido en un quieto y largo latido del tiempo o de la historia o de la leyenda, hubo un silencio que pareció agrandar la noche y la llanura, y finalmente mi general preguntó: ¿Tú? Y la bella habló con la más musical de las voces: Yo, Leonardo Chavero Argensola, yo, el Cisne de Umbría, Francesca Bernini. Y la voz de Chavero fue como un sollozo: ¿Dónde estabas, señora mía, que no te dolía mi mal? Leonardo, dijo la aparición, he venido a salvarte. ¿A salvarme, señora? A salvarlo, mi general, perdón, digo a salvarte, Leonardo, a devolverte a la guerra y a la gloria a las que tu destino pertenece. Volvió a parpadear Chavero y alguien le oyó decir en voz muy baja, casi como en un aparte de teatro: ¿Qué fantasma del sueño deseoso el pensamiento y el corazón me ata? Y luego, en alta voz y extendiendo una mano abierta hacia ella: ¿Eres tú, Francesca, eres realmente tú?

Yo no sé ahora, tantos y tantos años después, cuando ya toda aquella historia ha sido borrada o reescrita de otro modo en los libros de la historia oficial, cuando han muerto los usurpadores triunviros y la mayoría de los elementos de nuestro ejército y los contrarios, cuando, en fin, ya son polvo todos los compañeros de armas de los que yo conserve algún recuerdo, cuando quizá ya se hayan evaporado bajo tierra los huesos mismos de mi general Chavero, digno para siempre de mi respeto y de mi admirativa memoria, yo no sé si alguien más que yo vio por un momento tras el bello rostro y la majestuosa sonrisa y los insondables ojos del aparecido Cisne de Umbría algo de la identidad de otra persona y no puedo ni explicarme cómo mi general Chavero, que llevaba casi medio siglo con la imagen de la real Francesca Bernini exacta y amorosamente pintada en el corazón, yo no me explico, digo, cómo pudo mi general no percibir el engaño, acaso sería porque tenía el incipiente blanco sol de la mañana dándole en los ojos, o porque, después de todo, como no sólo de razón sino también de deseo vive el hombre, eso era lo que después de tantos y tantos años era lo que estaba pidiendo su corazón, lo cierto es que esa idea estaba funcionando en él, y cuando ensanchó el pecho y alzó la cabeza casi se le vio rejuvenecer, volver a un muy visible simulacro de sus gallardas mocedades.

Tú mandas, señora, dijo con voz alta y vibrante. Entonces la aparición extendió el brazo níveo hacia las murallas de Ciudad Titinzán, en cuyas altas crestas ya negreaban los soldados del Triunvirato usurpador y destellaban los fusiles, las bayonetas, las bocas de cañones y ametralladoras, y dijo: Tu caballo, Leonardo, tu caballo patea impaciente la tierra, óyelo, oye lo que quiere decirte, lo que te pide desde su alma de noble bruto, él sólo desea ser montado por ti, por mi general, digo el general Chavero, el más gallardo guerrero que en siglos y siglos ciñera espada.

Ya avanzaba yo llevando de la brida a Belisardo, cuya cola ondeaba a la luz del alba con gestos de bandera, y el general lo montó en no más de dos movimientos enérgicos y precisos, se alzó sobre la silla, se le vio perfectamente dueño de una *perspective cavaliere* y todos le leímos en el rostro la determinación de la victoria. Su voz fue un clarín heroico cuando después de dar todas las órdenes necesarias, hizo movilizar a todos nosotros para que nos situáramos a la cabeza de nuestros hombres y los dispusiéramos para el combate, y volvíamos la mirada hacia la resplandeciente pareja del general y la aparición a su lado y la sangre se nos encendió en las venas. Entonces Francesca Bernini, por llamarla así, volvió a señalar hacia las murallas enemigas y gritó, o más bien clarineó: ¡Leonardo, *la victoire ou la mort!*, y clavando espuelas en los flancos del caballo, pues tras el borde de la falda de cachemira se le veían en efecto las espuelas de las botas, se lanzó al galope contra Ciudad Titinzán, contra su férreo portón norte, y tras él se lanzó mi general Chavero, nos lanzamos todos sabiéndonos ya metidos en aquella manera que había tomado la locura de un hombre para trocarse en destino e historia.

Ah, las historias de la historia. El resto de la que vengo narrando, la gran batalla de veinte días y veinte noches, el derrumbe del portón norte de Ciudad Titinzán, y cómo entró nuestra caballería esparciendo muerte, destrucción y espanto por todas partes, el ir tomando la ciudad barrio por barrio, calle por calle, casa por casa, los derroches de heroísmo y bravura que hubo de nuestra parte y también, todo hay que decirlo, de muchos del enemigo, todo eso está en los libros y ustedes lo conocen sobradamente, aunque habría que añadir cómo la aparición surgía aquí y allá, siempre a caballo, como un viviente estandarte, gritando una y otra vez *¡Avanti uomini,* avante Chavero!, y cómo Chavero seguía enarbolando la espada que chorreaba sangre por el brazo empuñador de la espada, y cómo la batalla más que un hecho de guerra fue como una embriaguez cada vez más alta y toda la ciudad empezó a humear, a llamear, a lanzar llantos y quejidos y aullidos, oh señorial Titinzán, quién que te vio no te recuerda.

Cuando por fin al día vigésimo la ciudad fue enteramente presa de nuestro brío, y pasamos lista y comprobamos las bajas y quemamos nuestros muertos y abandonamos los del enemigo a los buitres en el exterior de las murallas, y los generales triunviros fueron sumariamente juzgados e inmediatamente fusilados, y subimos a las torres y vimos cómo las enemigas divisiones de la gran tenaza alzaban en un tembloroso horizonte crespuscular banderas blancas, yo estaba allí, en la torre maestra, admirando el paisaje ya marcado por nuestra numerosa hazaña, y a mi lado el teniente secretario Langarica, con su hermosura de delicada niña que parecía imposible en tan bravo muchacho, con todavía el chal de quien se presumía ser Francesca Bernini enrollado en torno al puño del sable, pero habiendo ya recobrado una mirada enteramente viril, observaba también el descenso del sol en el horizonte y la rendición de las divisiones perseguidoras, y después de mucho rato giró el rostro en cuyas tersas mejillas todavía se demoraba un lengüetazo de luz rojiza y, no estoy seguro, quizá lo imaginé, quizá lo recuerdo inventándolo, también permanecía en su sonrisa algo de lo que debió de ser la del Cisne de Umbría.

Gerardo Deniz

❦

CIRCULACIÓN CEREBRAL
Sotie

MUY MALA fama, sí. Perfectamente justificada, por lo demás. Pues nuestro tema requiere, más que otros, más que la mayoría, ciertos conocimientos sólidos bastante diversos. Habremos de hacer uso, aparte de los datos de biología general o de patología y clínica que son de esperarse en cualquier médico competente, como ustedes, de métodos y doctrinas pertenecientes a la física, la química y aun las matemáticas. Se trata únicamente, claro está, de alguna rama de la física, de algunos procedimientos matemáticos, de determinados aspectos bioquímicos. Nada más algunos, es cierto, pero desgraciadamente tampoco los más sencillos.

Cuando en nuestra exposición se avecine la necesidad de recurrir a este género de conocimientos especiales, lo avisaré con una o dos clases de anticipación. Sin embargo, sólo de ustedes dependerá el prepararse debidamente. Pueden, por supuesto, recurrir a amigos, a maestros de las especialidades requeridas, pero en este curso, ya excesivamente sobrecargado, es imposible consagrar un solo momento a esos antecedentes. Sería muy recomendable que cada uno de ustedes poseyera, para estudio y consulta permanentes, sendos manuales modernos de dinámica de fluidos, de ecuaciones diferenciales, de química sanguínea. Hay muchos, excelentes; no es preciso recomendar ninguno en particular. Por supuesto, la anatomía del encéfalo debe ser para ustedes objeto de perpetuo repaso —y no sólo repaso.

Quiero decir lo siguiente. Hasta el próximo mes de enero,

nuestro curso será exclusivamente teórico. De entonces en adelante, sin embargo, se desarrollará siempre a la cabecera del paciente o en la sala de operaciones. Sería deplorable que, llegado ese momento, los sorprendiera desacostumbrados, con las manos frías. Es indispensable que desde ahora mismo ejerciten el pulso con asiduidad, en la disección, la cirugía. Del cerebro, si es posible, aunque no por fuerza, o no exclusivamente. Busquen arreglos, busquen relaciones. Agréguense a disecciones de primer año, o a un servicio de autopsias. Ofrézcanse como auxiliares a cualquier departamento de cirugía. Practiquen con las manos sin cesar. Hay que ejercer, que disecar.

Efete cerró los ojos unos momentos. La soltura del profesor era absoluta, su exposición clarísima, sin vacilaciones, sin pausas, sin prisa. Con pocos ademanes amplios, naturales, realzaba sus palabras. Efete pensó, sin querer, que quizá nunca había sentido un dominio comparable en un conferenciante, en México.

Con una excepción: el maestro Salsifí exponiendo la dialéctica del trabajo científico o el nexo indisoluble entre filosofía y economía, investigación y revolución. México, mi pobre México. Efete abrió los ojos bruscamente. El profesor concluía.

No tenemos tiempo para relatar la historia de nuestro campo. Hay que conocerla, no obstante. No es difícil documentarse al respecto; ustedes sabrán hacerlo: háganlo. Inicien, además, sus repasos, sus estudios, sus prácticas. Para la próxima clase, entren hasta donde alcancen en la cibernética de los sistemas semiautónomos.

El profesor calló. Nadie hizo el menor movimiento, sin embargo, viéndolo de pronto ensimismarse a medias, con una casi sonrisa en la que a su habitual ironía apenas insinuada se sumaba algo difícil de definir.

—Repasen, estudien, preparen. Funcionen. Pero, también, —vivan. Ninguno de ustedes, me parece, tiene treinta años aún. Están en una edad comprometida. No lo olviden. No la descuiden.

Antes de tres meses, los treinta y seis alumnos se habían reducido a la mitad.

—Nos acercamos a nuestro tamaño —comentó el profesor.

A Efete el curso no le resultaba desmedidamente difícil. Le bastaba con laborar en serio desde el amanecer. Las clases eran a mediodía, dos veces una semana, tres a la siguiente, y las tardes le quedaban libres para vagar, para contemplar, leer, reflexionar. Para amar. En los estudios, sus capacidades en el pensamiento abstracto resultaban inapreciables. Su interés, desde que era adolescente, por los fundamentos de la ciencia, por la naturaleza del proceder físico-matemático, rendía frutos. El profesor lo advertía y no ocultaba su satisfacción. No que hiciera exámenes ni preguntas, pero con frecuencia entablaba con cualquier discípulo, en clase, un diálogo que en seguida se convertía en coloquio general. Sin perder jamás el hilo de la exposición, el profesor intercalaba reflexiones, observaciones siempre interesantes. Respondía todas las preguntas oportunas; deshacía con dos palabras las que no lo eran.

Para la práctica escueta de nuestra especialidad, para estar más o menos al tanto de las nuevas modalidades de diagnóstico y tratamiento, basta quizá con mantenerse alerta a lo que se publica en inglés y francés. Sin embargo, esa función repetitiva, necesaria como lo es —pues somos médicos—, le quita a nuestra labor el aliciente principal, el de la indagación constante, el del enigma. Compadezco sinceramente a quien se limita a aplicar, de manera rutinaria, lo ya encontrado. En el campo de la circulación cerebral, al ojo del clínico, a la soltura del cirujano, debe aunarse sin tregua la inquietud, la problemática, la angustia inclusive, del investigador. Y para ello es imprescindible calar mucho más hondo.

Este curso sería infinitamente más soportable si nos restringiésemos a procedimientos establecidos y recomendaciones más o menos evidentes. Pero todo el fárrago teórico que aquí se inflige tiene su razón de ser —debiera tenerla, mejor dicho: posibilitar, gracias a ustedes, llegado el momento, los avances que tanta falta hacen. Es triste reconocer que en casi ninguna rama de la medicina existe un fundamento teórico tan elaborado y en muy pocos, asimismo, los logros positivos, las posibilidades de tratamiento —no hablemos ya de curación—, son tan limitados. Tan deplorables, iba a decir. No obstante, es también mi convicción que esta maraña analítica y observacional rendirá, tal vez no muy tarde, resultados esenciales y abrirá posibilidades realmente provechosas.

Pero para ello cada médico debiera ser un investigador. Y por eso los requerimientos son mucho más duros. El material por asimilar, mucho más múltiple y complejo. Encuentran ustedes ardua, y con razón, nuestra preparación básica. Pues bien, si este curso perdurara cinco años, tres, un requisito adicional desde el principio sería, me temo, estar en condiciones de estudiar la bibliografía soviética. Dentro de poco tiempo —si se trata de laborar en un nivel creativo, repito—, será imprescindible hacerlo. Y, continúo repitiendo, si no se aspira sino a trabajar pasivamente, siempre a la zaga de los demás, podrá sin duda desempeñarse una labor meritoria, pero para ello habrán sido superfluos los esfuerzos que el presente curso impone. Ustedes son jóvenes; tendrán que mantenerse —lo espero— al corriente de todo lo nuevo, de todo lo prometedor. Quien me haya seguido sacará sus conclusiones.

Efete escribió, en lo alto de la página de su sencillo cuaderno, un propósito escueto y lo subrayó. Tampoco era —debía reconocerlo— la primera vez que tomaba tal resolución. Recordó a su maestro Salsifí gimiendo por deber citar a Lysenko en traducción portuguesa.

—Después de doctorarse en medicina, cuentan que estudió biofísica, estimulado por un gran sabio políticamente comprometido, Marcel Prenant.

Ante Efete pasó la amable estampa del maestro Salsifí.

—Procede de una familia de alcurnia, al parecer reducida hoy sólo a él. Realmente se sabe muy poco —añadió otro compañero francés.

—Se sabe que perteneció al Partido Comunista —Efete aguzó el oído— y que participó intensamente en la Resistencia.

—Se sabe que ha sido visto repetidas veces en viejos restaurantes, con excelentes compañías. Casi adolescentes, cuentan.

—Es un viejo verde.

(Flicka, la sueca, no entendió esta última expresión francesa y hubo que explicársela.)

—Ha vivido en Japón.

—Y enseñó en Praga, a fines de los alocados veintes.

—¿De los veintes? —interrumpió Efete—. Me parece que sería demasiado joven.

—¿Qué edad piensas que tiene?

—Cuarenta y seis años.

—Pasa de los sesenta.

—Increíble.

Nunca habían visto al profesor con bata blanca (ellos, igual), y parecía que así lo conocieran de siempre.

Será la primera vez que entremos, juntos, en contacto con un paciente. Caso irreversible, de esos tan dolorosamente comunes en nuestro terreno. Caso irreversible y en las últimas. Mediremos sus variables, determinaremos su ecuación personal —y nada podremos hacer. Ruptura de aneurisma cerebral durante un altercado con un militar norteamericano. Así lleva 13 años, 7 meses y 4 días.

Es un ser —ustedes son médicos, ustedes lo saben— que está, para todos los fines, muerto; muerto ya. Es, simplemente, un objeto. Yo así lo pienso, y sin embargo—

Sin embargo, oirán ustedes que hablo como si se tratase de un paciente despierto y consciente. Lo oirán ustedes, y ustedes hablarán lo mismo, si algo tienen que hablar. ¿Por qué esta absurda actitud, esta exigencia mía? Pues bien: porque ignoro si este hombre, si este objeto, nos está escuchando. Para mí es un objeto —lo acabo de repetir—, pero, sencillamente, puedo estar en un error.

¿Qué probabilidad habrá de que me equivoque, de que nos escuche? Imposible calcularlo y, en resumidas cuentas, no se trata de eso. La probabilidad de que nos comprenda, mucho o poco, ¿será de una entre un millón, entre mil millones? —poco importa. La posibilidad existe, y eso me basta. No puedo decirle "está muerto" mientras subsista el más remoto riesgo de que me escuche. ¿Se imaginan, qué atroz experiencia, el oírse llamar muerto sabiendo, sintiendo, que aún no se es eso?

Ustedes me permitirán recalcar el punto: creo ser, en lo personal, alguien aceptablemente preparado para analizar y exponer los factores —innumerables, decisivos— que nos impulsan, que casi nos obligan —casi— a declarar que estamos ante un cuerpo inerte, que apenas conserva, como se dice, vida vegetativa. Pienso que yo haría buen papel disertando en detalle acerca de los hechos indiscutibles, verificables, que contribuyen a persuadirnos de que estamos ante un muerto en vida, pero un muerto. Y sin embargo—

Sin embargo, aunque a la edad de ustedes lo hice, yo jamás podría pronunciar semejantes comentarios ante el paciente que van ustedes a conocer. Sé mejor que nadie cuál va a ser su destino —cuál ha sido ya, realmente. Pero ustedes y yo tal vez nos pasemos de listos. Un médico podrá en determinadas circunstancias decirle a su enfermo, darle a entender a las claras: "va usted a morir". Pero lo que jamás deberá decirle es: "está usted muerto".

Reflexionen la cuestión, por supuesto. Pero quede entendido: más allá de la más remota esperanza, yo hablo en presencia del paciente como si aún contara con su restablecimiento. Con cierta mejoría, siquiera.

Sin perder palabra, Efete divagaba. La muerte del maestro Salsifí, meses antes. El maestro tenía la costumbre, la mala costumbre, de inclinar hacia atrás la silla en que estaba sentado. Aquella tarde, esperando nervioso, llegaron con la noticia de la bárbara represión policiaca. México, 1958. Sí, 58. El maestro Salsifí gimió de dolor, inclinó demasiado la silla, cayó de espaldas. Su muerte fue instantánea. La nuca se estrelló contra los humildes mosaicos beige del suelo de la modesta fonda. Bien recordaba Efete su desesperación al enterarse, detenido, torturado.

Luego, quedar libre, sin más ni menos explicaciones que al quedar preso. Quiso correr a visitar la tumba del maestro Salsifí. No existía. Había sido incinerado y sus esposas se repartieron las cenizas. Efete acudió a ambas direcciones. No consiguió que lo escucharan.

El profesor abrió una puerta, hizo seña a sus discípulos de que entraran pronto, sin hacer ruido. Pasó él entonces. Avanzó hasta el paciente, un cuerpo diminuto, entornados los ojos, rodeado de tubos de hule.

Aquí estamos, a fin de mejorar cuanto sea posible el tratamiento de este enfermo nuestro. Tendrá que ser un proceso gradual. Veamos.

Los discípulos no pudieron impedir mirarse unos a otros. A una señal del profesor, Hervé y Pargoletta, algo torpes, se dispusieron a inyectar el indicador radiactivo; Solange y Ossi ajustaron a la cabeza rígida el aparato para determinar calibres arteriales.

El profesor pidió a Efete que midiera la presión sanguínea del cuerpo inerte. Acto seguido, Efete anotó los datos que sus compañeros le dictaban.

Terminó de calcular.

—0/3-14-16-0 —anunció con voz firme.

El profesor tenía la vista clavada en el enfermo. Con cierta premura, sin mirar siquiera al extrañado Efete, ordenó:

—Vuelvan a determinar esas cifras —y se afanó sin comentarios entre llaves e interruptores.

Sorprendidos todos, aplicaron de nuevo a la cabeza el aparato. Efete apuntaba. Emprendió los cálculos con su habitual destreza. El paciente exhaló el último suspiro, idéntico a los anteriores. El profesor con un gesto impidió comentarios.

—0/3-14-15-9 —dijo Efete, sin haberse dado cuenta.

—Ha habido, pues, un mejoramiento en la ecuación personal del enfermo, momentos antes de morir —comentó escuetamente el profesor.

Efete, demudado, se resistía a comprender. Los demás guardaban silencio.

—O sea que... acaso... —titubeó al fin.

—Acaso —repitió como un eco el profesor, mirándolo de frente, y permaneció entonces unos segundos con la vista perdida—. Nuestra especialidad se compone, exclusivamente, de frustraciones. Cada paciente que se nos muere,

cada paciente paralizado, amnésico, alálico, agráfico, apráxi-
co, es un reproche, Es, también, una incitación a ahondar,
insistir.

—Entonces, profesor —intervino Brenda, con su espantoso acento—, ¿podemos decir que… ya… este paciente ha…
fallecido? —estas últimas palabras fueron en inglés.

El profesor giró hacia ella, seco.

—¿Lo duda, señorita? En este curso sólo se admite a gente
titulada.

—Es que, profesor, con lo que usted nos comentó antes…
no sabe uno si debiera…

—Este hombre está muerto, señorita. Es un cuerpo para
autopsia, y nada más.

—Sin embargo, tal vez…

—¿Tal vez se dé cuenta…? —el profesor hizo una pausa—. No es imposible, ¿verdad? —sonrió cruelmente—.
Pues bien, si ahora nos escucha, deberá resignarse a estar
muerto. Pues lo está.

El tono metálico del profesor era desagradable. Efete
escuchaba, distraído. Él había nacido en Tulancingo porque
allí residía una partera bruja muy celebrada, pero su familia
siempre vivió del pulque en Apan, a lo grande. De la primera infancia databa su apodo. Por qué pensar ahora en esto.
Porque dónde habría nacido este cadáver. Un cambio en la
ecuación personal del enfermo, durante los últimos instantes
de vida, pudiera indicar que la actividad cerebral, a pesar de
todo…

—Este cadáver será autopsiado esta misma tarde. Pueden ustedes asistir, intervenir —en la voz exacta vibraba
algo más—; aunque, si hay amores de por medio…

Los alumnos salían despacio. El profesor se quitó la bata
en el despacho anexo. Efete, callado, le escudriñaba el rostro.
Quiso hablarle. Desesperación —pensó de pronto, al adver-

tir una mueca del profesor. Pero éste —secándose las manos, impasible en seguida, alzaba la voz para que lo oyesen quienes se retiraban, deprimidos.

—El viernes, un caso de agrafia; repasen esas sintomatologías.

Y, en un susurro que sólo Efete percibió: —Pues ¿qué más podrían estudiar?

Efete, algo absorto, halló reunidos a un lado del vestíbulo a todos sus compañeros. Se aproximó, intrigado. Hervé fue a su encuentro, poniéndose el dedo ante los labios.

—Dos eminentes neurólogos de Praga están esperando al profesor —explicó—. Los espiamos. No tiene objeto acercarse, hablarán en checo.

Efete miró. Un hombre alto, desgarbado, con aspecto de absoluta placidez. Ella, pañuelo en la cabeza, una especie de campesina resignada. Los seres humanos nuevos, de quienes el maestro Salsifí hablaba respirando hondo, mirando como a lo lejos. Ahora el profesor se les acercaba sonriente. Tomó a cada uno por un brazo, a él, a ella, y salieron, hablando. Los discípulos también, más lentos.

—¿Vendrás a la autopsia?

Aquella noche no pudo dormir. Caso cada vez más frecuente. Al amanecer se levantó, hizo la gimnasia debida y se impuso la habitual ducha helada, mientras se calentaba el café.

Durante la mañana, sistemáticamente, repasó un capítulo de hidrodinámica y resolvió los problemas. Verificaba cada respuesta consultando al final del libro. Hora y media. Escribió dos, tres cartas para México. Hora y media.

Hacia las once sintió que todo mejoraba: había empezado a notarse la calefacción. Pronto se empañaron los vidrios de la ventana. Se acercó y limpió uno con la manga. Por el Sena descendía muy despacio un lanchón con un cargamento rojo que desconcertó a Efete. Lo olvidó mientras trataba en vano de empañar con el aliento el cristal que acababa de restregar. Le llegó, de lejos en la memoria,

> quiero escribir en el cristal "te quiero",
> ¡pero toda la ciudad se enteraría…!

De inmediato pasó al vidrio de al lado y comenzó en francés. *Je*. Se interrumpió. Para la ciudad, lo que escribía estaba al revés. Pasó al tercer vidrio. Se concentró. Escribió, como reflejadas en un espejo, la jota, la e. Y, de pronto, de nuevo, se dio cuenta de que hubiera debido empezar a escribir por la derecha. Ahora la ciudad leería "ej". Malhumorado, borró el intento. No había más cristales vírgenes.

—Invitar a comer a un colega no es ningún favoritismo —declaró el profesor con cierta viveza, frunciendo un poco el ceño.

La casa, aunque no aquel salón, daba, casi directamente, a la torre Eiffel. Era una vieja construcción maravillosamente modernizada por dentro. Los automóviles entraban por la calle trasera, a un estacionamiento subterráneo. Desde allí, un limpio pasadizo, un ascensor. Otro. Pero Efete había llegado, muerto de frío, por la puerta principal, donde el conserje uniformado.

—La comida está servida —anunció la vieja sirvienta.

Efete dejó su copa, sin acabarla.

—Espléndida biblioteca —comentó, con cierto titubeo: realmente no era tanto. Pero no apartaba la vista de un sable de samurai, suspendido con elegancia de la pared, dentro de su vaina de marfil trabajada hasta lo infinito. El profesor se dio cuenta.

—Por el lado de atrás de esa vaina que usted admira

—explicó— está guardado, en una hendedura, el puñal de acero para el harakiri, afilado como mil navajas de afeitar.

Efete sintió un malestar indefinible.

—Y el departamento parece sumamente amplio —añadió, acumulando torpezas.

El profesor se puso en pie. Sólo entonces dejó su copa.

—Quizá lo sea —y guardó silencio—. No, por ahí no. Por aquí, le ruego —exclamó el profesor haciendo pasar a Efete, avergonzado, al comedor.

Dos canapés. Soufflé en su punto. Crepa de pescado. Ensalada de escarola. Una pera. Queso. Café.

Efete se revolvió imperceptiblemente en su asiento. Inmejorable (salvo la pera) pero poquísimo.

—Yo hubiera sido escultor. Así habría salvado al mundo —el profesor sonrió ampliamente al recalcar estas palabras sorpresivas, mirando de reojo a Efete—. ¿Una crema? ¿Un coñac? O las dos cosas, uno nunca sabe…

Largo silencio.

—La masa. La materia organizada. La escultura. No la materia sufriente que usted y yo conocemos demasiado, ni la materia de que hablábamos en la primera parte de nuestro curso, tan en abstracto, tan en ecuaciones. Aunque, he creído notarlo, aquello no parecía molestar a usted. ¿Sus amores?

Efete, desprevenido, puso la vista vacía en el profesor,

—Amores desolados, ya veo —continuó éste. Silencio. Silencio.

Trataba de cubrirse los lóbulos de las orejas con las solapas alzadas. Recorría los ciento cincuenta pasos, desde la estación del metro hasta su domicilio. Cuatro pisos de escalera.

Apoyada en el grueso tomo en inglés —métodos vectoriales en dinámica circulatoria—, apoyado, más bien, el filo superior del sobre en la introducción a la lógica progresista del maestro Salsifí, superpuesta al anterior libro. Carta de México, de Javier.

La injusticia—.

Era célebre en el burdel de Mme. Lavelle, analista del tiempo. Monsieur Mille-Fois. Pues Pargoletta, la italiana, no bastaba, no basta. El tiempo y la eternidad.

(La escultura nos hace ser más nosotros mismos. Es la forma de lo externo, donde está, de alguna manera, el presagio, la denuncia de lo interior, diríamos así. De esas formas infinitamente complejas, siempre múltiples, que el anatomista revela en su disección, en su pasión por lo sólido —...oh, no tanto; por lo consistente, digamos. La materia de la escultura no es abstracta, es firme; es organizada, no es caduca. Visite usted; visite. ¿Visita usted? —su mirada rozaba, casi burlona, a Efete.

Éste se había levantado.

—Visito, profesor; en lo posible.)

¿Cómo quieres, Javier, que nos unamos, que me una a esas gentes? Lo pensaré, de todos modos. Ah, si tuviéramos al maestro..."

Se aproximó al profesor y le entregó, como de costumbre, el formulario con los datos del enfermo. Luego, unas cuantas cuartillas mordidas por una grapa, cubiertas de ecuaciones.

—¿Podría pedirle su opinión acerca de esta idea?

El profesor miró serenamente la primera página. Sin mayor comentario, guardó en su cartapacio el trabajo de Efete.

Transcurrió la siguiente clase, y la siguiente.

Muy derecho en su salón, el profesor parecía más distante que de costumbre.

—Lo felicito. Sin embargo, su trabajo adolece de ciertas fallas.

—Estaba seguro de ello.

—Fallas graves… quizá.

—Escucho con sumo interés lo que me diga.

—Usted no aprecia aún cuán difícil, cuán resbaladizo es nuestro terreno. Sus matemáticas son interesantes, aunque acaso demasiado sutiles.

Efete calló, asintiendo. Esperaba cortésmente que el profesor siguiera hablando. No obstante, parecía haber dicho todo lo que quería.

—Mi deducción de que la presión externa provoca un incremento en el interior del cerebro pero menor en la corteza me parece, pese a todo, irrebatible.

—Es interesante —el profesor casi lo interrumpió con estas dos palabras.

—Podría ayudar a explicar aquel fenómeno… ese cambio súbito en la ecuación personal inmediatamente antes…

—Podría.

El profesor perdió sequedad, se relajó un tanto. Pero cambió de tema. Habló de cierta exposición de pintura, casi divagó. De pronto:

—No debe usted pensar en publicar esas suposiciones antes de una reflexión prolongada, muy prolongada.

—En efecto. Si usted me señalara los puntos débiles…

—Claro. No ahora. Esperemos que nuestro curso concluya.

El profesor volvió a perder tensión. Continuó en voz más baja, con un tono insinuante que Efete no le conocía.

—Después del fin del curso, y de las vacaciones, acaso fuera usted designado ayudante mío. Digo: si no tiene usted inconveniente.

Efete clavó la vista en la alfombra persa. Fulminado. Tardó en hablar.

—También deseaba hablarle de otra cosa, profesor. He decidido retornar a México y consagrarme por entero a ejercer la medicina general en comunidades indígenas.

—¿Y para eso toma un curso superior, especializado? —el profesor contuvo a duras penas un gesto de ira.

El joven médico hidalguense calló, apabullado.

—Tiene usted toda la razón, señor profesor —tartamudeó al fin—. Pero eso es lo que hace falta en mi país. Usted me ha abierto los ojos a la maravilla de la investigación. Por eso mismo, porque me ha hecho ver claro, porque me ha hecho pensar, vengo a decirle que renuncio a seguir adelante. He comenzado a tomar un curso breve...

El profesor se irguió con violencia.

—Un curso de medicina práctica, maoísta —continuó Efete.

Cuando se atrevió a mirar al profesor, se sorprendió al verlo algo tieso, pero tranquilo.

—Ahora bien —Efete cobraba aplomo—, comprendo que el honor de haber sido recibido en la clase de usted me exige aportar algo. Eso espero... esperaba lograr con las páginas que le entregué. Le ruego me disculpe.

La voz del profesor parecía llegar de muy lejos.

—Comprendo. Comprendo incluso más de lo que usted supone. No hablemos por ahora. Sus páginas son interesantes. Extraordinariamente. Pero necesitan una revisión atenta. Esperemos que el curso termine, que las vacaciones pasen. Entonces volveremos a hablar. Reconsidere, mi joven colega, reconsidere. Habrá otros muchos jóvenes médicos prestos a auxiliar a las comunidades indígenas de México.

—Excúseme, profesor, pero las cosas no deben plantearse así...

El profesor volvió a atajarlo, con la mano derecha.

—No, por supuesto. Por supuesto.

Calló, sin quitar la vista de Efete.

—Por supuesto —repitió aún, después de una larga pausa, al ver que el joven sabio hidalguense iba a hablar.

Entonces algo cedió, algo se quebró dentro del joven médico. Habló, habló sin fin, sin interrupción, sin pies ni cabeza. Habló de México, del callado sufrir de los cuitlatecos. Habló del maestro Salsifí; lo describió; sollozó al narrar su muerte. Casi le faltaba idioma. El profesor bebía sus palabras.

—No hablemos más hasta que acabe el curso. Pero prométame que reconsiderará su posición. Piense, sobre todo, que su labor acerca de la presión sanguínea en el cerebro acaso tenga cierto interés. La podríamos examinar despacio, siendo usted mi ayudante.

—No le quito más tiempo, profesor.

—¿Cómo van sus amores?

—Bien —contestó Efete automáticamente.

—Maoísta —murmuró el profesor, moviendo la cabeza. Efete le estrechó la mano, avergonzado.

—Volverá usted cuando el curso concluya.

Otra vez ante la mesa, hojeó a su poeta favorito. ¿Le publicarían, en México, lo que les había enviado un mes antes?

> *Homme ne vit qui tant haïsse au monde*
> *Les chats que moi d'une haine profonde;*
> *Je hais leurs yeux, leur front et leur regard,*
> *Et les voyant je m'enfuis d'autre part,*
> *Tremblant de nerfs, de veines et de membres,*
> *Et jamais chat n'entre dedans ma chambre,*
> *Abhorrant ceux qui ne sauraient durer*
> *Sans voir un chat auprès d'eux demeurer.*
> *Et toutefois cette hideuse bête*
> *Se vint coucher tout auprès de ma tête,*

Cherchant le mol d'un plumeux oreiller
Où je soulais à gauche sommeiller;
Car volontiers à gauche je sommeille
Jusqu'au matin que le coq me réveille.
Le chat cria d'un miauleux effroi;
Je m'éveillai comme tout hors de moi
Et en sursaut mes serviteurs j'appelle…

Basta de matar el tiempo. Mediodía. Pasar por el correo, a enviar cartas. Después, a casa del profesor, confiando en que fuese a comer. Participarle la decisión irrevocable. Difícil, no causar la impresión de invitarse uno solo, así fuera nada más a tomar el café. Viéndolo bien, qué importa. Ser breve, si acaso. Sólo que más bien se trataría de ser largo, muy largo; dejar todo en claro, milimétricamente.

—El señor profesor no ha venido a comer. No sé a qué hora llegue. Si quiere esperarlo…

Efete entró, algo sorprendido por la facilidad. La sirvienta se eclipsó.

Desde el sillón veía los lomos de algunos libros. En el más grueso, una columna de ideogramas. Japonés, sin duda. A la derecha, acostado encima, por falta de espacio, un tomo que Efete reconoció en el acto por los dos colores: *Le matin des magiciens.* Se vendía hasta en los puestos de periódicos.

Efete sacó los cigarros, encendió uno. Fumó, absorto. Pronto quiso sacudir la ceniza, poca todavía. Ningún cenicero a la vista. Algo preocupado, se incorporó y desde el borde del sofá recorrió los muebles con la mirada. El sable. Ningún cenicero. Ni una maceta.

Todo limpio, liso, encerado, inhóspito. Efete se levantó. Ahora sí, convendría tirar ya la ceniza del cigarro. Sin pensarlo mucho, se dirigió al pasillo, en busca del cuarto de baño.

Aquel pasillo tomado equivocadamente en su primera visita, pocos meses atrás. Dos puertas cerradas, iguales, a la derecha; dos, iguales, a la izquierda. En el techo, un corto tubo neón levísimamente parpadeante.

Efete abrió la primera puerta de la derecha. Un cuarto de baño. Tiró con alivio el cigarro a la taza del inodoro. El mínimo chirrido. Contempló cómo se ablandaba en el agua, cómo se agrisaba, empardecía.

Apretó la palanca. Hubo un ruido aparatoso pero sin consecuencia. Sólo el agua, en el fondo, giró, deshizo la colilla y se pobló de animadas briznas de tabaco. Efete insistió varias veces con la palanca. Inútil. Salió y cerró la puerta, preocupado. Sin pensar bien lo que hacía, abrió la siguiente. Entró, un poco deslumbrado. Luz muy clara, luz hostil como el día mismo.

Era un taller de escultura. Atestado a más no poder. Por las dos ventanas sin cortinas, sin visillos, se veía la torre Eiffel recortada ante un gris luminoso. Trapos, espátulas, un cenicero colmado. Efete sintió temor. No avanzó más. En el centro de la habitación una figura pequeña, indescifrable, envuelta en paños húmedos, causaba un efecto de coquetería insultante casi.

Manos de yeso, pies de arcilla. Lo esperado, quizá. Se sorprendió contemplando, distraído, la torre metálica, como un turista recién llegado. Está extraña, sin duda. Una hilera, seis cabezas de barro delicioso, avellanado. Para Efete, el golpe de la evidencia, aunque tan imprevisto que tardó en nombrarlo. Seis cabezas, tamaño exactamente natural. Rostros serios, condolidos, asimétricos —y comprendió de sobra: rostros de hemipléjicos, rostros de cadáver por derrame cerebral. Un mundo infinitamente familiar, inesperado sólo por lo sabido.

El profesor modela, a solas, faces de enfermos y muertos. No sólo eso. Una pila de grandes fotografías; la de encima es un desnudo femenino más pornográfico que artístico. Dos bustos de arcilla atrajeron de pronto la atención de Efete. Gemelos. Enérgicos. Inconfundibles. Los contempló, reconociéndolos cien veces. Una sonrisa triunfalmente a medias, al explicarse tantas cosas. Pero Efete volvió a sentir angustia.

Atrás, afuera, sonó la puerta del departamento. Los pasos del profesor. Se oyó claramente cómo dejaba su cartapacio. Un silencio. Luego, inequívoco, un largo pedo.

Pasos, ruidos. Silencio. De pronto, silencio diferente.

El profesor ha notado el raudal de luz que sale de la puerta de su taller, abierta.

Descendió en la estación de Florencia, insomne, demacrado, un libro en la mano, relativamente poco dinero del pulque de Apam.

El cielo, sobre el Renacimiento, estaba encapotado, denso de nubes oscuras taladradas de continuo por rayos de sol que causaban efectos de luz dramáticos, instantáneos.

El Arno negro, lentísimo.

Dejó el maletín en un hotel de mala muerte. Anduvo caminando sin rumbo, Sin mirar a los lados, sin fijarse en nada. Maquinalmente pidió un vaso de vino tinto en una fonda. Agrio y pésimo, casi ni lo probó.

A las cinco de la tarde volvió al hotel. Salió a los pocos minutos, lo vieron regresar con unas hojas blancas en la mano, cuidando de no arrugarlas. En el cuarto escribió, entre largas pausas, incómodamente: tuvo que hacerlo sobre la mesilla de noche, muy baja, ocupada en gran parte por la lámpara polvorienta.

Salió hacia las ocho.

A las once fue visto (la descripción es prácticamente inequívoca) en un tugurio, en compañía de una muchacha de muy mal aspecto, sucia, desaliñada, con largo pelo lacio y grasiento, que bebía *grappa* y parecía afectada de una risa convulsiva silenciosa, incesante. Él fumaba sin interrupción. Nadie advirtió cuándo se fueron.

El cadáver fue hallado un par de días después. En los bolsillos se encontraron tres llaves, algo de dinero italiano y francés, un billete de 200 dólares, un bolígrafo, un preservativo de marca norteamericana. Un encendedor de lujo. El pasaporte en regla, excesivamente dañado por el agua.

En el cuarto del hotel quedaron tres camisas, tres pares de calcetines negros, unos lentes oscuros, un libro y casi nada más. Ah, sí; un boleto aéreo, de Roma a Bríndisi, para mañana.

Sobre la mesa de noche, sujetas con la lámpara, cuatro páginas de letra pequeña; una larga carta, inconclusa, al autor de bustos de Lenin y Mao.

Al reverso de la última hoja, el inspector de policía probó el bolígrafo que el difunto llevaba consigo. Una línea ondulada.

—Negro —murmuró. La tinta de la carta era azul.

El inspector dobló cuidadosamente las cuatro páginas y las guardó en el bolsillo izquierdo de su gabardina.

Angelina Muñiz-Huberman

❖

IORDANUS

PRIMERO midió con la vista la altura del muro. Lentamente lo fue trepando, apoyando con cautela los pies en las piedras que sobresalían, estirando los brazos y afianzándose en las hendiduras. Su hombro derecho se raspaba contra las zarzas que habían crecido entre la roca. Sintió que una espina se le clavaba en el muslo. No querría que los otros vieran gotas de su sangre. Pero su sangre resbalaría y penetraría en el fondo oscuro de la tierra. Algunos lo recordarían. Otros lo olvidarían. Llegó a la parte cimera del muro, donde el musgo suavizó la mano. Aún se detuvo un rato. Vaciló entre volver la vista atrás y contemplar lo que abandonaba para siempre, o negar con su desprecio una melancolía desmoronable. Eligió no mover la cabeza y, en cambio, deleitarse en el terreno franco que se le ofrecía. Descender era más fácil. Entonces quedaba el recurso de lanzarse, ya cerca del suelo.

Inició su peregrinaje, caminando a buen paso con un hábito que ya no le pertenecía. Que había renegado de él. Por lo cual no sería perdonado y años después se le precipitaría en su desgracia última. El hábito dominico que vestía debía ser cambiado. Palpó bajo el ropaje la faltriquera con las monedas de oro que había podido reunir y que le haría menos punible su huida. Por lo demás, ni siquiera un mendrugo de pan llevaba o un resto de vianda, ni uno de sus preciados libros y mucho menos alguno de sus cuidados manuscritos. Su conocimiento lo había fiado al arte de su memoria y ya que arribara a tierras sosegadas podría, de nuevo, elaborar en orden su pensamiento.

Iordanus tuvo suerte por el camino. Lavó la herida del muslo en las aguas limpias de un riachuelo sombreado por chopos y vio cómo la sangre se coagulaba y la piel apuraba su orilla desgarrada. Recogió apresuradamente unas cuantas fresas silvestres que fue comiendo, una a una, mientras continuaba su camino y alargaba con ligereza la distancia del convento abandonado. Aún no habrían notado su ausencia. Ni siquiera podrían imaginarlo. Creían en él y esperaban en él. Conocían bien su humor cambiante. Su prolongada melancolía y su súbita irascibilidad. Su intranquila bondad, sus abruptos silencios y su locuacidad prodigiosamente equilibrada. A veces, la palabra hiriente. Otras, la restañante. La cólera o el bálsamo. Lo echarían de menos en el primer rezo. Más aún en el refectorio, donde empezarían los primeros murmullos. Al principio, imperceptibles, poco a poco subiendo de tono, luego ya insoportables. ¿Dónde, dónde está Iordanus? La búsqueda que comienza. El corazón en desaliento. ¿Estará en la celda? ¿En el huerto? ¿En la biblioteca? ¿No habrá despertado? ¿Habrá enfermado? No está en ningún lado. Todos lo buscan. Lo llaman. No contesta.

A Iordanus no le preocupa. Se ríe de esa inútil búsqueda. Nada le ata a los monjes. Es tan inmensamente libre. Ha cortado sus lazos sin el menor arrepentimiento. Si ha podido hacer esto qué no podrá hacer después. Conjurar la magia y abrazar la herejía. Apelar a los astros, a la antigua medicina y a las fórmulas egipciacas. A Hermes Trismegisto, a la Cábala y al arte de la memoria. Todo un mundo de opuestos en movimiento que irá conformando en nuevos sistemas y en nuevas armonías matemáticamente calculados.

Tiene los caminos abiertos ante sí. De los tres poderes del alma, memoria, entendimiento y voluntad, es la voluntad la que, en este momento, en única y ejemplar demostración es la rectora de su destino. En este momento, fugacísimo, él la posee, para luego, en el final, desposeerla totalmente y ser arrastrado por la voluntad de sus enemigos. El juego de la voluntad será un alternativo subibaja que llevará en sí su libertad y su prisión. Iordanus adquirirá la transparencia asfixiante de la llama: su impredictible ascenso caprichoso.

Pero eso será muchísimo después. Le quedan por delante años y años para estudiar y escribir, reflexionar y concluir. Abandonar la campiña italiana y pasearse por las cortes europeas. Ser requerido de príncipes y reyes, de filósofos, astrólogos y alquimistas. Ser el sol. El centro. La piedra diamantina de toque. Para luego acabar elevándose en la fragilidad del humo. Desapareciendo.

Esta memoria no la guarda Iordanus. A tanto no llega su arte. No prevé el camino. No intuye el engaño ni la traición.

Es tan alegre su momento. Ha escapado tan puramente. Que se carcajea y se carcajea, y tiene que apoyarse en el tronco de un árbol. Y su carcajada se vuelve eco. Hasta que ya no es eco y es otro tono de carcajada el que remeda el suyo. No, no es eco. Alguien más lo repite. Alguien tiene su propia carcajada. Alguien improvisa. O alguien se burla. O alguien amenaza. Cuando Iordanus lo comprende y se interrumpe en su desbordamiento, de la sorpresa pasa a un inicio de miedo palpitante que va atenuando por las razones de la razón. Aunque con vacilaciones del instinto y de la intuición. Si ya lo hubieran alcanzado. Si ya se supiera su huida. Si ya lo fueran a apresar. Pero no. Es imposible, nadie logrará llegar a su centro. Al secreto más resguardado. Al silencio de su mente, poblada y espesa. ¿Nadie? ¿Ni Dios? ¿Ni el Demonio? Nadie. ¿Nadie?

Si la carcajada persiste. Si el otro eco no es tácito. Si él ya no ríe y el sonido se alarga interminable. Si como el primer canto del gallo, se han desatado los sucesivos y alternados cantos de otros gallos y otras distancias. Qué ocurre entonces.

Debe haber alguien más, cerca de él. Alguien que se burla. Alguien que amenaza. Alguien que improvisa.

¿Quién?

¿Dónde?

El sonido viene de lo alto. Un sonido sin envoltura física. No producido por un cuerpo, ni un rotar, ni una fricción. Ni una onda alterada. ¿Cómo, entonces, atrapar el sonido? Porque el sonido está. Su instantaneidad reclama. Su fugacidad extiende el momento. El sonido se oye. Simplemente.

El sonido se oye. La carcajada invade: no el espacio: el tiempo. Iordanus no está solo.

—Es la precisión por ti anhelada, Iordanus. Lo que yo puedo ofrecerte. Aquí. Desde lo alto. Me buscabas y me encontraste. Tu carcajada me conjuró. No me verás porque no tengo forma. Mienten quienes describieron mi forma. Estoy en las cosas sin estar en ellas. Tomo el lenguaje y la risa para que me entiendas. Me reduzco a tu modo de hablar: y yo que soy todos los yoes, me encierro en el mínimo yo, en el escuálido yo, en el menguado yo, en el asfixiante yo, en el intrascendente yo. Carezco de soberbia, a pesar de la acusación. La soberbia es del Otro. Del que se instituyó en Todopoderoso. Pero como Él carezco de materia. Soy antimateria. No me verás. Sólo me oirás. Vengo a darte lo que quieres. Lo que tu carcajada pide. Lo que en el fondo sabes. La antigua cédula que deseas firmar, para probar suerte a tu vez y emprender el vuelo. Que tú lograrás, Iordanus, que tú lograrás. Porque lo que te ofrezco, tú ya lo sabes. Borrar las fronteras de tu alma. Abarcar los tres mundos: del terrestre al celeste al supraceleste. Invadirlo a Él, al Todopoderoso. Y ser tú Él. Romper la inútil gramática, para que no exista el yo. Sólo así alcanzar la inmersión en la más alta divinidad: en el silencio de la palabra que se supo, y que se supo desechar. Ir arrancando suavemente las palabras, como los pétalos. Ir desnudando lo innecesario del lenguaje. Ir depurando, para centrar las esencias: la expresión ascética. El ejercicio espiritual de cada fragmento: de la sílaba: de la consonante: de la vocal. Sólo así, Iordanus, romperás el círculo de Dios. Y eso, yo te lo ofrezco.

—Tú ofreces, ¿qué ganas con ofrecer?

—Lo gano todo. Romper el círculo de Dios.

—Con mi alma a cambio: mi destrucción total.

—La destrucción de tu cuerpo: simple materia al fin: de todos modos desechable.

—¿Y mi alma?

—Ésa es tu ganancia: la eterna memoria de tu alma.

Iordanus sigue camino. Quiere llegar a poblado antes del anochecer. Su alegría primera ya no irrumpirá en carcajadas. Algo ha ganado en su primera parada. Algo que tendrá que pensar y repensar. Algo grande. Algo lejano aún.

Al pasar por un arco en ruinas y los cimientos desmoronados de lo que pudo ser una ermita se ha detenido a descansar. Apoyado contra el muro siente la certeza de su vida: el dolor de la herida en el muslo se lo ha recordado: un leve palpitar y un arrebol. Pero también se lo ha recordado la sombra de su cuerpo contra las piedras y la terrería. Si tiene sombra, tiene cuerpo.

Luego vive.

Porque a veces duda Iordanus. ¿Vive? ¿Cómo podría saberlo? ¿Quién se lo aseguraría? Mientras no pueda compararlo con otra cosa, no sabe si vive. Acaso en el principio de la muerte sepa, por fin, que ha vivido. (Muchos años después, cuando las llamas empiecen a crepitar los maderos y consuman su piel en dolor insoportable.) (Poseerá un lapso para poder equiparar vida con muerte.)

Al lado de Iordanus ha aparecido otra sombra. Una sombra que danza y se agita. En desenfreno. Como el mal de san Vito. O de san Guy. Imparable, como la tarantela. Oscilante, como el círculo del derviche. En continuo movimiento. Inasible. Sin cuerpo, sola la sombra se agita.

Y Iordanus la invoca.

—Ven. Ven a mí. Sé que te pertenezco. No soy de nadie más que de ti. Imposible traicionarte: la única realidad. Dame un plazo. El plazo que necesito. La silenciosa. La que calla para siempre. La que no se arrepiente. La impávida. La precisa. La puntual. La hora de todos. Dame el plazo que necesito. Largo plazo para completar mi obra. Sin que me importe el fin. Abismándome lentamente. Hacia el vértigo, sin parar. Primero el ascenso. Luego el descenso. Paso a paso: dame el tiempo irreal: la medida relativa: el segundo extendido. Necesito cambiar el orden. Invertir la ciencia. Alterar. Remover. Sacudir. Inventar. Inventar. Inventar. *Oro, laboro et invenio.* Como tú no te enteras, déjame la mente y llévate tarde el cuerpo.

Iordanus prosigue. No quisiera tener otro encuentro. Debe escapar del reino de Nápoles. Lo esperan en Ginebra, Lyon, Toulouse, París, Londres, Oxford, Wittenberg, Praga, Helmstadt, Frankfurt, Zurich. La tarde se va hundiendo. El horizonte se confunde. El dibujo rojo del sol dura poco. Apresura el paso Iordanus. Falta menos para su salvación. Tan fácil como cruzar una frontera inexistente. Como el límite de los árboles oscuros y de los matorrales enredados. Una línea que deja de serlo. Figuras y signos controvertidos. Lo ambiguo. Lo inescrutable.

He aquí su tercer encuentro: *De umbris idearum* se ha forjado en su mente. La tercera sombra ha aparecido: la de las ideas de la escritura interna.

Iordanus piensa:

"Si las ideas son la forma esencial de las cosas, según las cuales ocurre la creación, de igual modo deberíamos crear en nosotros sombras de las ideas, para adaptarlas a todas sus posibles formas, lo mismo que la revolución de las ruedas. Así, de esas sombras, surgiría la belleza de lo informe, el brillo de la oscuridad, la grandeza de lo ínfimo, la unidad del caos y avanzando hacia las formas superiores se tocaría la concepción y la reverberación de las especies todas del universo. Se lograría la unión perfecta entre el mundo interno y las imágenes astrales. De nuevo sombras. Se adquiriría la memoria que proporciona no sólo conocimiento sino poder. Y del alma a los astros todo sería una singular cadena.

"Habré de elaborar un arte figurativa a tal grado prodigiosa que el alma en ella todo lo abarque. Elementos y números, órdenes y series se conformarán por los intervalos que guardan entre sí los signos del Zodiaco. Crearé un arte nuevo de la memoria. Haré girar las ruedas de Lulio con mis sombras de las ideas. La concordia entre el mundo inferior y el mundo superior será la singular cadena de oro que va de la tierra al cielo y del cielo a la tierra."

El tercer encuentro de Iordanus ha sido con su propia alma, con el espejo de la memoria, con el reflejo de la imagen. Ahora, su caminar es ligero. El alma reconocida ya no pesa, antes bien, eleva. El mundo interno ordena el externo. Cae la noche y Iordanus se ha salvado. Una vela en una ventana le anuncia que ya cruzó la frontera del reino.

Lo recibirán brazos amigos. Peregrinará de una a otra corte. Escribirá su obra. Será aclamado y bien recibido. Hasta el día en que deba cumplir su promesa. En que se deje arrastrar por esa revolvente melancolía. En que sienta la añoranza de la tierra. Y al regresar, su discípulo sea su delator.

En el año de 1600: su cuerpo en fuego, su alma en aire: conforme había sido pactado.

Jesús Gardea

❧

ACUÉRDENSE DEL SILENCIO

El alcalde llamó al policía parado debajo del farol. Al policía se le trepaban, se le untaban sombras en las piernas. Frunció el entrecejo. Y salió de la luz.

—Mande usted —le dijo al alcalde, cuadrándose apenas.

—Cabo Anzures, hágame usted el favor de dotar a estos hombres de lo necesario.

El cabo volvió a cuadrarse.

—Como usted mande señor —dijo, y dando la media vuelta desapareció luego en lo oscuro, más allá del farol. El alcalde lo siguió con la vista: caminaba como todos los viejos soldados de caballería. Un momento después, el alcalde les habló a los hombres. Les dijo:

—Ya sé bien que ustedes no son gente de pelea. Belicosos no me los imagino. Pero eso no importa, porque nadie va a ir en verdad a ninguna guerra. El municipio los ha contratado a ustedes para esta noche, no por su arrojo, caso de que lo tuvieran, sino únicamente por su presencia física. El cabo Anzures, que es toda mi policía, no podía desempeñar tan solo su comisión. Le era menester un respaldo. Pero tampoco se asusten. Ya les dije: ni un tiro. Sólo vamos como de paseo, a echar fuera a unas gentes que han invadido terrenos de la municipalidad. Nosotros, las autoridades, no podemos permitirles quedarse ahí hasta que ellos quieran. Pero otra cosa también les digo: si alguno de ustedes, cuando esto termine, desea darse de alta en la policía, los recibiré con gusto.

El cabo Anzures regresó con un cargamento de rifles en la cuna de sus brazos. Traía, también, una bolsa de cuero atada al cinto. Se paró delante de los hombres y dejó la carga en el suelo.

—Bueno, ahí están —les dijo—. Agarre cada quien el suyo.

Los hombres comenzaron a armarse lentamente, como con recelo. Un ruido de correas, de madera y de metales, se levantó en el portal.

—Están medio oxidados los máuseres —observó el cabo cuando todo el mundo estuvo armado—, pero funcionan.

—Cabo, se nos hace tarde. Las balas —pidió el alcalde—. Siete por cabeza.

—¿Siete, nada más?

—Sí, cabo.

—Dispense, pero me parecen pocas.

—No vamos a la guerra.

—Usted ordena, señor —dijo el cabo y metió la mano a la bolsa que traía en la cintura—. Seis al cargador y una a la recámara —agregó, dirigiéndose a los hombres—, ahorita les digo cómo.

Mientras el cabo Saturnino repartía los cartuchos, el alcalde fue a asomarse al cielo por uno de los portales.

—La luna está brotando —dijo—. Tendremos luz por el camino.

En la penumbra, se abrieron las boquitas secas de los cerrojos, como si le contestaran.

Se volvió hacia el cabo:

—¿Me oyó usted? —le dijo.

El cabo Anzures se cubre el rostro con un pañuelo. Camina a un lado del alcalde. El ruido que vienen haciendo los hombres con las armas le molesta. Y los detiene.

—Con el permiso, señor —le dice al alcalde— voy a silenciar la compañía.

El cabo recorre la fila de hombres. La luna, todavía baja en el horizonte, los ilumina por detrás. Ven con temor al cabo y a su fusil ametralladora, colgado de un hombro, relumbrando, más que los rifles, a la luz de la luna. El cabo se planta a la mitad de la fila, sus piernas zambas bien abiertas; la mirada oscura y cortante saltando por el borde del pañuelo.

—Van a despertar a los perros —les dice, los golpea con voz contenida—. La mano en la culata siempre, mientras caminan. La mano en la culata como el muslo de una mujer. Cariñosa, cariciosa; con ganas de calentar. Y la culata pegada al cuerpo. Quiero verlo.

Los hombres obedecen de inmediato. Y en la pulida madera de las culatas aparecen entonces las manos, como flores nocturnas. El cabo mira satisfecho la floración que acaba de provocar y pone otros ojos, y otro tono en la voz:

—Así, nada digo. El silencio nocturno tiene tantas alcobas y tan juntas como la casa de un rico: aquí nos ladra un perro, pero allá, en los terrenos de la municipalidad, despertamos a los pobrecitos que vamos a echar. Y eso no nos conviene; ni a ustedes, ni a mí, ni, menos, al señor alcalde.

El camino, de tierra suelta, con la luna parece de cal. Los hombres caminan por una orilla, más distanciados entre sí que cuando salieron del pueblo. Cada uno va con su pensamiento, batiendo la nube blanquísima que el compañero desprende del suelo al andar. Recuerdan al alcalde, tal como lo vieron y como los recibió ese mismo día por la mañana temprano, en los portales. De pantalón de montar y botas claras, de chamarra rabona, sin sombrero. En las botas no advirtieron acicate alguno. Y sin embargo, con un movimiento rápido de la vista, buscaron la bestia, el caballo que debía tener aquel jinete a la mano. Pero en los portales no había nada más que la luz rosa del amanecer. El alcalde iba, también, armado. Una pistola impecable, fajada al cuadril derecho. En el cinto, la sarta de balas, mondas y doradas. El alcalde, antes que de palabra, los saludó de mano. En los portales, en los rincones, todavía quedaban sombras remisas. Esto lo notaron mejor los hombres después de estrechar la mano del alcalde. Mano blanda, fría, como culebra en la oscuridad de un agua estancada. Nadie aceptó en su corazón el saludo; ni siquiera en la piel: todos, durante la entrevista, se acercaron, disimuladamente, a restregar las manos en la áspera piedra de los portales.

El alcalde les habló de dinero. Les hizo ver el alto sueldo que se les ofrecía sólo por su ayuda de una noche, esa noche. Pero no les dijo gran cosa de en qué consistiría la ayuda. Luego se calló y los invitó a pasar a su oficina. Fue a pararse detrás de su escritorio. Y al cabo de un rato de silencio, continuó hablando. Lo oyeron decir que él no era hombre de a caballo, tampoco amigo de zafarranchos, a pesar de las apariencias. Que se vestía así por diferentes razones. Volvió a callarse, como para escuchar los ruidos de la calle o al sol, que ya estaba entrando a los portales. Ellos lo imitaron, pero con otro fin: el de tratar de oírle sus secretas intenciones, cómo sonaban. El alcalde sintió las orejas de los foráneos como ventosas en las puertas de su alma y dobló el recato de su actitud y preguntó, alrevesado, que qué era lo que tanto le veían. Y ellos, consecuentes y viéndolo, entonces sí, de verdad, le contestaron que nada en particular; que sólo era el asombro que les causaba el tenerlo en el aire que respiraban, de un modo natural, como a cualquier prójimo. El alcalde abandonó el escritorio. Dio tres vueltas, lucidoras, delante de ellos y regresó de nuevo a su lugar. La pistola, se fijaron, tenía nácar en las cachas, y ahí, cuatro iniciales de plata; con hartos lacitos y curvas; muy enredadas. El alcalde miró su reloj y dijo que había que terminar con el asunto, y entonces abrió

210

uno de los cajones del escritorio y sacó una paquita de billetes. Con diez billetes en la mano, les explicó que les iba a hacer un regalo para compensarlos de las molestias que habían tenido al trasladarse al pueblo. Pero cuando ya estaban afuera otra vez, en el sol de la mañana, el alcalde, desde la puerta de la oficina, les dijo que los esperaba a la noche. A las nueve.

El no acostumbrado peso del arma, y la cansona tierra del suelo, los fatiga, los aflojera.

El cabo Anzures, por el olfato, porque está en el aire, repara en el cansancio de los hombres. La cólera contra su jefe retorna y le mueve pensamientos. Murmura de la autoridad consigo mismo, sin medirse, detrás de su pañuelo. Resiente que su experiencia de viejo soldado no se haya tomado en cuenta para nada a la hora de urdir el asunto. Sus recomendaciones, sus justas observaciones, ocuparon un segundo la atención del alcalde para caer, luego, en el olvido total. Y él, con la limitada confianza que le tenía al civil, se había permitido sugerirle que en vez de contratar diez hombres de esos que el fin del temporal siempre deja ociosos, era más acertado buscarse cinco y entre otro tipo de gente y prepararlos bien. Un programa de marchas forzadas y prácticas de tiro. Meterles, a los cinco, por el ejemplo y la disciplina, y las palabras de un soldado, la hombría en la sangre. Si no, el fracaso. Porque para defender la propia vida, y quitar la ajena, con éxito, se necesita arte y conocimientos. Pero el alcalde ya no lo estaba oyendo y le pedía, en cambio, su opinión en cuestiones que no eran de su competencia: como lo de que cuánto era lo que convenía pagarles a los guerreros hechizos… Y él…

—Cabo —lo interrumpe el alcalde—, ¿qué alegato se trae usted entre ese trapo y los dientes? Déjeme oírselo claro.

—Ninguno, señor. Vengo pensando, en voz alta, de los hombres.

—¿Qué hay con los hombres?

—¿No los siente usted que ya vienen cansados? Si usted no ordena otra cosa...

—Haga como usted quiera, pero que no se alargue el descanso.

El cabo Anzures se volvió entonces a la fila y le mandó hacer alto. La luna era como una corona sobre la cabeza de todos. Había sombras en las caras; círculos de sombra más honda en los ojos. El cabo sentía calor en la boca. Y se levantó la punta del pañuelo para hablar:

—Tomen aliento y descansen el arma —les dijo a los hombres.

Las culatas de los rifles se hundieron en la tierra sin ruido. El cabo siguió con el pañuelo levantado: se estaba oreando la boca de gruesos, redondos y sombríos labios. Pero miraba, de soslayo, al alcalde. Nada se había extinguido en su alma. Bajó la punta del pañuelo. Veló la voz:

—Si quieren, pueden sentarse —dijo a los hombres—, en unos cinco minutos nos vamos.

Los hombres se sentaron, pero el cabo Anzures permaneció de pie, soportando él solo el peso de la corona de la luna. Seguía mirando, como si no, hacia el alcalde que, al igual que los demás, se había tumbado en el camino. Los hombres miraban a las piernas torcidas del cabo, tensas como un arco.

—Pongan atención —les dijo de pronto—. Oigan esto.

Los hombres enderezaron sus caras. En algunas, llenas y sudorosas, la luna brilló como en una bandeja de plata. El alcalde se incorporó:

—¿Qué va usted a decirles? —le preguntó al cabo mientras daba unos pasos para acercársele. El alcalde vio la mano del otro deslizarse hacia el llamador del fusil-ametralladora, y se detuvo.

—Del oficio les voy a hablar, señor.

—Breve. No estamos para lecciones. Ni es academia el camino.

El cabo Anzures volvió el pecho y el negro cañón de su arma a donde se encontraba el alcalde parado. El alcalde sintió como un pedazo de hielo la luna en la boca del estómago. La pistola se esfumó de la memoria con el temblor que lo sacudió.

—No necesita usted decírmelo, señor —dijo el cabo, y luego se volvió a los hombres:

—Esto, pues, a ustedes —continuó—: se me separan demasiado uno del otro en la marcha. Y abren así la columna, que es un orden cerrado; la debilitan. Supongamos un enemigo, y que los sorprende: si ustedes le presentan una sola cortina de fuego, su ventaja inicial desaparece. No si vienen como venían. Aislados, sin el apoyo y el poder del fuego del compañero, ustedes son como cucarachas fáciles de aplastar. Ya lo saben ahora. Firmes. Y juntos como hermanitos.

El cabo Anzures no regresó al lado del alcalde.

El alcalde iba solito, a la cabeza de la columna; nada capitán: lo venían empujando los de atrás y el cabo, burbujeante de resentimientos. Los punitivos se habían convertido de pronto en una silenciosa procesión que lo llevaba a la muerte. Las primeras balas, las más ávidas, le tocarían a él, y él tendría que aposentarlas, fatalmente; dejarles franca la alacena de su cuerpo para que comieran de su vida. Y sentía amor por la tierra suelta del camino, que retardaba sus pasos; y se arrepentía de la luna en el cielo como si fuera suya, y él la hubiera puesto. Ahora lo único que deseaba era oscuridad; pero el cielo, tan puro, tan azul en el fondo, ni tenía una sola estrella. Menos la nube, por donde empezaran las sombras. Y había el gran peligro del ex soldado, marchando a retaguardia. Llegado el momento, la procesión a su destino, el cabo podía sumar sus tiros a los del enemigo, y él, alcalde y todo, quedar preso en una red de balitas. Para la eternidad. La red, por el lado del cabo, sería tejida con insólita rapidez, y bien, y apretadamente. Si los otros no lo mataban... Pero faltaba camino, y el trecho en que la tierra era como un mar casi innavegable. La procesión, en la brega de avanzar, de lidiar con lo arenoso, en las ondas, tendría que perder empuje y olvidarse de la víctima. Y más el cabo, que nunca había sido infante y que para triunfar de lo que al paso le salía, usó, durante treinta años, las yeguas y caballos gordos de la federación. Hombre últimamente pedestre, iba, pues, a encontrar sobremanera ardua la marcha en aquel punto. Quemaría energías. Acaso hasta las sobrantes; las que venía acumulando para volcarlas en su obra de tejedor. Y si esto sucedía... El cabo lo dijo, recién entrado al cuerpo de la fantasmal policía: manejar el fusil-ametralladora con éxito era como hacer el amor. Requerían ambas cosas pleno entusiasmo, exclusivas energías. Entusiasmo por la muerte, en una; y en la otra, en el amor, por la vida. Y luego, a una orden suya, de alcalde y jefe absoluto, el cabo pasó al patio de la cárcel. Se plantó de cara a la barda, unos veinte metros más allá, las piernas montadoras abiertas, la culata del fusil fundida al costado derecho del cuerpo, y comenzó a disparar. La primera ráfaga pespunteó vanamente el cielo de la mañana; pero ya no la segunda, que alzó una polvareda de caballerías a lo largo del filo de la barda. Se nubló algo el sol, por ahí. El cabo esperó diez segundos que el polvo se aplacara, y volvió a tirar.

Cinco ráfagas contaron sus oídos de jefe aparte de que sus ojos perdieron, entre el polvo de los adobes, el sol temprano. Pero después fue aclarándose el trabajo de las balas. La barda presentaba una escotadura; tenía el espinazo vencido. Y el cabo, mientras el arma se enfriaba y miraba con indiferencia lo que acababa de hacer, dijo que eran cosas muy distintas rebanar una simple barda a trabajar el cuerpo de un hombre.

—Cabo Anzures —le dice el alcalde al policía—, no se me rezague usted.

Estaba la columna entrando a lo más difícil del camino. Volvieron a sonar anillas, correajes y culatas. Los hombres se atascaban. La compostura y el orden impuestos por el cabo se habían perdido. El alcalde hundía los tacones de las botas en la arena hasta los tobillos. Repitió:

—Cabo, no se me rezague...

—Señor, nunca me he rezagado —contestó—, vengo de ojo avizor.

—Lo quiero aquí conmigo.

—Señor, en cuanto apague tanto ruido, voy. No quiero delaciones de ninguna especie en el aire.

El alcalde, las veces que le habló el cabo, no volteó a verlo sino que lo hizo con la mirada fija en el resplandeciente camino. Oyó su voz como si trajera ya la arena al cuello:

—Como les dije. La mano en la culata. Parece como si fuéramos todo un ejército. La impedimenta de un ejército.

Las palabras del cabo silenciaron de inmediato las anillas, que era lo que mejor sonaba bajo la luna. Luego, agregó:

—Están verdecitos. Traemos idéntico camino y sin embargo, yo no confundo el trabajo de las piernas con el destino de mis manos, arriba y superiores. Y si yo se los permitiera, sí, seguro que sí, saldrían de este berenjenal gateando...

—¡Cabo! —lo interrumpió el alcalde.

—Voy, señor. Y ustedes: acuérdense, acuérdense del silencio.

—¿Cansado? —le preguntó el alcalde al policía.

—No estoy nuevo, señor, y andanzas como ésta, no son de mi estilo.

El alcalde y el cabo iban juntos, como al principio, pero con la luna ya por delante. Acababan de dejar el arenal.

—Usted, con ese pañuelo atravesado en la cara, me parece un bandido. ¿Por qué se disfrazó, cabo? —dijo el alcalde.

—No es disfraz, señor.

—Y entonces, ¿qué significa?

—Lo mismo que sus botas lindas para usted, señor...

Resonaron estas palabras del cabo permeadas de hostilidad y recubiertas de espinas como un rosal. El alcalde, que lo comprendió en seguida, tuvo mucho cuidado de tocarlas, de no punzarse con ellas, y se apartó un poco hacia la izquierda del otro. De cuando en cuando, volteaba a mirarlo. A la boquita del fusil, que husmeaba el aire tibio de la noche, en la paz del camino. El cabo transpiraba como todas las bestias, juntas, que había montado durante toda su vida. Olor a cuero viejo embebido de sudores. Enriquecido, potenciado por el que se desprendía de la columna, ni por asomo castrense: a hierba seca, a campos solitarios... El alcalde, mirando hacia el camino, con indiferencia, y como si las espinas no fueran y sólo fuera la rosa, dijo:

—¿Y qué tienen mis botas, cabo Anzures?

—Nada, señor. Que usted se las ha puesto para que esta noche no le entrara tierra al zapato. Usted lo dijo hoy en la mañana. Y yo me oculto así el rostro por razones que emparejan a las suyas. Porque si usted no tolera la tierra, yo no tolero el polvo.

El alcalde adivinó la jeta del cabo. Esponjada como un gallo de pelea, tragándose su propio aliento enardecido. Adivinó también que, a pesar del cansancio, del sudor cercano a lo torrencial, el cabo se hallaba entero: todavía, como siempre, entusiasmado por el arma que llevaba en las manos.

—¿Y falta mucho para llegar a donde vamos? —le preguntó abruptamente el cabo al alcalde.

—Un kilómetro —le respondió el alcalde, reseco, como si a la luz de la luna hubiera hecho chocar dos piedras.

Los hombres llevaban la luna a la altura de los ojos, como un espejo. El terreno había adquirido, en una inesperada transición, dureza. El aire comenzaba a correr fresco, a pasar su secante por los cuerpos empapados. Los hombres se dejaban deslumbrar por el espejo. Se imaginaban reflejados en él, caminando por él en los cielos, lejos del mundo. Pero no tomaban en cuenta a las autoridades, al alcalde. Y a su ayudante. Su trompa les hubiera ensuciado la luna. Y sentían que iban por la sombra del alcalde como por una herida abierta en el camino. La del otro, a un lado, se arrastraba como un negro caracol. Levantaban, hacia el espejo, las narices, en un afán inútil de evadir el olor de sus guías. Mínima ayuda era el aire en esto. Los humores de ambos, como que tenían una densidad mayor, de aceites, de cosa material, que burlaba, yéndose al fondo la presencia del aire. Y desde allí, la hiedra pestilente subía por sus cuerpos, y era muy oscura, y la luz de la luna nada podía tampoco contra ella. Y empezaron a echar de menos sus casas y los demás sitios que no eran sus casas. Intensa, dolorosamente. Del alcalde, la culpa. También del cabo. Del alcalde, por su saludo de la mañana como un soplo de almas, como una secreta presentación de muertos. Y del otro, porque hablaba, porque ladraba muy destemplado frente a sus corazones; porque era como una víbora de terrible hocico silbando en el camino. Y ya se encontraban cerca de las gentes. Y endurecían la quijada por si el cabo volteaba a verlos, no los fuera a tachar de nostálgicos. Y el cabo volteó, pero fue para ordenarles hacer alto.

—Estamos por llegar —les dijo, caminando pausadamente a lo largo de la fila—, no creo necesario recordarles las palabras del alcalde en los portales. Pero les repito: sólo queremos que los otros nos vean. Las palabras, exigiéndoles que abandonen el terreno, se las va a dirigir el señor alcalde. Yo y ustedes, callamos. Pero acuérdense todavía del silencio. Hay que procurarlo hasta lo último.

El cabo volvió al lado del alcalde. Delante suyo, le quitó el seguro al arma y luego le alisó el cañoncito con ternura. El alcalde vio a la mano repetir la caricia tres veces seguidas y detenerse, después, sobre el llamador.

—Estoy listo, señor —dijo.

—Vamos pues, cabo.

La refriega fue corta. Pero profunda. En el bando opuesto al del alcalde había otra voz cantante como la del cabo Anzures. Si los máuseres sonaron, nadie lo supo, nadie alcanzó a oírlos. La noche era para el diálogo feroz de los fusiles ametralladoras y su enroscamiento a la vida de los que allí andaban. Tal vez ni siquiera hubo tiempo para meter al pecho ni una pizca de aliento. Porque las balitas cargaban sobre la hilera de corazones a ambos lados. El cabo, en el ardor del diálogo, se había arrancado el pañuelo de la cara y enseñaba los dientes, apretados. Detrás suyo y de sus hombres, los tiros frustrados levantaron una cortina de polvo como una sábana tendida a la luz de la luna. El alcalde, no obstante encontrarse de rodillas en el suelo —encogido disparaba con las dos manos su pistola—, vio en un momento. que sus ojos desesperados buscaron una salida a retaguardia, a su sombra, como si estuviera de pie, reflejada en aquella pantalla. E inmediata a la del cabo, grande y cuadrada, y con un claro luminoso, en forma de arco, entre las piernas. Y nada más. El miedo acabó por paralizarlo. El diálogo subió de tono. El cabo concentró el fuego y todo su poder de persuasión en el contendiente inaplacable. Y lo machacó. Al alcalde esto se le antojó que duraba un siglo. Después sobrevino el silencio total. El alcalde, en lugar de pararse, se sentó en el suelo, por las piernas, por lo débiles que las sentía. El cabo seguía sin moverse. En todo el campo, ellos dos eran los únicos que quedaban para respirar las vagas flores de la pólvora, y la pena, todavía grande, de las almas al garete. El alcalde puso la pistola en el suelo. Volteó a mirar al cabo:

—¿No está usted herido, cabo Anzures? —le preguntó.

—No, señor. Uno es de respeto. Por eso la muerte se sesga.

—¿Y los otros?

—Bien muertos, señor.

—Bueno. No importa. En el fondo era gente sin oficio ni beneficio.

—Lo serían, señor. Pero yo me quedé aún con ganas… y usted, pese a que salió vivito, no es de los de respeto…

La última ráfaga que disparó el cabo Anzures hizo saltar por los aires, por la luna, la pistola del alcalde.

Esther Seligson

❦

POR EL MONTE HACIA LA MAR

Para Francisco Tario

I

CUANDO mi padre supo que el patio había servido de cementerio, decidió vender la casa. Y no es que fuera supersticioso, pero le horrorizaba la idea de pasearse entre más murmullos de los que ya de por sí traía el viento todos los días del año hasta los cristales de la galería, donde él solía caminar, y que da, precisamente, al jardín.

Hacía años que habíamos abandonado el pueblo, y tal vez no hubiera regresado, a no ser porque me asaltó el deseo de recuperar el rosal que sembramos Lalo y yo a la entrada de la casa mientras Luis y Rafa contemplaban despectivos lo que entonces calificaron de "cosas de niñas". El caso fue que a los cuatro nos embarcó el mismo afán y, sin que ninguno se lo comunicara al otro, volvimos, emboscadas, a los sitios que nos vieron crecer.

No es posible penetrar impunemente en la vida de nadie, y aquellos muertos ya habían ocupado nuestro lugar.

En días de lluvia —y eran días en que apenas se diferenciaba la mañana de la tarde y una noche de otra y de otra—, a fuerza de golpear y de golpear, las gotas de agua terminaron por enredar los gemidos de esos muertos a las espesas trepadoras que cubrían la pared entre las ventanas de la galería. El viento, cuando el cielo era más oscuro y el mar resoplaba gruñón, torcía sus pasos hacia las escaleras del portal, que nunca llegaron a cruzar porque en mi cuarto, justo a un lado de los pilares que enmarcan la entrada de la casa, una lamparilla ardía sin descanso hasta los primeros soles del verano, época en que, según Felicia, los fantasmas no penetran en las moradas.

—En otros tiempos, todo esto lo cubría el mar, y las tierras que ahora ves eran campos de algas rojas y verdosas. Por eso, cuando las aguas se encrespan y suben, el monte entero tiembla y se inclina bajo los nubarrones, como si quisiera, al impulso del aire, hacerse a la mar otra vez.

Yo prefería no mirar ese horizonte amatista. Escondido entre los peñascos, desbarataba minuciosamente las algas que se adherían al musgo cobrizo y áspero, escuchando las historias de Felicia como si aquello —el ruido del oleaje y el viento imbricados en la vida del pueblo y en las anécdotas familiares— ni fuera mío ni tuviera que ver conmigo. Más temprano en invierno, más tarde en verano, a orillas de la playa, mientras extendía sobre el hueco de arena limpia entre las rocas el mantel de la merienda, desmenuzaba con morosidad y sin recato alguno, hablando consigo misma, hechos y deshechos inmemoriales, patrañas y leyendas de los antiguos habitantes del lugar, como si también ella fuera, junto con los fósiles en lo alto de la montaña, un testimonio prehistórico. Me daban miedo los secretos del mar, sus arranques de animal enfurecido, sus cóleras, su eterna querella con el viento, con las nubes, sus alaridos nocturnos, su tranquilidad de gato al acecho. Y me daba miedo Felicia cuando nos quedábamos a solas frente al mar con todas sus historias a cuestas.

Las flores del rosal son pequeñas y menudas. Es un arbusto salvaje que no tiene olor específico. Por las noches, lo sentíamos rascar el muro y apartar la tierra para poder trepar y encaramarse hasta el arco de la reja. Aumentaba de tamaño junto con las marcas que mi madre hacía en la pared del dormitorio cada vez que nos medíamos. Lalo, con ser el mayor, era el más lento, y creo que fue él quien terminó pareciéndose más al rosal: de hojas afiladas y casi secas, muy erguidas y compuestas. Espiábamos su crecimiento entre juego y juego, al llegar de la escuela y al salir de casa, todos, sin prestarle en apariencia ninguna atención. Pero él nos delataba cuando sus brotes y sus capullos nos hacían comentar, alborozados, sus progresos, como al azar, con mi madre o con Felicia, o con algún compañero de clase.

—Si sale el sol iremos hasta la Ermita…

Y poco antes del amanecer, ella bajaba, pertinaz y triste. El mar podía estar todo lo encrespado que quisiera, rugir furiosamente y salpicar los bancos a orillas del Paseo; no era él quien irrumpía en mi sueño, sino ella: la lluvia silenciosa y cruel. Primero, batía los cristales flojos del primer piso; después, las duelas de la galería en el segundo; y, finalmente, los velos de mi cama con su aliento pegajoso y frío. En las mañanas, más pálido que de costumbre —sólo había conseguido dormirme de madrugada—, oía sonar la campanilla del colegio envuelto aún en las cobijas y sin que las burlas de mis hermanos lograran hacerme levantar, pues bien sabía que, siendo el menor, la complicidad materna me amparaba. El insomnio a causa de la lluvia era distinto al temor que me inspiraba el mar, del cual, en última instancia, puede uno alejarse. No así de ella: entrometida impune, burlona. Ni muros, ni cristales, ni ropas detienen su triste sabor de tristezas ajenas y milenarias, su complicidad morbosa con la nostalgia y la aflicción.

La nuestra era la última casa del pueblo, detrás del convento donde estudiábamos los niños, frente al Paseo que se extiende sobre la amplia cima del acantilado a cuyo pie —por la otra pendiente— brama el mar durante largos nueve meses. Algunas noches, la tempestad me llevaba al cuarto de mi madre para buscar protección entre las mantas que cubrían sus piernas. Y ella, que parecía aguardar con deleite mis temores, relataba también, aunque con mayor recato y sigilo, historias de los personajes que cruzábamos en tardes de confitería y chocolate. Tardes escasas, pues no gustaba de salir a la calle exponiéndose, según decía, a miradas extrañas. Y no sé por qué imaginé, desde entonces, a esas gentes transformadas durante el invierno en los árboles del Paseo, retorciendo sus muñones al impulso del viento, lanzando ayes contra nuestros techos y cristales. Tales visiones me mantenían, en otras noches cargadas del sosiego anterior al huracán, despierto hasta el alba, acechando las sombras tras los visillos, los crujidos de muebles y lámparas. Cualquier movimiento de las ramas era ya un espectro: el menor brillo en el espejo, el tintineo de los prismas, un roce de telas, mi propia respiración. Ni siquiera los pasos de mi padre, recorriendo ida y vuelta en la oscuridad el tramo de galería que se asoma al jardín, podían tranquilizarme. Que mis hermanos tuvieran temores similares a los míos tampoco me consolaba: los disfrazaban muy bien haciendo pública mofa de mí, a pesar de los regaños de mamá —no muy firmes, es verdad— y de los castigos que, al impedirnos salir a jugar, sólo incrementaban nuestros pleitos, ya de por sí abundantes.

—Ven. Corre. Carmela está con Luis en la playa.

Y ahí estábamos los tres, devorando con los ojos la falda roja: un círculo de luz entre nubarrones y peñascos grises, un beso salino anegándonos, uno a uno, hasta la garganta, con olas de arena y espuma. Una piel de asperezas suaves, de escamas transparentes que el viento erizaba, una lengua como embate de algas tibias. Vigilábamos, por turno, todos sus movimientos cuando no estaba con alguno de nosotros. Sola, ceñida sobre sí misma, las manos cruzadas al frente abrazándose los hombros, la cabellera volando al aire, el rostro expuesto al mar. Así se nos aparecía casi siempre en su lugar favorito, al terminar la parte plana del Paseo, al borde del acantilado: un angosto prado verde lleno de florecitas amarillas y violetas desde donde se miran la inmensidad metálica, los gigantescos peñascos que el viento parece haber arrojado a las aguas y, volteando un poco de perfil, la línea negra de la sierra, el monte siempre cubierto por gruesas nubes blancas y grises, las literarias nubes de algodón que en días de sol se hacían tan vaporosas. También le gustaba sentarse sobre alguna roca en la playa más pequeña, la de las meriendas con Felicia.

No voy a decir que Carmela era de otro mundo, pero era tan incorpórea, y tan lejana la sonrisa siempre igual en sus labios delgados. En días de mucha lluvia, bajo un impermeable transparente, llegaba a casa con sus libros de música y tocaba en nuestro piano, a veces sólo una pieza, otras —después de hurgar largo rato entre los papeles que teníamos encima—, durante horas, hasta que mi madre le hacía traer una taza de chocolate. Por la puerta entrecerrada observábamos sus manos, vivas, enérgicas, llenas de un ímpetu incompatible con ese cuerpo frágil y ese rostro tranquilo. Al marcharse, igualmente discreta, ninguno se atrevía a irrumpir en el sitio donde su presencia había dejado un círculo mágico. El monte, las nubes y el viento parecían detenerse, para volver a resollar de nuevo sólo al amanecer. Ésa fue la imagen que quedó como una señal entre todos nosotros, y, aunque Rafa se la llevó a otras tierras lejanas, los que permanecimos sabíamos cuáles eran las tardes en que ella se sentaba al piano. Sin embargo, su presencia responde en mí al sonido de un violín: es lo que más se acerca a ese lento deslizarse, a esa íntima vibración rumorosa de nuestra vida diaria en el monte junto al mar.

Entre hojas de morera, cuidadosamente acomodados, dormían los gusanos tejiendo sus capullos de colores, ajenos al comercio que realizábamos mis hermanos y yo con los otros chicos del pueblo en los jardines que, también, dormían durante todo el año —se desperezaban cuando el verano traía en ruidosos coches a sus moradores— rodeados de pilares y de verjas donde trepan las peonías, semicubiertos por enormes magnolias a cuyo pie languidecen las hortensias con sus destellos azul, rosa, verde y púrpura. Ahí, como si lo adivinara, al despuntar las mariposas, surgía Carmela con sus grandes ojos y su flequillo sobre la frente. Se aproximaba a Rafa, experto en descifrar sus nombres —Llamadora roja, Ninfa del bosque, Azur de primavera—, en seguir su aleteo nocturno —Media luna, Fantasma—, y ambos, silenciosos, en cuclillas, uno junto al otro, secundaban el ondeo inseguro de las alas hasta fortalecerse y emprender el vuelo. En la caleta rocosa, amasaba algas conmigo. Luis la acompañó por el monte; y con Lalo hojeaba libros en casa. Esta convivencia, este ir de un lado a otro con igual suavidad, provocaba amargos pleitos entre nosotros a propósito de nada, sin que, claro está, su nombre se pronunciara nunca.

¿Era sólo en nuestro patio donde florecían los fantasmas? Creo que no. Pero a la gente no le gustaba mencionar el asunto: ni mucha ni poca circunspección: no se hablaba de ello, punto. Y cuando, después de una noche particularmente tormentosa, la mañana amanecía insomne y a disgusto, era obvio que si, por casualidad, llegaba uno a cruzarse en la calle con algún otro desvelado, ni siquiera levantarían los ojos a guisa de buenos días. Y en verdad era extraño encontrar paseantes, incluso en días más tranquilos. Las habituales devotas que nunca tuercen su habitual trayecto. Doña Eulogina. Nievitas. Los socios del casino, gotosos, artríticos. Los críos maleducados. La vida auténtica latía tras los visillos, y la casa de doña Concha guardaba el privilegio de encontrarse justo en el cruce de la Calle Mayor: a medio camino de todos los caminos: la confitería, el café, el casino, el puerto, el cementerio, la estación del tren y el único teatro. De ahí partían, gracias a Francisca, el ama de llaves, todos los mensajes secretos; ahí se urdían, a la hora del té, los informes más "confidenciales" y se barajaban las confidencias más "íntimas". Fisgar era la ocupación de solteronas y vejetes: en ellos, como algo impuesto por las circunstancias del clima o de la enfermedad; en ellas, la más apasionante aventura —posible— después del baile anual del casino.

Para nosotros, los niños, la cuestión de los muertos revestía diversos aspectos: según la edad, la hora del día, la época del año y, antes que nada, el color del cielo.

—Si sale el sol, iremos a la Ermita de la Virgen…

Ésta era la consigna. Entonces, al anochecer, nos acercábamos a las ruinas del torreón y palpábamos las losas que se humedecen y entibian al anunciar las lluvias del día siguiente. Si estaban secas, por la mañana, monte arriba, serpeando entre encinas, castaños, muérdago y helechos, llegábamos a la cima —escarpa y oleaje a nuestros pies—, hasta la iglesia donde los pescadores muertos en el mar tienen sus tumbas vacías: lápidas rojinegras, olor a encerrado, oscuridad húmeda y pastosa. Jugábamos, peleábamos, corríamos entre los arbustos y las piedras alrededor del atrio, y el miedo a los aparecidos se teñía con el bullicio azuloso de nuestra alegría infantil.

Al atardecer, en los jardines olvidados y en el Paseo, entre las redes elásticas de las telarañas, o a merced del soplo seco con olor a tierra y a flores marchitas, la caída de las primeras hojas, el tinte cárdeno del cielo, el parloteo de las niñeras, las rondas y canciones presagiaban ya, en su último alboroto de veranillo, el retorno de las lluvias y de los fantasmas, su rumoreo pardo, runrún que ni el canturreo de las lecciones en las aulas, ni el de los rezos antes de acostarse, lograba opacar y durante el invierno, ni se diga. Ahí estaban ellos, de día y de noche, prisioneros de su vejez y de sus manías, temerosos también de los montes altos y cercanos que amenazan con tragárselo todo, y de la tempestad que barre árboles y tejados. El rosal silvestre se afianzaba tercamente al arco de la puerta con sus espinas tiesas y su tallo recio, como dándonos a entender, sobre todo a mí que era tan aprehensivo, su solidaridad y fiereza.

Al calor del hogar las historias se entretejían, de tal suerte que, poco a poco, se fueron confundiendo en mi imaginación: los muertos con los presentes, los muñones desnudos del Paseo con los lamentos de las trepadoras en el jardín, el chapoteo de la lluvia con los pasos de mi padre en la galería, el resplandor del rayo con los rostros de antiguas fotografías, el estrépito del huracán con los arrebatos de Lalo y Rafa. Y aún ahora me es difícil no enredar la mía propia, la nuestra, con la historia de ellos, como sucede en los tendederos cuando el viento sorprende a los pescadores y hace un ovillo de sus redes.

—Cipriano, el cojo, se buscó la mujer más bonita y joven de la comarca. ¡Vaya si la encontró! Con el dinero que tiene… La casa más extravagante, esa que domina desde ahí arriba el pueblo, la de color de rosa con sus torres y almenas, se la hizo construir a ella que seguramente era una cualquiera… había que ver con ese pelo rojo y esas joyas… aunque, dicen, siempre le fue fiel… ¡A saber!…

—Y Merceditas, tan casta y bien educada: treinta años de novia y el día de la boda se le muere el fulano, por lo demás un trotamundos que sólo iba por su dinero…

—Y de Facundito, ¿qué me dices?…, poeta y tartamudo, pero tan bueno el pobre, tan solito desde que la mujer se le fue con ese mojigato que dirigía los coros en la iglesia…

—¿Que no sabías que la Marquesa tiene encerrada a su

hija?... Pues sí, es una loca que se pasea de noche por los caminos...

—¿Don Abundio muriéndose de hambre porque sus familiares lo repudian? ¡Vaya! ¿Qué me cuentas? ¿Y los cofres repletos de oro que esconde en los sótanos?... Si por eso no se ha casado ni nunca ha tenido criados...

...Y las fabulosas fiestas en los palacetes de verano... y los perezosos señoritos con sus enormes y lanudos perros... y el médico amante de lánguidas extranjeras... y...

Al puerto, una especie de canal que sólo utilizan las lanchas pesqueras, nos acercábamos los días de la Procesión Marítima en la fiesta del Santo, y, a veces, en las bajas mareas, a jugar con los hijos de los pescadores y a beber un poco de sidra. Ahí también, entre las redes, las tabernas, las plazuelas y los olores del mercado, algo más sucios y harapientos quizá, merodeaban los fantasmas, la sombra de algún viejo lobo de mar, de algún rico comerciante arruinado, de alguna novia solitaria. Y a veces —Felicia los dejaba escapar—, se sabía de extraños crímenes que ocurrían hacia el otro lado del cementerio, junto a la estación. La lluvia, el mar, el viento, el silbato del tren, el cuerno de los pastores allá arriba, repetían, susurraban entre los árboles, los ríos y los tabiques, historias y más historias. Era imposible escapar a ese gorjeo legendario, sustraerse a su oculto poder. ¿Huir del pueblo? ¿Enclaustrarse tras los visillos? Inútil.

—Mira, ahí van Carmela y Rafa.

En la serena oscuridad, una tormenta de estrellas brillantes y amplias en el cielo negrísimo hizo reverberar la sombra de dos cabezas.

Y llegó el día en que los niños aprendimos también a fisgar, aunque esta ocupación no constituyera precisamente un placer sino todo lo contrario. Un hermano empezó a desconfiar del otro, el amigo de su mejor compañero, el confidente de su fiel testigo. Cambiamos las crisálidas por bicicletas. El monte y la playa fueron sustituidos por el café, la Calle Mayor, el teatro, el Paseo de noche. Parecíamos más unidos, la misma pandilla: en realidad nos habíamos convertido en unos solitarios. Los muertos se volvieron entrañables, quizá para consolarnos —con el rumor de su presencia— de ese otro miedo más tangible hacia el mundo alrededor, de esa otra desazón sin motivo aparente que nos hacía fluctuar entre la propia estima y el mayor desaliento: el sentimiento de no pertenecer, de encontrarse en la otra orilla, a oscuras, sin camino posible, y el deseo de echar a andar por encima de todos los obstáculos.

Carmela y sus amigas ya no venían a reunirse con nosotros en alborotado revuelo. Acompañadas por severas tías o abuelas, nos miraban a hurtadillas desde los bancos de la iglesia, durante los paseos dominicales o cuando dos familias se detenían casualmente a saludarse. Y si acaso lograban burlar esa vigilancia, no escapaban para reunirse en grupos, sino para perderse, a solas, con algún chico mayor. Rafa ya no vivía soñando con sus fantasmas —mariposas de color violeta—, ni ellos, a su vez, vivían soñándolo a él: al menos no en esa época. Lalo se marchó, el primero, contra la oposición de mi padre. Después le siguió Luis. Yo, por las noches, me preguntaba: y los juegos, ¿cuándo? Los juegos que imaginábamos y que las lluvias, el invierno, las fiebres o algún castigo nos hizo aplazar, ¿cuándo íbamos a jugarlos?

—Por estos sitios se extendía el mar. Así, cada vez que una gota cae, el campo siente el recuerdo del oleaje y de la inmensidad.

Aquella primavera el rosal floreció más temprano, y los geranios olor de limón, y las campanillas. En el aire flotaba un aroma tibio de reminiscencias muy lejanas, de deseos, sueños, amores que venían desde más allá de la memoria de los tiempos, como los carricoches de los titiriteros y cómicos de la legua. El mar lamía mansamente los acantilados, rumoreaba entre grutas y farallones. La lluvia verdeó los campos y el monte con mayor suavidad, y hasta el sol se asomó, sin herir los ojos, por entre nubes de ruiseñores. En casa olía a ropa limpia y recién planchada. El invierno fue duro y mis pulmones se recuperaban con dificultad. Casi dejé la escuela, y, como mi padre se pasaba ahora toda la mañana encerrado en su despacho del primer piso con otros viejos señorones que de pronto empezaron a visitarlo, mi madre ni siquiera insistía en hacerme levantar temprano. Yo vagabundeaba tras ella y tras los quehaceres de Felicia sin temor alguno. Aprendí a medir las horas a través de sus ocupaciones a lo largo del día: barrer, preparar la comida, fregar, podar el jardín, reacomodar alacenas y cajones, hornear, pulir los cobres, zurcir. La algarabía de los pájaros, el trotecillo de las aguas, los movimientos secretos del rosal y sus amores con el mirlo, mis ineludibles lecciones de piano, marcaban también su propio ritmo en el tiempo cotidiano.

Aquella primavera, sin embargo, estuvo muy lejos de ser tranquila. Las cartas de Lalo ponían a mi padre fuera de sí, lo cual no era de extrañar, pues su desacuerdo fue siempre proverbial; pero ahora había detrás algo más que simples rabietas. En el Paseo, en el café, en las reuniones, vagos rumores de levantamientos y motines, débiles contiendas entre otrora amigos, una agitación poco común en las oficinas del periódico local, menguaban el entusiasmo que entre los jóvenes suscitara el hecho de habérseles permitido asistir al baile anual del casino. Entusiasmo que compartían las calles, los almacenes de telas, la mercería, el zapatero, don Faustino el cura, y hasta las beatas, conmovidas ante un espectáculo de juventud y frescura que venía a reverdecer el habitual tono cenizo y a darle un respiro al bostezo diario.

Los primeros tiros se escucharon por el cementerio, cuando ya el ayuntamiento estaba lleno de soldados. Mi padre había logrado huir con Rafa, Carmela y su familia, y algunos otros "rebeldes", como les llamó el capitán que improvisó en la planta baja de la casa un hospital y le extendió a mi madre un salvoconducto hasta la frontera.

—¡Niño, por Dios! ¿Todavía con esa basura? ¡Tira esas ramas!

Y allá quedó el rosal, flotando junto al barco, en ese mar que también trajera a nuestros muertos.

Era la guerra.

II

—Si al menos pudiera sacarse una buena historia de todo esto. Una verdadera historia de fantasmas, no de muertos en vida, que eso son estas gentes, personajes a medias, ni definitivamente locos ni medianamente cuerdos. Hacen como que se afanan y en realidad viven en un continuo esfuerzo por no morir… Cuando pienso que alguien ha podido llamar a este conjunto de falsos lisiados, de vanidosos charlatanes y universitarios de ocasión, "humanidad doliente"… En fin, he de dominar mis furores o echaré a rodar la poca concordia que aún quede entre nosotros. Y no porque crea que la nuestra sea una familia en especial problemática: lo común en un pueblo pequeño donde un respetable heredero ya no muy joven decide casarse con una sí muy joven señorita cuyo papel se vio limitado a procrear y educar cuatro hijos que no han hecho sino darle dolores de cabeza. Bonita, alegre, ¿qué se puede hacer al lado de un señor adusto tan lleno de principios? Nada. Callar y soliviantar a los hijos; construirse un mundo de encajes, de flores y macetas, de cartas y recuerdos, de leyendas e historias ajenas, poblarlo de nimiedades cotidianas, de rencores tolerables, de sueños y deseos no descabellados, y encerrarse dentro sin asomar las narices a la calle, pues mi madre, en efecto, no gustaba, según decía, exponerse a la mirada de extraños. Alguna vez, cuando la tarde llegaba a abrirse limpia de nubarrones y de lluvia —lo cual es casi un milagro en este pueblo donde si no es el monte quien se le viene encima, es el mar el que lo anega—, iba con Nacho a la confitería: muy erguida y sin cruzar palabra con nadie ni desviar los ojos hacia los escaparates que mal adornan la Calle Mayor. Y en cuanto a su carácter burlón e insidioso, a Lalo y a mí nos tocó la peor parte, aunada a la ironía agria de mi padre, a su intransigencia y orgullo. Alto, solemne, siempre preocupado en preocuparse, realizaba a menudo viajes cortos, solo y en tren. A sus hijos no nos prestaba ninguna atención, considerando el estado infantil una etapa desastrosa e inútil irremediablemente necesaria. Después, tampoco nos tomó en cuenta, salvo, claro está, para atraernos al anacronismo de sus ideas políticas y sermonearnos con sus caducas opiniones sobre el futuro y los ahorros. Y no porque viviéramos en la estrechez, por el contrario: tenía algunas fincas que le proporcionaban buenas rentas, a más de la dote que mi madre trajera consigo. Pero la mezquindad es cosa común en la vida cotidiana de los pueblos chicos: forma parte de las calles estrechas, de los comercios grises, de las ropas negras, de los rostros avinagrados, del miedo al qué dirán, de tanto rezo y capilla. He viajado mucho, recorrido ciudades y pueblos de toda índole, pero, y sin caer en regionalismos fáciles, no creo haber encontrado un sitio tan... digamos... especial, como éste. No tanto por las historias que en él se cuentan —cada lugar y cada persona hace gala de las suyas como si fueran únicas—, sino por la manera de vivirlas. En efecto, ¿hasta qué punto hemos asimilado el rumor de los muertos, entretejiendo su vida en la nuestra, confundiéndonos en el tiempo y en el espacio? Sin embargo, presumo que esta fusión o confusión entre lo vivo presente y lo vivo pasado puede no ser tampoco tan exclusiva. Hay sitios cuya fama estriba, precisamente, en la cantidad de fantasmas que los habitan. Aquí, por ejemplo, no se sabe, así a simple vista, quiénes son y quiénes no son fantasmas. Al verlos escurrirse por las aceras vacías, arrebujados en sí mismos, los labios mustios, se diría que son almas en pena, mas no hay tal pena. Basta alzar la mirada, afinar el oído, y ahí está: la verdadera vida que late tras los visillos, anhelante, rabiosa. El clima ayuda mucho, es cierto. De doce meses al año, nueve hay que pasarlos bajo techo y entre paredes, acosados por el viento y el mar, amenazados por los montes que truenan y tiemblan, agobiados por una tal cantidad de murmullos que, un buen día, el sueño, la duermevela y la vigilia se confabulan y el insomnio estalla sin piedad. ¿Qué hay entonces de extraordinario en que el hombre se convierta en un solitario acurrucado en el fondo de sus fantasmagorías y se encuentre, sin distinguir la mañana de la noche, con la mirada vaga persiguiendo sabe Dios qué ensueño interior? No creo que, entre paréntesis, sea una coincidencia el que las tres cuartas partes de los serenos que deambulan por las grandes ciudades sean de aquí. Y cuánta agua, ¡qué fastidio! No para de golpear, hila hilando su monotonía: que si este año viene más tupida; que si las nubes, que si el mar... Hora tras hora, meses y meses renegando del clima sombrío, de los inconvenientes de tanta humedad para el reuma, para los pulmones, para los naranjos, de la amenaza constante de montes y huracanes; y luego, apenas asoman los primeros rayos estivales, todos sufren de bochornos, astenias, sofocos, desmayos, taquicardias, fatigas y otros mil malestares, a cual más extravagante, atribuidos al bárbaro sol bueno para los países salvajes. "La primavera la sangre altera", aclara, filosófica, Felicia. Parece como si durante todo el tiempo de aguas lo hubiesen pasado engrosando y alimentando enfermedades con el fin de alcanzar en los ojos, en la piel, el tono y los signos del mal deseado y, ya con él en el cuerpo, salir a la calle como quien estrena un traje nuevo de temporada y va a pavonearlo a las playas. La verdad es que no llega uno a acostumbrarse. De niños, esos largos encierros forzados provocaban visiones y escaramuzas que poco se distinguían de los terrores nocturnos. No éramos, por otra parte, lo que se dice unos hermanos modelo: considerábamos indigna —a menos que se tratara de discutir— cualquier intromisión en nuestros muy privados mundos. Hacer las paces, sobre todo entre Lalo y yo, era poco menos que imposible. Aunque él fuera el mayor, el derecho de primogenitura me correspondió siempre a mí, y papá no dejó nunca de acentuarlo. Existía una extraña rivalidad entre él y Lalo, indiscutible favorito de mamá. Luis se adhería a éste sin más aspavientos, silencioso y dócil. Y con Nacho, asustadizo y débil, era inútil contar. De modo que cada quien construyó, dentro del ya de por sí fragmentado mundo familiar, otro, u otros, cuyo único común denominador eran los fantasmas, las historias de los personajes del pueblo, de los vivos y de los muertos, de los que aún lo habitaban y de los que se habían ido a otras tierras, de los que existieron y de los que no. Historias que mi madre, Felicia, los tenderos y hasta las piedras relataban sin ningún orden, trastocándolo y enredándolo todo. Pero, eso sí, nunca nadie les llamaba *fantasmas* —"¡qué barbaridad!, qué mal gusto el tuyo de llamar a las cosas por su nombre siendo tan rico el idioma"—. Ese absurdo negarse a llamar a las cosas por su nombre constituye otra de las particularidades del lugar. Y ello no sabría si atribuírselo también al clima so pretexto de que, como es tan inhóspito, hay que echar mano, ante la milenaria uniformidad, de todos los barroquismos posibles. Eso sería lo lógico, pero mis dudas surgen cuando hago un recuento de la cantidad de frases que en mi vida crucé con algún conocido: todas se refieren estrictamente al color del cielo, a la forma de las nubes, a la duración de las aguas, al provecho o perjuicio de las mismas en los pequeños huertos y en los bronquios. Para saber qué es lo que en realidad está pasando, hay que meterse en casa y aguardar a que Felicia venga a ponernos al tanto de lo que ocurre en el mundo, en el pueblo, en las casas y en las almas de los vecinos. Felicia, muy sabia, dosificaba las noticias según estuviéramos comiendo —en tal caso, las que a mi padre interesaban—, o en el costurero con mamá —entonces se daba vuelo con las más íntimas y escabrosas—, o con nosotros, a la hora de dormir, cuando ya la realidad importaba menos que lo fantástico y legendario. Nacho se bebía todos los cuentos, los de Felicia, los de mi madre, los de la lluvia, los de quien tuviera el cuidado de darles un tono de horror casi insoportable. A veces, ni siquiera era menester emplear adjetivos espeluznantes o imágenes desorbitadas, bastaba interrumpirse al caer de un rayo o al gemir del viento entre los árboles: nuestra imaginación haría el resto durante la noche… Necesidad de lo maravilloso. Vértigo de la metamorfosis: representar todos los papeles y adoptar todas las formas de la realidad… ¿La realidad? ¿Y qué es? En este preciso momento la realidad soy yo, Rafael, asido a un pequeño maletín negro, caminando desde la estación del tren rumbo a casa por la calle principal de un pueblo anodino a las seis de la tarde de un día tan nublado como cualquier otro. Desde luego que ésta puede ser una rotunda mentira. ¿Quién es Rafael? ¿Por qué se apeó del tren en este lugar? ¿De dónde viene? ¿A quién busca? ¿Qué quiere aquí? ¿Qué hace? ¿De qué vive? ¿Por qué viaja solo? ¿Qué clase de sujeto es?… Y la realidad empezaría a volverse sospechosa, amenazadora, equívoca. A menos que doña Conchita, tras los visillos, despejara la incógnita y, recogiendo los hilos de todas las preguntas, anudara la trama: "Ay, pero si es el hijo de don Francisco, ¡qué alivio!"... ¿O la realidad, ahora, es la calle vacía?, ¿los montes que están aquí y aquí estarán aunque faltemos nosotros que venimos a perturbar con nuestra mirada y nuestros pequeños pavores la vida inexorable del mar, el perfecto equilibrio de la naturaleza? Y vaya manía que tenemos de dotar al mundo con pensamientos y sensaciones humanas. Supongo cuán molesta se habrá sentido la creación con el nacimiento del hombre. ¿Por qué entonces no nos excluiríamos voluntaria y ferozmente de ella? La realidad nos distorsiona y se burla de los esfuerzos que hacemos por acoplarnos a su imagen y semejanza, como en esos cuartos que las ferias ambulantes construyen a base de espejos que deforman grotescamente. Sé que siempre aparecemos ante los ojos de los demás diferentes de lo que creemos ser y de lo que en efecto somos, y sé, también, que nada se puede hacer para que se nos vea de distinta manera. Nos soportamos unos a otros porque somos todos impostores. Nuestro cuerpo tolera tan pequeñísimas dosis de verdad que si se le aumentaran vomitaría, junto con las tripas, la existencia misma. ¿Hay algo más inútil que gritarle al mundo su inutilidad? Uno podría ponerse a preguntar minuciosamente por cada uno de los porqués de las cosas, de los sentimientos, del pensar, pero todo es tan vago, tan precario, tan inútil en cierto modo... "¿Ceferino?... ¿qué dices?... ¡si es un loco!... A Gasparito se le tiene por un hombre raro de muy misteriosas costumbres... ¿Y don Eustaquio?... ¿el que se pasa una vez a la semana un día entero metido en su ataúd?... Pues doña Eulogina habla del infierno como si hubiera estado ahí largo rato..." "Está de la cabeza", dicen bajando la voz y haciendo un movimiento rotatorio con el índice alrededor de la sien. Siempre he querido saber qué es lo que las gentes llaman "estar loco", y cómo será encontrarse en ese estado ambiguo que se califica con adjetivos no menos dudosos y variados, "maniático", "raro", "tocado", "especial". Fulano no vacila al afirmar que la locura y la idiotez gobiernan el mundo. Y no vacila porque, siendo médico, se considera depositario de la balanza en cuyos platillos él, y sólo él, puede sopesarlas. Así que, a su juicio, entre locos e imbéciles —por cierto que no le he preguntado en cuál de los platillos se sitúa él— oscila el marcador. En casa, por ejemplo, y según esto, todos lo estamos "de atar", y en ello vamos de acuerdo, pero en cuanto se trata de saber en qué consiste la locura de cada uno, no hay manera de aclararse, pues lo que al aludido le parece "perfectamente normal" es, justo, motivo de escarnio y de burla para los demás. Que mi padre fuese un monárquico a ultranza y Lalo terminara por integrarse a las filas de la anarquía y el terrorismo, no tiene nada de particular, salvo, tal vez, algunos inevitables incidentes que posiciones tan opuestas provocaban y en los que insultos a voz en cuello, amenazas y muebles rotos eran lo de menos. Que yo me dedicara a la cría de mariposas y, más tarde, a la caza de fantasmas; que mi madre no asomara las narices ni a la ventana; que Nacho tosiera a todas horas para evitarse la ida al colegio, tampoco me parecen casos extremos. Si al tío le daba por golpear a diestra y siniestra con una raqueta y echar después los destrozos a la cabeza de su mujer; y si Luis, de filósofo, terminó sembrando patatas, la culpa, en última instancia, es del matrimonio como institución y de lo mal que anda la enseñanza. La tía Mercedes, ya octogenaria, era otra cosa. Algo rara, es cierto, esa manía suya de dormir en el suelo y de hurgar hacia la medianoche por las alacenas. De nada sirvió que la encerraran —"Tía, que te mueres de una indigestión"—, se descolgó por la ventana y no una sino las dos piernas se quebró, percance que sólo la tranquilizó por algún tiempo, pues ni el yeso le impidió arrastrarse escaleras abajo. Claro que esto demuestra más bien una vitalidad que todos, propios y ajenos, envidiábamos a rabiar. El día que contemplé *La nave de los locos* y *La extracción de la piedra*, no sé qué clase de extraño consuelo sentí. El empeño tenaz en hacerse una idea justa de las cosas, en buscar la Verdad, ¿no es acaso extravagancia y delirio? La vida sólo parece posible gracias a las deficiencias de nuestra memoria, y si no, vamos a ver, ¿cómo podemos levantarnos de la cama cada mañana cuando, también, cada noche nos hemos acostado con la impresión de que todos nuestros esfuerzos por atrapar la realidad, o simplemente por vivir, han sido vanos, y que quizá no sería tan terrible amanecer bajo el influjo de alguna metamorfosis? Inútil la mañana que se estira entre la melancolía y un nostálgico intento por sobrevivir; inútil la tarde que se alarga febril entre paseos, contemplaciones y lecturas que poblarán una noche sin sueños ni pesadillas, blanca. Pero, y ahí radica la locura, cada nuevo día olvidamos los despropósitos y desventuras del anterior y volvemos a montar el tiovivo… Pasión e incoherencia. San Acario patrón de los locos. Y si a Compostela van a darse en la cabeza contra el pilar de Santiago los que quieren más seso y razón, ¿a dar con qué y a dónde iremos los cuerdos y sensatos para adquirir un poco de esa chifladura que hace soportable la existencia?… La vida… ¿Y qué es la vida? Esa vaga impresión de haber existido ya alguna vez ¿es la vida?, ¿o es ese desperezarse sin prisas, ese rumor inefable que nos hace intuir, en algunas tardes de tristeza desconocida y suave, el vaivén de lo eterno?, ¿o es como un mar adormecido que remueve sus aguas bajo las plantas de un jardín también somnoliento? ¿Qué es estar vivo y por qué se dice que, pese a todo, vale la pena vivir? Preguntarse qué es la vida ¿no es, acaso, haberse detenido ya? Y, de hecho, ¿qué remedio va a encontrarse con tanto pensar y darle vueltas a la misma duda y a la misma congoja? Me siento ridículo procupándome sólo porque voy camino al lecho de mi padre moribundo y eso me recuerda que también yo voy a morir. A otros les ha ocurrido antes, y esta mera afirmación —sus consecuencias indiferentes e inalterables con respecto a lo que queda vivo— debería tranquilizarme. Quizá lo único por averiguar sería quiénes fueron aquellos que se encuentran enterrados en nuestro jardín, los muertos que florecen año tras año junto al rosal… ¿O amar es la vida?… Un día, apareció Carmela. Llevaba un sombrero amarillo con un gran manojo de pensamientos… Sí, hubo un tiempo en que la vida y yo andábamos a la par, el ímpetu era común, las miras hacia adelante. Después, no sé cómo, alguno de los dos se fue rezagando, perdió el paso, se aletargó o se detuvo simplemente a meditar y ya no supimos alcanzarnos, ni la vida a mí ni yo a ella. Lo peor es esta nostalgia por aquello que hubiese querido vivir. Yo me distraje con las mariposas, y me quedé entre las flores que Carmela tejía en mis cabellos. Ellas, la vida, la realidad, en vano trataron de petrificarme con sus cabezas de medusa. Conozco de memoria la oscuridad de mi recámara, las habituales presencias del reloj señalando sus cuartos y medias horas, de los insectos atrapados tras las cortinas, de las otras respiraciones y del espejo reflejando los silencios de las cosas, pues el vivir, ¡qué duda cabe!, tiene su inefable rumor. Para saberlo, bastaba con entrar a los viejos jardines al atardecer, cuando el mirlo canta y la lluvia se detiene un instante, cuando los capullos se mecen colgados de las ramas y es posible sorprender a las orugas mastica y mastica, o a las hortensias sacudiéndose lánguidas las gotas más pesadas. Bastaría vagar, como buhonero, con las alforjas llenas de sueños, cuentas de vidrio y amuletos, a merced de la amargura y la desilusión, para entender por qué hay almas como barriles sin fondo donde ese rumor inefable se despeña en cataratas. Hay fantasmas diurnos que caminan, pegaditos a los muros, con pasos de algodón, como si nunca hubiesen muerto y temieran ser vistos. Hay cadáveres ambulantes que dejan por doquier su olor a sepulcro y carroña: se aferran a la vida como si ésta fuera un gran hoyo a cuyos bordes se mantienen con enormes y afiladas uñas. ¡Y la gente piensa que los monstruos se inventan! Narragonia país de los locos. El orgullo un león, la envidia un perro, la cólera un lobo, la pereza un asno, la avaricia un camello, la gula un cerdo, la lujuria un chivo: ¡la doliente humanidad! Y habrá quien todavía crea que los demonios son imaginarios y que sólo las cornejas anidan en los campanarios y en los huecos de los árboles... Hay días en que el viento es tan pesado y está tan húmedo de mar, que la sal que lleva amarga los labios. Lo prefiero, no obstante, a ese soplo seco con olor a tierra y últimas flores de verano: me recuerda demasiado otros días, otras caminatas menos lúgubres, las ropas ligeras y suaves de mamá y de Carmela, sus sombreros blancos, sus sombrillas transparentes, el murmullo de las olas entre los cuerpos de los bañistas, las meriendas en el campo, los dúos al piano, la caricia del sol, el sabor de los manzanos, las fiestas de San Isidro... Quizás el secreto esté en prolongar, prolongar hasta que los gestos y los deseos y los pensamientos se diluyan, se disuelvan y hagan insensibles, invisibles, hasta que llegue el momento en que no sepamos qué es lo que hemos prolongado tanto, y olvidemos. ¿Acaso no van también el olvido, la voluptuosidad y el sueño en el cortejo de la Locura? ¿Y si en vez de ser Rafael, hijo de don Francisco y doña Luz, la imaginación de alguna de estas devotas que vuelven del Ángelus, me viera como un vagabundo famélico y harapiento que lleva al hombro su capacho lleno de malas tentaciones y esconde bajo el sombrero su hocico de lobo? A lo mejor no se equivocaría. Tanto pudrirse en sus propios olores y tanto ahuyentar en vano sus tristes pecadillos, tanto maliciar costumbres sospechosas en los demás, tanto soñar con noviazgos, cartas, herencias y misterios que no existen, acaba por trastornar al más cuerdo. A algunas mujeres se les pone la cara tiesa y la piel ceniza, se les alarga la nariz y entumecen los huesos. A los hombres se les redondea la barriga y acortan las piernas, y un no sé qué de perro sarnoso asoma en sus miradas... Pero he de esconder mis odios y retener mi mal humor, de otra manera echaré por tierra la solemnidad de este momento. Después de todo, ni está uno en posibilidad de escoger su lugar de nacimiento, ni cabe buscarle puertas a un callejón sin salida. Hoy me sería imposible imaginarnos jóvenes, llenos de alborozo y de juegos infantiles, sin fantasmas ni historias ajenas, solos con nuestros sueños por delante, hoy voy camino de la muerte y resultaría tan absurdo detenerse para capturar ecos del inefable rumor... Ya estoy aquí, ante el portón que, entreabierto, parece haber espiado mis pasos desde que salí de la estación, fiel, adivinando mi llegada... ¡Y qué silencio, qué oscuridad tan mentirosa!... Se diría que en la casa no habita nadie. Sin embargo, sé que me esperan dentro: mi madre, en su mecedora, haciendo creer que teje; mi padre, moribundeando con aparato en el gran lecho; Felicia, tras los visillos o el ojo de alguna cerradura; mis hermanos, frente a sus solitarios; Carmela, entre las mariposas; y, afuera, los gemidos de aquellos que una noche el mar y la guerra trajeran hasta nuestro patio. Todos y todo me espera: la ropa blanca acomodada en los cajones entre naftalinas y lavanda, la oscuridad de mi habitación, el polvo de los cortinajes y de los hábitos cotidianos, el rosal, mis papeles de viejo cazador de historias. .. "Pobre del que regresa al jardín y encuentra un desierto, ya perdió lo que está lejos, ya no tiene lo que está cerca", decía una vieja canción... Mas no será éste mi caso, pues yo, sin que nadie me empujara, yo, el hijo pródigo, he regresado a buscar mi sitio entre los muertos queridos...

III

—Deténganse señores, señoras y doncellas. Un momento, nobles, villanos, oigan, escuchen, acérquense aquí. Todos. Hoy, en la fiesta, habrá agasajos, procesiones, mascaradas, pantomimas. Escenas de la vida del santo patrono serán representadas durante tres días y tres noches. Tres días y tres noches de espectáculo. Un espectáculo cuya realidad habrá de extraerse del mundo de los recuerdos y los deseos, de las ficciones y las memorias, sin que esto signifique —por otra parte— que su existencia vaya a resultar mera fábula.

—Que se acerquen campesinos, pescadores y clérigos; que vengan a mirar burgueses, pastores y estudiantes; que escuchen prostitutas, monjes y artesanos; que se diviertan vagabundos, alcahuetas y lacayos; que no se priven marineros, invertidos y comerciantes. Todos. Bailarinas, capitanes, emisarios. Aquí se olvidarán diferencias, luchas y rencores, lo que está por venir y lo que es ya pasado, enfermedades, tristeza y miserias; aquí, durante tres días, en el tumulto de los carros alegóricos, cohetes, luces, bandurrias y cantares…

—Vengan, vengan todos. Gozarán, como Luzbel, del don de la ubicuidad: lo maravilloso, lo imposible; todo habrá de confundirse y se cumplirá: lo real, lo soñado. Deténganse. Escuchen. Miren y oigan…

El personaje bate con frenesí un pequeño tambor y hace mutis. El telón se levanta sobre un escenario cubierto de tapicerías que representan escenas cortesanas, rondas, juegos campestres y cortejos festivos. En el centro se ve un tocador rústico ante cuya luna Ella se acicala. A un lado, de un gran cofre abierto, asoman ropas, sombreros, pelucas, zapatos, pañuelos, antifaces, abanicos, guantes que se desparraman por el suelo formando un vivísimo contraste de luces (gracias a la lentejuela, la chaquira y demás aderezos de fantasía) y colores con el tinte añoso y opaco de las colgaduras. Ella se levanta y hurga entre los objetos. Viste una malla de baile verde musgo que se le ciñe al cuerpo desde el cuello hasta los pies. Su aspecto es el de un adolescente y podría confundírsele con un muchacho. Toma una túnica corta hecha con pedazos desiguales de gasas y tules también verdosos que le cuelgan en desorden un poco más abajo de las caderas. Se mira al espejo.

"…que vuelva el amor a ser alimento del ocio, del azar y del encuentro… *Ven, noche antiquísima e idéntica* a llenar las calles con el brillo de tus coronas y la frescura del oleaje. Me acercaré contigo a la playa, y si la marea está baja no habrá por qué temer a la muerte. Venceré la sensación de ser un pájaro al que le han abierto la jaula y el temor a que ella vuelva en mi busca…"

Danza un poco frente al espejo y sale por detrás de uno de los tapices que cae y deja ver un balcón abierto sobre la penumbra rojiza del atardecer. Al tiempo que se encienden las farolas, asoman por la ventana varios payasos y bufones haciendo muecas y dengues. La fiesta da principio.

"…hoy he de buscar al ser que mi sueño ha inventado, un sueño que se opondrá a la trivialidad engañosa y violenta de la vida diaria donde sólo encuentro ojos que reflejan la inutilidad, el desaliento, la desoladora esperanza, miradas que ningún antifaz podría ocultar. Hoy, las mujeres que descienden de los montes no llevan sobre sus cabezas hatos de leña seca; hoy no vienen de pañoleta, traen collares y pulseras de coral y concha nácar, visten mandil floreado, saya roja y corpiños rebordados. Hoy los hombres que salen de sus casas han dejado herramientas, bastones, redes y paraguas para irse a perder bajo los faldones que cubren las planchas de madera donde se tambalean las estatuas policromadas que, en medio del gentío, recorrerán las calles; a esconderse entre los pliegues de gigantes y enanos cabezudos, o en la armazón de dragones acartonados y demonios de pacotilla... Esta noche es más fuerte el olor de la verbena y la artemisa, ¿o será porque el incienso no ha cundido y las velas todavía no derraman suficiente cera? Lo cierto es que la montaña entera huele, y hasta el cielo se ve fresco y perfumado. Después, al amanecer, subiremos hasta la Ermita, al cementerio donde los pescadores muertos en el mar tienen sus tumbas vacías; ese lugar lleno del murmullo de las olas que, a pesar de encontrarse tan abajo, parecen lamer esas lápidas adornadas por los deudos con geranios, malvones y rosas silvestres. *Noche igual por dentro al silencio,* hoy no quiero que me roben los pensamientos, ni quiero responder a ninguna pregunta: hasta el primer amanecer será la exaltación de las promesas, el resplandor inicial, el desbordamiento de la alegría en los gestos, en los trajes, en todos los cuerpos que se agitan llenos del gozo irrefrenable que sucede al término de las largas esperas. Pues hay quienes han vivido el año entero aguardando únicamente estos tres días, haciendo y deshaciendo disfraces y ensueños con la imaginación puesta en la posibilidad del milagro, de lo insólito, prometiéndose que para "esta vez" no dejarán deseos sin cumplir. Y no es difícil que a esta sola esperanza se deba la cohesión del ritmo cotidiano, el poder de lo que no cambia, de lo tradicional, y hasta de las mismas banalidades; y también el empeño que ponen los hombres en creer que el tiempo es un capricho o un mal que sólo afecta a los demás. ¿Por qué nuestra vida va siempre por delante de nosotros?... Pero estoy apresurándome: todo esto no se sabrá sino hasta la tercera noche. Lo que ahora importa es estar aquí, en esta inmovilidad de un presente que le permite al espíritu y a los sentidos confundirse. Después —y cómo duele ya ese después—, comprenderé que, en el momento de realizarse, todo acto es completo, necesario e inevitable. Así lo cantaron los poetas, así lo viviremos nosotros. Ése fue tu error, Fausto, que no pudiste retroceder para vivir nuevamente lo vivido, ni te fue posible recomenzar otra vida, u otras. Hoy, las banderolas y los estandartes que cuelgan desde los mástiles hasta el ras del agua, dan a los barcos de la procesión aspecto de mariposas cuando el viento sopla e infla sus velas. Y quiero creer que, así como ellos desfilan año con año desde ya no se sabe cuántos siglos atrás, así, con el mismo sentido de retorno y eternidad, volveremos a encontrarnos en el beso de san Isidro, *Noche con las estrellas lentejuelas rápidas...* Y si es verdad que sólo somos fantoches manipulados por hilos oscuros en un escenario invisible, esta noche no me opondré al movimiento que nos empuja fuera de nuestros consabidos papeles diarios —en una oportunidad única—, y, marioneta dócil, dirigiré los pasos hacia el campo y las rondas de san Juan, hacia la ebriedad del instante..."

En las calles y plazuelas, el alboroto de músicas, risas, cantos, danzas y letanías, se desborda agitando los farolillos de papel de china que cuelgan de los balcones. Los personajes que circulan son los mismos que habitaban las tapicerías del primer cuadro, sólo que ahora sus vestidos están nuevos y relucen. Unos se cubren con máscaras; otros, llevan disfraz, se han trasvestido o sencillamente endomingado. En las orillas de las fuentes hay muchachas que tejen coronas de flores. Los niños corretean, truenan cohetes a los pies de las parejas, sacuden matracas y frotan zambombas. En los portales, grupos de hombres fuman, beben o juegan a las cartas. En el atrio de la iglesia, los cofrades de la Hermandad representan, papel en mano, los milagros del santo patrón. Alrededor hay carros con golosinas, casetas para beber sidra, carpas donde se lee el futuro o se presenta a algún engendro excepcional, saltimbanquis, prestidigitadores, tragafuegos, puestos de tiro al blanco y un enorme carrusel. Es el atardecer. El aire huele a azúcar quemada. A medida que se va haciendo de noche, la escena se anima más y más con luces multicolores, bandas, pregones y nuevas figuras suntuosas y fantásticas. Ella sale de una barraca que ostenta por sus cuatro costados grandes ojos, enormes estrellas y barajas de tarot.

"...—Alguien que no conoces te encontrará, y, al besarte, serás reconocida... Estas gitanas siempre inventan, se creen en la obligación de arrullarte con augurios, de hacerte sentir que posees un secreto que se develará cuando lo oculto y lo visible coincidan, como dos mundos que al chocar hicieran brotar la luz. Sin embargo, hoy quiero creerle y abrirme a esa nueva promesa. Quiero olvidar las mismas historias sobre las historias de los pescadores y habitantes de este pueblo, a la gente que las repite como si se previniera contra la imposibilidad de vivir sus propias aventuras. ¿O quizá sea que necesitamos de las leyendas para sabernos incorporados, para advertir que formamos parte del mundo que nos rodea? Lalo, para no sentir que vive una vida que no le corresponde, a destiempo y fuera de lugar; Nacho, para poder perderse en la suavidad de las arenas y el abrazo de las algas tibias en la caleta; Rafa, para espiar el nacimiento de los jardines nocturnos, el aleteo de vagos fantasmas que después atrapa en sus relatos... La loca esperanza de la evasión que nos carcome, *Tal vez porque el alma es grande y la vida pequeña*... Hoy iré al encuentro de ese alguien que me enseñará el camino y abrirá puertas que después no sabrá, o no querrá, franquear conmigo, seguir más allá. No obstante, quiero encontrar a aquel para quien vivir sea un don y no una eterna pregunta, pero que responda a ella con su mera presencia... A santa Catalina le cercenaron los pechos... A Margarita, que venció al demonio, le cortaron la cabeza... Allá van, en andas, con los símbolos de su martirio entre una muchedumbre que apenas si se interesa ya en esos signos de fe y resurrección. En cambio san Jorge, a caballo, aún conmueve con su lanza y su armadura brillantes y el dragón a sus pies vencido y manso... Orfeo perdió a Eurídice —ella que estaba hecha con el mismo material de su sueño— a pesar de llevarla por la mano. Lo intolerable, para los que se quedan, es el asombro frente a la poderosa afirmación de plenitud de todo lo vivo, del instinto que, no se sabe cómo, se rebela un buen día contra la tristeza, el dolor y el insomnio, y hace valer su derecho a la sonrisa, a la inocencia, al sencillo goce de lo que aún vive con un estremecimiento que no se opone necesariamente a la muerte: una llamada que se enciende, súbita, como un resplandor y sacude todas las fibras de la conciencia y del cuerpo ávidos de luz, de aire, de agua. Lo intolerable es la autoconmiseración de los que sufren, su insistencia en atraer al verdugo; por eso no hay piedad para los mártires, y las ninfas degüellan las quejas de Orfeo... Si me encuentras, no me hables de nostalgias ni de tiempos idos... ¿por qué todos los cantos habrían de ser tristes, todas las búsquedas fallidas, las memorias adioses? Hoy tengo diez y seis años; mañana serán treinta y dos; al tercer día, sesenta y cuatro... Un pacto es un pacto, y —dicen— no es posible detener a quien tiende al Demonio..."

Ella se aleja del bullicio de las calles que serpentean alrededor de la catedral. Ahora camina rumbo al viejo torreón por una avenida bordeada de añosos caserones y ancianos chopos. Empuja una puerta y entra al jardín: montoncillos de hojas secas, arbustos descuidados, una pequeña fuente cenagosa y una banca en cuyos arabescos de metal aún se distingue pintura blanca. Está caída y llena de hojarasca. Ella la endereza, la sacude con unas ramas que ha tejido a manera de escoba, y, finalmente, se sienta. Hace frío. Ella se frota los brazos y las piernas e intenta cubrirse con los velos de la túnica. A lo lejos se escucha la fiesta: en el cielo se ven algunas bengalas de color entre las estrellas cada vez más pálidas. Está amaneciendo. La atmósfera que antes era brumosa y gris, se tiñe de amarillo y lila. Las montañas se perfilan, los gallos empiezan a cantar, los perros a ladrar. Ella se despereza y sale rumbo a la playa. Por el camino van apareciendo varias parejas de jóvenes: unas vienen de la Ermita; otras, de las antiguas murallas; una surge por la vereda que desciende del monte; una más, se eleva tras las rocas de la pequeña caleta sacudiéndose la arena. Regresan para maitines, riendo, cantando en voz baja, sin prisa, a pesar de que las campanas hace rato que callaron. Ella se acerca al borde del acantilado. La brisa hace volar sus cabellos y los velos de su traje.

"…Sé que no debo bajar al puerto, pero ¿acaso no van también mis hermanos y sus amigos a escondidas a jugar con las hijas de los pescadores? La fiesta del pueblo corre por las calles, mientras que la nuestra se concentrará sólo en el Casino con sus representaciones casi escolares: fiesta de señoritos… Allá va Rafa en el carro del heno… Él lo ignora aún, y yo ya sé que, después de la tercera noche, cuando todo vuelva a recuperar su fisonomía habitual y el plazo para sumergirse en lo maravilloso haya concluido, me llevará hacia otras tierras aunque aquí se queden mis sueños y tenga que recurrir al espejo para volver a ellos. A veces él también me acompañará, y regresaremos a la banca del jardín para confrontar nuestros recuerdos a la sombra de los fantasmas… Mientras tanto, hoy todavía puedo no renunciar a las otras posibilidades que dejaré de vivir al elegirlo a él y quede en el anhelo de lo no vivido. Hoy todavía formamos rondas de muchachas que tejen coronas de flores para depositar a los pies de san Antonio... Amar todos los rostros que ríen, sin preferencias específicas, entregándose al impulso de lo que está por nacer en cada uno de ellos —ese ardor adolescente sin prejuicios—, a la alegría plena de una realidad que el tiempo aún no disocia ni desgarra —esa frescura juvenil invulnerable—. Los caballeros llevan en las mangas de sus trajes el color de sus damas: el verde de la pureza y el azul de la fidelidad. Engalanan a los caballos con petrales de campanillas, coberturas de paño rojo o seda blanca, orlas y ribetes de oro y plata. Van a galope tendido con la lanza en ristre y el yelmo sobre la cara; combaten, enlazan sortijas, derrumban castillejos de tablas al son de clarinetes, gaitas y tamborines. No faltan los juglares, las comparsas, cantaderas y bufones. Y hacia la medianoche, el olor a carne asada, cebolla, carbón y aguardiente, los fuegos de artificio y la danza, esa larga fila que antes del tercer amanecer ha de encabezar el esqueleto del vientre agusanado

Yo soy la muerte
cierta a todas las criaturas

dando la señal para que las parejas se tomen de la mano y bailen sin descanso hasta el nuevo día... Y nadie nos advirtió que la luz de esa nueva mañana iba a ser tan distinta. Vino la guerra y nos escondieron en el horno. No tenía miedo, pero me asustaba saber que no estábamos jugando, y que los que peleaban afuera se mataban por "un mundo mejor", según lo afirmara papá antes de recomendarnos silencio y cerrar la puertecilla. ¿Por qué mejor si el nuestro aquí era tan hermoso y brillante? ¿O es que ya no volveríamos a ser niños? Y entonces, ¿cuál era el sentido de un mundo "mejor"? ¿Qué vida deberíamos haber llevado?, ¿cuándo lo sabremos?... —"Lo pensé pero no lo dije; lo deseaba pero no lo hice"...:— y lo terrible no será ese remordimiento nostálgico, sino la certeza de que, puestos en la misma situación, ante idéntica alternativa, volveremos a actuar igual, con las mismas vacilaciones, o tan impulsivamente. Se dice que hay un tiempo para vivir y otro para pensar, uno para ser y otro para actuar, que es así, que no tiene remedio, que no hay para qué darle tantas vueltas. Mientras éramos niños esto no tenía ninguna importancia; ni siquiera cuando vino la guerra y tuvimos que escapar creímos en lo irremediable, pues todavía estábamos hechos —y el mundo alrededor— del mismo material que nuestros sueños. Para no condenarnos, para no quedar como espíritus que rondan el momento que no cumplieron, como fantasmas que en las sombras se persiguen sonámbulos, sin despertar y sin morir, hay que pactar, recostar la cabeza en la almohada de Kantan y vivir, en el lapso de una siesta, nuestros más profundos deseos, los más locos, todas las metamorfosis —el ángel, el amor, la pureza; la androginia primordial; la alucinación del poder y la gloria—. Así, al abrir los ojos, buscaremos lo que no tiene sus raíces en la existencia, algo tan preciado que proyecte el alma fuera del tiempo. Aunque también puede suceder que el demonio nos juegue una mala pasada, ¿acaso no fue así, Fausto? La primera noche el don fue el amor, el voto de la eterna juventud. En la segunda noche —algo escéptico ya, pero con fuerza aún y arbitrio entre las manos—, la promesa estuvo en los vuelos de la inteligencia, en los logros del conocimiento. Y en la tercera, *solemnísima y llena de un oculto deseo de sollozar*, el lote será la angustia, el doloroso anhelo de volver y atrapar la fugacidad del instante vivido..."

El sol de las tres de la tarde cae a plomo sobre tejados y aceras semidesiertas. Un vientecillo desapacible golpea las contraventanas de balcones entreabiertos, sacude las copas de los árboles y remueve las arenas. Podría ser una tarde como cualquier otra, monótona, cargada de viento y del habitual diálogo que se arrastra en su letargo de un quicio a otro:

—Buenas las dé Dios, Abuela.

—Mala cara tiene el cielo.

—Esta noche, tormenta segura.

Y no son únicamente los adornos de papel que flotan sobre las calles, los carruajes engalanados y los quioscos de música los que aguardan el anochecer. Tras los visillos se adivina un ajetreo poco común para la hora de la siesta: el risras de algunas tijeras que trabajan de prisa; ruido de tenazas que retuercen cabellos; rozar de dedos aplicando encajes de Bruselas para retocar blusas y refajos; frotar de flores de papel para sombreros y guirnaldas. El aire trae, con la sal, esencias de clavel, de azahar y de lavanda. Todo, hasta el mar que parece adormilado, espera la frescura del atardecer para lanzarse, una vez más, al alboroto de la fiesta que hoy concluye. Como si lo mejor se hubiese reservado para el último, con la confianza que da el saber que cualquier mal presagio es nulo en tiempos de alegría. El aire recorre el laberinto de callejuelas golpeando con deseo y premura puerta tras puerta. Huele a barro, a pasto; y la luz, de tan transparente, parece que deja caer gotas de oro; incluso el moho brilla desde sus oscuros escondrijos. Esta noche, todos llevarán la misma máscara y el mismo traje azul-rey largo hasta los pies con el capuchón sobre la cabeza. Todos buscarán encontrar al Otro, reconocerlo y reconocerse a sí mismos en él. Quizá por eso todos tienen la vaga sensación de haber vivido ya una escena, una búsqueda delirante similar. A los que llegan al reconocimiento les está permitido quitarse la máscara y el sayo; pero como suele suceder que en el alboroto y la confusión vuelven a perderse, a veces se verán trajes espléndidos con un rostro enmascarado, o rostros abiertos mientras el cuerpo conserva aún el sayo azul. Estos personajes cruzarán la escena con mayor agitación que los demás. La atmósfera podrá parecer festiva y ligera. En realidad, y a medida que se acerca el amanecer, irá convirtiéndose en una angustiosa lucha, por una parte, y, por otra, en un desfile de sombras, de figuras que se arrastran lentas y pesadas como en una linterna mágica a la que se le hubiera terminado el impulso y girara por pura inercia. Hacia esa hora, lo único vivo serán los labradores que empiezan a salir de sus casas rumbo al campo, los pescadores que regresan del mar, y las mujeres que bajan del monte con sus gruesas medias de lana, sus eternos vestidos negros y la pañoleta atada a la cabeza, para empezar a vocear por las calles y a distribuir en el mercado la leche, los quesos, la leña, las hierbas de olor, frutos, hortalizas, huevo, pescado y aguardiente del nuevo día. En el horizonte, los árboles del Paseo que va sobre el mar se perfilan con su vaga semejanza de cuerpos torcidos, como si en verdad algunos de los personajes que se paseaban ahí durante la fiesta empezaran a recuperar su forma original y todavía no terminasen de adoptarla. Una carreta cruzará, fugaz, llevando sobre el heno a una pareja, mientras el sol asoma definitivamente.

"... el movimiento de la vida, su ritmo, su cohesión, nada tienen que ver con el sueño. También mentiste, Fausto, pues sabías que no ibas a detener el instante perfecto, que lo dejarías escapar intacto. Tu poder de seducción no lo ejercías sobre la muerte, sino sobre el tiempo: estar siempre a punto de empezar, en los umbrales, en el arrebato del primer día. Lo que está en vías de hacerse —¿no es así?— es justo lo que buscas. Convertir la duración en simultaneidad, y detener, no sólo uno, sino todos los bellos momentos. Por eso estamos aquí, año con año, tres días y tres noches, en el vértigo de las mascaradas, para vivir, ubicuos, en el ímpetu de lo virtual, del deseo larga y voluptuosamente sostenido, del reencuentro. Un beso bajo los álamos, uno, y los demás también, las caricias, las lunas, la embriaguez de los sentidos sin límite y sin freno y, de la misma manera, sin límite y sin freno, el dolor, el término del pacto y la urgencia del camino… Volveremos a las mismas cosas, ¿no giramos, a fin de cuentas, en torno a la misma obsesión?, ¿no somos acaso producto de ella por más que la disfracemos y busquemos errar el camino? Los otros condenarán nuestras angustias —el miedo al abismo, a la vida incluso, a su fascinación y vértigo, nuestra nostalgia de pureza—, y las llamarán imaginarias, y harán alarde de tragedias "reales", de muertes concretas, de sufrimientos visibles —ellos, los que matan conciencias impunemente, los que roban almas, castran y mienten sin escrúpulo, los que hacen la guerra en nombre de la justicia, ellos, los delatores. Y quizá nos sintamos culpables *(Apártame de mi suelo, caléndula olvidada)*, despreciados, perseguidos e inútiles, y nuestro clamor se nos ahogue dentro, ahogándonos también…

—Está loco.

—No sabe lo que quiere.

—Es un iluso.

—…un flojo.

—…un don Nadie…

¿Por qué el silencio y los sueños escandalizan tanto? ¡Que el aire desanude mi cabellera y me acaricie el cuerpo con sus lenguas de sal; que traiga hasta mí el ímpetu del mar y se ciña el horizonte a mis caderas! ¡Ah, la vida!, el aliento de la vida: exaltación de los campos removidos, duraznos y ciruelos en flor, rumor incansable de los trinos, de los vientos entre las ruinas solitarias. ¿Por qué habríamos de dejar nuestros rincones? ¿Y las promesas? Un día, uno como cualquier otro, te dicen que se acabó, que no más juegos ni estudios, que el trabajo apremia, que el dinero falta; y tú, caballero segador de aventuras, te encuentras con que te has quedado a medias, en mitad del sueño y la vigilia, de la gracia y el infierno, la esperanza amenazada, la memoria sin recuerdos. Los niños iban cantando a las Cruzadas; tú, tendrás que inventar, construir universos espirales y evadirte en ellos. Y las muchachas que tejían coronas de flores, se encerrarán en el hijo o se marchitarán en capillas. Abril se olvida y muere el cerezo. No más fervores, no más veranos: del invierno al invierno sumergidas en los quehaceres sin levantar la vista, celando al almendro y odiando a la hija que no querrá ni ser ni vivir como la madre. ¿Cuántos días de una vida se consagran a la felicidad?, ¿cuáles? San Miguel, por encima de las vicisitudes diarias, se ocupa del Dragón y lucha sin descanso contra él, símbolo del mal que Dios dejó subsistir para probar a los hombres. ¿Mas cómo escapar si el Seductor nos tienta con dulces frutos y suaves miembros, si nos ofrece la frescura de bosques donde incluso el Unicornio mora?... Los bailes tradicionales cerrarán, como un lejano llamado entrañable al recogimiento y a la aceptación de la monotonía cotidiana, la pausa alocada del carnaval; y los cantos y las últimas hogueras que se apagan con las primeras luces del tercer día, serán el bálsamo que alivie en los viejos el recuerdo de la fiebre amorosa, de la cita fallida, del deseo timorato, del ardor insatisfecho, de los años, años idos... "El hombre es el sueño de una sombra", cuchichearon... Y los niños estallaron en risas, y corrieron a sumergirse entre las olas..."

La última escena es la misma del primer cuadro. El personaje que ahora habla es aquel que introdujo el espectáculo. Lleva el rostro pintarrajeado a la manera de los payasos y bate un pequeño tambor. Poco antes de finalizar su discurso, aparecerá Ella y cubrirá con sábanas el tocador, el cofre y los objetos desparramados. Después, correrá unas gruesas cortinas ante cada uno de los tapices y desaparecerá por el balcón hacia la oscuridad, al tiempo que el animador da las gracias y el telón desciende lentamente.

—Por hoy, damas, caballeros, hemos concluido. Deseamos de corazón, nobles y villanos, entendidos y profanos que el espectáculo haya sido del agrado general. Y esperamos también que todos hayan meditado —que no sólo divertir buscábamos— en lo que aquí se ha visto, pues es de sabios buscar consejo detrás de la fábula. Y si confuso, o poco hábil, nuestro trabajo pareció, queden a vuestra respetable consideración las dificultades que implica el querer abarcar sueños, deseos, anhelos, lo real e imaginario, la razón de las acciones que impulsan y mueven al hombre, en tan estrecho escenario como es la vida humana. Quede claro, también, damas, caballeros, doncellas y donceles, que aquí no hubo ni trampa ni cartón, y que todo se logró —o malogró— con el concurso de las voluntades...

—Gracias, mil gracias, señoras, señores... Tengan buenos días todas vuestras mercedes...

Adela Fernández

֍

LA JAULA DE TÍA ENEDINA

DESDE que tenía ocho años me mandaban a llevarle la comida a mi tía Enedina, la loca. Según mi madre, enloqueció de soledad. Tía Enedina vivía en el cuarto de trebejos que está al fondo del traspatio. Conforme me acostumbraron a que yo le llevara los alimentos, nadie volvió a visitarla, ni siquiera tenían curiosidad por ella. Yo también les daba de comer a las gallinas y a los marranos. Por éstos sí me preguntaban, y con sumo interés. Era importante para ellos saber cómo iba la engorda; en cambio, a nadie le interesaba que tía Enedina se consumiera poco a poco. Así eran las cosas, así fueron siempre, así me hice hombre, en la diaria tarea de llevarles comida a los animales y a la tía.

Ahora tengo 19 años y nada ha cambiado. A la tía nadie la quiere. A mí tampoco porque soy negro. Mi madre nunca me ha dado un beso y mi padre niega que soy hijo suyo. Goyita, la vieja cocinera, es la única que habla conmigo. Ella me dice que mi piel es negra porque nací aquel día del eclipse, cuando todo se puso oscuro y los perros aullaron. Por ella he aprendido a comprender la razón por la que no me quieren. Piensan que al igual que el eclipse, yo le quito la luz a la gente. Goyita es abierta, hablantina y me cuenta muchas cosas, entre ellas, cómo fue que enloqueció mi tía Enedina.

Dice que estaba a punto de casarse y en la víspera de su boda un hombre sucio y harapiento tocó a la puerta preguntando por ella. Le auguró que su novio no se presentaría a la iglesia y que para siempre sería una mujer soltera. Compadecido de su futuro le regaló una enorme jaula de latón para que en su vejez se consolara cuidando canarios. Nunca se supo si aquel hombre que se fue sin dar más detalles, era un enviado de Dios o del diablo.

Tal como se lo pronosticó aquel extraño, su prometido sin aclaración alguna desertó de contraer nupcias, y mi tía Enedina bajo el desconcierto y la inútil espera, enloqueció de soledad. Goyita me cuenta que así fueron las cosas y deben de haber sido así. Tía Enedina vive con su jaula y con su sueño: tener un canario. Cuando voy a verla es lo único que me pide, y en todos estos años yo no he podido llevárselo. En casa a mí no me dan dinero. El pajarero de la plaza no ha querido regalarme uno, y el día que le robé el suyo a doña Ruperta por poco me cuesta la vida. Lo escondí en una caja de zapatos, me descubrieron, y a golpes me obligaron a devolvérselo.

La verdad, a mí me da mucha lástima la tía, y como no he podido llevarle su canario, decidí darle caricias. Entré al cuarto… ella, acostumbrada a la oscuridad, se movía de un lado para otro. Se dio cuenta que su agilidad huidiza fue para mí fascinante. Apenas podía distinguirla, ya subiéndose a los muebles o encaramándose en un montón de periódicos. Parecía una rata gris metiéndose entre la chatarra. Se subía sobre la jaula y se mecía con un balanceo algo más que triste. Era muy semejante a una de esas arañas grandes y zancudas de pancita pequeña y patas largas.

A tientas, entre tumbos y tropezones comencé a perseguirla. Qué difícil me fue atraparla. Estaba sucia y apestosa. Su rostro tenía una gran similitud con la imagen de la Santa Leprosa de la capilla de San Lázaro; huesuda, cadavérica, con un Dios adentro que se gana mediante la conformidad. No fue fácil hacerle el amor. Me enredaba en los hilachos de su vestido de organdí, pero me las arreglé bien para estar con ella. Todo esto a cambio de un canario que por más empeño que puse, no podía regalarle.

Después de aquella morosidad, cada vez que llegaba

con sus alimentos, sacaba la mano de uñas largas en busca de mi contacto. Llegué a entrar repetidas veces, pero eso comenzó a fastidiarme. Tía Enedina me lastimaba, incrustando en mi piel sus uñas, mordiendo, y sus huesos afilados, puntiagudos se encajaban en mi carne. Así que decidí buscar la manera de darle un canario costara lo que costara.

Han pasado ya tres meses que no entro al cuarto. Le hablo de mi promesa y ella ríe como un ratón, babea y pega de saltos. Me pide alpiste. Posiblemente quiere asegurar el alimento del prometido canario. Todos los días le llevo un poco de ese que compra Goyita para su jilguero.

Ha transcurrido más de un año y lo del canario parece imposible. Me duele comunicarle tal desesperanza, tampoco quiero hacerle de nuevo el amor. Le he propuesto a cambio de caricias y canario, el jilguero de Goyita. Salta, ríe, mueve negativamente la cabeza. Parece no desear más tener un pájaro, sin embargo insiste en los puños diarios de alpiste que le llevo. Cosas de su locura, el dorado de las semillas debe en mucho regocijarla.

Me sentí demasiado solo, tanto que decidí volver a entrar al oscuro aposento de la tía Enedina. Desde aquellos días en que yo le hacía el amor, han pasado ya dos años. A ella la he notado más calmada, puedo decir que vive en mansedumbre. Pensé que ya no me arañaría. Por eso entré, a causa de mi soledad y de haberla notado apacible.

Ya adentro del cuarto, quise hacerle el amor pero ella se encaramó en la jaula. Motivado por mi apetito de caricias, esperé largo rato, tiempo en que me fui acostumbrando a la penumbra. Fue entonces cuando dentro de la jaula, pude ver dos niñitos gemelos, escuálidos, albinos. Tía Enedina los contemplaba con ternura y felizmente, como pájara, les daba el diminuto alimento.

Mis hijos, flacos, dementes, comían alpiste y trinaban...

Adela Fernández

❦

AGOSTO EL MES DE LOS OJOS

En mi pueblo, a causa del clima pluvioso se hizo costumbre el uso de paraguas, especialmente en agosto, mes abundante de lluvias. Por su función ocular, ahora, son imprescindibles en todas las épocas del año.

Mi abuelo era paragüero, el más viejo y famoso en su oficio. Nadie ha podido igualar su destreza y la calidad de su trabajo al que se dedicó casi todo el tiempo, incluso dejó de dormir para entregarse de lleno a su obsesionante faena.

Su taller, ubicado en lo alto de la casa, es un sitio desvencijado a punto de desmoronarse. El reclinado ventanal tiene todos los cristales rotos, de manera que siempre entran los chiflones. De día o de noche, mi abuelo trabajaba con viento. Después de muchos años de plegarias, hubo conseguido que siete ánimas en pena se apiadaran de él, encargándose de cuidar los siete cirios que durante las horas nocturnas alumbraban su obraje. Guardianas fieles, impedían que las ráfagas apagaran las velas. Así, junto con el silbar de las galernas y los lamentos de las ánimas, el abuelo encontró la música de su inspiración.

En los meses de febrero y marzo el viejo se debatía en una cruenta batalla contra los ventarrones. Las sedas negras, inmensas mariposas de mal presagio, se levantaban movilizándose por toda la estancia. Volátiles subían y bajaban, de aquí para allá, perseguidas por los gritos y las manos del anciano obrero. Cuando esto sucedía me gustaba espiarlo, porque las imágenes me recordaban los cuentos de mi abuela que decía que durante las tormentas las velas de los barcos se vuelven negras y fúnebres. Los lienzos al aire me hacían pensar en aquellos veleros de sus relatos, oscurantados por la cerrazón de las tempestades, debatiéndose en altamar. Mi abuelo, relacionado con esas metáforas, me parecía un eterno náufrago.

El viento rasgaba y deshilachaba las sedas, y a causa de ello, los paraguas confeccionados en febrero y marzo tenían un acabado en jirones. En la temporada del viento cruel, una larga hilera de mendigos se formaba en la puerta de la casa para adquirirlos como regalo, y aunque bajo ellos no estarían protegidos de la lluvia, les servían de complemento decorativo para su harapienta vestidura, y sobre todo los libraba de la ceguera.

En una ocasión marzo fue más violento que nunca, trajo consigo toda la reciedumbre de las galernas y ni siquiera tuvo misericordia de las ánimas en pena, aferradas a la tierra para llorar sus culpas y lamentaciones. El viento retozó con los siete espectros revolcándolos en el espacio y les dijo que las voces de los muertos deben buscar su cielo o su infierno. Cuatro de las ánimas vagarosas fueron ardidas por las llamas de los cirios; quizá cayeron al averno o lograron su purificación. A partir de entonces mi abuelo tuvo que trabajar sólo con la luz de tres cirios cuidados por las ánimas que se escaparon de los vientos y llamas para seguir apegadas a los quehaceres terrenos.

Desde la azotea sólo son visibles los paraguas. Mi pueblo no parece habitado por gente sino por murciélagos que avanzan lentos por las calles, y es que las sedas son tan finas como las alas de estos animales. Yo las he tocado y en verdad son muy suaves y delicadas. Los paraguas parecen ser alas de murciélago en perfectas geometrías circulares.

Aquí, casi toda la gente es ciega o tuerta, porque con tantos paraguas los ojos se quedan ensartados en los picos de éstos. Algunos son de cinco y otros de siete o nueve puntas. Hay personas que se sienten muy felices porque de cada una, cuelga un ojo. Aquí nadie ve con sus propios ojos sino con los que traen engarzados en los quitalluvias. Por eso nunca mueven la cabeza, no tienen necesidad de voltear y bien saben lo que hay tras de ellos o a los costados. Incluso algunos, al igual que si tuvieran radar, retroceden de espaldas o caminan lateralmente. También por esto se parecen a los murciélagos, avanzan sin chocar, pero en agosto con las lluvias, se apresuran tanto que se sacan los ojos. Diciembre es el mes en que se consiguen las castañas, y en agosto los ojos.

Hace tres noches vi salir por el ventanal a las tres ánimas en pena. Poco después se apagaron los cirios. Mi abuelo no repeló de la oscuridad como era su costumbre. Subí y lo encontré muerto, lleno de viento, enredado en sedas negras. Su último trabajo fue un inmenso paraguas en el que mi abuela puso su cadáver y lo lanzó al mar, carabela de la muerte, navío póstumo. Con voz solitaria y dolorosa me dijo que así se lo había pedido porque él siempre deseó ser navegante, pero la tarea de los paraguas lo apartó de su sueño.

La ceremonia fue de noche mientras soplaba un leve vientecillo proveniente del sur. La abuela ordenó que los tres nietos ensartáramos nuestros ojos en el sepulcral paraguas con el fin de que el muerto no fuera a la deriva. Obedecimos, y debiendo cubrir los cuatro puntos cardinales, ella que también era tuerta, dio su ojo y lo engarzó en el lado Este para orientarlo hacia la dirección de las cuarenta islas. El viejo siempre deseó viajar por el archipiélago.

Aquel paraguas, goleta de quién sabe cuántos sufrimientos, se fue navegando nostalgia adentro de la muerte.

Hoy en la noche, cuando ya estaba dormido, oí la voz de mi abuelo. Me ordenó seguir con la tarea de los paraguas. Hoy supe que mi infancia ha terminado, que no volveré a dormir ni de día ni de noche. Y estoy aquí, en el taller. Trabajo con viento, corto la seda negra y la uno a los metálicos esqueletos geométricos. Trabajo con la luz de un solo cirio y el ánima en pena de mi abuelo llora, canta y cuida que las ráfagas no me apaguen la llama.

Hugo Hiriart

❦

DISERTACIÓN SOBRE LAS TELARAÑAS

I

Los artefactos son criaturas animadas. Prófugos de la blandura generable y corruptible de los organismos, álzanse arrogantes como esqueletos. Viven incansables su existencia cristalina y concertada, habitantes en los altos cielos de estrellas fijas, arquetipos y diosas, e inmunes al poder nefasto, a la cálida luna de los mortales, locos por necesidad.

El bastón de mariscal y el becerro de oro; cien botones del vestido blanco, todas las llaves; pinceles policromados, martillo y arado; los libros pálidos y las máscaras gesticulares; el freno que el potro tasca y el Gattamelata de bronce y la pluma de ganso y el velo de viuda; rueda cadenciosa, timón, anillo, tres jaulas y dos coronas de laurel y los gordos lentes amados por Spinoza; la campana bruñida y diez cartas de amor; la imagen estofada del imaginero y del crédulo; grandes ollas y copas felices y el asador de cabra y cerdo capón y la espada solitaria; cuatro espejos y veinte banderas y la moneda con la efigie del dictador; cítara y tumba y la cinta azul que amarra tus cabellos, son nítidos artefactos. Todo artefacto es más que él mismo: déjase ir y vive modificando, se sobrepuja, como el paladar en la orgía azucarada, entre apetitos y pasiones.

No razona quien afirma que un hombre y un reloj, señor de los artefactos, sólo difieren en complejidad; los artefactos son generosos y fieles, y no conocen la introspección, mundo de arrepentidos. Mirar un mecanismo es comprender todo lo que morosamente toca, acaricia o despedaza. Cuánto se puede comprender si se escuchan juntos el resonar del violoncello austero y la frívola flauta, ingeniosa y pálida, entramados en el paño corredor de un aire vivo.

De entre todos los artefactos, señoras y señores, elegí para esta disertación a las armoniosas, sutiles y escrupulosas telarañas.

II

Las telarañas están hechas a imagen y semejanza de las pieles, de los mapas, de los brocados, de las trampas, de los teoremas geométricos. Las afirmaciones sobre su naturaleza y propósito se multiplican y anudan; cada filamento nos remite a todas partes. Pero se comprende una cosa cuando se sabe cómo fue fabricada, y nosotros asistiremos a la construcción de la telaraña. Se comprende también cuando quedan aclarados los fines de la cosa, nosotros hablaremos de las funciones que estos artefactos cumplen. Finalmente hallaremos los significados, el corazón de la telaraña. Procuraremos guardar sólo lo esencial y aunque podríamos mencionar los delicados seres que las usaban como escudos en sus combates o su singular forma de tambores rituales para danzas de religiones refinadas o el cosquilleo en la pierna, signo de la presencia siempre emocionante de la alimaña pequeña y negra o la Weltanschauung procelosa de la araña, no lo haremos, pues esta vana y fatigosa erudición puede hallarse en cualquier instructivo o grimorio que trate sobre el particular. Asistamos, pues, a la invención de la telaraña.

Señoras y señores: ¡allá va la orfebre cegatona! Artista introvertible y reticente que avanza y retrocede tejiendo y tejiendo rítmica y airosa su capa española, su chal de murciélago. Unas cuantas puntadas más y la celada, fina alimaña inorgánica, quedará montada. El arte por el arte y el tejer por el tejer.

El diseño y fabricación de una telaraña da siempre con una obra maestra. Miremos cómo opera la araña. Primero arroja su blanca, paciente culebra pringosa; ésta se columpia sola, como el rabo de un tigre. El viento la conducirá a la otra margen del precipitadero. Por este rudimentario artificio las telarañas pueden hallarse suspensas sobre niños dormidos, hogueras, ríos, amuletos, caballos ciegos y guerreros melenudos. Por ello nunca debemos olvidar que la araña es, ante todo, delicada espada de Damocles.

Establecida la comunicación, la araña se arriesgará y transitará. Primadonas consumadas, ninguna vacilará en probar su puente y alguna se atreverá patas arriba. De esta manera se tiende el primer hilo.

El primer hilo cumple funciones de patriarca. El segundo puente, sin embargo, siempre nos desconcierta: alejado del primero, situado en otro plano, parece extravagante. La posición de las dos hebras decidirá la situación de la telaraña con respecto al suelo: desde paralela hasta perpendicular. El tercer cordón es un puente entre los dos primeros. Con estos tres filamentos la araña irá disponiendo, en el aire, las vueltas, listones, orlas, grecas. Para una araña nada es más deleitoso que el lujo de los detalles. De esta manera fabrica la araña.

Esta ingeniería de aire y cristal se presta a reflexiones y metáforas. El Veronés, por ejemplo, pintó en un techo a la dialéctica o arte de argumentar: es una fuerte y bella matrona de proporciones gigantescas que con gran cuidado y sutileza sostiene entre sus dedos una pequeña, bien trazada telaraña. En efecto, una telaraña es una discusión estática, como dicen los monjes chinos y las hijas de fabricantes de espejos.

Para las arañas, sin embargo, el tejido de sus telas tiene otro sentido. Sucede que las arañas danzan por el puro placer de moverse rítmica, armoniosamente. Pero dejan como huella y pista hilos delgados y blancos. Las telarañas son solamente el estático recuerdo de sus cuidadosos y solitarios pasos de baile. Pródigas e irresponsables, las arañas gastan sus mejores años en esas escrupulosas sarabandas y, en la vejez, gordas y sabihondas, digieren satisfechas los nutritivos premios a su desquiciado libertinaje. Son afrentas vivas a la moral de la prudencia y suelen burlarse afanosamente tanto de las hormigas como de las cigarras.

En el aire se anudan ciegos los blancos listones; en su quietud figuran buenas razones o música que hace mover la cabeza: humildemente, fieles a sí mismas, permanecen inmunes a la estupidez y al ruido. Hija de argumentos y de danzas, la telaraña es, en primer lugar, eso que encontramos sin buscar y que siempre nos maravilla: red perfecta, osamenta de la armonía, frágil restauración de la sensatez o unos cuantos hilos tejidos por la mano de los dioses.

Detengámonos, no se engendra así el artefacto, cometemos error: el animal completo es la telaraña. Blanca savia corre y anima sus músculos tiernos; los huesos son filos de navaja. La bestezuela despatarrada es sólo un miembro de esta radiografía viviente: la cabeza.

Este mono múltiple y blanco satisface anhelos de toda criatura, pues inventa, construye, acaba a voluntad su propio cuerpo, y así la vida orgánica, sometida a leyes irrecusablemente ajenas, se trueca en obra de arte individual y espontánea; el natural crecimiento se humilla ante ideales y manías. Los primeros miembros muestran un débil cachorro; algunos brazos, piernas o vientres tejidos en espiral o anudados, y tendremos un esbelto adulto. Por aburrimiento o por neurosis o por escepticismo estos animales cesan de autofabricarse. Tal vez, a diferencia del pagano antiguo, rehúsen emplear su vida entera en erigir su opulento, traslúcido sepulcro.

Al admirar estos portentos, entendemos al sabio que estima mayor la industria del Creador en lo pequeño que en lo grande. Es conocido que Plinio admiraba más la fábrica del quisquilloso mosquito que la del elefante gravoso; la alabanza del orfebre y menosprecio del picapedrero, cuadra justamente a nuestro animalito, que minucioso y con gran perseverancia e ingenio se va fabricando según su entender y arbitrio.

Las telarañas serían, entonces, mínimas bestias sedentarias, semejantes a la mariposa, pero de cuello más largo y flexible que el avestruz.

Si observamos la fabricación del artefacto advertiremos que por principio la araña es tejedora. Gozosa e inflamada de femenil vanidad, se esmera en urdir los encajes suntuosos de sus manteles. Como es conocido, las arañas son tan por extremo golosas que inciden en la exageración de vivir en la mesa puesta. La mirada indiferente y escéptica, aunque glotona, del sapo, destella a veces de admiración por el singular hábito de vivir en manteles largos. Pero hay disidencias. Por ejemplo, la araña Calpurnia tejió un gran gobelino y, finalmente, al igual que los primeros estoicos, se dejó morir de hambre. O la araña Popea, que tramó cinco telas y formó con ellas algo que semejaba un diminuto diamante muy bien tallado; ninguna mosca cayó en él. O Penélope, que tendió puente tras puente sin volverse ni ensayar construcción alguna; se cree que iba aproximadamente en línea recta y se piensa que no llegó lejos.

Todo esto ante la alarma de la entomología, que pretende explicarlo por la acción del ácido lisérgico, que a los humanos causa locura, pero cuya acción sobre las arañas no está aclarada. Para mí que tejer es un arte.

Los griegos astutos no tardaron en descubrir que una araña es fundamentalmente un ahorcado; leve se columpia en el cadalso de cristal. La condena se explica por la soberbia de la bella Aracné, artífice sin par, tejedora diligente que nació en Lidia poco después que la luna. Aracné se ostentaba como la más diestra tejedora de la tierra y del cielo; sus manos finas, veloces, hermosísimas, recorrían la trama con eficacia irrecusablemente airosa, y a templados grititos pedía que la mismísima Minerva aceptara competir con ella en el arte de urdir belleza con hilos. Molesta e insegura, Minerva compareció bajo el disfraz de anciana; temerosa de la derrota la diosa aconsejó a Aracné que cesara en su propósito de contender con las deidades. La recomendación no fue escuchada. Entonces la anciana se transfiguró en la resplandeciente Minerva y principió la justa. Desde luego, Minerva perdió. Aracné había tejido una especie de friso donde se figuraban las desmesuras, intemperancias y pasiones de los dioses, de tan bella manera que mortales, dioses y animales parecían querer salir de la tela a consumar de cuerpo entero sus iniquidades elegantes. Minerva furiosa destruyó la obra maestra y colgó a la tejedora del último hilo. Aracné movía desesperadamente sus hermosas manos en el aire, entonces sintió que empequeñecía su cabeza y sus dedos se alargaban y poblaban de suave pelusa. Cuando la metamorfosis en araña terminó, Minerva sentenció a la artista y a todos sus descendientes a tejer por toda la eternidad. Desde entonces la porfiada Aracné no ha cesado de competir triunfalmente con los dioses. La gloria te acompañe briosa, esmerada y diligente abuela de Prometeo.

III

Una vez fabricada la telaraña, debemos hacer una distinción: los amasijos de hebras y polvo, que en todo semejan los pelos canos, encrespados, de las brujas barbipardas, y que suelen aposentarse en rincones, en cielorrasos, en candiles (indebidamente llamados *arañas)*, esas greñas amargas, esas subespecies degradadas, ésas no son telarañas. La esencia de la telaraña es la claridad, el orden, la mesura. Pueden figurar variados diseños, pero son siempre nítidas, erguidas, refulgentes.

Sin embargo, los espíritus idiotizados y los mayordomos no ven en las gentiles telarañas más que un símbolo de lo ruinoso, inhabitable o abandonado y proceden a su destrucción sistemática. Esta forma extrema de barbarie no debe asombrarnos. Las arañas son seres de natural recogidos, anacoretas y, sin embargo, por ello no desdeñan ni menosprecian sitio alguno; hacen ellas de cualquier lugar su habitación, desprecian las compañías buenas o malas, y orgullosamente ignoran el mundo circundante. En cierto sentido son opuestas al ermitaño, pues dondequiera hallan tebaida o monasterio y lo mundano jamás las tienta. Se han descubierto telarañas tendidas del brazo a la cabeza de copias romanas de Praxiteles o dispuestas entre los engranes de un soldadito austriaco, un húsar, que, accionado por cuerda, ondeaba una bandera con letrero *Nada más hermoso que la mirada de los perros.*

El rayo es el primer hilo de una enorme, efímera y estruendosa telaraña que no puede verse, red eléctrica que pesca en la tormenta monstruos azul prusia y psicasténicos fantasmas de bruma y viento. Y ya dijo Heráclito que el relámpago es el padre del mundo.

Todos hemos hallado en algún paraje ameno y después de

una leve llovizna, cuando las frescas yerbas más resplandecen, una telaraña, y todos nos hemos maravillado: la humedad se aglomera en perlas transparentes y la telaraña parece gorguera de un negro microcéfalo o el collar que un rey bárbaro luce sobre la coraza bruñida, trotando en potro después de un saqueo.

Ningún signo más dramático del huracán o el terremoto que las telarañas lesionadas: mutiladas, despeinadas, con hebras colgantes y curvas incompletas se yergue todavía nobilísima, todavía orgullosa, a ecos viva como las piedras del templo, perfecta y peligrosa como el cadáver de un león.

Las telas de araña suelen sobrevivir a los diluvios, y una vez inmersas, el agua y sus habitantes las recubren de las más suaves yerbas como modo ceremonial de reverenciar delicadas perfecciones, frágiles armonías, que delfines y corrientes desconocen. Desde luego todos distinguen la fuerte red del pescador de la melindrosa telaraña. Tan entregada devoción de ordinario destruye la criatura venerada; pero hay un instante perfecto en que la fuerza remansada del agua mece cadenciosamente el caracol de hilo, entre el ir y venir de los esbeltos peces de colores.

El vidrio estrellado figura una telaraña, imperfecta, pero telaraña, porque la invisible materia del vidrio no es otra cosa que acumulación cerrada de telarañas superpuestas, y al golpe se revelan. Por eso mismo el vidrio corta y cercena y de él se ha dicho: en la lúcida gentileza del vidrio habitan los furiosos asesinos colmados de dientes, y esperan el momento liberador del descuido o la torpeza de manos para salir al aire acuchillándolo todo entre gritos estridentes de mezzosoprano y de contralto.

Las telarañas son blancas. En la perdida Edad de Oro fueron de colores y esmaltaban las yerbas abigarradamente. ¡Ah! ¡Las telarañas de todos los colores! No había en ellas hilos iguales y brillaban, con fuerza de plata, geométricos arcoíris que al sesgo se veían blancos. Ni las telarañas amarillas, complejas, largas, sensuales como cabelleras las igualaban en esplendor. Las verdes semejaban continentes, pausadas hiedras, y las rojas parecían flores o quietos pájaros. Las telarañas negras son de todas las que más me envanecen: eran entreveradas y retorcidas como velo de viuda joven. Y es que resumen el proceso de la jaula negra donde se guarda el rostro de la madonna y la mirada de diamante, en los tiempos todavía no muy lejanos, de los afortunados señores que del bolsillo del chaleco rebosan la leontina y el marfil de las tarjetas de visita, y en la cabeza equilibran el sombrero, Y con la mano enguantada en cabritilla descubren el rostro trémulo de la amante curiosa y anhelante. Así, de la misma manera, cuando en un claro del bosque encontraba una telaraña negra, era porque con ella se velaba alguna diosa y me miraba con sus rojas pupilas inexpresivas, y yo, pobre mortal, quedaba quieto, con el corazón a todo galope, esperando.

Los animales comedores de telarañas son parecidos al cerdo, pero más robustos y de hocico más afilado. Arrastran por el suelo los rojos pelos de estas bestias predadoras que tienen el don de poder andar y desanudar sus rabos (de donde algunos naturalistas los han llamado puercos gordianos). Estos animales admiten la domesticación por doncellas de corazón puro; en descampado acometen a los lujuriosos. Después de saborear la carne azucarada y traslúcida, los devoradores escupen, como nosotros las semillas de la uva, arañas, moscas y otras impurezas (en éste y en otros sentidos se dice que *la araña es la semilla de la tela que cuelga del árbol de la geometría*).

IV

En el páramo blanco resuena la trompa de caza. La presa corre, busca guarida, pero el mundo entero es blanco y sólo ella es roja y pequeña; todo es inútil. Con buenos modales, a paso urbano, se aproxima el peludo Conde de Yebes, el Predador.

La caza es de altanería; toda araña pretende ser halcón constructor. Suave, lentamente, sin prisa y respetando reglas antiguas, planea el neblí amarillo sobre la mínima paloma roja, en el extendido, argentado espacio. Efímeras joyas se engastan en el aire: a batallas de abalorio, campo de plata.

Puesto que trampa, la telaraña es esqueleto de espadas.

En la ardiente fauna de Nietzsche hay una criatura dorada, resplandeciente, situada en el centro de un laberinto. El laberinto es la tela y la araña es Roma. Sí, la telaraña es un imperio o un largo viaje cantado en versos latinos o una suma escolástica o una edificación minuciosamente eterna.

V

Las arañas son pequeñísimos pájaros refinados: silenciosos y admirables, logran correr por los aires. Se distinguen del colibrí, de la paloma, del helicóptero, del murciélago, del pato, de la abeja y del tordo por lo atlético y trabajoso de su vuelo. Es sabido que la araña ha hecho del circo y la juglaría medio de locomoción. Febriles y robustas impostoras, devotísimas saltimbanquis, sólo tocan el suelo para agradecer aplausos.

La delicada transparencia de la fibra de araña se explica por el afán de imitación de los animales de pluma común entre estas alambristas. Así, muchas telas primorosas no se pueden ver. Ello da razón de que hasta tiempos recientes se descubriera que en todas partes hay telarañas. El malhumor habitual en estas bestias tiene su origen en la continua destrucción de sus invisibles obras maestras. Las arañas quieren lazar, atar, paralizar el mundo; odian todo cuanto se mueve. Lo vivo cuando se muda o desplaza derrumba caminos, casas, mundos de araña: desde las hojas del trébol al crecer, hasta el corredor de cien metros planos en la pista, todos los que se menean forman la horda destructora de los universos de las arañas.

Las abundantes telarañas pueden hallarse tendidas de copa a copa de los robles, pueden ser armoniosos gigantes del tamaño de un país o cúpulas que atraviesan el mar; y también las hay perfectas tendidas en los entresijos del casimir y entre los dientes de los engranes del reloj.

No estamos, sin embargo, totalmente de acuerdo con quienes afirman que el aire mismo que respiramos está exclusivamente compuesto de telarañas. Los remolinos, las trombas, los huracanes, los mil vientos que susurran entre los árboles y la asfixia nada prueban conclusivamente.

Hay una cosa llamada telaraña. Puede holgadamente nacer, crecer y vivir su vida en el universo que traza el ojo de una aguja. El camello, los ricos y la aguja misma que, por hipótesis, no puede pasar por su propio ojo, nunca entrarán por la puerta estrecha. Ama tú a la hermana telaraña, reflexiona en su mérito y bucea en el ojo de la aguja.

Todos hemos sentido en el rostro la refinada caricia de una tela de araña; al contacto, habitualmente nos separamos con asco y damos ridículas manotadas en el aire; algunos hasta escupen. Tal comportamiento, además de grotesco, es equivocado: si uno permanece quieto la araña lo recogerá con sus manos delicadas, lo elevará y transportará a la morada de los placeres intensos y desconocidos, al nirvana blanco de las sensaciones sorprendentes. Este placer era el último de los orgiastas romanos más decididos, como se dice en los textos de iniciación en los misterios placenteros; en estos días todos somos profanos en los crípticos rituales de la secta de los que saben sentir. Los insectos mueren de placer en la red blanquecina. Después de todo, no en vano la telaraña semeja la esfera celeste, o la cabellera amada de elegante peinado que miramos codiciosos, o los medievales supieron que la virtud maléfica de magos y brujas reside en sus cabellos y en sus barbas.

Pero, dicen los que saben, que la telaraña es la culminación del arte de escupir. Momento del brioso proceso de injuriar, que llega a vías de hecho con la picadura y la ponzoña, la telaraña es odio forjado como reja de cárcel o de manicomio. Enfurecida y hostil anda la araña violenta de aquí para allá: en su intento por vejarlo todo produce, muy a su pesar, un insulto que cuajado y quieto es esa música de Mozart en el espacio que tanto nos complace mirar. Frustrada, horrorizada de sí misma, la rencorosa discurre con la vista fija en el suelo y vuelve a maldecir sólo para comprobar el esplendor de su afrenta. Así la podemos ver, aferrada a sus denuestos, meciéndose como una trágica Casandra de la ira y la locura.

Así los frívolos insectos se enredan en las telarañas y hallan una distendida y emocionante fosa. ¿Qué los lleva a la telaraña? Desechemos las lucubraciones triviales y propongamos una fresca hipótesis de trabajo: la brisa tañe las telarañas. ¿Cómo sonará la música de toda esa variedad de arpas? El brutal oído humano no alcanza a percibirla; sin embargo, para los insectos esas músicas son verdadero canto de sirenas.

Las telarañas en espiral ejecutan valses; las dispuestas en círculos concéntricos, fugas canónicas; esas pequeñitas tendidas entre las hojas del laurel, sonatas de Scarlatti; las enormes y complejas, muy polifónicas cantatas. Si en una estatua ecuestre una cantora cuelga de los belfos del corcel y otra va de la espada al yelmo, entonarán dúos armoniosos de soprano y tenor; si cuatro liras de singular factura se disponen en una balaustrada de mármol, quedo se escuchará un cuarteto de Béla Bartok.

Cuando la araña suelta el primer hilo déjase oír el cadencioso tambor patibulario, y no un sereno canto llano, como podría suponerse; por eso, al inicio de su construcción suena un solo de batería. Desde luego, el céfiro es gentil con los geométricos orfeos, nunca cantan con arte más esmerado que mecidas por su amoroso, comedido y viril empuje. Pero el huracán insociable las hace caer en desvaríos románticos: una telaraña enorme, labor de una vida, acometida por la tempestad, por furiosa y confusa desesperación entonó a Beethoven y después pereció; en la granizada escandalosa, otra llegó a incidir en Wagner, sólo pudo ejecutar los primeros compases. Por otra parte, consta que cuando una telaraña se rompe no canta, sino grita; grita, grita dolorosa, grita ciega y enloquecida.

Los insectos deben saber que el jardín es un paraje espeluznante poblado por dulces, mínimos, delicados maestros cantores blancos y extendidos.

El arte de la cartografía tiene en la telaraña su ideal más exigente. ¿Dónde están los precisos parajes representados en esos mapas? ¿En los cielos? ¿En el corazón de las cosas? ¿En el tiempo? ¿Son esquemas de la geopolítica de Dios? ¿El mapa de los mares que soñó Lewis Carroll? ¿La radiografía de la conciencia? ¿El mapa para hallar la isla de los tesoros perdidos de la inocencia? ¿La notación de la música de las esferas? ¿El diagrama de las utopías? Todo puede ser. Nosotros nos inclinamos a suponer que las telarañas son los mapas de las telarañas: cada telaraña dice dónde están todas las cosas de las otras telarañas, son como un espejo que refleja a otro espejo silenciosa y profundamente en la pureza de la oscuridad y la pureza de la luz.

VI

Señoras y señores: ¡cuán hermosos relucen estos artefactos! Puentes, discusiones, danzas, gobelinos, manteles, patíbulos, velos, escudos, letreros, estandartes, animales, collares, flores, lechos, bosques, mapas, afrentas, pájaros, cabelleras, poliedros, imperios, arpas: la telaraña es, en cierto sentido, todas las cosas. Y sin embargo, al mínimo roce con el fuego, la telaraña relumbra y desaparece. Así es hermosa, por frágil, gratuita, delicada, melindrosa, perfecta; así, artefacto que puede en el aire estallar como el efímero sol de los humanos. Digamos para terminar una observación que, en cierta medida, cifra y contiene todo lo anteriormente expuesto: la telaraña está dormida: ella es su propio sueño.

Guillermo Samperio

❖

MANIFIESTO DE AMOR

A la memoria de Guillermo Meneses;
a Juan García Ponce,
debido al amor

Prólogo

—Tan, tan.
  —¿Quién es?
  —Perros y gatos en un costal.

Epístola

Filacteria:

Con esta voz quiero dirigirme a ti. Creo que convendrás en que es innecesario acudir a objetos tan reconocibles para ambos, como tu nombre. Es mejor dar con los sentimientos en una ranura o en la parte desportillada de los espejos. Estarás de acuerdo también en que el espejo perfecto no dice nada, es apenas el inocente balbuceo de la realidad. De ahí que varios pensadores y escritores hayan tenido que desplazarse más allá o más acá del simple reflejo, del liso y correcto decir de los espejos. Por otra parte, sabes que cuando los espejos comienzan a oxidarse, las mujeres y los hombres por lo regular los sustituyen; le temen a lo no nombrado y a las palabras que sólo indican el camino. Incluso, cuando se encuentran solos en la casa, se miran con rapidez y de soslayo ante la perfecta lámina plateada; al pasar de los días y de las noches, probablemente le teman hasta al perfil de sí mismos que se incrusta en el fondo del baño o del ropero. Y no quiero imaginarme cuáles serían sus reacciones si de pronto una rajadura cruzara sus espejos. Quiero aclararte, Filacteria, que ustedes las mujeres mantienen una relación más cercana, llena de complicidad, con ellos, aunque también los teman. Recuerdo que tú me has platicado que a veces los espejos te hablan de otra manera. Si esa charla te ha resultado terrible, no interesa por el momento; lo único que entiendo es que para ti son importantes y que has llegado más acá de ellos a través de ellos. Cuando tú y yo nos arreglamos juntos frente al espejo oval y nuestros bustos se encuentran ahí realizando movimientos rutinarios, yo no veo lo mismo que tú: nuestras miradas están puestas en distintos puntos. Entonces siento algo parecido a los celos y me angustio. Pero esto tampoco interesa. Tales recuerdos me sirven sólo para intentar demostrarte la importancia de los espejos en nuestra vida.

Presiento que un suceso agradable está fraguándose a mis espaldas. No existen colores.

A pesar de que no viene al caso más que como metáfora, ahora entiendo mi gusto por autores como Roberto Arlt, Guillermo Meneses, o los Hernández: Felisberto y Efrén, sin hablar de Borges y Monterroso y otros pocos; también los Julios: Garmendia, Torri y Cortázar, para no dejar de mencionarlos. Ellos narran desde una dimensión poco conocida de los espejos; la mayoría —si no es que todos— se han visto en la necesidad de rendirles homenaje, quizá a pesar del dolor que les cause hacerlo. Quiero contradecirme: estos escritores no narran desde *una* dimensión, sino que tal vez cada uno ha descubierto un segmento ignoto del infinito no reflejado que contienen los espejos, o la capacidad ininterrumpida de los espejos de reflejar otra cosa distinta que los meros bustos. Por eso también es impreciso afirmar que los hombres han descubierto el *más allá* o el *más acá*. Además, tales nociones son rancias imprecisiones filosóficas que se encuentran a uno y otro lado del presuntuoso *en sí* y que se involucran con lo temporal, circunstancia que siempre resulta pueril. Son conjuntos de palabras que poco a poco se han oscurecido como si un espejo fuera siempre claro y definitivo.

Creo que no es tan agradable, pero sigue fraguándose. Todavía no existen colores.

Tienes razón:

Los espejos mantienen una íntima relación con lo imperfecto, aunque nos hicieron creer lo contrario. El tradicional discurso sobre los espejos ha sido uno de los más demagógicos y consecuentemente falsos. Se basa, claro está, en el finito temor de los hombres de saberse distintos, de tener que hallar a través de lo imperfecto y la mentira el escurridizo presente; a lo mejor no pocos se suicidarían si algún día se descubrieran verdaderamente en la lámina plateada. Desde luego que también subyace el temor a la locura, que nuestra sociedad ha considerado como la madre de lo imperfecto; por otro lado, la existencia de esos temores es inmemorial. El discurso apócrifo o verdadero —según se mire— sobre los espejos, puede reducirse a una breve y mediocre explicación: el espejo refleja lo que refleja; yo me reflejo en él y yo soy ése, ése soy yo; los espejos son limpios, estables, precisos, no mienten: son los paladines de la coherencia. Ese busto es el busto de mi busto, luego mi busto existe.

Sin embargo, tales razonamientos ya no soportan ni siquiera lo que ellos mismos muestran de terrible. Te hablaré un poco de esto.

De lo único que puedo estar seguro es de que se fragua. Ni claridad ni oscuridad.

(Salvo excepciones, los espejos siempre han reproducido bustos. El vocablo busto tiene las siguientes connotaciones: estático, muerte prematura, instantáneo, finito, pero sobre todo muerte prematura.) Quienes se detienen frente a los espejos blandiendo el discurso perfecto, es que escogieron uno y solamente uno de los aspectos de los espejos: ante el pánico que provoca reconocer la parte animal, imperfecta, misteriosa, torcida, maldita, violeta, mortal y negra del reflejo, escogen lo perfecto, lo redondo, los colores pastels, lo superficial, lo fútil de las cosas reflejadas. Sin embargo, en estos últimos razonamientos ya está el germen de lo terrible, como te decía más arriba: ante el temor del más acá, han preferido, para decirlo de una manera incorrecta, el *en sí.* Pero no existe nada más amortajado que lo *en sí:* el momento en que el puñal corta. Un busto es algo muerto a pesar de su deseo de querer ser eterno, grandioso; si te fijas bien, un busto está eternamente vacío. Entonces, pertenece a los que se instalaron en la muerte prematura y lo instantáneo por temor a lo torcido. ¿No hay algo más terriblemente bello que una pañoleta naranja y violeta que en sus cambiantes figuras contiene un movimiento impreciso, pero constante, o una boca que lo mismo muestra una sonrisa infantil que una mueca, por apoyarme en oxidadas antípodas?

Pero… espera; en algún lugar baila un puntito blanco.

Antes de seguir, quiero confesarte que lo que estás leyendo se escribe —¡cómo adoro las expresiones impersonales!—

con angustia y nerviosismo. En este momento recuerdo una anécdota que me platicaron de niño: de un murciélago que entró a la recámara donde dormía una niña mientras la familia platicaba muy quitada de la pena en el comedor. Quizá el murciélago revoloteó enloquecido por la habitación iluminada antes de acercarse a la cuna; el caso es que se paró sobre la almohadita; agitado, hizo vibrar sus alas, estiró el cuello y mordió a la niña en el labio superior. Al escuchar el llanto de la pequeña, la familia fue a indagar lo que sucedía; cuando entraron a la recámara, el murciélago aún permanecía pegado al labio de la niña y ella estaba intentando desprendérselo. Debido a la presencia de gente extraña, el animal emprendió vuelo; pero se estrelló contra una pared y luego se detuvo en las cortinas. Unos atendían a la niña, otros mataban al murciélago… la herida de la niña cicatrizó sin mayor problema a los dos días. Ahora ella es abuela de más de diez nietos. En la época en que me platicó esto, era una de mis más apetecibles tías. Desde un cierto punto de vista resulta una anécdota de mal gusto; espero que a ti no se lo parezca. Cuando mi tía la relataba, yo sentía una angustia parecida a la que experimento ahorita: la de imaginar que uno es el que duerme teniendo, al mismo tiempo, el don de observar lo que acontece a nuestro alrededor; ver que el murciélago revolotea sobre nuestra cabeza y no podemos defendernos. Ante el relato eres impotente y te desesperas. La niña sólo sintió dolor, yo pánico: ella tuvo un despertar doloroso, el mío fue dramático.

Hace media hora me di cuenta de que me encontraba solo; no sé si es por el deseo de tenerte, pero aunque no estés aquí, percibo tu presencia, casi tu aliento. El puntito blanco prosigue su danza; a veces desaparece, luego como que quiere crecer.

Si me lo permites, Filacteria, después volveré al murciélago. Por ahora te diré que mi angustia nace de la naturaleza de las palabras; me parecen imprecisas, débiles y como que su capacidad expresiva es la del falso espejo. Mira, estoy señalando dos verdades: el falso espejo en el que se miran los redentores del busto, y el falso espejo donde nos miramos tú y yo. De ahí que ciertos apotegmas vertidos en la presente epístola sean polivalentes, pero por lo mismo inútiles. Tú sabes que no es la primera vez que me sucede esto. ¿Recuerdas cuando, después de una discusión, te convencí de que Carson McCullers había escrito su *Reloj sin manecillas* para transmitirnos nada más *una* idea sobre el amor? Te pondré otro ejemplo: al escribir falso espejo se están indicando diversas partes del verdadero espejo, pero de la misma forma podría afirmarse que falso espejo se refiere a los aspectos universales de la falsedad del espejo. Quizá desees decirme que debido al carácter escurridizo de las palabras se han construido coherentes castillos de valores, indudablemente arbitrarios y que implican contradicciones y limitaciones, pero al fin castillos o vestidos del pensamiento. ¿Pero, esto no sería ponerse del lado de los redentores del busto y lo fútil? Yo te propongo que nos hundamos en la contradicción y en lo limitado: le temo mucho más al falso espejo que al falso espejo.

La verdad es que no fue hace media hora cuando me di cuenta de que me encontraba solo; no sé si hace mucho tiempo o apenas voy a percatarme de ello. Tu aliento es lo único que existe porque el puntito blanco desapareció.

Aquí te diré algo más sobre el murciélago. La niña, la familia, el revoloteo enloquecido del murciélago, las palabras de mi tía que rememoraba su simpática experiencia, no importan, no, con un carajo, nada de eso importa: es el primer en-

cuentro con lo reflejado y corremos el riesgo de estacionar-
nos ahí, de morir prematuramente o morir existiendo en el
tiempo. Te invito a que demos el segundo paso: vayamos hacia la cuarteadura del espejo, esa línea invisible y obvia que
mi tía no quiso mirar: la línea-angustia-impacto-desespera-
ción-hundimiento. Miremos la sonrisa infantil y la mueca, lo
verdadero y lo verdadero del espejo-murciélago. Bueno, todas
las palabras que escuché sobre el suceso fueron precisas,
nítidas, correctas, sin intención; mi tía apenas quería diver-
tirnos: murciélago significaba murciélago y niña, niña. A primera vista nadie era culpable de la mordedura; pero la familia, exhibiendo un discurso apócrifo, asesinó al animal: lo
único que pasó y que yo pude mirar fue que la puerta del espejo se entreabrió y la muerte se dejó ver, aunque su rostro
fuera impreciso. La muerte no estaba en la niña, ni en el hocico del murciélago, ni en la familia, ni en la almohadita, ni en
el golpe que asesinó al animal; o quizá se encontraba en todo
ello, incluyendo la muñeca de trapo que, imparcial, observó
la escena. Sin embargo, la familia no distinguió la luz violeta
que se mezclaba con la luz del foco; tampoco mi tía, la que
después de treinta años, muy guapa, rememoraba el hecho
sin descubrir la mueca ni la puerta entreabierta, hablando
como si ella fuera la familia que abandonaba a la niña en una
habitación sin espacio. Tanto se resistieron a dar el segundo
paso, que la niña, que ya no le pertenecía a la que narraba,
sanó sola a los dos días. Fue tal el temor de todos a traspo-
ner el falso espejo, a imbuirse de infinito, a percatarse de la
cuarteadura, que prefirieron dejar morir a la niña. Se halla-
ban paralizados ante la inesperada irrupción de los diversos
significados, de las distintas caras de los objetos y las acciones. Mi tía lo contó como algo curioso, simplemente entrete-
nido; se negó a saber que su familia la dejó morir; quizá por
eso —yo me atrevo a sostenerlo, Filacteria— ella ya no es

aquella niña y ahora está entretenida en la meticulosa tarea de acabar con sus nietos. Se tiñe las canas frente al espejo y sólo ve un busto de mujer que se tiñe las canas.

Aquí dan ganas de escuchar música, pero aunque pudiera tener un estéreo, o no se producirían sonidos, o quizá la aguja del tornamesa despertaría todos los sonidos provocando que el puntito blanco desapareciera ahora que regresó y se agrandó. Aún no me doy cuenta de que estoy solo; ya ni tu aliento...

¿Comprendes, Filacteria, que esta palabrería de bazar intenta impregnarse de amor —¿amor?—, o para decirlo arbitrariamente, es una manera del amor? Y no te imaginas qué agradable emoción se mezcla con mi angustia porque sé que por primera vez puedo mirarte con todos mis ojos y creo que cuando hacemos el amor nos enredamos con múltiples piernas y brazos. ¿En qué lugar, perdón, en cuáles sitios inapresables del espejo nos abrazamos y con cuántos labios? No podría contestarte con exactitud; para mí resultaría una hazaña encontrar la respuesta, la definición que nos asignara un lugar en la Tierra o en el horizonte de una ciudad oscurecida. Además, entiende que, a estas alturas —en realidad no sé si estoy en el fondo de una galaxia extraña—, nos conviene más no buscar la respuesta; porque la delicia de hallarte en el recodo del falso espejo, después de haber transitado a través de su desportilladura, es como recibir una caricia en esta asustada vida que me tiene hecho arena, ventana solitaria, garra, banqueta, mano. En quién sabe qué lugar del verdadero falso espejo me esperas con tus siete piernas abiertas, voluptuosa antes de tiempo, o en tu tiempo, o en el tiempo de nadie, o fuera del tiempo. Nos ves llegar —cargo cuatro seres incrustados en mi amor— y comenzamos a gozarnos con paciencia, ya que la paciencia es uno de los métodos más enardecedores. Afuera, el mundo se refleja; aquí, parece que nunca vendrá nuestro eclipse y tú aceptas retardarlo para que podamos atarte con toda calma. Sabes que es necesario sujetar tus nueve pezones para que no se dispersen y para que evitemos el acto de amor aleatorio: dos pezones, dos y dos brazos: no, nunca lo accidental, el encuentro sorpresivo en la galería de siempre. Y aunque ustedes sientan dolor debido a los amarres, nos aseguramos de que la contradicción y las limitaciones convivan, se revuelquen en un tejido múltiple, falso, tierno, interminable, misterioso, contrahecho, cariñoso, fabulado y existente, hombre y animal, animal y mujer, entre la niebla.

Sería mentira decirte que voy, o también que vengo: no camino, no vuelo, no duermo, no estoy parado. Sólo tengo el anuncio de mi cuerpo: sé que mis piernas existen, así como mis ojos. Pero al mismo tiempo no sé si me amputaron el cuerpo... ¡Ah! y no he tropezado con huella alguna de vigilia. El puntito blanco sigue en todas partes; no está cerca pero se mueve siempre. Temo que el puntito posea mi memoria. Si digo que te amo, estoy afirmando una sensación; no recuerdo ni tu nombre.

¿Ahora comprendes por qué te pedía algo parecido al "amor apasionado"? Cuando te lo dije no me comprendiste porque las palabras venían apoyadas en el discurso del busto y tendían a la moraleja. También pudo ser que te percataste de que surgieron de la falsa angustia que me provocó ver en el espejo oval formas distintas a las que tú mirabas. Sí, por supuesto, ahora comprendes. O, por lo menos, te pido que comprendas. Sé que te encuentras angustiada, lo mismo que cuando te di a leer las primeras páginas de esta carta; pero creo también que anhelas volar hacia la casa, ir ante el espejo y hundirte en él para que, juntos, ustedes y nosotros, observemos un sol violeta que de pronto se oscurece debido a la manta que forma una parvada de aves negras, aves de más de dos alas, sin pico, una parvada informe, como si estuviera compuesta de pájaros tontos, rebeldes y juguetones.

Y entiendes, además, que estos sentimientos se funden a la recámara cuando ha llegado la noche. Esa habitación se convierte en el punto de reunión de objetos disímiles —vaso de leche con soyacoa, sentimiento, pierna, recuerdo, espejo oval, palabra, cuerda, lágrima, pantufla, liguero—, porque sobre la alfombra converge en ellos la ciudad oscurecida: ahí hemos visto venir el peligro, ahí comemos y discutimos, ahí han surgido confesiones ominosas, pero también hemos jugado con las palabras e inventado realidades. Muchas noches la recámara se ha llenado de una niebla deliciosa, mientras el café con leche se derrama a cada rato sobre la alfombra, conjugándose con las migas de pan y amor, un brasier sin copas, el esqueleto de una manzana, las idiotas películas norteamericanas y francesas, el globo de luz, nuestras ropas colgadas del tubo, el espejo oval... y me detengo porque sería una hazaña tratar de escribir todos los objetos —vaso de leche con soyacoa, sentimiento, pier...—, ya que habría que consignar cada una de las medicinas y sus fórmulas, los afeites, las revistas y los libros, lo que dicen y muestran las revistas, lo que silencian los libros o lo que aparece más acá de su conjunto de palabras o lo hipócrita de ellos; tantas y tantas verdades falsas y falsas verdades y verdades falsas verdades, etcétera, etcétera, etcétera. ¿Cabría agregar que ahí no existe nada nítido, transparente, ni bustos? Lo único que puedo añadir ahora es que la ciudad irrumpió y que en ocasiones caemos en nuestras propias trampas.

Tampoco estoy sentado, y decir que estoy *probablemente es una* exageración. *El puntito blanco creció otro poco. Hace tiempo*

sentí mi soledad. ¿Qué has hecho durante toda esta temporada?
Deseo ver algún cuadro, pero sobra explicarte que con un punto
blanco es imposible crear formas y colores. ¿Con qué manos?
Si en algo creo, además de que te amo, es en que me encuen-
tro después del antes, *que no se trata del* ahora. *Estas palabras*
debes tomarlas como una simple aventura.

Nada más te haré notar, Filacteria, que negarse a las hazañas
es consecuencia de nuestro repudio a los discursos apócrifos, de escapar del mero reflejo, de la designación correcta,
de cualquier vestido o castillo interior. Quizá por tales razones —¿?— me interesan los escritores que te mencioné, y
recuerdo los pensamientos de un joven crítico que está empeñado —y renuente— en —no— mirar a través de una frase
contrahecha. Según me platicó, que cuando él desea ir hacia
el individuo quiere que la literatura sea un atado inútil de
sueños y alucinaciones, o que el texto transite de un vocablo
hermético a una frase infantil o torpe. Para decirlo pronto, no
huye de lo que la sociedad entiende por el lado demente de
nuestra cultura, porque sabe que en ella hay también espejos falsos y falsos espejos o juego de espejos y espejos jugando; y los discursos sobre lo perfecto se anulan o se metamor-
fosean unos en otros hasta convertirse en el Gran Discurso.
Y recuerdo a ese joven dando un puñetazo al espejo: su puño
se hunde con todo y cuerpo porque la rendija se transformó en
puerta, en lugar sin piso y el busto murió cuando debió morir. Una mañana, mientras desayunábamos, el joven crítico
—en algún segmento del otro tiempo fue viejo crítico: crítico viejo— me platicó un sueño: en el fondo de un cuarto —en
cualquiera de sus fondos—, él intentaba comerse una sopa
de verduras; pero ciertos brazos de latón y piernas de yeso le
impedían llevarse la cuchara a la boca; y como todo sueño con-
secuente y normal, distintas partes humanas entraron al cuar-

to invadiendo los fondos; jugaban a golpear al comesopa o a mirarse en el espejo. Hígado de bronce: ecnorb ed odagìH, ojo de hierro: orreih ed ojo. El joven crítico me explicó que no sabía si aún no había salido del sueño o simplemente si lo que pasaba era que el sueño reproducía una fiel, invisible y triste copia de su mundo intelectual. Por mi parte, lo que yo puedo afirmar, Filacteria, es que, mientras desayunábamos —él sólo tomaba una taza de café negro—, sus ojos parecían mirar a través de la lámina plateada de mis ojos el revoloteo de las piezas que lo acosaban en el sueño —sí, me asusté—; pero luego me percaté de que no nada más era a mis ojos, sino que los suyos miraban igual hacia otras mesas, o al posarse en la nuca de una dama o sobre mis enchiladas suizas. Antes de despedirnos me dijo: "No, el ácido no corroe esta cultura". Yo no hice ningún comentario: lo comprendía y no lo comprendía. Salimos del restaurante y, en la esquina, él atravesó la calle, salvando zanjas y montículos de tierra. Sobre uno de los montículos se detuvo, dio media vuelta, se llevó la mano derecha a la boca y se mordió la punta de un dedo como arrancándose algún padrastro. Me miró y gritó: "Cuídate del busto que llevas dentro". No quise indicarle ni sí ni no con un movimiento de cabeza. Se perdió detrás de un letrero que decía: "Disculpe las molestias que le ocasiona esta construcción".

Ahora puedo explicarte lo último que te dije. No se sabe con precisión cuándo, pero hubo un espacio cuya geografía nunca llegaremos a precisar. Éste es el antes. Luego, el siempre se tragó ese espacio —¿sería una desgracia para quienes lo habitaban?—, provocando que el antes desapareciera. Algo así como la eternidad a medio camino. No sé si la anterior explicación se debió a las transformaciones del puntito blanco, o es un anuncio de que tanto mi memoria física como espiri-

tual me serán devueltas. El caso es que mientras yo hablaba, el puntito se fue convirtiendo en un gran punto. Ahora se mueve lenta, pesadamente y vibra; como que desea tomar coloraciones. En fin, a veces percibo un gris aquí y otro allá. Lo primero que quisiera saber es cómo es nuestro amor. ¿Tú podrías definirlo?

Muy nervioso, Filacteria, me subí a mi carro. Puse una cinta de Neil Young —*Tonight's the night*— y en tanto que la queja doblemente nocturna de Neil me oscurecía la mañana, recordé un comentario sobre *Movimiento perpetuo*, libro de cuentos, moscas y ensayos de Augusto Monterroso. La crítica era correcta, muy correcta; sin embargo había miedo en la escritura y sobre todo en el párrafo, donde se podrían descubrir algo así como pedazos de vidrio. Es probable que el articulista nunca se dio cuenta, que construyó su espejo creyéndose muy seguro de sí mismo. Quizá después, eso que yo llamaré un descuido quebrará las partes sanas del cristal. El comentario dice que el libro de Monterroso es perfecto, pero que por ahí anda una deficiencia, una esquina sin retocar. Primera pregunta, Filacteria: ¿podemos decir que el espejo del crítico es idéntico al de Monterroso y que por eso ambos se refractan? Segunda: ¿o cada espejo resulta imperfecto a su manera? No es nada fácil responder; pero, por lo menos, te daré un indicio. El articulista encontró que el cuento que da nombre al libro estaba mal elaborado o algo por el estilo. Como es evidente —*tonight's the night, tonight's the night*, Neil—, *Movimiento perpetuo* es un laberíntico sistema de espejos. Espero que no resulte imposible descifrar tal sistema, pero es probable; y también que con el paso de lo que algunos llaman el tiempo, la imposibilidad se profundice. Para construir su espejo, el crítico seguramente procedió sintéticamente: sistema de espejos = espejo monterrosino; espejo monterrosino = mi espejo; mi espejo = espejo del otro —el del lector—. Acepta que pudo suceder así y detengámonos en la segunda operación. Muy de mañana el crítico fue al baño a rasurarse. Mientras veía cómo las puntitas de la barba eran segadas por la navaja, miró que una esquina del espejo no reflejaba. Si en ese momento se hirió o siguió rasurándose sin dificultades sólo él podría confesarlo, el caso es que dijo: "a este cuento le falta algo, no puede ser así, yo creo que…" Y luego terminó de escribir su nota. Ahora —ya sé que lo conoces—, te referiré el contenido del relato "Movimiento perpetuo": bailando con otros en su presencia, ella le provoca celos a él/ella se repega, juguetea, se excita con el joven de sangre latina/él se emborracha, o se hace el borracho/se van a casa, quizá el joven los lleve/una vez solos, él la insulta; ella lo recrimina/pleito/él toma un cinto y la golpea/segundos después: acto amoroso/movimiento perpetuo —*ht's the night*—/. ¿Cuáles son los componentes del sabor que nos queda en la boca? Vergüenza, excitación sexual, sadismo, amor, ternura, masoquismo, néctares que sólo se pueden paladear atisbando por una puerta entreabierta. ¿Qué le faltaría desde un cierto discurso, Filacteria? ¿Dignidad, sexualidad coherente, respeto, las cartas sobre la mesa, resignación? ¡Claro que la lectura de "Movimiento perpetuo" deja un agrio vacío! Pero ¿es necesario que alguien lo llene? ¿No será que, a partir de él, podemos internarnos en un sistema de espejos, y que precisamente detrás de ese intersticio se levanta una catedral de humanidad? Una vez más, Filacteria, estoy incapacitado para hacerle al Príncipe Valiente y cumplir con la hazaña de dar respuestas porque, además, habría que contestar las siguientes. ¿El crítico o articulista huyó del verdadero espejo y no quiso seguir rasurándose ante un espejo defectuoso? ¿O, por el contrario, creyó contribuir a la perfección de los espejos, pensando que quizá en alguna futura reedición el artesano procedería a retocar *Movimiento perpetuo?* ¿Los espejos son perfectos? Con todo el temblor que acogota a mi dedo índice, Filacteria, balbucearé, aunque sea, una respuestica. El resultado de la tercera operación sintética del crítico fue más o menos así: mi espejo = mi espejo. Busto rasurándose que se sorprende = busto rasurándose que se sorprende —*the night*, Neil—.

¿Quihúbole? ¿Has pensado en algo? Yo, por mi parte, me encuentro en un estado tal de nerviosismo que hace un rato estuve gritando. Creí perder hasta el habla; pero luego me fui calmando y sumergiéndome otro poco en la excitación nerviosa, porque supuse que se trataba de una etapa más para acercarme a ti. El gran punto es un gran óvalo; ya son muy nítidos sus grises. Después del antes *irrumpió el* siempre, *con lo que el* ahora *no sólo se pospuso, sino que también fue trastocado el normal discurrir del tiempo, generando la total inexistencia del* después.

No resistí la tentación de releer el ensayito sobre *Movimiento perpetuo* y mejor no lo hubiera hecho porque las sospechas hasta aquí vertidas se convirtieron en certezas. Reconozco, Filacteria, que el crítico nunca escribió que le faltaba algo al relato, sino que fue un comentario lindante con el horror —qué padre es hacer el amor escuchando a Neil Young, ¿verdad?—. Pero antes de continuar voy a darte su nombre ficticio: OJM. Bueno, OJM comenzó argumentando que los mejores textos no eran los que parecían más importantes, más consistentes. Después pasó a ejemplificar, afirmando que "Movimiento perpetuo" no daba plenamente en el blanco, que algo desdibujaba o afectaba su funcionamiento narrativo. ¿Cuáles fueron los textos más consistentes para él? Los breves, Filacteria mía, nada menos que los breves; claro, se miró en el espejo de todos. El que no diga que lo breve es lo fuerte de Monterroso está intentando abrir la puerta al revés. Tú sabes que yo no me opongo a que se diga, pero ¿debemos detenernos en el espejito? Es lo que nos propone OJM: "veámonos en el espejito de Monterroso, pero... ¡cuidado!" No es indispensable comunicarte que el articulista soslayó un cuento que probablemente también lo considere de los menos consistentes: "Homenaje a Masoch". ¡Claro! ¿Cómo penetrar en los hábitos de un divorciado que parece gozar provocándose lágrimas dostoyevskianas? Después, volveré sobre esta reveladora omisión. Reconstruyamos los hechos, ¿te parece? El crítico despierta, se despereza, se levanta; chancleteando va hasta el baño; se rasura frente al espejito. En esta ocasión no hay ninguna esquina desportillada. En el momento en que rastrilla los vellos de su barba siente que su imagen se desdibuja; algo afecta el perfecto funcionamiento de lo reflejado y la realidad de los espejos se vuelve inconsistente, turbia... y de ahí al horror no hay más que un paso lleno de angustia, pero también se puede evitar el espejito y no dar en el blanco, que en este caso sería no dar en lo plateado. Después de una experiencia tan terrorífica como ésta puede sobrevenir una ceguera momentánea. "Movimiento perpetuo" se presenta desdibujado o turbio, por lo tanto "Homenaje a Masoch" desaparece. ¿El crítico debió haber gozado esa imagen turbia para trastocar la tradicional lógica con que se utiliza a los espejos? ¿Sucedió simplemente que leyó el libro buscando que se reflejara en su espejo y al no coincidir dictaminó que ciertos "textos" no eran dignos de ser reflejados? ¿O se metió en *Movimiento perpetuo* blandiendo una cultura que no soporta puertas entreabiertas, desportilladuras, torceduras de tobillo, fisuras, ranuras, ni mordeduras de murciélago? Sigo incapacitado para responder; sólo quise dejar constancia de algo que me causó horror, en el nuevo sentido del vocablo —yo sí creo que es muy padre hacer el amor escuchando a Neil Young—.

Todavía te haré una última observación. De aquella boca que fue el siempre surgió el ahora, ahí donde obviamente debió aparecer el después. Al morir, tú y yo no tendremos un después, así como se nos oculta la parte de la memoria más recóndita, el antes; en todo caso, iremos a esa eternidad a medio camino, a la eternidad zapoteca. O, para decirlo de manera absurdamente occidental, regresaremos al después inexistente. Luego de que callé, el nerviosismo aumentó y escuché el primer sonido: una especie de llanto muy agudo, monocorde, sostenido. Y descansé; entré en una etapa de extraña tranquilidad. El sonido no se volvió a escuchar. Después sentí como si alguien me observara y pensé en tus ojos castaños. Cuando me dije "sus ojos castaños" supe que la cuestión estaba por concluir, o por principiar, no sé. Entonces vi cómo el óvalo blanco comenzaba a alargarse cada vez más hasta escurrirse allá, muy lejos; se extendió formando una gigantesca mancha. Venía hacia mí y se detuvo. Vibraba tan fuerte que casi llegué a tener conciencia de mi cuerpo. De algo estaba seguro: la parte de mi memoria más lejana nunca la recobraría, pero imaginé tus ojos castaños. ¿Cómo son las demás partes de tu rostro?

Vuelvo a nosotros, Filacteria, con la certeza de que esperabas una epístola como ésta, que anhelabas saber qué había sucedido en mi interior durante los últimos tres años. El cuarto de los politófagos se resquebrajó totalmente. ¿Recuerdas aquellas lastimosas discusiones sobre lo duro y lo blando, lo blando y lo volátil, lo volátil y los sueños, los sueños concretos y los sueños irrealizables? Tú misma te viste acosada por los trinches de la crítica y por el calamar de la autocrítica y nunca imaginaste que hubiera en ti otra política, tan íntima que, si actualmente siguieras en aquel cuarto, los trinches ya habrían acabado con tu calamar, y jamás habrías podido abrir la puerta al revés. Por eso ahora nos afecta tanto un ensayo sobre alguien que estimamos; evitamos los discursos perfectos que se amurallan en ortodoxias y en anticuadas disidencias. Y nos preocupamos mejor por problemas tan simples como buscar la mejor manera de aislarnos de la gente para amarnos desde temprano, organizando el goce con meticulosidad, rodeados de objetos dispares y necesarios en la ciudad de la recámara.

En cuestión de un par de años ya no te reconozco; y me acuesto con otra mujer aunque ésta lleve también tu nombre y tus apellidos. Poco a poco, y de manera difícil y dolorosa, nos hemos abierto paso en un laberinto de objetos sólidos e inamovibles: los libros que ordenan el pensamiento, los que crean un novísimo orden de conceptos y nociones, los que no dejan que la realidad se volatilice, los que atrapan al animal infinitesimal y al macroanimal, los que comandan el sexo y el contrasexo. Todos se quedaron jugando a convertirse en laberinto, y ahora los vemos como cuando nos divertimos ante un complejo dibujo de Rogelio Naranjo. Pero también se quedaron en el subsuelo los deportes y las películas de Bergman, la chamarra de mezclilla y tus huaraches, la escritura y el dibujo, hasta que la vida se convirtió en un ininterrumpido orgasmo entre platos y calcetines, entre ceniceros y desodorantes, entre niebla y cuerdas, entre cepillos y mordidas, entre danzas y miedos, a un lado del laberinto, en el cielo de los sexos reflejados, en nuestro laberinto. ¿Para qué permitir que la gota de ácido se suicide? ¿No es más atractiva la gota de ácido amorosa, porque al fin y al cabo nos movemos en una cultura y sus detentadores temen, sufren y aman, odian, alientan y silencian? ¿No crees que ha llegado el momento de que entreabramos la puerta para que escapen y entren los verdaderos seres desdibujados, tristes, oscuros, deformes, violetas, bicéfalos, reprendidos, y que organicen sus danzas ignotas al pie del manzano y que se escuche su algarabía? En pocas palabras, Filacteria, es muy urgente restituir la vida profunda de los espejos para que no esté en constante peligro nuestro reflejo.

Atrae toda mi atención la metamorfosis de la mancha blanca. Poco después de que dejé de hablarte, continuó su camino hacia mí; pasó bajo mis pies... ¿escuchas? ¡Bajo mis pies! Y al fin tuve conocimiento de mi cuerpo. Luego, la mancha siguió expandiéndose hasta formar un paisaje árido y, más allá, un horizonte accidentado, informe, y me vi hundido en ella hasta las rodillas. Ahora recuerdo también tu cabello rojizo, tu nariz afilada, tus labios gruesos, tus senos pequeños, tus caderas carnuditas, tus nalgas perfectamente redondas, tus firmes piernas, tus pies menudos. Te llamas Filacteria. Pero ¿nunca conoceré tu amor?

Por último, voy a ir al bazar de la calle Orizaba. La otra tarde, cuando observábamos los rancios objetos del bazar y preguntaste por el precio de un tríptico compuesto de espejos, y jugaste a verte en él, capturé una escena de mi infancia. En el baño de la casa había un botiquín-tríptico, de espejos; la madera estaba pintada de un verde espantoso. A pesar de la amplia gama de objetos acumulados en el botiquín, sólo recuerdo uno: una navaja de peluquero que mi padre utilizó algún día y que de pronto abandonó. Navaja inútil, pero importante. Yo gozaba viéndome en el tríptico y me fascinaba la absurda reproducción de imágenes que lograba acomodando las hojas en diversos ángulos. Recuerdo a mi padre con la barba crecida y en calzones de Hernán Cortés; era un hombre alto, atlético, lagañoso. Yo entro al baño, orino mientras él se aplica jabonadura en la barba; luego, me pongo a observar a través de los espejos. A él parece no estorbarle mi menuda presencia. Abomba un cachete con la lengua y pasa la *gillette* azul sobre el cerrito de piel con admirable habilidad. De repente —son las diez de la mañana… sí… era un domingo… ¡claro!— transito de la fascinación al miedo —un miedo nuevo—: la imagen de mi padre comienza a distorsionarse, o si quieres, a desdibujarse. A veces el rostro se descompone en cuatro o cinco rostros superpuestos; otras, las bocas se entrelazan en una gran boca entre leporina y bella. Todos los ojos de mi padre están puestos en la delicada tarea de aniquilar su barba. Ahora siento la necesidad de irme al tiempo exacto. En cierto momento fijé mi atención en la hoja central, mi padre detuvo su tarea y me sonrió, no sé por qué. ¿Ese acto paterno me ayudó a disminuir la intensidad de mi miedo? No, de ninguna manera, ya que al evitar mirarlo por las hojas laterales con la intención de reunir la diversidad, descubrí que su rostro vibraba y que luchaba por recuperar su unidad, su síntesis; pero todo fue en vano, el espejo central también fue implacable. Al poco rato, convencido de que mi padre había perdido el control de su reflejo, salí del baño y me fui a la calle. Mientras jugaba un solitario de matatena con unos huesitos de durazno, tuve ganas de llorar, pero al final sólo sentí un poco de coraje. Pensé que mi padre no se había dado cuenta de esa súbita transformación y quizá nunca sabría que el tríptico lo había denunciado. Desde entonces estuve muy agradecido con los espejos; ellos me ayudaron a penetrar en la dura imagen paterna y me explicaron que su personalidad no era tan unitaria, ni tan sólida como él intentaba demostrar con sus gritos y músculos y amenazas y nalgadas. El juego de espejos le devolvió su triste y horrorosa intimidad. Quizá él también sintió el golpe y, cuando me sonrió, lo hizo desde el fondo de su miedo mirándome para indagar si yo había visto el espectáculo de su derrumbe. Pero quedó algo importante: la navaja de peluquero. Objetos inútiles pero significativos, incluso para recordarnos, Filacteria, que nuestros familiares los guardan y los abandonan, como ellos se guardan y se abandonan a sí mismos, a su simple imagen en el espejo del baño o del ropero.

Ahora me precipito hacia el comienzo, hacia la idea que pudo haberse formulado con un pequeño atado de palabras, pero que hasta el término del trayecto se me presentó. Mientras estaba hundido en lo blanco, se concatenaron varias imágenes: Olga Andreyev, Boris Pasternak y la mancha se convirtieron en un cementerio de las afueras de Kiev. Las cruces sobresalen en la nieve. Camino con dificultad, me detengo, pienso que ese extenso campo nevado —una serie de imperturbables abetos lo rodean— se parece mucho a nuestro amor. Reemprendo mi penoso camino con la certidumbre de que la idea aún no es precisa. De repente, siento que me desplazo sobre un grandísimo espejo; cielo y tierra se funden para eliminar toda cordura sobre el espacio. Además, el tiempo desde el que te hablo se está construyendo a sí mismo: yo nunca he estado en Rusia. Tan arbitraria es la construcción que no existen sonidos: al grado de que ni siquiera el ruido de mis botas al hundirse en la nieve se percibe. Ya próximo a las cruces —varias están adornadas con flores de papel—, algo me detiene. Miro hacia el espejo y descubro una hebra de hilo violeta sobre la superficie. Tengo miedo, pero al mismo tiempo estoy contento y pienso-recuerdo-siento-vivo-imagino que ahora sí se encuentra completo nuestro amor. Tengo ganas de que nos metamos en la cama. El samovar debe tener calientito el ambiente de nuestra cabaña.

Para una teoría inútil de los espejos

a las manos vacías

En principio hay que decir que el mejor espejo (no el perfecto) es la gota de mercurio. Ella no sólo reproduce el entorno, sino que toma también la forma de lo reflejado. Que resulta difícil y aun imposible mirarse en ella, es una verdad indiscutible. Pero, lo importante no es que la humanidad compruebe la realidad de su reflejo; bástele saber que existe, aunque se interponga la imposibilidad de corroborarlo. Aquellos que intentaron verse en una gota de mercurio fertilizaron su angustia, o mandaron al demonio a la gota. Es cierto que resulta molesto en extremo tener la certeza de que mi reflejo existe y palpita, pero no puedo saberlo. Sería algo así como que me fotografiaran sin que yo lo supiera o que desde la ventana de un edificio observaran con catalejos mis movimientos más íntimos, para luego encontrar mi fotografía en una revista pornográfica o que mi esposa me abandonara porque le contaron lo de la otra. A decir verdad, una gota de mercurio refleja por todos lados. Da constantes modulaciones al mundo, juega con él, lo asume y lo distorsiona a profundidad con el único fin de observarlo de múltiples maneras en el menor tiempo posible. Estas cualidades no son ninguna novedad; corresponden a su inquieta naturaleza. Sin lugar a dudas, podría afirmarse que ella es una gota revolucionaria, en el sentido más inocente de la expresión.

La gota de mercurio es un buen auxiliar para detectar ciertos males del alma. como el amor-gato, el odio-edificio colonial, o el cariño-alfiler. Indaga en las fobias más extravagantes: a los dedos de los pies, a las cucharas de peltre, a las uñas sucias, a la planicie de la espalda inferior, a Carlos Fuentes, al jabón Castillo, a escribir cuentos con pluma atómica, a las narices anchas, al polvo de las librerías de viejo, a los tuertos, a las mujeres morenas con mal del pinto, a los homosexuales bizcos. En fin, refleja la hipocresía, la vergüenza, el sadismo, la cursilería, la venganza y otros males menores. Desviste y viste a heterosexuales y homosexuales, les pone traje de baño, o simplemente los deja en ropa interior.

En pocas palabras, si existiera una gran gota de mercurio, especie de segunda luna en nuestro firmamento, los hombres acabarían con la comunicación estilo "dame por mi lado". Pero no es necesaria la existencia de tal gota, ya que el mercurio se encuentra disperso sobre toda la superficie de la Tierra, y en partículas a veces microscópicas nos observa día y noche.

Pero la humanidad, siempre dejando para la rueda de la Historia sus dificultades, inventó los espejos, o para utilizar una expresión muy *ad hoc*, encasilló al mercurio. Lo aplanó, lo fijó y comenzó a vestirse frente a él. A partir de ese momento, como sucede con toda teoría, nadie se puso de acuerdo sobre la falsedad y la verdad de los espejos. Que perorar sobre el tema resulta atractivo, es otra mentira irrefutable, y que éste pueda tratarse a partir de cualquier arista, ninguno lo puede sostener.

Por eso es posible empezar hablando del libro como espejo, y desde allí intentar un cosmos de incomprensión. Tradicionalmente se ha considerado al libro como espejo; aunque en muchos casos esto significaba "vivir sin experimentar", o "vivir sin vivir", o "ahorrarse parte del camino", también se han dado otros acontecimientos. Para no ir muy lejos en la Historia de la Literatura, citaremos un caso por todos conocido: la avalancha de experimentaciones formales que se desató desde la aparición del *Ulysses* puso de cabeza los departamentos de cierta clase media mundial. Habría que añadir que el autor del *Portrait of the Artist as a Young Man* intentó escribir una gota de mercurio con su *Finnegan's Wake*, y resultaría ocioso recordar que el hombre después ha intentado, en múltiples ocasiones frustradas, reinventar los espejos con este texto ("textículo" le han denominado los irreverentes). Por su parte, el músico Jimi Hendrix intentó lo mismo que el escritor James Joyce, pero ésta es harina, perros y gatos de otro costal.

Un día, quizá durante una mañana nublada, apareció el espejo del crítico. Alguna mitología escandinava nos explica que ese espejo fue creado por duendes bigotones en el fondo de una pileta profusamente labrada. Hasta el momento de escribir estas líneas nadie ha podido comprobar la veracidad de tal mito; pero se sabe que "espejo del crítico" quiere decir *lugar donde se lava*.

Espejo frente a espejo, fue el primer paso; espejo del crítico antes del libro-espejo, el segundo. Aquí es innecesario informar que estas operaciones provocaron, desde el punto de vista de la dialéctica, un salto cualitativo; pero desde el de los ferdydurkistas, dos pasos para atrás. Y esto fue así porque en el centro nodal del salto, el libro-espejo se convirtió en simple reflejo. La creación de los duendes bigotones, ahora sencilla de esclarecer (cuando se operó la conmoción nadie atinaba a explicársela), consiste en lo siguiente: (habla el crítico) el libro tiene *(debe)* que reflejarse en mí. Una buena cantidad de escritores (¿podría llamárseles así?) se dedicaron a escribir obras para el espejo del crítico; en fin, escribieron bien intencionados reflejos. Las páginas que no coincidían con el espejo del crítico se turnaban a una especie de Santo Pozo de la Literatura. Muchos fueron los que lloraron ante el Pozo, otros tantos los que renegaron y dejaron de escribir, e igual cantidad se encerró en una posada a esperar el momento propicio. Estos últimos no sabían qué esperaban, pero igual aguardaron. Sin embargo, décadas después, hubo un grupo de mujeres y hombres (hacemos la distinción porque durante la primera época la mujer sólo se dedicó a hacer tartas de nanche y zapote) que en buhardillas realizaron varios experimentos hasta que surgió una verdad (tan falsa o verdadera como las aquí vertidas) modesta: el libro y el lector (ya no el crítico) crean un espejo. Pronto, como el descubrimiento de las antiparras, este método pasó de ojo en ojo, y el Santo Pozo de la Literatura comenzó a quebrarse la cabeza contra sus propios espejos. Muchos dijeron que fue un triste espectáculo, a otros no les interesó, y muy pocos se consternaron (los que esperaron en una posada habían muerto muchos años atrás).

La etapa histórica en que predominó el método libro-lector-formando-un-espejo se alargó poco más de un siglo; y como cualquier descubrimiento de carácter universal, éste afectó otros campos del pensamiento, que no consignaremos después con luengo detenimiento. Tuvo su nacimiento, su apogeo, y, desde luego, su decadencia. A pesar de las serias oposiciones que surgieron en diversos puntos del orbe (en especial por parte de los defensores del Pozo, que eran los más), la operación libro-lector-espejo fue utilizada no solamente en las ciudades, sino también en las comunidades más primitivas. En un abrir y cerrar de ojos surgieron especialistas sobre el tema, y pocos saben si ahí se dio el apogeo o comenzó la decadencia, o ambas cosas. La cuestión es que esta técnica se erigió como la forma correcta de crear espejos; pero en sus entrañas llevaba el germen de su futura manipulación. En el otoño de ese mismo año se publicaron varias tesis de doctorado que sistematizaban esta experiencia que, para entonces, ya podía denominarse como colectiva. Sin embargo, en la primavera siguiente, apareció una tesis de doctorado que cuestionaba las anteriores y que, en síntesis decía así.

Debido a que la creación del espejo quedaba a expensas de la arbitrariedad del lector, muy pronto la gente constituyó el espejo que más le convenía, cayendo en su propia trampa: libro + lector + arbitrariedad = espejo perfecto. Obviamente tal infantil concepción degeneró en una tesis peligrosa, pero lógica: el libro como espejo inocente. Y en cuestión de pocos años cada individuo (mujer u hombre) constituyó *su* libro, alejándose a veces ciento ochenta grados del libro en turno. Ya nadie recordaba el origen de los espejos, ni reconocía que los existentes habían cobrado su forma para comodidad del hombre (y la mujer) y para aminorar la angustia que provocaba ser reflejado sin constatarlo. Ante la crisis de aquel método, muchos viejitos se llegaron a orinar de risa, pensando que un posible resurgimiento del Santo Pozo estaba por venir, pero se murieron después más descalabrados que nunca.

En el campo de la filosofía también surgió el discurso de lo perfecto. En ese discurso a la vez que no cabía el menor sofisma, cualquier modificación futura estaba prevista; ya que, a pesar de que afirmaba múltiples sistemas sobre la verdad, admitía, en última instancia, la relatividad de los espejos. Es inútil decir que los Jorobados de Nuestra Señora de París fueron desterrados del Siglo de los Espejos Luminosos (es decir, los tuertos de espíritu se exiliaron en locales equivalentes a las antiguas posadas). El discurso de lo perfecto derivó en tres corrientes.

1ª La que sostenía que nuestro reflejo no era más que nuestro reflejo y que este fenómeno obedecía a leyes físicas comprobables. Los seguidores de esta corriente recomendaban soñar de manera concreta; ¡ay de aquel chaneque que jugara a hacerse el gracioso!;

2ª La que afirmaba que el espejo creaba otra realidad, o para utilizar su fraseología, que nuestro reflejo tenía una existencia suprarreal; o lo que viene a ser lo mismo, que el reflejo es independiente del objeto reflejado. Estos filósofos ponían a trabajar horas extras a los chaneques;

3ª La que no podía asegurar si el reflejo provenía del objeto reflejado o si su existencia era suprarreal. Es más, ninguno de los detentadores de esta corriente tenía espejos en su casa; desayunaban, comían y cenaban sin importarles un comino los chaneques.

Estas tres corrientes llegaron a convivir en la Universidad, con sus habituales controversias y discrepancias, por lo que resultó sumamente normal que los estudiantes se abrigaran a la sombra de una u otra y que después, en los jardines y andadores, compartieran tortas y cigarrillos. Y era tal la fraternidad porque las tendencias a que pertenecían estaban inscritas en el Gran Discurso de lo Perfecto o tendían hacia él (recuérdese la incorporación de lo relativo en todas ellas).

Al margen de las aulas, en cloacas y cantinas de tercera categoría, se generaron serias resistencias hacia esta perfecta manera de ver los espejos. En publicaciones de circulación lateral y en folletines de grises y negras portadas, cuestionaban, y aun ridiculizaban los pensamientos que surgían en las casas de estudio. Sólo para recordar aquella época, que la Universidad calificó de "suicida", citaremos un poema en prosa que circuló de taberna en taberna:

El espejo es un objeto demagógico por naturaleza; sólo sirve para verse y no verse, o para dudar de su propio reflejo. De la misma manera le sirve al profesor, a la vedette, al político, o al estudiante. El espejo es, por tanto, inútil. Es la carpa de cuarta categoría donde se ven o no se ven nuestros sapientísimos hombres. ¿Para qué tanta verborrea, si nada más refleja superficies y el espejo suprarreal (prrr) es igualmente plano, tonto y perfecto? Destruyamos el espejo de la vedette. Rasúrate frente a una lata de sardinas, en un charco infestado de ajo-

lotes, o frente al cabello de un albino. Péinate durante las noches de luna llena ante los ojos de tu amante, o en el brillo de la espada con la que te vas a batir. Gózate en el fondo de un tarro de cerveza.

Al margen de los perfectos y los suicidas, como una semilla que germina en un desierto, vieron la luz otro tipo de interpretaciones. Apoyándose en pensadores de Antaño, algunos autores hablaban del espejo-arcón. Y los que así hablaban, decían que el libro sólo podía ser el resultado de observarse en múltiples espejos, presentes y pasados, con lo cual una novela era considerada como una caja-sorpresa, espejo-arcón, sistema de espejos, ropero encantado, etcétera. Reconociendo por primera vez en la historia de la humanidad el origen de los espejos, crearon, sobre todo, poemas en los que deseaban consignar los diversos rostros del Mundo a través de una suma de espejos. Intentaron hacer lo que la gota de mercurio, escribiendo novelas de cien y más caras, incorporando, en repetidas ocasiones, no sólo una lengua, sino también cuatro o cinco, tanto vivas como muertas.

No se sabe si fue una fatal coincidencia histórica o si la Historia genera sus propios puentes de repetición; pero el caso es que surgió un nuevo espejo del crítico, éste de formas muy complicadas y alimentado ya por toda una tradición de teorías y experiencias en torno al espejo.

Antes de pasar a describir el último espejo, no podríamos dejar de referir el destino de la teoría y la creación del espejo-arcón: ambas expiraron solas, sin ataques ni detractores, como un cerezo que se marchita en el desierto.

Desde el novísimo espejo del crítico el libro se aborda y se desborda de dos maneras: *a)* espejo del crítico antes del libro/espejo, y *b)* la técnica o metodología que tiende a predominar en forma cada vez más poderosa: espejo del crítico después del libro/sistema de espejos, o simplemente del libro/espejo, según la tendencia de que se trate. Los resultados que acarreará este novísimo espejo del crítico son todavía impredecibles (los predecibles ya sucedieron), pero para no obviar la falsedad, este espejo ya es cuestionado desde invertebrados puntos del orbe.

Otro asunto urgentísimo: todos los espejos hasta aquí compilados si bien ya resintieron su lejana decadencia, no quiere decir que desaparecieron; al contrario, siguen reflejando (unos más, otros menos) en muchos departamentos del Mundo.

Ahora, repasaremos brevemente algunos de los argumentos de la invertebrada posición (sé que sus portadores protestarán por lo que viene, pero, como se dice vulgarmente, nos echaremos ese trompo a la uña). Aunque carece de unidad, ya que sus expositores andan por lares muy diversos, intentaremos encasillarla, darle muerte, pues.

Por principio, no cuestionan en bloque la Historia de las Teorías de los Espejos; es más, no se preocupan por cuestionarla. Solamente se defienden hasta la muerte de ella. Entiéndase: no atacan; se defienden (y no son nacionalistas). Y si se ven en la necesidad de cuestionarla, lo hacen con meditado amor (les duele mucho tener que decir estas cosas); piénsese en un amor complejo, sólido y blando, premeditado e inocuo, cuidadoso y negligente (es así, ¿verdad?). Dicen que todas las teorías caben en el espejo, o que cada teoría se instala en una sección específica y arbitraria de él, de ahí la inutilidad y utilidad de todas ellas. Qué tanto ese conjunto de teorías intenta imitar a la gota de mercurio, sin conseguirlo, por supuesto no se sabe. Lo mismo que los autores del espejo-arcón añoran los orígenes; pero a diferencia, por ejemplo, de los suicidas, creen que el espejo contiene a la lata de sardinas y al brillo de la espada, y que resulta un tanto cuanto diarreico mirarse en los ojos del amante durante las noches de luna llena, ya que el mercurio se encuentra disperso sobre la faz de la Tierra; no les importa angustiarse porque su reflejo exista sin que puedan verlo. Se toman la cerveza para emborracharse pero sólo ocasionalmente se miran en el fondo del tarro, para saber si todavía les queda otra poca. Alejándose de los desérticos artistas del espejo-arcón, saben que ningún sistema de espejos o ropero encantador igualará a la gota de mercurio, pero acercándose a los experimentadores de las buhardillas, argumentan que hay que pararse frente al espejo y verse en él como si se tratara de una gota de mercurio, o sea también exaltan la iniciativa del lector en la creación del espejo. No excluyen a los tuertos de espíritu; es más, aseguran que es necesaria su cuenca vacía para acercarse a los orígenes. Creen en la utilidad del espejo, pero siempre y cuando (como gritaban los suicidas) la contemplación no resulte como la de la *vedette*, y que la *vedette* se vea en el fondo de sus ojos de lentejuela. Entienden, no lo niegan, que sus planteamientos pueden generar reacciones alucinatorias y macabras, y que después de tantos esfuerzos se considere al espejo como un objeto repelente, ya que ante él, como ante la gota, es probable descubrir la hipocresía, la vergüenza, el sadismo, la cursilería, la venganza y las fobias más extravagantes y tuertas. Sin embargo, están convencidos de que es mucho mejor danzar sobre el borde del precipicio que discurrir sobre una y solamente una dimensión del espejo. Entre otras falsas recetas recomiendan que el texto o el libro se despliegue como objeto provocador (sin caer en insomnes disidencias), y que si bien ello producirá miedo y angustia, hay que permitir la provocación y hundirse en la gota, disculpe usted, en el espejo, a través de sus ranuras, hebras de hilo, orificios y otros defectos igualmente felices. Si se saltó el escollo libro/espejo-repelente y existe la disposición al hundimiento, se puede tomar y crear el libro, no nada más como espejo provocador, sino también como espejo imperfecto (no lo sería si se excluyeran las ideas cuasimodas y babosas; además, habría que buscarles otro nombre o evitar el que tienen en el interior del espejo). En el discurso de una defensa amorosa, se puede blandir cualquier discurso de lo imperfecto, y al decir "cualquier" se supone que el discurso imperfecto siempre es profundamente íntimo e individual (se exige que no se caiga en la arbitrariedad de crear un libro ciento ochenta grados ((en ningún sentido)) distinto al que se lee). Si el individuo se enfrenta al espejo considerándolo un objeto imperfecto, es muy probable que el espejo profundice la verdad y la falsedad de lo reflejado y que le desentrañe niveles de existencia antes desconocidos para él. Cuando lo rodeen todas estas condiciones bellas y amenazantes, se verá y se experimentará que el tiempo y el espacio comunes y corrientes comienzan a modificarse, y hallará tiempos distintos y espacios sin espacio, o espacios que sólo aceptando la grieta se vivirán. Es decir, el espejo puede crear diversos lenguajes y su horizontalidad será una mera circunstancia. Una vez que se encuentre a sí mismo en alguna de las infinitas dimensiones del espejo, dispóngase a amar, ya que, para entonces, no le resultará extraño que su cónyuge tenga cinco piernas y que usted mismo sostenga en sus manos la delicada cuerda con la que evitará la dispersión, sin importar que usted sea hombre, mujer, o ambas cosas.

(1980)

Posdata

Yo prefiero decir que estoy presente en los crepúsculos, en los cielos encendidos de la ciudad donde nací, en las luchas que un niño llamado Narciso Espejo realizó contra los fantasmas que lo rodeaban. Prefiero dejar mi nombre en edificios de eternidad, en lo efímero de siempre, en la permanencia de lo que sólo dura un instante.

GUILLERMO MENESES, *El falso cuaderno de Narciso Espejo*

Hay tres temas: el amor, la muerte, los espejos y las moscas.

AUGUSTO MONTERROSO, *Movimiento perpetuo*

En el pueblo de los zapotecas vivía un joven. No entretenía con palabras como *ve* y *vuelve*... Era tranquilo como una agua muerta.

ANDRÉS HENESTROSA, *Los hombres que dispersó la lluvia*

Sólo estoy esperando que amanezca.

NEIL YOUNG, *After the Gold Rush*

Daniel Sada

❖

LA AVERIGUATA

Al tocayo Daniel González Dueñas

LUEGO de darle al jale aquí en Charcos de Risa por lo común la gente se reúne —hacia el atardecer, al aire libre— en distintos lugares de la localidad: comenta acalorada sobre, uh, livianas fantasías que nacen de lo real, sobre un equis asunto, vasto e insuficiente, que ofrece muchas formas de entenderlo y recrearlo; también, porque se vale, aparece sin más el calor de un recuerdo, lo que llamea e invita todavía. Ya para entonces de las casas se sacan mecedoras donde —acompasadamente—: sean hombres, sean mujeres: se meten en el chirle y de pasada aprovechan el fresco que viene de la loma.

Ah, pero hay un grupo aparte, el cual, sentado en tres, cuatro piedrones, pues tiene varios años de seguido juntarse en la supuesta esquina ubicada al noreste del enorme terreno salpicado de truenos y guapillas, por más señas, donde está la oficina de correos, mero enfrente de la carnicería, la única que existe, propiedad de don Judas Avelar, quien también pertenece a este grupo en mención… Bueno, además de él son cinco, a veces seis o siete, los que a diario se apiñan bajo el foco esquinero —excepto los domingos— a discutir de cosas que ni ellos mismos saben bien a bien. Abunda el mecateo de concepciones enmedio de ademanes en lo alto, aunque, por lo común, no hay nada que merezca siquiera amanecerse: nadie entonces.

Cierto, de cuando en cuando un tema prosigue al día siguiente y puede que se alargue hasta una semana o dos o más allá; no obstante, es raro que suceda.

Se ha hablado, por decir, de galaxias chinitas de estrellas increíbles, de cuando el hombre pisó por vez primera la luna de aquí arriba, fue grande ese rumor. Siguiendo el hilo, se ha llegado a decir que entre nosotros hay algunos fulanos de otros mundos que nos tratan de tú y andan vagabundeando en la región diciéndose parientes o amigos o curas bienhechores o... Son gentes parecidas que hablan nuestra lengua. Asimismo, se cuenta de crímenes maestros, de audacias infalibles, de inventos de la ciencia que pueden hacer mal aun cuando pretendan hacer bien, o sea...

Afanares mentales.

De esto es precisamente lo que se va a contar: de un caso desmedido que a pesar de los años sigue en boca de todos, tomando en cuenta que todavía pululan al respecto montononal de ideas descabelladas, sendos puntos de vista y cuerdas sin final; pero, antes de proseguir, es pertinente hacer la aclaración: el susodicho grupo no es cerrado, quien quiera puede entrarle; es bastante sencillo: más o menos el sitio está en el centro y no es muy grande aquí; de hecho, unos cuantos se arriman nomás a ver y a oír: los mismos que no vuelven; la mayoría es muy intermitente; a otros, por el contrario, les gusta entrar de lleno: he aquí los enfrascados... Así damos comienzo.

Fue la vez que un fulano apareció pequeño en la distancia. El gran llano contiguo a este villorrio le quedaba de marco: demasiada tintura vespertina para una figurita que apenas se movía. Visto: conforme fue acercándose no cambió suficiente su tamaño. Vino, como predestinado, en directo hacia el grupo. Su chaparrez era conmovedora, mas su mirada no: por brillar tanto o por ser tan bailonas sus pupilas, siendo que la mera verdad sí daba miedo. En fin, cuando llegó sin preámbulos dijo:

—Quiero que me den agua, por favor. Yo voy de paso y vengo de muy lejos.

Casi una orden pues, aunque tenía razón, nomás de imaginar la caminata… A cambio, ¡qué buen recibimiento!: porque: no hubo sobresalto de ninguno y: presto que se acomide uno del corro a traerle una jarra: la cual: se la bebió de un sorbo el individuo. No dio las gracias éste, no era de cortesías ni tiquismiquis, antes bien que se sienta en el suelo ante la vista incrédula de todos. Entonces le llovieron las preguntas: *¿No que iba de paso?* Ésta fue la primera: al sesgo algo mordaz: un modo muy taimado de quererlo cortar, pero las que vinieron —en chorro, sin concierto— tenían un tono amable: *¿De dónde vino usted?*, o *¿cómo supo llegar?*, muchas por el estilo…, *¿Ya había venido antes?*, etcétera. Él, por toda respuesta, dijo ser de un lugar llamado "Mamaleón", que está en la parte sur de Tamaulipas, en la zona huasteca.

Y ya entrado en calor les reveló su plan: no era otro su ideal que caminar hasta donde llegara, desde luego tomándose descansos, y cuando ya sus fuerzas fueran puro estropicio —asunto muy remoto, dado que se veía membrudo y rozagante— sólo por tal motivo se asentaría definitivamente no importándole el sitio. Pero eso era improbable, por saber que jamás podría llegar a viejo, no lo deseaba al menos, porque lo que envejece siempre falla pese a tener sobrada autoridad. Sépase que para los guarismos que hacían estas personas por costumbre hasta entrada la noche una inferencia así despertó de inmediato viva curiosidad en general, que no recelos cortos o sordera infeliz.

El forastero, sintiendo la importancia, ya notada, ya amplia, calculó su argumento. No quiso prodigarse. No era un pipiolo para desconocer en qué consisten las primeras veces: los tratos con extraños. A lo que: es que podía romper con alguna estructura y el abrirse la capa le resultaba impráctico, además su cansancio aún no había menguado, por supuesto quería recuperarse.

Dicho hombre, como quiera que sea, tenía más cancha que ellos por ser aventurero y prevaricador, siendo que para colmo las cosillas veniales, en esencia, no valían ni siquiera una mueca de él, por lo tanto, una vez esbozados sus anhelos, resumidos en unas cuantas frases, que se calla la boca. Eso era lo mejor por el momento: escuchar raciocinios con sincera humildad: sacando conclusiones, acaso aprendizajes.

Por ahí alguien le dijo, de refilón nomás: *¿No quiere usted más agua?*... Sí, ¡claro!... Le fueron a traer: tamaño jarro vino; con ello se evitarían por ende nuevos viajes, cumplidos a lo bruto. Enseguida, que lo ignoran de plano, pues los del grupo continuaron su plática —interrumpida por aquel arribo— referente al misterio de esos seres que rondan por los alrededores: enviados del demonio, quizá de otros planetas.

Vaya que oír enmedio del desierto debatirse a unos cuantos sobre algo tan gorgóneo hizo que el que llegó entrara en situación. Ahora sí que deveras le dieron ganas de especular adrede. Los temas perentorios al parecer eran los predilectos de este grupo: terribles desenlaces, apócrifos acechos...

El seguimiento fue más alarmante: se dijo que hasta la misma gente conocida que vive en el villorrio y desde que nació podía ser uno de ésos. Uno que viene a espiar lo que aquí pasa para en el viaje póstumo regresarse volando ya con la información sepa a qué lejanía. Uno que se comporta como todos y que no usa artilugios ni nada llamativo: no tiene por qué hacerlo. Entonces, ni para cuándo descubrir quién es o quiénes son.

En consecuencia hubo desacuerdos, los "sí" y los "no" expresivos, con el sabor de las adivinanzas que no llegan a ser sino aproximaciones que se estrellan contra lo superior, al fin: vicisitudes. Esto muestra a las claras que en la localidad no queda más remedio que imaginario todo, porque todo es distante, sí, ya que de otra manera la tristeza sería: aquí: el único valor; bueno, es posible.

Paso siguiente, por parte del fuereño, hablar, por dos razones: la primera, de a tiro se evidencia: que si adoptaba una actitud pasiva levantaría sospechas acerca de que él fuera un presunto demonio, que había llegado a oírlos solamente. Ah, ¿y qué tal si lo ahorcaran nomás por mosca muerta? No; la segunda más bien era una deducción, la cual: si había pedido que le dieran agua debía de agradecerlo dándoles un motivo para que ellos tuvieran un tema que tratar en el futuro. Al cabo arremetió:

—¿Ustedes saben lo que es la bomba atómica, aclaro que la nueva, la que destruye al mundo?

No, ¿cuál?, ¿existe?... ¡Vaya!, la palabra es confusa: explota, daña, ¿qué? Aquéllos la asociaban con el agua; sí: un objeto mecánico y un pozo, o sea una bomba de las conocidas, ¡qué lejos de lo cierto! Por consiguiente: fueron apareciendo los asombros —tímidas alharacas y expresiones atónitas— que dada la tirante circunstancia fueron disminuyendo luego del estupor. También: por el tono de voz del forastero, su aplomo, su franca sobriedad, referirse a un estrago de anchuras semejantes no era para jugar a las figuraciones.

De rato, alguien aventuró: ...¿*Acaso el mundo puede terminarse?*..., dando pie a que surgieran variados comentarios y preguntas casi casi infantiles sólo por no dejar. ¿Quién tiene el detonante?, nadie sabe; ¿dónde está?, ¡ojalá se supiera!; ¿para qué crearon algo tan horrible?, por sandez nada más, por diversión malsana; ¿de qué tamaño es?... Oh, la ciencia, la estentórea osadía de lo posible. Y se fraguó el desorden porque siguieron las interrogantes pero el hombre que vino pidió calma y:

—Debo decirles que ese artefacto es demasiado chico,

aunque se sabe que su poder abarca a este planeta, según los datos dados a conocer en diversas revistas y periódicos, está metida en alguna botella, o llámenle "redoma" o "damajuana"; no obstante, basta una destapada para que el mundo se desintegre ya: en dos o tres segundos. Lo malo es que la tal quién sabe dónde esté. Puede estar escondida en un lugar recóndito, incluso hasta en las casas de cualquiera de ustedes. Lo que les recomiendo es que no abran ninguna, más si se trata de una primera vez, esto es por si las dudas, puesto que nadie sabe cuál es la verdadera. Reconozco que esta información es cruel porque es a medias, no dice, por ejemplo, que el siniestro explosivo pueda estar ubicado en la cima de un monte o en el fondo del mar; si en el desierto o adentro de una casa; si en una selva ingrata o guardado con celo en una caja fuerte… Nada. O sea, repito, que en cualquier parte de este grandioso mundo puede estar. Por eso, yo nomás les advierto: ¡sepan que hay un demonio que quiere destruirnos!

El panegírico, fatídico o fingido, con sus causas y efectos demasiado incompletos, quedó como sellado, como una redondez que no permite salideros guasones; fue un vil despachadero conceptual para dejarlos mudos y pensando.

Al menos no les quedaba de otra que no creerlo o sí: ellos de plano parecían estatuas, en apariencia: sin juicio u opinión, bastante resumidos. Ante tal circunstancia el hombre dijo:

—Yo sigo mi camino, voy de paso… Si algún consejo quieren ya lo tienen: no destapen botellas.

Y se fue por el lado de la loma cuando la tarde estaba por desaparecer.

Estupefactos quedaron los del grupo siguiendo con la vista aquel alejamiento, pero uno de ellos, saliéndose valiente de la bola, caminó algunos pasos para lanzar la última pregunta a pecho abierto:

—¿Y usted, señor, en dondequiera que nada va diciendo la nueva? ¿A poco usted va a recorrer aprisa el mundo entero para que todos sepan esta noticia fea?

El hombre sin voltear dijo que sí; un "sí" difuso, apenas, incapaz de colmar o resolver; allá, redicha, la mínima figura que se pierde: figura diabla, ¿o qué?: figura sacrosanta, y acá lo tremebundo más o menos, porque por resultado se crearon divisiones.

A partir del anuncio hubo gran alboroto. Era una discusión que debía continuar durante bastante tiempo, no digamos semanas sino: hasta que apareciera la verdad: ¿cómo?, ¿cuando todo por fin se reventara? Eso sí que en conjunto quisieron aclarar lo principal: es que varios pensaban que si también el hombre había incluido portolas, botes, frascos. No, ¡caray!

Bola de cabezones los dudosos. Claramente lo dijo: "botellas", "damajuanas" o "redomas", aquél no entró en detalles. Después unos conjeturaron a pie firme que el ser desconocido había venido aquí nomás a sembrar miedo.

Otro, un hombre pachorrudo, tratando de no zaragatear la índole del tema, llegó a la conclusión de que el horror propende siempre a que las predicciones se exageren, y a contrapelo, por salir airoso, se despidió del corro prometiendo venir al día siguiente. *¡Epa, tú no te vayas, debemos de quedar en algo fijo!* El hombre, el que quería zafarse sabiéndose ingenioso, metió freno a su escape y volvió acá un poco cabizbajo. *¡Nadie se vaya que no es sana* la *cosa!*... Hubo otros, sin embargo, que sí creyeron que una moción de tal envergadura no se prestaba a escepticismos burdos, y más teniendo en cuenta que a últimas fechas el grupo había abordado cuestiones similares, aunque, ésta fue la puntilla: "Se va a acabar el mundo", y no faltó quien dijo que eran puras mentiras.

Dos horas transcurrieron y: arreglos, desarreglos, simplismos, apatías, al fin: la concordancia.

Estimar a la postre que la noticia no era sino el adiós mundial fue la idea que se impuso, más por terror que por discernimiento, y, en efecto, por angas o por mangas la acción del hombre que llegó y se fue —correlón y con cara de susto, como si huyera de un antro prohibido— significaba, sin lugar a dudas, que el artefacto podía estar escondido en este punto: acaso el más remoto o el más insospechado. Sí, no había que darle vueltas, por algo vino aquí tan en directo. Asimismo, y a modo de refuerzo, él no pidió ni techo ni comida; agua nomás, bastante, y ya con eso.

Luego, por incongruentes, varios procedimientos quedaron descartados, el principal se enuncia: el hecho de acudir ahora mismo a casa del mandón a informarle sobre la mala nueva para que éste enseguida diera el aviso a la localidad de ser posible a través del micrófono y las cuatro bocinas que cada cuando usaba para actos oficiales: no, pues no, la prudencia aconseja que es demasiada falta de respeto interrumpir el sueño de una autoridad, ¿qué tal que ya estuviera con la luz apagada y quehaceroso? En todo caso la visita se efectuaría mañana a primera hora.

Entonces, los esquineros, en forma personal, deberían de tomarse la molestia de que la información se supiera mucho antes de que llegara el alba evitando que nadie para entonces ignorara el albur que representa la simple destapada de botellas, pero era harto difícil; ya si otras gentes, los familiares mismos, tenían iniciativa de ir de casa en casa o hicieran grande aquello a base de alaridos callejeros: eso sería lo óptimo, digamos.

Todavía, y por necesidad, abundaron las glosas; sin embargo, ya al filo de las diez los del grupo se fueron retirando. De hecho, tenían que acomedirse.

No en balde la incógnita más fea consistía en que durante este lapso algún irresponsable candoroso realizara sonriente la maniobra. El tequila, el sotol, como se sabe, se antojan en la noche, no tanto las cervezas o las sodas. Qué enorme paradoja sería eso de ir a buscar placer en la bebida para toparse a cambio con algo destructor: ¡del mundo entero!, y sólo en un abrir y cerrar de ojos.

Colosal o pequeña la acción infatuaría los sinsentidos, y he aquí que una catástrofe total daría margen también a muchas ilusiones, pongamos como ejemplo: un más allá de almas flotando en el espacio, ¿viajando?: bueno fuera.

Mientras tanto…

"Se va acabar el mundo… Ya está por acabarse", si no textual la frase: eso fue lo primero que cada uno del grupo al llegar a sus casas respectivas dijo a sus familiares —incluso los escépticos, que si bien todavía tuviesen dudas acerca de lo dicho, no podrían arriesgarse a hacer bromas pesadas: destapando y a ver—, tan luego la noticia se pormenorizó.

De resultas: se hizo el movimiento al tiempo que el rumor salió a rondar, habiendo aún personas —dos o tres siempre hay— que desmentían la probable hecatombe aduciendo, de acuerdo a la gallofa expuesta a la carrera, que si la bomba estaba, por decir, allá abajo del mundo, de todos modos era de esperarse que el siniestro ocurriera pese a pese.

Y de ello se desprende que la tragedia póstuma no dependía por cierto de los cuidados que la gente de aquí tuviese con los cascos cerrados. Por ende esos mordaces pesimistas se carcajeaban frescos y descaradamente a la vista de algunos —para que se escamaran y vieran todo negro o todo blanco en un instante falso— se decidían a abrir una botella retando a los designios de un final volador y capitoso. "¡No lo hagas!, ¡no te burles!, ¿no ves lo que está en juego?" De seguro serían las réplicas *sui generis;* por lo pronto: ¡qué suerte!

Por lo demás, el zumbido exterior se desbordó, pues no era para menos una noticia así; ante la gravedad nadie que se enterara podía irse a la cama indiferente, sino que se salía aterrorizado en busca de más datos, y puesto que el mensaje de aquel hombre viajero para colmo obligaba a entrar rápidamente en minuciosidades, cada quien advirtió que todavía quedaban bastantes hilos sueltos cuyo atado quizá no fuese necesario.

De entre tanto fragor y desparramo de modo natural fueron formándose pequeños grupos: los piadosos, los prácticos, los elucubradores y los correvedile. Para estas alturas los esquineros habían pasado a un segundo plano; diluidos, dispersos en el barullo incierto de principio se debe agradecer que hayan cumplido con su cometido.

¿Y qué decir de los correvedile?, ahí andaban chismeando y retorciendo. Muy aparte situados los piadosos; por cuenta propia rezando a la intemperie sus rosarios con los brazos abiertos pidiéndole al Señor clemencia y plazo. Al respecto se aclara que hasta la fecha no hay en el villorrio ni párroco ni templo: ¡pueblo hereje!, más bien: ¡pueblo dejado de la mano de Dios! En el desierto, lejos, seis personas creyentes no hacen cantidad. Entonces, vayamos con los prácticos...

Ellos, por lógica, inicialmente optaron por discernir dónde estribaban las complicaciones. Por el momento: "creer"; luego: "seguir creyendo", y hasta no ver la luz del nuevo día no pensar diferente. Segundo punto: no irse a dormir por tanto, no enfadarse. *La actividad común es lo que hace más falta.* Correcto, sí hubo aprobación. ¡Vaya!, los prácticos ganaron; como eran de entre todos los serios, los luchones, mejor dicho: los que ponían remedio, en apariencia al menos, a ellos se unió la mayoría confusa, incluyendo también a algunos pesimistas, que eran por supuesto los elucubradores; unos, si bien; los restantes, en paz y con distancia: ¡mirones desconfiados! Orden: al cabo: regular: si se quiere. Ya el frío apretaba hacia la medianoche, pero.

A partir de esa base suscitáronse pues las últimas hipótesis para luego dar paso a las tareas. Esto: que si la bomba metida en las redomas tenía forma boluda: acaso una canica o una posta, posible una pastilla o un chocho transparente. ¡Sepa! Podría ser algo informe: mera sustancia densa, tal vez indistinguible. Declararon los prácticos que era necesario revisar con detalle todo lo que estuviera embotellado: los tintes de los líquidos, y si se descubría, siquiera, alguna basurilla hundiéndose o notando, estas redomas deberían colocarse en un lugar secreto, muy lejos del alcance de los niños. A ellos, desde luego, para evitar percances, era mejor sacarlos de las casas, aunque lloraran pues. La situación no estaba por ahora para consentir gracias ni diabluras de nadie.

Vino el mandato ya: salido de la boca de un encuerdado jefe incidental, quien, deseando ser modelo, manifestó con tono paladino que él sería el primerito en hacer el trabajo, así expresó que todos por igual, con margen de un ahora, habrían de ir a separar botellas: las buenas y las malas. Después venir de nuevo al susodicho sitio a bien de concentrarse para esperar la orden subsecuente. Era bueno el propósito, ya que si no andarían por ahí durante la noche con las cejas paradas nada más y sin saber qué hacer o gritando a lo loco. Sí, pero… Se dio el caso también de algunas gentes que dijeron no tener en su casa un solo casco: ni vacío ni cerrado, vamos, ni un perfumillo en frasco… Entonces, ellos ayudarían a…

Sería horrible pensar, dado que cabe, que Juan Ruperto Amor, propietario del único bazar de comestibles y de abarrotes varios con que cuenta el villorrio, y que sirve también de expendio de licores. Todo él: rico, monopolista, eso —quien se unió al gran conjunto—, llegara a suponer que los famosos mezcales de Oaxaca traídos por él mismo hace ya tiempo, los cuales, los de categoría, por lo común albergan a un gusano que dormita hasta abajo rebosante de pisto, alguno de ellos fuera nada menos que la dichosa bomba. Ah, eso estaba por verse, bueno, sí, si eso pudiera darse, aunque saberlo era mientras tanto como una pesadilla estrepitosa que al cabo se abría cancha en los demás: porque al exponer en voz alta su miedo Juan Ruperto ante el grueso de aquella muñidiza: muchos pensaron que ahí estaba el meollo del problema. Además éste dijo que el trabajo a efectuar le llevaría de cuatro a siete horas por tener en trastienda enorme cantidad de damajuanas lentamente añejándose y a manera de cierre dijo que en su negocio no había niños traviesos ni forma de que entraran.

Cierto, a raíz de lo expuesto por Juan Ruperto Amor el enfoque cambió; ahora merodeaba el dilema que existe entre lo que es absurdo y lo que es funcional; mientras que el uno abruma el otro minimiza: o sea: dicha argumentación daba oportunidad a los escépticos —que estaban al acecho de las posibles fallas— para advertir que aquel trabajo múltiple era desde un principio ineficaz, pavón y sin sentido. E intervinieron varios despotricando en contra del hacer colectivo. Se atropellaban las exposiciones, y más que dar cabida al fatalismo para ellos lo importante era hacer ruido: crear a ultranza y aprisa un jaleo extraordinario capaz de meter freno a tanto batidero; no obstante, por ahora, un "no" definitivo era imposible.

Si la urgencia de antes y de muchos estuvo casi a punto de moldearse: pues no, ni para cuándo: porque la averiguata pudo más: aquella fue tan lírica y tan larga que despertó al mandón. ¿Sería?, un sobresalto enorme, afuera, en plena noche, y entre que somnolencia trepidante y ambigua realidad éste dedujo al vuelo que entre los lugareños algo descolorido se estaba cocinando. El hecho se le hacía bastante inexplicable dado que nadie, ni siquiera algún guardia del orden general, había venido a tocarle la puerta.

El mandón como pudo se vistió al tiempo que veía por la ventana movimientos de gente apenas insinuada por la luz de la luna y alguna que otra lámpara de mano. Salió, muy de puntitas, es que: el familión dormido: que continuara igual. Ya estando al aire libre que se encarrera todo desguachipado y: con los pelos de punta: pues no tuvo ni chanza de ponerse el sombrero. Sí, en tinieblas llegó adonde estaba el grueso del tumulto seguido por seis, siete, ocho curiosos que se agregaron a su correntida.

—¿Qué hay? ¿Qué hubo? —que pregunta asustado al hatajo prolijo de siluetas que casi estaba al borde de reatarse: unos por no dejar que los demás hicieran, por *ex profeso* complicar deveras lo que en sí mismo era insuficiente.

Es decir que el mandón llegó puntual. Es decir que si el colapso fuese mero invento los habitantes de Charcos de Risa —a la sazón dicharacheros y asimiladores—, fruto del pánico, acabarían fregándose entre ellos a trancazos, araños y mordidas. Pero esto si bien tan sólo es un escalmo que merece meterse entre lo ya metido.

Por cordura o temor se creó en contraste luego un silencio muy turbio y como atolondrado: como si el mandón fuera el diablo en carne y hueso que viene a pedir cuentas, o Dios aquí también: sereno y bondadoso. No, aunque: era la figurilla principal la que venía a enterarse, la que angustiada repitió dos veces esas finas preguntas de hacía rato, y nadie, salvo, siendo que la mudez ya revelaba desbarajuste e inseguridad: todos —sin cuchicheos— con vehemencia de absortos idealistas: esperando: hasta que...

Fue un esquinero el que contó desde que el hombre aquél... Paso por paso: etcétera. Obvio que esto necesitaba de largueza. Por fin llegando al hecho y al motivo de que estuvieran tantos despiertos y reunidos a esas horas, el común, por lo visto, haciendo a un lado las obligaciones: las de diario, se ve, empezando por las desmañanadas, el narrador no pudo proseguir, dar un cierre adecuado, aunque sí puso en claro el desconcierto.

Es que el mandón se carcajeó de plano, infame retorciéndose cual si el informador le hubiese dicho con absurda congoja una talla repleta de zonzeras. Parecía demoniaca su ronca risotada, a propósito demasiado ruidosa: con ganas de hacer eco por doquier; el colmo: duró más de un minuto sin parar, al extremo de dolerle el estómago, de salírsele el llanto por no hallar la manera de contenerse ya, acaso porque entendía de sobra la puntada.

—¿Pero cómo es posible que ustedes crean tal cosa? —clamó después sin apagar del todo su motor carcajiento; en contraposición la seriedad reinante se rompió, unos se contagiaron y— ¡válgame! —hubo luego explosión pero de chachalacas, no fuerte sin embargo.

En cambio, nomás dio su respuesta sarcástica el mandón y los escépticos aprovecharon para hablar en desorden, destacando, por real y superior, la victoria aplastante de sus razonamientos, entiéndase en resumen que ni una bomba estaba en las botellas, que el mentado explosivo pues no podía existir porque pues no; asimismo, los piadosos metieron su cuchara arguyendo, enojados, no estar seguros de si sí o si no, que sólo cuando a Dios se le antojara habría de señalar el fin de este espectáculo de vidas, dado que los asuntos misteriosos son algo más que una problemática; los prácticos, según esto: bien fríos y presumidos por tener siempre los pies sobre la tierra, gritaban al igual que los correvedile; entre el meneo de voces por ahí Juan Ruperto tratando de…

Para no irnos tan lejos: de no haber cuadratura la batahola podía degenerar en mofas y revanchas, ergo, el mandón supo que debería encontrar y para bien una resolución de plano autoritaria.

Sí, no pretender en vano dar la respuesta ideal al montón de supuestos peleados entre sí.

Lo mejor sería entonces seguir sus convicciones cayera quien cayera: porque de todos modos de él se esperaba una disposición. Empero, le llevó largo rato darle al clavo a la más equilibrada, la más correcta y también la más simple: ¿cuál? Durante ese rato no hizo el menor caso al destrampe común, supo, como primera regla para él mismo, que debía de tomar una actitud muy seria, sin flaqueza de ánimo, sin ningún carcajeo digamos inconsciente, y limpiándose aún el lloro semiseco de la risa, medio calmo les dijo:

—¡Silencio, por favor, exijo compostura!... Miren ustedes, para que no haya duda es necesario que todo el mundo traiga las botellas, y los que no, que no: mejor que ayude a los que tengan más. ¡Hay que romperlas en este lugar antes de que amanezca! Quien no lo haga pagará por mañoso una cuantiosa multa que mejor ni les cuento... También se me ha ocurrido que a partir de mañana y desde muy temprano los guardias a mi cargo realizarán un cateo general casa por casa, al que se le descubra una sola botella y con el tapón puesto ya verá más adelante lo que le va a pasar... Es necesario que todas las personas de la localidad vean con sus propios ojos que no hay bombas ni nada parecido, que ese hombre que vino y que se fue apurado era un loco fuereño como tantos que hay... Ahora, que si el mundo se acaba de a deveras, pues que se acabe pues, tal vez la otra vida sea más prometedora. Pero eso sí, no vamos a pasarnos lo que vivamos de ésta preocupados por una cosa incierta. Así es que ya lo saben: ¡vayan por las botellas!, aquí nos vemos dentro de dos horas. Quiero que todos queden desengañados rápido, y si no; que nadie se dé cuenta de lo peor...

De a tiro se escucharon voces increpadoras: una algazara leve que finalmente fue disminuyendo, dado que se trataba de un ultimátum justo, de una valentía incluso responsable ante una fuerza horrenda por gigante y difícil de entender. Claro que algunos peros sí tenían mucha cola, el caso es que ninguno se oyó bien.

Y de vuelta el silencio se hizo grande cuando con tono áspero el mandón reiteró para calmar los ánimos:

—¡Ésta es mi decisión: duélale a quien le duela! Yo no caigo en la trampa de un fuereño bocón y no quiero que caiga nadie de este lugar; pero voy más allá: si todos nos morimos puede que sea correcto o puede que no sea: habrá que resignarse a lo que venga… Pues, entonces: ¡vayan por las botellas!… Ya saben que en dos horas comienza el rompedero.

No obstante, el más perjudicado, Juan Ruperto, por mil razones lógicas, sacando el pico de entre la multitud, clamó con gravedad:

—¡Yo tengo un poco más de cien botellas; ése es mi patrimonio, el más valioso… Y mire usted nomás: voy a volverme pobre por una tontería! No me parece justo lo que nos ha propuesto.

Si bien se ve: aquella aclaración era para reírse, aunque el mandón, ecuánime, sintiéndose por cierto bastante justiciero, respondió de inmediato:

—¡Mentira!, usted es ricachón. Ciertamente si dona sus botellas disminuirán en parte sus haberes, aunque es como quitarle un pelo a un gato, puesto que aún le quedarán cuantiosos abarrotes. No creo en definitiva que este desprendimiento en beneficio de Charcos de Risa lo arruine para siempre; antes por el contrario: su acción será admirable, pues deberá saber que las gentes de aquí se lo agradecerán y de por vida ¿no?

Se oyeron unos "sí" más o menos audibles mientras que Juan Ruperto con lentitud bajaba su cabeza en señal de humildad: esa cabeza peinada para atrás y experta en los negocios que al cabo de un minuto volvió a alzarse. Todavía nadie se iba y el comerciante hablóle al mandamás —ahora con más calma— para explicarle que en el plazo indicado no le sería posible acarrear la gran suma de redomas y que necesitaba de la ayuda de algunos.

Excusa innecesaria, sin fundamento serio, dado que usando un par de bolsas con agarraderas podría traerlas todas y mucho antes... El problema: las vueltas, aunque era lo de menos...

Aprovechó el mandón dicho reclamo para llamar a los dos o tres guardias a su cargo que por no estar presentes —como debe ser— cuando se les requiere: en boca de los muchos se prolongó la apelación gritona, la cual no tuvo alcance, es que: ninguno de ellos vino: ¡sabrá Dios dónde andaban!, ah, ¡qué escondidos los tales! A su modo: ¡qué listos! Así, se ofrecieron algunos voluntarios. Sea: ¿ya qué podría decir el ricachón?

Poniéndose de ejemplo y profiriendo en vano una arenga superflua acerca del deber: el mandamás todavía mencionó que en su casa guardaba unos cuantos licores de gran clase que él mismo traería acá para romperlos. Y decimos "en vano" porque éste se quedó hablando solo como un loco en lo oscuro; siendo que Juan Ruperto ya se había retirado seguido por seis, siete; así también en dispersión se fue la multitud.

En cuanto al comerciante, en efecto, el mandón tuvo el tino de tocarle con suma perspicacia la parte más sensible de su mente objetiva, es decir: la caridad suprema —ahora a prueba— y a la vista de todos, por lo mismo: el valor legendario que esta trae; en consecuencia, no le quedaba de otra, porque si se negaba bajo cualquier pretexto quedaría en evidencia su egoísmo.

Bueno, lo siguiente es trabajo de interiores: busque y busque la gente las botellas cerradas inclusive tal vez en donde no hay. Con esto, sólo de imaginar las conmociones: uh: tiraderos adentro y casas al revés; y dada la sentencia sacada de la manga: ni una de esas redomas podía ignorarse adrede, porque: ¡cuidado! Premuras harto dóciles a expensas de una sanción injusta. Sin embargo: eso era lo importante, que ya no el miedo al zambombazo póstumo.

Todavía no pasaban ni dos horas cuando: poco a poco el regreso de unos después de otros con botellas intactas al punto de reunión, al sitio cónclave donde el gran episodio iba a ocurrir, pues de inmediato, sin autorización, empezó el quebradero: oscuridad —y ¡zas!— por testimonio: ninguna llamarada anunciadora ni centellas fantásticas, únicamente instantes dolorosos, explosiones de líquido más falsas que livianas que pronto demostraban la dureza del mundo y la enorme falacia de aquel hombre viajero; ¡zas!: vidrierío, desgarriate, fiesta de esquirlas que invisibles saltaban; hasta el momento lo trágico no era más que alivio y espanto indefinidos. Empero, sí hubo lastimaduras, aunque leves: unas gotas de sangre y nada más. Lloros, clamores de niños y mujeres al compás de los traques; los hombres, dizque bravos, al tiempo que apedreaban las redomas retrocedían incautos esperando el final, y al percatarse que aquellos estallidos anodinos no emborronaban ni destruían siquiera la rigidez del suelo: arremetían de nuevo retadores: y por lo pronto no. Claro que no eran todas las botellas: faltaban muchas más, puesto que apenas se habían ejecutado cerca de veinticinco: sodas, cervezas y diversos refines; esto, si las personas no fuesen renegadas y guardaran algunos para luego, dígase que con buena o con mala intención. Mientras tanto el desorden y los sendos propósitos de refutar lo dicho o no saber ni qué.

Muy antes de cumplirse aquel lapso indicado fueron llegando los correvedile, los piadosos, los prácticos y también los escépticos; los esquineros, sí, y algunos cuantos más: portando sus haberes de cristal, y sin idea de reglas que acatar ni consideración sobre un probable método para un desculamiento tal vez más efectivo: arrojaban sus cascos, a la par que los muchos, hacia donde ahora estaba el trizadero, donde sin ton ni son había lluvia de piedras y efluvio de licores: espumas al azar: cual brochazos de formas capricantes que terminan moldeándose a las pedacerías de ahí y de allá.

Hediondez y verdad a poco se imponían. La noche era estructura y el viento revoltijo.

En eso, en pleno trance colectivo, llegó el mandón cargado y repelando, queriendo apaciguar tanta emoción o miedo, también incrédulo de que los lugareños por propia iniciativa desafiaran valientes al diablo o al Señor. Él, ahora sí vino con sombrero y pistola como era su costumbre.

—¡Momento!, ¡cálmense!, ¡tenemos que ir por partes!…

Y nadie le hizo caso; entonces, viendo que eran inútiles sus gritos, que se mete al rebane y se pone a quebrar sus damajuanas con lujo de balazos.

De rato que llega Juan Ruperto y acciona como todos, aunque a regañadientes. Es que… La inercia del destroce pudo más, empujólo como una marioneta hacia lo inverosímil. Supo, con un dejo de fe, que aquel desprendimiento quizá muy a la larga le garantizaría la gratitud del pobre paisanaje, pero ahora, pues no pudo evitar que el llanto le brotara cuando vio ya esparcida su riqueza: húmeda y trasminada: ahí: tanto fino licor y tanto esfuerzo ido.

Las últimas botellas se quebraron al despuntar la luz del nuevo día. ¡Ni una!… ¡Ni una más!, según esto… *¡Vámonos a dormir!, ¡vale la pena!*, que clama el mandamás con un júbilo a medias, sin agregar palabras de autosatisfacción, lo único que hizo —a la vista de todos: que estoicamente habían permanecido en el lugar— fue alzarse el cuello de su camisa a rayas en señal de victoria y caminar ufano en retirada peinándose las sienes. Se fue —seguido por los muchos— casi irreal, casi héroe: en silencio, quien con circunspección y dignidad se iba acomodando su sombrero tejano acaso chueco por la friega de hoy. Después la gente, frenada, a la distancia, lo vio entrar en su casa levantando feliz una mano de adiós.

Sólo queda en mención un cuadro a la deriva, en realidad el seco resultado lastimero que desdice papeles: una pastelería de desperdicios y una mezcla de hedores agridulces que el aire del desierto arrastraba despacio removiendo también algunas trizas. Un vaho de pestilencia como fruto mendaz de lo que no sería sino ilusión y tregua todavía por cumplirse. Pero ni un alma aquí ni en perspectiva dentro del panorama desgraciado, solamente de hinojos y casi en engarruñe estaba Juan Ruperto llorando inconsolable como un niño que ha recibido golpes sin piedad de un padre gordinflón: de brazos chuletones… Quienes lo vieron hecho un estropicio, desde alguna ventana o varias: lejos, ahora andan diciendo que nunca antes en Charcos de Risa habían visto a un fulano llorar tanto. Fue un llanto muy ruidoso y duradero, aunque es puro decir, porque el día que siguió más bien fue casi nulo: la gente durmió en grande, o sea: ¡a la fregada todos los trabajos!

Por lo demás, ¡caray!, el mundo continuaba… ¿O renacía tal vez?

Mera casualidad o mero pasatiempo.

Asimismo, el hecho demostró sobradamente que la mentada bomba no se encontraba aquí.

Aunque…

Luego.

En recuento, al paso de los días con la ayuda de muchos voluntarios se barrió y se limpió el burdo batidero; casi en cámara lenta las guardias del mandón con mohína efectuaron el cateo general, pues se daban su tiempo para platicar largo con cuantos moradores se prestaran sobre aquella emergencia innecesaria; había pasado un mes y aún andaban en busca de botellas enseñando el papel firmado al calce por el mandamás para entrar libremente en las casas que están en los afueras, bueno, si esto puede decirse, ya que todo es central en un lugar chiquillo. Y no encontraron nada, como era de esperarse: la zozobra masiva resultó superior. Entonces sobrevino lo que siempre sucede: la normalidad fue la que se impuso, porque es la pauta de las apariencias, y dado que después de un gran enredo cualquier secuela vale: la duda persistía...

Un desenlace así tenía que traer cola, y la más natural: se acabó la tomada, la circunstancia castigaba a los briagos: al menos mientras los habitantes aún no digirieran los efectos de aquella información traída por un hombre que a ninguno siquiera le dio chanza de refutar en parte su sentencia postrera.

¿Ya?

Excepto eso: lo cotidiano volvió: los deseosos esquineros: por las tardes: los tanteos: las terquedades: esos hábitos de hablar: revivir lo exagerado: ya que el silencio deprime: ahora que: el caso como un hechizo: y por tanto: el grupo se hizo más grande, debía ser, había razón; nuevos corros se formaban: otros muchos: por su lado: hombres, mujeres, ancianos: sacaban sus mecedoras: tal como antes: a esas horas de trastrueque en que la luz se derrite. Todos, sí, con el tema de la bomba que todavía daba pie a bastantes hilazones cada vez más dilatadas. Que si aquello era carlanco, tremebundo o baladí. Grandes interrogaciones y un arbitrio hecho de voces.

Para pronto, los que habían sido los prácticos y que continuaban siendo, pues que vuelven a la carga. Esto es: hicieron viajes adrede a sitios circunvecinos tan sólo para saber si el ftereño chaparrón había pasado de prisa anunciando la terrible novedad... ¿Qué? Al contrario: ojalá hubiera venido para prevenirse prestos, mas de a tiro se entendió que el aviso mal que bien era un chasco muy agudo, por ende: las gentes se rieron de ellos y de puro refilón encontraron fundamento para burlarse a sus anchas de los de Charcos de Risa, bah, con razón alguien le puso ese nombre a aquel villorrio.

¿Comprobada la mentira?... Más o menos: todavía.

Se siguió hablando del caso.

Ciertamente, el nudo se iba aflojando, pero quedaban pendientes las pesadillas de: obvio que se trata aquí de los hombres esquineros que acostumbraban narrar sueños retealrevesados.

La premisa fue el viajero que regresaba al lugar por supuesto que enterado de lo que había sucedido; más bien: aquellos le componían agregándole o quitándole: coincidencias, variaciones, diferentes soliloquios; si uno soñó emplazamientos también otros atisbaron cercanas similitudes; en esencia eran nociones a la carrera arregladas; el primero que contó dijo ver equidistante aparecido al chaparro haciéndoles varias señas sin que su voz fuese audible: que vinieran porque sí. Mas intervino uno de ellos para decir que eso no, que en su sueño vislumbró al fuereño risa y risa pero pasando de largo. Otro dijo muy en serio que el hombre gritaba harto, bastante desesperado, y uno más lo vio llorar en la punta de la loma que está situada al oriente.

Se desdecían las secuencias, la cosa es que: ¡oh, paradoja!, invenciones: si se ve, porque los sueños se truncan cuando ya no hay seguimiento que se apegue a un orden lógico. Así, de acuerdo a los presupuestos, que acuden los esquineros al llamado del fuereño. No faltó quien pretendiera darle su buen merecido por tan tamaña falacia, pero aquél dentro del sueño, o acaso en la realidad, era un espíritu indócil que irónico se alejaba conforme los del conjunto se le iban acercando, y eran zancadas difusas, hacia atrás y sigilosas, por una planicie enorme carente de nopaleras, huizaches o cororetes.

Y ellos corrían sin cesar, pero viendo que: ni modo: nunca podrían alcanzarlo, que se frenan maldiciendo y con ganas de aventarle cuanta lasca hallaran cerca. El fulano para colmo portaba una damajuana, y envuelto en las teñiduras de una tarde apocalíptica, que la abre de inmediato: uh: espumilla inofensiva, muy resuelto que se bebe el contenido; una vez que terminó que deja caer el casco y se da la media vuelta: ritualmente fue perdiéndose entre las líneas deshechas de los contornos de allá.

No, eso no, ¡miren nomás!: que alguien agrega en el acto: es demasiado chilindre; adujo que en su visión simplemente miró al hombre huyendo de algo terrible… Y lloraba al avanzar, dijo otro… No obstante a uno que le da por desmentir aquellas ensoñaciones, pues que añade a contrapelo que el hombre tal vez murió cuando entró en los espejismos. De seguir la averiguata tal vez estos esquineros terminaran a reatazos.

Historias van, otras vienen, otras pasan y se olvidan: y tienen que repetirse aquí, acullá, dondequiera. Los hilos quedan cortados: colgando de sepa dónde. Hay quien los quiere arrancar… Invenciones de la gente… Pero, lo que es que aquí en el villorrio quedó bien establecido el criterio general de no creerle a fuereños. Todavía pasado el tiempo, esta historia se recuerda no sin que los lugareños sientan mucho escalofrío, porque cuando alguien destapa una botella o un frasco lo hace con cierto temor; entonces, a modo de despedida, puede ser una de dos: ¡que el mundo se acabe hoy mismo o no se acabe jamás!

Samuel Walter Medina

ϙ

TRÍPTICO DE LA TORRE-V1-T5-77

I. EL ABUELO; II. LOS PADRES; III. EL NIETO

III

desde el mirador de la torre se abarca el parque, los niños construyendo muñecos de nieve seca, ¡llevesunieveseca! agafiguras decorelarbolito ¡llévelosonbarato!, vendedores de nieve seca empacada en polietileno, la tarde amarillenta, fría, Martín fuma mirando desde su mesa la ciudad, se levanta, va al balcón, aferra la baranda, tiembla, llora, iledijeapatiqueseacercaramásalaluz, la sequedad del aire le entumece las mejillas, ganas de un pase pero no ya no es pero comer y beber pero es lo mismo las dos cosas valen madre, agorafobia, hambre, tarta de queso, café, el estómago vacío articulándose en imprevistas posturas, sentado, es ridículo sufrir por, mira a los otros consumidores, antes de apagar el candil Martín firma para cerrar la carta, come inusuales mesuradas porciones, en la mesa más próxima una pareja joven, en la siguiente una señora enviando a orinar a su hijo, más allá una familia brinda por una de las hijas, mirando en una recta las mesas ocupadas, conversan en voz baja, helados, sóloaisidral icoca comidasnosesirven sólorreposteríaeladosbebidas sídígame, pone el dinero sobre la mesa, sale al balcón, se apoya en la baranda, el lugar es un índice que lo señala, llegará uno muy asfixiado al suelo dicen que cuando falta oxígeno en el coco se ríe uno ataque de hilaridad como los gases, recuérdase bebiendo en un lavabo, será el frío o el miedo, la vejiga henchida lo estremece, tal vez el miedo es algo ajeno a mí sí es algo ajeno, el tirón con que se desase del barandal, friccionándolo sudorosamente, es más causado por su peso que por su voluntad muscular, desde el mirador de la torre se abarca el parque, los niños construyendo muñecos de agafiguras los muñecos de vendedores de empacada en la, fría, la tarde amarillenta, fría, fuma desde su vendedores fría abarca el niños amarillenta.

II

Martín oprime el botón del cuarto piso, saliendo del ascensor, agitando las diversas piezas de metal en sus bolsillos, sacando un llavero, puerta blanca con doraduras, ¡¿Martín?! aitodavíanoestálacomida quécaloraceverdad levoiadeciraureliaquetevayasirviendo aipicadillo ¿quierescervezaolimonada? martínteablo, cervezaorita ilimonadadespués ¿quéaces?, Nora enfocando la mejilla izquierda, ¿dóndestáelniño?, estádormido no novayas, estábien, ¿yavistequetesaliótroacnéaquí?, Nora oprimiendo la pústula, ayernolotenías, ai ¿nomásesosalió? ¿estabasviendofotos?, sí, aorita, sí, averpásameaquellas, Nora llevándose todas al sofá se sienta, ven para que veas, aquílasveoparado, noallíno aquísiéntatemejor, sonríen, un sobre amarillo con letras KODAK rojas, Martín acomodándose, quitándose la chaqueta, respirando como si fuera a beber, éstaquedómuibien muibien, mira, iledijeapatiqueseacercaramásalaluz ivescómoquedóscura, yanimodo, todasquedaronbien bueno menoslasquetoméyo, ¿cuáles?, éstas, cuandomartincitocumplióds, notequedótanmalésta esqueteacercasmucho iponesdemasiadaluz tienesquepensar quelcuadritoqueves eselpapel ¿entiendes? nonecesitasacercartetanto, Nora guardando las fotos en sus respectivos sobres, Martín sacando de la caja un rollo de fotos viejas, mírase en el aparador de una mercería, éstasteníayoganasdever, el lugar es un índice que lo señala, cartulina manchada de humedad, lustrosa, ÁLBUM DE BODAS, el terciopelo está raído en torno a la cerradura, Nora lo abre, yavaestarlacomida ¡Aurelia! ¡¿yaestácocidoeso?!, una voz niega tenuemente desde el pasillo, Martín encendiendo un cigarrillo, tevacerdañoconelestómagovacío aimiamor espérateacomeriluegofumas, nonó mecomíalgoenlafábrica, ¿leístelodeblanco?, síloleíallá, yaestálacomidaseñora, vesirviendo, la mano en la nuca de Nora, olor a picadillo, sonido de vasos, tenedores, botella destapándose siseo chorro en un vaso, superficie plana haciendo un ruido mate contra la mesa.

I

antes de apagar el candil Martín firma para cerrar la carta, algo he de sacar, ya está casi todo, te dije que iba yo a hacer negocio, ya de allá a acá las cosas cambian, ya no llegué con el mismo dinero, tú sabes cómo se gasta, no tengo por qué darte cuentas, lo de la venta de la panadería no alcanzaba para poner una acá, sin embargo la puse; y ya tengo funcionando la fábrica de mosaico, hay que tener empresa Irma, yo sé que todos estos años han pasado pobrezas y que dices que no he mandado nada, aunque esto último no es cierto, pero ahora ya está todo, cuando lleguen ustedes tendrán casa en la colonia Juárez, te espero lo más, la pequeña galera donde se guarda manteca y harina, envuelto en un sarape, con los borceguíes puestos, la pistola bajo la almohada, el candil encendido al pie del catre, escuchando los pasos de los caballos, no se habrá caído la tranca qué habrá sido ese ruido, guardando la colilla en el bolsillo, pone la estampilla, más seguro más marrado, lo oprime con la palma contra la mesa, usando como prensa la otra mano, lo levanta con dos dedos, mirándolo aplicadamente, mis hijos tienen que ser gente culta no nomás profesionistas un telegrama sale muy caro, escribe sobre él una dirección, tintero etiqueta azul y amarillo, saliendo, lo desliza en el buzón junto a la FARMACIA LA PAZ, calles húmedas, escucha las cristalinas seis de la mañana de la boca decapitada de un campanario que, cual etéreo mármol de oriental fulgor, se desgañita al fondo de la silente ciudad, mírase en el aparador de una mercería, barba de varios días, lagañas, caspa, la camisa renegrida, sin cuello, se sube las solapas del gabán, qué aguaceros se han venido ya va a empezar la canícula, ni un traje bueno andar a la taimada con este gabán, toma el tranvía a La Alameda, tener que ir a pelucarme compro un cuello me rasuro a lo mejor hasta me retrato, se sienta en un banco del jardín, un sobre amarillo, cruzando una pierna, enciende la colilla, aquísiéntatemejor, un joven se le acerca, ofrécele el diario, Martín dándole diez centavos, graciaspatrón, se hace lustrar los borceguíes por un niño, este negocio tiene que ser el de adeveras, corriendo por el andén sobrecalentado, corteirrasuradamaestro, síseñor ¿quierebrillantina?, no naturalquelellaman, que le llaman voy a parecer ignorante, nomásagua, lo incorrecto sería decir namás nomás está correcto, el joven sacude el fieltro, ¿conunacopia?, ¿sepuede?, tecuestaveintecentavoslacopia, no mejorsin, óraleeaparateai noparpadés ensalívateloslabios, el cuello de celuloide apersogándolo, los ojos satisfechos, el labio tenso, chúpateloslabios quevasaparecermomia espuroefecto, toma el tranvía, regresando a la panadería, recoge las llaves de la casa, se quita la corbata mirándose al pedazo de espejo, pónesela, compontelacorbatacuñado paraquesalgasdepuraparafina quésombrerito ¿e? conquesustetson ¿no? ¡adentro!, hay que ver si le hace falta una limpiada antes que lleven los muebles no sea que pretextos quiere la muerte quieres ir porque, mirando en una recta las mesas ocupadas, no sea que, toma el tranvía, abriendo la puerta, llegando un camión con muebles de segunda mano, depositan un sillón verde dentro, terciopelo brocado, sacando un cigarro entero, notemuevas nojunteslascejas quevasasalirtrompudo nómbre pontederechomano depipiguán saca averasí sacalosombrospatrás unpiedelantedeotro aiasí aibueno aibueno, se me olvidaron las cortinas pero, el flash en la cara.

LAS MENINAS-V2-T4-77

veo el espejo donde se supone que yo aparezco veo a Pertusato pateando al mastín pobre perro se me engaña y se me hace aceptar la ilusión de que estoy aquí pero no estoy aquí me lo hacen creer mediante el truco de un espejo donde es visible un hombre acompañado hacen suponer que se me retrata ya que Diego me mira me es imposible ver la cara del lienzo estoy pensando puras obviedades pero metido aquí es la única por medio también ese sonriente solemnazo con las manos cruzadas junto a Marcela Margarita soleada por la atención alada servilmente por almidonadas Isabel y María una sosteniendo el servicio rojo creta su otra mano titubeando el gerundio parece ser la única respiración posible las manos de Isabel sostienen sin tocarlo el vuelo de su falda con delicada zafiedad no son manos instrumento son manos de mendigo manos su camafeo parece un corazón apagado el marfil traza la efigie de José Nieto que huye por la puerta del fondo qué belleza es Isabel figura de naipe cómo me impresiona ese toro antiguo lidiador indultado que envejecido se ahoga en una creciente el toro me mira desde su oscilante agonía que quiere apiramidarse en náusea me mira desde el cuadro que supera izquierdamente el espejo Mari Barbola e Isabel son dos naipes contrarios la luz cae desde la derecha sobre la espalda

terciopelo verde de Pertusato quién está pensando esto cae
un poco más gravemente sobre el perro y bruñe de refilón la
amorfa mejilla satisfecha de Mari Barbola la habitación quién
está pensando esto no tiene mobiliario excepto el lienzo de
Diego es un hotel abandonado donde nos hemos refugiado unos
juerguistas hánse dejado algunas ventanas cerradas qué sucede he estado imaginando que una rata pasa por el fondo de
la cámara que una mujer sale de la puerta a la derecha del
espejo bajo el toro que se despide de mí que José Nieto saca
un revólver que Margarita se orina qué rojas son las cortinas
del espejo parece que la mujer a mi lado es no yo no estoy aquí
siempre pienso que María Agustina luce torpe a mi vista pero
que del otro lado hace horrendas gesticulaciones y retuerce
el pie para tocar el de Diego qué pensará el bobo de la bea-
ta sonrisa Diego Ruiz verá José Nieto las hipérboles nalgas
de Isabel cree Marcela que Diego la escucha él mirando la
esquina del lienzo por el revés de éste han nacido estériles
fungosidades estoy pensando obviedades pero metido aquí
aunque se dará cuenta Isabel de su belleza la vespertina mañana que entra contra Margarita luz gerundio acaso la puerta
es sólo de pinotea el cuadro que la corona donde unos hombres lavan la mesa de una carnicería quién está presumo que
Diego retoca algún retrato es el rayo yeminal en Margarita en
Mari Barbola es bronce mediodía en Isabel es lunar una por-
ción de su faz en sombra una mano un ángulo de su falda perdido para qué triste es verla a punto de marcharse qué franca
soledad hay en Mari Barbola es la única mirada inteligente
del grupo interiormente asaltada por la quietud la ventana
última tiene

te la pasas pedo, me caga verte pasar cayéndote, babeando, feliz, mi propia voz participa de tu embriaguez, secándose, revolviéndose en un ámbito filoso, sin idioma. Sobre esos puntiagudos y agrietados poemas miras volar el buitre, en algunas partes su esqueleto es visible, te vistes con las plumas que va soltando, tus obsidianas se mellan contra tu cobardía, puliéndola, forjándola laurel amarillento, corcholata desleída, has visto el animal bicéfalo, los ojos de turquesa, la lógica del falo sin sostén en el aire, el alfabeto ya incinerado en La Mancha, el mármol, el helicóptero, la penicilina y te has arrodillado y has levantado tu manto mostrando tu ano, y has gozado, miserable, has gozado, tu corazón nublando tu rostro, ahí cerca veo unos niños que beben en oxidadas latas sangre de serpiente, se ciñen la frente con un resorte de faja PLAY-TEX, insertan en él plumas de quétzal, más allá, un hombre frente a una olla despostillada, las llamas cuecen en ella tomates semipodridos, despluma con esfuerzo un buitre ya recio, se detiene en el gesto de arrancar un puñado de astrosas plumas, su boca se curva lentamente hacia abajo, se coge la garganta, siente el golpe de la manzanilla, mira el fuego y sus ojos se serenan, divide un cartón de SUPERIOR y lo va depositando bajo el tripié de varillas, lo mira arder, sacando con las uñas los troncos de la carne blancuzca y reseca.

MECANÓGRAFO-V1-T4-77

mientras escribo el viento se beligera equino pez luz dérmica, tecleando en gerundio, me miro coordinar los nervios precisos con las teclas precisas, separando los signos en músculos, ¡árboles! palabra de lamento, oh instante no me permitas ser tu vórtice, yo sólo quiero ser un buen animalito, neta, he temblado a la entrada y el viento me detengo gesto signo danza, en mi mano plagiaria, sin embargo, tiembla el Kalam, en la sangre me han infligido la historia del universo, soy la culpa, me provoco la poesía como el león la ira, con el rabo, un niño se detiene frente a la ventana a sacarse la arena del zapato, viene de nadar, trae una cubeta, no escribas con las manos de Minerva, cómo se inventan pretextos para terminar éste, insistes en escalar por el verbo a fuerza de comas, te miro cara a cara, no estoy ahora como un perro al pie de ti, hoy te meto la mano, te muerdo el clítoris con una impecable pronunciación castellana, no eres aún mi arco, mi puñal, no eres mi ojo aún, eres griega y vagamente la poesía, garras semánticas que trepan por tu caída, acepto el pánico, no me presentaré en la taquilla del paraíso, no haré preguntas, soy la nada engañada con un espejito, como un Guaraní, quiero beber el silencio de los labios de mis palabras, quiero la hermandad de mis ojos pero quiero también su complicidad, unánime deseo los extremos, toco la punta de mis agonías con el pie izquierdo, con el derecho me repliego en la frustración, veo el mundo como un solo signo, aprovecha tu Ícaro para encender un DELICADO, lávate la sintaxis antes de entrar aquí, qué bonitas metáforas joven: hacía tiempo que no pasaba yo por aquí, siga usted trabajando, escribir es leer, camino por mi lengua calzado con filosas palabras, oro, no he alucinado palacios intelectuales: cada noche como todos entro en la maloliente gruta de mis sueños, pulgares empuñados, el pasado no existe: huyamos, no huyáis: el futuro tampoco existe, esfera que se asoma a su perfección, esto sintonicé, no borres escribiendo lo que piensas, la escritura es el espejo de la amnesia y RALEIGH es el cigarro, grabar y ser grabado, escribir y leer, pásele que están en oferta las metáforas ¿de qué la quiere? a ver déme una sobre el mar, gimiente incesante cebolla, deshoja sus olas el mar, memoriza el alfabeto, repite los nombres de las letras, trázalas, aprende a manejar el diccionario, enriquece tu léxico leyendo a los clásicos, estudia a los grandes maestros, aprende a rimar y medir, compón sonetos, a describir, a narrar, a estructurar, a plagiar con discreción, ¿iusténuncapublicado?, ¿escribesparaelpúblico?, tevacostarmuchopublicarenmortiz, poraiaiunachambadetraductor aitúsabes, ¿quiénvafirmarlasbecas?, la literatura es la tintorería donde hacen confesar a golpes a la poesía, y RALEIGH es el cigarro, en este sentimiento me siento a pensar, cualquiera puede ver al dragón, LUNETA $20.00, cualquiera puede lograr el dereglement de tous les sens, a mil doscientos y hasta eso no muy patona, cualquiera puede bajar al Cocito, que pase el que sigue señorita, es el planeta que no sabe hablar y cita volcanes eclipses ráfagas, mientras exista la Academia de Estocolmo, la Guggenheim Fundation, el INBA, el CME, habrá poesía, mientras exista VUELTA habrá poesía, mientras exista una alumna que va a comprar su ILÍADA PORRÚA habrá poesía, e pur si muove, de diferentes grietas puede brotar el humo de Pitón, del sin cola, de la boca de los que maman, de la boca que no ha probado el pezón, de la fecunda sombra del ergastulario, del lacrimal seco o del pene flácido, de la deteriorada vagina ya sin huésped, del perro muerto, del pinche cobrador sin saco ni maletín, de los ojos que antes de penetrar son penetrados, de la chispa invocada al chocar dos ausencias, dos hombres, me siento a mis angostas en la realidad, puede brotar de la ventana del más hospital de los hombres, hablo contra mi voz y a favor del aire, contra el aire y a favor del alfabeto, a favor de mi necesidad de VALIUM CALIOPE, EVENFLO del huérfano de yo, de raíz, de cuerdas vocales, sediento va el sin cuerdas a la grieta donde los gases gimen, acércase tembloroso nauseabundo al bajar a pedir una voz de acero y nylon, como las llantas EUZKADI RADIAL, para garganta abajo ir pulsando nuevas voces prehistóricas hasta perder la originalidad para pulsar la única voz, la que aúlla en todos, desgárrame, soy tu pobre bacante despernancada, y a uno lo encandilan con la publicidad y que órale vente que las musas son bien fajes, neta profesor ésas sí prextan, y llegas tú con tu poesía que todavía ni se te para a querértelas tirar, de perdido tirarte a la Calíope que todavía está buenota, y te encuentras cenital con la verga de Apolo, o las das o no hablas, es mucho el diámetro del grito para que pueda pasar entero por mi garganta, sin embargo, llena la boca de ese anisado excremento que sube desde cada vez más tristes y rupestres galerías, no deseo vomitarlo sobre el que pasa, es el grito entero el que yo quiero abrirme, es el rostro total el que yo quiero escupir, pero me sumerjo sin lograrlo, mis compañeras de prostíbulo me han limado los dientes, la mirada, el amor.

Emiliano González

◊

LA ÚLTIMA SORPRESA
DEL APOTECARIO

> ¿Quién, a la hora del duende, no vio escaparse
> la esfera, rodando, de la mano del sabio?
>
> ALFONSO REYES, *Huellas*

1

GLORINDA, la cocinera, modista y *femme de chambre* de don Lorenzo entregó al apotecario una misteriosa carta el día de su cumpleaños. Al abrir el sobre, un enervante aroma tropical sorprendió a su nariz, trayéndole recuerdos nebulosos de infancia. Menuda escritura verde llenaba la hojita, por los dos lados. El apotecario se caló sus quevedos y empezó, como era su costumbre, a leer en voz alta:

"Odios comunes animaron a la secta. El miedo a la palabra 'rosa' prosperaba en sus cuadernos. Las pláticas, bajo limoneros invernales, imbricaron un tejido bizarro en donde las metáforas imponían su espeso verde olivo al mitigado amarillo canario de los conceptos filosóficos. Ahora, guardianes huraños del tesoro monástico, los 'feístas' cultivan sus flores de avaricia temiéndose, incluso, los unos a los otros. 'Lo bonito —sermonea Jonás—, implica la ausencia desoladora de lo bello. En cambio todo lo feo espera, con sus riquezas intactas, al poeta que sepa tejer su arabesco secreto.' Y las pobrísimas caras del campesinado vecino aparecen, cada tarde, ya dignificadas por un boceto a pluma, ya convertidas en personaje legendario, irreconocibles de tan elaboradas, cada vez que un sectario las utiliza en sus discursos. La secta congrega simpatizantes y enemigos, pero nadie admite su participación en ninguno de los dos bandos: hay algo, en el movimiento de las ideas honorables que estos ancianos promueven, algo viejo y santo como Cristo, que impone temor al receloso y que postra, cuando les roza el espíritu, a los entusiastas. Muchachas que van a recoger agua de pozos morales; cupidos que seleccionan las flechas emponzoñadas del hambre para clavarlas en corazones que palpitan con un ritmo de reloj descompuesto; lobos que advierten a la oveja su ataque, dentro del redil humilloso de lo 'común y corriente', los integrantes —casi todos centenarios— de la secta representan una variedad muy extensa de 'tipos psicológicos', de tendenciosos arrimados a la ermita que les prodigará leche, pan y miel (alimento necesario, de calidad no especificada, pero suficiente) y que aguardan, dispersos por el muelle, al ventarrón que les permita lanzar sus flotas sangrientas de ideas preconcebidas al mar del tonto, al lago del idiota, bendecido todo ello por el aplauso de dioses que no se han mostrado exigentes en los espectáculos otoñales."

El apotecario releyó en voz más baja la carta, deteniéndose aquí y allá para limar mentalmente algún párrafo tosco, y al no encontrarle pies ni cabeza la devolvió a su sobre, un poco asustado y un poco triste. Afuera, la mañana organizaba sus guirnaldas: era el primer día de la primavera. El apotecario, entreabriendo la cortina de la ventanilla ojival que daba al patio serenísimo, con su fuente de plata y chorro discreto, llena de ejemplares recientemente adquiridos (una variedad perversa del pez-gato) y con sus naranjos cándidos que adormecían al cuervo, recordó a los 'feístas', al triste destino de la secta que, ni siquiera entre los leños de la hoguera final, desistió en su doctrina y en su gesticulación empecinadas. La carta hablaba de limoneros; al mirar sus naranjos, la melanco-

lía del apotecario les regaló todo su verde, y un estremecimiento de pereza subió por la espina dorsal del pobre hombre.
"Un día más entre redomas —pensó, levantándose y recorriendo con los ojos el abigarrado espectáculo de su laboratorio:
las balanzas de oro; la cabeza del unicornio empotrada en la
pared; el cocodrilo disecado; los cuatro relojes de arena; los
morteros de distintos tamaños; las aparatosas probetas, ali-
neadas en estantes larguísimos; los frascos blancos, ornados
de flores, lazos amarillos y ramos de laurel, con las etiquetas
correspondientes: cantárida, belladona, sándalo, peonía,
tamarindo, nuez vómica, *herba absintia*…—. ¡Uf! —resopló,
frotándose los ojos—. ¡Y pensar que me han encargado esa
melaza repugnante para aliviar las bubas de sor Inés…!"

Cruzó la farmacia con pasos arrastrados y abrió la gran
ventana que daba al mar. Un golpe de la brisa y del sol disipó
sus últimos bostezos. A lo largo de la costa un bosque de mástiles se dilataba uniformemente; del mercado árabe subía un
cálido rumor de transacciones; los perros, asoleándose, tole-
raban piojos y moscas, resignados a la comezón; los niños, en
grupos de dos o de tres, jugaban a lanzar monedas; las muchachas balanceaban las nalgas con su carga polícroma en
la espalda y los jóvenes estudiantes, entre chanzas y atrevi-
mientos mañaneros, daban un ritmo complementario a ese
balanceo: juego previo al rigor de la escuela de Bellas Artes
con sus seis horas diarias. El apotecario detuvo su mirada en
una jovencita que desparramaba mantones y rebozos sobre el
polvo, a unos cuantos pasos de un organillero dormido, tratando de impedir que el gracioso mono sujeto a éste por una
cadenilla tomara entre sus manos una prenda y la ensuciara
con puñados de tierra. En ello ponía todo su afán y parecía,
incluso, divertida al acercar las frondosas telas al simio travieso y ver cómo los ojos le brillaban y la cola se enroscaba
en las piernas de su amo, que seguía durmiendo impasible.

Los ojos de la niña, madera y miel, agitaron bruscamente las memorias del apotecario. Miró por segunda vez al mar y el mar, que se lleva tantas cosas, le trajo a Topsy.

2

Nunca le había dicho su nombre, pero adoraba confundirlo trazando letras en los muros del manicomio, en la pizarra del salón de clases y en hojitas de papel supuestamente olvidadas en su pupitre, junto con gajos de mandarina y compases rotos. El apotecario tuvo el cuidado de guardar esas "pistas falsas" y a veces revisaba de noche, con lágrimas en los ojos, aquella encantadora lista de nombres: Alraune, Dormiria, Topsy, Cordiviola, Durandad, Logroña… De todos ellos, Topsy le atrajo siempre. Topsy carecía de la sonoridad embriagadora de los otros, pero era el que mejor sentaba a esa especie de silfo-hembra. "Topsy —murmuró—, es una palabra que quiere decir muchísimas cosas…" Entre otras, y sobre todo, el sueño. Y dormir a Topsy no era difícil. Bastaba recitarle los siguientes versos:

> Le sacan los ojos al rey
> de abril. Oh lluvia. Jardín de metal.
> Se queja la luna, por miedo de ser
> guardiana del lis sepulcral.
> Doblones de plata reparte Ornamuz.
> El grifo pregunta por mí.
> Los gatos enarcan su espina dorsal
> trepados en globos de luz.
> Naufraga la cuna. Los mares de tinta
> devuelven un niño al revés:
> marioneta coja, sapo en las entrañas,
> broma de ultratumba, muérdago y clavel.

Topsy nunca sobrevivió más allá del octavo; la imagen de los gatos la reconfortaba de tal modo que su sueño era infalible. No menos eficiente resultó la otra canción que le compuso:

> Termitas pregonan la última noticia.
> Ratas y conejos lo discuten ya.
> Salen de sus cofres, vístense de gala;
> llevan al cadáver por el pueblo gris.
> Campanarios lloran. El cortejo bobo
> clava al desgraciado en una linda cruz.
> Rápido, se pudre. Músicas de olores
> dispersan al pueblo, que se va a dormir.
> Sus vísceras cantan; vomitan arpegios
> que llenan de huecos la aurora boreal.
> El muerto debuta y es tal el estruendo
> que anteojos se cala, por verlo, Jesús.

Nunca, pensó, volvería a tener una ayudante como Topsy. Pero, a fin de cuentas, no la necesitaba: los trabajos en el manicomio habían sido llevados a buen término por discípulos suyos, así como los cursos sobre pigmentación en la escuela de Bellas Artes que Topsy fingió, hasta donde pudo, escuchar atentamente. Dócil a los recuerdos, ya sin mirar nada en especial que es como decir "mirando el mar", el apotecario evocó una tarde lejanísima en que la muchacha dormía en su regazo mientras él, saboreando su mezcla favorita (ron, cacao y tabaco) en la pipa de marfil tallada con motivos obscenos, acariciaba con una mano la cabeza de Topsy y con la otra el lomo de un puercoespín hipnotizado. El sabor y el olor del humo, que pronto llenó el recinto de un miasma azuloso, la remota queja de un órgano que desenredaba un tema barroco, el espejo redondo en cuyas profundidades la ciudad se hundía bajo un cielo amarillo, surcado de vez en cuando por un águila o un halcón, eran las otras cualidades inolvidables de aquella tarde: los elementos que permitirían a un ángel ocioso clasificarla, definirla y guardarla en los archivos del verano. ¿Cuántos años lo separaban de ella…? Tres campanadas bruscas neutralizaron su nostalgia: era la escuela de Bellas Artes, que abría sus puertas.

Nuevamente clavó la mirada en el bullicioso puerto de abajo, desde donde le llegaban, sobrepuestos al parloteo general, gritos familiares. Pronto localizó, entre rostros anónimos, el de su querido Ruggiero, joven discípulo, que lo saludaba mostrándole, con un gesto teatral, un objeto rectangular cubierto por un manto azul. El apotecario le hizo señas de que se aproximara, pero Ruggiero lo invitó, siempre gesticulando desaforadamente, a bajar. El apotecario, sabiendo que tras el capricho de su alumno acechaba una sorpresa, una noticia fascinante, cogió su pipa, ató su bolsa de monedas al cinto y, sin quitarse el gorro de dormir ni cambiar de calzado, bajó las escaleras de caracol, cruzó la estancia de don Lorenzo (que por hallarse absorto en una discusión política con Glorinda ni siquiera lo vio) y al llegar ante la puerta de la calle se detuvo. Algo, un presentimiento, una inquietud sin nombre lo hizo recapacitar, obedeciendo al mismo impulso que lo había llevado hasta la puerta. ¿Qué…? La única manera de saberlo era abriéndola, y lo hizo como si saltara sobre un abismo. "¡Sorpresa!", oyó decir a Ruggiero mientras un telón azul se levantaba para mostrarle (disipando las nieblas de su repentina incertidumbre con un golpe maestro) una tela divina, un cuadro de ensueño, una creación eterna que, lo supo muy bien, iba a adornar su laboratorio desde ese día hasta su muerte y después, para siempre sin duda, un salón de museo.

"Se llama —dictaminó Ruggiero dando a cada una de sus palabras el valor de una nota musical—, *El jardín que florecía en invierno.*

3

—Singulares destinos entretejen la vida —observó el apotecario diez minutos después, echado en el sillón más acogedor de su laboratorio, que ahora renacía y crecía infinitamente gracias a la obra de su discípulo—. Al despertar, Glorinda me entrega una carta sombría y hermética y ahora tú, Ruggiero, el mejor de mis alumnos, me obsequia algo tan claro, tan puro y transparente como el agua de los manantiales…"

Ruggiero movió la cabeza, sonriendo, pero no esquivó el elogio: se limitó a mover y a mover la cabeza. "Yo sabía —dijo el apotecario sin poder contener el entusiasmo—, que mi joven Ruggiero prepararía un regalo apropiado para este cumpleaños, quizás el último de su maestro…"

"No diga eso. No es necesario —respondió al fin Ruggiero—, promover mi compasión. Sin usted mi cuadro no existiría", y al decir eso, un lugar común que por primera vez tenía sentido luego de tantos siglos de desgaste retórico, Ruggiero se estremeció. El apotecario sólo tenía voz para el obsequio y, no ocurriéndosele nada mejor que describirlo, pasó a enumerar los detalles que poco a poco descubría con un éxtasis casi místico:

"Todo el cosmos figura en él, reducido a unos cuantos elementos misteriosos: la Virgen, amamantando al Niño, es dibujada por san Lucas en mi laboratorio; los pliegues rojos, dorados, verdes y negros de sus túnicas se desparraman por el piso de mosaicos geométricos; en el dibujo que sostienen las manos de san Lucas la divina muchacha sonríe, aureolada ya, con la misma sonrisa triste del dibujante; la luz proviene de una ventana larga y estrecha que hay en el recinto inmediatamente a espaldas de san Lucas, de una ventana redonda en la parte superior y sobre todo de la gran ventana principal, que es la entrada al laboratorio en tu imaginación y entre cuyas dos columnas vemos un jardín bordeado de almenas en donde, si no me equivoco, ya empieza a crecer la hiedra. Desde ahí, entre las almenas del centro, otra pareja (o acaso la misma, con diferente indumentaria) contempla cómo un río sinuoso atraviesa una ciudad amurallada para perderse entre las montañas, a lo lejos, en el horizonte. Quizá nos encontramos sobre un puente, ya que el río fluye desde o hacia el centro del cuadro, y tan cerca lo tenemos que sirve de espejo al cielo para redoblar el torrente de luz… junto con el *otro* espejo, el invisible, cuya imagen es a fin de cuentas… ¡el cuadro en sí…!, pintado por el joven Ruggiero mirando de reojo: única explicación posible de la intensidad de la luz que ilumina a san Lucas, a la Virgen y al Niño como si su origen fuera sobrenatural, pues llegado un momento la luz que hay adentro parece irradiar *hacia fuera*… iluminar el paisaje de afuera con singular alquimia…"

"La misma —interrumpió Ruggiero—, que le permitió a usted, maestro, hallar el aceite que secaba en la sombra, evitando así los posibles arañazos de ese tigre, el sol, en la carne más delicada que existe…"

"Un espejo que despide luz mágica —prosiguió el apotecario, impasible—, un espejo que devuelve al aire y al agua sus tesoros cromáticos metamorfoseando, de paso, a la muchacha en Virgen, al joven Ruggiero en santo y al hijo del carpintero en Niño Jesús…"

Las palabras del apotecario entraron dócilmente en el corazón de su discípulo, que luego de admitirlas se cerró herméticamente y no las dejó salir nunca más, desde aquella mañana. Pero junto con ellas guardó un secreto, que esa misma mañana turbaría al maestro:

"Hay una sola cosa, Ruggiero, que me gustaría saber."

"Dígame usted, maestro."

"El título. ¿Por qué llamaste al cuadro *El jardín que flo-recía en invierno...?*"

Una lágrima absurda, vergonzosa, resbaló por la mejilla izquierda de Ruggiero como única respuesta, que sus labios acogieron por medio de un suspiro inmediato, provocando en su maestro un nuevo torrente de recuerdos, esta vez relacio-nados con una tarde silenciosa y perpleja cuando, en el jar-dín palaciego de su primo Queralto, cerca de Brujas, miraba un racimo recién cortado de uvas transparentes que sudaban gotas de rocío, una de las cuales sirvió de tumba a la hormi-ga golosa que había distraído, con sus laboriosos paseos so-bre aquella esferita de cristal verde, las horas muertas del apotecario. La lágrima de su discípulo fue sorbida por los la-bios con la misma prontitud con que la gota había engullido a la hormiga, y aunque Ruggiero murmuró su salida ("Cosas que se le ocurren a uno") ambos sabían que lo dicho era una mentira apresurada.

4

La primavera tiene una virtud suprema, cantada incluso por los poetas invernales: la honradez, el poder cósmico de exal-tar a un grado insoportable los elementos que componen el orbe y desnudar el paisaje —natural y humano— con cinismo diabólico. El apotecario contaba desde esa mañana sesenta y seis primaveras, pero ninguna, sin exceptuar las de su ju-ventud más lúbrica, podía compararse en franqueza a la que ahora lucía su primer vello púbico. Venus Coelestia* y Ve-

* Rostro expresivo y ojos de gato, cuerpo de barro en las manos sabias del espíritu, que en cada gesto denota vivacidad, experiencia en el dolor y en el placer: una belleza que toma del alma la mitad de sus fuerzas y las plasma en carne y en huesos para consumarse. Emblemas: la curva, el color negro, el búho, el pelo lacio, la inmovilidad.

nus Vulgaris* (una variedad calípige de la cual predominó enseguida) triunfaban como nunca, en los lugares más inesperados. Pero tras ella acechaba Venus Paradóxica, y así se lo hizo notar maestro a discípulo: "Esas dos mujeres —dijo, señalando a la vecina treceañera y a su singular madre, que habían ocupado el sitio de la niña de ojos cafés y que bordaban sus manteles rodeadas de curiosos—, ilustran a la perfección las teorías de la secta 'feísta'".

"¿Los 'feístas', maestro…? Esos heresiarcas y su sabiduría epigramática, fatigosamente paradójica, están más muertos que Roma. No sé a qué vienen hoy, primavera y cumpleaños mediante."

"Se me ocurre, Ruggiero, que tu dictamen es injusto y, para serte franco, me sorprende en ti. Pues aquí abajo las tienes, en carne y huesos…"

"¿A quiénes?"

"A la bella y a la *bonita*. Fíjate bien. Primero en la hija, que podría pasar, gracias a su nariz respingada y a sus ojos cristalinos, por una Venus en miniatura, por un esbozo de la santa Virgen en la que el pueblo ha puesto todas sus esperanzas. Y después fíjate en la madre, una mujer de cincuenta años, nariz irregular, coronada por una verruga y ojos espesos, color vino, tetas generosas y nalgas rotundas. La primera es bonita, pero no se distingue de la escenografía común, del mercado y el muelle; no inquieta nuestro espíritu, aunque nuestros ojos pasen por su rostro como pasan sobre una vasija llamativa o un asno demasiado blanco. La segunda, en cambio, siendo 'fea' para la mayoría, tiene un encanto y, para mí al menos, un atractivo peculiar, con todas sus imperfec-

* Impecabilidad corpórea de una jovencita, deleite puramente sensual, obsequio para los ojos: una belleza que funda en lo exterior, en la mera forma, sus irradiaciones cósmicas. Emblemas: la espiral, el cisne, la inquietud, los bucles, el color dorado.

ciones y quizá precisamente gracias a ellas. La hija es bonita, pero vulgar. No puede aspirar a la belleza. La madre es fea, pero interesante y, al incitarnos la imaginación, al poner en marcha asociaciones libres a partir de su mezquindad física, gana un lugar especial dentro del panorama, condensa el instante del relámpago con una sonrisa desdentada o un rascarse la elocuente cadera…"

"Delira usted, maestro. Evoca usted tiempos irresponsables, otras primaveras…"

"Quizá lo haga. Pero cuando tengas mi edad, verás que te ocurre lo mismo. Con los años descubrimos encantos en el monstruo, riquezas en el diablo que dejan atrás, con un gesto de mofa, las mentiras graciosas y las vulgaridades del aprendiz de ángel."

Con palabras como ésas el apotecario cerraba sus digresiones, orientadas un poco a despejar el rostro infantil de su discípulo de ceños inútiles y propiciar un trato calmoso, fuera cual fuera la materia discutida. Oportunamente, fea y bonita salieron a su ayuda, corrigiendo la inercia suscitada por el elogio, que ya le parecía exagerado, y por la pregunta, que al plantear no juzgó indiscreta. Fea y bonita, sin embargo, tuvieron un efecto sorprendente en su hasta entonces pasivo auditor, pues tomando con cierta impericia el escudo y la espada retóricos, Ruggiero desenrolló con la lengua el siguiente pergamino:

"Los pintores buscan el contraste, lo inesperado, la espontaneidad en el mejor de los casos, al divinizar monstruos. Pero los diablos que representa, supliciando a san Antonio y engullendo criaturas, no son sus verdaderos demonios. Lucifer no pinta ni se deja pintar. Los diablos del pincel son falsos diablos, o ángeles disfrazados. Los diablos más temibles se quedan fuera de la tela. Sólo divinizamos a un ángel enmascarado…"

"¿Enmascarado…? ¡Pero si tras la máscara no hay nada! —gruñó el apotecario, echando espuma y derribando con un sólo mandoble a su enemigo imprevisto—. ¡El gran pintor es sólo alguien que logra ser más pérfido que sus demonios…!"

Y así el desorden, corregido a medias por su planteamiento de un tema que ahora, si es que seguía siendo el mismo, se veía amenazado en boca de Ruggiero por espectros teológicos, volvía a implantarse.

"De la fealdad al diablo hay mucha distancia", pensó Ruggiero sin atrever una sola palabra y reprobando su humilde pero errónea intervención en asuntos que alguna ley, nunca dictada pero acatada siempre por discípulo y maestro, definía como susceptibles de ser analizados solamente por este último. Dieron las doce en los treinta sonoros relojes de la catedral mientras abajo, fuera de la vista de maestro y discípulo, una serpiente inofensiva mordía el talón del organillero que, soñándose el mono de un organillero espantoso, despertó gritando para horror simultáneo de la hija bonita y de la madre fea.

5

Don Lorenzo exigía del apotecario, como única moneda en pago a su hospitalidad, un pequeño discurso semanal, ya fuera narrativo, filosófico, épico, poético o satírico, para ser leído cada viernes a modo de oración, antes del almuerzo, con el objeto de aumentar el apetito y la sabiduría de sus niñas, imperceptiblemente. Muchos de los textos leídos eran plagios de Analequio, de Gárrulo, de Sistrofón y de otros autores célebres, pues el apotecario aprovechaba la incultura o la mala memoria de su mecenas para seleccionar, diez minutos antes de la comida, un párrafo brillante y copiarlo en una hoja. Ese día, sin embargo, siendo el de su cumpleaños y hallándose en plena tormenta espiritual una vez que Ruggiero hubo partido con la cabeza gacha, el apotecario sacó papel y pluma y escribió: *Manifiesto feísta*. Un murciélago de arrepentimiento detuvo su mano trémula. ¿No era ir demasiado lejos…? Don Lorenzo, aparte de sus muchos defectos y torpezas, conservaba una tolerancia admirable, una especie de libertinaje moral que le permitía abrazar, durante la comida al menos, doctrinas opuestas a las suyas y rumiarlas junto con la pata de ganso y el queso de cabra. Pero el "feísmo" era un poco excesivo. Tenía ese resplandor de la obsidiana o de ciertos mármoles negros, que atrae y espanta a la vez. Por otro lado, el apotecario no había compartido nunca las ideas de Jonás, el "feísta" por excelencia, y hasta le parecían corruptoras del alma serena y armónica que tanto esfuerzo le costaba perfeccionar todos los días. El origen de su interés absurdo, lo supo muy bien, era la misteriosa carta, de modo que antes de entregarse a un argumento más adecuado la tomó y arrojó, con puntería juvenil, al cesto del retrete, donde le aguardaba un mejor destino que el de alimentar a una fogata o divertir a una criatura, convertida en papirola sin merecerlo. El apotecario tachó varias veces el título del ensayo atrofiado y comenzó a desarrollar una idea que venía persiguiéndolo ya desde hacía mucho tiempo, sin haber encontrado la oportunidad de atraparlo en un rincón. Semejante a la osa que lame a sus cachorros informes hasta darles el aspecto deseado, el apotecario modelaba sus discursos amorosamente, dedicándoles toda la sabiduría, la destreza y la pasión acumuladas en décadas: entregando cuerpo y alma, íntegros, a su oficio. Nada le honraba más que percibir en el oyente las reacciones que había querido provocarle, nada le garantizaba mejor descanso nocturno (pues el insomnio, cuervo guardián de los espíritus melancólicos, venía a rondarlo con frecuencia). Pasaron dos horas arduas, pulidas y esmaltadas con prisa y, al sonar las tres, el apotecario contempló su nueva obra, exhausto pero satisfecho: una estratégica diatriba contra los coleccionistas de libros, raza que había ganado en repetidas ocasiones la condenación serena de don Lorenzo.

6

"No hay mejor aperitivo —sentenció el hambriento mecenas desde la cabecera, bendiciendo con una mirada tan elocuente como su voz la prodigalidad gastronómica de Nuestro Señor derramada sobre la mesa—, que palabras distinguidas y justas." Y dirigiéndose a las niñas: "¿Tenéis aún, hijas mías, el cerebro y el estómago receptivos que heredásteis de vuestra difunta madre?"

Las mellizas Elena y Sarah, con paralelo movimiento de cabeza y sonrisas idénticas afirmaron a coro: "El mismo estómago y el mismo cerebro". El apotecario, sin mayores preámbulos, desdobló y leyó, vertiginosamente, su manuscrito:

"Quienes más compran libros no son, casi nunca, lectores ávidos. Contra la opinión general, un coleccionista, un fanático de las librerías (ese hombre taciturno que diariamente acude a vuestro humilde emporio sin saludaros, oh comerciante de las cosas sin precio), cuyos dedos voraces no temen el polvo acumulado por siglos de indiferencia o fatiga de la menos exigente clientela previa y que, después de tres o cuatro horas inútiles, acaba resignándose a la baratija más accesible (condenada al entrar de un solo vistazo) no es, a pesar de tan buena voluntad, la 'biblioteca ambulante' con la cual sin duda lo confunden quienes tienen la paciencia necesaria para escuchar su fárrago informativo en materia de ediciones raras, número de ejemplares, año de publicación:

más bien le cuadraría el apodo de 'archivo humano'. Gentes como él no sólo gastan millones, sino que venden el alma, por la primera edición ilustrada de *Historia de la ropa interior* pero, una vez en casa, guardan el libro bajo llave, aplazan lo más posible el momento de abrirlo, al hacerlo utilizan pinzas, no se detienen más de un minuto en la viñeta número siete, prestos a examinar la número diez... y, pasado el tiempo, cuando los temores de robo o destrucción accidental se han convertido en tedio, el antes sagrado volumen es leído ahora sólo por las arañas, que tejen sus telas sobre las líneas irreprochables de Pénillière. ¡Ay de quien, fascinado por su belleza en tantos objetos (pues nadie duda de ella) repudia la *sustancia* de los libros, única esperanza del vanidoso que considera análogos, llegada la hora, un exquisito juego de naipes y una de esas *plaquettes* de prosa efervescente como *A plea for the domestication of the unicorn!*

"Si un hombre ha leído con pasión un libro, si ha repetido en voz alta doctas y verdaderas palabras, traduciéndolas a un lenguaje íntimo con su memoria y afirmándolas con el corazón, algo de él pervivirá en el volumen y a su muerte saldrá a relucir, cada vez que otro lo abra. No es necesario, para ello, subrayar esas palabras; ni siquiera dejar una violeta o un asfódelo entre sus páginas: basta con fundir nuestra alma con el alma del autor. Una sola lectura intensa basta para elevar el precio del volumen más que cualquier ilustración honrosa, y un clásico se forma precisamente de sus muchas lecturas y relecturas. ¿Qué importan, después de todo, el formato, la calidad del papel, si lo que un libro pide a gritos es ser leído, no almacenado como duraznos en almíbar...?

"Gloria, sin embargo, a quienes reverencian a una obra maestra editándola bellamente pues, hecha la anterior y fatigosa salvedad, ya dicho que un libro es primero Dios, el Infierno, la Locura o el Mar (lo que gustéis) no hay en el mundo cosa que plazca más a un hombre sensible que manipular un objeto hermoso."

Apenas hubo pronunciado la última sílaba, la boca del apotecario se entregó al frío beso del vino amarillento que Sarah, en su calidad de nieta predilecta de don Balandrán *el Rubicundo*, sacaba del barril cada primavera, gracias a las uvas enormes, de propiedades embriagantes innatas, con que su laborioso abuelo había enriquecido, variando temperaturas e injertos, la hortaliza de Dios: complicada receta obsequiada en vísperas de su muerte (junto con un vaso rebosante de los felices resultados de aquella primera cosecha y con una jugosa dedicatoria en latín) a Sarah, "flor de la viña". Todos brindaron por la salud del apotecario, vaciando las copas de un solo trago, y atacaron el suculento delfín-tigre que Glorinda, mientras descorchaba una botella de Glenelonde,* consideró "representativo, pero no tanto como las pechugas de avestruz de la semana pasada".

7

"¿Y qué mejor postre —canturreó el satisfecho mecenas, despidiendo un eructo protocolario que bendecía tanto a los platos vacíos como a las barrigas llenas de los comensales—, que una sorpresa para quien ha cumplido la edad de Cristo multiplicada por dos…?"

De entre los pliegues de su túnica (un amplio fasto de terciopelo negro y doraduras) extrajo el regalo envuelto en seda roja que, a todas luces, era un libro. Las gemelas dejaron simultáneamente, con un salto de pulga, sus asientos para colocarse a ambos lados del apotecario mientras éste, por un

---

* Licor de zarzamoras mitigado por leche de cabra, muy popular entre los niños campesinos de la región.

instante mágico, recuperaba las noches de Navidad en las que, medio siglo atrás, abría una caja tras otra, llevado por el delirio que el olor a pino estimula tan deliciosamente y que ahora, en pleno marzo, a una distancia oceánica, su olfato apresaba una vez más, como si las coníferas enanas del parque de Hahoonya, su tierra natal, hubieran invadido con invisibles ramajes la sala entera. Un murmullo de admiración caldeó, reverberando, el ambiente, cuando los ojos risueños de las quinceañeras y del sexagenario acariciaron las pastas metálicas del volumen, delgado como una de esas capas de hielo que cubren los patios al amanecer; fruto de la orfebrería celeste, nacido en cuna purpúrea. La portada, verdadero umbral del paraíso, era una labor de artífices flamencos particularmente diestros: en medio, un ópalo blanco sangraba como una córnea irritada y, en torno a ese huevo magnánimo, caprichosos vegetales, flores carnívoras, orquídeas emponzoñadas enroscaban su laberinto asiático en un consumado éxtasis de oro, cobre y plata, mientras en cada esquina una máscara de gorgona, o de virgen, abría la boca para tragar, y escupir, diminutas rosas de madera. La contraportada repetía esos motivos, con ligeras modificaciones que aplacaban, tal vez, el furor primero, y con una debilidad por simbologías y heráldicas menos familiares. Las orillas de cada página, como era de esperarse, refulgían de oro, pero también de verde mar, de negro azabache y de un rojo violento de manera que, al doblar el total de páginas hacia la derecha, mostraban escenas de la Pasión y, al doblarlo hacia la izquierda, juguetes galantes, de la Roma antigua. Y en verdad que todo ese esplendor gráfico y escultórico, gloria de la miniatura, triunfo del *bibelot*, armonizaba sin esfuerzo alguno con el contenido… y, al decir esto, creo que es hora de enunciar el título, y el autor, de esa joya de bibliófilo. Se trataba de los *Estudios en sepia*, del oscuro poeta en prosa Mirlitón el Egipcio: un ejemplar de lujo que éste había editado para su favorita, la princesa Grimaria, durante las últimas genuflexiones de su amor, que duró tres meses. El libro, aun en la edición corriente, no aparecía jamás en ninguna subasta, y los libreros especializados respondían con un gesto ambiguo cada vez que alguien aventuraba el pedido, replicando: "Mañana, quizás. O dentro de cien años. O nunca. Mirlitón el Egipcio es, ha sido y será un poeta de minorías y los *Estudios en sepia* su libro más inaccesible, no sólo en el sentido físico, sino en el espiritual". Redactado en un español delicuescente, que no rechazaba términos anacrónicos pero que no fundaba en ellos su carácter extraterrestre, sino más bien en el manejo arriesgadísimo de la metáfora, en su enorme carga de pigmento, en su "respiración entrecortada", en sus perversiones sintácticas, en su fastidiosa búsqueda del adjetivo más justo, es decir, del Único capaz de dar al sustantivo el mayor número de significados, *Estudios en sepia* le habló al apotecario, apenas hubo leído las primeras páginas, como una mujer o, mejor dicho, como ninguna mujer le había hablado antes. La voz persuasiva y seductora de Mirlitón, que parecía oscurecer el sentido de las frases cuando lo que realmente ocurría era lo contrario, un atar cabos sueltos sin romper el hechizo que arrobaba por completo, con ese poder contenido, fosforescente, de las tentaciones antiguas, complaciendo todas las expectativas con sorpresas continuas, felicidades inesperadas, giros insólitos; creando organismos autónomos, independientes, más vivos que cualquier hijo a través de una operación sintética, de un movimiento selectivo que tomaba de la realidad vivida, soñada, presentida y de la memoria, la fantasía y el delirio aquellos elementos que fueran esenciales e ignoraba todo lo demás; inscribiendo arabescos, frisos, tapices, grecas perfectamente armónicas, emblemas luminosos, decoraciones chinas o moriscas; rompiendo el cordón umbilical con la Madre

Tierra y entablando relaciones amistosas con el Empíreo; *componiendo* en el sentido más alto del término (un ordenamiento musical de bloques, o palabras, para formar ese edificio: la frase que, dominada junto con sus hermanos por el rigor más severo y que unida a ellas por un tenue hilo, por una cadena invisible, configuraba esa ciudad radiante, el poema, la metrópoli más hospitalaria del alma, su Eldorado); la voz persuasiva y seductora de Mirlitón fue para el apotecario, desde un principio, la realización maravillosamente lenta de un sueño de juventud, entrevisto apenas en ciertos autores místicos, pero siempre con esa nebulosidad que delata al traductor infiel de palabras divinas. Cada poema ocupaba, más o menos, una página, y en cada página desfilaban ejércitos, resplandecían planetas incógnitos, bailaban huríes, caducaban imperios, fornicaban dragones, languidecían princesas… y la voz depravada, cantarina, visionaria de Mirlitón sometía a su cerebro a una de las pruebas más decisivas, a una de las veleidades más peligrosas: la de alucinar. En la página treinta y dos encontró un pasaje moroso que se delectaba en la apología del *Trollius Europaeus*, una suerte de clavel anaranjado con pétalos cerúleos, frágiles como las páginas del libro, tan definitivamente fálico que había ganado el apodo, en los círculos botánicos de Inglaterra, de *Orange Naughtiness*. A continuación se ensalzaban las virtudes afrodisiacas del *Helianthenum Rhodante Carneum*, flor diminuta de bordes rosados y centro amarillo, dotada de innumerables pistilos que, según Mirlitón, "despedían un polen embriagador en la cercanía de una virgen, con los resultados imaginables". Párrafos adelante, la *Pasiflora Laurifolia* vibraba como las cuerdas de un salterio católico al observar el poeta, enciclopedia en mano, "la similitud que los misioneros hallaron entre esta flor de los jardines salvajes de América y los instrumentos de la Pasión". Justo a medio camino entre el mundo intelectual y el mundo sensorial, o acudiendo a éste cuando los datos aportados por aquél empobrecían el cuadro, los "calambres anímicos" de Mirlitón luchaban por entablar una correspondencia, tal vez ilusoria, entre los aromas de las flores y los tintes y diseños que Dios, ese gran miniaturista, les había impuesto para burlar, en ocasiones, las capacidades del ojo humano: sinuosidades invisibles, verdaderos jardines secretos dentro de una sola flor, así como en el ágata, en el jaspe y en el mármol hay infinitos hemisferios microscópicos, junglas y cadenas montañosas que "demuestran como ninguna otra cosa las limitaciones del más soberbio de nuestros sentidos". Con ese *dictum* pesimista el "Hortus" ganaba su categoría de "Conclusus", jugando un poco el mismo papel de las almenas en el cuadro de Ruggiero. Mirlitón definía entonces, bajo el título de *Frutos rancios*, la misteriosa creación artística en los términos de "una pasividad que ciertos individuos elegidos manifiestan cuando la naturaleza se sirve de ellos para dar a luz lo sobrenatural". Según Mirlitón, el arte era simplemente el mayor grado de fidelidad a los procesos internos de la naturaleza de que el hombre era capaz y por medio del cual éstos alcanzaban su finalidad suprema: la Belleza, lo que arrebata y pasma. "Un crepúsculo no tiene absolutamente ninguna importancia. Toda su justificación aparece en el momento en que ese crepúsculo se contempla en un espejo y se sabe hermoso." Ese espejo es, por supuesto, el hombre: "El hombre es el crepúsculo consciente de sí mismo y en consecuencia de su belleza". Dios iniciaba el mágico proceso a través de un mensaje subitáneo al hombre, "un instante que lo nimba y que el artista toma por éxtasis cuando en realidad se trata de una suerte de éxtasis a medias, que para alcanzar su plenitud requiere ser evocado tiempo después, en tranquilidad, pareciendo una mera recreación de 'aquello' y que, al expresarse en papel, en lienzo, en música o en mármol cierra su círculo, se muerde la cola, *existe* en definitiva y, por supuesto, brinda la oportunidad a otros individuos con una historia espiritual análoga o parecida a la del creador de consumar sus éxtasis a medias o de experimentar éxtasis nuevos y también, ahora sí, verdaderamente completos". Y sin embargo ese mecanismo inexplicable, complejísimo que seguía la naturaleza para reconocerse en cuanto "naturaleza" y además calificarse de "bella" era para Mirlitón, y para el apotecario, el supremo Acto Perverso, ya que apenas el adjetivo "bella" socorría al sustantivo "naturaleza" otro mecanismo fatal, inevitable se iniciaba de golpe: la putrefacción, el deterioro, la certidumbre de que esa belleza desaparecería cuando desapareciera su contemplador; en suma, la sensación del paso del tiempo, la conciencia de la Muerte: "Cuando la naturaleza se sabe naturaleza ha firmado, sin darse cuenta en un principio, su condena de muerte y de inmediato ha recurrido al bálsamo de la belleza, también acaso sin fijarse, para tener la ilusión de una vida eterna. Y a fin de cuentas el acto estético se transforma en el goce que la naturaleza, la civilización, el individuo experimenta al contemplar su muerte, reflejada en un espejo". Mirlitón ponía en boca de una linda novicia estos frutos rancios mientras un sacristán leproso la refutaba con almendras dulces: "El arte, mi joven Teresa, no es una ilusión vana. Es la tan buscada piedra de los filósofos, que al trasmutar el dolor en placer, el fango en oro, el mal en una especie de bien embalsama el espíritu mejor que cualquiera de los métodos egipcios para embalsamar cuerpos. El alma del artista se asegura una inmortalidad, un transporte perpetuo, una cópula intangible con otras almas justas cuando se ve plasmada, como tú dices, en papel, en lienzo, en música o en mármol. Quizás a precio, en efecto, de haber cometido el pecado más grande: la muerte en vida, pero ésa después de todo es una muerte serenísima, ¿no?…"

Y cuando ya la vaguedad, la imprecisión del texto sumergía de nuevo al apotecario en pozos tibios, hondos, que tamizaban los rumores del mercado en uno de esos murmullos apacibles que, bien vistos, en nada se distinguen del silencio, algo en el diálogo entre la novicia y el sacristán le hizo darse cuenta, con la sorpresa de un sordo que comienza a oír, de que *no estaba leyendo en voz alta.*

Humberto Rivas

❖

FALCO

SALÍ con la cara pintada una noche de luna. Llevaba al hombro el halcón de mi madre; las estrellas muertas titilaban sobre nuestras cabezas, el halcón emitía graznidos y comenzaba a desperezarse extendiendo las alas. Fui hasta el parque María Teresa y me detuve en una banca. Dos muchachos asustados treparon en su motocicleta y rasgaron la silenciosa noche con el ruido punzante del escape; huían de mí, no había duda. Con una piedra filosa corté el hilo que ataba mi muñeca a la garra del halcón, y lancé al aire un pedazo de carne cruda; se tornó azulosa a la luz expectante del farol; el halcón la atrapó al vuelo haciendo sonar una especie de aplauso ronco con las impermeables alas. Evolucionó por unos segundos y se volvió a posar en mi hombro, excitado. Me relamí los labios saboreando el poder que tenía sobre los noctámbulos. Decidí asaltar. Robé todas las noches, menos aquella madrugada en la que advertí un cuerpo derribado en el pasto. Primero lo rodeé cuidadosamente, yo iba armado con la piedra filosa y calzaba tenis; me gustaba observar con detenimiento mis pasos blancos sobre lo verde del pasto: parecían pasos cinematográficos. Cuando me disponía a atacar, noté que el cuerpo apenas respiraba. En lugar de despojarlo de sus billetes, le di aire por la boca: era una muchacha morena y menuda, de cabellos encrespados; la habían violado en la humeante madrugada.

Se aterrorizó al volver en sí ante una cara pintada. "Tú eres el del halcón. Pero llegas tarde. Me robaron el dinero y además me forzaron", dijo. Después supe que al agredirla le habían introducido un cilindro de plástico en la vagina. Comencé a amasarle los pechos y terminamos con la madrugada desnudos y entrelazados. El halcón volaba en círculos sobre nuestros cuerpos tibios, espasmódicos.

La volví a ver en el parque casi todas las noches.

Cuando entré en mi casa presentí una sórdida melodía. Siempre tuve el presagio de que alguna vez, al regresar por la noche, de pronto me envolvieran grandes telarañas; o que un terrible ladrón estuviera agazapado, esperándome; o que un profanador de tumbas me golpeara con su zapapico. Pero no fue así. Esa vez un silencio doloroso me hizo imaginar escenas lúgubres en los cuartos. La luz ambigua disecaba algunos muebles que yo conocía; sin embargo, no estaban en su lugar.

Debí gritar pero no lo hice. Me esforcé al caminar con cierto temor entre las habitaciones de mis padres y mis hermanos. Mantuve la mirada vaga cerca de las camas, pero no me atreví a despertar a nadie. Era la casa, indudablemente, sólo que las cosas no estaban en su sitio. Intenté tranquilizarme.

Fui al balcón y abrí una hoja de la ventana. De lejos llegó ese ritmo atroz que ya antes había presentido: parecía que los metales del invisible conjunto sonaban a un metro de mis orejas. Cerré de golpe la ventana y me replegué contra el muro más cercano. Quise llorar pero no lo conseguí. Hubo silencio por unos minutos. Pronto comencé a tararear aquellas notas, no podía contenerme. De tanto temor surgió mi temeridad; avancé agitándome hasta uno de los cuartos y me detuve a los pies de la cama que, por el tamaño, tenía que ser la de mis padres. Al principio les hablé quedamente, luego subí la voz hasta casi gritar; nadie contestó. Creí escuchar risas apagadas. Tuve una especie de mareo. A punto de vomitar, jalé la colcha y las cobijas que cubrían los dos bultos: aparecieron dos saxofones dorados del tamaño de mis padres; refulgían de tal modo que me cegaron por un momento. Los tapé y corrí a otra habitación. Había dos camas iguales con sus pequeños bultos encima. Salí aterrado. Esas visiones y esa música me perseguían. Fue la primera vez que corrí desesperado rumbo al parque María Teresa. No recuerdo si ya tenía el halcón, pero mientras corría, algo me revoloteó por la cabeza.

Ir al cine equivalía a llamar a la soledad o contrarrestarla. Al llegar escruté los carteles que anunciaban la película y vi que se trataba de un tema ya habitual: violencia. Jóvenes con caras de avispas asolaban una ciudad estrepitosa. Yo sabía que detrás de esos músculos rutilantes, sobre esas motocicletas briosas, bajo esas vestimentas de cuero, vibraban pasiones, ocurría un desasosiego...

Entré en el cine y a grandes trancos atravesé el vestíbulo. Subí a la galería y escogí a tientas una butaca. Al sentarme, comprendí que estaba cansado; tenía los pies inflamados por la caminata.

Desabroché las agujetas de mis resplandecientes zapatos; eran tan blancos que parecían plateados, metálicos. Sentí tal alivio que me descalcé rápidamente y me hundí en el asiento, lanzando de vez en cuando una ojeada a la pantalla.

Los de las motocicletas habitaban en las afueras de la ciudad. En una escena aparecía un acercamiento a los zapatos blancos del protagonista. Algo me impulsó a bajar la mano y buscar los míos. Al no encontrarlos, extendí el brazo y palpé por accidente un tobillo delgado, cubierto por finísima seda. La mujer ahogó una exclamación y se volvió a observarme en el momento en que caía un rayo en la ciudad ruidosa e iluminaba la pantalla. Su cara aguda me hizo pensar en el halcón. Experimenté temor ante esos ojos fijos. Me incorporé con lentitud y avancé hacia la salida de emergencia.

Cuando llegué al letrero luminoso, apoyé todo el cuerpo contra la puerta y cedió. Al dar los primeros pasos fuera del cine me di cuenta de que no llevaba los zapatos.

Esa noche hermané a los hombres con los pájaros.

Mi madre acarició mi camisa blanca con las manos llenas de sangre. Uno de sus canarios había muerto de repente y ella le practicó la autopsia con las uñas. Había encontrado dentro del cuerpo —hecha bola— una enorme araña negra.

Vi un territorio habitado, una esfera que vomitó alguien. Dentro de ella me encontraba caminando. Era una ciudad que se paralizaba durante las lluvias por la intensidad del tránsito. Estas calles me entristecieron por largo tiempo, hasta que decidí que ese mundo estaba a mi alcance para recorrerlo en las noches, vibrando de energía por encontrar algo... Siempre creí que debía existir un cómplice; yo no podía ser el único.

Sabía que me hallaba en una ciudad de payasos y menesterosos. Y esa noche, después de la lluvia, la atmósfera me hizo sospechar que tendría una aproximación a mi búsqueda...

Fue en la avenida más resplandeciente. Esta avenida tenía algo de paseo europeo y calzada tropical. Se hallaba, como es infalible los sábados por la noche, atestada. Todo era bocinazos y máquinas calientes; cuadro angustioso. De pronto una mujer atrajo mi atención y me detuve; una compulsiva aparición, pensé al instante. Una irreprochable trigueña de ojos dorados (lo supe porque me acerqué a contemplarla) descendió de un lujoso camioncito que se encontraba en el embotellamiento, trepó sobre el motor de su vehículo y dio un paso de bailarina en el toldo del coche que estaba delante. Se mantuvo en la punta de un pie y luego saltó avanzando al coche siguiente. Los automovilistas que sintieron la presencia de la mujer sobre sus cabezas la insultaron, otros gritaron y aplaudieron. Quedé fascinado por su plasticidad más que por el desplante.

Los bocinazos, la rechifla y la amenaza de un corto avance la hicieron regresar corriendo por el asfalto.

Abordó su vehículo brilloso y adelantó unos metros. Al detenerse, me acerqué a ella y aplané la cara (blanca por la pintura) contra el cristal de la ventanilla: me fijé en los ojos dorados, intensos. Súbitamente hubo movimiento de policías y patrullas que intentaban activar la circulación. El camioncito serpenteó ruidoso entre los demás coches y comenzó a perderse. De lejos ya no distinguí sus ojos; la huella de mi cara sobre el cristal lo impedía, sin embargo me pareció ver que salía la garra de un oso y arañaba la huella blanca. Me alejé dando saltos sobre los charcos, pensando que dentro de esta esfera había una mujer.

Aquella tarde aparecí montado sobre dos zapatos blancos, no recuerdo si sobre los llanos calcinados o entre las ruinas de las calles abarrotadas; sólo recuerdo que di un grito atroz, pretendiendo sumar este ruido al polvo y al tiempo que guardan los suéteres de las muchachas. "Tengo que sentarme en esa banca", me dije ya en el corazón del parque María Teresa, y observé a los niños que se movían sobre ruedas alrededor de mí. El parque bien podía ser una alhaja descomunal porque las calles que confluían en él se llamaban Turquesa, Jade, Rubí y otras palabras resplandecientes. Yo vivía en Turmalina, si no recuerdo mal. En esa época caminaba muy erguido, casi no flexionaba las piernas y mis vestiduras eran negras.

Instalado en una banca, miré a los hombres que siempre se reúnen en la esquina frente al parque: eran once. Tenían en las manos latas de cerveza. Hasta mí llegaron sus voces. Dos de ellos parecían decidir por el resto del grupo, sin embargo uno aparentaba ser el líder: vestía traje marrón, corbata angosta y llevaba un parche en la frente.

Hablaban del mar y de la playa. Era chocante que allí, sobre el asfalto, entre las esquinas y apoyados contra las láminas quemantes de los coches, evocaran arena y palmeras y brisas y bikinis y sol, mucho sol. Planeaban irse a Acapulco.

Contemplé la ventana que se recorta en uno de los muros del edificio pardo. Buscaba a Eleonora. Era morena y alta, yo diría que extremadamente alta en comparación con las otras mujeres del barrio. Eleonora. Así también se llamaba la última reina de Cerdeña que, antes de morir, dictó un estatuto en favor de la conservación y el cuidado de los halcones. A Eleonora la había visto entrar dos veces en ese edificio cargada de paquetes y tubos de cartón, de los que sirven para guardar planos de casas.

Coloqué el cuaderno blanco sobre mis rodillas y comencé a trazar la ventana y la cara de una mujer asomada a los vidrios. El cabello largo flotaba a un lado del óvalo del rostro. Valiéndome de luces y sombras dibujé su mirada penetrante, de una brillantez agresiva.

Cuando miré nuevamente a la ventana, intentando contar el número exacto de cuadros para seguirla dibujando, en verdad apareció la cara de Eleonora: entreabrió una hoja con su mano afilada y creí advertir que dirigía un catalejo de pirata hacia Turmalina, o buscando un ave. Pero no; su atención se concentró en el líder. Al cabo de unos minutos guardó el catalejo, la ventana se volvió negra y ella desapareció como succionada…

Puse mi cuaderno a un lado de la banca y volví los ojos hacia los hombres que permanecían en la esquina. Una nube de polvo parecía borrarlos. Levanté la vista y ahora el líder se encontraba en la ventana. Observaba con el telescopio.

No comprendí. Eleonora parecía el mismo líder: la misma corbata, el mismo parche en la frente. Esperé a que bajara.

Salió cargado de paquetes y tubos. Cruzó entre los hombres y lo ignoraron, como si no existiera.

Bajé del camión porque los asaltantes me obligaron, era una ruidosa noche de sábado. Dos adolescentes harapientos me aplicaron en las costillas sus cuchillos llameantes y hurgaron con desesperación en mis ropas. Al no hallar botín, dejaron el camino libre hacia la puerta.

Tuve que seguir mi ruta a pie. Al paso, saliendo de entre los arbustos, encontré a un hombre bajo que se afanaba en colocar un objeto grande sobre el suelo. Me aproximé y vi que se trataba de una mesa metálica portátil. El hombre intentaba desplegar las patas y equilibrarla firmemente. Los coches y la gente pasaban sin reparar en él. Yo me detuve un momento, aunque faltaban varias calles para llegar al parque, y me dispuse a observar.

El hombre extendió una cartulina que abarcaba toda la superficie de su mesa y se montó unos espejuelos. Extrajo un crayón rojo del bolsillo trasero de su pantalón y dibujó un animal diminuto. Luego puso sobre la mesa una bolsa blanca de plástico que bullía, le asentó una mano y comenzó a reír, entonces reparó en mí y, sin dejar de observarme, metió una mano en la bolsa y sacó un animalito rojo que colocó encima de su dibujo: correspondían exactamente en tamaño y forma. Siguió sonriendo mientras el animal quedaba quieto en su lugar. Después sacó un crayón verde e hizo lo mismo: un animal verde, un poco más grande que el anterior, también se inmovilizó sobre su dibujo.

No podía irme, algo me detenía ahí. El hombre se inclinó exageradamente sobre la mesa, reprodujo un animal casi microscópico de color anaranjado y retiró de la bolsa un bicho semejante. Su risa se hacía cada vez más aguda. Todos los animales permanecían fijos sobre sus dibujos, excepto un pez que tenía la mitad de la cara, un solo ojo y la mitad de la boca, y que del otro lado estaba completamente liso. El hombre trataba de inmovilizarlo, pero el pez culebreaba.

Fiel a mis sentimientos, le pedí que diseñara un halcón. Al oír esto, volvió la vista al cielo y metió nuevamente la mano en la bolsa. Sacó una luciérnaga y la lanzó al aire casi chillando de alegría. En ese instante me volví bruscamente: los asaltantes avanzaban rumbo a nosotros por la misma calle. Eché a correr unos metros y me detuve al escuchar el ruido de la mesa que caía.

Quise regresar pero me encontré al halcón gravitando frente a mí, llevaba la luciérnaga en el pico, y casi me decía que escapara hacia el parque. Lo seguí corriendo con los ojos húmedos. Observar la luna desde el parque me parecía un acercamiento al cosmos. Yo sabía que Eleonora estaba más cerca de los planetas al tener el telescopio, y sencillamente por ser mujer. Me inquietaba recordarla. De pronto dos perros ladraron cerca de mí e interrumpieron mis pensamientos. Tuve que levantarme de la banca y caminar, molesto por tener que movilizarme.

Me acerqué a su ventana y musité un acalorado poema que había compuesto la noche anterior: Puse cuatro piedras en tu calle / frente a tu ventanal / y yo en medio / no representaban cuatro cirios / no quería decir / que estaba muerto / por tu amor / sólo eran cuatro piedras / frente a tu ventana / y yo ahí / en medio de ellas.

La convoqué pero apareció Margaret, la pintora que vive frente al edificio de Eleonora. Podría engañar a otros pareciendo Margaret, pero no a mí, aunque llevara el mismo cabello ensortijado y castaño, los zapatos blancos con correas arrolladas a los tobillos.

Caminó bordeando el parque y la seguí. Esa noche yo llevaba al hombro una piel curtida en la que pretendía hacer ciertos dibujos. En cualquier instante pensaba arrojarla a sus pies para que la pisara y semejar así un hombre galante, antiguo.

Llegó al edificio sin contratiempos, es decir, no la importuné; la había seguido a distancia. Cuando entró, me coloqué bajo su ventana hasta que encendió la luz. Abrió las cortinas y asomó el rostro: era Eleonora. Afloró el telescopio y lo dirigió hacia mí. No sé por qué levanté la mano mostrándole la baraja española que llevaba conmigo —en esa época yo leía la baraja—: fue un acto reflejo.

El catalejo apuntó a la ventana de Margaret, quien estaba ahí, visible (la pude distinguir aun a oscuras). No quise interferir más y esperé...

Permanecí sentado, pensado con los ojos cerrados y las manos en las rodillas, hasta que el vuelo susurrante del halcón me devolvió a la noche. Nuevamente ella andaba por el parque. Llevaba un tubo de cartón en la mano; podía ser el telescopio.

Confundido, no hice más que seguirla, moviéndome furtivamente para no atraer al halcón. Ella sintió mi presencia y se volvió con brusquedad.

Para saber quién era realmente, inventé el pretexto de la baraja. Tal vez sonó ingenuo porque sonrió. En el momento en que iba a añadir dos palabras infalibles, el halcón voló entre nosotros y me borró a la mujer. No la vi más.

Existen noches señaladas. Por ejemplo aquella en la que rebusqué entre los botes de basura y sólo encontré un gato muerto. Creo que lo até por la cola a mi cinturón, y anduve por el parque haciendo que los perros aullaran y que los caminantes soltaran exclamaciones.

Entonces supe que mi destino era remover los demonios que habitan en los animales y en los hombres.

¿Por qué caminé por esa plaza que llamaban Glorieta de los Insurgentes? Era noche y parecía que circulaba por ahí toda la gente de la ciudad. Algunos miraban mi cara, otros atendían al halcón. Pronto descubrieron a un muchacho que hacía caminar a un ganso de plástico comprimido y estambre; hilos invisibles sostenían la cabeza y las patas.

Me acerqué para hablar con él y me contestó con gestos evasivos. Para entonces ya éramos el centro de atención. Él disparaba ojeadas lacrimosas y tristes a mi halcón, mientras yo estudiaba su ganso de mentiras. Dos flashazos de la cámara de un turista nos inmovilizaron momentáneamente. Los fogonazos molestaron al halcón; zafó sus garras de mi hombro y voló en círculos, ahuyentando al formidable grupo de personas que ya nos rodeaba.

El halcón se estremecía impaciente, estaba hambriento. Pensaba iniciar mi ronda por el parque cuando advertí que el del ganso sacaba de su maleta un mecano de plástico y se esforzaba en armar algo. Me dispuse a observar la maniobra y contemplé cómo fabricaba un ganso casi de su tamaño. Le ató una cuerda al pescuezo y lo arrastró. Había colocado un par de ruedas en las patas y lo obligó a caminar por una calle oscura. En ese momento sentí el cansancio del muchacho.

Los seguí. El halcón temblaba nervioso y emitía cantos que nunca le había escuchado. Dieron vuelta en una esquina. Al cabo de unos instantes, al doblar nosotros, vi que un viejo andrajoso arrastraba al ganso. Antes de reponerme de la sorpresa, el halcón voló directamente hacia el viejo haciendo un zumbido de flecha con las alas. Posó sus garras en la ruinosa espalda del hombre y le clavó de un solo impacto su lustroso pico en el cuello. Luego se elevó al cielo. El viejo quedó fulminando, hecho un garabato al borde de la acera. El halcón seguía elevándose; comprendí que volaba rumbo al parque.

Deshice el nudo que ataba el pescuezo del ganso, lo puse sobre mis hombros y eché a correr. Recuerdo que una mujer detuvo a una patrulla y, argumentando en una indescifrable perorata, me señaló con el dedo.

Vi a ese hombre vestido con elegancia y acabé con su fiesta y su locura. De lejos daba la impresión de un ser deforme; la cabeza afeitada se alargaba hacia arriba en forma ovoidal. Tomaba una copa con otro, en uno de esos bares al aire libre que por cierto no abundan en esta ciudad.

Me acerqué porque no podía creer en la forma y el tamaño de esa cabeza. A unos pasos pude ver que no era una máscara, como imaginé al principio; era una olla. Quiero decir que sobre la cabeza, y a partir de la nariz, se había hecho una olla con arcilla. Aún se notaba ligeramente fresca la cerámica; sólo le faltaba el cocimiento del fuego.

Volví a pasar varias veces ante el tipo, que no receló. Algo me hacía ver cómo se rompía en pedazos esa olla bajo el impacto de un golpe que yo daba, empuñando un palo.

Llegué al Mesón del perro andaluz y fui directamente a orinar. Ahí tenía algunos clientes a los que leía las cartas; a esa hora no vi a ninguno. En la trastienda había un palo grueso de buen tamaño, casi como un bat de beisbol. Lo metí bajo mi chaqueta y lo pasé por la cintura dentro del pantalón; salí caminando con una pierna tiesa.

No voy a decir que la gente me observó curiosa, porque la verdad es que no recuerdo de qué manera llegué hasta ese hombre elegante. Lo saludé con una leve inclinación de cabeza, él agachó la olla, su cabeza inútil coronada con barro fresco. Con movimientos que recuerdan la cámara lenta, extraje el palo y asesté el primer golpe, al que sucedieron gritos de unas señoritas absolutamente pintadas y entalladas, preciosas. Únicamente di dos o tres golpes para acabar con la olla; no me interesaba maltratar más la cabeza del hombre; debía estar bastante maltrecha por dentro —pensé en gusanos barrenadores—. Así que abandoné el palo y corrí, corrí para no recibir patadas y represalias.

Era una tentación innegable. Esa cara pegada al vidrio del ventanal y esa mano aplastada y callosa a un lado, me obligaron a observarla.

Esa noche el halcón salió a planear en completa soledad sobre los edificios. Como para jugarme una broma, cruzó un par de veces muy cerca de mis ojos. Lo maldije en silencio con una sonrisa apenas esbozada. No me impacienté, debía esperar a que la mujer se deshiciera de su bata para verla desnuda y utilizar mi espejo; quería proyectarle un rayo de luna en el ombligo. Mientras tanto, encendí un cigarrillo.

De pronto, un golpe de emoción me sacudió; la mujer ya no tenía la ropa y su cuerpo se distinguía proporcionado. Coloqué el espejo de manera que la luna se reflejara en él e hice vagar un rayo por su vientre hasta que descubrí el ombligo; era como un sexo en miniatura. Apenas lo había visto cuando ella cerró las cortinas de improvisto.

Salí al parque y me senté en una banca. Después de unos minutos apareció envuelta en un abrigo. Había llegado a la mitad del parque cuando el halcón sobrevoló a unos centímetros de su cabeza. Gritó. Yo me acerqué de dos zancadas porque había comenzado a seguirla. La abracé en un gesto de protección y sentí su cuerpo trémulo; supe que no llevaba ropa bajo el abrigo. Sollozó y pidió que no la abandonara. Le pasé un brazo por los hombros y la acompañé a su casa. Murmuré —en esa época era la única forma de comunicarme— que representaba un crimen dejar a un pájaro así, hambriento por las calles. Aún se estremecía cuando llegamos a su departamento.

Pensé en el halcón al ver que comenzaba a serenarse. Tendría unos cuarenta años. La mano izquierda estaba deforme por las callosidades y trataba de ocultarla a cada momento.

Me preguntó por qué la espiaba. Respondí que no entendía de lo que me hablaba. Fingió enfadarse, pero se deshizo del abrigo. Me acerqué lo más que pude para ver su vientre; buscaba su pequeño sexo. Dio media vuelta y sirvió dos vasos de vino, luego se colocó de espaldas al ventanal. Así desnuda, parecía un maniquí iluminado por la luna. De pronto, el halcón golpeó los vidrios con las alas y la mujer soltó un alarido antes de encerrarse en el cuarto más próximo, azotando la puerta.

Salí de ahí con una mezcla de apaciguamiento y desilusión. Subí a mi casa y estuve atento a su ventana, pero no pude seguir observando; el halcón golpeaba los vidrios con las alas.

Ahí estaba, horizontal sobre los botes aplastados, las bolsas de plástico con papeles y las frutas podridas. Un olor nauseabundo tocó mi nariz. Me acerqué cuidadosamente. Una sombra voló sobre mí, ocultando por un momento el cuerpo que los primeros rayos de luz hacían visible en ese tiradero oliente. Amanecía. Las moscas verdes zumbaban en nubes compactas que se estrellaban contra todo mi cuerpo, para qué voy a decir que sólo contra mi cara blanca. En ese instante evoqué las moscas dominicales que zumbaban en otro tono cercanas a la mesa familiar.

Recordé que podía ser un asaltante; drogar a mi víctima antes de atacarla. A lo lejos se escuchaban los campesinos, que en interminables peregrinaciones llegaban al santuario que se hallaba próximo. Un murmullo nada más.

El animal podía regresar en cualquier momento; me oculté detrás de unos botes inmensos, repletos de basura que ostentaban las siglas del Departamento de Limpia de la ciudad. Sí, el ave merodeaba. No había duda. Quise relajarme observando mis zapatos blancos, que en algún tiempo fueron blancos, imaginándolos andar sobre un césped bien recortado, en otro barrio, en otra ciudad.

El día entraba, lento. Recuerdo que tracé un signo frente a un espejo roto que había recogido. Vi el cuerpo y me deslicé rumbo a él con los ojos entrecerrados, fingiendo estar ciego; lanzaba manazos al aire, tropezaba con ruedas retorcidas de triciclos viejos, oxidados, con llantas desgarradas de automóviles, entre ratas huidizas. Me acerqué al cuerpo deseando que el ave no me obstaculizara, pero pasó muy cerca de mi cabeza. Un escalofrío se apoderó de mí. Finalmente oí que el pájaro se alejaba.

Al abrir los ojos nuevamente, me encontré frente al cuerpo derribado. Pretendía inclinarme hacia él cuando me deslumbraron dos faros potentísimos y un rugido bestial de máquinas desbocadas se enfilaba directo a mí: dos motociclistas intentaban acometerme. Sólo atiné a escapar abandonando aquel cuerpo que, por lo demás, bien podía ser un perro muerto a punto de estallar.

Tener el corazón dolorido era lo que me orillaba a envolver mi mano izquierda con una venda. Y es que de pronto Eleonora, con su filoso ingenio, ya no estaba. Aquella noche descubrí el matamoscas en el rincón de mi cuarto. Me apoderé de él y, girando como en un lento ballet, fui asestando golpes precisos; maté innumerables volátiles. Volví a poner el matamoscas en su rincón y de paso busqué la venda en el botiquín. Afuera ya ladraban los perros.

En la calle miraba mis zapatos de goma e intentaba dar pasos sedosos. Fallaba porque aparecía intermitente el rostro de Eleonora, difuso, como en una disolvencia… Los coches que cruzaban las avenidas a velocidades altas me fascinaban. Parecían llenos de vida con sus faros encendidos y sus bocinas, como animales que se reconocen en la noche y aúllan.

No entendí la nota que me dejó Eleonora al marcharse, tenía frases agresivas, indudablemente (era muy larga). Había líneas en las que me acusaba de llenar la casa con animales venenosos. Al final mencionaba un ave de rapiña. En la posdata se puso drástica y anotó algo sobre una demanda. Siempre fue melodramática.

Seguí avanzando por las avenidas atestadas y me pareció que esa noche la gente no se miraba a la cara, sino al cuerpo. En una esquina, apoyados contra un poste, dos agentes de tránsito contaban billetes con sus manos negras y comentaban algo entre risotadas. Al pasar cerca, frenaron su escándalo y se volvieron a verme. No sé por qué motivo hice un saludo militar, elevando mi mano vendada hasta tocar una visera imaginaria. Sonrieron con desprecio, como si les hubiera mostrado una pistola calibre 25, nada menos que a ellos, que usan revólveres reglamentarios. Sonriendo aún, se miraron cómplices y siguieron contando su dinero. Me apresuré hacia el bar y bebí unos tragos. En el baño, que resplandecía de tanta iluminación, zigzagueaban hileras de cucarachas; maté algunas con mis zapatos blancos.

Al salir de ahí, hice un recuento de sucesos y sí, tenía el corazón dolorido; Eleonora tal vez no regresaría, y era una pena, realmente una pena no tenerla en casa.

Seguí por las calles casi toda la noche, hasta que algo llamó mi atención; un lustroso automóvil largo me seguía lentamente, orillado a la acera, a muy poca distancia. Saqué la mano vendada del bolsillo de la chaqueta y la pasé por mi nuca, como alisándome el cabello, en señal de fatiga, casi para avisarles a los hombres del coche que yo estaba enteramente dolorido, pero no entendieron, me seguían. La casa en donde seguramente encontraría a Eleonora se hallaba del otro lado, pero yo avancé renqueando hacia donde sale el sol.

Yo estaba de espaldas al arco iris, por eso ocurrió.

Saqué el espejo roto de entre mis vestiduras, lo puse ante mis ojos y vi el arco iris sobre el hombro, luego, comencé a guardarlo lentamente; apresé en ese pedazo de vidrio plateado toda la fuerza de los siete colores.

Las nalgas de la mujer a la que yo seguía estaban tristes, "sin color", me dije, y empecé a dar zancadas más largas para alcanzarla. Al llegar a la boca del metro, saqué el espejo y le hundí la punta en una de sus nalgas. La mujer respingó gimoteando y arremetió con su bolso de cuero, no le pude explicar nada acerca de la infusión de color. Había más mujeres, muchas mujeres con ese problema de tristeza; sin embargo, tuve que alejarme de ahí.

Mi cámara fotográfica era virgen. Únicamente había retratado ventanas, piedras, y alguna vez el vuelo deshilachado de un halcón.

La idea me vino a la salida del cine. Las mujeres desnudas que aparecían en la pantalla fueron, quizás, las que impulsaron mi deseo. Rondé mucho tiempo el sitio de taxis que está en el parque y trabé conversación con un chofer ruidoso, orquestal; era un gordo que aseguraba conocer cualquier tema. No temía a la violencia.

Una noche pagué dos tandas de tragos y le confesé mi idea. Entre la bruma del bar, detallé un espectáculo que se metió rápidamente en su cabeza: mi cámara podría apresar el cuerpo desnudo de una mujer y los dos ganaríamos dinero. Después de unos minutos silenciosos y largos, accedió.

Mi cara iría pintada; la suya llevaría una media.

Encendimos el foquito indicando que el taxi estaba libre.

Hicimos dos servicios al sur. En ambos casos eran parejas; no intentamos nada. El tercer pasajero no lo podíamos desperdiciar: se trataba de una mujer abrigada y con una pañoleta en la cabeza. Pidió que la lleváramos al centro: calle Madero. Rodamos por Insurgentes y cruzamos como fugitivos rumbo al norte. Ella se dio cuenta y comenzó a gritar. De un salto llegué al asiento trasero y le cubrí la boca con una venda. Para entonces ya tenía la cara blanca; la de mi compañero estaba deforme por la media.

Escribí en una cartulina: "No le pasará nada. Sólo queremos ver su cuerpo". La palabra chantaje relampagueaba en mi cabeza.

La mujer se revolvió con furia entre mis brazos y golpeó el asiento delantero con los pies. El gordo paró, se pasó atrás y me ayudó a sujetarla. Estaba nervioso, temblaba. Se sobrepuso y manejó hasta un lugar abandonado del que tenía las llaves.

Llegamos a una cochera que estaba cerca del parque y entramos disimulando para no hacernos sospechosos. La depositamos sobre un colchón andrajoso y la desnudamos. Para comenzar, le fotografié la cadera. El gordo sugirió una de cuerpo entero. Tenía la media mojada sobre la boca. Hice dos acercamientos a los muslos. El gordo insistía en que la mujer estaba vieja cada vez que aparecía su cuerpo iluminado alternativamente por los flashazos; tenía la carne fláccida, blancuzca.

En la penumbra, alrededor del colchón, se escucharon ruidos, como si fueran papeles arrastrados por el viento; podían ser ratas. Me sentí sofocado, pedí un cigarrillo al gordo y me puse a fumar. Él ya no tuvo paciencia y comenzó a repetir que nos fuéramos rápido. La mujer seguía desmayada.

Eleonora sube a su departamento lo mismo que el humo de mi cigarro: en espiral. Todas las noches la aguardan escaleras de caracol. Me ve y sonríe, pero una vez más, no es ella quien ha salido al parque; ahora es Gaba, la rubia del perro rojizo. Lleva un cubo en la mano y juega con él. "Mi corazón es un cubo —le digo—, y tú juegas con él", pero tal parece que no me escucha porque no hace caso; lo lanza al aire y, a veces, lo patea.

Salta unos arbustos y sus pantorrillas se tensan; hay un olor a sexo en el aire. Le imagino una sombrilla de agua en la mano, una cola de seda; pero no, es su perro que cabriolea entre nosotros. Ella juega y ríe cuando le digo muchacha, y la llamo Eleonora.

"Escucha —me dice—, ¿no es eso un aleteo? ¿No es un ave? —insiste—, ¿no es un pájaro que se aproxima aleteando?" Levanto la vista y sólo distingo la estrechez del cielo entre los edificios. "No es nada, Eleonora", y trato de atraerla. Ella me patea la espinilla: "¿Soy Eleonora o Gaba?" "Eres Eleonora", respondo entrecerrando los ojos. "Entonces eso es un halcón", dice enfática, señalando a mi hombro. En ese momento desorbito los ojos y tengo que darle la razón ante la evidencia.

Aquella mañana vi un pájaro posado en un cable de la corriente eléctrica; despedazaba una mariposa negra entre su pico, la mariposa aleteaba y se debatía. Estuvieron luchando unos segundos. Después una piedra convirtió al pájaro en una masa de plumas y de sangre. El halcón se desprendió de la ventana y fue al sitio en el que cayó el despojo, lo sujetó con las garras y vino a ofrecérmelo. Lo rechacé, se obstinó; lo rechacé de manera contundente. En la mano sentía aún el polvo de la piedra.

Parece mentira, su muleta de palo fue lo primero que me atrajo. "Tu muleta —pensaba—, tu muleta es como tu piel; gastada, pero lisa donde no tiene arrugas", sentenciaba para mis adentros, acalorado.

La vi en el parque y contraje mi corazón y mis puños. Al caminar, las monedas chocaban contra el espejo roto que tenía en mi chaqueta. Primero fue una mirada triste, luego esa misma mirada envuelta en odio, y debajo de todo eso, un hilito de deseo. El manto que llevaba sobre los hombros podía ser rojo; pero era un rebozo deslavado y tal vez sin ningún olor peculiar.

Me acerqué arrastrando las hojas secas que alfombraban el camino donde se alinean las bancas; la mujer ahí sentada no era la misma que me acompañó otras veces en este mismo parque; aquella tenía dos piernas y una cicatriz como estrella en la frente, la clavícula resaltada, el cabello encrespado y un aliento a hierbas medicinales. Ésta era otra cosa; tenía unos anteojos que parecían de alambre, las toscas manos rojas llenas de ronchas que alisaban y alisaban una falda pobre y gris, rematada con un olán blanco y desgastado; parecía una estatua de ceniza. Quería poseerla.

"Te vi —le dije—, te he visto en otra parte, tal vez en un sueño." "No te acerques", contestó, blandiendo la muleta. Quedé inmóvil, como una fotografía. Olvidé todo, me mantuve en blanco hasta que ella comenzó a dormirse. Sudaba y se movía nerviosa; parecía que la rodeaba un halo de moscas. Rompí el vidrio silencioso que me impedía el paso hacia ella. Cogí su muleta, barrí las hojas que había frente a la banca y dibujé en la tierra varias cifras, un avión, un corazón, un ala y algunas palabras… Ella comenzó a despertar. Dejé la muleta en el lugar de donde la había tomado. "Mira —le dije—, mira lo que he dibujado para ti. Todo eso te pertenece." Lo miró, intentó descifrarlo, sonrió. Llorosa, empezó a babear. Me senté a su lado y la abracé. Mi verga se tensó en pocos segundos, estaba realmente enardecido. Le prometí viajes, una muleta nueva. Entre beso y beso, limpiaba su baba. Su manto nos envolvió cuando ya estaba dentro de ella; nos cubrimos porque pasó un policía y nos miró disimulado. Yo subí rápido una pierna y cerré un ojo haciéndome el tuerto y ella rió como una rata, diría yo.

Es cierto que la mirada del halcón es incisiva, hipnotizante como la de los gatos o la de las cobras. Aquel mediodía el halcón clavó su mirada en mis ojos. Él se hallaba posado en el perchero; extendió las alas, yo abrí los brazos. Escondió una garra, yo levanté una pierna; bailábamos. Erizó las plumas del cuello, no pude hacer nada; pensaba en él, en mí, en nuestra situación. Inicié movimientos sigilosos sin que nuestra mirada se perdiera; conservábamos la simetría, sudábamos.

Traje a Eleonora a mi pensamiento. Quizás él lo percibió porque saltó desde la percha y vino a estrellarse contra mi cara. Fue la única vez que lloré con Eleonora en mente y el halcón volando histérico por todo el cuarto.

Una pecera rota es un planeta despedazado. Sus restos son cortantes, provocativos, y los peces que antes remolineaban dentro ahora se van dando tumbos escaleras abajo. Eleonora los ve con los ojos muy abiertos, se palpa el vientre como si allí adentro hubiera ocurrido un desastre…

Veo los peces fosforescentes en la oscuridad, el agua que baja incontenible por los escalones. "No soporto una reyerta de peces en mi casa", brama ella y cierra la puerta con fuerza. Recojo un pedazo de vidrio y divido por la mitad a un pez que todavía se revuelve en el charco. Después lo guardo en mis bolsillos. La gente se ríe cuando saco las dos partes del pescado y las pongo sobre la mesa de cualquier restaurante, pero yo las llevo siempre conmigo, las conservo como preciadas alhajas, como si fueran las argollas que penden de las orejas de Eleonora.

La recargo contra el muro blanco y la bautizo Eleonora; óxido que se adhiere a mi fierro, al fierro de mi cuerpo. Cuatro ardientes lámparas cubren su cuerpo desnudo. Un triángulo de madera es la cabeza. Las clavículas, el cuello, los brazos y el tronco son el cuadro de una bicicleta; no tiene piernas.

La fotografío, ensayo sus posiciones más insinuantes. Cuando la oigo que ríe (que rechina), le pongo un pie en el ombligo (meto la pierna en el cuadro de la bicicleta y aplasto el suelo).

La retuerzo (me lastimo un brazo), la obligo a comportarse seriamente. Hago un acercamiento a su cara, veo sus ojos dilatados (dos nudos de madera, por cierto nada simétricos) y me nace un oleaje de deseo; extraigo mi pene y hago que su mano lo pulse (me agarro el pene) y lo froto hasta expeler mi pasión tantas veces contenida; le embadurno la cara (pegoteo la madera) con él. Traga un poco y extiende los brazos para recibirme encima de ella (caigo sobre ese cuadro de tubo, la cámara yace abandonada por cualquier rincón). En realidad el estudio fotográfico ya no interesa. Esta noche es nuestra noche de bodas. Ahora sólo importan nuestros cuerpos y su rítmico movimiento.

Daniel González Dueñas

❦

LA LLAMA DE ACEITE
DEL DRAGÓN DE PAPEL

A Ursula K. Le Guin

> Solo, callado, subo a la torre occidental.
> La luna es un gancho.
> El árbol quieto donde el claro otoño
> está encerrado en la profundidad del patio.
> Cortar y no se rompe,
> ordenar y aún más confusa,
> es la tristeza de la separación,
> esta otra clase de sabor en el corazón.*
>
> Lɪ Yᴜ (937-978)

En el despacho de la Dirección —dónde estaba y quiénes estaban, eso lo han ignorado y lo ignoran cuantos he interrogado—, en ese despacho se agitaban, sin duda, todos los pensamientos y todos los deseos humanos e inversamente todas las metas y todas las plenitudes. Por la ventana abierta caía un reflejado esplendor de mundos divinos sobre las manos trazadoras de planos. […] Prefiero sospechar que la Dirección no es menos antigua que el mundo, así como la decisión de hacer la Muralla. ¡Inconscientes pueblos del Norte que imaginaban ser el motivo! ¡Vene-

---

* Traducción directa de Luis Roberto Vera.

DESDE lejos, mucho antes de llegar a la Gran Muralla, P'u Wu se dejó invadir una vez más por el asombro. "¿No es P'u Wu, antes orgulloso de su tamaño, quien ahora se siente de nuevo como una hormiga trepando una montaña? ¿Cómo abarcar una obra tan vasta, esta Muralla sagrada que va de horizonte a horizonte?" Jamás un hombre de su pueblo la vería desde el otro lado, a la misma distancia en que P'u Wu se encontraba ahora. El alto muro tenía dos rostros: uno, hacia el magno Imperio; otro, hacia lo que nadie daba más nombre que Finisterra. Espaciadas a intervalos regulares a lo largo de la Muralla, las torres abrían sus accesos, al nivel del suelo, siempre hacia el territorio habitado; era el rostro sereno, protector. No obstante, quien avanzara hacia la Muralla desde el lado opuesto, desde la zona donde se abrían las comisuras del espacio, no veía sino un rostro fiero, liso, impenetrable.

Sin interrumpir la marcha contempló las colinas del entorno, labradas por vientos cambiantes. El terreno parecía respetar al muro de piedra, la solitaria construcción ulterior, la más lejana de las obras del hombre. "¿Son los siglos quienes han cambiado el aspecto del mundo, o los Arquitectos la edificaron siguiendo punto a punto una frontera ahí dibujada desde los tiempos más antiguos, y que el hombre no debe traspasar?" Lo que de una parte era suave llanura, de la otra se convertía en salvaje aridez; si aquí el viento azotaba, allá se mantenía inmóvil; si sobre el fin del orbe la luz era deslumbrante, al posarse en el Reino Central se mostraba acogedora. De golpe, el suelo familiar era el misterio, el más allá donde finalizaba el cobijo y daba comienzo la amenaza siempre vigente. "¿Por qué, entonces, los hombres que visitan la Muralla y dan la cara a Finisterra, también elevan los ojos al cielo con la misma mirada temerosa?" P'u Wu siguió avanzando con pasos que exigían demorar los minutos, el muy próximo atardecer.

El anciano lo esperaba en lo alto del muro, de pie a mitad de trecho entre dos torres. "P'u Wu no es tan pequeño ante la Muralla si en sus ámbitos lo aguarda el venerado maestro. P'u Wu será pequeño mañana, cuando siga recorriéndola sin su compañía." A la vez reconfortado y ensombrecido, traspuso el umbral de la torre más próxima y subió la escalinata de piedra hasta el umbral en la parte superior del muro defensivo. Ancho, sólido, inmemorial, ese camino consentía el paso de tres carruajes a la vez, o el avance de numerosos guerreros codo a codo. "Pero carruajes y guerreros dejaron de ocuparla hace tanto tiempo... Quienes ahora la visitan nada saben de las artes de la guerra." En ese momento ni siquiera tales visitantes desarmados eran perceptibles, al menos en la extensión de la Muralla que podía dominar la vista. Sólo alteraba las líneas la silueta del anciano, que contemplaba inmóvil el horizonte de la zona intocada.

Una vez más (y P'u Wu se sobresaltó al pensar: "por última vez") los ojos rasgados y profundos se volvieron hacia él. "P'u Wu es pequeño ante esa mirada y grande ante esa mirada." Luego de la honda reverencia, volvió a mirado. "¿Hay tristeza en esos ojos, o es la de P'u Wu que se refleja en dos lagos tranquilos?" Contemplaron juntos el atardecer.

Fue el maestro quien rompió el silencio:

—Poco puedo decirte ya.

Hacía semanas que P'u Wu esperaba una frase que iniciara la despedida, y sin embargo oírla así configurada le pareció intolerable. "¿En verdad puede el anciano sugerir que lo ha dicho todo? ¿Cómo su silencio podría haber agotado el número de las palabras? ¿O es que el tiempo ya no concede a P'u Wu la oportunidad de aprender ese lenguaje?" Acudió a su memoria el día en que vio la Muralla por vez primera: en la aldea natal sus padres habían aceptado integrado a una de las caravanas que atravesaban el Imperio llevando niños y niñas con rumbo a los confines, para ahí dejarlos entre los demás aspirantes al Noviciado; era un privilegio ser recibido en las Casas de la Serpiente de Piedra, los mayores centros de Enseñanza fuera de las lejanas ciudades imperiales. El viaje fue largo y taciturno. La Casa estaba erigida a unos cien pasos de la Muralla, pero P'u Wu apenas hizo caso a la inmemorial construcción de piedra, más interesado en el recibimiento que le daban los Adeptos, en la disposición del hospedaje, en el inicio de las tareas. A partir de entonces la disciplina, la ardua enseñanza de los Preceptos y los Oficios quedaron centrados por una espera: en algún momento, del norte o del sur de la Muralla iba a venir un maestro, uno de los llamados Peregrinos, y de entre los Novicios elegiría un heredero de su antigua investidura. Nadie podía fijar la fecha exacta de ese arribo: una semana, un lustro...

Cuando el Peregrino apareció —solo, silencioso, firme como un roble pese a su vasta ancianidad—, P'u Wu había alcanzado la primera madurez: su mundo era la Muralla, última frontera, Línea Divisoria. La llegada de ese hombre no alteró el cotidiano ritmo de la Enseñanza; durante una temporada el viajero convivió con Novicias y Novicios inquietos por mostrarle sus conocimientos, sus habilidades para sembrar las parcelas contiguas a la Casa o para fabricar diestros objetos de artesanía o para cantar los diez mil versos del *Ch'ien Li*, la Gesta de los Arquitectos Celestes. P'u Wu no secundó tal comportamiento animoso: desde la niñez alimentaba una pequeña semilla de duda, un nebuloso descontento. La Muralla era el límite protector, pero ¿por qué desde centurias no estaba custodiada por guerreros? Ninguna pregunta era bienvenida si su respuesta no se contenía en las tradiciones milenarias. Los Preceptos sólo indicaban que las artes de la defensa eran ahora las del aprendizaje: "Únicamente las armas del Espíritu pueden contener al Dragón".

El día en que el anciano lo señaló como elegido, P'u Wu se despidió de los Novicios que lo miraban con respeto, como si ya no fueran sus iguales, como si no hubieran crecido juntos; dijo adiós a Yeh T'i, la joven que le había mostrado fascinaciones poco mencionadas por los Preceptos, y que orgullosamente le confeccionó la túnica de los Peregrinos. Supo entonces que despedirse exige el más elevado arte; era duro dejar atrás los juegos, las tareas y las esperas, las festividades coloridas que la gente de las aldeas menos lejanas realizaba una vez al año al pie de la Muralla, siempre del lado conocido, el lado del hombre. Apenas lo alivió la promesa de recorrer otros horizontes; conocía un tramo de la Muralla, pero se afirmaba que todas sus partes eran iguales: trató de pensar entonces que vería otros territorios del Imperio a fuerza de caminar sobre su frontera, que conocería aldeas y sembradíos, valles y estepas, desiertos y precipicios.

—Caminaremos juntos un trecho —dijo el anciano al señalarlo.

Las siguientes semanas permitieron a P'u Wu sentir el tamaño de la Muralla y admirar el tiempo que unía cada piedra. Pero no vio aldeas ni sembradíos, sino extensiones interminables, solitarias, aparentemente intocadas. ¿Qué tamaño poseía el Imperio Terrestre, si prosperaban tales distancias entre las provincias, comarcas, ciudades y aldeas, y entre éstas y la Muralla? Más que nunca fue presa de una y mil preguntas que las normas le impedían transmitir al Peregrino: ¿es cierto que la Muralla circunda la Tierra Conocida? ¿Por qué entonces se dice que es infinita? ¿Cuántos Peregrinos hay? ¿Cuántos Adeptos? Pensó en los Novicios que había dejado atrás: los no elegidos por el anciano quedaban en posibilidad de escoger su futuro. Algunos esperarían a terminar el periodo de Enseñanza; otros regresarían de inmediato a la aldea natal para practicar los Oficios aprendidos; unos más perfeccionarían sus conocimientos —artes, medicina, adivinación— en las ciudades imperiales. Aquellos que no optaran por emigrar permanecerían como Adeptos, al frente de nuevos grupos de niños y niñas.

Un día divisaron otra Casa de la Serpiente de Piedra al pie de la Muralla, con sus numerosos Novicios. En cuanto éstos vieron llegar al Peregrino acompañado por un discípulo supieron que no era aquel a quien aguardaban: tendrían que seguir esperando a un hombre solo. "P'u Wu ha vivido ya este momento." Recordó que una vez en la infancia y otra en la primera juventud había presenciado en su propia Casa arribos similares: la respetuosa bienvenida, la prohibición de hacer preguntas a los viajeros, el compartir con ellos algunas lecturas de los Preceptos y ciertos cantos en las claras noches para luego una mañana verlos irse de regreso a la Muralla. Ahora estos Novicios lo observaban como P'u Wu miró antaño al discípulo del Peregrino, con una mezcla de admiración y piedad: el sagrado periplo a lo largo de la Serpiente de Piedra era el más alto de los honores pero también una promesa de soledad insondable. Cada hombre, mujer, anciano y niño, aunque vivieran a miles de leguas de la Muralla, sentían su influjo protector; no obstante, sólo los Adeptos y los Peregrinos se sabían *parte* de la Serpiente de Piedra.

El largo invierno dio paso a una tibia primavera. Una tarde singularmente serena, mientras caminaban uno al lado del otro, el discípulo se sintió víctima del mayor de los extravíos. La invariable hechura de la Muralla, la monótona combinatoria de tramos y torres había creado en P'u Wu la sensación de que no avanzaban, de que eran los paisajes los que iban cambiando de rostro, como en un sueño. Y así, luchando contra una forma de la pesadilla, de pronto escuchó a su voz formular las preguntas atosigantes:

—¿Dónde están los enemigos? ¿Cuándo llegará el asalto final de los dragones? ¿Podremos entonces detenerlos? Si son tan poderosos como se dice, ¿por qué despreciamos el uso de armas y armaduras?

El Peregrino (jamás P'u Wu supo su nombre, así como un día él mismo dejaría de ser P'u Wu para llamarse simplemente "el Peregrino") se detuvo y respondió con otra interrogante:

—¿Qué sabes tú de los dragones?

P'u Wu examinó sus recuerdos: desde la primera infancia la palabra "dragón" fue inseparable de sus juegos, de sus temores, de las conversaciones de adultos escuchadas con prudente atención. Vio de nuevo las festividades, los enormes dragones de papel coloreado, sostenidos con esqueletos de madera por una fila de hombres danzantes. Repasó los cantos, las historias antiguas acerca del origen de la Muralla ("Tan vasto es el tiempo desde entonces, que cualquiera de sus piedras podría haber sido la primera piedra"), los Preceptos que no eran menos oscuros ("La Gran Muralla Ch'ien no es una construcción sino un acto de magia; tuvo un origen, pero desde el instante de nacer estuvo aquí desde siempre"). Finalmente, el discípulo tuvo que aceptar que nadie sabía demasiado acerca de los dragones. Sin embargo, su deber era contestar sin titubeo; quiso huir de la somnolencia siguiendo un hilo de palabras largamente acumuladas:

—Se dice que los dioses crearon al hombre y luego lucharon contra otros dioses que se volvieron destructores, los dragones. Más tarde ambos abandonaron el mundo a su suerte. Y mucho después, los destructores volvieron para agraviar lo creado. Hubo una gran guerra, y los pocos sobrevivientes hallaron que la esclavitud y el oprobio eran su patrimonio. Entonces aparecieron los Arquitectos Celestes y crearon la Muralla, dibujando en la inmensidad de su trazo un ideograma mágico que conjuró a los enemigos: los espantó un Signo hecho a su tamaño. Así protegidas las tierras, vino la Primera Dinastía y nació el Reino Central, el Imperio Terrestre. El pueblo Ch'ien dejó las armas, confiado en la fuerza del conjuro. Sin embargo, hay quien dice que los dragones se han hecho más fuertes aún, y que cuando vuelvan ya no bastará el Signo para detenerlos.

Aquella tarde el Peregrino lo observó por vez primera con un gesto lacerante en los ojos:

—¿Y qué dices *tú*?

La fiereza de tal mirada sorprendió a P'u Wu y lo hizo intuir que había roto la norma de discreción. No obstante, esa misma sospecha le dio fuerza y lo sacó de los ámbitos del sueño: si había incurrido en una falta y ya era susceptible de castigo, nada iba a cambiar si continuaba hablando, si decía lo que jamás comunicó a nadie, lo que anidaba en su espíritu desde siempre:

—Creo, venerable Peregrino —elevó el tono para ocultar su voz temblorosa—, que no se trata sino de un sentido figurado. La Muralla no es infinita, ni circular, y tampoco indestructible. Y del mismo modo en que nosotros hacemos dragones en madera y seda para representar al enemigo, así la leyenda habla de dragones para representar otra presencia. No digo que mienta sino que magnifica la verdad. Creo que hay un enemigo, pero que no podremos vencerlo con magia; en todo caso, no lo haremos desarmados.

Sorpresivamente, la aguda mirada del anciano se fue suavizando hasta hacer sentir una sonrisa. Nada más dijo esa tarde, ni en los días siguientes, en los meses siguientes. P'u Wu intentó una y otra vez arrancarle una respuesta, animado porque aquella primera ocasión no recibiera el castigo merecido por su soberbia. Sin embargo, el maestro no parecía interesarse sino en dirigir la atención de su escucha hacia los Preceptos. "¿Sólo desea que P'u Wu demuestre que los conoce de memoria, o exige que sea capaz de ponerlos en tela de juicio punto a punto?"

Era como otra persecución en sueños. Lo que en principio fue un arrebato incontrolable, con el correr de las semanas se fue convirtiendo en preguntas cada vez más ansiosas que no eran respondidas sino con nuevas preguntas. Inmerso en pensamientos de duda insatisfecha y rencor acumulado, P'u Wu llegó a desconfiar de la sabiduría del anciano. Casi convencido de la inutilidad de buscar sus palabras, durante un tiempo volvió al silencio, alimentando en secreto la idea de regresar a su comarca natal, a la aldea donde los hombres hablan sin enigmas y labran la tierra y dibujan dragones con tinta negra en pergaminos más blancos que la propia luz.

Un día se dio cuenta de que pronto habrían de separarse, y lo sobresaltó el hecho de que esa próxima despedida no lo alegrara, e incluso lo sumiera en desazón. Miró al hombre que caminaba a su lado apoyándose en un báculo nudoso: no había respondido a sus preguntas, pero quizá lo había enseñado a preguntar. Resultaba insoportable perder ese apoyo apenas un poco después de haberlo descubierto.

Cierta noche, mientras acampaban en una de las torres, P'u Wu quiso decir lo que sentía, y no alcanzó sino a formular otra pregunta:

—Supongamos que un día, de tanto avanzar, doy con el fin de la Muralla, con un sitio en donde simplemente se detenga, acaso en ruinas. ¿Qué haré entonces?

Para su asombro, el maestro respondió de forma directa:

—Tendrás ante ti tres caminos. El primero, abandonar la Muralla para siempre, ir de regreso a las aldeas del interior. El segundo, dar media vuelta y retornar sobre tus pasos para seguir peregrinando en la Serpiente de Piedra mientras buscas el olvido de lo que presenciaste; entonces podrías permanecer muy cerca del fin de la Muralla, en un punto desde donde éste no sea visible, impidiendo el paso a quienes lleguen y así ocultándoles que hay un fin.

P'u Wu permaneció mudo ante el brillo malicioso en los ojos del anciano. ¿Era ése el secreto? Recordó que los Peregrinos iban por la Muralla en ambos sentidos; si la construcción en verdad rodeaba el Imperio Terrestre, tarde o temprano alguno de sus viajeros habría vuelto al punto de partida, y nunca hubo noticia de tal suceso. Pero ¿cómo asegurarlo? Las noticias apenas viajaban más rápido que los hombres; nadie era capaz de conocer el número exacto de provincias, comarcas y aldeas del Imperio, y ni siquiera el nombre de la Dinastía reinante o del propio Emperador actual. ¿O completar el círculo abarcaba tanto tiempo que era imposible advertir la repetición de paisajes? ¿Sin saberlo los Peregrinos daban vueltas y vueltas de siglos, sin memoria capaz de avisarles que la "infinitud" no era sino reiteración inadvertida? ¿O se trataba precisamente de propiciar esa ilusión de infinitud? En la respuesta del anciano, P'u Wu creyó entremezclarse una certeza: los Peregrinos sólo vivían de esa ilusión para destruirla un día. ¿Acaso el tiempo transcurrido desde los primeros peregrinajes aún no resultaba suficiente para dar con los límites de la Serpiente de Piedra?

Los Adeptos decían que la vida de un hombre apenas bastaba para surcar un trecho infinitamente pequeño de la infinita Muralla: heredar a un discípulo la marcha en el punto en que el maestro era incapaz de continuarla equivalía sin duda a proseguir un camino ansioso de una meta. ¿Estaba en la misma investidura de Peregrino una persecución heredada? ¿Eran ellos, pues, los primeros en dudar de los Preceptos? ¿Ocultaban esa herejía tras un velo piadoso? No se trataba de viajeros sino de exploradores: rodeando Finisterra esperaban dar alguna vez con otro término, el de la propia Muralla que limitaba la Tierra Conocida. ¿Qué harían al dar con ese doble confín, ocultarlo a los ojos de los demás como había sugerido el anciano? ¿Sería tal actitud más piadosa que comunicar la verdad, sabiendo que transmitirla ocuparía siglos?

No, no buscaban el fin de la Serpiente de Piedra; esperaban oír que alguien lo hubiera encontrado. Quizás en la vastedad de la Muralla, en otro tramo lejano algún Peregrino dio ya con el fin desde años, quizá decenios atrás. Esa noticia recorrería tan largo camino que al tocar el lado opuesto de la Muralla se habría convertido en leyenda, confundiéndose con otros rumores igualmente nebulosos. ¿Por qué los Peregrinos ansiaban ante todo una noticia? ¿Para derruir la ilusión o para dar fin a una investidura no como quien deserta de ella sino como quien demuestra su caducidad, dignamente? Acaso el anciano escatimaba respuestas sólo por no contar con certezas, pero era indudable que alimentaba una sospecha, la de ser el último de los Peregrinos. El asalto de pensamientos casi ahogaba al discípulo: ¿tal era su herencia? Muy pronto el maestro lo dejaría solo, ¿por qué no le transmitía al menos una sospecha tangible?

Como un pájaro que volara muy alto, su imaginación trazó un mapa de la Muralla: un círculo interrumpido cuyos extremos indicaban los límites; vio a los Peregrinos como diminutos puntos aquí y allá, paseándose de una parte a la otra, alimentando leyendas huecas y, peor aún, difiriendo el peligro de una invasión del enemigo, acaso lo único verdadero. De golpe, P'u Wu sintió que la rabia lo sacudía al presentársele una pregunta que jamás se hiciera hasta entonces: ¿existía en verdad el enemigo? ¿No se trataba sino de un fantasma revivido únicamente para dar fuerza a una charada sin fondo? Acaso en un tiempo remoto existió una amenaza, y la Gran Muralla fue construida para detenerla; pero más tarde la magna construcción, ya inútil, ¿no sería el mero vestigio de una guerra olvidada, una guerra de hombres y no de dioses? Si ni siquiera existía una amenaza, ¿por qué dar tanta importancia a una frontera innecesaria? ¿Sólo el temor podía mover a los hombres?

P'u Wu sintió que su vida, la del anciano y la de todos los que habían tenido contacto con la Serpiente de Piedra, concordaban con el destino de las marionetas. ¿Estaban al servicio del mayor de los engaños? Tal vez los ignotos Arquitectos no edificaron tanto una defensa como un monstruoso escarnio dirigido a los hombres finitos que quieren asumir una materia infinita.

El maestro lo miraba. De pronto, P'u Wu recordó algo:

—Dijiste que si alcanzaba un punto en que no hubiera más Muralla, tendría tres caminos: el primero, olvidarla; el segundo, dar media vuelta y ocultar su fin… ¿Cuál es el tercer camino?

—*Seguir adelante.*

El tiempo continuó girando su rueca y el maestro no volvió a hablar como aquella noche en la torre. Cada vez que la Muralla subía una empinada cresta montañosa, P'u Wu estaba seguro de que al llegar a la cima podría ver el final. Hundido en un mar de desconcierto, se decía que nada significaba el hecho de que tal visión no se presentara. "Acaso P'u Wu no alcance a verlo, pero ese final existe."

Cierto amanecer, el Peregrino envió a su discípulo a una aldea donde se celebraba una festividad. Sería una jornada de ida y otra de regreso.

—Vuelve al contarse tres atardeceres —había dicho—. Es bueno que llenes de color los ojos.

Dragones de tela, piedra y madera de sándalo eran el centro de la algarabía. Pero P'u Wu no pudo aliviar el frío que lo rodeaba, las ondas de sueño que restaban sentido a lo observado. Encontró que lejos de desconfiar del anciano, sin darse cuenta había aprendido a amarlo. "Qué mal hace P'u Wu al decirle anciano. Así como sostiene el báculo al caminar, y no el báculo a él, así mantiene a P'u Wu firme a mitad del sueño."

Regresó al atardecer del día acordado, y el maestro lo esperaba, de pie a mitad de camino entre dos torres.

—Poco puedo decirte ya —murmuró, y ambos contemplaron el horizonte de Finisterra.

Un momento después, el Peregrino metió la mano en su túnica y sacó un objeto pequeño y blanco que mantuvo a la altura de los ojos de P'u Wu. El discípulo observó con extrañeza. Era un trozo de finísimo pergamino doblado según el oficio que dominaban ciertos artesanos; los pliegues creaban la efigie de un dragón. P'u Wu conocía bien los *li*, el objeto más común en la artesanía del pueblo Ch'ien. En diversos tamaños y calidades de papel, eran personificaciones de "los dioses que un día bajaron del cielo". La costumbre deparaba pintarles en las fauces una pequeña llama dorada que simbolizaba "el aliento poderoso que barrió la tierra de los antepasados". Pero los objetos similares con que P'u Wu había jugado largamente desde la primera infancia, resultaban de una tosquedad intolerable comparados con el que tenía a la vista. Las alas extensas se movían como queriendo iniciar el vuelo al menor movimiento de la brisa; las fauces abiertas y la larga cola se animaban con la diestra movilidad que les comunicaban los dedos del Peregrino.

La minúscula danza se detuvo: P'u Wu comprendió que el

maestro le pedía que lo tomara, y le espantó la posibilidad de lacerar un objeto de apariencia tan frágil. En el momento de recibir el dragón de papel sintió que sus manos eran de piedra, de pólvora de artificio a punto de estallar.

—El *li* —dijo el Peregrino— tiene, como la Muralla, dos rostros. Uno es el que vemos cuando se le suspende de un hilo para adornar umbrales de casas y templos. El otro no es menos evidente: el estudioso lo lleva a su sitio de meditación y lo contempla horas, meses, años, larga y pacientemente, hasta que un día el dragón de papel suelta una llama, como las llamas de aceite que les pintan los artistas, una luz delicada. Entonces, el espíritu del estudioso ha despertado, y los Diez Mil Seres le ayudan a abrir las propias alas, y montado en el centro de confrontación del Yin y del Yang, se lanza a los aires. En ese momento el nombre del estudioso cambia, ahora se llama *Lung,* conoce el Canon de las Mutaciones y se nutre de la Perla Universal. Que ése sea tu camino.

El anciano dio vuelta y se alejó por la Muralla, en sentido inverso al que llevaran durante el tiempo que habían caminado juntos. Por largos minutos P'u Wu permaneció inmóvil mirando en esa dirección, mientras la silueta se iba empequeñeciendo en la distancia de la Serpiente de Piedra. "Quizá la Muralla es infinita aunque tenga principio y final. Así debe ser el camino del anciano."

Contempló el *li:* que el objeto más familiar de su infancia contuviera el legado final del Peregrino, lo llenaba de asombro. "No tiene que ser diferente en otros casos, incluso en el de la Muralla. Se dice que posee dos rostros, el del Oeste y el del Este, pero es probable que haya uno más, tan oculto como los dragones de papel en todos los umbrales de todas las aldeas." Recordó el *Ch'ien Li,* el canto del origen de la Muralla: los dioses creadores habían luchado contra los destructores, y luego ambos dejaron solos a los hombres. Más tarde los dragones volvieron, y para oponérseles los magos edificaron la gran construcción, el ideograma protector. ¿Atacarían de nuevo alguna vez? ¿Y por qué llamar "dragones" sólo a los dioses destructores? Expandir de tal modo la imagen del dragón entre su pueblo no podía significar únicamente miedo al enemigo. Atribuirle al dragón un rostro creador y otro destructor, ¿no era como ver la Muralla desde el cielo, con sus dos rostros en equilibrio?

Observó la Serpiente de Piedra hacia el punto en que ahora le correspondía recorrerla hasta que la edad le ordenara buscar un discípulo en un centro de Adeptos. ¿Habría un fin, un punto límite, así como existía una Finisterra? Resonó en su interior la frase del anciano acerca del tercer camino que podía surcar si se topaba con la interrupción de la Muralla:

Seguir adelante.

¿Este *li* guardaba para P'u Wu un tercer rostro, más allá del carácter de artesanía e incluso del de objeto de meditación? Pensó en los Preceptos, en los cánticos, en las tradiciones, y sonrió: no eran —ahora le resultaba tan claro— sino una cortina de agua que ocultaba a la vista de todos la llama de aceite del dragón de papel. Acaso hubo alguna vez una guerra entre hombres, y la Muralla nació como conjuro; ése era el primer rostro. Pero el conjuro no sólo fue redactado pensando en esa guerra; las armas del Espíritu reclamaron como suyo el gran ideograma de piedra una vez cumplida su primera tarea: esperar un nuevo ataque no sería sino un pretexto para enfocar la atención de cada uno de los hombres en la propia Muralla; ése era sin duda el segundo rostro. ¿Habría un tercero?

¿Cuál era la llama del dragón? Su primer rostro era aquel fuego que "barrió la tierra de los antepasados"; el segundo, aquella luz delicada que anunciaría el despertar del estudioso. Qué disímiles ambos rostros entre sí; quizás el tercero sería precisamente la comprensión de esa diferencia.

De pronto el viento arreció, y P'u Wu protegió con un ala de su túnica el pequeño tesoro. A la vez se hizo de nuevo presente en su memoria la frase del Peregrino: *Seguir adelante*. ¿Hacia qué, la tierra ya baldía donde el muro fronterizo se habría esfumado? ¿O hacia la frontera misma, invisible pero presente, que continuaba su trazo, intuida por el paisaje aunque las piedras ya no la remarcaran? En el mismo instante en que cubría el dragón de papel, como parte de ese movimiento envolvente P'u Wu atisbó un cambio en las perspectivas: ¿el fin de la Muralla sería en sí la verdadera frontera buscada por los Peregrinos? ¿Habría en verdad una Finisterra? El viento menguaba: el *li* volvió a quedarse quieto. "¿Y si hay una única Muralla que va de mundo en mundo y sólo a trechos es visible? ¿No sería ése el Tercer Rostro?"

Contempló el sendero que le esperaba. "La soledad será larga, y lenta." Nadie sino el dragón de papel habría de acompañarlo. "¿Una pequeña llama de aceite dirá a P'u Wu dónde está la Muralla que ya como Peregrino debe traspasar? Quizás únicamente restalle cuando este Peregrino herede la marcha, cuando deje un discípulo enfilando sus pasos por la Serpiente de Piedra. Porque ella no se detiene cuando la piedra se detiene. Quien ve un círculo interrumpido, tal vez podría estar mirando el segmento de una espiral infinita." Y ya el anciano habría *seguido adelante*. Podría haberlo hecho con anterioridad, pero acaso era su modo no cruzar la frontera sino hasta transmitir el tercer rostro del dragón.

P'u Wu llevó la vista hacia el atardecer. En el horizonte, pintando de rojo la Tierra Desconocida y dibujando una franja de sombra alargada y doble a la Gran Muralla Ch'ien, los dos soles se ocultaron parsimoniosamente, uno tras otro.

Verónica Murguía

❦

EL ÁNGEL DE NICOLÁS

> Y Jacob llamó aquel lugar Penuel, o sea *Cara de Dios,* pues dijo: "He visto a Dios cara a cara y aún estoy vivo".
> Génesis, 32: 31

I

HE RECORDADO toda mi vida cobijado por un voto de silencio. Entiendo que la mejor advertencia que un hombre como yo puede hacer a los demás es vivir en callada humildad, pero mis superiores me han ordenado escribir. Quizás el minucioso recuento de mis pecados sirva de algo. O quizás el imponerme la obligación de consignarlos trabajosamente al pergamino —pues aprender a escribir es tarea fatigosa y ardua— sea parte de mi penitencia.

He vivido en tiempos aciagos. Un quince de agosto, hace ya diecisiete años, fui testigo de cómo el cielo de Constantinopla se oscureció a mediodía cuando la madre del emperador Constantino, Irene la ateniense, ordenó cegarlo en la misma habitación de pórfido en la que lo había parido; el sol se ocultó entonces y un súbito y silencioso anochecer cubrió la Tierra. El funesto silencio se rompió cuando en la ciudad se alzó un amargo clamor. Hombres y mujeres se postraron, desgarrándose las ropas y mesándose el pelo, mientras con grandes alaridos pedían a Dios que tuviese misericordia. Tal vez esas mismas súplicas profería el emperador en su palacio mientras, de rodillas, veía el rostro del verdugo que se acercaba a sacarle los ojos. En los cuarteles los soldados encendieron las antorchas con manos trémulas. En los templos los monjes oraban de bruces y observaban de reojo los cirios, calculando de cuánta luz disponían. La oscuridad, sin embargo, duró poco: el tiempo que tardó el verdugo en dejar ciego a Constantino. Las campanas de la iglesia de los Santos Apóstoles repicaron agradecidas cuando el sol salió de nuevo, aunque el emperador jamás volvió a ver la luz. Hay quien dice que ese día las naves de todas las naciones equivocaron su rumbo: el Mármara se convirtió, mientras duró esa noche breve y terrible, en una charca descomunal de pez negra. Tan negra como la ambición de Irene, quien después de cegar a su hijo y aconsejada por el eunuco Estoraquio, adoptó el sagrado título de *basileus*, para escándalo de los prelados y los nobles que no concebían a una mujer emperador.

En la Pascua de aquel año 799 de Nuestro Señor fui a buscar a una siciliana de la que me había encaprichado, a un burdel cercano al palacio de Magnaura. Bebí mucho. Al otro día, cuando me despertó el escándalo del cortejo, me asomé a la ventana. Bajo la luz de un sol que me hirió los ojos, vi a Irene con las riendas de la cuadriga imperial en las manos. Me precipité escaleras abajo y salí a tiempo para ver pasar en medio de una nube de polvo a los soldados de Estoraquio y a la turba que los seguía, llenando el aire de gritos y rezos.

Irene cumplió con el rito imperial como si hubiera nacido varón. Arrojó monedas de oro al populacho —alcancé a recoger veinticinco besantes— y las imágenes que su hijo había mandado quitar de los templos fueron restituidas. Los griegos adoramos de nuevo los iconos como si fuéramos idólatras, postrándonos ante las imágenes como si fueran dioses. Algunos de los monjes que antes se negaban a tolerar que una mujer fuera *basileus*, la bendijeron a pesar de la muerte de Constantino, pues el verdugo fue tan cruel al cegarlo que no sobrevivió ni dos semanas. Pero la Virgen María seguía apareciéndose sobre las murallas; las gentes gritaban al ver el manto azul y brillante como una flama, ondeando sobre los bastiones:

—¡Theotokos! ¡Protégenos, Santa Madre de Dios! —y Constantinopla entera se envalentonaba.

II

En las noches, cuando las campanas llaman a maitines, abro los ojos en la oscuridad y mi corazón late deprisa, inmerso en el recuerdo de la batalla contra los búlgaros, a quienes Lucifer ha otorgado tantas victorias. Envuelto por el tiempo lentísimo de este claustro en el que el recuerdo florece y fructifica sin que nada lo distraiga, aun a pesar del dolor y del remordimiento, me pregunto si la sangre de Irene, esa madre crudelísima, sería más digna que la de Nicéforo, el Logoteta del Tesoro que la derrocó y la envió a morir a Lesbos. Dicen los patricios que a Nicéforo le faltaba ambición. Comentan que si Irene hubiera vuelto a casarse —se hablaba de un matrimonio con Carlomagno, ese bárbaro incapaz de escribir su propio nombre—, el imperio habría resistido, invulnerable, al embate de los búlgaros. Pero Irene no me importó nunca. Es a Nicéforo a quien recuerdo como mi *basileus*, y es por él que mi corazón se estremece en las noches.

Me alisté en el ejército de Nicéforo cuando Bardanes Turco trató de conquistar el trono. Nicéforo se defendió como un león y allí comenzó su ascenso fulgurante: derrotó a Bardanes, derrotó a Arsaber: los soldados vencidos desfilaron en una larga procesión por las calles de Constantinopla. Los raparon y cargaron de cadenas; el populacho los insultó, algunos les arrojaron piedras y puñados de bosta de caballo. Los rapazuelos trataban de herirles las piernas con palos afilados y los llamaron hijos de perra. Cincuenta soldados fueron cegados y los agujeros donde habían estado sus ojos parecían mirar las altas murallas cuando volvían sus rostros exangües al cielo.

A nuestros oídos llegaban los ecos de las incursiones árabes contra Atenas. En las escaramuzas contra los búlgaros y jázaros ingratos que se agazapaban en los pantanos del Danubio se apagaban centenares de vidas griegas. El Kan Krum —ese nombre que es como un terrón de lodo en mi boca, ese nombre semejante al ruido que hace una piedra al romperse— había reunido a los búlgaros bajo su mando. Ese ejército, venido de los bosques oscuros y llenos de monstruos de Transilvania, dio batalla y venció a los griegos en las orillas del río Estrimón. Krum y sus hombres llevaron su insolencia hasta asesinar a la guarnición acuartelada en Sofía. Tanto miedo hubo entonces en Constantinopla, que los monjes predicaban en las calles y decían que se avecinaba el fin de los tiempos: fue en esos días cuando se reanudó la costumbre de dar la comunión a los cadáveres antes de enterrarlos.

Nicéforo probó su valor contra la flota de Harún al Raschid. Las flotas bizantinas usaron el arma secreta y atroz: los infieles fueron vencidos y sus tumbas fueron sus propias naves, convertidas en piras funerarias que flamearon sobre las aguas del mar, dentro de nubes de fuego griego que incendiaba la espuma de las olas.

III

Desde niño quise ser soldado. Nací fuera de las murallas y mi orfandad transcurrió a la sombra majestuosa de la puerta de San Romano. Mi niñez me enseñó que el único poder verdadero, más elocuente que el sonido de las monedas o que las palabras de Nuestro Señor, era el de la espada. Perpetré toda obra que se hace al abrigo de la oscuridad: robé, engañé, violé y di muerte. Vi al hierro triunfar sobre la belleza y la astucia. Vi cómo silenciaba los rezos más desesperados y las blasfemias más repulsivas. Me hice famoso entre los sicarios porque me aficioné a la daga corta, aquella que obliga a quien la maneja a atraer a la víctima hacia sí con la otra mano. Me temían y yo me deleitaba en mi torva susceptibilidad de hombre armado. Para mí, sólo la espada podía oponerse a la espada; la vida era matar o morir.

Se mataba o se moría en el palacio, como cuando la madre ordenaba cegar al hijo, en los combates, en las naves, cuando las aguas hambrientas devoraban a hombres que otros arrojaban por la borda. Matar o morir en el placer bermejo de la caza, cuando los halcones cretenses se dejaban caer como alados meteoros sobre la liebre, cuando el mastín moría atravesado por el colmillo estriado del jabalí, que era atravesado a su vez por la lanza o la espada. Matar o morir, sólo eso entendía yo de las historias de los santos, decapitados, flechados, descuartizados, asados, en fin, muertos por pecadores como yo. En la iglesia, el sacrificio del Cordero se repetía diariamente y su sangre se derramaba una y otra vez sobre nuestros pecados sin alcanzar a redimirnos, porque volvíamos a pecar. Yo vivía convencido de que Dios cerraba Sus ojos ante la crueldad de sus criaturas.

Nunca tomé esposa. Preferí la calle y luego el cuartel y la batalla. Quise amanecer en tierras desconocidas y desear a las mujeres enemigas cuyas lenguas ignoraba. Creía que el fuego del saqueo alejaba mi muerte que, como a todos, siempre me ha rondado como un lobo.

Cuando se supo que el Logoteta encabezaría una segunda expedición en contra de los búlgaros y que nuestra recompensa serían buenas tierras de cultivo cercanas a Pera, me alisté en sus filas. Mi destreza con la espada y el caballo me ganó un lugar en la caballería. Pasé a ser parte de los *catafracti* que cabalgarían siguiendo a Nicéforo y a su hijo Estauracio. Se nos unieron los soldados de las fronteras asiáticas, que desde la muerte del califa de Bagdad estaban ociosos. Para fabricar nuestras lanzas fue necesario talar un jardín de fresnos que ofrecía su sombra a quienes llegaban a la ciudad. La mañana de mayo que salimos de Constantinopla por la Puerta de Oro, la multitud efervescente que nos vio partir afirmó que nuestras lanzas eran como un bosque, cuyas hojas rutilantes eran las puntas agudas de las picas. Para que la victoria fuese total, llevábamos torres de asedio, arietes y testudos desarmados en carretas tiradas por bueyes. No habría muro que no pudiéramos derribar.

Hacía más de cien años que el Kan Asparuc se había convertido en tributario del trono de Constantinopla. Ahora Krum, su descendiente, había declarado la guerra a los griegos.

Nos dirigimos al norte. Fuimos más allá de Tracia, hacia los pantanos brumosos de las riberas del Danubio. Nicéforo conocía el camino: era su segunda campaña contra Krum y su paciencia se había agotado. Odiaba al Kan. Conocía los ídolos de los búlgaros y sabía que eran viles. Krum siempre se hacía acompañar de un adivino, un hombre devoto de sus dioses horrendos que se cubría de campanillas y cascabeles, como un leproso, y se tocaba con cornamentas de ciervo que lo hacían verse como un diablo.

Quienes habían guerreado contra los búlgaros les temían y los odiaban. Nos contaron que nacían sobre los lomos de sus caballos, que dormían, defecaban y copulaban a caballo. Ciertamente los vi morir a caballo, y sus cuerpos permanecieron sobre las monturas, atadas las caderas a las sillas y los dedos entretejidos con las crines, inextricablemente, para siempre. Podían disparar más flechas en un avemaría que seis arqueros griegos, y no dirigían la flecha con el índice, sino que colocaban la vara en medio del puño con la mano vuelta hacia abajo y las plumas rozando la muñeca. Además disparaban como los partos, volviéndose sobre el caballo cuando huían. Usaban puntiagudos cascos de hierro sobre sus gorros de piel y todos tenían las piernas curvas, modeladas por el lomo de sus pequeños caballos.

Avanzamos hacia su capital en medio de emboscadas y peste. Cayeron tormentas y nuestras monturas se hundieron en el lodo. Las lentas carretas, atestadas de máquinas de guerra, se atascaban en el tremedal, y los bueyes eran incapaces de sacarlas. Las dejamos atrás. Hubimos de cortar árboles y afilar las puntas de los troncos para fabricar *terebras*, las ligeras vigas con las que esperábamos perforar los muros de los búlgaros. Las fiebres nos diezmaban.

Pronto, además de las tempestades que entorpecían nuestro paso convirtiéndonos en un ejército de borrosas figuras vestidas con lorigas que se enmohecían, llovieron sobre nosotros las flechas búlgaras. En chaparrones letales que surgían de la espesura, las crueles flechas bárbaras cubrían el cielo, girando sobre sí mismas, cantando —los búlgaros agujerean las puntas y sus flechas silban como mirlos— y alargando su espiral mortífera hasta que se clavaban en la espalda de un hombre. A causa de la humedad, ni las heridas más superficiales se curaban y de los labios de cualquier laceración rezumaba la pus.

Los hombres del Kan preferían atacarnos de noche. Desjarretaban a las mulas y desaparecían antes de que pudiéramos verlos. Sus caballos eran fantasmas veloces y huidizos que se confundían con la negrura y de poco nos valieron las fogatas tiritantes que encendíamos con leña mojada: a veces, un ojo como una almendra de tinta en cuyo centro brillaba una gota de luz se destacaba en la maleza y los vigías daban la voz de alarma. Pero era inútil. Los búlgaros usaban silenciosas armaduras de cuero y envolvían los cascos de los caballos con trapos. A los griegos que raptaban los encontrábamos después. A la vista de sus cuerpos martirizados y tumefactos, el pavor y la sed de venganza peleaban por nuestros corazones. El numeroso ejército con el que salimos de Constantinopla menguaba día a día y los mercenarios desertaron. Tuvimos sed. Krum y su hijo Ormurtag envenenaron los pozos. Sólo Nicéforo guardaba la calma. Dábamos sepultura a nuestros muertos y él oraba por sus almas después de ungirlos con aceite bendito. Velaba sobre nosotros cuando comíamos nuestro rancho de cecina y aceite sobre los escudos que colocábamos encima de las rodillas y nos mostraba una reliquia de san Demetrio que llevaba colgada del cuello: un trozo de hueso que fulgía tenuemente, engarzado en los rayos de un relicario de oro. El Logoteta traía la Santa Hostia en sus alforjas y no temía.

Nos ordenó gritar "¡Señor, ten piedad!" al combatir, pero como temíamos, éramos cada día más crueles y dejamos la piedad para Dios. Asolamos las tierras de los súbditos de Krum. Tuve una mujer búlgara que tomé prisionera después de quemar su aldea. En las noches me daba un mudo calor de bestia mansa; de día caminaba detrás mío, uncida a mi caballo con las manos atadas. Me gustaba, pero la maté a pesar de su dulcedumbre, porque las burlas de un macedonio que la encontraba fea me irritaron. Nunca supe su nombre.

Acicateados por el miedo y la ira llegamos a la extraña capital de los búlgaros: Plisca. El camino para alcanzarla quedó empapado de sangre griega y búlgara, por eso al llegar nos sorprendieron su pobreza y la arquitectura torpe y simple de sus murallas, que contemplamos desde lo alto de un bosquecillo de encinas.

¡Plisca! Semejante a una costra de arcilla, era una aldea

grande protegida por un muro de barro y troncos mal desbastados de donde aún pendían algunas ramas. Nosotros, acostumbrados a los esplendores de Constantinopla y Salónica, nos reímos de sus débiles murallas señalándolas con el dedo y escupiendo en su dirección.

Los vigías dieron la voz de alarma al vernos. Nicéforo gritó la orden y un temblor recorrió las filas, acompañado por el venerable grito de guerra bizantino: "¡Nobiscum!", gritamos mil veces, iracundos y anhelantes. El ejército se dividió como si un animal monstruoso se desperezara: la infantería avanzó con los escudos sobre las cabezas, mientras los *catafracti* esperábamos impacientes, clavando la espuela y tirando de la brida al mismo tiempo. Algunos búlgaros asomaban la cabeza sobre el muro y tiraban sin puntería.

Nicéforo bajó el astil de su lanza, en el que ondeaban nuestros colores: comenzamos. La infantería lanzó los ganchos y las escalas colgaron del muro; nosotros disparamos flechas encendidas que prendieron los techos de paja. Era tan grande nuestro ímpetu, que al principio no nos dimos cuenta de que la ciudad apenas se defendía. El muro de Plisca era más bajo que los muros de los fuertes que habíamos quemado en el camino; entramos en ella como un río atronador. Un grupo de jóvenes armados con lanzas y aperos de labranza nos hizo frente; algunas piedras golpearon los costados de nuestros caballos. Nicéforo cabalgó entre ellos con la espada en la diestra. Los búlgaros fueron segados como mieses y nuestras voces ahogaron los ayes de las víctimas.

Cayó la tarde sobre nosotros, pero no nos dimos cuenta, iluminados y caldeados por los fuegos de la ira y el saqueo. Ardió la humilde Plisca: incendiamos sus chozas pardas y sus graneros. Derribamos la puerta del templo dedicado a los caballos y calcinamos el burdo palacio del Kan. Degollamos a los niños, a las mujeres que encontramos ocultas en las casas, y a los ancianos en sus yacijas. Que no hubiera monedas de oro, joyas o marfiles nos encolerizó aún más. Sin el efecto apaciguador del botín, nuestra furia se encrespaba en lugar de amainar y nos dedicamos a desventrar las yeguas y a quemar los establos. "Krum no está aquí", nos decíamos con asombro, y a pesar de que no habíamos matado un solo soldado, no nos detuvimos.

Los relinchos se mezclaron con el llanto y los gemidos de los moribundos. Los búlgaros que defendieron bravamente los establos con palos endurecidos en la hoguera eran demasiado viejos o demasiado jóvenes para pelear. Vi un caballo —griego o búlgaro, no lo sé— que corría y sus vísceras colgantes se enredaban en sus cascos como una larga sierpe rosada y azul. Estauracio, el hijo de Nicéforo, apareció rodeado de soldados que reían. Satisfechos, recorrían a pie y con las espadas chorreantes el escenario del pillaje. Una vaga pesadumbre me agobió. Me aparté y dejé a mis compañeros entregados al saqueo.

Me dirigí al bosquecillo, tiritando de cansancio. Enfundé mi espada, sin limpiarla. La sangre me chorreaba del pelo pues tenía una herida en la frente de la que no me había percatado. Al mirar hacia el campamento, iluminado por la aureola roja que coronaba la ciudad, vi que Nicéforo se dirigía a la tienda en la que acostumbraba orar con algunos de sus hombres. Caminé hacia ellos, para pedirle a Nicéforo o a alguno de los monjes que siempre lo acompañaban, que me oyera en confesión. Un dolor repentino me atenazó el pecho y recorrí con los dedos el peto de la coraza para revisarla. Tal vez una lanza me había roto una costilla. Pero a excepción de la que me empapaba el pelo, la sangre que me bañaba no era mía.

IV

Lo que sentí después cambió mi vida para siempre, aunque mi recuerdo es una confusa sucesión de imágenes revueltas como en un remolino de viento embravecido. Iba hacia Nicéforo cuando con el rabillo del ojo distinguí algo blanco que se movía entre los árboles. Era una mujer. Creí que era una búlgara que había escapado del saqueo, pero cuando me acerqué me pareció griega. El óvalo pálido de su rostro sonriente me recordó el de la siciliana que amé el verano que Irene se coronó *basileus*. En voz baja, primero en griego y luego en mal latín le pregunté:

—¿Quién eres, mujer?

Ella se acercó y yo desenvainé. Dirigí la punta de la espada a su pecho y la amenacé:

—Dime quién eres ahora, o te corto la lengua.

La mujer tendió los dedos hacia el filo de mi acero. Moví apenas la muñeca para que la hoja se clavara en la parte blanda que hay entre el pulgar y el índice de la mano que se acercaba, cuando mi espada, de pronto pesadísima, cayó al suelo. Una gota de sangre de la herida que tenía en la frente entró en mi ojo izquierdo y, medio ciego, retrocedí. Ella avanzó otro paso. A lo lejos se escuchaban los gritos de los griegos. Alcancé a pensar que había caído en una trampa y me incliné sobre la espada que yacía encima de la hierba, cuando ella colocó su pie desnudo en el hierro.

Sentí que me ahogaba de rabia. Quise cogerla del pelo para forzarla y degollarla porque se había burlado de mí, pero cuando me erguí, ante mi vista no estaba ya la muchacha vestida de blanco, sino un soldado griego de mi edad y altura, con acero idéntico al mío en la diestra y un escudo colgado sobre el costado. La cara permanecía en la oscuridad.

—¿Me reconoces? —dijo una voz familiar. Dudé, lleno de terror.

—No sé quién eres —susurré—. ¿Qué fue de la hechicera?

—¡Mira! —exclamó él y levantó la espada. De la hoja manchada de cuajarones brotaron lenguas de fuego que lamieron la oscuridad. Vi, iluminados por la luz celeste que brotaba del acero, el bosque y el campamento, y mis manos se veían azules y en ellas brillaba la sangre como aceite negro. Entonces reconocí la espada. No era la mía, era la espada cuya punta señaló a nuestros padres Adán y Eva la salida del Paraíso. Me cubrí el rostro y grité porque la luz me hería y sentí la mano del desconocido sobre mi cabeza. Tuve miedo y pesar. La luz que brillaba detrás de mis párpados cerrados y que los teñía de rojo se apagó. Las visiones ocuparon todo el espacio del cielo y de la tierra.

V

Vi mi cuerpo. Lo vi por dentro y el trabajo de los órganos para que mi duro corazón, apretado como un puño, siguiera latiendo. Mi mano —los dedos apretados y tintos en sangre— era un corazón que se cerraba sobre el puño de mi espada. Vi una fosa abierta en un lugar desconocido y, junto a ella, un matorral de hierba amarillenta. Supe que ésa era mi tumba, el último hogar de mi cuerpo en este mundo.

Vi las simas del Mármara y vi la silueta amada de Constantinopla, pero los muros ardían y se desmoronaban. Vi las guerras sucesivas, las banderas y estandartes, todos distintos, todos el mismo. Caí hincado y abrí los ojos. Ante mí estaba la muchacha búlgara aquella, que me sonreía con las manos atadas y me imploraba que no la matase en un idioma que yo ignoro, pero que comprendí. De su garganta brotó la sangre que derramé. Grité y vi llorar a su padre, como lloré yo cuando era niño y mataron a mi padre en una taberna, por la espalda, a causa de una ofensa imaginaria.

Dios no cerraba Sus ojos como yo creía. Caí de rodillas frente al ángel y supliqué:

—Ten piedad…

Ante mis ojos la muchacha búlgara se convirtió en mí, y fue como mirarme en un espejo. El hombre feral que tenía frente a los ojos, con una herida en la frente y la cara manchada de sangre, me repugnó. Una mano idéntica a mi diestra —la vieja cicatriz que me hizo una daga lombarda también le cruzaba la palma callosa— se posó sobre mi mejilla y me obligó a volver el rostro hacia Plisca. El ángel me mostró la venganza de Krum.

La aparición se transformó de nuevo y fue un ángel vestido de azul como los de los iconos. Permaneció a mi lado y me sostuvo la mano con sus dedos glaciales mientras el ejército búlgaro rodeaba a los griegos como una nube de langostas. Plisca fue el cebo; las endebles murallas, la trampa. Los griegos, entorpecidos por la sangre derramada como por un narcótico, fueron sorprendidos por los búlgaros en plena rapiña.

Krum galopaba al frente. Su casco relucía y las mangas acolchadas de su traje estaban teñidas de sangre hasta los hombros. En su peto de cuero de yegua vibraban algunas flechas griegas. Montaba un caballo robusto que tenía los flancos brillantes de espuma y los belfos sangrantes. Los búlgaros aullaban: de sus gargantas salía un ulular agudo que hizo que yo me soltara de los dedos del ángel para taparme los oídos.

Los griegos trataron de salir de la ciudad, pero los búlgaros ocuparon la entrada con sus caballos. A la vista de los cuerpos de sus mujeres y sus hijos, sus gritos se hicieron más terribles.

¡Ay de mis compañeros! Los más afortunados encontraron la muerte en la batalla, cuando se ofrecieron a las flechas búlgaras. Todos preferían morir espada en mano que ser sometidos al suplicio. Yo me lamentaba por todos los que morían. Levanté las manos al cielo y lloré y mi llanto se perdió en el estrépito de la batalla y los alaridos de dolor de los griegos. Me arrojé al suelo y quise hundirme en la tierra. Los húmedos terrones se deshicieron entre mis dedos, como el polvo en el que habríamos de convertirnos todos. Me arrastré hasta el ángel y lo miré. Su rostro impasible brillaba; me señaló la ciudad. Vi los cadáveres de griegos y búlgaros tendidos en un fango de carne y sangre, amontonados en una confusión que los igualaba. A la luz de la luna hinchada y amarilla, vi a Krum que gritaba regocijado y levantaba la lanza en cuya punta había clavado la cabeza de Nicéforo. Me puse de pie y oculté la cara en el pecho del ángel; fue como si buscara cobijo bajo un árbol en llamas. Me besó en los párpados y vi —aunque no con mis ojos, pues el llanto me cegaba— la fiesta infame en la que el cráneo de Nicéforo fue convertido en una copa de plata. Vi a Krum beber de ese cáliz un vino denso y a los prisioneros griegos arder en las piras.

El ángel murmuró en mi oído y escuché mi propia voz que blasfemaba y decía: "Dios no nos ve, ni nos escucha".

—Dios lo ve todo —dije y me santigüé, dispuesto a expiar mis pecados en el Infierno. Le tendí las manos al ángel, pero no las tomó. Movió los labios y escuché mi propia voz que decía:

—Todavía no, Nicolás.

Sólo catorce hombres regresamos a Constantinopla. Llevamos a Estauracio en una parihuela; un búlgaro le había partido la espalda con una daga, y su llanto incesante no nos permitía dormir. Pero no dejamos de darle a beber el vino en la boca y a diario le cambiamos los vendajes, aunque nuestras curaciones fueron torpes, pues ya no había médicos entre nosotros.

Es mi penitencia saber que la muerte por la espada no se detendrá mientras haya hombres sobre la tierra. Ahora, vestido con este hábito negro de monje, siento desde mi celda los estertores del mundo. Apenas ayer el emperador Miguel anunció que el cinco de noviembre el puerto de Mesembria cayó en manos de los búlgaros. Ay, veo la noche de Mesembria teñida de luz roja, iluminada por el fuego que hace arder la ciudad y las naves. Veo el mar color de sangre, las olas coronadas de espuma bermeja, los maderos flamígeros que flotan entre los cuerpos de los muertos. Veo a Krum, también veo la copa soez que se hizo con la cabeza de Nicéforo, colgada del arzón de su caballo. Veo a los búlgaros y a los griegos entrelazados en la danza funesta del combate, a las mujeres llorando y a sus hijos mudos de terror, cogidos de sus faldas. Cada gota de sangre que se derrama me duele como si manara de mi propio pecho. La pluma con la que escribo estas líneas tiembla en mi mano y mancho el pergamino costoso que me han dado los monjes.

No he vuelto a matar, ni a llorar. Ni una lágrima saldrá ya de mis ojos. Los secó el beso de la aparición.

Mi ángel me enseñó que la vida no es solamente matar o morir. Pero no me reveló lo demás.

Constantinopla, en el año 812 de Nuestro Señor Jesucristo
y en el año 6334 desde el principio del mundo

Luis Ignacio Helguera

❦

ROTACIONES

ME DESCONCERTABA que su gesto fuera casi suplicante cuando el sueldo y las condiciones de trabajo que me ofrecía desbordaban con mucho mis aspiraciones. Un amigo que ahora vivía en el extranjero le había recomendado mis servicios. Yo andaba un poco desesperado sin empleo, aborrezco las oficinas, el trabajo se me da en la calidez de una casa. Acepté de inmediato. De nueve a dos de la tarde y de cuatro a seis durante un año en lo que sé hacer, con un sueldo tan alto… Y la casa del señor Gonzalo Márquez Cámara a siete cuadras de la mía. Y una casa vieja, de las que me atraen, llenas de recodos y recovecos, de caprichos arquitectónicos, de grandes y pequeños espacios en que uno se pregunta adónde llevará este pasillo, y ese nicho para qué y por qué el tragaluz allí. La decoración era extraña y como de capa caída. La decoración retrata el gusto de una persona y el gusto de una persona la autorretrata. En la sala del señor Márquez Cámara había una mesita china magnífica con un juego de porcelana fina, unas piezas de nacimiento y un leoncito de peluche viejísimo. Los libreros de caoba con vidrios de mi oficina, o sea, de la biblioteca, siempre me gustaron, pero nunca pude con el polvo, la mesa de veranda con cubierta de vidrio donde trabajaba, el póster de un ferrocarril detenido en plena marcha, los sillones forrados de plástico —como para no sentarse en ellos, porque incomoda hacer ruido y entonces, ¿qué hacen allí?—, la acuarela de un pez colgada altísimo, los marcos ribeteados imitación oro de las puertas, ventanas y techo.

Hay que sentirse como en el hogar para trabajar bien, pensaba. Los primeros días acumulé una pila enorme de documentos, papeles y más papeles junto a mi mesa. Iba de la biblioteca a la bodega del patio y de la bodega a la biblioteca. La recopilación me entretuvo toda la primera semana. Vinieron después las angustias. Una semana en blanco. Sólo había dinamismo en mi taza de café —me servían un café irreprochable— y mi cenicero saturado de colillas de puros. Al terminar cada jornada, revolvía documentos sobre la mesa, para disimular, y me marchaba. El temor de que fueran a encontrar uno de esos dibujitos pornográficos que hacía para matar el tiempo, me asaltaba a veces. Pero no había vigilancia. Apenas lo hube comprobado, me volví bohemio, cínico, quitado de la pena. Me dediqué a curiosear a hurtadillas la planta baja de la casa, a fumar y a mis dibujitos. Hasta conservé uno, de Márquez Cámara, que no está mal. Transcurrió otra semana.

Vale decir que no siempre fue así. El primer día, por ejemplo, llegué a las nueve y media, reprochándome mis desórdenes nocturnos. La perra ladraba. Me abrieron la reja a las nueve con cuarenta. Ya me iba. Juanita, la sirvienta medio enana, siempre sonrosada y sonriente de pura pena, me abrió con tanta naturalidad, que entré sin decir nada. Y la secretaria, o lo que fuera, Remedios, morena hosca, orgullosa, siempre en bata blanca, me recibió en la puerta de la casa, me condujo a la biblioteca y dijo: "Que dice don Gonzalo que cualquier cosa que se le ofrezca, me la pida". Don Gonzalo, lo supe después, dormía hasta tarde y despertaba vociferando órdenes confusas. Me acostumbré a llegar a las nueve y media, diez. Sólo me parecía encontrar desagrado en Remedios, pero luego comprendí que su desagrado era general y no respondía a mi impuntualidad sino, en todo caso, a mi presencia.

En el segundo turno también hubo ajustes. Sólo la primera vez me abrieron a las cuatro, así que decidí llegar a las cuatro y media o cinco, cuando acababa la siesta, que por lo visto también tomaban Juanita y Remedios, y me iba a las seis en punto. Todo esto sin hablar palabra con Márquez Cámara. Cuando me lo topaba, sólo se llevaba la mano a la frente y decía: "¡Los papeles! Ahora sí se los voy a buscar, eh". El cheque quincenal me lo entregaba, puntualísima, Remedios.

Más por tedio y desazón que por remordimiento, a la cuarta semana emprendí el trabajo con ardor y en pocos días reduje la pila de papeles a la tercera parte. Tan aliviado me sentí que aflojé la marcha y sobrevino otra etapa de esterilidad. Bueno, también en el hogar es muy agradable no hacer nada, pensaba.

Ya nunca me encerré, oía los gruñidos de Márquez Cámara a las diez y media, y cómo balbucía órdenes hasta las once y media, en que se sentaba en su fastuoso bar a tomar la primera copa, generalmente tequila con jugo de naranja. La biblioteca sólo tenía dos ventanas, ovaladas y pequeñas: la primera veía a unos tanques de gas y a las enredaderas secas del traspatio; la segunda, al bar, instalado en el luminoso *hall*, de bóvedas altísimas. Horas y hasta algunas mañanas enteras pasé viendo por esa ventanita el bar iluminado y una copia gigantesca en yeso de la cabeza del *David* de Miguel Ángel junto a la barra. Al día siguiente el *David* podía aparecer en medio del *hall* o bien, orillado, cerca del pasaje de la sala. ¿Estarán probando, presentando, para decidir dónde se ve mejor, o peor? Eso pensaba de todo: que era provisional, que estaban redecorando la casa, que estaba todo en rotación en busca de su mejor —o su peor— sitio.

Porque todo cambiaba de lugar, como si el oleaje de un mar secreto gobernara la casa. Y la marea llegaba al nivel de los cuadros: ese *Beethoven* demacrado y espléndido de Ignacio

Rosas, la acuarela de unas barcas perdidas, el retrato espeluznante de la madre de don Gonzalo; y en fin, el piano de cola decorativo, la mesita china y demás muebles del comedor y la sala. Todo en rotación, menos las cosas de la biblioteca donde trabajaba yo.

El rompecabezas de documentos se fue ajustando y en seis meses de trabajo había digerido el material en treinta cuartillas de investigación —sentía yo— bastante sólida y compacta. Nuevas excursiones a la bodega —de donde una persona salió gravemente infectada de hongos, según me confió Remedios, sin explayarse, en una de sus poquísimas confidencias, a cambio de las cuales no pedía nada, porque nada le interesaba que le contara uno—, alimentaron la investigación de datos y nuevas lagunas. Mi aburrido trabajo tomaba por fin dirección, en contraste con la casa, que naufragaba en su mar secreto. Una vez el *Beethoven* —fue ya el colmo— le hizo compañía al *David* en el bar. Pero si algo estaba claro era que el barman indiscutible era el *David*, y el *Beethoven* regresó a su melancólico sitio en el comedor.

Siempre me han gustado los bares. Sentarse ahí horas a nada, a no cubrir ningún expediente fisiológico como es alimentarse, a beber por beber, a sentir correr la vida al ritmo de las copas. Como en ninguna otra parte, hay en los bares ese sentido de lo innecesario… Nunca bebí de ese bar a hurtadillas ni me senté ahí con Márquez Cámara. Bueno sí, esa última vez, pero cuántas lo vi beberse su aperitivo doble de las once y media —antes de irse al banco, que era seguido—, el largo de la una o dos —al volver del banco—, el anís de la tarde. Nunca le pedí una copa y tal vez él, a pesar de su hosquedad, lo hubiera deseado, platicar con alguien que no fuera la criada o la secretaria. Tal vez no.

Esa única vez que me quedé por inercia sumido en el análisis de los papeles hasta las tres pasadas, Remedios y Márquez

Cámara entraron a la biblioteca y ella me dijo: "Licenciado, vamos a comer, ¿usted gusta?" Márquez Cámara la secundaba tímidamente, mirando hacia los libros. En ese momento, no sé por qué, tuve una revelación: "Son amantes".

Comían en la cocina, apeñuscados los tres en una mesita. Creí que comiendo con ellos me enteraría de algunas cosas. Pero la conversación, si la hubo, fue entrecortada e insustancial, alusiva a lo que contenía el refrigerador, a las moscas, al calor. Para salir del marasmo, le dirigí a Márquez Cámara un par de preguntas sobre la casa, mismas que eludió con una mezcla de vergüenza y fastidio. Hice todavía un tercer intento, refiriendo algo sobre mi trabajo, pero era obvio que me escuchaban de mala gana. Por lo demás, no pude repetir la experiencia: la comida era pesadillesca y llegando a mi casa la pasé muy mal. No he vuelto a probar desde entonces un caldo tan grasoso, frijoles tan encebollados o bistec más chicloso, que parecía ideado para entorpecer la conversación.

Un buen día, Márquez Cámara dejó de acordarse, al verme, de que tenía que darme aquellos papeles; solamente me saludaba y, si no me equivoco, hasta con algo de sequedad. Sentí temor: o sospechaba que yo no trabajaba lo suficiente o ya no le interesaba el trabajo para el que me había contratado. En ambos casos peligraba mi empleo. Decidí redoblar el ritmo de trabajo, primero, y después, hablar con él. Volví a bajar el cerro de documentos al suelo y entonces le dije que quería presentarle un reporte detallado de mi investigación. Un poco sorprendido, aceptó. A los tres días, a la hora convenida, entró de mala gana a la biblioteca, gritando cosas a Juanita. Se sentó, tomó una taza de café conmigo, escuchó la cuarta parte del reporte y me interrumpió, impaciente:

—Permítame, permítame, licenciado. Lo felicito, veo que va muy bien. Siga usted por ahí; yo ya me di una idea. Sabe, no tengo mucho tiempo. Pero ya vi que todo va muy bien.

Y ya sabe: cualquier cosa que le haga falta, papelería, copias, dígale a Remedios.

—Sólo una cosa, señor Márquez Cámara: los papeles privados de los que me habló. Sin ellos no puedo seguir.

—Tiene usted razón. He tenido muchas presiones, ya ve luego cómo se juntan las cosas. Pero mañana mismo los tendrá, sin falta.

No le creí, pero al día siguiente, a la hora del aperitivo matutino, entró a la biblioteca muy campante, con una bolsa de plástico gigantesca repleta de papeles blancos, grises, verdes, sepias. Llegó silbando, muy quedo, como acallando un leve nerviosismo. "Buenos días —dijo—. Aquí está la documentación." Y salió, silbando quedo. Se sirvió su aperitivo doble, lo bebió lenta y ruidosamente, y gritó: "¡Remedios! ¡Me voy al banco eh, luego vengo!"

Empecé a hurgar en la bolsa. Había notas de tintorería de hacía cuarenta años, apuntes de mandado, recados, recetas, recuerdos —una servilleta de papel decía: "A Lolis de Polo, con amor, Restaurante Prendes, 1949"—, cartas y fotografías familiares, tarjetas navideñas, actas de nacimiento y defunción, y cinco documentos que interesaban a mi investigación, cuyo carácter objetivo, huelga decir, para nada involucraba las genealogías. Pero me introduje un rato en el álbum de don Gonzalo: lo vi en rodillas de su madre, en triciclo. Tristes cartas y fotos llenas de ilusiones y proyectos que el tiempo anula. Tomé mis documentos y le devolví la bolsa a Remedios, pues por lo que me pesaba su propia falta de pudor, no quería entregársela a Márquez Cámara. Remedios tomó la bolsa con naturalidad, como si conociera su contenido y le pareciera normal que Márquez Cámara me lo hubiera confiado. ¿O no sabían lo que contenía? No, tal vez ni siquiera lo sabían. O lo sabían y a Márquez Cámara no le importaba. O ya no se acordaba. O prefería no acordarse.

¿A qué horas ocurrían las misteriosas mudanzas interiores? En un principio las imaginaba nocturnas, por todas esas operaciones clandestinas que abriga la noche. Imaginaba a Márquez Cámara empujando muebles y sudando y bebiendo una cerveza tras otra. Y a Remedios y a Juanita ayudándole a disponer todo. Por eso se levantaban tan tarde. Esa sensación me daba llegar por la mañana y encontrar la sala cambiada, los cuadros cambiados, cerca siempre del peor gusto. Hay un arte del mal gusto, pensé. Llegaba pues por la mañana y la luz me mostraba el escenario nuevo, la decoración recién montada para la misma vida testaruda.

Cuando pedí permiso a Márquez Cámara para no ir por las tardes y me lo dio, casi con molestia de que no fuera capaz de tomármelo por mí mismo, y llegaba temprano por las mañanas, ya con llave propia, cambié de opinión. Pensé que las mudanzas bien podrían ser por las tardes, que comenzaban a las seis y media: sí, esa hora mortecina, de melancolía y ansiedad, en que ciertas personas pueden sentir ganas de hacer cosas así. A veces era un simple cambio de posición de los sillones, de la mesita china, como por no dejar, venciendo apenas el cansancio. Otras, en cambio, el interior daba un vuelco y parecía que la noche anterior había sido de parranda.

Empezando por el polvo, mi oficina era casi recinto sagrado para ellos. Cuando más, desaparecía a veces algún libro; conocía ya de memoria la biblioteca y me daba cuenta. Lo que tardé en descubrir fue que no era porque a Márquez Cámara le dieran a veces ganas de leer sino por probar libros en el estante del ex despacho o con los recetarios de cocina. Me volví entonces sensible a estas mudanzas mínimas y pude advertir que el ferrocarril se movía algunos centímetros —irónico, tratándose de un ferrocarril a todo vapor—. Esto podría ser consecuencia de la saludable labor del plumero, pero, por un lado, todo continuaba polvoso, y por otro, subir —o sea, desclavar y volver a clavar— el cuadrito del pez unos cinco centímetros más arriba, más allá de los dos metros, lo cual, en vista de las estaturas del caso, requería de escalera... Mis papeles, mi trabajo guardado en la carpeta verde sobre la mesa —debo decirlo después de tender trampas sutiles—, nunca fueron tocados.

De nuevo, un periodo de vagancia, de vueltas por el jardín y la bodega, de juguetear un poco con la perra, leer dos documentos al día, fumar un puro, redactar una cuartilla, hacer un dibujito de Remedios sin bata, dormitar, irme. Y cuando era quincena y me daba Remedios mi cheque, me iba una hora antes con el pretexto de ir al banco.

Con todo, a tres meses de la terminación del contrato, me faltaba estudiar tres documentos breves y uno largo, redactar unas cuatro cuartillas más y las conclusiones —otras cuatro o cinco cuartillas—, revisar la investigación íntegra y ya. El ritmo era excelente. Pero justo después de hacer este recuento, me invadió una extraña ansiedad de terminar cuanto antes. Decidí cambiar mi horario de matutino a vespertino, que era cuando más me deprimía en la casa, lo cual paradójicamente me reconcentraba en el trabajo. Márquez Cámara aceptó, con leve incomodidad: "Bueno —dijo—, de cuatro a seis y media. No hace falta más tiempo, ¿verdad?"

La primera tarde olvidé mis llaves y me cansé de tocar el timbre. La fea perra me lamía las manos a través de la reja. De pronto, me fijé que estaba abierto y entré. El sol era todavía intenso. Márquez Cámara dormía, sentado en una silla justamente a la entrada de la casa, bloqueando el paso. Traté de entrar sin rozarlo, pero alcancé a golpear su silla...

—¿Eeh?... Tra-traéme teélado...

Asentí y entré. Al rato oí que volvía a despertar de la siesta para pedir té helado.

Hacía más calor dentro que fuera de la casa y por más que trabajaba o trataba de hacerlo, esas tardes se me volvieron un calvario.

Una vez me encontré otro panorama: Márquez Cámara parado en medio del descuidado jardín dirigía obras de jardinería y restauración. Reía con Remedios y con Juanita —cuya única facultad de habla era la risa—, debatiendo medidas. Había tres albañiles y un jardinero. Una luz extraña caía sobre el jardín y todo, a pesar de la hora, daba la impresión de un mediodía radiante. Alcancé a oír una orden de Márquez Cámara que me pareció un disparate: derribar el viejo roble para colocar ahí el busto de su padre, rodeado de rosales.

—Buenas tardes —me dijo—, disculpe, eh: estamos remodelando.

Pero a cada día todo parecía peor. En el bar trabajaba un albañil que en lugar de resanar las paredes parecía proponerse destruirlas. Como por las tardes se habían hecho más intensas las obras, decidí un nuevo cambio de horario, sin informar nada: un rato por la mañana y otro por la tarde. Pero pronto las obras empezaron desde temprano y continuaban hasta tarde.

Recuerdo muy bien esa mañana de la explosión súbita de Márquez Cámara. Llamó a gritos a Remedios y a Juanita: "¡Esto ya es intolerable! ¡Ya no se puede vivir aquí hombre! ¡Limpien todo ahora mismo!" Remedios se puso a protestarle no sé qué y él gritaba más y más. Me fui.

Cuando volví por la tarde, me extrañó no encontrar taladros ni palas ni gritos. En el ex despacho platicaban sentados Márquez Cámara, que bebía anís y había pasado ya de la media botella, Remedios y Juanita, que no bebían, pero reían como si lo hicieran. Los tres me saludaron con énfasis, cosa rara. Desde la biblioteca oía las risas ahogadas de Márquez Cámara seguidas de las de Remedios y Juanita. Alcancé a oír que Remedios decía: "¡Ay no, don Gonzalo, cómo cree, no puede ir ahí, se ve horrible!" No entendía bien las palabras cada vez más pastosas y arrastradas de Márquez Cámara, pero sí que después de hablar él reían los tres. No había ya trabajadores en la casa, pardeaba la tarde y sólo sus voces y risas confusas violaban obscenamente un silencio sórdido. Me fui lo más rápido que pude.

Estaba inmerso en el trabajo una tarde cuando oí unos alaridos en la planta de arriba. Salí de la biblioteca: era Juanita llamando a Márquez Cámara, quien a pesar de su enorme vientre y sus sesenta y tantos años, subió la escalera de tres zancadas, mientras me gritaba, viéndome de reojo: "¡Déme un lápiz o una regla! ¡Y un vaso de agua!" Le di en la escalera lo que me pidió: primero el lápiz, después el vaso. De una de las recámaras salían gemidos horribles. Eran de Remedios. Pasó un rato. Los gemidos cesaron. Márquez Cámara bajó tranquilamente la escalera y al ver que lo esperaba, me dijo, como médico que ha estado callando un diagnóstico: "Es… es epilepsia", se encogió de hombros y se fue al bar. A los pocos días sobrevino otro ataque. Remedios dejó de verse por la casa, seguramente porque le apenaba cruzarse conmigo.

Una mañana, al llegar, vi que la marea de la noche anterior había estado más alta que de costumbre. Estaba todo revuelto, como después de un terremoto. Con gran sorpresa, encontré la biblioteca volteada al revés: los libreros y los libros estaban tirados en el piso. El albañil que trabajaba ahí me saludó. Detrás de mí entró Márquez Cámara:

—Disculpe usted eh, ya sabe, estamos en obra: van a resanar las paredes. Espero que no le estorbe a su trabajo.

—No —respondí—, pero necesito que no hagan obra aquí mientras trabajo.

Márquez Cámara dio mi orden, como a pesar suyo, y el albañil salió. Lo único que no habían tocado era la mesa de veranda. Me sentía en ella como en medio de un naufragio. Felizmente, estaba dando ya los toques finales al trabajo.

En esas andaba cuando un buen día desaparecieron nuevamente los albañiles. Remedios seguía por lo visto en la planta alta, ¿o se habría ido? El cheque me lo entregaba ahora Juanita, puntualmente pero como si me diera un papel, sin el espíritu secretarial de Remedios. Las rotaciones se habían vuelto mínimas.

Según mis cálculos, era mi último día. Llegué temprano. Juanita barría el traspatio. Al rato oí la reja: Juanita salía de compras con la perra. No la oí volver. A las doce, más tarde que de costumbre, bajó Márquez Cámara. Entró al bar, que más que taladrado parecía ametrallado, comiendo un huevo duro. Se sirvió tequila con jugo de naranja, abrió una bolsa de cacahuates y se sentó en la barra, cerca del *David*, cabizbajo. Me metí al trabajo, al final, las últimas comas, las correcciones finales. Sentí mis setenta y cinco cuartillas bastante consistentes; apreté el fajo de hojas y lo golpeé contra la mesa para igualarlo, con un énfasis de satisfacción. Era más de la una y contra sus hábitos, ir al jardín o al banco, Márquez Cámara seguía en el bar. Hice una reconstrucción auditiva: había oído más veces que de costumbre el ruido de los hielos y el líquido vertidos en el vaso. Recogí mis cosas. No sé bien por qué, pero me urgía irme. Vi todo por última vez. Entré en el bar.

—Señor Márquez Cámara, ¿puedo hablarle?

Salió de golpe, aturdido, de su ensimismamiento alcohólico:

—¿Eeh? Sí, dígame…

Tenía todo el pelo y los lentes cubiertos de polvo de yeso.

—Tengo terminado el trabajo. Aquí está. Véalo con calma, si gusta, y platicamos el lunes o el martes…

—No, permítame. Siéntese usted. ¿Quiere beber algo… un tequilita?

—Bueno, con jugo de naranja.

Me lo sirvió. Brindamos.

—Por su trabajo —dijo.

Me puse a beber y él a leer. Trataba de concentrarse. Empezó a brincarse páginas y más páginas.

—Qué bien —comentó—, es muy interesante. Se ve que es una excelente investigación. Su… aprovechamiento, eso: su aprovechamiento de los documentos… es muy bueno. Pero permítame…

Renovó los vasos.

—Pero falta todavía un mes, que, si usted viene, le pagaré.

—No, no se preocupe —respondí—. Mi trabajo está terminado. Hace dos días me pagó la última quincena y la verdad es que lo que usted me pagó en total por el trabajo es más que justo.

—Piénselo, le conviene.

—Pero… no entiendo. Le pido que estudie detenidamente mi trabajo. Creo que está completo…

—No lo dudo, por lo que ya he visto. Usted es muy competente. Por eso, quiero que reconsidere mi proposición.

—Pero…

—Por favor, si usted ya es como de la casa…

—¿Pero qué tengo qué hacer? Ya terminé mi trabajo.

—Sí, sí, pero tengo más proyectos para usted, para varios años, ya verá. Por lo pronto, continuemos como antes.

—No se puede, porque antes tenía algo qué hacer y ahora no.

—¡¿Y qué importa?! Tenga paciencia. Ya tendrá trabajo, se lo prometo.

—¿En qué va a consistir?

—Mm… Está relacionado con la investigación, eso es. No puedo decirle más por el momento.

—Muy bien, llámeme cuando el proyecto sea más claro y hablaremos.

—No, no, ésa es su oficina. Ahí le llevaré el próximo año su trabajo, un día, tenga paciencia. Entretanto, entretanto haga lo suyo y yo le seguiré pagando como siempre… Haga usted lo suyo… Usted es como de la casa…

Me exigía, me imploraba, me ofrecía más dinero, con gestos desesperados, gestos severos y suplicantes…

Javier García-Galiano

❖

LA ESPADA Y EL RELICARIO

Para Paulina Lavista,
Pablo y Salvador Elizondo

I

AUNQUE no era sacerdote, Marcos Aguirre fue siempre trata-do con el título de "padre" porque celebraba misas, recibía confesiones, otorgaba absoluciones, disponía penitencias y asistía a los moribundos con la extremaunción. Según lo ex-plicaba, no había podido ordenarse como religioso porque habían cerrado el seminario en el que estudiaba, pero se había ganado cierta autoridad entre los fieles no sólo por su retóri-ca eclesiástica, sino también por su coraje y su habilidad en el manejo de las armas.

Debido a que las iglesias estaban cerradas, oficiaba en la clandestinidad, por lo que recorría el sur de Jalisco con cau-tela, tratando de no encontrarse a nadie en el camino, pues cualquier desconocido podía representar una amenaza, ya que, como a todos los sacerdotes católicos, lo buscaba la ley.

Tenía un caballo zaino que, a pesar de los maltratos y el desgaste, mantenía una magnificencia natural. Llevaba una carabina, un machete y una 38 especial que muchas veces había utilizado con precisión fatal. Conocía los secretos del paisaje y las minucias cotidianas de la región no sólo por las confesiones, sino por los informes de los ejércitos en guerra, a uno de los cuales pertenecía como guía espiritual y como combatiente efectivo.

Aquella madrugada de junio de 1927 se dirigía a oficiar una misa. Aunque todavía estaba oscuro, iba retrasado. Sin embargo, no por eso cometía la imprudencia de apresurarse, eligiendo precavidamente los caminos indicados, temeroso de encontrarse con el enemigo.

Cuando se acercó a Tenamaxtlán, la quietud de pronto le pareció sospechosa, por lo que preparó las armas encomendándose a Dios. Su recelo se acrecentó porque nadie lo esperaba para recibirlo en las afueras del pueblo. Después de vacilar e incluso pensar en la huida, cabalgó con desconfianza por las calles vacías. El silencio fue para él un indicio de la ausencia del adversario, que solía delatarse con un bullicio obsceno. Las casas parecían deshabitadas y sólo se escuchaba el paso de su caballo, el cual se hizo más lento cuando se acercó a la plaza, donde encontró a siete ahorcados.

Luego de rezar y bendecir a los ajusticiados, los observó con detenimiento. A pesar de los gestos descompuestos por la violencia de la muerte, pudo reconocerlos a todos: uno de ellos era el novio de las nupcias que debía haber celebrado en secreto; los otros, su padre, su suegro, sus dos hermanos y su cuñado. Sin embargo, no identificaba a uno, al que habían despojado de parte de la elegancia propia de una fiesta. Conservaba un peinado impecable, pero los ojos hinchados se habían quedado pasmados en una mirada de espanto, y una hemorragia se resecaba en la nariz y la boca descompuesta, de donde colgaba como una afrenta la lengua amoratada.

El ahorcado desconocido estudiaba derecho en Guadalajara y se llamaba Agustín Rosas. Había pertenecido a la Asociación Católica de la Juventud Mexicana antes de participar en la creación de la Unión Popular y, por lo tanto, colaboraba con la Liga Nacional Defensora de la Libertad Religiosa. No pensaba acudir a esa boda, pero, en una noche de borrachera, un compañero de la universidad y de la ACJM, Ángel

Quintana, lo convenció de que fuera con el argumento de que ahí podría encontrarse a la mujer que le interesaba: Teresita Mora.

También el padre Aguirre había ido a buscar a esa mujer. Con desconsuelo temió por ella y sospechó una traición que debía ser castigada. Cuando se alejó de Tenamaxtlán sentía más enojo que tristeza.

II

Ángel Quintana tardó mucho en conocer el destino de su amigo Agustín Rosas, al que había convencido de que asistiera a esa boda que terminó en ahorcados. Sin embargo, su desaparición lo convirtió en un hombre más reservado, con lo que trataba de disimular una inquietud creciente, un temor sincero y la sospecha permanente de una traición forzada.

Quintana se preciaba de ser uno de los primeros miembros de la Unión Popular y de haber conocido a Anacleto González Flores, pero trataba de comportarse con excesiva discreción para pasar desapercibido. Aunque había participado en el boicot comercial para protestar por las prohibiciones religiosas, instigando a los feligreses para que consumieran sólo lo indispensable como una señal de luto, poco se podía asegurar de sus actos en favor del movimiento cristero, lo cual muchos atribuían a su timidez y prudencia.

No supo entonces que, aun cuando nadie lo reconoció, Agustín Rosas había sido enterrado junto con los otros ahorcados en un sepelio clandestino despedido por el padre Aguirre, en el que no hubo llanto y en el que en los dolientes se adivinaba cierto orgullo por el martirio de los difuntos, pues creían que esa muerte era un signo favorable del Cielo.

Poco después de ese funeral secreto, el padre Aguirre fue avisado que aquella matanza de convocados a una boda había

obedecido a la ira del coronel Atenor Andrade, que en realidad había ido a buscarlo a él.

III

El coronel Atenor Andrade había asistido a misa hasta el día
en que se cerraron los templos. Luego, sus obligaciones militares lo convirtieron en un soldado anticlerical que logró as-
censos prontos combatiendo a aquellos que se hacían llamar
"La Legión de Cristo". A pesar de haber ajusticiado a muchos
enemigos supuestos y de que se decía que había sido uno de
los perpetradores del martirio del padre Pedroza en Zapo-
tlán, no se dejaba influir por la crueldad y era un hombre
callado.

Quizá su único resentimiento surgió cuando se enteró de
la muerte de Federico Schultz, un industrial, hijo de inmigrantes alemanes, que fue asesinado en su hacienda de La
Candelaria, en Punta de Agua. El coronel Andrade lo conocía desde hacía mucho y consideraba ese crimen como una
estúpida derrota personal, pues el finado había sido amenazado repetidas veces por sus asesinos.

Las versiones reunidas por la policía coincidían en que
había muerto a causa de un balazo en el abdomen, pero algunas hablaban de un asalto, mientras otras sostenían que se
había tratado de un intento de extorsión. Según el adminis-
trador de la hacienda, los asesinos habían estado repetidas
veces en La Candelaria para exigir dinero. Federico Schultz,
que en otras ocasiones había tenido que someterse a sus peticiones, se negó a ayudarlos. Un par de días después, esos
hombres armados regresaron para recibir una negativa más
firme como respuesta a sus pretensiones. Entonces le propu-
sieron que les entregara dos o tres vacas y algunos puercos,

para que les sirviera de alimento, lo cual provocó la indignación de Schultz, que ya no pudo evitar una discusión violenta, en la que su exultación se enfrentaba a la terca parquedad de los intrusos, los cuales se limitaban a repetir escuetamente sus solicitudes ostentando sus armas. Sin poder ocultar su enojo, tratando de mantener la paciencia, don Federico Schultz les pidió con amabilidad forzada que se fueran. Cuando los extorsionadores parecían retirarse, uno de ellos se detuvo, volteó y caminó hacia don Federico.

—¿Entonces, no? —dijo retadoramente.

—¿No qué? —repitió don Federico casi con desesperación.

—¿No nos da lo que necesitamos?

—Ya les expliqué que no puedo…

Antes de que terminara de hablar, se oyó una detonación, luego otra y dos más. Todas las balas dieron en don Federico Schultz, que tardó un tiempo en morir. En su huida, los asesinos todavía se detuvieron para robarse un magnífico caballo zaino.

IV

El coronel Andrade ignoraba que esas balas provenían del arsenal del batallón que comandaba, pues no pocos soldados hacían negocio vendiendo municiones al enemigo. Uno de ellos era el capitán Luis Carlos Acevedo, que había sido inducido a ese comercio ilícito por una mujer. Hacía mucho que había perdido el temor a sus superiores y no ocultaba cierto orgullo por la magra prosperidad que le deparaban esas prácticas.

No sólo en esos tratos mercantiles los militares reconocían a las cristeras, como llamaban al enemigo supuesto por el fervor que demostraban gritando: "¡Viva Cristo Rey!", también en el tren de Guadalajara a Ameca, siempre rigurosamente vigilado, las descubrían por su ropaje abultado en el que procuraban esconder el parque que transportaban para los comprometidos.

Teresita Mora viajaba con frecuencia en ese tren, por lo que había perdido el miedo, lo cual, lo sabía, podía ser peligroso. Pertenecía a las Brigadas Femeninas de Santa Juana de Arco, que se dedicaban a proveer de pertrechos a los defensores de la religión. Por eso conocía los talleres de costura de Guadalajara donde confeccionaban chalecos a la medida para el acarreo clandestino de las municiones, e incluso había participado en el tráfico de armamento cerca del mercado de La Merced, en la ciudad de México.

Cuando llegó retrasada a la boda de Ezequiel Chávez y Rosa María Juárez en Tenamaxtlán, se encontró con el entierro del novio, de parte de su familia y de un desconocido, que habían sido ajusticiados. Sin embargo, el padre Aguirre apenas pudo disimular cierta alegría después del sepelio, cuando se enteró del arribo de esa mujer, que había acarreado 600 tiros y tenía llagas en las axilas.

Aunque estaba cansado de repartir absoluciones, el padre Aguirre accedió gustoso a confesar a Teresita Mora. El encuentro fue breve y, por razones eclesiásticas, no se pudo saber lo que se dijeron en ese momento íntimo, pero, según se dice, el confesor salió visiblemente enojado.

Aquella noche, nadie vio ni escuchó a Teresita Mora cumpliendo con su penitencia.

V

Además del temor natural de Dios, el padre Marcos Aguirre cultivaba la sospecha, la suspicacia y el recelo como una obsesión. Odiaba a los traidores y trataba de descubrirlos para ejercer una justicia ejemplar. Practicaba la perspicacia para poder identificarlos, por lo que no tardó en suponer que el ajusticiamiento de Ezequiel Chávez, el día de su boda, había obedecido a una delación que debía ser castigada. Sostenía, asimismo, que en la conjura en su contra participaba el padre párroco de Tenamaxtlán J. Jesús Pérez, que se oponía a la defensa armada de la religión.

Sin considerar que pudiera representar un gusto perverso, el padre Aguirre no disimulaba la emoción que experimentaba al ver aumentar las armas y municiones necesarias para la lucha, las cuales escaseaban en el frente. Como muchos, creía que si los cristeros tuvieran el armamento y el parque suficientes, vencerían con facilidad al ejército. Por eso, luego de la exultación, sentía cierto desasosiego, y acaso blasfemaba para sí cuando repasaba los fusiles, las balas y alguna ametralladora, que se almacenaban en sótanos secretos, en casas piadosas, en el monte, a la espera del momento señalado para la batalla.

También el coronel Atenor Andrade detestaba a los traidores, que en el ejército abundaban adoptando la forma del desertor. No siempre se enrolaban con el enemigo, pues algunos sólo obedecían a la cobardía. Sabía que las razones de la deserción, como las del enrolamiento, solían ser insospechadas: una historia amorosa, por ejemplo, un crimen menor, la compulsión, el aburrimiento e incluso una convicción sincera. Había aprendido, por lo tanto, a desconfiar de sus compañeros de armas porque entendía que en cada uno de ellos podía haber un traidor involuntario o un enemigo posible.

Ya en el Colegio Militar había conocido las pequeñas infamias y ruindades propias de la vida cuartelaria. Los robos miserables a la cocina y las bromas de dormitorio representaban meros ejemplos comunes. La falsa complicidad y las órdenes vengativamente humillantes podían comprenderse como anuncios de un destino ambiguo, en el que la jerarquía y el orden encubrían con frecuencia una disipación marcada por la crueldad.

Pero allí también creyó en la existencia de la amistad. El trato cotidiano con otros cadetes le impuso una intimidad engañosa, que derivó en simpatías crecientes, diferencias disimuladas, cordialidades obligadas y aventuras compartidas. Aunque se estaba solo, en la vida militar surgía una solidaridad sincera desde la instrucción. En las clases de balística, en el cumplimiento del reglamento y de la guardia, en las maniobras se creaba inevitablemente una complicidad que luego se fortalecía en la cantina y en el burdel.

Al cadete Marcos Aguirre lo conoció en la fajina y desde entonces lo sorprendió su disposición para la ayuda. No sólo ejecutaba con cierta animación esas labores comprometedoras de limpieza, sino que no eludía el lavado de las letrinas ni de las regaderas. En las prácticas se mostraba servicial con los demás y sus avisos discretos salvaron a muchos de un regaño o un castigo. Aunque sus camas estaban alejadas en el dormitorio, Aguirre y Andrade empezaron a frecuentarse en el comedor, en algunas clases, en los tiempos de ocio. Luego gastaron juntos sus días libres y en las barracas se comenzó a rumorar que compartían una mujer.

Durante un desfile militar, con el que se conmemoraba la Independencia de México, mientras aguardaban en descanso, poco antes de emprender la marcha a paso marcial, el cadete Atenor Andrade sintió que un soldado de infantería le arrebataba el bonete emplumado y se alejaba con un gesto burlón. Sintiendo el escarnio, la angustia y el ridículo de su cabeza desnuda, pensó en romper filas para emprender la persecución del bromista, que desaparecía a paso redoblado con su compañía, pero en ese momento escuchó la orden de "firmes". Sin poder dominar el temor no sólo al castigo por esa falta menor, sino a la extrañeza y la befa que provocaría,

Atenor Andrade intentó repasar pensamientos desesperados, que no le sugirieron ninguna resolución posible. Su zozobra se acrecentó cuando vio aparecer a un teniente que pasaba la última revista a la formación. Luego de intentar ocultarse entre los otros cadetes, terminó por resignarse a asumir su pobre destino. Escuchó la orden de avanzar a paso redoblado como una sentencia. Fue entonces cuando el cadete Marcos Aguirre le hizo llegar, pasándolo de mano en mano entre las filas, un bonete impecable.

Atenor Andrade nunca halló la manera de mostrarle su agradecimiento a su amigo Marcos Aguirre. Aunque lo prodigaba con invitaciones y regalos, en Andrade se fortalecía la creencia de que ello no era suficiente y de que se comportaba como un ingrato. Ignoraba asimismo que la amistad, como la enemistad, dependía de minucias cotidianas, cuyo significado solía pasar desapercibido.

Quizá por eso no se percató de que cuando se destacó en la práctica de tiro, mereciendo un reconocimiento de los oficiales, Marcos Aguirre rehuyó cualquier festejo y se permitió algún comentario despectivo acerca de él.

Luego ocurrió el robo de la pistola. A pesar de que la justicia militar intentó mantenerlo en secreto, Atenor Andrade se enteró de él porque se lo dijo el cadete Aguirre en el comedor, advirtiéndole que todos eran sospechosos y que los indicios podían señalar a cualquiera. Se trataba de una Colt 45 nueva, que había sido sustraída del arsenal con 32 balas. Además de la justicia militar, el capitán Ortega, encargado de la armería, también buscaba al culpable para imponerle un correctivo ejemplar.

Como otros cadetes próximos a graduarse, Atenor Andrade se complacía imaginando que le era permitido por el reglamento poseer finalmente una pistola y repasaba con placer las formas de obtenerla. Sus elucubraciones financieras lo llevaban a detenerse en catálogos posibles de esas armas, haciéndose ilusiones a partir de suposiciones pecuniarias, lo cual le servía para recordar marcas y modelos: Smith and Wesson, Colt, Walter, Star. Pensaba asimismo que el robo de un objeto íntimo como ese representaba una infamia y una estupidez, pues hacer uso de una pistola ajena resultaba para él una usurpación y una incertidumbre. Creía, además, que ostentarla significaría descubrirse como ladrón.

Una noche, después de salir de la cantina a la que acudía con el cadete Aguirre los días de licencia, Atenor Andrade fue asaltado en la penumbra de una esquina por un hombre que lo insultó con furia mientras le daba empellones retadores. Entre el desconcierto y el espanto, lo primero que pudo comprender fue que quien lo desafiaba le preguntaba con violencia dónde estaba "el mariconcito de tu amigo", el cual se había perdido un par de horas antes en la trastienda de la cantina que frecuentaban. La respuesta balbuceante de Atenor Andrade no pareció satisfacer al inquisidor, que contestó con una bofetada dolorosa.

—No te hagas pendejo y dime dónde está —insistió el hombre en la oscuridad.

Atenor Andrade ignoraba el paradero de su amigo. De hecho, se había enojado cuando desapareció sin avisarle. Esa molestia se volvió odio ante el interrogatorio al que era sometido obligatoriamente.

Después de varios puñetazos en el estómago, dos rodillazos en los bajos y muchos insultos, Atenor Andrade reconoció al capitán Ortega que le recriminaba haberle robado la pistola del arsenal del Colegio Militar. Toda plegaria de inocencia del cadete era refutada por el capitán con un golpe y la misma frase contundente: "No te hagas pendejo".

Al capitán Ortega lo acompañaban dos sargentos y, según sus pesquisas, el cadete Aguirre había vendido la pistola robada en la trastienda de la cantina a la que acostumbraba ir con Andrade, el cual, según sus averiguaciones, era cómplice del delito. Todo alegato exculpatorio era refutado a patadas y puñetazos por el capitán.

—Quítate la camisa.

Debido al desconcierto, el cadete fue renuente a la obediencia, lo cual propició que el capitán repitiera la orden propinándole un cachazo en la cara con la pistola que había sacado; se trataba del arma robada.

—Que te quites la camisa, cabrón…

Andrade lo hizo lentamente, sintiéndose humillado, ajeno a cualquier pensamiento.

Apuntándole con la pistola, el capitán Ortega lo miró con ironía para luego decirle con una sonrisilla:

—Bájate los pantalones.

Una inquietud medrosa llevó al cadete Andrade a creer que no había entendido lo que se le pedía, por lo que recibió nuevos golpes en la cara y el estómago para conminarlo a subordinarse. Luego no recordó nada, hasta que el sol lo despertó en un baldío, donde se descubrió ignominiosamente desnudo.

Ya no tuvo noticia de Marcos Aguirre, que huyó convirtiendo a Andrade en el único sospechoso de aquel robo, lo cual lo expuso a la vergüenza de un arresto y a la embrollada tarea de tener que probar su inocencia.

El hastío se convirtió en un estigma que le inculcó la dureza y la desconfianza, además de cultivar en él un rencor que creía haber dominado hasta aquel día de mayo en el cual, al mando de una patrulla, revisaba las vías del ferrocarril entre Ocotlán y Atotonilco en busca de explosivos, con los cuales los cristeros pretendían evitar que las tropas federales pudieran transportarse en tren y atacar a algunas de ellas. Se trataba de una misión rutinaria y aburrida en la que el pensamiento se perdía en los durmientes y los rieles alargaban el paisaje. Aunque la vista se cansaba ante la visión monótona, debía mantenerse atenta durante kilómetros. El sol contribuía al surgimiento de engaños ópticos en esos parajes áridos que se hacían más silenciosos cuando conformaban pequeñas cañadas yermas, acaso sólo habitadas por serpientes y lagartos.

Aun cuando se sabía de emboscadas y ataques esporádicos en esa región, el calor y la observación permanente de las vías del ferrocarril transformaban el miedo incipiente en tedio, por lo que los soldados caminaban con despreocupación, con la mirada gacha, fija en los durmientes y las líneas ferroviarias. Por eso, fue el sonido retenido en el paisaje agreste lo que les anunció un disparo. El entonces capitán Atenor Andrade tardó en percatarse de que un cabo había muerto sin agonía, con un tiro en la frente. Buscó al tirador en los bordes de aquellas formaciones rocosas, pero sólo descubrió a un zopilote que se aprestaba a devorar el cadáver fresco, haciendo todavía más notorio el silencio.

Sin acertar a proferir una orden, Atenor Andrade sacó su pistola y se refugió en una ladera a la espera de un nuevo ataque y a la caza de sus enemigos desconocidos. Los otros cinco soldados también prepararon sus armas, pero se enfrentaron a una quietud sospechosa. Un viento ligero resonaba en las cañadas y el sol de la tarde dificultaba la visión hacia las alturas, donde quizá todavía se ocultaban los salteadores cristeros.

Pero el nuevo disparo provino de la retaguardia, provocando las conjeturas más aciagas en el capitán Andrade, que al disponerse a responder al ataque, descubrió que el tirador era uno de sus hombres, que había decidido fulminar de un balazo al zopilote que acechaba el cuerpo del cabo Solís.

Entonces sobrevino el tiroteo, al que Atenor Andrade contestó por instinto, tratando de identificar a los agresores, apostados ventajosamente en las cimas que los protegían. El asalto resultó veloz y frenético. Cuando amainó, el estruendo se fue perdiendo en las cañadas, recorridas por las vías del ferrocarril. En el silencio restaurado, el capitán Andrade no tardó en advertir que los soldados que formaban su patrulla estaban muertos. Con desasosiego, pero con templanza, aguardó el ataque final, buscando con la mirada, cegada por el sol, a los enemigos, hasta vislumbrar a uno de ellos, que le apuntaba con una escopeta, la cual bajó para sonreír despectivamente antes de desaparecer. La ira y la desesperación se confundieron en el capitán Andrade cuando reconoció en ese hombre a su otrora amigo Marcos Aguirre.

VI

Aguirre se había convertido a los cristeros con el padre José Reyes Vega, conocido como "El Pancho Villa de Sotana" debido a su gusto por las mujeres y las armas, y había participado, cerca de La Barca, en el asalto nocturno a un tren que transportaba municiones y 120 000 pesos del Banco de México. El padre Aguirre recordaba con un entusiasmo sosegado que, por desconocer la manera de hacerlo, tuvieron que recurrir a la ayuda de unos ferrocarrileros para poder descarrilarlo, hecho que aprovecharon para cumplir con su asalto. A pesar de la resistencia de los federales, lograron hacerse del botín de 120 sacos y una caja de oro, pero, al parecer, uno de los muchos muertos fue el hermano del padre Reyes Vega, el cual, dominado por la ira, incendió los vagones, en los que había heridos y pasajeros.

"A mí me dieron 20 pesos como gratificación —confesaba el padre Aguirre—. Ese dinero era para la causa, pero dicen que se perdió…"

En ese asalto conoció a Maximiano Menéndez, que luego dirigiría un batallón cristero, para el cual requirió los servicios del sacerdote como capellán. En la guerra, el padre Marcos Aguirre no sólo representó un eficaz consuelo espiritual, sino que también demostró una notable habilidad con las armas y el caballo, creó una red confiable de espionaje y se dedicó con esmero a conseguir armamento y municiones. Para eso recurrió a las Brigadas Femeninas de Santa Juana de Arco, conocidas como las "Bi-Bi", formadas por mujeres que conseguían pertrechos de guerra en Guadalajara y la ciudad de México, y los transportaban al frente ocultos en chalecos interiores, en enaguas pesadísimas, en canastas de comida, en cajas de fruta.

Una de esas mujeres era Teresita Mora, que se distinguía por su laboriosidad y su fervor, y a quien el general Maximiano Menéndez cortejaba sin disimulo, con la anuencia del padre Aguirre, que no necesitaba de la confesión para conocer los pormenores de los encuentros apartados de los dos combatientes.

La frecuencia de esas citas dependía de la guerra. El armamento y el parque escaseaban, por lo cual los cristeros debían ser certeros en sus disparos. La repartición del arsenal obtenido por las militantes de las Brigadas Femeninas de Santa Juana de Arco obedecía a las necesidades de los distintos frentes, de las estrategias y de los caprichos de los dirigentes de la Liga Nacional de la Defensa de la Libertad Religiosa. Fueron las decisiones bélicas las que llevaron a Teresita Mora y a Maximiano Menéndez a cultivar sus deseos y debilidades con peligrosa asiduidad. Esos encuentros también regocijaban a la tropa, pues representaban pertrechos nuevos y comida fresca.

Teresita Mora conocía todos los caminos y rutas ferroviarias de Jalisco y Colima, los retenes y guardias militares, a muchos soldados y oficiales, con los que a veces coqueteaba. Viajaba en tren, automóvil o caballo, de día o de noche, según las recomendaciones de los informes de los agentes cristeros. Aquel sábado de enero, llegó como una sombra, sudando a pesar del frío de las tres de la mañana. La acompañaban un abogado de Guadalajara, su esposa y sus dos hijas. Escondidas en el auto, llevaban tres ametralladoras Hotchkiss, dos FM Rexer, cinco Máuser, dos pistolas Colt 45 y 4 000 cartuchos que les ganaron la admiración de la tropa. Sin embargo, el general Menéndez no salió a recibirlos y sólo apareció al mediodía, acompañado del padre Aguirre, para reconocer el nuevo armamento y retirarse de inmediato sin saludar a Teresita Mora. También el padre Aguirre fingió ignorarla, dedicándole una irónica mirada de soslayo, antes de examinar una de las Colt, probarla, guardársela y desaparecer detrás del oficial cristero.

VII

Dos noches después, en el bosque de La Primavera, dos hombres se encontraron en secreto. Uno de ellos era Ángel Quintana, miembro de la Unión Popular y de la Liga Nacional de la Defensa de la Libertad Religiosa, que se quejaba atropelladamente porque se había enterado de que los federales habían ahorcado a su informante más confiable, Agustín Rosas, porque se había hecho pasar por invitado a una boda clandestina en Tenamaxtlán, la cual iba a oficiar el padre Aguirre, uno de los sacerdotes cristeros más peligrosos, y a la que acudiría Teresita Mora, conocida por su eficiencia para conseguir y transportar armas.

—De seguro hubiera averiguado algo —repetía en la oscuridad del bosque—, pero no se vale, lo mataron…

Quien lo escuchaba en silencio, caminando a su lado, era

el coronel Atenor Andrade, que había ordenado el ajusticiamiento a los invitados a esa boda, incluido Agustín Rosas, y el cual respondió a los reclamos de Ángel Quintana con una frase sentenciosa: "son los riesgos que corren quienes se dedican a eso". Callaba que quizá hubiera ejecutado a su cómplice aun cuando lo hubiera identificado como uno de sus colaboradores secretos.

Por un tiempo, el coronel Andrade temió haber sido citado para escuchar una queja larga, pero después de un silencio, como una demostración caprichosa de lealtad, Ángel Quintana confesó que, según informes y comentarios de la Liga y la Unión, el Batallón Menéndez se estaba pertrechando para atacar San Pedro Tlaquepaque. Se desconocía la fecha precisa en la que intentarían el asalto, pero cuando se disponían a despedirse, Ángel Quintana atrevió una última confidencia: algunas de las armas obtenidas por los cristeros provenían del Cuartel Colorado.

Al coronel Andrade no le extrañó esa noticia, pues esos negocios desleales con el arsenal militar eran muy conocidos. Antes de que pudiera retirarse, Ángel Quintana lo detuvo, escamoteándole la información, por lo que todavía tardó en pronunciar un nombre.

—Mi coronel —le dijo impostando timidez— quizá le interese saber que quien acompañó a los cristeros a recoger el parque fue el capitán Luis Carlos Acevedo.

Sus indagaciones le atribuían a ese capitán la ejecución por la horca de su amigo y colaborador Agustín Rosas, por lo que procuraba vengarse predisponiendo a su superior en su contra, el cual, aunque Quintana no lo creyera, era quien en realidad había ordenado aquel ajusticiamiento erróneo en Tenamaxtlán.

Según el relato revelado aquella noche en el bosque de La Primavera, Acevedo se dedicaba al tráfico ilegal de armamento instigado por la brigadista Teresita Mora, que lo había seducido y la cual se dejaba cortejar asimismo por el general cristero Maximiano Menéndez.

El coronel Andrade se despidió con el esbozo de un gesto silencioso y los días posteriores a ese encuentro los dedicó a corroborar la información referida por Ángel Quintana, a redactar cartas y a conversar con sus superiores acerca de los riesgos de ese ataque cristero a San Pedro Tlaquepaque, desde donde el enemigo podría amenazar Guadalajara con facilidad.

Las decisiones se desarrollaron con titubeos y en ellas se mencionó a la aviación, que había bombardeado los Altos de Jalisco, las barrancas de Durango, Zacatecas y Colima, se habló de la caballería, de las defensas posibles y de los más elementales principios bélicos. Finalmente, se acordó atajar el supuesto ataque cristero en un territorio propicio.

VIII

Resulta arduo tratar de adivinar el misterio por el cual se determina el lugar de una batalla. A veces obedece a un acuerdo tácito, a veces a una estrategia, a veces a un destino fatal, a veces a una circunstancia ineludible. Muchos soldados ignoran esos designios bélicos. Como otros ejércitos, una mañana de febrero, dos batallones enemigos se disponían a guerrear en un valle cercano a Tenamaxtlán. Uno estaba al mando del coronel Atenor Andrade que montaba un caballo bayo y mantenía la vista al frente. El otro era dirigido por el general cristero Maximiano Menéndez que cabalgaba un pinto con inquietante tranquilidad junto al padre Marcos Aguirre, el cual dominaba presuntuosamente un zaino que sobresalía por su belleza. En el silencio parecía escucharse un viento ligero.

Los caballos piafaban y resollaban, algunos combatientes terminaban de disponer sus armas, otros rezaban y, en el cielo, volaban expectantes los zopilotes.

No sólo los centinelas, sino muchos soldados del ejército federal habían permanecido la noche en vela, pues, siguiendo una tradición militar, les habían repartido tequila y marihuana como un anuncio de la batalla. Tampoco el coronel Andrade había dormido, ya que había examinado la moral de sus oficiales y de su tropa bebiendo con ellos. Fue en esa espera apenas aligerada por el alcohol, cuando el coronel Andrade se permitió comentar desdeñosamente que quería ver muerto al general Menéndez y presa a su amante Teresita Mora.

Quizá el capitán Acevedo ignoraba que la mujer que lo había seducido lo engañaba, quizá temió por ella, quizá consideró el peligro de que se descubrieran sus tratos con el enemigo, quizá fue sólo el tequila y la inminencia del combate, pero luego de la confidencia de su superior, se dedicó a una circunspección profunda, en la que acaso toda ocurrencia convergía en una idea fija, en insultos repetidos y en un nombre de mujer.

Después de limpiar con fruición su pistola y su Máuser, el padre Aguirre, en cambio, ofició una misa que celebraron todos los soldados cristeros y la cual se propagó como un rumor por el valle. En ella, leyó con solemnidad el fragmento del Evangelio en el que Jesús afirma: "He venido a traer el fuego sobre la tierra y ¡cuánto desearía que ya estuviera encendido! Con un bautismo tengo que ser bautizado y ¡qué angustiado estoy hasta que se cumpla!

"¿Pensáis que he venido para dar paz a la tierra? No, os lo aseguro, sino división. Porque desde ahora habrá cinco en una casa y estarán divididos; tres contra dos, y dos contra tres; estarán divididos el padre contra el hijo, y el hijo contra el padre; la madre contra la hija y la hija contra la madre; la suegra contra la nuera y la nuera contra la suegra".

Durante la homilía, el padre Aguirre recordó el Salmo 35 para infundirle valor a las tropas:

> Ataca, oh Yaveh, a los que me atacan,
> combate a quienes me combaten;
> embraza el escudo y el pavés;
> y álzate en mi socorro;
> blande la lanza y la pica
> contra mis perseguidores.
> Di a mi alma: Yo soy tu salvación.

Al final de la misa, hubo una absolución general y sobrevino un silencio sagrado.

IX

La batalla comenzó con un grito de guerra: "¡Viva Cristo Rey!", que provocó las burlas del enemigo. En la mirada de los cristeros, los federales adivinaban la determinación aterradora de quien está decidido a morir para alcanzar la gloria. "Hay que aprovechar ahora que el Cielo está barato", se dice que solía repetirse. A los soldados de la Federación, en cambio, no los animaba el odio que, sin embargo, surgía en ellos conforme se desarrollaba el combate.

Impasible en su caballo, el coronel Atenor Andrade observaba los primeros escarceos bélicos. La infantería trataba de ganar posiciones mientras la caballería cristera se movía en la retaguardia. Las órdenes eran claras y precisas, y los disparos resultaban esporádicos, pero no tardó en escucharse el grito de un herido ni en caer el primer muerto: un sargento federal.

Dominando la incertidumbre, el capitán Luis Carlos Acevedo dirigía el ataque con cautela, manteniendo el orden, pero deseando encontrarse con el general Maximiano Menéndez, con quien sostenía una enemistad íntima.

A la fusilería contraria, los cristeros respondían con disparos esporádicos, muchas veces certeros, que, sin embargo, no les permitían ganar posiciones, por lo que permanecían atrincherados y al acecho. La detonación acompasada de los cañones parecía detener por momentos las hostilidades para anunciar una explosión, mientras las ametralladoras impedían frenéticamente cualquier intento de avanzada.

Entre el estruendo de la artillería, las balas, la pólvora y las voces de mando, se oían los quejidos de los heridos. Algunos eran despojados de sus armas por sus propios compañeros, aun cuando todavía agonizaban. Los cadetes a veces complicaban el andar apresurado y a veces servían de escudo.

Sin perder la calma, el coronel Atenor Andrade examinaba la manera en la que se incumplía su estrategia, recorriendo a caballo la retaguardia, haciendo señalamientos con parsimonia, estudiando los movimientos del enemigo que, según lo había supuesto, intentaba sorprender con incursiones de la caballería.

Según se decía, los jinetes cristeros se distinguían por su destreza, lo cual comprobaba el coronel Andrade sin inmutarse. Sus ataques resultaban veloces y certeros, sabían evitar las balas con audacias imprevisibles, su presencia se acrecentaba por sus recorridos prontos y precisos del campo de batalla.

Entre ellos había uno que se conducía de una manera admirable; gritaba órdenes oportunas, reorganizaba sus tropas, disparaba con puntería atroz, disponía las acciones adecuadas. Montaba un caballo zaino de belleza asombrosa, que obedecía con agilidad natural al mando del jinete, el cual, luego de dar dos quiebros hábiles, cabalgó con firmeza hacia una ametralladora, a la que lazó en un tiro certero de reata.

Aunque le fueran adversas, el coronel Andrade miró fascinado esas evoluciones y tardó en identificar al hombre que se alejaba con decisión en medio del combate: el padre Marcos Aguirre.

Atenor Andrade no pudo contener la ira cuando creyó reconocer en aquel caballo zaino al que sus asesinos le habían robado a Federico Schultz e íntimamente se propuso buscar al sacerdote en la batalla. Comprendía, sin embargo, que debía recurrir a la paciencia y deseó que el azar le fuera propicio.

Mientras el padre Aguirre dirigía con temeridad las incursiones de la caballería, el general Maximiano Menéndez mantenía la disciplina estratégica en la confusión del combate, tratando de reservar el parque imprescindible. Había gritos de desesperación, agonías quejumbrosas y heridas anunciadas en alaridos lastimeros. El sonido de las balas se había hecho insistente, y los soldados ya mostraban el rostro sucio de sudor y tierra.

Menéndez ordenaba sus tropas con serenidad, dando indicaciones inequívocas, orientando a los soldados vacilantes, corrigiendo los movimientos errados, disponiendo los tiroteos. Ignoraba que era vigilado con perversidad por el capitán Acevedo, que lo acechaba con odio contenido a la espera del momento oportuno.

No lejos de allí, el coronel Atenor Andrade estudiaba la lucha y adivinaba con severidad las intenciones del capitán Acevedo que, prescindiendo de minucias tácticas, desesperaba en la búsqueda de su enemigo íntimo, desdeñando el mando y extraviando el ataque.

Entre las muchas detonaciones, hubo una que se escuchó con nitidez, y Atenor Andrade vio la manera en que una bala acertaba en el brazo del general cristero Maximiano Menéndez. Luego hubo dos disparos que lo hirieron en el pecho y el estómago. Ninguno provino del arma del capitán Acevedo.

De inmediato, la fusilería cristera respondió compulsivamente, pero muy pocos de esos balazos fueron certeros, aunque obligaron a los soldados federales a buscar refugio mientras el general Menéndez caía inerte de su caballo.

Sin reparar en el peligro, varios se apresuraron a ayudarlo. Incluso el padre Aguirre se acercó a él para cerciorarse de que su traslado fuera cuidadoso.

Pocos, o quizá nadie, se percataron de que el capitán Luis Carlos Acevedo no pudo sentir coraje, ni acaso perplejidad, por no haber podido desquitar con sus balas la malquerencia que profesaba por el general Menéndez, pues poco después de que Maximiano Menéndez cayera del caballo, la cabeza del capitán Acevedo se sacudió violentamente al recibir un balazo fulminante en la sien. Ya no se hizo nada por él porque ni siquiera logró gritar de dolor. Nunca se supo que aquel tiro fatal había sido disparado con frialdad por el coronel Andrade, que de esa forma creía haber ajusticiado a un traidor.

Menéndez llegó inerte a la enfermería, donde, entre las exhalaciones de los heridos, los gritos de ayuda y los rezos de los más fervorosos, las brigadistas de Santa Juana de Arco practicaban una medicina empírica. Teresita Mora se acercó a limpiar las supuraciones del general cristero, que no reaccionó a las primeras curaciones. Atentos a él, lo rodeaban el padre Aguirre y sus soldados más leales. Desatendiendo al resto de los convalecientes, dos mujeres asistieron a Teresita Mora, que se afanaba en una cirugía elemental, aprendida en la guerra. El general Maximiano Menéndez permaneció con la mirada fija y la boca abierta hasta que Teresita Mora desistió de sus intentos quirúrgicos para cerrarle los ojos. Entonces pareció hacerse un silencio profundo en el que sólo se escuchaba el rezo desfalleciente de un moribundo.

Luego de orar por su descanso eterno, el padre Aguirre bendijo el cadáver y salió de nuevo al campo de batalla.

Aprovechando el desconcierto de los cristeros por la ausencia de su alto mando, los militares atacaron para ganar terreno y descubrir que muchos de los soldados enemigos eran casi niños y ancianos, que peleaban con un fervor temerario. Quizá algunos de ellos experimentaban un inmenso placer en la guerra, al disparar su Máuser y al sentir suavemente que habían dado en el blanco.

Con ansiedad apenas contenida, el coronel Atenor Andrade se desplazaba entre las líneas para dar instrucciones tácticas y ordenar el avance oportuno. Tiraba maquinalmente y sabía cubrirse del enemigo con naturalidad, pero desesperaba en la búsqueda del hombre por el que profesaba un odio antiguo, el cual había desaparecido, abandonando a su tropa.

Además de las balas de los enemigos y las irregularidades del terreno, los movimientos en el frente se dificultaban por los cadáveres que yacían cada vez en mayor número y cuyo parque se disputaban los soldados sobrevivientes, los cuales habían comenzado a reconocerse sin rencor, guardándose sólo la animadversión propia de la guerra.

Por momentos, el coronel Andrade pensaba en la inminencia de la victoria, pero los cristeros resistían sin desorden, casi con resignación, demostrando una disposición de ánimo ante la adversidad que resultaba enervante. Disparaban esporádicamente, pero con precisión, cuidando de no desperdiciar balas, apostándose, a veces aisladamente, en posiciones ventajosas.

Un nuevo ataque de la caballería cristera debilitó la retaguardia federal y anunció el retorno del padre Aguirre a la contienda, no sólo volviendo a articular sus tropas al comportarse como su jefe, sino infundiéndoles un coraje renovado con sus gritos y su arrojo ejemplar.

En muchas partes del valle, ya se peleaba cuerpo a cuerpo, a culatazos, forcejeos y golpes de bayoneta que con frecuencia resultaban letales. El coronel Atenor Andrade se desplazaba a caballo entre los combatientes desgañitándose, disparando con furia, impulsando a sus soldados, que empezaban a acusar la fatiga causada por la lucha. Pero en realidad buscaba afanosamente a su enemigo antiguo, que cabalgaba con habilidad asombrosa entre las hostilidades.

También el padre Marcos Aguirre deseaba encontrarse con el coronel Andrade para terminar con su encono añejo, pero la batalla misma se lo impedía, aunque por instantes lo vislumbrara y tratara de enfrentarlo.

Fue en uno de esos intentos cuando intercambiaron miradas, demostrando que se habían mantenido fieles al odio que se profesaban. Avanzando con furia, el padre Aguirre lo retó recurriendo a insultos y maldiciones, que apenas resumían su ira largamente cultivada. El coronel Atenor Andrade lo observó en silencio, conteniendo el coraje mientras estudiaba el embate del sacerdote, a la espera del momento adecuado para espolear su caballo.

Pocos soldados se percataron de que los dos hombres se disponían en círculos para sostener un duelo personal. El coronel Andrade llevaba preparada la carabina mientras el padre Aguirre lo desafiaba con la pistola desenfundada. Entre ellos se interponían cristeros y federales en lucha.

Cuando el encuentro era inevitable, Atenor Andrade desvió su recorrido y disparó con certeza un balazo fulminante a la frente de un soldado enemigo que, apostado en una hondonada del terreno, le apuntaba ventajosamente a la espera de su paso para dar el tiro letal.

El padre Aguirre no aprovechó esa distracción, pues consideraba que, de haberlo hecho, hubiera representado una cobardía.

A pesar del cansancio, de los muertos y de los heridos, la batalla continuaba con una animación inquietante, en la cual las estrategias de los combatientes habían desaparecido, por lo que se peleaba por instinto, por un deseo olvidado, casi maquinalmente.

Nadie pensaba en rendirse, aunque el combate parecía haberse convertido en escaramuzas aisladas, sostenidas en medio de cadáveres. El traslado de los heridos resultaba todavía más trabajoso, y muchos de ellos permanecían como moribundos abandonados. Algunos gritos pretendían ordenar un nuevo ataque y no pocos soldados aprovechaban las posiciones más guarecidas para descansar brevemente.

Entre los cañonazos, que estallaban como bombas, las balas de ametralladora, de fusil y de pistola, de proyectiles hechos de fragmentos de metal y pólvora, de los embates de la infantería, el coronel Andrade se movía a caballo tratando de organizar a sus tropas divididas y mermadas, pero sobre todo buscaba a su antiguo enemigo, que había desaparecido cuando su enfrentamiento parecía inminente.

Cuando las balas de los cañones caían sobre el terreno, la tierra se levantaba complicando la visión. El olor de la pólvora y el fuego impregnaban el entorno. Entre varias de esas explosiones surgió de pronto el padre Marcos Aguirre galopando con coraje en el caballo zaino que había pertenecido a Federico Schultz, gritando alocuciones marciales y dirigiéndose al hombre que odiaba, que tardó un poco en espolear su caballo para responder al reto de su enemigo.

A pesar de la distancia y de la metralla que se interponía entre ellos, se miraron a los ojos, comprendiendo que se encontraban en el momento definitivo. Aunque el hecho sucedía con celeridad, los dos se estudiaron con detenimiento. El padre Marcos Aguirre ocultaba el arma en la montura. Era hábil disparando con ambas manos, por lo que quizá pretendía engañar a su adversario escamoteando aquella con la que sería más conveniente detonar el balazo fatal. El coronel Atenor Andrade cabalgaba al sesgo, sin desenfundar, casi a la defensiva, aguardando un error de su contrincante para atacar.

El zaino del padre Aguirre cabalgaba con firmeza, lo cual resaltaba el coraje de su jinete. El coronel Andrade observó con atención la manera en la que el clérigo quiso ejecutar un quiebro y, sin que lo tocara una bala, el caballo se desplomaba en el intento. El padre Aguirre cayó desarmado no muy lejos de su montura y el coronel Andrade aprovechó la ocasión para acercarse y comprobar que el zaino se había roto una pata, por lo que sufría nerviosamente. Aguirre vio con terror que su enemigo desmontaba y desenfundaba su pistola con decisión antes de mirarlo con desprecio irónico. Luego lo miró caminar muy despacio y disparar con frialdad para matar de un balazo certero al caballo herido.

El padre Aguirre se supo humillado cuando el coronel Atenor Andrade enfundó su Colt 45 y montó con parsimonia para alejarse calmadamente. Después se quedó contemplando el final de la batalla. Olía a pólvora. Algunos caballos se alejaban sin jinete, otros agonizaban con un esfuerzo angustioso y no eran pocos los que yacían sin ocultar un miedo ancestral, aunque ya estuvieran muertos. Los soldados sobrevivientes caminaban como extraviados entre cadáveres que se diferenciaban de los moribundos porque mantenían los ojos abiertos. No faltaba quien saqueara los cuerpos de los caídos y acaso se escuchaba el susurro de un rezo.

Quizá era mediodía, quizá las cuatro de la tarde, cuando los zopilotes invadieron lo que había sido un campo de batalla.

X

No todos recibieron con complacencia el anuncio del fin de la guerra, de la paz pactada por los obispos poco después de esa batalla en un valle cercano a Tenamaxtlán. Para muchos representó el presagio de una persecución atroz y de una sentencia de muerte. Cuando los templos volvieron a abrirse, distintos combatientes acudieron a misas fervorosas lamentando con culpabilidad que Dios no les hubiera concedido la gracia de alcanzar la gloria sacrificando la vida en su nombre. Otros, como el padre Aguirre, desaparecieron sin que se supiera más de ellos.

Había, sin embargo, en la Calle de la Palma, en el centro de la ciudad de México, una tienda de armamento y artículos militares, cuyos dueños hubieran podido referir la historia que he contado. Se hacían llamar Ángel Ortiz y Mercedes Pardo de Ortiz, y callaban que, entre quienes se habían hecho pasar por sacerdotes durante la guerra cristera, la mitra había descubierto a un desertor del ejército de nombre Marcos Aguirre, que había ejercido como capellán del Batallón Maximiano Menéndez.

Aunque tenían acta de nacimiento, pasaporte y otros documentos oficiales bajo su actual identidad, los dueños de esa armería no se habían casado, aun cuando mantenían una vida conyugal, y en realidad habían sido bautizados como Teresita Mora y Marcos Aguirre. Habían llegado a la ciudad de México, donde eran desconocidos, huyendo de la persecución religiosa. No regresaron a Jalisco hasta que consideraron que se habían olvidado de ellos.

Una mañana de septiembre, quien había respondido al nombre de Marcos Aguirre y el ya general retirado Atenor Andrade se encontraron en el café Madoka de Guadalajara y no se reconocieron.

Cristina Rivera Garza

꙳

LA ALIENACIÓN TAMBIÉN
TIENE SU BELLEZA

> The visions of a woman in motion are difficult to
> gauge.*
> Tom Robbins, *Even the Cowgirls Get the Blues***

Respondí al anuncio del periódico a finales de febrero. Apenas dos meses en el nuevo año y ya sabía que con mi forzada dieta de semillas de girasol, pan de centeno y vegetales crudos no sobreviviría el invierno. Alguien había dejado los anuncios clasificados sobre el piso y, ahí, en pequeñísimas letras negras, mitad en español y mitad en inglés, estaba el nombre de mi futuro, o eso pensé cuando bajé a toda prisa las escaleras, abrí la puerta y me dirigí al teléfono público más cercano.

La secretaria me dio una cita para ese mismo día, a la una de la tarde. Y puntual, recién bañada, me presenté a las puertas de un edificio moderno, rodeado de cristales. No tuve que esperar ni un minuto, la dueña de la compañía tenía prisa y quería terminar pronto con la entrevista. Más de quince traductores habían pasado ya por su oficina y el asunto en general la estaba cansando.

—¿Es que nadie en San Antonio habla español como Dios manda? —me preguntó en inglés mientras leía sin interés las hojas de mi *curriculum* y yo me tropezaba con los tapetes mexicanos de la entrada.

---

* Es difícil calcular las visiones de una mujer en movimiento.
** Hasta las vaqueras entienden el *Blues*.

—Sí, yo —le dije con convicción, pensando en las semillas de girasol que llevaba guardadas dentro de los bolsillos de mi chamarra, saladas todas como mi lengua o como mi suerte de la mañana.

Pensé que me preguntaría acerca de mi experiencia con cosméticos, porque ése era el nombre de su compañía: "Diamantina Beauty Products, Inc.", pero ella parecía interesada en la historia de mi vida. ¿Había, de verdad, nacido en México? ¿Había crecido hablando español y nada más que español durante mi infancia? ¿Sabía chistes, groserías, adivinanzas? Y cuando por toda respuesta le dije el trabalenguas del amor, *para qué quiero que me quiera el que no quiero que me quiera si el que quiero que me quiera no me quiere como yo quiero que me quiera,* la mujer sonrió satisfecha y me invitó a compartir la comida con ella.

Después de mi magra dieta de vegetales y agua, el olor a las alcachofas y el *linguini,* el sabor de los calamares y mejillones, casi me marearon. Estábamos a orillas del río, viendo pasar a través de los cristales el lento trotar de los turistas y los reflejos del sol sobre el lomo imperceptible del agua. Aún si no conseguía el trabajo, esta comida me resarcía de dos meses de hambruna vegetariana, y otros más de paseos nómadas y solitarios sobre la pasarela del río sin más de dos centavos en las bolsas.

Entre bocado y bocado, la mujer se entretuvo contando historias de la ciudad, *y acuérdate del Álamo, querida* y *qué bonitos son los corridos mexicanos.* Diamantina tenía el mismo rostro moreno y todas las buenas maneras de las damas enriquecidas que me habían mantenido con becas y préstamos escolares hasta el buen día en que recibí mi título y me encontré sin trabajo. Y, como ellas, Diamantina escondía sus apellidos latinos detrás del de su esposo americano.

—La costumbre, ya sabes, querida, y esto de andar en

negocios donde los López Ramírez no suenan ni tantito como los Jameson o Smith —me explicó cuando finalmente me dijo su nombre completo: Diamantina Skvorc. Aunque las resonancias croatas y la falta de vocales no habían sido tan atractivos en los 80's, todo había cambiado después de 1989. *Querida*.

Yo quería acabar mi comida antes de que empezara a hablar de sus cosméticos porque, definitivamente, en esa área no tenía la más mínima experiencia. Y Diamantina, tan delicada y amable, no mezclaba los negocios con sus gustos personales. Pero ya estábamos en la tarta de manzana y en los *martinis* dobles, y ella no hacía referencia alguna a polvos, coloretes o lápices labiales. En su lugar, empezó a hablar de novelas rosas y poesías cursis. De los nombres del cielo y el agua. En español.

—Todo es culpa de mi padre —mencionó cuando se dio cuenta de que su manera de hablar mi idioma me provocaba una discreta sonrisa—. Nunca quiso que aprendiéramos español para que creciéramos sin acentos y sin complejos, aquí en San Antonio, hace tantos años, querida.

Cuando Diamantina levantó su copa para brindar por eso, yo hice lo mismo. El centro de la mesa se iluminó con sonidos de joyas y risas. Después, sin contratiempos y sin lógica alguna, preguntó:

—¿Te gustan los romances?

No supe a qué se refería exactamente pero me descubrí pensando en un viaje en tren que había hecho desde Nueva Orleans hasta San Francisco el verano pasado. Y me descubrí pensando también en Babak Mohamed, el muchacho Iraní que me acompañaba porque después de tres libros y otros tantos vasos de agua, Babak, que era moreno y de cabellos negros, casi parecía mexicano. O tal vez porque, después de una dosis inusual de silencio, el español de Babak, resultado de cursos universitarios que había tomado en Teherán, casi parecía el original. Tal vez sólo porque también iba a San Francisco.

—Sí, cómo no, claro que me gustan los romances —dije, convencida, después de un rato.

—¿Y estás dispuesta a mudarte? —preguntó a su vez Diamantina, mordisqueando la aceituna de su tercer *martini,* mirándome de lado y con media sonrisa—. De inmediato. A Nueva York.

Imaginé la ciudad en invierno y la imagen me disgustó. Pronto, sin embargo, volví a acordarme de mis semillas de girasol.

—Sí —dije, sin asomo de duda en la voz—, aquí no hay nada que me ate.

Había llegado a San Antonio creyendo que sería para siempre, que conseguiría trabajo y viviría en uno de esos barrios llenos de colores, pero en su lugar había acabado desempleada, ocupando un ático en una comuna de ex *hippies* cuya única misión sobre la tierra consistía en luchar por la legalización de la marihuana. Aunque Babak y yo estábamos de acuerdo con su cruzada, no nos quedamos en la comuna por idealismo ni solidaridad, sino porque los ex *hippies* albergaban a trotamundos tercermundistas sin cobrarles la renta.

—Hace poco murió mi abuela Diamantina —dijo la empresaria.

—Lo siento —la interrumpí sin fijarme en realidad, luchando por llamar la atención del mesero para que trajera otra ronda de *martinis.*

—Y me acabo de enterar de que dejó una herencia para mí, su nieta consentida.

Diamantina parecía gozar con mi desconcierto. No entendía por qué en lugar de hablar sobre mi posible trabajo me contaba cosas personales, por qué en lugar de firmar un contrato me embriagaba con licores exquisitos y acertijos sin control.

—Es una serie de cartas —continuó—. Nueve cartas de amor —guardó silencio, y observó las aguas del río creando expectativa a su alrededor—. O eso parecen al menos. Yo no las entiendo, la letra es muy irregular y habla de cosas que no conozco. México. La familia. Secretos. Quiero que las traduzcas para mí. Todas las cartas. En nueve semanas. Después de eso eres libre de irte o de quedarte a trabajar en la compañía si lo prefieres.

Era eso.

Una carta por semana. Cuarto y comida incluidos en una zona céntrica de Manhattan. Y dinero suficiente para no tener que trabajar por otro año.

—De acuerdo —le dije—. ¿Cuándo nos vamos?

Diamantina salía para Nueva York al día siguiente, pero yo tenía dos semanas para vender mis cosas, ¡mis cosas!, arreglar mis asuntos, ¡mis asuntos!, y despedirme de mis amigos, ay mis amigos. Mi boleto estaría listo de cualquier manera en tres días.

Despedirse fue muy fácil. Los ex *hippies* organizaron una fiesta el fin de semana y, cuando llegó el momento de decir adiós, todos se encontraban en las tierras más lejanas de su imaginación. Babak, por su parte, salió a correr más temprano de lo acostumbrado para evitar una escena. Yo le dejé una nota cerca de su bolsa de dormir, *Nos vemos, Babak*, y aunque traté de escribir algunas palabras amables en farsi, pronto me rendí ante mi ignorancia y mi prisa. Antes de dejar la comuna para siempre sólo escudriñé los bolsillos de mi abrigo con mucho cuidado y tiré al aire de San Antonio todos los residuos de mis semillas de girasol.

Llegué a La Guardia una tarde nublada de marzo con mi mochila de explorador como único equipaje. Debido a que nadie me estaba esperando y a que no traía dinero para el taxi, tomé el autobús. Todavía había minucias de nieve sobre las calles y mi abrigo, que calentaba en Texas, nada podía contra el aire gélido de Nueva York. Cuando cruzamos los puentes, el radio anunció el terrible accidente que acababa de ocurrir en el aeropuerto. Todavía no se sabía el número de muertos.

Temblorosa pero inevitablemente pobre caminé bajo la lluvia hasta encontrar el *penthouse* de siete recámaras donde vivía Diamantina Skvork. Ella personalmente abrió la puerta y de inmediato mandó a la servidumbre a traer toallas y secadoras eléctricas.

—Pero, muchacha —dijo con fingida alarma—, para eso hay teléfonos. Te pude haber mandado a mi chofer. Estos mexicanos —una carcajada interrumpió sus pensamientos mientras Trang, la recamarera vietnamita, hacía esfuerzos sobrehumanos para secarme el cabello.

—Por cierto, te vendría bien un corte, querida —dijo la empresaria mientras viraba hacia el televisor en cuyo centro, para mi sorpresa, se encontraba su cara morena, perfectamente maquillada, junto al rostro pálido de un aspirante a puesto público.

Tanto demócratas como republicanos la llamaban de cuando en cuando para que endosara las candidaturas de unos o de otros y ella, pensando en la propaganda para su negocio, lo hacía dependiendo de los riesgos y las ganancias. Así, desde la virtualidad del televisor, escuché su historia por primera vez: la historia de la niña de barrio pobre en San Antonio que se convirtió, por obra del destino y con el favor de Dios, en la ejecutiva de una empresa próspera. La historia de la joven que supo encontrar el encanto agreste de Bob Skvork, ese inmigrante yugoslavo, que había huido de las fábricas de Detroit para convertirse en un marido poco menos que ejemplar, aunque plácido. La historia de una empresaria dedicada a enaltecer la belleza natural de las mujeres hispanas que ahora, gracias a su buena suerte y algunos contactos familiares, planeaba abrir nuevos horizontes con la demanda creada por las europeas venidas del este.

—Todas son muy bellas, muy bellas mujeres —insistió varias veces, más para convencerse a sí misma que al público en cuestión.

Mientras Diamantina se observaba con detenimiento en el televisor, disfrutándose sinceramente, me di cuenta de que nada en su departamento de amplios ventanales parecía tener un toque personal. Había estatuillas de jade y pinturas del siglo XIX, muebles antiguos y alfombras persas, espejos biselados y cortinajes de seda que, en lugar de hacer el lugar acogedor, le daban la apariencia de museo. Diamantina, embebida en sí misma, no parecía cuidar demasiado su entorno.

—Lo que tiene que hacer uno a veces, querida —mencionó, más con socarronería que con remordimiento, cuando la entrevista terminó.

Entonces apagó el televisor y, antes de irse a dormir, me guió hasta mi recámara y colocó sobre el majestuoso escritorio de caoba la caja de madera que contenía las famosas cartas de la abuela.

—Nueve semanas, querida, eso es lo único que tienes —aseveró con un tono dulzón en la voz justo después de darme las buenas noches.

Sin más que hacer, me tiré sobre la cama y, entonces, me di cuenta de que había un espejo en el techo. El hallazgo me llenó de melancolía.

Esa misma noche leí todas las cartas. Eran cortas y tristes, de esas cosas que se escriben con el alma en un hilo, a escondidas de uno mismo, bajo la luz de una vela. Tan íntimas que daba pena verlas. Sí, Diamantina Skvorc tenía razón, las cartas de su abuela eran de amor, un amor desesperado y sin embargo silencioso, tenue como el olor de los jazmines trasminándose debajo de las puertas, constante, imperecedero. Un amor valiente, dispuesto a cruzar todas las barreras, dispuesto a morir, a renacer, y después, a morir otra vez. Un amor de nubes y agua, a la orilla de drenes florecidos, creciendo poco a poco como las plantas y los animales, sin destino pero vivos, aferrados de todas maneras al aire y a la luz, a las lunas de abril y al frescor de las cosechas mexicanas. Leyéndolas una tras otra a toda prisa llegué a pensar que, tal vez, Pessoa había estado equivocado: las cartas de amor no eran ridículas.

Ésa, mi primera noche en el departamento de Manhattan, lloré por Diamantina, la abuela. Como antes, tras los cristales del tren de camino a San Francisco, había llorado por algo que se ve en el mismo momento de su desaparición. Sin embargo, lloré por algo totalmente distinto. La abuela de Diamantina dejaba correr la tinta violeta como se deja volar un papalote. Las palabras estaban ahí, unidas una a la otra, y a la vez todas despavoridas, como bandadas de pájaros bajo la tormenta. *Amor, carne de mi carne, amor de mí, sangre de mi sangre, amor.* Una y otra vez, como si nunca se cansara, como si nunca pensara que pudiera llegar a cansarse, la abuela repetía la palabra amor como una letanía. Fuerte como un árbol, inalterable como una raíz y, como la tierra, oscuro, húmedo, listo para dar frutos, su amor era todos los nombres. Éste no era un romance con pasiones sentimentales y finales felices. Ésta era solamente una voz, una voz solitaria, cantándose a sí misma una canción de cuna. Ay, Diamantina, tan tonta, tan enamorada, tan inútil. Con tus manos finas de no hacer nada, con tus ojos de ver sólo a un hombre. *Amor, carne de mi carne, amor de mí.* Diamantina, ¿cuándo empezaste a escribir cartas?

A la mañana siguiente me senté ante la computadora. Pensaba traducir la primera misiva para después salir a pasear por la ciudad nublada, pero la otra Diamantina habló antes del mediodía y me pidió que no hiciera planes.

—Hoy se lleva a cabo un festival yugoslavo, bueno, croata, y necesito tu compañía, querida —me avisó sin mucho preámbulo.

Antes de colgar también me informó que había concertado una cita para mí en uno de sus salones de belleza, para que "cambiara de imagen". Sin más, como empujada por mecanismos automáticos, Trang me condujo por pasillos estrechos y escaleras de caracol hasta llegar al estacionamiento subterráneo donde me esperaba un *Mercedes Benz* color durazno. Dentro de él, medio adormilado detrás del volante, ya se encontraba el chofer salvadoreño que me conduciría hasta el lugar de mi cita, con una sonrisa impaciente dentro de cada ojo minúsculo. El gris deslucido que cubría Nueva York del otro lado de la ventanilla me hizo pensar en Diamantina casi con aprecio. Dentro de la atmósfera tibia del auto, acurrucada en el asiento trasero, sentí por primera vez la mano de la buena suerte tocando mi frente.

En el salón de belleza me trataron con rapidez y esmero. Una muchacha de Eritrea, que insistía en referirse a mí como "la sobrina", se encargó de transformar el color, textura y forma de mi cabello. Otra, me hizo el *manicure* y *pedicure* en total silencio. Una más, de falso acento francés, me maquilló en tonos claros y por demás invisibles. Finalmente, la administradora del lugar me condujo hasta un gran vestíbulo donde ella misma escogió la ropa para la ocasión —un vestido de seda de un color rojo muy cálido, cuyas líneas sencillísimas acentuaban la fragilidad de mi esqueleto. Cuando por fin logré verme de cuerpo entero frente a un espejo no pude decir nada pero lo primero que me llegó a la mente fueron las famosas palabras de Rimbaud: "J'est autre". En efecto, sin exageración, yo era otra. Mi cabello corto de novedosos tonos cobrizos me hacía lucir años más joven, mientras que el maquillaje aplicado con delicadeza dejaba ecos de elegancia en el aire. Los toques finales, por los cuales se reconocería que no era una aficionada sino una profesional, fueron el solitario pendiente de rubí que realzaba mi cuello y el aroma ligerísimo de Bulgari que le daba a todo el cuadro un cierto halo de mera casualidad.

—Pero si eres otra —exclamó la muchacha de Eritrea con sincera admiración cuando estuvo a punto de chocar conmigo sin atinar a reconocerme—. A Diamantina le va a gustar —añadió.

Y sí, tuvo razón, a Diamantina le gustó. Cuando abrí la puerta del bar donde se llevaba a cabo el festival croata, la empresaria corrió a encontrarme con visible satisfacción en el rostro.

—Lo sabía —dijo—, no hay nada que un buen cosmético no pueda cambiar.

Yo la miré pensando lo mismo. Diamantina lucía estupenda. El cabello salpicado de rayitos plateados y el maquillaje discreto le daban una dignidad sin nombre, mientras que los diamantes que colgaban de su cuello hablaban por sí mismos, a destellos, de su poder. Su mirada, sin embargo, era más fuerte que todo el conjunto. Directos, sin refugio, sus ojos se posaban sobre los objetos con el peso de su voluntad, combando todo a su paso. Era obvio que Diamantina conocía la competencia pero no la derrota. Con esa misma actitud triunfante, la empresaria me presentó entre los comensales como su sobrina.

—Su español es perfecto —decía como nota introductoria a quien la quisiera escuchar.

La mujer que, sin consultarme, me había hecho parte de su familia, no sabía nada más de mí en realidad, pero eso no parecía molestarla. Luego de un rato se olvidó de mí y continuó hablando con distintos grupos de negociantes croatas, sin duda tratando de "hacer contactos". Su nueva línea de cosméticos para las recién llegadas de Europa del Este tenía que ser uno más de sus éxitos. Sin dejar de observarla desde lejos, con una especie de asombro y reprobación confundidos, yo me entretuve probando galletas con salmón y bebiendo *manhattans* en la barra del lugar. Cada trago me hacía recordar que me encontraba, a pesar de mi incesante incredulidad, en el mismo centro de Manhattan; cada cereza me traía la dulzura de la seguridad.

—A ti te quería conocer, prima del alma —dijo una voz un poco ebria sobre mi hombro derecho.

Cuando me volví, me sorprendió encontrar una versión masculina del rostro de Diamantina. Era su hijo. José María Skvork. Su único hijo. Su mata de cabello negro contrastaba con los enigmáticos ojos grises que escondía detrás de unos quevedos de oro. Su boca de labios generosos, en cambio, embonaba a la perfección con sus manos hedonistas, manos de placer, acostumbradas a no hacer nada.

—Mira nada más, manejar desde Boston para darle una sorpresa a mi madre y, alas, el sorprendido soy yo —mencionó mientras acomodaba un banco para sentarse a mi lado.

Aunque físicamente parecido a su madre, los gestos menudos y modales tímidos de José María lo diferenciaban de ella. El muchacho carecía de la firmeza y el poder de su madre. Sus ojos miraban con una delicadeza del todo ajena al mundo de Diamantina.

—¿Así que tu español es perfecto? —dijo mientras ordenaba un *martini*.

—Eso dice tu madre.

—¿Y ella qué sabe de eso? —preguntó con un incrédulo sarcasmo en la voz.

—Muy poco en realidad —dije, sonriéndole.

Él hizo lo mismo antes de brindar conmigo. El ruido del lugar nos ahorró la incomodidad de un silencio largo, lleno de indiferencia y nerviosismo. Tal como su madre, José María pronto se olvidó de su prima del alma y entabló conversación con la muchacha de al lado, una pelirroja de acento británico que había asistido al festival siguiendo las órdenes de su abuela y su propio afán de estar en contacto con sus propias "raíces". Después de un rápido intercambio de información básica y un par de besos tibios, ambos salieron del brazo sin sus raíces en mente pero en franca actitud de romance.

—De seguro piensan que encontraron el amor —la voz le pertenecía a un hombre de largos cabellos rubios, nariz afilada y hondos ojos azules que seguramente había bebido algunas cervezas de más.

Aunque lo observé con suspicacia, él no se inmutó.

—Todo es resultado de esta maldita alienación —continuó—, se conocen aquí, se desconocen allá. Todo empieza, todo acaba y nada pasa en realidad.

Había sed en su voz, ansias de permanencia, nostalgia de algo real. Algo pasado de moda. Oyendo su soliloquio enardecido no tuve otra alternativa más que volver a pensar en Diamantina, la abuela. Si ella hubiera podido atravesar el tiempo y asistir al festival croata, seguramente se habría sentado a su lado. Ella habría guardado silencio para oírse a sí misma en la voz masculina sin distracción alguna.

—Escúchalo bien, querida —me susurró la mujer marchita desde su lejano aposento.

Y yo lo hice. El hombre en contra de la alienación se llamaba Federico Hoffmann, y, tal como lo imaginaba, pertenecía a una organización socialista. Era un hombre frágil, de ideales desmedidos y bolsillos magros; un hombre de esqueleto intacto y palabras anchas, como paracaídas; un hombre de padre alemán y madre croata que vivía en Brooklyn y trabajaba de electricista; un hombre cuya lista de lecturas pronto hacía pensar en otro tiempo, en otro lugar, algo tan pasado de moda como Viena a inicios de siglo o como el Paraíso mismo. Con sus ademanes lentos y su mirada de atravesar miradas, Hoffmann me recordaba al preceptor Alemán que Louise M. Alcott tuvo que inventar para que Josephine March no se quedara sola en algún lugar frío del noreste. Presos del asombro y con la velocidad que da a veces el gusto, Federico me puso al tanto de su vida con el detalle del puntillista, con la paciencia del anticuario y con el candor del hombre de mediana edad a punto de caer enamorado después de tomar algunas cervezas de más en un festival croata. Yo, a mi manera, hice lo mismo. Rápidamente, con los brochazos agrestes del expresionista, con la ansiedad del ladrón que dobla la esquina a toda prisa y con el nerviosismo de mujer con nuevo color de pelo, le conté cosas de mi vida, editando o puliendo sin demasiado rigor años completos, episodios fundamentales. *J'est autre.*

—Necesito aire —dije, interrumpiendo mi relato casi desde el inicio, huyendo de la ligereza de mi propia historia.

Mientras nos poníamos los abrigos y las bufandas y, entre sonrisas nerviosas, nos preparábamos para entrar en el regazo frío de marzo, busqué otras palabras, otras letras, otros vocablos para poder llegar hasta la humanidad de Federico Hoffmann. Pero no encontré nada. Por un momento, una ráfaga de color blanco me nubló la vista y el terror me invadió. Un segundo después, justo cuando el aire gélido nos recibió con los brazos abiertos sobre la calle, oí su lenguaje, tu lenguaje, abuela Diamantina, y todo cambió. Entonces, prescindimos de las palabras y disfrutamos el paseo de noche. Primero caminamos sin rumbo y, después, nos detuvimos en un McDonald's para tomar un café deslucido entre vagabundos, desempleados y tibias mujeres insomnes. Más tarde, tomamos un taxi que me dejó cerca del *penthouse* de Diamantina. El momento de la despedida nos llenó de silencio. Ya sobre la banqueta miré hacia la ventanilla del auto y, detrás del vaho de su propia respiración, el rostro de Federico Hoffmann anticipaba verbos en futuro perfecto.

Al día siguiente traduje todas las cartas de la abuela Diamantina. Trece horas ahí, enfrente de la pantalla, buscando las palabras exactas para decir *mi más querido amor, te extraño con toda mi alma.* Trang se entretuvo trayéndome platos de fruta en la mañana y *martinis* frescos en la tarde mientras yo lloraba en silencio. Ay Diamantina, cómo le haces para que el amor siga creciendo, para que se conserve intacto a pesar del tiempo, a pesar de la falta de respuesta, a pesar de todas, todas estas noches en vela, soñando con los ojos abiertos, esperando con tanta paciencia. Dime, Diamantina querida, cómo se le hace para ir queriendo, para quedarse en un lugar, para acoplarse a las cosas y no dejarse llevar. Cómo, Diamantina, para escribir cartas que nunca se van a enviar y para seguir haciéndolo a pesar de saberlo.

Encontré a Federico días más tarde, en un bar donde tanto él como sus amigos socialistas hacían planes para una jornada de solidaridad con Puerto Rico. Apenas unos minutos después de las presentaciones, con una familiaridad inédita, los socialistas me invitaron a participar en sus mítines semanales, a los que después acudí con un fervor casi religioso. Pero esa noche, cuando me preguntaron acerca de mi trabajo, me dio una pena enorme decirles que traducía cartas de amor para una cosmetóloga capitalista en un *penthouse* ubicado en el corazón de Manhattan. En su lugar, inventé que cuidaba niños para una matrona irregular de nombre Diamantina Skvork. Así, en medio del desconcierto que me provocó mi propia mentira, acepté la oferta de convertirme en obrera, de ocho a cuatro, en la imprenta de la organización. Y, sí, con badana roja en la cabeza, un abrigo azul de la ex marina soviética y mi par de duras botas de trabajo, estuve ahí puntual, todos los días, de ocho a cuatro.

Los socialistas poseían un edificio enorme a las orillas del río; un edificio que parecía más una oficina ultramoderna que las buhardillas oscuras con las cuales los asociaba.

—Al fin y al cabo esto es Nueva York —me dije mientras observaba el mural de héroes radicales que decoraba una de las paredes laterales del inmueble.

Federico también trabajaba ahí, de electricista, por las mañanas, tratando de remodelar los últimos pisos, y de periodista radical por las tardes, frente a las pantallas verdosas y ordenadas de las computadoras. Fue fácil recibir mi primer ascenso, de la imprenta a las oficinas, para traducir panfletos. Y también fue fácil conocerlo, tomar té de menta después de las jornadas de trabajo, ir en metro hasta Brooklyn y pasar las noches en su minúsculo departamento.

—La alienación también tiene su belleza —mencioné antes de cruzar el umbral de su puerta e internarme en su mundo austero, su mundo sin revés, su mundo de otro siglo.

Distraídos por la velocidad del encuentro, ni él ni yo entendimos lo que una voz lejana pronunció con ayuda de mis labios. En lugar de poner atención, seguimos disfrutando la bienvenida, el inicio.

Fue tan fácil, tan sencillo, querida Diamantina: de la misma manera que me enamoré de tus cartas, así caí dentro del amor de Federico Hoffmann, dentro de sus ojos azules de agua clara, dentro de su cabello dorado. Dentro de sus palabras. Y, Diamantina, lo siento, pero para acercarme yo no tenía más que tus palabras, no te tenía más que a ti. Como si tu historia de alguna manera se estuviera absolviendo poco a poco con mi historia, como si tus deseos y tus sueños hubieran esperado estos años, todos estos años, y estos países, todos estos países encrucijados, para poder aflorar finalmente, ciertos, pesados, cantarines en medio de la nieve. Porque sí, fue ahí, en la calle y bajo la última nieve de marzo que Federico se detuvo frente a la iglesia de san Patricio y yo empecé a desgajar este rosario de vocablos, *mi amor, carne de mi carne,* los copos de nieve cayendo sobre su abrigo, *sangre de mi sangre,* deshaciéndose sobre sus mejillas blancas, *amor mío,* entretejiéndose con los besos y los abrazos y las ganas de que esto nunca acabara. Después, corrimos juntos hasta el parque, nos revolcamos sobre la nieve y vimos zarpar con toda su lentitud a los *ferries.*

—Por ahí llegó mi familia —dijo señalando la isla de San Ellis—, hace muchos años.

Federico y yo éramos solamente dos inmigrantes juntos, pronunciando palabras de amor en nuestro segundo lenguaje.

Miento. En realidad era tuyo, Diamantina, todo ese lenguaje era sólo tuyo. Producto de tus noches en vela, de tu amor sosegado y despavorido, de tinta violeta, de tus rezos, *protégelo Virgen de los Remedios, bendice esta memoria Virgen de Guadalupe, otórgame este amor, Sagrado Corazón mío.* Invocaciones, demandas, apariciones, milagros, Diamantina. Sólo milagros, repentinos como un rayo en tardes sin lluvia y sin viento, bondadosos como el campo, como la hierba que se mece desnuda al compás del aire, amplios como el mar inmaculado donde viajan todos juntos, todos solos, los sueños.

Tus cartas también cambiaron mis ojos, Diamantina. Con todas ellas en mente, empecé a acechar su cuerpo. Lo esperaba desde un punto lejano como tú lo hacías, sólo para tener el placer de rescatar sus formas de entre el marasmo del mundo. Poco a poco, aparecía un brazo, una rodilla, su par de zapatos viejos, las puntas casi blancas de su cabello. ¡Qué placer Diamantina! La respiración me crecía lenta, empañaba los cristales de los cafés donde lo aguardaba deletreando las sílabas de su nombre, tus nombres, todos los míos. Y, después, amarrada a sus sábanas como un nudo, tendida a sus orillas como el agua de ciertos mares, cubriéndole los tobillos con la sal de todas mis nostalgias, el placer llegaba dócil y feliz, como un amigo de la infancia o un perro muy doméstico.

Y, sí, Diamantina, Federico también se fue enamorando. A toda prisa, justo como la mítica bola de nieve que baja a toda velocidad por la ladera, Federico se volvió voraz. Avasallador. Deseaba a veces como los niños, sin reparo y sin consideración. Quería todo, especialmente lo imposible, como todos los enamorados, pero de entre todas las cosas él prefería sobre todo a las palabras. Háblame, me pedía, como si de mi boca se desprendiera un abracadabra perfecto. Cuéntame más. Y yo lo hacía. Así, Diamantina, Federico se fue enamorando a toda prisa, loco, desprevenido, a través del tiempo, de ti.

Y por eso, por ti, querida Diamantina, Federico se presentó una mañana muy temprano a la puerta de esa casa en Manhattan donde se supone que cuidaba niños o hacía el aseo, ya no me acuerdo, y con todas las palabras en un español correcto, me dijo que ese día de abril, antes de las diez, sin otro aviso, tenía que casarse conmigo. Y por ti, por tus palabras violeta, por tu encanto que cruzaba años y lenguajes y ciudades, me lavé la cara, me puse el abrigo, corrí de su mano directamente a la oficina impersonal donde me convertí legalmente en su esposa. Una mañana de abril, antes de las diez, como el destino en español lo había dicho.

Justo al final de la octava semana, Diamantina Skvork me llamó a su oficina para enterarse del contenido de las cartas de su abuela. Antes de leer las traducciones, me pidió que le diera una sucinta descripción de los hechos.

—Las prisas, ya sabes, querida —dijo mientras revisaba su agenda.

La historia era ésta:

La abuela Diamantina, a la edad de 17 años, se había enamorado perdidamente de Pedro González Martínez, un hombre que trabajaba en el campo y, por toda seña, tenía un caballo. Después de varias citas a escondidas, Diamantina le había abierto su corazón y el cuerpo entero al amparo de la sombra oscura de un mezquite. Consciente de su posición y, tal vez, también consciente de su amor, Pedro había cruzado la frontera con la esperanza de labrarse un porvenir y con la promesa de regresar en cuanto pudiera. Por todo recuerdo le dejó a Diamantina una imagen de la Virgen de los Remedios, con un corazón mal dibujado en la parte posterior y sus dos nombres encerrados, juntos. Así: Diamantina y Pedro.

—Las cartas son el testimonio de la espera de su abuela —dije—, y testimonio también de su amor inquebrantable.

No debería haberme sorprendido, pero las lágrimas silenciosas de Diamantina Skvork me sorprendieron el alma. Entonces, ¿también esta historia tenía un final infeliz? Tan entretenida andaba entre el amor de la abuela y el amor de Federico que nunca, ni por un momento, en mis gloriosas ocho semanas en Nueva York, me detuve a preguntarme por el final de esta historia. ¿Qué había pasado fuera de estas cartas? ¿Había un más allá al final de todas las palabras? Me quedé callada, esperé todo el tiempo necesario para que la empresaria se limpiara los ojos y ensayara la sonrisa de siempre, la que yo le conocía. Pero ella sólo se limpió los ojos.

—Mi abuela —dijo—, mi querida abuela. Ella también dejó Coahuila por San Antonio —me informó con una voz mansa, una voz desconocida—, venía para casarse, pero no con Pedro González Martínez, sino con Ignacio López Castro, un licenciado de la región.

Después guardó silencio y se asomó por los ventanales, como si del otro lado se encontrara el Paraíso. Yo me acurruqué dentro de la silla de piel, como si acabara de ser herida y la observé, igual que si fuera una aparición. Vaya, vaya, me dije, todo sea por la sarta de amores inquebrantables. Demasiados romances.

—Y qué —atiné a preguntar después, mucho después—, ¿al menos vivieron felices para siempre?

Dijo que no. Como si fuera la gran noticia. Después de tener a su única hija, la abuela Diamantina se convirtió en una de las primeras mujeres divorciadas de Texas. Ella demandó a Ignacio López Castro por malos tratos y adulterio, pero cuando el divorcio le fue negado, alegó entonces que se demandaba a sí misma por las mismas causas. Como prueba ofreció estas cartas. Así obtuvo su libertad y se quedó como quería, sin casarse y sola. En San Antonio de Béxar, Texas.

—Pero anda —me conminó la empresaria—, lee esas cartas en voz alta para que escuche las palabras de la abuela.

Lo hice. Las palabras sonaban huecas, es cierto, pero conservaban el mismo ritmo, el mismo fervor, la misma arrebatada sensualidad. Una vez fuera de mi boca, las palabras caían redondas y amplias sobre las madejas de aire y se balanceaban con la cadencia de las caderas femeninas. ¡Ah qué la abuela Diamantina! Lluvia de diamantes, parvada de papelitos brillosos. Tan seductora y tan mentirosa. Tan cambiando de rumbo conforme a su cambio de planes. Sin casarse y sola, como ella quería, toda la libertad para ella solita en San Antonio Texas. La imaginé haciendo visitas a deshoras, caminando en las calles como Pedro por su casa, ay pobre Pedro, cosechando amigas para el chisme y amantes para la noche. Sin nadie que la parara. De una persona a otra, sin ningún lazo de sangre, flotando ligera de aquí a allá, sin respetar fronteras. Oyendo historias en la iglesia, historias en la calle, historias en el salón de belleza del que se convirtió en dueña. Ay, Federico, la voz tenía razón: la alienación tiene su belleza. Y la belleza tiene la misma consistencia del aire. Todo aquí, develado al momento, sin profundidades oscuras o infiernos ancestrales. La apariencia como un rostro que muestra el rostro: no busques más, no hay nada detrás. Sólo esto, la libertad incauta de una mochila de explorador y un salario con el que podré seguir viajando por el resto del año.

En mi último día en Nueva York me levanté temprano. Todavía no salía el sol cuando, pluma en mano, me preparé para redactar una carta dirigida a Federico Hoffmann, mi esposo. *J'est autre*. No pude. Bajo la lámpara encendida, mis manos dejaban sombras asimétricas sobre la fina caoba del escritorio. Las sombras me distrajeron y algo dentro de mi cabeza me obligó a incorporarme. A través del ventanal, la ciudad parecía un cachorro ovillado sobre sí mismo. Dormía en paz. Fui a la cocina a prepararme un café y ahí la familiaridad de mi viejo rostro me sorprendió sobre la superficie brillante de la estufa. Tenía la piel seca y ojeras profundas alrededor de los ojos. El corte de pelo que me había hecho parecer sofisticada en una reunión croata se había desvanecido con el paso del tiempo y, emergiendo entre los tirantes de unos overoles descoloridos, mi cabeza viraba de un lado para otro como si esperara algo más. Conocía esa actitud, es cierto: era la ansiedad de quien entra en movimiento. Entonces salí del departamento y me dirigí a toda velocidad hacia el edificio de los compañeros socialistas. Pedí un pedazo de papel, una pluma y un sobre, sin poder contener la respiración. Escribí el nombre de Federico y, aunque lo pensé por largo rato, las palabras no llegaron. No había explicación alguna. No había justificación. Entonces opté por colocar la nota en blanco dentro del sobre y, justo antes de darle la espalda a todo ello, me quité el anillo y también lo puse dentro. Todavía brillaba como si estuviera nuevo.

Pablo Soler Frost

❦

BIRMANIA

A Miyakawa Masayo

LA PRIMERA vez que la viuda Hori se sintió mal —a excepción
de sus dientes, que la traían loca— fue al cumplir los sesenta. Estaba en su comida de cumpleaños. Su hija le había traído
unas flores. Comían en silencio, ella, su hija y su yerno, un
borrachín. También los acompañaba la vecina, una mujer de
gran corazón, que tenía un puestecito de revelado de fotografías y la iba pasando. El dolor la hizo disculparse: en verdad
tenía un gesto de gran angustia. Su hija creyó que era la mue-
la. Su yerno se ofendió. Hasta a su hija, que empezaba a preocuparse, la dominó de repente un sentimiento de hastío. Gracias al cielo, ella había salido en mucho a su padre: tenía
igual sus dientes como los dientes de su padre. Terminaron
brevemente de cenar. Se fueron en su coche gris. Luego llamó, para saber cómo había seguido. Su madre estaba mejor,
gracias a la vecina. Llevaban años y años siendo vecinas, en
Kanda. El padre de la viuda Hori había nacido en Kanda; y
ella también, después del gran terremoto. Su padre vendía libros raros y curiosos. Pero ya no existía la librería: la viuda
Hori vivía de rentar ese espacio a un restaurancito de *udon*.
Y la vecina, bueno, ella había llegado luego de la guerra; y la
reciente viuda la había ayudado a sobrellevar la muerte de
su familia. De modo que eran amigas; y se procuraban. Y el día
de ese dolor tan grave en la mandíbula, la vecina veló por ella.

El cáncer se la había ido comiendo, único ser que todavía
veía con fruición a la viuda Hori, como se sorbe un helado y

se ramonea el barquillo. Allá, en sus terminaciones nerviosas, en su maxilar. La viuda Hori había luchado contra el atípico crecimiento tumoral sin saberlo, por pura fuerza de vivir. Era su deber.

Se fue poniendo más y más mala, pero le ocultó todo a su hija, quien, después de todo, tenía tanto que hacer. Y así pasó un año entero: y no sólo no curaba, sino que cada día se sentía más débil, y amanecía, no sólo cansada, sino como desarticulada: y lo que nunca le costara trabajo, amanecer, ahora sí. Y al año decidió ir al hospital, un edificio construido para la Olimpiada, no sin miedo. Pacientes viejos y médicos jóvenes: eso encontró. Tenía miedo de encontrarse a camaradas de su marido, a gente de la oficialidad de Birmania, o a una antigua condiscípula. Pero no vio a nadie a quien conociera. En el hospital le dijeron que tenían que "radiarla". No sabía por qué, pero se había puesto muy avergonzada al oír esa palabra. Y no quiso decírselo a nadie, ni siquiera a su vecina. Pero ésta la notaba desmejorada, cada vez más, y cuando un mechón de pelo, un día en que le alisaba el cabello, se le quedó en el peine, comprendió que a la viuda Hori le estaban dando dosis de cadmio o de algo peor. Y se espantó por ella, pero la obligó a hablar, para que se apoyara en ella, en la pobre vecina, la de la tiendita minúscula, en donde le llevaba alguien, de vez en vez, rollos a revelar. La viuda Hori se sintió confortada. Los médicos, aunque eran muy jóvenes, parecían serios. Y en su lucha la había ayudado ese pensamiento y no la alianza con las aceleradas partículas con las que los médicos la traspasaban, en el hospital, en Tokio. El verano del año siguiente al temible diagnóstico, la viuda perdió un trozo de mandíbula, y si aguantó, no fue tanto por la ligera dosis de morfina, que agradecía, como por el hecho de ser una viuda de la guerra. Una persona de una generación responsable. No iba a morirse así, de buenas a primeras. No se imaginaba morir habiendo dejado tantas cosas sin hacer, tantas obligaciones que no había aún cumplido.

Salió del hospital por su propio pie, un día tórrido, en verano. Era el año cuarenta y cuatro de la era Showa, es decir 1973 A.D. La gente sudaba; los árboles sudaban. En el metro el vaho era casi sofocante. Era un viernes y los vagones de las distintas líneas que la iban llevando hasta su destino se encontraban atestados. Por fin llegó a la gran estación del cementerio del sur, a cumplir con su deber y rezar por el alma de su marido. Por regla general no dejaba pasar cuatro días sin ir a rezar al sencillo monumento construido para recordar a los soldados muertos en las selvas o las playas o las ciudades de Birmania. Allí había muerto su esposo debido a una enfermedad, de agua, de fuego o de viento.

Una vez al año, iba al gran recinto del templo Yasukuni, dedicado a los muertos de las guerras japonesas, desde Meidyi hasta Showa. Era un santuario muy grande; se criaban palomas blancas, que simbolizaban la paz; y había silencio, y ancianos conmovidos.

Había rezado ese día con fe. Se sintió más aliviada. Hasta pensó en ir a ver a su hija. Pero pensaba que no sería tan bien recibida. Pero no comió sola. En una pequeña fonda, donde hacían el pescado como a ella le gustaba, una dama había platicado con ella: era extraño, pero así había sido. Era una joven que hacía un trabajo sobre la guerra, y se mostraba muy amable. La viuda había intentado no ser grosera, pero no dijo mucho tampoco, y se retiró en cuanto pudo.

Entonces, en ese año del cáncer, la viuda Hori sabía, en realidad, muy poco de la guerra. Una vez su hija le había llevado, por consejo de su yerno, una novela que prometía revelar la "verdad sobre la guerra". Pero no había podido avanzar mucho, pues el estilo del escritor era naturalista. No ahorraba horrores. Los ojos se le anegaban de lágrimas al leerla.

Los sufrimientos que había imaginado los veía ahora retratados; y habiendo envuelto cuidadosamente el libro en una sábana blanca, lo había echado a la bolsa de basura orgánica, no muy segura, más bien temerosa. Temerosa de su hija, de su yerno, de si acaso el basurero notaría algo raro, de lo que pudiera pasar. A lo mejor estaba prohibido tirar libros a la basura. Tal vez no. Pero ¿y si el libro era acerca de la guerra? Durmió mal; se levantó por el libro; y lo guardó en lo más profundo de su casa. Pensó que debía haberlo quemado. Pero lo guardó. Y cuando sintió los pasos de la muerte cerca, sintió más apremiante que nunca la necesidad de conocer el lugar donde su marido había caído. Palabras como Rangún, Mandalay, Pegu Yam se le aparecían de repente. Ahora, al ir al hospital, compraba muchos diarios; de regreso los recorría enteros, y recortaba todo lo que hubiese aparecido acerca de Birmania o acerca de la guerra.

Empezó a leer y a preguntar a la atareada bibliotecaria. En 1942, era marzo, el día 8, habían ocupado Rangún; para principios de abril se supondría que casi toda Birmania estaría bajo control del Ejército Imperial. Las tropas británicas habían sido vencidas. En junio de 1942 su marido había partido, con el rango de teniente, a un lugar entonces secreto: luego la viuda sabría que estaba en Rangún. Y, en agosto de 1943, Birmania y las Filipinas habían sido declaradas naciones independientes dentro de la Gran Esfera de Coprosperidad Asiática, pero incluso los mismos historiadores japoneses reconocían que su independencia tan sólo había significado sufrimiento y que era tan sólo de papel. Pensaban que Japón era su gran amigo. Pronto muchos habrían de desilusionarse, incluido Aung San, jefe del ejército nacional birmano. Los oficiales y los burócratas de alto rango japoneses se comportaban, muchas veces, como taipanes. Mucha bebida, mucho sexo, más de uno coleccionó antigüedades y se aficionó a crueldades. El teniente Hori escribía siempre lográndole imprimir un poco, algo de su serena vitalidad en las pocas líneas. Sus trazos algo tenían del hombre que colecciona timbres. Eran precisos, pero parecían a veces un poco ingenuos. Ella no pensaba en eso; o no lo pensaba así. Tan sólo deseaba verlo de nuevo; y animaba a su hija a recordar a un padre que se desdibujaba de su memoria de niña. En 1945 recibió el parte oficial de muerte, escueto, igual a todos los que se recibían a diario. Eso era lo que la viuda tenía de él: unas cartas en unos sobres, con timbres con un elefante, siempre azul; y su katana. Un día leyendo las cartas, la vecina la había acompañado. Y las dos mujeres habían leído juntas, y no habían evitado llorar. Pasó un día.

Fue cuando su vecina murió. Murió revelando un rollo: simplemente se cayó de bruces sobre la tarja llena de agua. La viuda Hori estuvo muy triste, a pesar de que la vecina le había heredado, descontados los impuestos, 2 400 000 yenes. No cedió en su tristeza sino hasta días después: ese día decidió unirse a un grupo, cuyo anuncio había visto de casualidad tirado en el suelo. "Viudas de la Guerra de Birmania": así decía, y traía una dirección. La viuda no tuvo más remedio que recoger el papel del suelo. Y cambió su vida. Los jueves se reunían. Decidida, se puso un kimono que tenía guardado desde que cumpliera cincuenta años. Se lo había regalado su padre poco antes de morir. Era una pieza seria y elegante: tal vez demasiado fina, pensó la viuda. Era de colores negro, marfil y oro. Se lo probó; y consideró que estaba bien. Tomó su bolsa y salió hasta el metro. No quiso tomar un taxi; estaba muy lejos, y no quería parecer ridícula. Transbordó dos veces. Por fortuna el tren iba casi vacío. Sólo uno de los extremos del vagón estaba ocupado por varios extranjeros, rodeados de maletas. Parecían cansados y satisfechos. Y pensó que qué harían tan lejos de sus casas. Tal vez huyeran de la ley, o de un recuerdo, o un hogar incendiado. Bajó muy serena. Pero luego llegó, caminando, al edificio cilíndrico e inmenso que tenía un nombre como "Twin Oaks Great Mansion". No había supuesto que fuese tan grande, tan feo, tan aislado. Se detuvo un momento; desanduvo el camino. Y esa tarde no entró.

Pero a la semana siguiente logró llevarse hasta la puerta, tocar, y ser conducida a un salón sencillo y hermoso. Allí, dentro, habría unas diez mujeres; había, también, una joven, demasiado joven como para ser una viuda de aquel tiempo. Cuál no sería su sorpresa al ver que era la mujer que hacía un trabajo sobre la guerra. Sería harto largo dar aquí más pormenores que no sean éstos: la tal asociación era en verdad un ente atareado y eficaz. Buscaba desaparecidos, enlazaba familias, honraba a los muertos, charlaba, escribía, y una vez habían estado en la televisión birmana, a pesar del gobierno militar de aquella nación.

Luego de la reunión, supo por qué había visto a esos fuereños, aquí, lejos de sus hogares. No era que no los tuvieran: no era que anduvieran huyendo. Era que buscaban algo. Y la viuda Hori pensó que ahora, con la herencia, ella también podría buscar algo. Y se afanó: siguió en lo posible y sobre un mapa la ruta de su marido, semana por semana, hasta que halló el lugar en donde había muerto: Peku. Y alguien le sugirió la dirección del señor Ong, en Rangún, un excelente contacto. Ayudada por la Asociación, le escribió una carta una viuda a la que ella en secreto llamaba *el Gato*. A la viuda Hori no le gustaban los gatos; y esta mujer tenía muchas de sus artimañas y toda su facha. La impresionaba; pero no le gustaba. Pero la carta había quedado bien. En ella, *el Gato* solicitaba informes para "una persona de consideración" acerca de la suerte del teniente Hori, grupo tal, comando tal. Se sabía ya el día en que se le vio por última vez, y otros pormenores.

Pasaron días de nervios esperando la carta de contestación. Entretanto leyó *esa novela*, la del escritor naturalista: y la dejó menos triste haberla terminado. El señor Ong contestó, prometiendo su ayuda. El día en que recibió esa postal estaba extasiada; y tuvo la suerte, creyó, de hallar a su hija en los grandes almacenes, arriba de la colmenaria estación de Shinjuku. Su hija le invitó un pastel y un café; y fueron a un café francés decorado con falsas estatuas griegas. Allí le dijo a su hija que pensaba viajar. Y mejoró su humor regalándole un juego de bandejas de mil y una manos de laca, que su hija había siempre deseado, pero para el que nunca había, aún, ahorrado lo suficiente.

Empezó a mejorar: o, más bien, su enfermedad ya no la contrariaba. Sabía que iba a morir, pronto, pero sabía que antes iría a Birmania. Todo ese septiembre estuvo esperando una carta que ella sabía traería noticias. ¿Cómo lo sabía? No lo sé yo; igual la vieja carpa blanca del estanque más grande del parque, o un pajarito se lo habían dicho. Y, cuando revisó su correspondencia del 1 de octubre, halló dos sobres de allá, del país en donde estaban los huesos de su marido. Sintió una emoción religiosa. Tuvo que ir al banco, a arreglar sus papeles. No podía dejar de pensar que en su bolsa traía dos cartas provenientes del país de los templos y los golpes. Ahora había muchos militares. Incluso las cartas estaban abiertas y vueltas a cerrar: habían sido inspeccionadas.

Volvió a su casa tarde: se había vuelto a encontrar a su hija. Pero no había querido mencionar las cartas. Prendió la llave del agua. Se daría un baño como se debía. Pero no se aguantó hasta que estuviera la tina llena. Antes abrió las puertas que daban al mínimo jardincillo y las cartas, tras sentarse en el escalón. Una no traía nada que le interesase: la otra, en cambio, la impresionó mucho, al leerla, ya en ropa más cómoda, reclinada, frente a un té. La carta decía: "Conozco un hombre que conoció a su marido. Y él tiene algo que perteneció a él. Cuando venga a Rangún, sepa que estamos a su disposición". Firmaba el señor Ong, presidente de la Sociedad de Amistad entre Japón y Birmania. Sonó entonces, varias veces, la campana de bronce que cuidaba el portalillo.

Esa noche, mientras dormía, a la viuda Hori le dio un ataque que la mandó al hospital, y allí estuvo doce días mala, y tres recuperándose. Reunía fuerzas, como dice la gente, de flaqueza. El doctor sabía de su deseo de ir a Birmania. Era un hombre bueno: parecía salido de una película; y la animó bastante. "Vaya usted en cuanto tenga fuerzas. Hay cosas que sólo uno puede hacer por uno mismo." En verdad la ayudó, porque, típicamente, los hospitales la deprimían.

De allí volvió a su casa. Su hija había insistido en mudarse unos días con ella; pero la viuda se conformó con que la fuera a ver. Platicaron acerca del teniente Hori, por primera vez, desde… ¿hacía cuánto que la viuda había excluido a su hija de la memoria fúnebre de su esposo? Pasaron días; uno corto, y otro largo. Su hija durmió una noche allí; salió muy temprano, horas antes de que la viuda, ese día, despertara. En cuanto despertó, tomó un té, se arregló y salió a la calle. Tomó un taxi, que la condujo al edificio donde estaba la Asociación; mucho se tardó el taxi, por el tráfico, tanto que hasta al taxista anunció que iría a Birmania, como anunció luego a las demás. Estaba segura. Un poco exaltada, o histérica. Ella misma lo reconocía. Su padre le leía, antes, novelas de Dostoievski: había grandes zonas oscuras en las que no entró nunca, pero recordaba algunos diálogos, algunas descripciones. Y palabras como "arrechuchos" e "histérica" para referirse a las mujeres. Así decían Iván, y Dimitri y Alyosha Karamazov, y también ese Smérdiakov, y el viejo granuja.

Ir a Myanmar no era cualquier cosa. Era una nación cerrada. La viuda Hori entendía eso, o así creyó. Cuatro semanas le llevó hacerse con la visa, aun y asesorada por los demás, y acompañada por una de ellas, la señora Yamashita, que se había casado ya tres veces, pero quería ir en peregrinación al país en donde estaban los restos de su segundo marido. Lo había amado mucho. Cuando lo consiguieron, la viuda Hori fue al banco; retiró, ante la mirada de un empleado profundamente consternado, 600 000 yenes y compró un boleto Tokio-Bangkok-Rangún-Bangkok-Tokio a un empleado que la miraba profundamente consternado. Sólo una vez había subido a un avión: para unas vacaciones con su hija, en Hokkaido. Y éste era un vuelo largo; y luego tendría que volar de nuevo. Pero, provista de esperanza, al despegar el vuelo se dijo una oración. Y la señora Yamashita había viajado tanto que sus consejos y su cháchara la ayudaron a sobreponerse a la impresión del despegue.

Rangún la sorprendió. No había tenido tanto miedo desde la guerra. Por todos lados había soldados. La azafata misma le pareció tener un gesto de cansancio interior y de silencio mortales. Cruzó el umbral del pájaro de fierro y cayó sobre ella, a plomo, el sol birmano. Sintió que en cualquier momento podía, no desmayarse, sino morirse. Bajó las escalerillas del avión como un zombi. Y, allí abajo, en el asfalto que parecía burbujear y cintilar de puro sol, entre los muchos soldados, estaba un joven, mirándola, mirándola fijamente. La señora Yamashita le dijo al oído: "Él es el señor Ong". Y luego añadió, inopinadamente: "Es muy guapo, ¿no?"

Pero no era eso en lo que pensaba la viuda. De hecho no pensaba. Todo en el señor Ong envolvió a la viuda Hori como si un ángel le expusiese con amor y sabiduría el libro pleno de la vida frente a ella. Y ella sintió terror y alegría. El señor Ong era el teniente Hori. Sólo que birmano, de veinticinco años. Pronunciaba rarísimamente el japonés: tenía un bastón, pues cojeaba. De niño había tropezado con una mina, en un camino rural; y había tenido suerte, por haber ido montado en un carabao. Todo le explicó, mientras las ayudaba a pasar las filas y obstáculos de los militares. Pero no dijeron palabra del teniente. El señor Ong las condujo en su auto, un cochecito inglés que parecía salido del botín de guerra de Singapur. La pintura original debía haber sido roja; ahora tan sólo la capota era roja. De un rojo increíble, pensó la viuda. Dentro estaba fresco, pues había estado estacionado a la sombra. "Las llevaré a su hotel", dijo Ong. La viuda Hori pensó que estaba loca. Pero miraba a Ong, y él la miraba a ella, y ella sabía que ambos sabían que él era el hombre que había sido el teniente Hori.

Sentía su cuerpo, mientras alargaba el brazo para cambiar las velocidades. Rangún se le hizo incomprensible. Llegaron quién sabe por qué calle, ni cómo, a un hotel eminentemente británico, pintado de blanco. Afortunadamente no quedaba ni uno de ellos: ni el viejo cazador, ni el decrépito dandy, ni el nieto de piratas, ni la gobernanta severa, ni el maricón deportista, ni la novelista inspirada. Únicamente había espantosos burócratas de un país que ella no sabía cuál era, e indios y unos japoneses, que le sonrieron y la saludaron en silencio, pero con evidente gusto. Ella no estaba para nada de eso, ni de nada. Como un pulgón, se hallaba adherida a las gotas de miel de las hojas de una planta insectívora, bajo un sol inclemente. "Y además —se decía—, soy una vieja. ¿Cómo puedo enamorarme de un hombre ahora?"

—Pueden subir a descansar y a refrescarse. Aquí, en el hotel, hay un bar muy discreto. Allí, si a ustedes les conviene, las espero.

Cuando bajaron de nuevo, se veían mejor. La señora Yamashita incluso estaba elegante, muy elegante. Ong estaba con un hombre chino, impecable. La señora Yamashita ya lo conocía. Él era un coleccionista de cosas de la guerra, que viajaba buscando cartas, esquirlas, katanas, papeles, medallas. Había mandado hacer ya varias lápidas de su peculio, en algún país, para recordar tal o cual muerte. Estaba en Birmania para levantar un sencillo monumento funerario budista a orillas del Irawaddy. De modo que se pusieron a hablar, entre ellos, de conocidos comunes y de generalidades sobre Birmania y Japón. Ong, en cambio, se dedicó a mirar y hacer las cosas fáciles para la viuda.

La fruta la impresionó. Había tanta, de tanta variedad, tan jugosa, de colores tan ardientes y que tanto invitaban. Amarillos, naranjas, rojos, blancos, azules, morados; pieles espinosas, pieles rugosas, pieles lisas: probó muchas. Los dos señores la miraban con alegría; uno dijo algo en birmano a Ong: rieron; y luego Ong les dijo, en japonés, que estaban invitadas a cenar.

La señora Yamashita dijo que irían con gusto. La viuda se quedó callada, pero enseguida se disculpó, y subió a su habitación. El portero la miró sonriendo. Cerró bien la puerta, y se dejó caer en una silla. Buscó sus medicinas en su maleta, y las colocó frente a ella. Se sirvió un té. Y fue sacando una por una, y tomándolas: los colores de las pastillas imitaban vergonzosamente a los de las frutas.

¿Debía aceptar esa invitación a cenar? No sabía… no sabía nada, ni qué hacer, ni a quién dirigirse. Quiso rezar, lloró al pronunciar las fórmulas que le recordaban los baños radiados, y de pronto, dulce y chilosa, la presencia de su marido la invadió totalmente. Sentía que ese joven, señor Ong, era él, Hori. Tenía su misma dentadura, sus mismos ojos poderosos, su mentón. Pensó que no debía ir a cenar. La comida birmana era demasiado picosa: ella no podía comer platos tan rojos.

Y tendría que conocer a otras personas, que no eran japonesas, sino birmanas. Ella sólo sabía japonés, y algo de ruso.

Recordó cuán fanático de Dostoievski fuera su padre. Había estudiado en Rusia antes de la guerra del 1905, y perfeccionado su ruso luego, cuando estuvo prisionero. Ella no era la señora Yamashita, que poseía ese aire de gran mundo. Y, si salía el tema de la guerra, seguramente ellos, como birmanos, la mirarían inquisitivamente. La viuda Hori sabía que en Birmania habían ocurrido cosas terribles, que en Okinawa habían ocurrido acciones sangrientas cifradas en tinieblas, lo mismo que en Mongolia. Y ella no podría enfrentar sus ojos ni sus amabilidades. Y además… estaría él, él todo el tiempo mirándola, adivinando todos sus secretos y sus miserias de una vida gastada, mientras que él ahora era joven de nuevo, y se veía instruido y satisfecho. Y era él, Yoshinobu. Él era el señor Ong, luego de apenas una transmigración. ¿Una? Podrían haber sido más, ínfimas en su duración, pero comparables sus edades a eternidades. Una efímera. Un escarabajo plateado. Sonrió, y se dio cuenta, como apenándose de haber sonreído. Pero enseguida la sonrisa bañó su cara frescamente.

Sonó en ese momento un teléfono. La viuda Hori pensó que era él. Respiró agitadamente. Le dolía un tobillo, que se le había hinchado por la picadura de algo. Levantó el auricular. Era él. Él le hablaba a su habitación.

—Hay algo que no le he dicho. Perdóneme. Me gustaría poder comunicárselo. ¿Puedo ir a su habitación? Perdóneme. Será tan sólo un instante.

No sé si se besaron, ni sé mucho más. Y desde ese momento la viuda Hori pareció, a los ojos de los demás, perder su voluntad. Pero en realidad todo lo que había hecho era ligar su voluntad a la de su marido: y éste era Ong. Así que fueron con la señora Yamashita a una casa toda tejida, toda hecha de bambú y de madera. La cena fue exquisita, según su acompañante, pero la viuda apenas comió. Y se vieron al día siguiente: fueron al cine. Dos días más tarde, fueron a Pegu.

"Le gustará", le dijo Ong cariñosamente. La viuda Hori no sabía ya si era de día o de tarde cuando por fin llegaron: la señora Yamashita no les había acompañado, con un pretexto. Y en el camino, de repente, se dio cuenta de que todo era demasiado para ella.

En Pegu, la inmensa estatua yacente del Buda, blanca y dorada y cuajada de piedras preciosas, la impresionó vivamente.

—¿Ve usted el rosetón de los pies del Gran Maestro? Es la rueda de las reencarnaciones.

Estuvieron hablando mucho rato, junto a un puesto de cocos, en la puerta.

—Debo irme porque te amo —dijo ella.

Él la miró apesadumbradamente. Sabían que nunca habían de encontrarse, en esta figura: pero que habría otras. Tal vez una nueva alma en un mundo sin guerra y sin cáncer. Todo puede ascender hasta el Buda.

Ong le dio un sobre, rojo y dorado.

Al día siguiente salía su vuelo, le confirmaron en la recepción. La señora Yamashita le había dejado un mensaje, y también, el señor Ong, una caja, envuelta delicadamente.

Pasó esa tarde encerrada. Llovía a cántaros afuera: los peatones brincaban charcos inmensos. Pidió una botella de vino blanco y un plato de arroz. Durmió bien. Algo en el sueño la calmó.

Subió al coche. Abrió el sobre. Desdobló el papelito. Lo leyó. Decía: "La palabra *gen* significa 'ilusión' o 'aparición'. Todo en este mundo es una función de marionetas. Por eso usamos la palabra *gen*. Tu amor. Yoshinobu".

Fue llorando mientras salían del ordenado centro de Rangún, y luego enfilaban hacia el aeropuerto. Un convoy militar delante de ellos los hacía avanzar lentamente. La viuda Hori se compuso un poco, por fuera: por dentro estaba quebrada. Se iba de Birmania; dejaba al hombre de su vida. (No sería sino hasta poco antes de morir que entendería el sentido pleno de las palabras del papelito.)

Abrazada de su caja, luego de pasar por pocas formalidades aduanales, salió al campo aéreo. Una bandera birmana ondeaba en el viento. "Adiós, Myanmar", se dijo, y subió al avión que la llevaría a Bangkok y de allí, de nuevo, a Tokio, al barrio de Kanda, donde ella había nacido. No olvidaba un regalo para su hija, y otro para el doctor, que coleccionaba animales de madera. Pero lo principal era que llevaba en una caja que era su corazón, de nuevo, a su marido.

Una lupa, unas pincitas y un cuadernillo con timbres de la ocupación japonesa en Birmania: eso había en la caja delicadamente envuelta. La viuda Hori vio con gran interés los timbres, y se fue durmiendo en el avión japonés que surcó la tierra de Asia en su regreso, y en su sueño aparecieron, como un secreto agradable, los timbres postales. Tenían la figura de un elefante que con su trompa carga un tronco. Va caminando con empeño en un arrozal movido por el viento. El cornac también se ve, guiándole.

SEÑAS PARTICULARES

Inés Arredondo nació en Culiacán, Sinaloa, en 1928. Realizó estudios de biblioteconomía y letras. Es autora de los libros de cuentos *La señal* (1965), *Río subterráneo* (1979), por el que obtuvo el premio Xavier Villaurrutia en ese mismo año, y *Los espejos* (1988). Recibió la beca del Centro Mexicano de Escritores de 1961 a 1962; y de la Farfield Foundation de Nueva York en 1962. En 1982 publicó el ensayo *Acercamiento a Jorge Cuesta*. Falleció en la ciudad de México en 1989.

José de la Colina nació en Santander, España, en 1934. Narrador, ensayista, guionista, editor y periodista. Reside en México desde 1941. De entre su vasta obra destacan: *Ven caballo gris* (1959), *La lucha con la pantera* (1962), *El mayor nacimiento del mundo y sus alrededores* (1982), *La tumba india y otros cuentos* (1986), *Tren de historias* (1998) y *Álbum de Lilith* (2000); algunos de sus ensayos están recogidos en *Viajes narrados* (1993), *Libertades imaginarias* (2002, premio Mazatlán), *Zig Zag* (2005) y *Personería* (2005). En 1994 ingresó al Sistema Nacional de Creadores Artísticos.

Amparo Dávila nació en Pinos, Zacatecas, en 1928. Su arribo a las letras fue a partir de salmos y poesía mística que dio a conocer en la revista *Estilo*, de San Luis Potosí. Cuando tenía 20 años, imprimió una plaqueta, *Salmos bajo la luna* (1948). Es autora de los libros de relatos *Tiempo destrozado* (1959), *Muerte en el bosque* (1959), *Música concreta* (1959) y *Árboles petrificados* (1977). En 1977 le fue concedido el premio Xavier Villaurrutia por este último, y a partir de esa fecha no ha vuelto a publicar.

Gerardo Deniz nació en 1934 en Madrid, España. Creció en Suiza y en 1942 llegó a la ciudad de México, en donde ha vivido desde entonces. Químico de profesión, es poeta, traductor, ensayista, narrador y editor. Es autor de los poemarios *Adrede* (1970), *Gatuperio* (1978), *Enroque* (1985), *Picos pardos* (1987), *Op cit* (1992) y *Ton y son* (1996), entre otros. En 1991 obtuvo el premio Xavier Villaurrutia. También ha publicado el volumen de cuentos *Alebrijes* (1992) y los ensayos vertidos en *Paños menores* (2002). Gerardo Deniz es el seudónimo de Juan Almela. El volumen que reúne su poesía se titula *Erdera* (2005).

Guadalupe Dueñas nació en Guadalajara, Jalisco, en 1920. Narradora. Sus cuentos han sido traducidos al inglés, alemán, francés e italiano. Es autora de *Las ratas y otros cuentos* (1954), *Tiene la noche un árbol* (1958) y *Máscara para un ídolo* (1987). Fue becaria del Centro Mexicano de Escritores (1961-1962). Murió en la ciudad de México, en 2002.

Salvador Elizondo nació en la ciudad de México en 1932. Poeta, narrador, ensayista, traductor, cineasta, pintor y maestro universitario. Es autor de los libros de cuentos *Narda o el verano* (1964), *El retrato de Zoe y otras mentiras* (1968), *El grafógrafo* (1970) y *Camera lucida* (1983). En 1965 obtuvo el premio Xavier Villaurrutia por la novela *Farabeuf o la crónica de un instante*. En 1974 publicó la antología *Museo poético*. Otras de sus obras son: *Cuaderno de escritura* (1969), *Miscast* (1978), *Teoría del infierno* (1992) y *Elsinore* (1988). Desde 1981 es miembro de El Colegio Nacional. En 1990 le fue concedido el Premio Nacional de Literatura. Murió el 29 de marzo de 2006 en la ciudad de México.

ADELA FERNÁNDEZ nació en la ciudad de México en 1942. Ha frecuentado el ensayo, la dramaturgia, el guión cinematográfico y el cuento. Es autora de los libros *Drogas: ¿paraíso o infierno?*, *Un viaje sin retorno*, *Fenomenología del suicidio*, *Henry Delauney, un pintor impresionista; Dioses prehispánicos*, *Diccionario ritual de voces nahuas*, *La cocina mexicana* y *Mito y seducción en Emilio* el Indio *Fernández*. En 1975 dio a conocer su volumen de cuentos *El perro o El hábito por la rosa;* en 1986 publicó *Duermevelas*.

JAVIER GARCÍA-GALIANO nació en Perote, Veracruz, en 1963. Estudió letras alemanas en la UNAM. Novelista, cuentista y traductor. Ha publicado *Confesiones de Benito Souza, vendedor de muñecas y otros relatos* (1994), *Armería, un libro vaquero* (2003), *Historias de caza* (2003) y *Cámara húngara* (2004). Ha traducido a Joseph Roth, Novalis, Ernst Jünger, Kafka, Heimito von Doderer y Christoph Janacs.

JESÚS GARDEA nació en Delicias, Chihuahua, en 1939 y murió en la ciudad de México en 2000. Cuentista, novelista y poeta. Entre sus libros de narrativa se encuentran *Los viernes de Lautaro* (1979), *Septiembre y los otros días* (1980), título por el que logró el premio Xavier Villaurrutia; *De alba sombría* (1985), *Las luces del mundo* (1986), *Difícil de atrapar* (1995), *Donde el gimnasta* (1999), *Juegan los comensales* (1998), *El biombo y los frutos* (2001) y *Tropa de sombras* (2003), novela póstuma.

DANIEL GONZÁLEZ DUEÑAS nació en la ciudad de México en 1958. Estudió dirección de cine y ha realizado varias películas. Su *Libro de Nadie* fue acreedor al Premio de Ensayo Hispanoamericano Casa de América-Fondo de Cultura Económica (España, 2003). En México ha recibido seis premios nacionales de literatura. Ha publicado los siguientes libros: *A lo mejor todavía* (teatro, 1985), *Luis Buñuel: la trama soñada* (ensayo, 1986, 1988, 1993), *Apuntes para un retrato de Alejandra* (poesía, 1987), *Las visiones del hombre invisible* (ensayo, 1988, 2004), *Para reconstruir a Galatea* (poesía, 1989), *Semejanza del juego* (novela, 1989), *La llama de aceite del dragón de papel* (relato, 1996), *Descaro de la máscara* (poesía, 1997), *El cine imaginario. Hollywood y su genealogía secreta* (ensayo, 1998, 2005), *Méliès: el alquimista de la luz. Notas para una historia no evolucionista del cine* (ensayo-monografía, 2001), *Las figuras de Julio Cortázar* (ensayo, 2002), *Ónfalo* (prosa, 2004) y *Rosa blanda* (novela, 2006).

Emiliano González nació en 1955 en la ciudad de México. Estudió letras hispánicas en la UNAM. En 1978 obtuvo el premio Xavier Villaurrutia por el libro de cuentos *Los sueños de la Bella Durmiente*. Fue becario del Centro Mexicano de Escritores entre 1975 y 1976, así como del INBA/FONAPAS entre 1978 y 1979. Como poeta ha publicado: *La inocencia hereditaria* (1986), *Almas visionarias* (1987), *La habitación secreta* (1988) y *Orquidáceas* (1992). Su obra narrativa comprende también la novela *Casa de horror y magia* (1989), y el volumen de cuentos *Miedo castellano* (1973); también es coautor de la antología *El libro de lo insólito* (1988).

Luis Ignacio Helguera nació en la ciudad de México en 1962. Ensayista, crítico de música y literatura, cuentista y poeta. De 1988 a 1999 fue jefe de redacción de la revista *Pauta*. En 1991 obtuvo la beca para Jóvenes Creadores del FONCA en el área de ensayo. El Programa de Proyectos y Coinversiones Culturales del FONCA le otorgó un apoyo en 1996 para recoger sus escritos sobre música y realizar un estudio sobre el ensayo inglés en México. Entre sus libros se encuentran *Antología del poema en prosa en México* (1993), *Murciélago al mediodía* (1997), *El cara de niño y otros cuentos* (1997), *Atril del melómano* (1997), *Ígneos* (1998) y *Por qué tose la gente en los conciertos* (2000). Murió en el Distrito Federal en 2001.

EFRÉN HERNÁNDEZ nació en San Francisco del Rincón, Guanajuato, en 1904. Escribió cuento, teatro, poesía, novela y ejerció la crítica literaria. Entre sus libros de narrativa figuran *El señor de palo* (1932), *Cerrazón sobre Nicómaco* (1946), *Cuentos* (1947), *La paloma, el sótano y la torre* (1949), reunidos, junto con su poesía —*Entre apagados muros* (1943) y otros poemas dispersos—, en *Obras* (1965); "Tachas" (1928) es su relato más conocido. Falleció en 1958 en la ciudad de México.

HUGO HIRIART nació en la ciudad de México en 1942. Realizó estudios de filosofía en la UNAM. Se ha desempeñado como director de teatro, dramaturgo, cuentista, guionista, novelista y ensayista. Entre su obra narrativa destacan *Galaor* (1972), novela con la que obtuvo el premio Xavier Villaurrutia, además de *Cuadernos de Gofa* (1981), *Ámbar* (1990), *La destrucción de todas las cosas* (1992) y *El agua grande* (2002). De sus ensayos figuran los siguientes títulos: *Vivir y beber* (1987), *Acerca de la naturaleza de los sueños* (1994), *Los dientes eran el piano: un estudio sobre el arte e imaginación* (1999), *Discutibles fantasmas* (2001) y *Cómo leer y escribir poesía* (2003).

PEDRO F. MIRET nació en Barcelona, España, en 1932. Cuentista, novelista, dramaturgo y guionista. En 1939 llegó a México en el barco *Sinaia,* como parte del exilio español. Es autor de los libros de cuentos *Prostíbulos* (1973) y *Rompecabezas antiguo* (1981), y de las novelas *Esta noche… vienen rojos y azules* (1967), *Eclipse con explosión* (1972), *La zapatería del terror* (1979) e *Insomnes en Tahití* (1989). Murió en 1988 en Cuernavaca, Morelos.

Angelina Muñiz-Huberman nació en Hyères, Francia, en 1936. Desde 1942 reside en México. Cursó el doctorado en letras en la UNAM, y en lenguas romances en la Universidad de Pensilvania; también realizó cursos de filología y literatura en El Colegio de México. Ha recibido diversos premios, entre ellos el Xavier Villaurrutia, en 1985, por *Huerto cerrado, huerto sellado;* el Magda Donato, en 1972, por *Morada interior;* el Premio Internacional de Literatura Judía Fernando Jeno, en 1988, por *De magias y prodigios;* y el premio de poesía José Fuentes Mares, en 1997, por *La memoria del aire.* De sus libros de cuentos destacan: *Los brazos necesitan almohadas* (1991), *Serpientes y escaleras* (1991); y los poemarios: *El mundo de la mujer* (1967), *Vilano al viento* (1982) y *El ojo de la creación* (1992).

Verónica Murguía nació en la ciudad de México en 1960. Estudió historia en la UNAM. En 1990 obtuvo el premio Juan de la Cabada por obra infantil y juvenil. Es autora de las novelas *Auliya* (1997) y *El fuego verde* (1999), y del libro de cuentos *El ángel de Nicolás* (2003). Ha frecuentado la literatura infantil con títulos como *Hotel Monstruo: bienvenidos, Mi monstruo Mandarino* y *El pollo Ramiro.*

Humberto Rivas nació en la ciudad de México en 1955. Cuentista y traductor. En 1980 le concedieron la beca INBA-FONAPAS para narradores. Su nombre figura en un par de antologías realizadas por Gustavo Sainz: *Jaula de palabras* y *Corazón de palabras.* En 1984 publicó el volumen de relatos *Falco,* mismo que mereció el Premio Latinoamericano para libro de cuentos. De 1988 es *Los abrazos caníbales,* título con el que ganó el Premio Nacional de Cuento San Luis Potosí. En 2003 publicó *Sam Williams, caballista.*

CRISTINA RIVERA GARZA nació en Matamoros, Tamaulipas, en 1964. Es narradora, poeta, traductora y catedrática. Con el libro de relatos *La guerra no importa* (1991) obtuvo el Premio Nacional de Cuento San Luis Potosí. Su trabajo como narradora se encuentra en *Nadie me verá llorar* (1999), con el que ganó el Premio Nacional de Novela José Rubén Romero; *Ningún reloj cuenta esto* (2002), por el que le concedieron el Premio Nacional de Cuento Juan Vicente Melo; *La cresta de Ilión* (2003), con el que fue finalista del Premio Iberoamericano Rómulo Gallegos, y *Lo anterior* (2004). Sus libros de poesía están reunidos en *Los textos del Yo* (2005). En 2005 ganó el premio Anna Seghers, en Alemania. De 2006 es *Las lectoras de Pizarnik.*

DANIEL SADA nació en Mexicali, Baja California, en 1953. Es narrador y poeta. Ha publicado los libros de cuentos *Un rato* (1984), *Juguete de nadie y otras historias* (1985), *Tres historias* (1990), *Registro de causantes* (1992) y *El límite* (1997) y las novelas *Lampa vida* (1980), *Albedrío* (1989), *Una de dos* (1994), *Porque parece mentira la verdad nunca se sabe* (1999). De 2005 es el poemario *El amor es cobrizo* y la novela *Ritmo delta.*

GUILLERMO SAMPERIO nació en la ciudad de México en 1948. Narrador, poeta y traductor. Es autor de *Cualquier día sábado* (1974), *Lenin en el futbol* (1978), *Manifiesto de amor* (1980), *Gente de la ciudad* (1985), *Miedo ambiente y otros miedos*

(1986), *Anteojos para la abstracción* (1994), *Ventriloquía inalámbrica* (1996), *La cochinilla y otras ficciones breves* (1999), *Cuando el tacto toma la palabra* (1999). En 1977 le fue concedido el premio Casa de las Américas por *Miedo ambiente.*

Esther Seligson nació en la ciudad de México en 1941. Ensayista, cuentista, novelista, traductora y poeta. En 1969 fue becaria del Centro Mexicano de Escritores. Estudió letras hispánicas en la UNAM y letras francesas en el IFAL, y pensamiento judío en el Centre Universitarie d'Études Juives (París) y en el Mahon Pardes de Jerusalén. Así como en *A campo traviesa* (2005) reúne la mayor parte de su trabajo ensayístico, en *Toda la luz* (2006) se recopila su obra narrativa. En 1973 le fue otorgado el premio Xavier Villaurrutia por *Otros son los sueños* y en 1979 el Magda Donato por *Luz de dos.* Ha sido traductora de la obra de E. M. Cioran y del poeta Edmond Jabès.

Pablo Soler Frost nació en la ciudad de México en 1965. Ha publicado las novelas *Legión* (1991), *La mano derecha* (1993), *Malebolge* (2001) y los libros de cuentos *El sitio de Bagdad* (1994) y *Birmania* (1999), entre otros títulos. Es director de colecciones en Libros del Umbral.

Francisco Tario nació en la ciudad de México en 1911 y murió en Madrid en 1977. Es el seudónimo de Francisco Peláez. Fue futbolista, astrónomo, pianista, empresario, cuentista y novelista. Es autor de los libros de relatos: *La noche* (1943), *Tapioca Inn: mansión para fantasmas* (1952) y *Una violeta de más* (1968). También publicó, entre otros títulos, la novela *Aquí abajo* (1943) y *Equinoccio* (1946), libro de escritura fragmentaria. Póstumamente aparecieron *El caba-*

llo asesinado y otras piezas teatrales (1988) y la novela *Jardín secreto* (1993).

Samuel Walter Medina nació en Xalapa, Veracruz, en 1953. Narrador y ensayista. Ha publicado en distintas revistas y suplementos literarios. Es autor de *Sastrerías* (1979).

[Fichas biográficas elaboradas por Mary Carmen Sánchez Ambriz]

REFERENCIAS BIBLIOGRÁFICAS
EN EL FCE*

Dávila, Amparo, *Tiempo destrozado y música concreta,* 1978 (Colección Popular).

Dueñas, Guadalupe, *Tiene la noche un árbol,* 1968 (Colección Popular).

Elizondo, Salvador, *El retrato de Zoe y otras mentiras,* 2000 (Letras Mexicanas).

————, *El grafógrafo,* 2000 (Letras Mexicanas).

————, *Farabeuf,* 2006 (Colección Conmemorativa 70 Aniversario).

Gardea, Jesús, *Tropa de sombras,* 2003 (Letras Mexicanas).

Hernández, Efrén, *Obras: poesía, novela, cuentos,* 1965 (Letras Mexicanas).

————, *Tachas y otros cuentos,* 2004 (Centzontle).

Muñiz-Huberman, Angelina, *De magias y prodigios,* 1987 (Letras Mexicanas).

Rivera Garza, Cristina, *Los textos del yo,* 2005 (Letras Mexicanas).

Sada, Daniel, *Juguete de nadie y otras historias,* 1985 (Letras Mexicanas).

Samperio, Guillermo, *Cuando el tacto toma la palabra. Cuentos, 1974-1999,* 1999 (Letras Mexicanas).

Seligson, Esther, *Toda la luz,* 2006 (Letras Mexicanas).

* Sugerencias del editor.